KATHERINE WEBB
Besuch aus ferner Zeit

KATHERINE WEBB

Besuch aus ferner Zeit

ROMAN

Aus dem Englischen
von Babette Schröder

DIANA

Sollte diese Publikation Links auf Webseiten Dritter enthalten,
so übernehmen wir für deren Inhalte keine Haftung,
da wir uns diese nicht zu eigen machen, sondern lediglich
auf deren Stand zum Zeitpunkt der Erstveröffentlichung verweisen.

Von Katherine Webb sind im Diana Verlag bisher erschienen:
Das geheime Vermächtnis
Das Haus der vergessenen Träume
Das verborgene Lied
Das fremde Mädchen
Italienische Nächte
Das Versprechen der Wüste
Die Frauen am Fluss
Die Schuld jenes Sommers
Besuch aus ferner Zeit

Penguin Random House Verlagsgruppe FSC® N001967

Taschenbucherstausgabe 07/2022
Copyright © 2021 by Katherine Webb
Copyright © der deutschsprachigen Hardcover-Ausgabe 2021
und © 2022 dieser Ausgabe by Diana Verlag
in der Penguin Random House Verlagsgruppe GmbH,
Neumarkter Straße 28, 81673 München
Umschlaggestaltung: t.mutzenbach design, München
Covermotive: © Trevillion/Elisabeth Ansley;
GettyImages/De Agostini, G. Wright; Shutterstock/gyn9037,
Mongkol Rujitham, Phillip Kraskoff
Autorenfoto: © Adrian Sherratt
Redaktion: Angelika Lieke
Satz: Leingärtner, Nabburg
Druck und Bindung: GGP Media GmbH, Pößneck
Printed in Germany
Alle Rechte vorbehalten
ISBN 978-3-453-36130-0

www.diana-verlag.de

Doch wie du fröhlich unsere Welt eroberst,
das haben wir nie gesehen.
Du konntest nicht kommen, dennoch willst du gehen.

ELIZABETH JENNINGS

I

Heute

Liv stand vor dem Laden in den Christmas Steps, betrachtete die vertraute georgianische Fassade und fragte sich, ob sie das Richtige getan hatte. Ihre hastig gepackte Tasche lastete schwer auf ihrer Schulter, und aus dem tief hängenden grauen Oktoberhimmel fiel ein kalter Nieselregen.

Gestern war ihr die Idee, zum Laden zu gehen, wie die perfekte Lösung erschienen; ein idealer Ort, um eine Weile dort zu bleiben — wie lange es auch dauern mochte. Liv war sich allerdings nicht sicher, was *es* eigentlich war. Doch die Fenster waren dunkel, das alte Eisengitter war heruntergelassen, in der Tür hing das *Geschlossen*-Schild, und obwohl Liv die Schlüssel in der Tasche hatte, fühlte sie sich abgewiesen.

Es war niemand da — natürlich nicht. Sie hatte es sich trotzdem wie früher vorgestellt, als der Laden hell und warm gewesen war und sie, umgeben von dem Geruch von Holz und altem Papier, hinten an dem großen Schreibtisch Kekse gegessen und mit der Fingerspitze die Krümel aufgetupft hatte. Der Laden war jetzt schon seit viereinhalb Monaten geschlossen, aber es fühlte sich noch viel länger an. Liv bemerkte ihr Spiegelbild in der Schaufensterscheibe — klein, blass, radikal kurz geschnittenes dunkles Haar, dunkle Augen, die durch die darunter liegenden Schatten riesig wirkten.

Martin hatte die Christmas Steps als Waisenkind bezeichnet. Im Krieg war im Stadtkern von Bristol so vieles zerstört und inzwischen saniert und wiederaufgebaut worden. Doch hier und da war eine alte Straße oder ein Haus übrig geblieben, lag einsam zwischen den Gewerbegebäuden aus Backstein und Glas, den trostlosen Sechzigerjahrebauten. Die Christmas Steps waren auch so eine Straße – eine steil ansteigende schmale Kopfsteinpflastergasse mit Narnia-Straßenlaternen, an der sich Läden mit Fassaden aus dem neunzehnten Jahrhundert und dem noch weitaus älteren Kern gegenüberlagen. Hier gab es ausgefallene Geschäfte – einen Whiskyspezialisten, einen alten Videoladen, Vintage-Brautkleider, Sammelpostkarten, einen hippen Herrenfriseur. Ganz oben befand sich Fosters Armenhaus, ein viktorianisches Backsteingebäude, das man in all seiner Pracht restauriert hatte. Die Nischen in den alten Steinen, in denen die Armen gesessen und gebettelt hatten, waren zu beiden Seiten der obersten Stufen bestehen geblieben. Martin hatte Liv aufgefordert, die abgetretenen Steine unter ihren Füßen genauer zu betrachten, ebenso wie die gebogenen Abwasserrohre aus Blei über ihr, in denen Farn und Flohkraut wuchsen. *Du wandelst in der Vergangenheit, Livvy.* Es hatte der Straße in ihren Augen etwas Magisches verliehen, doch heute war schlechtes Wetter, es war ein unbedeutender Dienstag, und die Gegend wirkte verlassen. Livs Finger waren taub geworden. Plötzlich ging hinter ihr eine Tür auf, und sie drehte sich abrupt um.

»Alles in Ordnung?«, fragte jemand – eine magere Frau mit einem zarten Goldring in der Nase, vielleicht Mitte dreißig, das helle Haar zu langen Zöpfen geflochten, die an den Enden blau gefärbt waren. Sie war aus dem gegenüberliegenden Laden getreten, dessen Schaufenster eine

Mischung aus Vinylschallplatten, Kristallen und Wasserpfeifen präsentierte.

»Ja, ich wollte gerade …« Liv deutete auf den verlassenen Laden.

»Ach — der hat schon ewig geschlossen. Dann suchst du nach Martin?«

»Nein. Ich meine, ich weiß, dass er nicht da ist.«

»Okay«, sagte die Frau verwirrt. Liv spürte ihre Neugier.

»Danke«, sagte Liv und trat vor, um das Metalltor aufzustoßen — das Schloss war kaputt, solange sie denken konnte. Sie setzte ihre Tasche ab und holte den Schlüssel heraus. Das Holz war von der Feuchtigkeit aufgequollen, sodass beim Öffnen neben dem Läuten der Ladenglocke auch ein widerwilliges Quietschen ertönte. Liv hörte, wie die Frau hinter ihr in ihren Laden zurückging.

Das Innere kam ihr ganz und gar vertraut und zugleich vollkommen fremd vor — fremd durch die Dunkelheit, den abgestandenen feuchten Geruch und die deutlich spürbare Abwesenheit eines Menschen, den Liv gegen alle Wahrscheinlichkeit hier zu finden gehofft hatte. Die Auslagen im Fenster waren alle ansprechend arrangiert, und als Liv den Schalter betätigte, brachte das Licht alle Farben zum Vorschein. Die Rückwand des Ladens hatte er in einem tiefen Rotton gestrichen, die Seitenwände in Dunkelgrün. Es war alles noch so eingerichtet, wie sie es in Erinnerung hatte, auf die antiquierte Art, wie in den Büchern von Charles Dickens, die er gemocht hatte. In dem großen Schaufenster vorn neben der Tür hatte er einen antiken Mahagonitisch mit zwei Stühlen aufgebaut. Kunstvoll hatte er alte Papiere und Schriftrollen darauf arrangiert, dazu einen Federkiel in einem leeren Tintenfass. *Ein bisschen kitschig, oder?*, hatte Liv, damals ein zynischer Teenie, bemerkt. Martin hatte unbeeindruckt die Schultern gezuckt. *Die Leute mögen es etwas kitschig.*

Das Buch, an dem er gearbeitet hatte, lag noch auf dem Schreibtisch, umgeben von winzigen Papierstreifen, Tinte, Cuttern und Kalligrafie-Stiften, Töpfen mit Kleber und Lederfett, Pinseln in einem Einmachglas. Liv blickte auf das Buch hinab — eine Ausgabe von *Die schwarze Tulpe* von 1861, gut sechs Zentimeter lang und zweieinhalb Zentimeter breit. Nicht sonderlich viel wert, schätzte sie, aber etwas Erschwingliches für einen neuen Sammler oder jemanden, der ein bisschen stöberte. Durchgangsware. Sie stellte sich vor, wie Martins kräftige Finger mit überraschender Geschicklichkeit daran gearbeitet hatten, durch ihre Größe wirkten die winzigen Bücher in seinen Händen noch kleiner. Offensichtlich hatte er auch endlich auf bargeldlose Bezahlung umgestellt — das Kartenlesegerät stand neben der Kasse.

Liv stellte ihre Tasche ab und lauschte. Hier war es nie still gewesen — stets war das Radio gelaufen, von irgendwoher waren Schritte zu hören gewesen, ein Kessel hatte gesummt oder der Wind im Kamin gepfiffen. Abgesehen davon hatte sie irgendwie erwartet, dass das Holz in dem alten Laden knacken würde oder dass man von beiden Seiten die gedämpften Laute ahnungsloser Nachbarn hörte. Doch da war nichts als ihr eigenes leises Atmen. Denn er war nicht da. Ihr Vater war nicht da, und sie wünschte sich wieder einmal inständig, dass sie auf seine Anrufe reagiert oder zumindest eine seiner Nachrichten beantwortet hätte, die er ihr hinterlassen hatte, als alles auseinanderbrach. Er hatte ihr ein kleines handgearbeitetes Buch mit einem einzigen Gedicht geschickt, das er nur für sie abgeschrieben hatte. Eine Zeile pro Seite in seiner winzigen, sorgfältigen Kalligrafie — ein Gedicht, das genau wiedergegeben hatte, wie sie sich fühlte.

Ein Gedicht, das ihr signalisierte, dass er sie verstand. Es befand sich jetzt in ihrer Tasche — sie trug es immer bei sich. Er hatte es in himmelblaues Leder gebunden und in Gold ihre Initialen auf die Vorderseite geprägt, *OM*. Doch sie hatte nicht reagiert. Sie konnte es einfach nicht. Und jetzt, wo er fort war, stellte sie unwillkürlich einen Zusammenhang her — sie war davon überzeugt, dass ihr Schweigen ihm den Rest gegeben hatte. Mit unsicherer Hand schaltete sie das Radio ein.

Der Laden war klein, ungefähr fünf Meter breit und vielleicht sechs oder sieben Meter tief. Auf der linken Seite befanden sich ein von einem Geländer umgebenes Podest mit einem Kamin sowie die Tür zum Treppenhaus, das in die darüberliegende Wohnung führte. Liv hatte diese Treppe immer geliebt, die sich von vorn nach hinten durch das Gebäude schlängelte und es irgendwie geschafft hatte, in all den Jahren nie gestrichen zu werden. Die Stufen und der Handlauf waren glatt von Jahrhunderten der Benutzung. Das Eichenholz schimmerte im durch das Fenster hereinfallenden Licht und knarrte bei jedem Schritt.

Hinten befanden sich eine Luke, die in den vollgestopften Kellerraum führte, und zwei nebeneinanderliegende Türen — eine ging hinaus in den Hof und die andere in die eingeschossigen Lagerräume im hinteren Bereich. Der letzte Raum beherbergte eine düstere Toilette mit einem braunen Ring aus Kesselstein in der Schüssel. Der Hof war mit Ziegeln gepflastert und bot nach Norden und Osten einen weiten Blick über die zusammengedrängten Dächer und belebten Straßen von Bristol. An klaren Tagen waren am fernen Horizont undeutlich grüne Hügel zu erkennen. Im ersten Stock befanden sich die Küche, das Wohnzimmer und ein Bad, im zweiten zwei kleine Schlafzimmer, und unter dem Dach gab es einen eiskalten Dachboden, den man über eine schmale Stiege erreichte. Martin hatte immer vorgehabt, ihn zu isolieren, einzurichten und zum Hauptschlafzimmer zu machen, doch Kosten und Zeitmangel hatten dem entgegengestanden.

Liv ging hinauf in die Küche, die mit billigen weißen Geräten eingerichtet war, und füllte den Kessel mit Wasser. Die Gewohnheit, eine Tasse Tee zu kochen, fühlte sich ebenso vertraut an wie das Treppenhaus. Auf der grauen Arbeitsplatte standen Einmachgläser mit Teebeuteln und Zucker, aber es gab keine Milch. War jemand hier gewesen und hatte alles ausgeräumt, das im Kühlschrank verderben könnte, oder hatte Martin das selbst erledigt? Nur ein paar verkrustete Einmachgläser mit Chutney waren noch da.

Der Wasserhahn ächzte und spuckte, nachdem er so lange nicht benutzt worden war. Liv ließ sich mit der Zubereitung des Tees viel Zeit. Dann setzte sie sich mit ihrem Becher ins Wohnzimmer, und automatisch glitt ihre Hand zur Tasche ihrer Jeans, um das winzige Buch zu berühren. Als sie es zum ersten Mal gelesen hatte, hatte es sich wie eine Umarmung angefühlt – wie eine seiner herzlichen Umarmungen, die sich so tröstlich anfühlten. Zugleich hatte es ihren Schmerz jedoch so vollkommen zum Ausdruck gebracht, dass es war, als habe das Buch ihn kristallisiert, und für einen kurzen Moment bekam sie keine Luft mehr. Jetzt kam ihr das Buch wie eine greifbare Verbindung zu ihm vor. Es fühlte sich an, als würde sie seine Hand halten, wenn sie es berührte. Aber sie musste mit dem Gedanken leben, dass sie genau das wahrscheinlich nie wieder tun konnte.

Liv entdeckte auf dem Boden hinter dem Sofa eines der Kissen und hob es auf. Dann sah sie sich genauer im Zimmer um und registrierte, wie unordentlich es war. Eine seltsame Art von Unordnung – nicht die Art, bei der verlassene Kaffeebecher herumstanden, alte Zeitungen und achtlos abgestreifte Schuhe herumlagen. Stattdessen war alles ein wenig verrückt. Keines der Möbel befand sich an seinem richtigen Platz. Der Beistelltisch war etwas von der Wand abgerückt, und das Sofa stand schief – Abdrücke im Teppich zeigten, wo sich die Füße über Jahre befunden hatten. Der Fernseher stand wackelig auf der Kante des Regals, das Kabel war herausgezogen. Der Teppich war an den Ecken aufgeworfen, als habe man ihn hochgehoben und nicht wieder richtig hingelegt. Ein gerahmter Druck von Picassos *Blauem Akt* war vom Haken genommen und lehnte an der Wand. Es sah aus, als sei jeder Gegenstand im Raum bewegt worden. Die Polizei hatte das Gebäude durchsucht, das wusste sie, aber Liv konnte sich nicht vorstellen, warum sie den Teppich hätten anheben sollen.

Ihr Telefon meldete den Eingang einer Nachricht von ihrer Mutter. *Willst du wirklich dortbleiben? Sei nicht albern, das muss doch schrecklich sein. Komm nach Hause, dann können wir darüber reden.* Liv atmete tief durch und antwortete nicht sofort. Ihre Mutter hatte keine Zeit für das Zögern anderer Menschen, keine Geduld, wenn sie nicht gleich wussten, wie sie sich entscheiden oder was sie sagen sollten. Liv beschloss, dass es einfacher und netter war, die Nachricht zu ignorieren, als zu schreiben *Ich komme nicht zurück.*

Ihr war bewusst, dass ihre Mutter nicht mehr die treibende Kraft in ihrem Leben sein sollte. Sie war sechsundzwanzig, aber aus irgendeinem Grund schien sie sich nicht so einfach von zu Hause abnabeln zu können wie andere junge Leute. Ihr Bruder Dominic hatte es getan, aber er war auch schon wesentlich älter gewesen, als Martin sie damals verlassen hatte. War es Livs eigene Schuld, dass sie nicht flügge geworden war, oder die ihrer Mutter? Ihre Mutter hing an ihr, das wusste sie. Es war ihre Aufgabe, sich sanft zu lösen und ihren eigenen Weg zu gehen. Aber irgendwie war es nie dazu gekommen — dreimal war sie schon ausgezogen, aber immer wieder nach Hause zurückgekehrt. Jedes Mal hatte sie das Gefühl gehabt, ihrer Mutter einen Gefallen tun, sie glücklich machen zu müssen. Irgendwann war ihr schließlich klar geworden, dass das schlechte Gewissen, das dieses Gefühl auslöste, unangemessen war, doch das hatte nichts an ihrem Verhalten geändert.

Aber diesmal würde sie nicht zurückgehen.

Von jetzt an und vermutlich für den Rest ihres Lebens würde sie sich über etwas anderes als über ihre Eltern definieren. Doch Liv wünschte sich nichts mehr, als dass es wieder wie früher wäre. Sie sehnte sich danach, einfach planlos vor sich hin zu leben, im Krieg zwischen zwei starken Persönlichkeiten gefangen zu sein, Treibgut der Gezeiten, unfähig auszubrechen.

Martin hatte den Laden in den Christmas Steps gekauft, als Liv zehn Jahre alt war. Zu dem Zeitpunkt hatte sie ihn seit vier Jahren nicht gesehen. Die ersten sechs Jahre ihres Lebens hatte er bei ihnen gelebt — ihr großer, lustiger Daddy, der so gern lachte und voller Abenteuer steckte. Damals war er manchmal tagelang zum Arbeiten weg gewesen. Einmal hatte Liv ihn im Bett des Gästezimmers gefunden. Er war nicht bei der Arbeit gewesen und hatte auch nicht geschlafen, sondern an die Decke gestarrt. Sie war aufs Bett gesprungen und hatte losgeplappert, doch als er nicht antwortete und sie auch nicht ansah, war sie verwirrt wieder hinausgeschlichen. Am Abend davor sei er spät nach Hause gekommen, erklärte ihre Mutter, er sei sehr müde und dürfe nicht gestört werden. *Das hast du doch nicht ernsthaft geglaubt, oder?*, hatte Dominic Jahre später gesagt.

Doch, das hatte sie. Sie hatte alles geglaubt, was man ihr erzählte. Dass es okay war, wenn ihre Eltern sich stritten, weil es *für reine Luft* sorgte. Dass es okay war, wenn ihr Vater überraschend in der Schule auftauchte und ihrem Lehrer erzählte, dass Liv einen Zahnarzttermin hätte, obwohl es nicht stimmte. Und dass es okay war, wenn er stattdessen mit ihr an den Strand nach Weston fuhr und in einem Pub drei große Whiskys trank, während sie Fish and Chips aß. Oder in einen Safaripark, wo er mit dem Wagen im Löwenfreigehege liegen blieb, weil er vor Lachen keine Luft mehr bekam. Die Leute mussten um sie herumfahren, bis schließlich ein Wärter in einem Jeep neben ihnen hielt und Liv sich beschämt auf dem Sitz wand. Und es war okay, dass es schon dunkel war, wenn sie nach Hause kamen und Liv verwirrt auf der Rückbank des Wagens aufwachte, und dass ihre Mutter ihr den Arm verdrehte, als sie sie ins Haus zerrte. Er war ihr Vater, er würde ihr niemals etwas antun.

Als er ging und nicht mehr zurückkam, wartete Liv sehr lange auf ein Wiedersehen. Manchmal lag ihre Mutter morgens weinend im Bett, und Dominic machte ihr das Frühstück. Sie zogen von dem großen Haus mit dem breiten Treppenhaus, mehreren Stockwerken und einem Blick auf die Clifton Bridge ein paar Straßen weiter in eine Wohnung. Dort musste sich Liv ein Zimmer mit Dom teilen, und sie machte sich Sorgen, dass ihr Vater sie womöglich nicht finden könnte. Doch schließlich fand er sie. Als er vier Jahre später an die Tür klopfte, weigerte sich ihre Mutter allerdings, ihn hereinzulassen, und als Liv fragte, wo er die ganze Zeit gewesen sei, sagte ihre Mutter: *Ach, er hat gemacht, wozu er Lust hat. Wie immer.*

*

Lange nachdem ihr Tee kalt geworden war, verließ Liv die Wohnung und ging hinunter in den Pub am Ende der Christmas Steps, der von außen mit seinem schwarzen Anstrich nicht besonders einladend aussah, innen aber sehr gemütlich war. Sie bestellte ein Sandwich und trank viel zu schnell ein großes Glas Weißwein. Sie spürte, wie die angenehme Wärme sie etwas entspannte, unterdrückte jedoch den Impuls, ein zweites Glas zu ordern, stellte stattdessen eine Einkaufsliste zusammen und ging in den nächsten Supermarkt. Vorerst wollte sie nur ein paar Grundnahrungsmittel für die nächsten Tage besorgen. Und eine Flasche Wein für den Abend.

Es nieselte unablässig weiter, während sie das Gewirr aus Fahrbahnen auf der A38 überquerte und die Broad Street Richtung Bristol Bridge nahm. Dies war eigentlich eins der älteren, attraktiveren Viertel der Stadt, aber in dem unendlichen Grau wirkte es trostlos. In der Wine Street gab es einen kleinen Tesco-Supermarkt, vor dessen Tür ein Mädchen saß und bettelte. Sie war in eine schmutzige Decke gewickelt, das Gesicht von Erschöpfung gezeichnet. Nichts, was sie anhatte, war wasserfest, und als Liv an ihr vorbeiging, sah sie ein geflecktes Kätzchen aus einer der Stofffalten hervorspähen. Es beobachtete sie aus großen grünen Augen, und als Liv stehen blieb, sah auch das Mädchen zu ihr hoch — sein Blick war wachsam und abweisend. Liv spürte einen unausgesprochenen Vorwurf, wusste aber nicht, ob sie sich das vielleicht nur einbildete. Schnell ging sie in den Laden.

Sie packte ein paar Tüten Katzenfutter in den Einkaufskorb, dazu ein Sandwich und Chips für das Mädchen, und als sie es ihm draußen übergab, lächelte es zurückhaltend und bedankte sich mit einer leisen, heiseren Stimme. Der Geruch von feuchter Kleidung, nassem Haar und ungewaschener Haut stieg Liv in die Nase. Das Mädchen sah so jung aus, aber in seinen Augen war nichts mehr von dem Kind zu sehen, das es noch bis vor Kurzem gewesen war.

»Als ich klein war, hatte ich auch eine Katze«, sagte Liv.

»Ich habe die hier in einer Mülltonne gefunden«, antwortete das Mädchen. »Sie heißt Maus, weil sie so klein war wie eine Maus.«

»Meine hieß Blacky, weil sie schwarz war. Ich war nicht sehr einfallsreich als Kind.« Liv lächelte flüchtig und blieb noch einen Moment stehen. Sie hatte das Gefühl, dass sie noch etwas sagen, etwas anbieten sollte — ein Gespräch, ein Zeichen der Solidarität vielleicht. Aber was sollte sie sagen, das nicht herablassend oder abgedroschen klang? Sie konnte nicht so tun, als wüsste sie, wie es war, obdachlos zu sein. Sie konnte dem Mädchen keinen Rat geben. Ihre eigene Mittelklasseherkunft war ihrem Akzent anzuhören, zeigte sich in ihrer Kleidung, in ihren geraden Zähnen und ihrer gesunden Haut. Wahrscheinlich würde das Mädchen sie dafür hassen. Liv fühlte sich irgendwie beschämt und fehl am Platz und ging weiter.

Auf dem Rückweg zu Martins Wohnung schnitten ihr die Einkaufstüten in die Finger. Nachdem sie sie ausgepackt hatte, versuchte sie zu ignorieren, wie leer die Regale noch immer aussahen, trotz der Dosen und Schachteln, die er zurückgelassen hatte. War es richtig, seine Nahrungsmittel aufzubrauchen? Sie dachte, es sei besser, sich zu beschäftigen, und begann das von Gerbsäure braun verfärbte Spülbecken zu putzen, und schließlich schrubbte sie die ganze Küche — bis hin zu den Tropfspuren am Mülleimer und den schwarzen Schimmelflecken im Kühlschrank. In einem Wäschekorb in Martins Zimmer fand sie saubere Bettwäsche, bezog das Bett im Gästezimmer und schaltete alle Nachtspeicherheizungen ein, obwohl sie erst gegen Morgen Wärme abgeben würden. Unter dem Bett ihres Vaters fand sie einen Heizlüfter, der nach verbranntem Staub stank, als sie ihn anstellte, die Luft aber langsam nicht mehr ganz so eisig wirken ließ. Dabei hatte sie die ganze Zeit ein beunruhigendes Gefühl, weil ihr die Wohnung so fremd vorkam. Und es lag nicht allein daran, dass sie ungewohnt still und leer war.

Martin war nie unordentlich gewesen, noch nicht einmal in den schlimmsten Zeiten — vielmehr war er in einer Krise noch ordentlicher, als bräuchte er die Ordnung, um dem Chaos, das er innerlich empfand, eine Form zu geben. Doch in jedem Zimmer war es dasselbe — in der Küche waren Töpfe und Teller ungeordnet in die Schränke zurückgeräumt worden, sodass einige Türen nicht richtig schlossen. Im Bad war der Duschvorhang mit derartiger Wucht zur Seite gezogen worden, dass die ersten drei Haken herausgerissen waren, und an der Toilette saß der Deckel schief auf dem Spülkasten. Im Gästezimmer stand nur ein kleiner doppelter Diwan mit Nachttischen, aber selbst dort war das Möbel ein ganzes Stück von der Wand abgerückt worden, wodurch ein Kopfkissen dahintergerutscht war.

Es sah aus, als wäre die gesamte Wohnung auf den Kopf gestellt worden. Als hätte Martin — oder irgendjemand anders — etwas in jedem Winkel gesucht, hätte es aber zu eilig gehabt, um anschließend alles wieder ordentlich zurückzustellen. Livs Puls beschleunigte sich. Beim Herumgehen hatte sie Dinge wieder zurechtgerückt, jetzt sie hielt inne. Vielleicht war es wichtig, alles zu lassen, wie es war — als Beweis. Es war nicht ihr Haus, es fühlte sich nicht richtig an. Nichts davon fühlte sich richtig an.

Sie ging zurück ins Wohnzimmer und scrollte durch ihr Telefon, bis sie die Telefonnummer der Polizei und das

Aktenzeichen fand. Ihre Mutter hatte ihr beides gegeben, als Liv aus den Trümmern ihres Lebens wiederaufgetaucht war und darum gebeten hatte, als erste Ansprechpartnerin bei der Suche nach ihrem Vater eingetragen zu werden. Je nach Tag und Uhrzeit meldeten sich dort unterschiedliche Beamte. Diesmal hatte sie Constable Whitley am Apparat, einen jungen Mann, der Stimme nach zu urteilen wohl ungefähr so alt wie sie. Sie war ihm noch nie persönlich begegnet und wusste nicht, was sein Schweigen bedeutete, nachdem sie ihm die Unordnung in der Wohnung beschrieben hatte.

»Gut«, sagte er schließlich. »Sie meinen also, die Unordnung könnte von Bedeutung sein? Davon steht nichts in der Akte.«

»Nein, nun ja, meiner Mutter oder meinem Bruder wäre das nicht aufgefallen. Sie kommen fast nie her, und ich bin jetzt das erste Mal hier seit … Aber könnten Sie es gewesen sein? Ihre Kollegen, meine ich, als sie hier nach ihm gesucht haben?«

»Das ist sehr unwahrscheinlich, Miss Molyneaux. Wir haben eine sogenannte Durchsuchung der offenen Tür durchgeführt. Ihre Mutter war dabei. Das bedeutet, der Suchtrupp sieht nur an Orten nach, an denen der Vermisste eingeschlossen sein oder sich versteckt haben könnte. Damals wurden seine Zahnbürste und ein paar Kleidungsstücke für DNA-Proben mitgenommen, und ich glaube, auf seinem Schreibtisch wurde nach irgendwelchen offensichtlichen Nachrichten oder Briefen gesucht …«

»Nachrichten?«, fragte Liv. Dann verstand sie. »Sie meinen einen Abschiedsbrief.«

»Ja. Aber wir haben nichts gefunden.«

»Dann ist eindeutig etwas passiert. Es muss etwas bedeuten, oder? Die Wohnung ist durchsucht worden. Jemand wollte hier etwas finden. Vielleicht war es ein Raubüberfall, und mein Vater wurde entführt? Vielleicht konnte er etwas nicht finden, das er dringend brauchte, und musste deshalb untertauchen?«

Es folgte eine kurze Pause, in der Liv die Skepsis des Constable spüren konnte.

»Miss Molyneaux«, sagte er vorsichtig, »es deutet nichts auf irgendeine Straftat hin. Als wir ankamen, war die Haustür verschlossen, und es gab keinerlei Zeichen von gewaltsamem Eindringen. Vermuten Sie, dass Ihr Vater in eine Straftat verwickelt sein könnte?«

»Nein, natürlich nicht. Nicht bewusst jedenfalls ... Aber was, wenn es etwas mit dem Geschäft zu tun hat, oder so?«

»Er handelt mit gebrauchten Büchern, oder?« Whitley klang noch immer zweifelnd.

»Einige sind sehr wertvoll.«

»Unserer Information nach hatte Ihr Vater keine Schulden. Haben Sie etwas in seinen Unterlagen gefunden, das in diese Richtung deutet?«

»Nein. Aber denken Sie nicht ...«

»Ihr Vater war bereits länger psychisch krank, Miss Molyneaux. Darum wurde er schon einmal als vermisst gemeldet.«

»Ja.«

»Ist es nicht wahrscheinlicher, dass er einfach ... die Wohnung unordentlich hinterlassen hat? Wenn es ihm nicht gut ging, meine ich? Es wirkt auf mich, als ...«

»Aber es ist nicht einfach nur *unordentlich,* das habe ich Ihnen doch gerade erklärt.« Liv hörte selbst, wie die Verzweiflung ihre Stimme schrill klingen ließ, und bemühte sich um einen normalen Tonfall. »Es ist mehr als unordentlich. Die Wohnung ist durchsucht worden, da bin ich mir sicher. Entweder bevor er verschwunden ist oder danach.«

»Gab es Anzeichen von gewaltsamem Eindringen, als Sie heute dort hinkamen?«

»Nein ...«

»Gut. Also, hören Sie zu, ich werde nachher mit meinem Vorgesetzten sprechen. Und ich werde eine Notiz in die Akte legen, sodass der leitende Ermittlungsbeamte sie bei der nächsten Fallbesprechung sieht.«

»Wann findet die statt?«

»Das ist die Halbjahresbesprechung im November.« Er zögerte, und Liv schwieg. »Wir tun alles, was wir können, um ihn zu finden, Miss Molyneaux. Wir wissen, dass er gefährdet ist, aber ich fürchte, es ist immer noch am wahrscheinlichsten, dass er sich das Leben genommen hat.«

*

Die Hoffnung war ein gemeines Ding. Es war schwer, sie ganz aufzugeben. Sie lag auf der Lauer, erwachte bei der geringsten Gelegenheit aufs Neue zum Leben und stieg wieder an die Oberfläche. Ja, Martin war schon einmal verschwunden — als die Beamten das herausfanden, hatten sie einen bedeutungsvollen Blick gewechselt. Aber er war auch schon einmal zurückgekommen, darum kam er vielleicht auch diesmal wieder zurück. Im Laufe der Jahre hatten sich die Behandlungsmöglichkeiten seiner Depression und seiner Bipolarität wesentlich verbessert. Es ging ihm jetzt über lange Strecken gut, aber vielleicht war er trotzdem wieder aus der Spur geraten und irgendwohin gefahren.

Liv holte tief Luft und versuchte, sich nicht an den Gedanken zu klammern. Ihre Mutter und die Polizei hatten sie wiederholt davor gewarnt. Offensichtlich waren sie der Meinung, sie würde sich etwas vormachen und am Ende verletzt werden. Martins Jacke mit seiner Brieftasche, den Schlüsseln und seinem iPhone war am zwanzigsten Mai diesen Jahres auf der Avonmouth Bridge gefunden worden. Wenn sie etwas Ähnliches über einen Fremden in der Zeitung gelesen hätte, wären Liv keine Zweifel am Ausgang der Geschichte gekommen. Doch er war kein Fremder, und sie brauchte ihn und wollte unbedingt weiter hoffen.

Auf der Brücke gab es keine Überwachungskameras, darum hatte vielleicht nicht er selbst die Jacke dort zurückgelassen. Vielleicht hatte sie ihm jemand gestohlen und dann weggeworfen. Er könnte ausgeraubt worden sein, und der Dieb könnte die Jacke aus dem Wagenfenster geworfen haben, als er über die Brücke fuhr. Andererseits waren sein Geld und die Kreditkarten noch in der Brieftasche, und er selbst war verschwunden. Würde er ihr das antun, wenn er in der Lage wäre, Kontakt zu ihr aufzunehmen? Würde er sie dieser Sorge aussetzen? Liv glaubte es nicht, doch hatte sie ihm nicht das Gleiche angetan?

Sie ging in die Küche, öffnete eine Flasche Wein und schenkte sich ein großes Glas voll ein. Der Wein war noch nicht richtig kalt und schmeckte sauer. Sie wusste, dass das nicht die Antwort war, aber vielleicht half es wenigstens vorübergehend ein bisschen. Liv nahm ihr Smartphone und hörte die Mailbox ab. Alle seine Nachrichten waren noch da, einschließlich der letzten. Sie war länger als die anderen. Es war schmerzhaft gewesen, sie anzuhören. Liv konnte sich nicht mehr genau an die Worte erinnern, aber sie wusste, dass sie ihr wehgetan hatten und dass sie sie nicht noch einmal hören wollte. Stattdessen klickte sie auf eine ältere, nur um seine Stimme zu hören. Die Nachricht begann mit einem kurzen angespannten Seufzer.

»Livvy ...«

Liv stellte das Telefon auf Freisprechen und drehte die Lautstärke auf, bis seine donnernde Stimme das Zimmer erfüllte. Dann schloss sie die Augen. »Ach, Livvy, Süße ... mir bricht das Herz deinetwegen. Bitte ruf mich zurück, wenn du kannst. Ich war bei euch, aber deine Mum wollte mich nicht reinlassen. Bitte, Liv. Okay. Ich schicke dir meine ganze Liebe.« Das Klicken, als er auflegte, hörte sich an, als würde eine Tür zufallen.

Liv trank weiter, bis die Flasche leer war. Sie machte sich Rührei auf Toast zum Abendessen, dann stöpselte sie den Fernseher wieder ein, setzte sich davor und starrte auf den Bildschirm, ohne wirklich etwas zu sehen. Es gab keine Routine, auf die sie zurückgreifen konnte. Sie wusste nicht, wie sie sich verhalten sollte. Also ging sie früh ins Bett, konnte aber stundenlang nicht einschlafen. Trotz zweier zusätzlicher Decken auf dem dünnen Federbett wurde ihr nicht warm. Ihre Zehen waren eiskalt, und der Wein versetzte ihre Gedanken und ihren Magen in Aufruhr.

Sie hatte die vage Idee gehabt, den Laden zu öffnen und das Geschäft weiterzuführen, bis Martin zurückkäme. Ein neuer Weg für sie, ein frischer Start. Jetzt, wo sie tatsächlich hier war, kam ihr die Idee völlig absurd vor. Nachdem sie mit ihm zusammen auf Messen und Auktionen gewesen war, verstand sie zwar einiges von Kauf und Verkauf antiker Miniaturbücher, aber sie konnte die Bücher nicht selbst restaurieren. Und sie konnte erst recht nicht die kleinen einzigartigen Schätze produzieren, die er hergestellt hatte. Es waren kleine Kunstwerke, die den Großteil seines Einkommens ausmachten — personalisiert, in Leder gebunden, drei bis acht Zentimeter groß, manchmal mit winzigen Holzschnitten und Zeichnungen versehen. Martin betrieb einen Online-Shop, in dem er Bestellungen annahm — jedes Gedicht, das frei von Urheberrechten war, oder auch ein Absatz Prosa. Jede persönliche Nachricht, jeder bemühte Reim, den sich jemand selbst ausgedacht hatte, wurde in seiner wunderschönen Schrift festgehalten. Liv konnte sie unmöglich imitieren. Zudem war sie sich keineswegs sicher, ob sie das Geschäft überhaupt einfach so weiterbetreiben *durfte* – in rechtlicher Hinsicht –, und sie hatte keine Ahnung, wie sie es herausfinden konnte. Sie wusste nicht, ob alle seine Konten eingefroren waren, nachdem er als vermisst gemeldet war, oder ob das erst der Fall war, wenn jemand für tot erklärt wurde. Was sollte sie also tun, so lange sie hier war? An seinem Schreibtisch sitzen und irgendwelche Kunden wieder wegschicken, die sich hereintrauten?

Als Liv schließlich einschlief, träumte sie von einem weinenden Baby. Sie hörte das klägliche Jammern eines Neugeborenen, das zu jung war, um überhaupt zu wissen, warum es weinte, und das hilflos darum bat, gehalten zu werden. Sie träumte, dass sie das Baby suchte – wie verrückt suchte –, es aber nicht finden konnte. Sie wachte mit rasendem Herzschlag auf und umklammerte die Decke, während sie noch immer das Weinen hörte. Sie wusste nicht, ob sie wach war oder schlief, und war von panischer Angst erfüllt. Sie stand auf, stolperte durch die Dunkelheit und verharrte zitternd am oberen Treppenabsatz, bis die Realität sich durchsetzte und die Stille zurückkehrte. Nur ein schwaches Klingeln in ihren Ohren blieb, als sie schließlich wieder zurück ins Bett ging, mehr nicht.

Als sie von quälendem Durst und dem ersten Morgenlicht erwachte, war es wärmer im Zimmer. Ihr Kopf schmerzte, und ihr war schwer ums Herz. Der Traum hatte das bedrückende Gefühl hinterlassen, versagt zu haben. Sie beschloss zu gehen – die Entscheidung stand fest. Sie wollte allerdings auf keinen Fall wieder zu ihrer Mutter, und in ihre eigene Wohnung konnte sie nicht zurück. Noch nicht. Sie zermarterte sich das Hirn, um eine andere Möglichkeit zu finden. Dom könnte sie vielleicht eine Weile bei sich aufnehmen, aber dort würde sie sich vermutlich nicht besser fühlen, und seine Frau Katrina mochte es nicht, wenn andere Leute ihr Leben in Unordnung brachten. Außerdem wollte Liv nicht, dass ihre Nichten sie in diesem Zustand sahen. Aus eigener Erfahrung wusste sie, dass Kinder ein echtes von einem aufgesetzten Lächeln wesentlich besser unterscheiden konnten als Erwachsene. Sie machte Kaffee, setzte sich an den Tisch und wärmte sich die Hände an dem Becher, dann schickte sie ihrer besten Freundin, die im Urlaub gewesen war, eine WhatsApp. *Bist du schon zurück? Hast du Lust auf Besuch?* Doch sie wartete zwanzig Minuten, dann vierzig, ohne dass ihre Nachricht gelesen wurde.

Liv packte ein paar Sachen in ihre Tasche, änderte dann ihre Meinung und holte sie wieder heraus. Sie ging in Martins Zimmer und legte sich eine Weile auf sein Bett. Das Bettzeug roch nach der abgestandenen Luft in der Wohnung, nicht nach ihm. Sie stand wieder auf, öffnete den Schrank und stellte fest, dass alle seine Kleider entweder auf eine Seite geschoben oder von den Bügeln gerutscht waren und in Haufen auf dem Schrankboden lagen. Dahinter kam die nackte Zimmerwand zum Vorschein. Abblätternde gelbe Farbe und eine dicke Staubschicht auf der Bodenleiste. Liv wünschte, sie wüsste, wonach er gesucht hatte und ob er es gefunden hatte.

Sie packte ein zweites Mal ihre Sachen, eilte nach unten in den Laden und zog sich im Gehen den Mantel über. Sie hatte keine Ahnung, wohin sie ging, aber sie musste dringend unter Menschen, auch wenn sie den Umgang mit anderen nicht mehr gewohnt war. Sie hatte gedacht, in Martins Haus zu sein, würde sie trösten, aber im Grunde machte es seine Abwesenheit nur noch spürbarer. Die Stille hier war beinahe greifbar, als würde sie jede ihrer Bewegungen verfolgen.

Draußen schien blass die Sonne und warf rechteckige Formen durchs Ladenfenster. Liv blieb abrupt stehen und legte schützend eine Hand über die Augen. Die Ladentür war blockiert. In der überdachten Nische lag zusammengekauert ein Mann in einem schmutzigen Mantel, mit Mütze und Schal. Sofort flammte ihre Hoffnung wieder auf und blendete sie so schmerzhaft wie das Licht.

2

1831

Bethia beschloss, das Zimmer ein letztes Mal zu überprüfen, auch wenn Mrs. Fenny gegen diesen Vorschlag aufbegehrte — die Hausmutter fasste alles als Kritik auf, selbst ein Kompliment konnte bei ihr leicht zu einer Beleidigung werden, ein vorsichtiger Tadel erst recht. Die arme Margery Wiggins, die das Zimmer zuvor bewohnt hatte, war an der verfluchten Ruhr gestorben, die sie weitaus länger ertragen hatte, als angesichts ihres schwachen Zustands möglich schien. Sie war nur noch Haut und Knochen gewesen, große wässerige Augen lagen tief in den Höhlen. Sie durfte das Zimmer nicht verlassen, damit sich die Krankheit nicht auf andere Bewohner übertrug, und als sie schließlich verschieden war, schien der Geruch in jeden Stein in Boden und Wänden gekrochen zu sein.

Zum Glück hatte sich Bethia eingeschaltet und die übliche Suche nach einer neuen Bewohnerin etwas hinauszögern können. In der Zwischenzeit war das Zimmer immer wieder geschrubbt, mit Rosmarin und Weihrauch ausgeräuchert und gelüftet worden, obwohl es ungewöhnlich kühl für Oktober war und der Wind scharfe Krallen zeigte. Von der Kälte schmerzten Bethias Gelenke, doch sie achtete sorgsam darauf, dass niemand es bemerkte. Nachdem sie seit sechs

Jahren zusah, wie Kranke, Alte und Arme in das Armenhaus humpelten und es in Leichentüchern wieder verließen, hatte sie schreckliche Angst, selbst gebrechlich zu werden. In vier Jahren wurde sie sechzig, aber ihre Wangen waren noch fest und rosig — sie half heimlich mit etwas Rouge nach —, der Rücken gerade und ihr Geruchssinn äußerst empfindlich.

Sie schloss die Augen und atmete tief ein, als sie das leere Zimmer betrat, doch das Einzige, was sie wahrnahm, war, dass ihre Nebenhöhlen von der Kälte schmerzten. Kein Gestank mehr.

»Bei ihrer Ankunft muss es wärmer sein als jetzt«, sagte sie zu Mrs. Fenny, die mit finsterer Miene neben ihr stand.

»Hab gehört, sie hat die letzten zwanzig Jahre in einem Heuhaufen gelebt«, erwiderte Mrs. Fenny. »Da ist sie Kälte sicher gewohnt.«

»Ja.« Bethia lächelte. »Aber jetzt soll sie es ja angenehm haben, nicht?«

Mrs. Fenny schnalzte missbilligend mit der Zunge, und Bethia verdrängte einen Anflug von Gereiztheit. Es hatte einfach keinen Zweck, mit dieser Frau zu streiten, auch wenn sie Bethia nie den Respekt erwies, der ihr eigentlich zustand. Wieder einmal musste sie den Impuls unterdrücken, Mrs. Fenny daran zu erinnern, dass sie sich ohne die großzügigen Gaben von Bethias Mann wahrscheinlich selbst ein Bett im Armenhaus würde suchen müssen, anstatt zwanzig Pfund im Jahr dafür zu erhalten, dass sie eins führte.

»Also«, sagte Bethia nur und sah sich um. Auf dem Boden lag eine neue Strohmatte, und das schmale Bett war mit frischem Leinen und zwei dicken Wolldecken bezogen. Darüber hing ein schlichtes Holzkreuz, und die geweißten Wände ließen keinerlei Schmutzspuren mehr erkennen. Auf einem Stuhl am Fenster lag eine Garnitur getragener, aber tadellos sauberer Kleidung. Der Kamin war gefegt und vorbereitet, auf dem Kaminsims standen Krug und Becher. Es war bescheiden, aber sauber und gottgefällig. Bethia nickte und wünschte, es wäre Sommer, damit sie ein paar Blumen pflücken und hereinstellen könnte — nur eine kleine weibliche Geste, um dem Neuankömmling zu signalisieren, dass er an einem guten Ort war. »Zu spät für Blumen und zu früh für Stechpalmen und Mistelzweig«, sagte sie, eher zu sich selbst.

Mrs. Fenny schnaubte leise. »Die hat in einem *Heuhaufen* gelebt«, murmelte sie.

Die Hausmutter dachte ganz offenbar, dass Bethia zu viel Aufhebens um die neue Bewohnerin machte, und vermutlich tat Bethia tatsächlich etwas zu viel des Guten. Aber wie konnte sie das nicht, angesichts dessen, wer da kam? Mit einem Freudenschauer dachte sie wieder daran, wie es Caroline Laroche kurz die Sprache verschlagen hatte, als Bethia es ihr mitgeteilt hatte — beim Tee, so beiläufig wie möglich und erst, nachdem andere deutlich unwichtigere Neuigkeiten besprochen worden waren. Caroline verschlug es sonst nie die Sprache, und Bethia hatte auch noch nie so aufregende Neuigkeiten zu berichten gehabt.

Alles hatte mit einem Gedicht begonnen, das *Die Verrückte von Bristol* hieß und von Charlotte Moore stammte. Einer Frau, die in Bethias Augen wenig Talent besaß, deren Ehemann jedoch so unglaublich reich war, dass ihre Gedichte in einer edlen Ausgabe erschienen waren und auch noch regelmäßig in *Felix Farley's Bristol Journal* abgedruckt wurden, unter anderem dieses. Caroline hatte es in dramatischem Ton vorgelesen, und Bethia hatte die anderen in der Hoffnung angesehen, ihren eigenen milden Spott in ihren Gesichtern wiederzufinden. Doch sie zeigten nur höfliche

Wertschätzung. *Oh! Warum geistert hinter deinen umherirren-den Augen solch tiefes Grauen? Warum zerreißt dein Heulen des Himmels Auen?* Was für ein Unsinn. Aber die Geschichte hatte Bethia ebenso fasziniert wie jeden anderen, dem sie zu Ohren gekommen war. Und dann hatte irgendein Journalist Wind davon bekommen und eine Abhandlung mit dem Titel *Die Magd im Heuhaufen* verfasst, in der er behauptete, die geheimnisvolle Frau – die man Louisa nannte, da sie ihren Namen nicht verraten wollte – sei ein Kind von Kaiser Franz I., und man habe sie vom europäischen Kontinent ver-trieben.

Bethia schenkte der Geschichte nicht viel Glauben. Warum um alles in der Welt sollte eine solche Person an einem derartigen Ort landen? Und wo um Himmels willen sollte diese Geschichte überhaupt herkommen, wenn die Frau nie über so etwas gesprochen hatte? Es war reine Fan-tasie. Die Tatsachen, wie Bethia sie verstanden hatte, waren wie folgt: Eine Landstreicherin hatte zweiundzwanzig Jahre in einem Heuhaufen außerhalb der Ortschaft Bourton ge-lebt, ungefähr sechs Meilen südwestlich von Bristol. Zu Be-ginn hatte sie etwas höfliche Konversation mit den Einwoh-nern betrieben, die sie besuchten, wobei sie nie ihren Namen nannte oder erklärte, woher sie kam. Sie war recht wortge-wandt, hieß es – zu wortgewandt, um ein in Ungnade gefal-lenes Bauernmädchen oder eine irische Hure zu sein. Doch im Laufe der Zeit versiegten die Gespräche, und es war in-zwischen Jahre her, dass die Frau zum letzten Mal gespro-chen hatte. Ihr Zustand hatte sich mit dem Alter verschlech-tert, aber weder ein Bett noch eine heiße Mahlzeit, die man ihr anbot, konnten sie verleiten, ein Haus zu betreten. Sie ernährte sich von Milch und Brot und einfachen Speisen, wenn man sie ihr brachte, und schien dankbar für abgelegte

Kleidungsstücke zu sein. Es hieß, dass sie sehr freundlich auf kleine Kinder reagierte, wenn sie sich ihr näherten — das waren die einzigen Gelegenheiten, bei denen man sie lächeln sah. Man hatte sie von Ärzten untersuchen lassen, Spezialisten für Sprache und Wahnsinn hatten auf Französisch, Deutsch und Italienisch.versucht, mit ihr zu sprechen. Einer nach dem anderen verlor ob ihrer Stummheit die Geduld und in der Folge das Interesse. Der Herr, dem das Feld gehörte, auf dem der Heuhaufen anwuchs und wieder zusammenschmolz, erlaubte ihr zu bleiben, anstatt sie der Gemeinde zu übergeben, und so war sie Jahr um Jahr an diesem Ort geblieben. Bis jetzt. Jetzt würde Bethia sie unter ihre Fittiche nehmen und sie aus der Kälte holen. Vor Aufregung zog sich ihr Magen zusammen.

Die Fremde war inzwischen eine ältere Frau, und dass sie nicht mehr sprach, deutete zweifellos darauf hin, dass ihr Verstand nachließ. Wie viele Winter konnte sie noch unter freiem Himmel überleben? Dieser könnte ihr letzter sein, wenn man nicht etwas für sie tat. Dem Stiftungsrat von Fosters Armenhaus lagen eine ganze Reihe Anträge von Bristols vielen Armen und Schwachen vor, die darauf warteten, dass ein Platz frei wurde — bei der Platzvergabe wurde berücksichtigt, wie groß die Not des Bittstellers war und ob er einen guten Leumund hatte. Es gab nur je sieben Zimmer für Männer und für Frauen und nur wenige andere wohltätige Einrichtungen in der Stadt, in der großer Bedarf herrschte. Bethia hatte ihren Mann Edwin Shiercliffe jedoch überredet, vom üblichen Prozedere abzuweichen und die Magd aus dem Heuhaufen vorzuziehen. Als größter Gönner des Armenhauses verfügte er über genügend Einfluss. Bethia hatte auch einen eloquenten Brief an den Rat geschrieben und eine Kopie für jedes Mitglied angefertigt. Sie hatte an ihr Mitleid appelliert, ihr gutes Urteilsvermögen und ihren Gerechtigkeitssinn. Louisa sei ganz allein, hatte sie geschrieben. Sie habe genug erlitten — wer wisse, wie lange sie schon in der Welt herumgeirrt sei, ohne Freunde und ohne Dach über dem Kopf, bevor sie die zwanzig Jahre in dem Heuhaufen in Bourton gelebt hatte? Wie lange mochte sie schon schreckliche Not gelitten haben, und hatte sie nicht endlich Ruhe verdient?

Letztendlich hatte es funktioniert. Nur ein Mitglied des Vorstands hatte widersprochen — Sir Donald Goldstone, ein Pedant, der auf dem korrekten Prozedere bestand. *Hat die zuvor Genannte überhaupt darum gebeten, dass man einen Platz für sie sucht?* Bethia hatte ihn noch nie gemocht. Er war ein freudloser Mann mit entsetzlichem Odem, der ihr immer das Gefühl gab, dumm zu sein. Doch ungeachtet seines Einspruchs wurde die Fremde heute von Bourtons Pfarrer und seiner Frau in die Stadt zu ihrem neuen Zuhause im Armenhaus gebracht, und Bethia wollte sie persönlich begrüßen. Wenn sie Caroline Laroche und ihren Kreis das nächste Mal sah, würde sie mit Fragen überhäuft werden, denn nur sie, Bethia, konnte ihre Neugier befriedigen. Diesmal würden sie ihr zuhören müssen, nachdem Caroline ihr normalerweise ungeduldig über den Mund fuhr, wenn sie sprach. *Ja, ja, das haben Sie uns schon beim letzten Mal erzählt, Bethia, Liebes.*

Jetzt, wo der Zeitpunkt näher rückte, war Bethia etwas besorgt. Louisa hatte tatsächlich nicht um ein Zimmer gebeten. Soweit Bethia wusste, hatte sie seit Jahrzehnten keinen Fuß mehr in ein Gebäude gesetzt — sie hatte sich jedes Mal lebhaft geweigert. Was, wenn sie schrie und sich wehrte? Bethia hatte keine Ahnung, was sie dann tun sollten. Sie konnten die Frau ja wohl kaum fesseln und hereinschleppen.

Sie lief in ihrem persönlichen Zimmer auf und ab und trat immer wieder ans Fenster. Als Leiterin war sie dreimal die Woche hier, um Bestellungen und Belege zu prüfen, das Personal zu bezahlen und sich mit Mrs. Fenny über das Wohl der Bewohner zu beraten, zum Beispiel ob ein Arzt benötigt wurde oder Ähnliches. Hin und wieder musste ein Bewohner weggeschickt werden, der gegen die Regeln verstieß — wie jener Mann, der im letzten Jahr darum gebeten hatte, seine Frau zu rufen, weil er meinte, im Sterben zu liegen. Das Armenhaus nahm nur Unverheiratete und Verwitwete auf, und Letzteres hatte er ihnen bei seinem Einzug versichert zu sein. *Thomas Pocock hat sich seinen Platz hier unter Vorspiegelung falscher Tatsachen erschlichen*, hatte sie an den Stiftungsrat geschrieben. Sobald der Mann genesen war, hatte man ihn fortgeschickt, wobei sein trauriger Blick ein Herz aus Stein zum Schmelzen gebracht hätte. Bethia hatte sich abwenden müssen.

Sie rieb die Hände aneinander, um die Kälte zu vertreiben. Das Armenhaus war zur Zeit von König Heinrich VII. erbaut worden, vor über dreihundert Jahren. Ein L-förmiges robustes Gebäude aus grauem Stein, das sich oben an der Stelle der Christmas Steps befand, wo sie auf die Steep Street trafen. Es verfügte auf der einen Seite über eine eigene schlichte kleine Kapelle, die den drei Königen von Köln gewidmet war. Schmale Fenster und Torbögen verliehen dem Ganzen eine kirchliche Anmutung, und die L-Form öffnete sich zu einem Garten mit Wegen und Gemüsebeeten, der von einem hohen Zaun umgeben war. Dort konnten die Bewohner etwas frische Luft schnappen, wenn sie dazu in der Lage waren — allerdings roch die Luft hier ständig nach Melasse von den Zuckerhäusern unten am Hang. Es gab drei davon im Umkreis von einer Viertelmeile. Das war allerdings immer noch besser als der Gestank von dem dreckigen Fluss Frome, der am Fuß der Christmas Steps vorbeifloss, aber es war eine stete Herausforderung für Bethia. Sie hatte eine Schwäche für Süßes und sehnte sich zu den unmöglichsten Tageszeiten nach glasierten Schnecken und heißer Schokolade, kämpfte jedoch heldenhaft gegen dieses Verlangen an. Bethia besaß nicht Caroline Laroches natürliche Anmut, und auch nicht ihre zarten Knöchel und Handgelenke, doch sie hatte noch eine Taille und ihre eigenen Zähne — und das sollte auch so bleiben.

Als sie das Geräusch von Rädern und darauf das Knarren der Tore hörte, die der Kirchendiener öffnete, lief sie erneut zum Fenster. Beim Anblick des kleinen offenen Zweispänners, der um die Ecke bog, tat ihr Herz einen Sprung. Bourtons Pfarrer hielt die Zügel des rotbraunen Cob-Ponys. Unter dem Verdeck saßen zwei Gestalten, eine jung und zierlich, die andere in Kleider eingewickelt, mit einem Schal um den Kopf, das Gesicht nach unten gerichtet. Die Magd aus dem Heuhaufen war nur noch wenige Meter entfernt. Bethia fragte sich, wie gut ihr Verstand noch arbeitete — ob sie überhaupt begriff, dass die Tage der Not jetzt vorbei waren. Dass sie es von nun an warm und bequem haben würde und regelmäßig zu essen bekam. Wer sollte so etwas nicht wollen, nachdem er es so lange Zeit entbehren musste? Bethia holte tief Luft, überprüfte ihr Haar auf lose Strähnen, griff nach ihrem Schal und ging hinaus, um die Ankömmlinge zu begrüßen.

»Mrs. Fenny! Sie ist da!«, rief sie über den Flur, wobei ihre Stimme schriller klang, als ihr lieb war. Sie wartete jedoch nicht auf die Hausmutter und ging allein hinaus.

»Mrs. Shiercliffe? Es ist mir eine Ehre, Sie kennenzulernen«, sagte der Pfarrer, der rötlich braunes Haar und einen blassen Teint hatte. Sein Name war Bethia entfallen. Zum Glück gab es seinen Titel.

»Es ist mir eine aufrichtige Freude, Hochwürden«, sagte sie und versuchte, nicht an ihm vorbei auf seine Passagiere zu spähen, die sich zum Aussteigen bereit machten – zumindest eine, die Frau des Pfarrers, die ihrem Mann zulächelte, als er ihr aus dem Wagen half. Ihre Wangen waren von der frischen Luft gerötet, und sie hatte lebhafte grüne Augen und ein liebenswertes Gesicht.

»Darf ich Ihnen meine Frau Mrs. Crane vorstellen?«, sagte der Pfarrer. Pfarrer Crane, genau.

»Herzlich willkommen, meine liebe Mrs. Crane«, sagte Bethia lächelnd zu der jüngeren Frau. »Ich bin ja so froh, Louisa hier zu haben und ihr den Schutz bieten zu können, den sie so dringend braucht«, fuhr sie fort und klang in ihren eigenen Ohren wie ein übereifriges Kind.

Die jungen Leute tauschten einen Blick. »Ist ... etwas nicht in Ordnung?«, fragte Bethia.

»Nein. Es ist nur ...«, hob Mrs. Crane an und schien verlegen. »Ich bin mir nicht sicher, ob Louisa weiß, wohin man sie gebracht hat. Und ... ich weiß nicht ... Nun ja. Sie müssen verstehen, Mrs. Shiercliffe, es ist sehr lange her, dass sie ein Zuhause hatte. Eins aus Stein und Mörtel, meine ich. Und bislang ...«

»Bislang hat sie sich geweigert, irgendein Haus zu betreten?«

»Dann sind Sie mit ihrer Geschichte vertraut«, sagte der Pfarrer in einem Ton, der sich für Bethia etwas missbilligend anhörte.

»Allerdings. Eine äußerst bemitleidenswerte und berührende Geschichte«, sagte sie.

»Allerdings«, echote er.

»Nun«, sagte Bethia, als Mrs. Fenny neben ihr erschien, mit einer Miene, so herzlich wie ein kalter Regenguss. »Wir können nur hoffen, dass ihr dieser Ort gefällt. Es ist ein bescheidenes Haus, aber vorbildlich geführt und friedlich. Hier bekommt sie alles, was sie braucht, das versichere ich Ihnen.«

»Daran habe ich keinen Zweifel«, sagte Mrs. Crane. »Aber Sie wissen selbstverständlich, dass sich der Verstand bei sehr alten Menschen verändern kann. Sie verlieren die Fähigkeit, logisch zu denken. Nun ja. Sehen wir, wie weit wir kommen.«

Mrs. Crane — die Bethia mit ihrem für eine so junge Frau äußerst selbstsicheren Auftreten überraschte — wandte sich zur Kutsche und legte der alten Frau sanft eine Hand auf den Arm. Louisa zuckte zusammen und drehte leicht den Kopf, Bethia sah wildes graues Haar. »Louisa? Wir sind da, liebste Freundin. Es ist Zeit auszusteigen«, sagte Mrs. Crane. »Kommen Sie. Sie sind hier ganz sicher, das verspreche ich.«

Bethia holte Luft und wollte mit ein paar aufmunternden Worten vortreten, doch der Pfarrer hielt sie zurück.

»Sie erschrickt leicht«, sagte er leise.

Bethia biss sich auf die Zunge. Schweigend beobachteten sie, wie Mrs. Crane die alte Frau mit sanften Worten und behutsamer Unterstützung dazu brachte, auf dem Sitz vorzurücken, dann aufzustehen und schließlich über die Stufe hinunter in den Hof zu kommen. Sie stand zusammengesunken, das Gesicht noch immer zum Boden gerichtet, und wirkte, als wäre sie gar nicht ganz anwesend. Bethia vermutete, dass die Reise sie erschöpft hatte. Sie war in verschiedene Kleider gehüllt, die allesamt zerschlissen und löchrig waren. Es war eine seltsame Mischung aus sehr groben und sehr feinen Stücken — bei Letzteren handelte es sich zweifellos um

36

abgetragene Kleider ihrer reichen Nachbarn. So lag um ihre Schultern ein hellblauer Schal mit Quasten, darunter trug sie einen merkwürdigen weiten Überwurf aus Sackleinen und wiederum darunter ein ordentliches bäuerliches Tageskleid, das am unteren Rand steif und schlammverkrustet war. Ihre Füße waren einfach mit Sackleinen umwickelt.

»Louisa, ich bin Mrs. Shiercliffe«, sagte Bethia mit gedämpfter Stimme. »Ich bin die Leiterin hier und heiße Sie herzlich willkommen. Wir haben uns schon so auf Ihre Ankunft gefreut. Wollen Sie nicht hereinkommen und sich das Zimmer ansehen, das wir für Sie vorbereitet haben?«

Die alte Frau gab nicht zu erkennen, ob sie hörte, was Bethia sagte, doch als Mrs. Crane ihren Arm nahm, ließ sie sich von ihr führen. Ihre Schritte waren schleppend und zögerlich. Als sie näher kam, fing Bethia ihren Geruch auf und musste sich beherrschen, nicht zurückzuweichen. Natürlich stank jemand, der keinen Zugang zu Seife und sauberer Kleidung hatte, aber die Intensität des Gestanks war schockierend — ein scharfer, beinahe animalischer Geruch. »Ein warmes Bad wäre jetzt genau das Richtige«, murmelte sie, woraufhin der Pfarrer sie mit einem tadelnden Blick bedachte, Mrs. Fenny jedoch zustimmend knurrte.

An der Türschwelle blieb Louisa unvermittelt stehen. Sie hob den Kopf, ihr Blick glitt von links nach rechts, und endlich sah Bethia ihr ganzes Gesicht. Braune Augen unter zusammengezogenen Brauen. Die Haut schwielig, voller Runzeln und Schmutz, der tief in den Furchen saß. Sie hatte einen breiten Mund und eine schiefe Nase. Einen mageren, sehnigen Hals. Ihr Haar war so stumpf, dass es kaum noch wie Haar aussah, es musste von Ungeziefer wimmeln. Bethia lehnte sich ganz leicht zurück, und in genau diesem Moment schüttelte Louisa den Kopf und versuchte umzudrehen.

Mrs. Crane hielt ihren Arm fest, hatte jedoch Schwierig-keiten, sie aufzuhalten. »Ist ja gut, Louisa. Ich gebe Ihnen mein Wort, Ihnen wird hier nichts geschehen«, sagte sie, doch der Kampf setzte sich fort. Mrs. Fenny schnalzte miss-billigend mit der Zunge, trat auf Louisas andere Seite, nahm ihren Arm und zog sie mit mehr Kraft nach vorn.

»Sanft, ich bitte Sie!«, mahnte der Pfarrer. »Das haben wir befürchtet.« Er versuchte, Louisas Hand zu nehmen, doch sie schüttelte nur den Kopf und wehrte sich noch mehr, wo-raufhin alle drei ins Straucheln gerieten. Die alte Frau stieß einen klagenden Laut aus, der so unglücklich und verzwei-felt klang, dass er Bethias Herz durchbohrte.

»Oh, kommen Sie herein, Sie gute Seele!«, sagte sie, trat näher und streckte lockend die Hände aus. »Wir wollen doch nur das Allerbeste für Sie.«

Beim Klang ihrer Stimme verstummte Louisa. Sie sah mit flackerndem Blick zu Bethia, dann an dem schlichten Ge-bäude hoch und zum kalten blauen Himmel darüber, schließ-lich wieder zurück zu Bethia, die aufmunternd lächelte und sich fragte, welche Gedanken der Fremden wohl durch den Kopf wirbelten. »Sehen Sie?«, sagte sie. »Dies ist ein guter Ort.« Zu Bethias Freude richtete sich die alte Frau etwas mehr auf und entwand ihren Arm dem Griff der Haus-mutter.

»Möchten Sie mitgehen, liebe Freundin?«, fragte Mrs. Crane, und zur Antwort ging Louisa einen Schritt voran, wenn auch langsam, und überschritt die Schwelle. Bethia sah den Pfarrer an, der ganz offensichtlich verblüfft zurück-blickte, und empfand einen Anflug von Triumph. Vielleicht würde sie ihr Vertrauen gewinnen, was bisher noch nieman-dem gelungen war. Vielleicht würde sie die rätselhafte Fremde dazu bewegen können, zu sprechen und ihr ihre

Geschichte anzuvertrauen. Vielleicht würde Bethia diese Geschichte aufschreiben und veröffentlichen. Ein Rätsel, das sie lösen konnte, während zahlreiche berühmte Männer und Ärzte gescheitert waren. Sie würde viele Briefe erhalten.

»Mrs. Fenny wird ihr alles zeigen«, sagte sie zu dem Pfarrer und versuchte so zu klingen, als sei nichts Bemerkenswertes geschehen. »Sie und Ihre reizende Frau müssen sich setzen und etwas mit uns essen, bevor Sie wieder aufbrechen.«

*

Edwin Shiercliffe war groß, hatte breite Schultern und die Haltung eines weitaus jüngeren Mannes. Das sandbraune Haar unterstrich sein jugendliches Aussehen noch, und die Fältchen in den Augenwinkeln wirkten, als wären sie nicht einfach seinem Alter geschuldet, sondern vielleicht der Tatsache, dass er fünfundsechzig Jahre lang gelächelt hatte. Was auch der Fall war. Er war immer noch ein gut aussehender Mann, und Bethia beobachtete mit bewundernden Blicken, wie er höflich Pfarrer Crane begrüßte, der über die Notlage der Armen vom Land salbaderte. Das Thema Louisa hatten sie bereits ausführlich besprochen, und Bethia musste dem Drang widerstehen, es erneut aufzunehmen, denn sie hatte dem eigentlich nichts Neues hinzuzufügen. Sie konnte sich jedoch auf nichts anderes konzentrieren und war erpicht darauf, zum Armenhaus zurückzukehren und die alte Frau wiederzusehen. Als sie merkte, dass Mrs. Crane bereits seit einiger Zeit nichts mehr gesagt hatte, räusperte Bethia sich.

»Kommen Sie häufig in die Stadt?«, fragte sie die schöne Pfarrersfrau.

»Nicht sehr häufig, Mrs. Shiercliffe, nein.«

»Ach, das ist schade. Es gibt für junge Leute hier in der

Stadt so viel Unterhaltung. Ich kann mir vorstellen, dass es in einem so kleinen Ort wie Bourton wesentlich ruhiger zugeht. Und noch ruhiger vielleicht, nachdem Sie jetzt eine Ihrer berühmtesten Einwohnerinnen verloren haben.«

»Ach, ich versichere Ihnen, dass wir jede Menge Möglichkeiten haben, uns zu amüsieren.« Mrs. Crane lächelte. »Mir waren die gute Luft und die ehrlichen Menschen auf dem Land immer lieber als …« Sie verstummte, lächelte wieder und errötete leicht. »Natürlich haben wir nicht so elegante Häuser wie Ihres«, fügte sie hinzu und ließ ihren Blick durch das Esszimmer der Shiercliffes wandern, das in der Tat äußerst vornehm war.

Das Mobiliar glänzte von Politur; die neue Einfassung des Kamins war aus einem einzigen schimmernden Stück Blue John aus Derbyshire gefertigt, und auf beiden Seiten hielten aufwendige vergoldete Girandolen je zehn Kerzen. Der Tisch war bereits mit dem Dessert-Service aus blauem Glas gedeckt, und sie warteten, dass die Nachspeise serviert wurde. Das Haus befand sich am oberen Ende der Charlotte Street mit Blick auf die Kathedrale und die dahinterliegenden Schiffsmasten im Float. Es lag nur einen Steinwurf vom Haus des hochverehrten Bürgermeisters Charles Pinney in der Great George Street entfernt, was als beste Adresse galt, bis die Laroches ein Haus in Clifton erworben hatten. Seither rümpfte Caroline jedes Mal die Nase, wenn Bethia eintraf, und bemerkte, dass der Stadtgeruch in ihrem Haar und ihrer Kleidung hinge, was ihr jetzt besonders auffalle, wo sie an die saubere Landluft gewöhnt sei.

»Freut mich, dass es Ihnen gefällt«, sagte Edwin höflich lächelnd, er war nicht im Geringsten beleidigt. So leicht es war, Mrs. Fenny zu beleidigen, so schwer war es, Edwin zu beleidigen.

Es folgte eine Pause, die der Pfarrer schließlich durchbrach.

»Sagen Sie, macht Ihnen das Aufkommen der Cholera hier in Bristol eigentlich große Sorgen?«, fragte er Edwin. Es war wohl kaum ein passendes Gesprächsthema bei Tisch, und Bethia schürzte die Lippen. Da beugte sich Mrs. Crane unvermittelt zu ihr herüber.

»Darf ich offen sprechen, Mrs. Shiercliffe?«, fragte sie.

»Ja, gewiss«, sagte Bethia beunruhigt.

»Ich mache mir große Sorgen um Louisa. Das ist eine große Veränderung für sie, und sie ist eine so sanfte Seele und so leicht zu verängstigen ...«

»Aber die erste Hürde haben wir doch schon genommen«, unterbrach Bethia sie. »Sie hatten Zweifel, dass sie überhaupt einen Schritt ins Haus machen würde, doch sie hat sich kaum widersetzt. Und sie schien mir zu vertrauen, oder nicht?«

»Ja, das stimmt.« Mrs. Crane schüttelte verwundert den Kopf. »Was mehr und besser ist, als wir zu hoffen wagten.«

»Ich habe keinen Zweifel, dass sie sich gut an ihr neues Leben bei uns gewöhnen wird, Mrs. Crane. Vielleicht wird sie mit der Zeit sogar über sich und ihre Vergangenheit sprechen.«

»Vielleicht. Wobei sie dann mit einer lebenslangen Gewohnheit brechen würde.«

»Man sagt, dass ich gut mit Menschen umgehen kann«, behauptete Bethia, was nicht stimmte, aber sie hatte sich immer sehr gewünscht, dass man so über sie sprach.

Mrs. Crane richtete sich etwas gerader in ihrem Stuhl auf. »Das ist in der Tat eine Gabe«, murmelte sie. »Aber ... sollte es Schwierigkeiten geben, würden Sie mir dann bitte schreiben? Dann würde ich Louisa lieber nach Hause holen, nicht dass sie woanders hinkommt und für uns verloren ist.«

»Nach Hause? In den *Heuhaufen*, wenn der Winter kommt?«

»Ein Heuhaufen, ja, aber sie hat ihn zu ihrem Zuhause gemacht und schien sich dort wohlzufühlen«, sagte Mrs. Crane, und Bethia begriff, dass die Entscheidung, Louisa ins Armenhaus zu bringen, nicht ihre gewesen war.

»Aber meine Liebe, Sie müssen doch einsehen, dass eine ordentliche Umgebung das Beste für Louisa ist?«

»Ich … Ich glaube, dass jemand, dem nur noch wenig Zeit auf dieser Erde bleibt, am besten an einem Ort aufgehoben ist, der ihn glücklich macht und der ihm vertraut ist. Wenn Sie sich bei Ihnen einlebt — und ich bete, dass sie das tut —, wäre ich natürlich überglücklich. Aber wenn nicht, werden Sie mir dann schreiben und mich informieren, Mrs. Shiercliffe? Bitte? Eigentlich wäre ich Ihnen dankbar, wenn Sie mir so oder so schreiben würden, damit ich weiß, wie es Louisa geht.«

Sie beugte sich erneut zu Bethia und sah sie durchdringend aus ihren grünen Augen an.

Ohne dass Bethia sagen konnte, warum, spürte sie eine Angst, als jemand entlarvt zu werden, der unaufrichtig gewesen war. »Natürlich werde ich Ihnen schreiben«, sagte sie nervös und mit einem Anflug von Eifersucht, da diese Frau ihr Louisa ganz offenbar wieder wegnehmen wollte.

Sie war erleichtert, als sich Paris auf ein Zeichen hin, das nur er sah und hörte, umdrehte und Juno die Tür öffnete. Sie trug auf einer großen Platte Früchte von den West Indies herein, die bereits geschält und aufgeschnitten waren, sodass die wundervoll leuchtenden Farben im Inneren zum Vorschein kamen — orange, rot und gelb. Dazu Marmeladen und Gelees in den gleichen Farben. Bethia klatschte vor Begeisterung in die Hände. »Oh, wie wunderbar! Womöglich haben Sie noch nie eine Riesenmirabelle probiert, Mrs. Crane? Oder eine Guave? Dann müssen Sie es jetzt unbedingt nachholen«, sagte sie und versuchte, nicht zu sehr auf Juno zu achten. Das Mädchen verursachte ihr ein merkwürdiges, unangenehmes Gefühl, als befände sich unter ihren Rippen ein Hohlraum. Sie konnte es nicht genau beschreiben, aber es schien ihr den Atem zu rauben.

Juno zog unweigerlich die Blicke auf sich. Sie trug die einfache, schlicht geschnittene Kleidung einer Bediensteten, doch Haube und Nadeln auf ihrem Kopf konnten kaum die üppigen schwarzen Korkenzieherlocken darunter bändigen. Als Bethia sie zum ersten Mal gesehen hatte, dachte sie, sie müssten sich drahtig anfühlen, doch als das Mädchen eines Winters krank war und sie ihr das Haar aus der Stirn strich, hatte es sich überraschend weich angefühlt. Ebenso wenig konnte das Kleid Junos Figur verbergen, die dermaßen kurvig war, dass es schon fast obszön wirkte. Das Mädchen schwang beim Gehen derart übertrieben die Hüften, dass Bethia sich sogar bei ihr darüber beschwert hatte. Aber Juno hatte nur gelacht. *Soll ich versuchen, mehr wie ein Mann zu gehen, Madam?*

Paris war ihr Bruder und zum Glück sehr viel zurückhaltender. Ein tadelloser Diener, immer makellos gekleidet und so still und vorausschauend, dass Bethia sich kaum erinnern konnte, wann sie ihn das letzte Mal hatte ansprechen müssen oder ihn hatte sprechen hören. Er tat einfach, was verlangt wurde, noch ehe sie oder Edwin darum baten. Bethia wünschte, Juno wäre mehr wie er und würde weniger Aufsehen erregen. Mrs. Crane starrte die beiden mit unverhohlener Neugier an und bekam vor Staunen runde Augen.

»Stimmt etwas nicht, Mrs. Crane?«, fragte Edwin. Der Pfarrer räusperte sich demonstrativ, woraufhin seine Frau den Blick senkte.

»Keineswegs, Mr. Shiercliffe«, sagte sie. »Ich habe nur bislang noch nie … Das heißt …« Ihr Lächeln wirkte etwas brüchig. »Man hört derzeit so viel von der Sklaverei und von ihrem Ende, doch ich bin bislang noch nie einem afrikanischen Sklaven persönlich begegnet. Verzeihen Sie — wie unhöflich von mir, so zu starren.«

»Es gibt keine Sklaven mehr auf britischem Boden, Mrs. Crane. Juno und ihr Bruder sind unsere guten und treuen Diener.« *Juno und ihr Bruder,* sagte er, wie Bethia auffiel. Niemals *Paris und seine Schwester*, obwohl Paris älter war und ein Mann.

»Ach? Dann bekommen sie ein Gehalt wie englische Bedienstete und sind frei zu gehen, wenn sie möchten?«

»Annabelle …«, mahnte der Pfarrer.

Edwin lächelte nachsichtig. »Es steht ihnen frei, zu gehen, ja«, sagte er. »Aber sie sind beide schon seit ihrer Kindheit bei mir. Ich habe sie gekauft, damit sie zusammenbleiben konnten, und sie wurden dazu ausgebildet, als Diener zu arbeiten. Ich hoffe aufrichtig, dass sie in meinem Haushalt bleiben wollen.«

Bethia wünschte, er würde sagen »bei uns« anstatt »bei mir«. Juno und Paris waren vor achtzehn Jahren mit einem von Edwins Schiffen eingetroffen. Als er gesagt hatte, er habe eine Überraschung für sie — eine Art Hochzeitsgeschenk, denn sie waren damals erst seit drei Monaten verheiratet —, hatte sie mit irgendeinem exotischen Gewürz gerechnet, oder mit einer Flasche edlen Alkohols vielleicht. Etwas Köstlichem. Sie hatte nicht mit kleinen Negerzwillingen gerechnet, einem Mädchen und einem Jungen, die mit zwei Jahren zu Waisen geworden und von Würmern und Kopfläusen bevölkert waren. Bethia hatte die Enttäuschung bei ihrem Anblick nicht verhehlen können.

Sie waren zu einer Kinderfrau unten in der Wellington Street geschickt worden und mit zehn Jahren zurückgekehrt, nachdem man ihnen die Grundlagen der Haushaltsführung beigebracht hatte, in der sie weiterhin ausgebildet wurden – Nähen, Frisieren, Rasieren, das Reinigen von Kleidung, das Bedienen der Gäste, das Servieren von Speisen und Getränken. Bethia erinnerte sich an Paris' ängstliches Gesicht am ersten Tag, als man die zwei in ihren nagelneuen Kleidern und Schuhen im Salon vorgestellt hatte. Ganz steif und mit bebenden Schultern hatte er dagestanden. Juno hingegen hatte herumgezappelt und sich mit frechem, prüfendem Blick im Raum umgesehen. Sie war nicht im Geringsten eingeschüchtert gewesen, und das hatte Bethia von Beginn an aufgebracht.

Pfarrer Crane räusperte sich erneut. »Meine Liebe, willst du nicht etwas von diesen wirklich prächtigen Früchten probieren?« Juno wartete neben Mrs. Cranes Schulter, auf einer Hand die Platte balancierend, in der anderen eine silberne Zange.

»Und die Früchte – wurden die auch von freien Männern und Frauen angebaut?«, fragte sie und blickte zu Juno hoch, sodass Bethia nicht wusste, an wen die Frage gerichtet war.

»Sie stammen von der Plantage meines Cousins auf der Insel Nevis, Mrs. Crane«, sagte Edwin. »Dort wurden Juno und ihr Bruder geboren. Ihre Mutter starb, als sie noch sehr klein waren. Sie hat als Sklavin auf dem Feld gearbeitet, aber auch die Sklaven auf dem Feld werden dort gut behandelt, das versichere ich Ihnen. Mein Cousin ist ein gerechter Mann mit einem guten Herzen.«

»Probieren Sie die Guavenmarmelade, die ist ganz köstlich«, sagte Bethia.

Mrs. Crane schien sie nicht zu hören. »Ein gut behandelter Sklave ist immer noch ein Sklave, Mr. Shiercliffe.«

»Annabelle ...«, mahnte der Pfarrer erneut.

»Die Bibel spricht sich nicht gegen die Sklaverei im Allgemeinen aus, Mrs. Crane. Sie sagt nur, dass der Sklave anständig und fair behandelt werden sollte.«

»Ich habe gelesen, dass das Wort ›Sklave‹ ein Übersetzungsfehler ist und besser als ›Diener‹ gelesen werden sollte. Und die Heilige Schrift sagt auch, dass es in der christlichen Kirche weder Sklaven noch freie Menschen gibt, weil wir durch die Liebe von Jesus Christus alle gleich sind. Sind wir nicht alle Söhne und Töchter von Adam und Eva?«

»Einige behaupten, dass Neger die Söhne Hams sind, die von Noah zur Sklaverei verdammt wurden.«

»Und denken Sie das auch?«, fragte sie hitzig.

Bethia hielt den Atem an, und sie meinte zu erkennen, dass der Pfarrer das Gleiche tat, doch Edwin lächelte so freundlich, dass sich die Spannung sofort wieder löste.

»Nein. Das tue ich nicht«, sagte er.

»Vielleicht lesen Sie etwas zu viel, Mrs. Crane«, sagte Bethia, woraufhin sie von der Pfarrersfrau mit einem Blick bedacht wurde, den man nur als mitleidig bezeichnen konnte.

»Jedenfalls ist es eine ziemlich gewichtige Debatte, wenn man bedenkt, dass es hier nur um die Wahl der Früchte geht«, sagte Edwin vollkommen ernst, und obwohl Mrs. Crane nicht lächelte, schien sie zumindest versucht, es zu tun. Edwin hatte stets diese Wirkung auf andere.

»Dann würde ich gern etwas von dieser Marmelade probieren, wenn Sie so nett wären, Juno«, sagte Mrs. Crane.

»Ja, Madam«, antwortete Juno mit überaus dünnem Lächeln.

Der Rest des Mittagessens verlief zu Bethias Erleichterung ohne weitere Gespräche über die Sklaverei auf den West Indies. In letzter Zeit ging es in den Gesprächen der Männer nur noch um dieses Thema, und sie war froh, dass sie keinen Beitrag dazu leisten musste. Es wollte schon etwas heißen, wenn nun auch die Frauen begannen, darüber zu reden. Erwartete man womöglich von ihr, dass sie Stellung bezog, wenn sie das nächste Mal mit Caroline und den anderen zusammen war? Ihre Ehemänner hatten alle irgendwelche Beteiligungen auf den West Indies, an Plantagen und am Handel. Wenn die Sklaverei in den Küstengebieten ebenso wie auf britischem Boden abgeschafft wurde und alle Sklaven frei waren, würde das Gespenst des finanziellen Untergangs durch viele edle Esszimmer der Stadt geistern. Letztes Jahr hatte es ein Plakat für Baillies Kampagne gegeben, das Edwin als schlecht aufgemachte Stimmenwerbung verlacht, das Bethia jedoch Unbehagen bereitet hatte. *BRISTOL verdankt seinen GANZEN Wohlstand, nein, ich würde sogar behaupten, seine EXISTENZ dem Handel mit den West Indies,* hatte dort gestanden. *Ohne ihn muss die Stadt für immer zugrunde gehen. Stellen Sie sich die heute so geschäftigen Straßen vor, von Unkraut überwuchert und verlassen, die eleganten Läden leer und die Türen in den Straßen verschlossen!* Bethia versuchte, sich keine Sorgen zu machen. Der Handel würde nichtsdestotrotz weitergehen, davon war sie fest überzeugt — Zucker wurde schließlich immer gebraucht, ebenso wie Tabak und Kaffee.

Sie merkte sich Mrs. Cranes Bibelzitat, um ihre Freundinnen mit der Unverfrorenheit dieser Frau unterhalten zu können. Als die Cranes sich verabschiedet hatten, trat Bethia ans Wohnzimmerfenster und sah, wie sie draußen stehen blieben, um mit Juno zu sprechen. Sie steckten die Köpfe zusammen, und schließlich reichte Mrs. Crane dem Mädchen ihre Karte. Anschließend drehte sich die Dienerin um und ging mit schwingenden Hüften und in deutlich zu gemächlichem Schritt zurück zum Haus. Bethia bemerkte, dass dort unten noch jemand war. Sie spähte hinunter und entdeckte, dass ihr Ehemann neben der Haustür stand und das Mädchen ebenfalls beobachtete. Sie ging nach unten zu ihm und hoffte ... Bethia war sich nicht sicher, ob sie wirklich hoffte, die beiden im Gespräch zu erwischen, oder eher, sie daran hindern zu können. Oder festzustellen, dass Edwin mit etwas ganz anderem beschäftigt war, zum Beispiel mit einem Vogel im Baum — er liebte Vögel —, und dass Juno in die Räume der Bediensteten nach unten gegangen war. Wieder spürte sie den Hohlraum hinter ihren Rippen, was dazu führte, dass ihr das Mittagessen schwer im Magen lag. Sie musste aufstoßen und hielt sich eine Hand vor den Mund.

»Ja, Sir, das mache ich«, sagte Juno, als Bethia im Flur zu ihnen trat.

»Braves Mädchen«, sagte Edwin, als sie sich zum Gehen wandte. Er stand mit dem Rücken zu Bethia, doch sie sah, wie Juno Edwin anlächelte. Bethia wusste, dass sie es sich nicht einbildete — da war etwas in ihren Augen, wenn sie ihn anlächelte. Etwas Wissendes, etwas unverhohlen Sinnliches. Aber das war ganz unmöglich. Das würde Bethia nicht zulassen. *Alter schützt vor Torheit nicht*, hatte ihre Mutter einmal gesagt und dabei die Augen verdreht, als ihr Stiefvater Quecksilber aus der Apotheke besorgt hatte, um einen weiteren Anfall von Gonorrhö zu behandeln. Doch nicht Edwin. Nicht mit Juno — einer Sklavin und *Negerin*. Bethia wünschte, sie könnte das Gesicht ihres Mannes sehen, doch wie so oft war es Juno zugewandt. Bethia zwang sich, an dem Druck an ihren Rippen vorbei zu atmen, und setzte ein Lächeln auf.

»Gab es noch anderen Aufruhr, Edwin?«, fragte sie. Als er sich umdrehte, betrachtete sie aufmerksam sein Gesicht, konnte jedoch keine Spur von Überraschung erkennen oder gar — wie befürchtet — hastig verborgene Schuld. Wie gnadenlos Caroline sein würde ... Solche Dinge sprachen sich auf die eine oder andere Art immer herum; normalerweise durch das unablässige Geschwätz der Dienstboten.

»Überhaupt nicht, Bethia«, sagte Edwin. Er holte seine Pfeife aus der Tasche und tippte damit leicht gegen seine Brust. Ihr war klar, dass er es nicht abwarten konnte, in sein Arbeitszimmer zu kommen und sie zu rauchen.

»Hast du etwas von der *Gazelle* gehört? Hat man sie gesichtet?«

»Nein.« Edwin runzelte leicht die Stirn, und Bethia nahm einen Hauch Unruhe wahr. »Sieben Wochen überfällig ...«, murmelte er, dann schien er sich zu fassen. Er lächelte sie an. »Das ist nicht sehr lange. Womöglich hat sie ein Sturm vom Kurs abgebracht, oder sie wurden durch Reparaturen aufgehalten. Du musst dir keine Sorgen machen, Bethia.«

»Es gibt keinen besseren Kapitän als Samuel Smeaton«, sagte Bethia, hielt sich dann an den Rat ihres Mannes und machte sich keine Sorgen.

»Wie recht du hast, Liebes.« Er nahm ihre Hand und führte sie an seine Lippen, dann lachte er. »Da hat Pfarrer Crane ja einen ganz schönen Hitzkopf geheiratet, was?«

»Sich mit dir in deinem eigenen Haus anzulegen ...« Bethia schüttelte den Kopf. »Das war äußerst undamenhaft.«

»Sie ist jung und hat den Kopf voller Weltverbesserungsideen. Ich war genauso.« Edward lächelte.

»Ich habe gesehen, dass sie Juno ihre Karte gegeben hat. Was kann sie damit bezwecken?«

»Ich habe irgendwie gehört, dass es um die Teilnahme an

einer Sonntagsmesse ging. In der Baptistenkirche in Broadmead. Die sind da unten ziemlich scharf auf die Abschaffung
der Sklaverei.«

»Vielleicht sollten wir sie in dem Fall nicht gehen lassen?«

»Ach, ich wüsste nicht, was das schaden sollte. Juno weiß
genau, was sie will. Also … an die Arbeit mit mir«, sagte er.
»Bis zum Abendessen, Liebes.«

»Ich glaube, ich gehe heute Nachmittag noch mal ins Armenhaus und sehe nach, wie sich unsere neue Bewohnerin
eingewöhnt hat.«

»Sie beschäftigt dich sehr, nicht wahr? Ich sollte zu gege-
bener Zeit auch einmal vorbeischauen und mich ihr vorstellen.«

»Ich würde dir raten, damit noch eine Weile zu warten.
Zumindest, bis wir sie gebadet haben«, sagte sie.

Edwin lachte, und das hohle Gefühl hinter Bethias Rippen verschwand.

*

Bethia hatte angenommen, dass Louisa bereits gewaschen
war und frische Kleider trug, wenn sie ins Armenhaus zurückkam – dass die alte Frau behaglich in ihrem Zimmer
saß und vielleicht etwas heiße Suppe aß. Normalerweise
wurden die Mahlzeiten an dem großen Tisch im Speisesaal
serviert, aber für Bettlägerige oder Neuankömmlinge wurden Ausnahmen gemacht, und Bethia hatte die Anweisung
hinterlassen, dass Louisa es sich aussuchen dürfe. Statt der
reizenden Szene, die sie sich ausgemalt hatte, hörte Bethia
jedoch, kaum dass sie durch die Tür war, Heulen und
Fluchen und fand Louisas Zimmer leer vor. Sie folgte dem
Lärm in die fensterlose Spülküche, wo die Bewohner
mindestens einmal im Monat in einem tiefen Holzzuber

badeten — oder gebadet wurden. Im Herd glühten Kohlen, und Lampen erleuchteten eine verwirrende Szene: Mrs. Fenny und Alice, die Köchin, versuchten mit vereinten Kräften, Louisa ins Wasser zu bugsieren. Aber Louisa stemmte sich gegen die Wand und den Zuber und schrie wortlos ihren Unwillen heraus. Eins der jungen Dienstmädchen, Julia, kauerte in einer Ecke.

»Himmel Herrgott!«, fluchte Mrs. Fenny atemlos, und Bethia tat ihr Bestes, nicht zu lächeln, denn Mrs. Fenny und Alice — die vom jahrelangen Teigkneten Arme wie ein Kerl hatte — waren nass und tropften, während Louisa — obgleich nackt, wie sie auf die Welt gekommen war — ganz und gar trocken war. Ihr Geruch erfüllte den Raum, und Bethia schob den stinkenden Haufen Kleider mit dem Fuß zur Seite.

»Was um alles in der Welt ist denn hier los, Mrs. Fenny?«, fragte sie.

»Nun ja, Mrs. Shiercliffe, wie Sie sehen, will dieses arme Geschöpf kein Bad nehmen«, blaffte Mrs. Fenny.

Wie auf ein Zeichen hin hörten alle drei Frauen auf zu kämpfen, richteten sich auf und schöpften Atem. Bethia sah zu Louisa und registrierte, dass sie geistig labil sein mochte, körperlich jedoch gesund war. Ihre Brüste besaßen noch einige Festigkeit, und auf ihren Unterarmen traten kräftige Sehnen hervor, während sie den Rand des Zubers umklammerte. Ihr Rücken war gerade, die Haut zarter und straffer, als Bethia erwartet hatte. Über Hüften und Bauch zogen sich silbrige Narben. Nur Gesicht und Füße waren die eines alten Weibes — ihre Zehengelenke waren knorrig und dick geschwollen, die Zehen selbst waren krumm und gerötet.

»Mrs. Fenny«, sagte Bethia so gelassen wie möglich. »Es hat einfach keinen Zweck, so mit ihr zu ... *ringen*.«

»Also, Sie wollten doch, dass sie gewaschen wird. Man muss mit ihr ringen, anders geht es nicht. So wie sie sich gebärdet, könnte man meinen, wir wollten sie bei lebendigem Leibe kochen!« Mrs. Fenny biss die Zähne zusammen.

»Vielleicht versuchen Sie es mal mit etwas mehr Geduld und etwas weniger Zwang?«

»Ich muss mich um die Suppe kümmern«, sagte Alice leicht gereizt. »Und obendrein warten noch vier Kapaune darauf, gerupft zu werden.«

Beide Frauen sahen Bethia herausfordernd an, woraufhin sie sich normalerweise entschuldigt und zurückgezogen hätte. Doch nicht in diesem Fall. Sie straffte die Schultern und dachte an Mrs. Crane, die ganz offensichtlich an ihr gezweifelt hatte. »Also, wollen wir doch mal sehen, ob sanfte Überzeugung dort Erfolg hat, wo brutale Gewalt versagt«, sagte sie.

Sie trat vor und legte behutsam eine Hand auf Louisas Arm. Sofort spannte die Frau sich an und machte sich bereit, erneut zu kämpfen. »Das muss Ihnen alles sehr merkwürdig vorkommen«, sagte Bethia ruhig. Die Frau atmete schwer ein und aus, doch es war kein Röcheln zu hören, kein Rasseln in ihren Lungen. »Mrs. Fenny ist etwas streng, aber sie meint es nur gut.« Bethias Blick zuckte zu der Hausmutter, die aussah, als würde sie sich auf die Zunge beißen, um sich ein paar bissige Worte zu verkneifen.

Bethia tauchte die Finger in das Bad, um zu prüfen, ob das Wasser warm war. Zumindest lauwarm. »Es ist nicht kalt, und da ist nichts Gefährliches drin. Ich bin mir ganz sicher, dass Sie sich sauber besser fühlen werden.«

Louisa legte den Kopf schief, als würde sie genau zuhören. Nach einem weiteren Moment des Zögerns ließ sie den

Zuber los und sah Bethia an. In ihren Augen lag etwas Suchendes, als wollte sie unbedingt verstehen.

Bethia lächelte und nickte. »Na also«, sagte sie. »Helfen wir Ihnen hinein, ja? Vielleicht fühlt es sich zuerst ein bisschen kühl an, aber Alice wird jetzt noch etwas Wasser erhitzen, nicht wahr, Alice?«

Die Köchin holte hörbar Luft und stapfte aus dem Raum.

»Hinein mit Ihnen, so ist es gut.«

Zu Bethias eigener Überraschung und großer Genugtuung stieg Louisa ins Wasser, stützte sich auf Bethias Arm ab, als sie sich setzte, und zog die Knie an die Brust.

Als sie sich zum Gehen wenden wollte, schüttelte Mrs. Fenny den Kopf. »Am besten krempeln Sie die Ärmel hoch und helfen uns, Mrs. Shiercliffe. Schließlich sind Sie die Einzige, die sie beruhigen kann.«

»Ja«, hörte Bethia sich sagen. »Ja, gewiss.«

Es dauerte eine ganze Weile, den Dreck von Louisas Haut zu schrubben, und noch länger, ihr Haar zu entwirren. Mrs. Fenny ignorierte Louisas Wimmern und Protest und gab sich alle Mühe, mit dem Kamm hindurchzukommen, doch das Haar war so mit Stroh und Kletten verfilzt, dass es unmöglich war.

»Es ist zwecklos«, erklärte Mrs. Fenny schließlich und richtete sich auf. »Die Haare müssen ab. Ich hole eine Schere.«

Während sie fort war, schrubbte Bethia Louisas Nägel mit einer Bürste und bemühte sich, nicht darauf zu achten, wie braun das Badewasser geworden war oder was für nicht zu identifizierende Dinge jetzt darin schwammen. Sie versuchte, auch die deformierten Füße zu schrubben, aber als Bethia sie berührte, schrie Louisa auf. Sie sahen aus, als würden sie ihr starke Schmerzen bereiten, darum nahm Bethia stattdessen ein weiches Tuch, wusch sie so behutsam wie möglich und sprach die ganze Zeit beruhigend auf Louisa ein. Ihre Zehennägel mussten unbedingt geschnitten werden. An manchen Stellen waren die Zehen so krumm, dass der Nagel in den Nachbarzeh drückte und dort bereits eine nässende Wunde hinterlassen hatte.

»Halten Sie jetzt ganz still«, sagte Bethia, als sie sich mit einem kleinen Schälmesser an ihnen zu schaffen machte.

Auf einmal wurde ihr bewusst, wie leicht es ihr fiel, sich um das schwache, bedürftige Wesen zu kümmern. Sie war sich sicher, dass sie sich in die Mutterrolle genauso natürlich eingefunden hätte, wäre ihr dieses Glück vergönnt gewesen. Kurz lag ihr ein altes Lied auf den Lippen, mit dem ihre eigene Mutter sie als Kind in den Schlaf gesungen hatte. War das tatsächlich ihre Mutter gewesen? Oder jemand anders? Sie schüttelte leicht den Kopf und versuchte, sich zu erinnern. Sie kannte die Melodie noch, aber nicht mehr die Worte — war es um eine holde Maid und einen kleinen Lord gegangen? *Sie hatten große Freude*, an diesen Teil erinnerte sie sich und an den Refrain — all dieses *Lulalu, lulalu*. Doch das spielte keine Rolle. Louisa war schließlich kein Kind. Dennoch geisterte das Lied weiter durch Bethias Kopf, und sie summte vor sich hin. Als Mrs. Fenny zurückkehrte, verstummte Bethia und merkte erst in diesem Moment, wie still und friedlich Louisa geworden war. Bethia blickte auf und stellte fest, dass die Frau sie mit ihren dunklen Augen unverwandt ansah.

Mit einer großen Schere schnitt Mrs. Fenny langsam Louisas Rattenschwänze ab, bis nur noch ein zwei Finger breiter weißer Flaum zurückblieb. Während die Strähnen nacheinander auf den Boden fielen, stellte sich Bethia vor, dass Jahre der Mühsal und des Schmerzes mit ihnen von Louisa abfielen.

Als Mrs. Fenny fertig war, sammelte sie die schmutzigen Strähnen ein und warf sie ins Feuer, wo sie zischten und einen bitteren Gestank hinterließen wie die Esse eines Schmieds.

Mit einem Seifenlappen machte sich Bethia an Louisas Gesicht zu schaffen. Dabei stellte sie fest, dass die tief zerfurchte Haut, die ihr gleich zu Anfang aufgefallen war, ein Netz aus Narben von alten Verletzungen barg, wobei die rechte Wange deutlich glatter war. Gleichzeitig war Louisas Haut vom Wetter gegerbt, mit tiefen Falten um die Augen und auf der Stirn und Runzeln an Mund und Kinn. Dennoch war die Veränderung bemerkenswert.

Nachdem sie abgetrocknet war und ein ungefärbtes Kleid des Armenhauses trug, erinnerte Louisa mit dem abgeschnittenen Haar an eine heilige Märtyrerin, die ins Feuer ging. Es wirkte wie eine Art Wiedergeburt auf Bethia. Die Befreiung von Angst und Verfall. Ihr nun freiliegender Hals, auf dem ihr leicht wackelnder Kopf saß, hatte etwas Jungfräuliches an sich — etwas Zartes und Verletzliches. Ja, eine Wiedergeburt — so würde Bethia es Caroline und den anderen erzählen. Sie wusste schon jetzt genau, mit welch wehmütiger Ehrfurcht sie es beschreiben würde. »So«, sagte sie zufrieden. »Sie fühlen sich doch sicher besser, nicht wahr, Louisa? Ihr Haar wird bald wieder wachsen, da bin ich mir sicher. Zumindest ist es jetzt nicht mehr so schwer zu tragen. Nun, Sie müssen hungrig sein. Ich frage mich, wie Alice mit der Suppe vorankommt.«

Als sie Louisa aus dem Raum führen wollten, sträubte sie sich erneut und streckte die Hand nach ihren alten Kleidern aus.

»Das dreckige Zeug brauchen Sie nicht mehr«, sagte Mrs. Fenny. Doch Louisa griff nach unten, um den Haufen zu durchsuchen. Schließlich beförderte sie einen kleinen Leinenbeutel hervor, der Bethia zuvor nicht aufgefallen war und den Louisa offenbar unter den vielen Kleiderschichten versteckt hatte.

»Ach — darin hat sie sicher ein paar persönliche Dinge«, sagte Bethia. »Die soll sie natürlich behalten. Und sie hat einen blauen Schal getragen — nach einer gründlichen Reinigung kann man ihn vielleicht noch gebrauchen.«

»Sehr wohl, Madam«, sagte Mrs. Fenny, die durch Bethias Erfolg mit dem Bad ein wenig kleinlauter zu sein schien.

Sie brachten Louisa, deren lädierte Füße ein schlurfendes Geräusch machten, in ihr Zimmer, wo Bethia erfreut sah, dass tatsächlich ein Feuer im Kamin brannte. Sie fanden ein Paar weiche Stoffpantoffeln für Louisa und setzten sie neben den Ofen. Da bemerkte Bethia, dass die Fremde sie nicht aus den Augen ließ. Sie war stets auf der Hut und hatte immer denselben suchenden, fragenden Ausdruck in den Augen.

Zuerst genoss Bethia noch das neuartige Gefühl, etwas Wildes gezähmt zu haben. Doch schon bald entschloss sie sich zu gehen, weil der prüfende Blick der alten Frau sie ein wenig zu stören begann. Als sie sich an der Tür noch einmal umdrehte, um ihr eine gute Nacht zu wünschen, kam ihr Louisas Gesicht mit den starr blickenden Augen im Feuerschein plötzlich irgendwie vertraut vor, und die Wachsamkeit darin wirkte ganz und gar nicht freundlich. Sogar im Gegenteil geradezu bösartig. Die Wirkung hielt nur einen Augenblick an, doch Bethias Magen geriet derart in Aufruhr, dass sie sich am Türrahmen abstützen musste, bis es vorbei war. Von einem Moment zum anderen war das Vertraute wieder verschwunden und mit ihm das schreckliche Gefühl;

nur ein leichtes Beben blieb zurück. Natürlich war an Louisa nichts Vertrautes und in ihren Augen auch nichts Böses. Ihr Blick war der eines sehr kleinen Kindes, frei von jeglichem Verständnis. *Nein, fürwahr*, dachte Bethia, um sich zu beruhigen. *Nein. Das kann nicht sein.*

3

HEUTE

Liv eilte zur Ladentür, doch noch ehe sie das Schloss ent-
riegelt hatte, verebbte ihre erst kurz zuvor aufgewallte
Hoffnung auch schon wieder. Der Mann, der auf der Türschwelle schlief, hatte nicht die Größe und Statur ihres
Vaters. Er war deutlich kleiner. Die zerschlissenen Turnschuhe
an seinen Füßen waren höchstens eine Zweiundvierzig, Martin hingegen hatte eine nicht zu übersehende Fünfzig getragen. Zögernd und so sanft wie möglich öffnete Liv die Tür,
doch die Glocke bimmelte, und der Mann, der an der Tür gelehnt hatte, rollte nun auf sie zu. Er erwachte und starrte sie
wütend an.

»Was soll das? Warum musst du mich wecken?«, fragte er
gereizt mit breitem Bristoler Akzent. Er war schon älter, die
schwarze Haut wettergegerbt, die Lippen von der Kälte aufgesprungen. Sein Bart war ein dichtes Gewirr aus grau melier-
tem Haar, die buschigen Augenbrauen wirkten drahtig. Finster sah er zu ihr hoch, dann drehte er sich um und rappelte sich
mühsam auf, wobei er vor Anstrengung keuchte. Liv erwog,
die Tür wieder zu schließen, machte sie halb zu, hielt dann jedoch ratlos inne. »Und? Lässt du mich rein?«, fragte der Mann.

»Ich … Der Laden ist geschlossen«, sagte Liv. »Tut mir
leid.« Sie machte erneut Anstalten, die Tür zu schließen.

»Was soll das heißen? Geschlossen? Die Tür ist offen, die Lichter sind an, du stehst da und glotzt wie ein Fisch.«

»Ja, aber … Ich habe hier nur übernachtet. Ich führe den Laden nicht.«

»Ich komme immer her. Willst du sagen, ich darf nicht mehr kommen? Wo ist Polly?«

»Das weiß ich nicht, tut mir leid. Ich weiß nicht, wer Polly ist, aber der Laden ist geschlossen. Martin ist nicht mehr da.«

»Martin? Und wer bist du? Na, komm schon, hier draußen ist es kalt. Ich brauche eine schöne heiße Schokolade zum Warmwerden.«

»Es tut mir leid. Sie müssen jetzt gehen.«

Liv schloss die Tür, und einen seltsamen, angespannten Moment lang starrten sie und der Mann sich durch die Glasscheibe hindurch an. Seine schwarzen Augen waren fast unter seinen üppigen Brauen verborgen, die Unterlippe stand etwas vor, sodass die rosa schimmernde Innenseite zum Vorschein kam, und obwohl er verärgert schien, hatte er nichts wirklich Bedrohliches an sich. Er war eindeutig verwirrt, denn Liv war sich ziemlich sicher, dass es im Leben ihres Vaters keine Polly gegeben hatte. Vielleicht hatte er sich in der Tür geirrt, oder er kannte den Laden von früher, bevor ihr Vater ihn vor sechzehn Jahren gekauft hatte. Sie hatte keine Ahnung, ob hier früher ein Café gewesen war. Ihre Hände waren kalt, und sie zog die Pulloverärmel darüber. Draußen steckte der alte Mann die Hände unter die Achseln und stampfte mit den Füßen auf, und Liv zitterte bei der Vorstellung, dass er die ganze Nacht dort draußen geschlafen hatte. Die Temperatur lag nachts kaum über dem Gefrierpunkt. Seine Kleidung bestand aus abgetragenen, schlecht sitzenden Sachen, aber wenigstens hatte er einen dicken Steppmantel. Es fühlte sich falsch an, ihn auszusperren, aber nach allem, was man Liv von klein auf beigebracht hatte, wäre es dumm, ihn hereinzulassen. Sein Atem dampfte im Sonnenschein. Er trat vor und legte schützend die Hände um die Augen, um in den Laden spähen zu können.

»Ich sehe dich da drin!«, sagte er. »Warum lässt du mich nicht rein? Hol Polly oder Cleo — die werden es dir sagen!«

»Ich … Ich kann Sie nicht reinlassen«, erwiderte Liv und fühlte sich dabei recht unbehaglich. »Bitte gehen Sie einfach woandershin. Oben auf dem Hügel ist ein Café, gleich da vorn. Das sollte jetzt geöffnet sein.«

Der Mann machte keine Anstalten, sich zu entfernen. Kopfschüttelnd ging er ein paar Schritte auf und ab und murmelte dabei vor sich hin. Liv war noch immer unschlüssig, was sie tun sollte. Wie sollte sie reagieren, wenn er wütender wurde und versuchte, gewaltsam in den Laden zu gelangen? Sie ging nach oben zu dem Schreibtisch auf dem Podest, um in der Nähe des Telefons zu sein, falls sie die Polizei rufen musste, doch dann hörte sie draußen eine andere Stimme — wieder die Frau mit den blauen Zöpfen vom Laden gegenüber. Liv blickte zu ihnen hinunter und versuchte, sich aus dem Blickfeld zu halten, während sie lauschte.

»Also, das ist jetzt ein Buchladen — lustige kleine Bücher —, kein Café, und der hat auch schon seit einer Weile geschlossen«, erklärte sie ihm. »Nein, ich weiß nicht, wer sie ist, aber wenn geschlossen ist, ist geschlossen, verstehen Sie? Am besten gehen Sie weiter, machen Sie ihr keine Angst.«

»Wovor sollte sie denn Angst haben? Ich bin ein alter Mann.«

»Sie könnten ein Junkie sein.«

»Ha! Das Zeug habe ich nie angerührt. Damit schmort man sich das Hirn weg!«

60

»Ja, schön für Sie«, sagte die Frau ironisch. »Ich bin mir sicher, Sie sind total clean. Gehen Sie nach oben und trinken Sie einen Becher Tee auf meine Kosten. Passen Sie auf sich auf, es könnte glatt sein. Gehen Sie jetzt.« Sie reichte ihm ein paar Münzen, die er in der Handfläche umdrehte und musterte, als würde er sie nicht erkennen. Die Frau stand mit verschränkten Armen vor ihm, bis er sich umgedreht hatte und den Hügel hinaufging. Er hatte den schlurfenden Gang eines alten Mannes, als wären Knie und Hüften steif, und Liv fühlte sich elend. *Wovor sollte sie denn Angst haben?* Die Frau schlug mit einem Knöchel gegen die Scheibe der Tür und wartete einen Moment, aber Liv rührte sich nicht von der Stelle.

*

Später ging Liv zum Hafen hinunter, wo der Frome, der unter den Straßen der Stadt verlief, aus der Erde kam und in den Floating Harbour floss. Sie nahm den Weg Richtung Westen an den überdachten Arkaden mit Geschäften und Restaurants vorbei. Weiter den Bordeaux Quay, Hannover Quay und Capricorn Quay am Float entlang, bis sie sich gut eine Meile vom Zentrum entfernt gegenüber von Spike Island befand. Dort bestellte sie sich in einem Pub ein Glas Wein und setzte sich damit in die blasse Sonne, auch wenn es so kalt war, dass sie ihren Atem sehen konnte.

Das Licht, das sich auf der Wasseroberfläche spiegelte, schmerzte in ihren Augen. Seit Monaten war sie kaum draußen gewesen, den Sommer hatte sie im Gästezimmer ihrer Mutter verbracht, ihrem selbst gewählten Gefängnis. Ein Holzschiff mit Masten und Takelage glitt vorbei, und Liv dachte, wie sehr das ihrem Vater gefallen hätte — die Vorstellung, dass jemand vor zweihundert oder noch mehr Jahren genau dasselbe gesehen haben könnte. Wahrscheinlich hätte er gewusst, wie das Schiff hieß, wann es gebaut worden war und wer es restauriert hatte. Liv dachte daran, wie sie vor dem obdachlosen Mädchen davongeeilt war und sich vor dem alten Mann im Laden versteckt hatte — und dann auch noch vor der hilfsbereiten Nachbarin aus den Christmas Steps. Früher war sie nicht so menschenscheu gewesen.

Es hatte mit Arthur McGann angefangen — Arty —, mit dem sie im letzten Jahr vier Monate zusammen gewesen war. Siebzehn Wochen, die sie und ihr Leben für immer verändert hatten. Zu Beginn hatte das natürlich keiner von ihnen ahnen können, und Liv versuchte, ihm keine Vorwürfe zu machen. Arty war so überzeugt gewesen, genau zu wissen, wie er war und auch wie *sie* war, bevor er begriffen hatte, dass sie das alles überforderte. Und anstatt wegzugehen, anstatt sich zu behaupten, war Livs Selbstwertgefühl irgendwie auf der Strecke geblieben. Sie konnte ihr eigenes tief verwurzeltes Verlangen, allen Menschen zu gefallen, einfach nicht loswerden — auch wenn sie sich bewusst war, wie sehr es ihr schadete. Sie wünschte, sie hätte mit ihrem Vater darüber gesprochen. Er hätte ihr nicht gesagt, was sie tun sollte — das hatte er nie getan —, aber er hätte ihr genau die richtigen Fragen gestellt, während alle anderen bloß ihre Meinung kundtaten. Wie großartig Arty sei, wie gut er aussehe, wie ehrgeizig er sei. Nach nur drei Monaten hatte Arty schon vom Zusammenziehen gesprochen, von Heirat, nie schien er Livs Zustimmung zu brauchen, nur ihre Aufmerksamkeit. Als wäre das ein und dasselbe.

Liv atmete tief durch. Es war sinnlos, sich über Dinge aufzuregen, die man nicht ändern konnte. Das hatte Martin ihr einst erklärt. Und es war schwer, diese kurze katastrophale Beziehung zu bereuen, angesichts dessen, was als Nächstes passiert war. Sie holte das winzige Buch hervor, das ihr Vater ihr geschickt hatte, und las es erneut, obwohl sie den Text inzwischen auswendig kannte. *Und der einzige Trost ist uns nur/Dass Trauer so rein sein kann, so pur.* Sie schluckte und konzentrierte sich auf ihren Atem – ein und aus. Auf das Hier und Jetzt. Es musste Martin schrecklich verletzt haben, dass sie sich nicht an ihn gewandt hatte. Sein ganzes Leben hindurch hatte er selbst so sehr mit seiner seelischen Gesundheit gerungen. Er hatte lange schlechte Phasen gehabt und lange gute Phasen. Er hatte es mit Medikamenten probiert, mit Gesprächs- und mit Verhaltenstherapie. Mit Akupunktur, Alkohol und Marathontraining, obwohl sein kräftiger Körperbau nicht für lange Läufe gemacht war. Liv erinnerte sich noch ganz genau, wie er kaum eine halbe Meile von hier entfernt auf einer Bank am Hafen gesessen hatte, den großen angegrauten Kopf nach vorn geneigt. Er hatte sie aus zusammengekniffenen Augen angeblinzelt, und das Licht fing sich in seinem goldenen Eckzahn. Als sie sich erkundigte, wie es ihm ginge, lächelte er.

»Mich kriegt keiner mehr hin, Liv. Und das ist okay. Ich habe lange gebraucht, um das zu begreifen. Wenn etwas nicht zu ändern ist, muss man es akzeptieren und irgendwie damit klarkommen, das ist der ganze Zweck der Übung. So wie man sein Haus umbauen muss, wenn man plötzlich nicht mehr gehen kann.«

»Aber bist du denn glücklich?«, hatte sie nachgehakt, weil sie sich das so sehr für ihn wünschte.

»Was heißt schon glücklich, Liv?«, hatte er zurückgefragt und gelacht, als er ihre besorgte Miene sah. »Ich sitze hier in der Sonne neben meiner über alles geliebten Tochter und habe ein Bacon Sandwich zum Frühstück gegessen. Also ja, ich bin glücklich.«

Liv wusste, dass er die ersten vier Jahre nach seiner Trennung von der Familie im Freien übernachtet hatte — nach dem Zusammenbruch, durch den er pleitegegangen war, nachdem sie in eine deutlich kleinere Wohnung gezogen waren und nach der Scheidung. Irgendwann hatte er nicht mehr auf der Straße geschlafen, sondern auf dem Sofa eines Freundes oder in einem besetzten Haus, bis er Hilfe bekam und ein Zimmer in einem Hostel. Vier verlorene Jahre, an die er sich kaum erinnerte, sagte er — nur Schmerz und Chaos. Er hatte das Gefühl gehabt, nicht real zu sein, als sei er in einem Sog gefangen, der ihn mit sich riss und aus dem er sich nicht befreien konnte. Und wie konnte jemand, der nicht real war, überhaupt ein Leben führen? Wie konnte er Geld verdienen, eine Familie versorgen oder eine Mahlzeit kochen? Er konnte später nicht genau sagen, was sich geändert oder was ihn zu sich zurückgebracht hatte.

»Es war einfach … als hätte die Ebbe eingesetzt«, erklärte er ihr, als sie ungefähr vierzehn war und sich endlich zu fragen getraut hatte. »Die Ebbe kam, und ich konnte alles wieder klarer sehen. Wie früher, rational — vermutlich mehr oder weniger so, wie du es jetzt siehst. Ich wusste wieder, wer ich war, und erhielt Hilfe. Ergibt das einen Sinn?« *Eigentlich nicht*, dachte Liv, aber sie nickte. Sie verstand, wie viel Kraft es ihn gekostet haben musste, wieder aufzustehen.

Tränen schnürten ihr die Kehle zu, und sie merkte, dass sie versuchte, sich von ihm zu verabschieden. Den Blick starr aufs Wasser gerichtet, über dem kreischende Möwen kreisten, dachte sie, wie wunderbar er gewesen war, und vermisste ihn schrecklich. Er war so klug, lustig und nachsichtig. Er hatte Menschen mit all ihren Schwächen, ihrer Vergangenheit und ihren Eigenheiten geliebt. Er war niemals voreingenommen gewesen, und es hätte ihm zutiefst widerstrebt, mit ansehen zu müssen, wie Liv sich in letzter Zeit vor der Welt versteckt hatte. Doch sie wusste einfach nicht, was man von ihr erwartete, wie sie sein sollte.

Liv ging denselben Weg zurück, an alten und neuen Schiffen vorbei, an neuen Gebäuden und jahrhundertealten Lagerhäusern, die sie jedoch kaum wahrnahm, so sehr war sie in ihre Gedanken vertieft. Irgendwann würde sie ein neues Normal für sich finden. Das hatte man ihr jedenfalls gesagt. An manchen Tagen war das leichter vorstellbar als an anderen, und sie wusste, dass Martin ihr geholfen hätte, daran zu glauben.

Sie wandte sich vom Float ab und ging eine Straße hoch, die es in ihrer Kindheit noch nicht gegeben hatte — sie gehörte zu dem neu gestalteten einstigen verfallenen Industrieviertel hinter dem Hannover Quay. Liv lief zwischen zwei Wohnblocks aus Glas und Stahl hindurch, die sich an einem begrünten Fußweg gegenüberstanden. Im Abstand von wenigen Metern waren Bänke aufgestellt. Auf halbem Weg blieb Liv stehen. Rechteckige Metallarme unterteilten die Bänke in einzelne Sitzflächen, sodass niemand auf ihnen schlafen konnte. Genau wie Leute Metallstifte auf Gebäudevorsprüngen anbrachten, damit dort keine Tauben brüten konnten. Eine Strategie zur Schädlingsbekämpfung, diesmal gegen Menschen eingesetzt. Liv dachte an das Mädchen vor dem Tesco mit der nassen Decke und der Katze und an den alten Mann heute Morgen vor dem Laden, der sich die Hände unter den Achseln gewärmt hatte. Sie dachte an ihren Vater, der in ebendiesen Straßen geschlafen hatte, und spürte gleichzeitig Wut und Scham in sich aufsteigen.

*

Bei ihrer Rückkehr in die Christmas Steps steuerte Liv direkt auf den Laden gegenüber von Martins zu; er hatte eine leuchtend gelbe Tür, und im Schaufenster hingen verschiedene Poster. Ehe sie es sich anders überlegen konnte, ging sie hinein. Innen herrschte ein ziemliches Durcheinander, das von mehreren Lichterketten erleuchtet wurde. In der Mitte standen Regale mit alten und neuen Schallplatten, die Wände waren von Glasvitrinen mit Kristallen, Rauchutensilien und Silberschmuck gesäumt. Es roch schwach nach Marihuana, und Liv erkannte Martins Kalligrafie auf den Infokärtchen neben den Kristallen. Die Frau mit den blauen Zöpfen lächelte, als sie Liv sah, und erhob sich aus einem Sessel im hinteren Bereich, wo sie über dem Tresen gekauert und mit einer Pinzette aus Perlen und Draht etwas gebastelt hatte. Sie war nicht besonders hübsch, aber durch ihre markanten Wangenknochen sehr apart, hatte makellose Haut und klare blaue Augen, die fast dieselbe Farbe hatten wie ihre Haare. Sie überragte Liv, die es gewohnt war, von anderen überragt zu werden, und streckte ihr die Hand hin.

»Alles klar? Ich habe mich schon gefragt, ob ich dich noch mal sehe«, sagte sie. »Ich bin Tanya. Das ist mein Mann Dean«, sagte sie und deutete mit dem Kinn auf einen Mann, den Liv noch nicht bemerkt hatte. Er schlief in einem Sessel in der Ecke mit einer Ausgabe des *New Musical Express* auf dem Gesicht. »Ist gestern etwas spät geworden.«

»Liv Molyneaux.«

»Dann bist du Martins Tochter? Er hat die ganze Zeit von dir gesprochen.« Tanya lächelte flüchtig. »Tut mir leid, was passiert ist. Er war so ein netter Kerl. So anständig …« Sie verstummte.

»Ja. Danke. Er … Es stand wohl in der Zeitung?«

Tanya schüttelte den Kopf. »In Bristol passiert viel zu viel

66

Mist, als dass es so etwas in die Nachrichten schaffen würde. Mir ist nur aufgefallen, dass der Laden einige Tage geschlossen war, was ihm nicht ähnlich sah – ich meine, wenn er weggefahren wäre, hätte er Bescheid gesagt. Als er nach einer Woche noch immer nicht ans Telefon ging, bin ich zur Polizei gegangen. Da hat man mir erzählt, was passiert ist«, sagte sie mit sanfter Stimme, aber ohne zu zögern oder verlegen zu wirken.

Liv nickte.

»Du musst ihn sehr vermissen«, fügte Tanya hinzu.

»Ja, ich … Er ist schon ausgezogen, als ich noch sehr klein war. Aber er war ein guter Vater. Der beste.«

»Ich wünschte, mein Vater wäre wie er gewesen. Meiner war irgendwie halb gar – das hat meine Oma früher immer gesagt. Was ihm an Grips fehlte, hat er durch sinnlose Gewalt ausgeglichen. Der beste Tag meines jungen Lebens war, als ich in Pflege kam.« Tanya grinste schief, dann schüttelte sie den Kopf. »Armer Martin«, sagte sie. »Scheißdepression. Das ist ein verdammter Mist.«

Tanya hatte eine Hand auf die Hüfte gestützt. Ihre Haltung war irgendwie merkwürdig, als sei ihr Rückgrat zu lang, um aufrecht stehen zu können. Sie trug blau-weiß gestreifte Haremshosen und ein T-Shirt von der Band *Tame Impala*. Liv bemerkte ein Netz aus silbrigen Narben auf Tanyas Handgelenken und Armen und wandte schnell den Blick ab.

»Also, ich wollte nur Hallo sagen«, sagte sie. »Und danke, dass du mir heute Morgen mit dem Obdachlosen geholfen hast. Jetzt komme ich mir albern vor, aber ich … Ich wusste nicht, was ich tun sollte.«

»Schon in Ordnung. Und mach dir keine Vorwürfe – hier hat man es mit allen möglichen Verrückten zu tun. Und allein in einer Wohnung zu sein, bringt einen auch auf komische Gedanken, oder? Ich hasse es jedenfalls. Ich mache kein Auge zu, bis Dean nach Hause kommt, egal, wie spät es ist. Oder wie früh.« Sie deutete wieder auf den schlafenden Mann.

»Ja, letzte Nacht hab ich nicht gut geschlafen. Schlecht geträumt«, sagte Liv. »Es ist einfach so seltsam, ohne ihn hier zu sein.«

»Übernimmst du den Laden jetzt?«

»Nein. Also, ich glaube nicht. Ich war ... Ich habe eine Weile wieder bei meiner Mutter gewohnt, aber wir brauchen beide eine Pause voneinander. Ich dachte, ich bleibe eine Weile hier. Aber ich weiß noch nicht, wie lange.«

»Ah, okay«, sagte Tanya, die ganz offensichtlich neugierig war, aber sie dennoch nicht weiter bedrängte. »Also, du bist hier jederzeit willkommen. Wir sind immer da — nun ja, fast immer. Und wir wohnen oben, was nicht mehr viele in den Steps tun. Ich meine, natürlich wohnen Leute in den oberen Wohnungen, aber das sind meist nicht die Ladeninhaber, darum ist es schwer, sie kennenzulernen. Wir sind hier, wenn du irgendwie Angst hast.«

»Das ist sehr nett. Danke.«

Die Tür ging auf, und zwei junge, ganz in Schwarz gekleidete Männer kamen herein — blass und ernst.

»Alles klar?«, begrüßte Tanya sie. »Neue Ware ist in dem letzten Container, aber sie ist noch nicht ausgezeichnet. Sagt mir Bescheid, wenn ihr was wollt, dann wecke ich ihn.«

»Ich lasse dich mal weitermachen«, sagte Liv. »Aber ... was soll ich deiner Meinung nach tun, wenn der alte Mann zurückkommt? Hast du ihn schon mal hier gesehen?«

»Ja, ein paarmal. Im Frühjahr, als der Laden noch offen war. Vielleicht hat er gesehen, dass das Licht wieder brannte, als er vorbeikam. Er scheint harmlos zu sein.« Tanya zuckte die Achseln. »Ist wohl nicht ganz richtig im Kopf, oder? Aber du musst gar nichts tun, es sei denn, du willst ihm Geld für einen Tee geben.« Sie musterte Liv einen Moment lang. »Gibt es da, wo du wohnst, keine Obdachlosen, die an die Tür klopfen?«

»Nein«, gab Liv etwas verlegen zu, obwohl in Tanyas Frage kein Unterton gelegen hatte.

»Wenn es zur Gewohnheit wird, kannst du bei StreetLink Bescheid sagen. Die schicken dann jemanden, der sich um ihn kümmert, und versuchen, ihn irgendwo in einem Zimmer unterzubringen.« Sie zuckte erneut die Achseln. »Aber es ist ein freies Land. Die Straßen gehören allen, stimmt's?«

»Stimmt.« Liv wollte sagen, dass sie nicht zu jenen gehörte, die meinten, man sollte die Obdachlosen mit dem übrigen Gelump wegschließen, das die Gesellschaft nicht haben wollte. Aber sie hatte Angst vor dem alten Mann gehabt und war zu beschämt gewesen, um sich mit dem Mädchen mit der Katze zu unterhalten, also sollte sie wohl lieber den Mund halten. Sie fragte sich, wie viel Tanya über die Vergangenheit ihres Vaters wusste, über seinen Gesundheitszustand. »Hat mein Vater … Ich meine, wirkte Martin anders auf dich als sonst, kurz bevor er verschwunden ist?«, fragte sie. »Schien es ihm nicht gut zu gehen?« Unerwartet stiegen ihr Tränen in die Augen, und ihr Blick verschwamm. »Vergiss es«, sagte sie eilig. »Sorry. Danke noch mal, war nett, dich kennenzulernen.«

»Warte — ich komme später rüber zu dir, okay? Nach Ladenschluss? Ach, Mist — ich kann ja gar nicht. Da kommt jemand zur Behandlung. Aber morgen Nachmittag? Dann können wir uns unterhalten.«

*

Livs Träume waren wieder die gleichen wie in der Nacht zuvor, diesmal aber intensiver, lebendiger — *realer*. In der stillen dunklen Wohnung schienen die leisen Schreie des Babys von überall und nirgends herzukommen. Erst aus dem Nachbarzimmer, doch als sie hastig durch die Dunkelheit dorthin stolperte, wanderte das Geräusch und kam wieder von einem Ort, den sie nicht sehen konnte. Liv wusste nicht, ob sie träumte oder nicht, ob sie wach war oder schlief. Ob sie tatsächlich auf den Füßen stand und ein Zimmer nach dem anderen durchsuchte oder sich einfach nur im Bett wand. Die Not des Babys rieb wie eine Messerklinge über einen empfindlichen Nerv und schmerzte in ihrem Rückgrat. Sie hatte eine vage Erinnerung daran, wie leicht sich der Säugling in ihren Armen angefühlt hatte — eine körperliche Erinnerung an einen so kostbaren Moment, dass sie ihn niemals vergessen würde — niemals vergessen *konnte*. Die Haut, die ihre berührt hatte, war so zart, so neu gewesen, dass sie Angst gehabt hatte, sie zu verletzen. So klein, so hilflos. Perfekt — und dann wieder fort. Auch im Traum machte sie sich Sorgen, weil mit dem Baby etwas grundsätzlich nicht zu stimmen schien, ohne dass sie es genauer benennen konnte.

Verwirrt und voller Sehnsucht wachte Liv auf. Es war noch dunkel, und sie wusste nicht, ob sie tatsächlich aus dem Bett aufgestanden war oder nicht. Das Bettzeug war völlig zerwühlt, aber das Weinen des Kindes hatte aufgehört. Sie rieb sich die Augen, die vor Müdigkeit brannten, setzte sich auf und trank in gierigen Schlucken das Wasser, das neben ihrem Bett stand. Aber auch danach war ihr Hals noch trocken.

Es war jetzt ein halbes Jahr her, allmählich sollte es ihr wirklich besser gehen. Damals hatte man ihr Schlaftabletten verschrieben. Daraufhin hatte sie traumlos und wie betäubt geschlafen und morgens lange gebraucht, um wieder zu sich zu kommen. Auch nach dem Absetzen der Tabletten waren die Träume nicht wiedergekommen, und sie hatte sich gefragt, ob sie jemals wieder träumen würde. Jetzt wünschte sie sich die Leere zurück, denn die tat zumindest nicht weh.

Sie lag eine Zeit lang ruhig da und versuchte zu dösen, doch plötzlich hielt sie die Luft an. Sie konnte kaum hörbar ein Flüstern vernehmen und spitzte die Ohren. Eine Frauenstimme? Oder mehr als eine? Sie konnte keine einzelnen Worte verstehen, hörte nur ein leises Wispern, kaum verständliche Silben. Es könnten die Nachbarn sein, aber irgendwie erschien ihr das nicht sehr wahrscheinlich.

Liv versuchte weiter zu verstehen, was gesagt wurde, doch als sie sich aufsetzen wollte, stellte sie fest, dass sie nicht dazu in der Lage war. Diese Tatsache irritierte ihr Gehirn so sehr, dass es sie nicht verarbeiten konnte. Ihr war kalt, doch aus den Haaren an ihrer Schläfe rann ein Schweißtropfen. Die leisen Stimmen waren ganz nah. Direkt dort in ihrem Zimmer oder im Zimmer ihres Vaters. Ihr Puls begann zu rasen. Warum konnte sie sich nicht bewegen? Sie strengte sich an und bemühte sich, sosehr sie konnte. »Wer ist da?«, stieß sie flüsternd hervor, das Herz schlug ihr bis zum Hals. »Wer ist da?«

Sofort hörte das Flüstern auf, und Liv setzte sich kerzengerade auf und atmete schwer. Sie schwang die Beine aus dem Bett und ging von Zimmer zu Zimmer, vom Laden bis ganz nach oben in die Dachkammer, schaltete die Lichter ein und überprüfte Fenster und Türen. Doch sie wusste schon, dass sie niemanden finden würde. Es war nur ein weiterer Traum – ein luzider Traum, der sie im Halbschlaf heimgesucht hatte, nichts weiter. Es war niemand da.

Die Dachkammer hatte vorn und hinten Giebelfenster, die nackt in den herbstlichen Nachthimmel blickten, und einen groben Kamin aus Stein auf der zum Hang hin gelegenen Seite. Hier gab es keine Vorhänge, keine Teppiche, keine Möbel bis auf ein paar Kartons, einen Sessel mit einem kaputten Bein und ein paar klapprige Einbauschränke. Eine einsame Glühbirne baumelte an einem nackten Draht in der Mitte der Decke. Liv sah in die Schränke, fand dort nichts als vereinzelte Papiere, ein paar alte Autozeitschriften und leere Regalbretter. Zitternd stand sie neben dem rückwärtigen Fenster, als das erste Morgenlicht in gedeckten Gelb- und Grautönen am Himmel aufzog. Wenn unser Gehirn uns sagte, was real war und was nicht, woran erkannte man dann den Unterschied? Da alles durch das Prisma ihres eigenen Gehirns gefiltert wurde, war sie ihr eigener unzuverlässiger Erzähler, und in letzter Zeit wusste sie nicht, was sie glauben sollte.

Sie wusste, dass sie nicht wieder einschlafen würde, deshalb zog sie sich an und machte sich einen Kaffee. Sie ging hinunter in den Laden, setzte sich eine Weile an Martins Schreibtisch und stellte das Radio an, damit das Geplapper sie daran erinnerte, dass es eine Welt außerhalb ihrer kleinen Blase gab. Am einen Ende des langen Schreibtischs lag ein Wust aus ungeordnetem Papierkram — noch mehr für Martin uncharakteristische Unordnung —, und Liv schob ihn zu einem ordentlicheren Stapel zusammen.

Sie hielt inne, weil die Größe und das offensichtliche Alter einiger Dokumente ihre Neugier weckten, und sah genauer hin. Ein dickes Bündel enthielt den Grundbucheintrag des Geschäfts Christmas Steps Nummer fünfzehn. Ein unverständlicher Text in Juristensprache, verfasst in einer unleserlichen schrägen Handschrift. Die Dokumente waren auf das

Jahr 1873 datiert, aber Liv wusste, dass das Gebäude weitaus älter war. Sie konnte die Namen des Verkäufers und des Käufers entziffern — sie hießen Ambrose und Wallington —, aber nicht viel mehr. Darunter fand sich ein Ausdruck von der Website der staatlichen Denkmalschutzbehörde, auf der Einzelheiten zum Denkmalschutzstatus des Gebäudes aufgeführt waren: *Reihenhaus, jetzt Geschäft und Haus. Spätes 17. Jh., neue Front aus dem 19. Jh. Fachwerk, Backsteinfassade mit Sandsteinverzierungen, seitlich Backsteinschornsteine, Dachpfannen. Vorn und hinten ein Zimmer mit linksseitiger Wendeltreppe aus Eiche. 3 Stockwerke und ein Dachboden.* Dann Ausdrucke von Volkszählungen, die bis in das Jahr 1801 zurückgingen. Bei der ersten hatte man nur notiert, wie viele Menschen an einer Adresse wohnten, nicht aber ihre Namen. Der Eintrag für Nummer fünfzehn war mit blauem Kugelschreiber eingerahmt, und Liv las einige der Namen. *Bristowe, Keith John; Eades, Fanny Louise.*

Sie stutzte, als sie ein paar fleckige Fotokopien von alten Zeitungsartikeln aus den 1960er- und 1970er-Jahren bemerkte, einer stammte von 1990 und berichtete über das berühmte Fish-and-Chips-Restaurant unten in den Christmas Steps. Es hatte in einem prächtigen Haus in Rähmbauweise aus dem siebzehnten Jahrhundert gelegen, das auf den Resten eines mittelalterlichen Steingebäudes errichtet worden war. Jetzt stand der Laden leer, wie Liv gesehen hatte, die Fenster waren verbarrikadiert. Sie konnte sich nicht vorstellen, warum ihr Vater diese Dokumente gesammelt hatte. Er interessierte sich zwar für Geschichte, aber sie wüsste nicht, dass er jemals ein Projekt daraus gemacht hätte. Sie fragte sich, ob er vielleicht ein wichtiges Dokument gesucht hatte, das mit dem Haus in Zusammenhang stand — ob er deshalb alles verrückt hatte. Sie stellte sich vor, dass er womöglich den Wohnzimmerteppich hochgehoben hatte, um danach zu suchen, aber das schien ihr übertrieben. Dann überlegte sie, ob er das Haus aus irgendeinem Grund hatte verkaufen wollen. Liv seufzte und ließ ihren Kopf einen Moment auf die verschränkten Arme sinken. Ihr fehlte das wärmende Haar in ihrem Nacken. In einem Moment der Verzweiflung hatte sie im Monat zuvor zur Schere gegriffen.

*

Als sie aufwachte, war es schon deutlich heller draußen, und der alte Mann schlief wieder vor der Ladentür. Irgendwie hatte Liv damit gerechnet und empfand bei seinem Anblick eine Mischung aus Genugtuung und Unbehagen. Als hätte er ihren Blick gespürt, wachte er auf und kam mühsam auf die Beine. Sie beobachtete, wie er wieder das Gesicht ans Fenster legte und die Scheibe durch seinen Atem beschlug.

»Machst du auf?«, fragte er. Liv wusste genau, was ihr Vater getan hätte. Sie drehte den Schlüssel um und öffnete die Tür.

»Dies ist kein Café«, sagte sie. »Es ist das Geschäft meines Vaters. Martin Molyneaux. Kannten Sie ihn? Er verkauft Miniaturbücher. Ich bin seine Tochter Liv.«

»Martin? Wer? Wovon redest du?« Er blinzelte sie an und japste noch von der Anstrengung, die ihn das Aufstehen gekostet hatte. »Komm schon — ich frier mir hier alles ab!«

»Das hier ist kein Café, verstehen Sie?«, wiederholte sie mit bemüht fester Stimme. »Aber wenn Sie wollen, mache ich Ihnen einen Tee. Und Sie können reinkommen, bis Sie sich ein bisschen aufgewärmt haben.« Sie trat zurück, und der alte Mann drängte sich an ihr vorbei.

»Wird aber auch Zeit«, sagte er und sah sich um. »Wird auch Zeit.«

»Kommen Sie mit hoch in die Küche, und ich setze den Kessel auf«, sagte Liv. Doch der Mann ignorierte sie und ging stattdessen zum Schaufenster, wo er einen Stuhl herauszog und sich an den grazilen antiken Tisch setzte. Verwirrt beobachtete Liv, wie er Martins Papier, Federkiel und Tintenfass zur Seite schob.

»Wer hat denn seinen ganzen Kram hier rumliegen lassen?«, murmelte er. Ein Sonnenstrahl fiel durchs Fenster direkt auf ihn, und er schloss genüsslich die Augen. »Schon besser. Viel besser.«

»Nehmen Sie Milch und Zucker?«, fragte Liv, doch er antwortete nur mit einem unbestimmten Grunzen. »Also gut.« Sie ging nach oben und hoffte, dass er nichts stahl.

Sie machte noch einen Kaffee für sich und einen großen Becher Tee mit Milch und zwei Stücken Zucker für den alten Mann und stellte beide Getränke auf ein Blechtablett, das sie zusammen mit einer Packung Ingwerkeksen auf dem Kühlschrank gefunden hatte. Als sie nach unten zurückkehrte, war der Raum von dem Geruch des Mannes erfüllt — er roch ungewaschen, nach Haut- und Haarfett, ein bisschen wie Schafswolle mit einem Hauch Ammoniak. Liv versuchte, es zu ignorieren. Sie setzte sich ihm gegenüber und kam sich schrecklich exponiert vor, als Schüler und Menschen auf dem Weg zur Arbeit durch die Christmas Steps am Schaufenster vorbeigingen. Tanya drehte das Schild in der gelben Tür gegenüber auf *Geöffnet*, entdeckte sie und den Alten, winkte Liv zu und machte dann mit fragendem Blick ein Daumen-hoch-Zeichen. Liv nickte, um zu signalisieren, dass alles in Ordnung war. Ihr Besucher trank einen Schluck Tee und verzog das Gesicht.

»Was ist das denn?« Er klang zutiefst enttäuscht.

»Tee.«

»Ich weiß, dass das Tee ist. Wo ist Cleo? Warum macht sie mir nicht ihre Schokolade?«

»Sorry, Cleo arbeitet nicht mehr hier«, erklärte ihm Liv.

»Wie meinst du das? Natürlich arbeitet sie hier!« Doch noch während er die Worte aussprach, verlor seine Stimme an Überzeugung, und sein Blick glitt suchend über Livs Gesicht. Er kauerte sich tiefer in seinen Stuhl und spielte mit den losen Fäden seiner Handschuhe.

Liv öffnete die Kekspackung und schob sie ihm zu. »Bedienen Sie sich, wenn Sie mögen. Wie heißen Sie? Ich bin Liv.«

»Hast du schon gesagt, oder?«

»Stimmt. Sorry.«

»Sorry, sorry. Ganz schön viel sorry, was?«

»Stimmt.«

»Adam Freeman. So heiße ich.«

»Haben Sie …« Liv richtete sich auf. Beinahe hätte sie gefragt, ob er in der Nähe wohnte. »Sind Sie schon lange auf der Straße?«

»Nicht lange. Ich habe nur gewartet, dass du aufmachst.« Er deutete mit dem Daumen auf die Ladentür, nahm sich einen Stapel Kekse, tauchte sorgfältig jeden einzelnen in den Tee, bevor er ihn mit einem einzigen Biss verschlang.

»Nein, ich meinte …« Liv seufzte. Sie dachte an ihre Großmutter, die in den letzten Jahren an Demenz gelitten hatte. Anfangs war sie nur hin und wieder ein bisschen verwirrt gewesen, so ähnlich wie Adam. »Mr. Freeman, wissen Sie, welcher Tag heute ist? Und welches Datum wir haben?«

»Montag, siebzehnter Oktober«, sagte er, ohne zu zögern, und Liv blinzelte irritiert, als sie feststellte, dass sie keine Ahnung hatte, ob das stimmte.

Eine Weile schwiegen sie sich über ihren dampfenden Bechern hinweg an, und Liv musterte ihn genauer — die breite Nase mit den weiten Nasenlöchern. Die schwarze Iris, umrahmt von einem Weiß, das schon etwas trübe und von geplatzten Äderchen durchzogen war. Er hatte kleine saubere Hände, die ganz leicht zitterten, und eine Art, die Lippen zusammenzupressen, wenn er nicht sprach, die seinem Gesicht etwas Trauriges verlieh, als hätte er ein Leben voller Einsamkeit und Enttäuschung hinter sich. Dieser Ausdruck spiegelte sich auch in seinen Augen, die, wenn er Liv finster ansah oder in seinen Tee blickte, einen abwesenden Ausdruck bekamen. Wenn er in seiner Jugend von den West Indies gekommen war, dann hatte er seither jeden Akzent verloren.

»Es gehört sich nicht, jemanden anzustarren«, sagte er, ohne aufzusehen, und Liv erschrak. Er kippte die Krümel aus der leeren Kekspackung in seine Hand.

»Sie haben recht. Sorry.«

»Ha!« Plötzlich lachte Adam. »Das war ja klar, sorry!« Er schüttelte den Kopf, und Liv lächelte. »Ich möchte wissen …« Er zögerte und wurde wieder ernst. Ein verwirrter Ausdruck huschte über sein Gesicht, und er schüttelte verzweifelt den Kopf. »Ich möchte wissen …« Er zeigte mit dem Finger auf Liv und betrachtete ihn dann irritiert, als gehörte er nicht zu ihm. »Ich will wissen … *wo sie ist.*«

»Wo wer ist, Adam?«

»Wo ist sie? Ist sie hier?«

Er starrte Liv an, und sie hielt seinem Blick stand und wünschte, sie wüsste, was sie ihm antworten sollte. Sie spürte, dass sich hinter der Frage etwas Großes, etwas unglaublich Wichtiges verbarg. Doch sie hatte keine Ahnung, wie sie ihm helfen konnte oder ob das überhaupt irgendjemand vermochte. Sie wusste nicht, ob er erst kürzlich jemanden verloren hatte oder verlassen worden war oder ob es bereits viele Jahre zurücklag.

»Hier ist niemand außer mir«, erklärte sie ihm. »Wenn ich wüsste, wo sie ist, würde ich es Ihnen sagen, das schwöre ich.«

Adam starrte sie noch einen Moment an, dann nickte er ernüchtert. Er leerte seinen Becher, stellte ihn ordentlich auf das Tablett und legte die leere Kekspackung daneben. »Haben Sie heute Abend einen Schlafplatz?«, fragte Liv. »Ich könnte … Ihnen vielleicht helfen. Es wird ganz schön kalt.« Ohne zu antworten, stand Adam vorsichtig auf. Als er die Tür erreichte, drehte er sich um und tippte sich zum Abschied mit einem Finger an die Stirn wie an die Krempe eines Huts, den er nicht trug.

»Setzen Sie es bitte auf meine Rechnung«, sagte er. »Polly bürgt für mich.«

*

Den Rest des Tages beschäftigte sich Liv so gut es ging. Sie sah Martins Lager durch und verglich den Inhalt mit dem Katalog, den er auf seiner Website pflegte – er hatte das Passwort des Laptops seit einem Jahrzehnt oder noch länger nicht geändert. Ganze Shakespeare-Sammlungen in Miniaturbücherregalen. Illustrierte Alphabete für Kinder. Blankobücher in Miniaturgröße für Puppenhäuser. Bücher aus dem neunzehnten Jahrhundert mit Blumen, Vögeln und Psalmen. Der Star aber war das Neue Testament in Bildern, gedruckt 1700 in Deutschland und in Silberfiligran gebunden. Für einen richtigen Sammler war es Tausende wert, und Liv wusste, dass sie es nicht berühren durfte, damit das Silber nicht anlief. Sie erinnerte sich daran, wie ehrfürchtig Martin mit allen Büchern umgegangen war, von den einfachsten bis hin zu Preziosen wie diesem. Er hatte ihr irgendwann erzählt, dass er sie mochte, weil sie so perfekt waren und gleichzeitig so nutzlos. »Stell dir vor, wie viel Liebe, Fürsorge und Mühe in sie geflossen sind, ohne irgendeinen Zweck ... Ist das nicht die perfekte Spiegelung der menschlichen Existenz?«

Draußen war es dunkler geworden, und es hatte zu regnen begonnen. Liv schaltete die Schreibtischlampe ein und spürte, dass sie ihren warmen Schein nicht verlassen wollte. Sie ging Martins Posteingang auf dem Laptop durch und hatte dabei das Gefühl, eine Grenze zu übertreten. Doch sie antwortete jedem, der auf eine Nachricht wegen eines Buches oder eines Auftrags wartete, und informierte die Kunden, dass der Laden bis auf Weiteres wegen Krankheit geschlossen sei. Sie hielt inne und löschte das *bis auf Weiteres*, dann fügte sie es wieder ein, obwohl sie keine Ahnung hatte, ob der Laden jemals wieder öffnen würde. Sie hatte ihre eigene Arbeit, zu der sie irgendwann zurückkehren musste, und Dominic hatte sicher kein Interesse an dem Geschäft. Vielleicht könnte man es verkaufen, doch sie konnte sich nicht vorstellen, wer sich dafür interessieren sollte. In jedem Fall war es unmöglich, überhaupt daran zu denken, dass Martin nicht irgendwann zurückkehrte, um die Zügel wieder selbst in die Hand zu nehmen. Sie war einfach noch nicht bereit, ihn loszulassen.

Eine E-Mail von einem Vincent Conti zog ihre Aufmerksamkeit auf sich. Der Betreff lautete *Recherche zur Geschichte des Ladens*. Liv wollte sie gerade öffnen, als Tanya vor der Tür stand, klopfte und unaufgefordert eintrat.

»Alles klar? Passt es gerade?« Sie war in eine riesige Strickjacke gewickelt, die ihr bis zu den Knien reichte. Das Schweigen und die Traurigkeit im Laden wichen in ihrer Gegenwart augenblicklich zurück. Sie schien ständig in Bewegung zu sein, selbst wenn sie stillstand, und sie brachte Licht in den Raum. Liv kam sich dagegen furchtbar blass vor.

»Ja, natürlich«, sagte sie und führte ihre Besucherin nach oben. Tanya ließ sich mit einem Seufzer aufs Sofa fallen, warf die Zöpfe zurück und streckte die langen Beine aus.

»Ist wirklich immer noch Montag? Es kommt mir vor, als sollte inzwischen mindestens Mittwoch sein.«

»Seit ich nicht mehr zur Arbeit gehe, habe ich völlig das Zeitgefühl verloren.«

»Hast du Urlaub? Was machst du beruflich?«

»Ich bin …« Liv zögerte. Sie wollte nichts erklären. »Ich habe vorübergehend eine Auszeit genommen. Ich arbeite im Sponsoren- und Spenden-Team bei Soil Association.«

»Die Biozertifizierungsleute?«

»Ja, genau … die gehören auch dazu.«

»Klingt cool.«

»Ja, mir gefällt es auch.«

Die Büros lagen nur ungefähr eine halbe Meile von den Christmas Steps entfernt. Liv war schon auf halbem Weg dorthin gewesen, als sie zum Tesco gegangen war. Ihre Freunde bei der Arbeit hatten aufgehört, ihr E-Mails und Textnachrichten zu schicken, um sie auf dem neuesten Stand zu halten, oder sich zu erkundigen, wie es ihr ging. Man musste ihnen allerdings zugutehalten, dass sie erst aufgegeben hatten, nachdem Liv einige Monate komplett geschwiegen hatte. Sie stellte sich vor, wie alles ohne sie lief, und überlegte, wie es wäre, nach so langer Zeit zurückzugehen.

»Wie lange habt ihr den Laden schon, du und Dean?«, fragte sie.

»Etwas über ein Jahr jetzt. Es war kurz nach unserer Hochzeit – die Feier haben wir im Laden gemacht, kannst du dir das vorstellen?« Tanya lächelte. »Ein Kumpel mit seiner Anlage, all unsere Freunde und jede Menge Bier und Pizza. Komisch eigentlich, dass die Boulevardpresse gar keine Bilder haben wollte. Das war natürlich, bevor die ganzen Möbel und Waren kamen. Oben habe ich einen Behandlungsraum«, sagte sie. »Ich mache Reiki und Kristalltherapie, und der Schmuck und all das ist auch von mir. Dean kümmert sich um das Vinyl. Der Laden ist ein bisschen chaotisch, aber so sind wir nun mal. Wir kommen klar.« Sie zuckte die Achseln. »So einigermaßen.«

»Ihr macht das schon richtig«, sagte Liv. »Ich erinnere mich, wie es zu meinen Teeniezeiten hier war. Damals wirkten die Christmas Steps viel lebendiger. Jetzt scheint die Hälfte der Geschäfte leer zu stehen.«

»Ja, die lassen die Straße ein bisschen verkommen. Wie den Rest des Landes wohl auch. Und du hattest heute Morgen wieder Besuch? Hat er keinen Ärger gemacht?«

»Nein. Ich habe ihn einfach reingelassen und ihm einen Becher Tee gegeben.«

»Ach, das ist ja nett. Ich wette, damit war er sehr zufrieden.«

»Eigentlich nicht – er wollte heiße Schokolade«, sagte Liv grinsend.

Tanya lachte. »Manchen Leuten kann man es einfach nicht recht machen, stimmt's?«

»Und er hat kurzen Prozess mit meinen ganzen Keksen gemacht. Ich glaube fast, er ist ein bisschen verwirrt. Er schien nicht wirklich zu wissen, wo er war. Er wusste zwar, welcher Tag heute ist, aber er suchte nach jemandem und fragte mich ständig nach Cleo und Polly, die irgendwann hier gearbeitet haben müssen. Es sei denn ... Weißt du, ob mein Dad Freundinnen oder vielleicht eine feste Freundin hatte, die Cleo oder Polly hießen?«

»Nicht, dass ich wüsste. War der Alte gar nicht betrunken?«

»Nein, ich glaube nicht. Ich konnte jedenfalls nichts riechen.«

»Nun ja, vielleicht solltest du doch besser StreetLink informieren? Wahrscheinlich ist er besonders verletzlich, wenn er nicht mehr alle Tassen im Schrank hat. Könnte ihm helfen, irgendwo einen Platz zu bekommen.«

»Ja, okay. Mach ich.«

Es folgte eine Pause, dann verzog Tanya das Gesicht und rieb sich mit den Fingern über die Stirn. »Könnte ich vielleicht ein Glas Wasser bekommen?«

»Oh! Entschuldige – ich hätte dir was anbieten sollen. Tee? Kaffee?«

»Nur Wasser, danke. Ich habe heute das Gefühl zu kochen. Die Hormone.« Sie verdrehte die Augen, und Liv ging, um ihr ein Glas Wasser zu holen.

»Wolltest du über deinen Vater sprechen?«, fragte Tanya, als Liv sich wieder setzte.

Liv hockte auf der Stuhlkante, die Ellbogen auf die Knie gestützt, und konnte Tanya kaum in die Augen sehen. »Als ich herkam, war die Wohnung etwas unordentlich«, sagte sie. »Irgendwie auf seltsame Art unordentlich. Als hätte er Gegenstände herumgeschoben – sogar Möbel verrückt. Es sah aus, als habe er etwas gesucht – also, ich vermute, dass er es war … Wenn er krank war, war er manchmal so. Dann hatte er auf einmal ein neues Projekt oder irgendeine fixe Idee, und er stritt sich, dass die Fetzen flogen. War er so, hast du ihn so erlebt?«

Schon während sie fragte, dachte Liv an das winzige Buch mit der mitfühlenden Nachricht, das er für sie angefertigt hatte. Der Martin, der das gemacht hatte, war genau das Gegenteil von dem, den sie gerade beschrieben hatte. Lange

Zeit war er ein ruhiger, zuverlässiger und beherrschter Mann gewesen. Wenn es aus irgendeinem Grund wieder abwärts gegangen war, musste es danach und sehr plötzlich passiert sein.

Tanya nickte. »Pass auf, ich bin kein Experte, aber ich habe mich tatsächlich gefragt, ob etwas nicht stimmt«, sagte sie, stellte das leere Glas auf den Couchtisch und verschränkte die langen Finger. »In den letzten Wochen, bevor er verschwunden ist. Wir hatten nicht viel Kontakt, aber normalerweise habe ich ihn ein- oder zweimal in der Woche gesehen. Manchmal haben wir abends einen Joint zusammen geraucht, bevor das hier passiert ist.« Sie blickte an sich hinab und legte eine Hand auf ihren Bauch. Die Geste rüttelte Liv auf. »Wenn Dean nicht da war und ich nicht schlafen konnte, bin ich hergekommen. In den letzten Wochen sah Martin erschöpft aus. Als hätte er eine Woche lang nicht geschlafen. Er hat sich nicht rasiert, und seine Augen waren gerötet.

Einmal bin ich hergekommen, und die Tür stand weit offen, aber Martin war oben – ich konnte ihn dort herumpoltern hören. Ich habe hochgerufen, aber er hat nicht reagiert, also bin ich nach oben gegangen, und er war auf dem Dachboden. Er hat Kartons umhergeschleift und mit einem Schraubendreher die Dielen aufgestemmt.« Sie schüttelte den Kopf. »Natürlich war nichts darunter, und als ich ihn fragte, was er denn suche, hat er mich angesehen, als würde er mich gar nicht kennen. Nur für einen Moment. Es war fast, als würde er schlafwandeln oder so. Ziemlich schräg. Also habe ich ihn noch mal gefragt, wonach er suche, daraufhin hat er sich lächelnd umgesehen und gesagt, er habe keine Ahnung. Er hat versucht, es irgendwie abzutun. Aber ich konnte sehen, dass es für ihn nicht okay war.« Tanya schüttelte den Kopf, dann rutschte sie ein Stück nach vorne und griff nach Livs Händen, die sie auf ihren Knien zu Fäusten geballt hatte. Sie drückte sie fest. »Es tut mir wirklich leid«, sagte sie. »Ich hätte wissen müssen, dass etwas mit ihm nicht stimmt. Und zwar richtig nicht stimmt. Aber ich hatte keine Ahnung von seiner Vorgeschichte, weißt du ... Ich dachte, er würde einfach nicht schlafen — dass er Stress hätte oder so. Ich habe früher selbst unter Schlaflosigkeit gelitten — das macht einen nach einer Weile verrückt.«

»Nein, das konntest du doch nicht wissen.« Liv konnte Tanyas Berührung kaum ertragen. Ihre warmen, weichen Hände. All das Leben in ihr. Natürlich war sie schwanger. Man sah es an ihrer Haut und an ihren Augen und an ihrer merkwürdigen Haltung, die Liv schon aufgefallen war. In dieser unglaublichen Lebendigkeit, die sie ausstrahlte. Was strahlte Liv dagegen aus? Eine Aura des Todes? »Ich ... Ich habe ihn eine Weile nicht gesehen«, stieß sie hervor. »Es gab ... Es sind andere Dinge passiert. Er hat versucht, mit mir Kontakt aufzunehmen, und ich habe nicht reagiert, und ich wünschte nur ...«

»Mach dir keine Vorwürfe — es war nicht deine Schuld. Bei diesen Sachen hat niemand Schuld. Nun ja, nicht direkt jedenfalls.«

Zu Livs Erleichterung ließ Tanya ihre Hände los und setzte sich zurück. Sie wünschte, Tanya würde gehen, und hasste sich gleichzeitig dafür. Sie konnte wohl kaum für den Rest ihres Lebens Kinder und Schwangere meiden. Aber es ließ die Traurigkeit in ihr übermächtig wirken. Es fühlte sich an, als würde sie sie vollkommen vereinnahmen und ersticken, und sie wollte am liebsten einfach nur wegrennen. »Also.« Sie stand abrupt auf. »Danke, dass du vorbeigekommen bist.«

»Oh …« Tanya klang überrascht und erhob sich ebenfalls.
»Alles klar.«

»Sorry … tut mir leid. Ich bin einfach …«, sagte Liv.

Tanya lächelte traurig. »Schon okay, ich verstehe das. Er war dein Vater, natürlich bist du aufgewühlt. Na, du weißt ja, wo du mich findest. Und wenn du immer noch nicht schlafen kannst, komm einfach rüber, dann versuchen wir es mit Reiki. Ich habe diese Woche noch Termine frei, und es scheint wirklich zu helfen.«

*

Liv lief ein ganzes Stück durch Straßen, die sie nicht kannte — Hill Street, Great George Street, Charlotte Street —, bis ihre Beine müde waren und ihre Stiefel an den Fersen scheuerten. Es half ihr, mit dem Gedanken an Tanyas Schwangerschaft besser umgehen zu können. Natürlich hatte Tanya nichts falsch gemacht. Am einfachsten wäre, Liv würde ihr erklären, was passiert war, doch das wollte sie nicht — sie wollte ihr keine Angst machen. Liv hatte keine anderen Kinder aus dem Geschäft kommen oder hineingehen sehen, und Tanya hatte keine erwähnt, darum vermutete sie, dass es ihr erstes Baby war. Sie versuchte, nicht weiter darüber nachzudenken, die schmerzlichen Erinnerungen nicht zu nah an sich herankommen zu lassen. Stattdessen dachte sie an Martin. Wie er die Wohnung auf den Kopf gestellt und nicht geschlafen hatte. *Als würde er schlafwandeln oder so.* Sie stellte sich vor, wie er auf dem Dachboden die Dielen hochgehoben hatte. Dann hatte er also tatsächlich nach etwas gesucht, aber es hörte sich so an, als habe er selbst nicht genau gewusst, wonach.

Liv blieb stehen. Sie befand sich oben auf dem Brandon

Hill, im Schatten des Cabot Towers, ohne dass sie bewusst beschlossen hatte, dorthin zu gehen. Unter ihr breitete sich in alle Richtungen die Stadt aus. Die Flüsse und der Float schimmerten gräulich und reflektierten einen unruhigen Himmel. Sie stellte sich vor, wie sie selbst in der Nacht zuvor auf dem Dachboden gewesen war, die Einbauschränke geöffnet hatte und die wenigen Reste durchgegangen war, die vorherige Bewohner zurückgelassen hatten. Wonach hatte *sie* gesucht? Nach einem Neugeborenen, das sie brauchte. Nach flüsternden Frauen, die sich vor ihr versteckten. Sie hatte nach etwas gesucht, das nicht da war, genau wie Martin. Sie hatte nicht gewusst, ob sie wach war oder schlief, genau wie Martin. Doch das war natürlich unmöglich. Es war unmöglich, dass ihr Vater dieselben schlechten Träume gehabt hatte wie sie jetzt.

Der Wind frischte auf, und sie zitterte.

4

1831

Caroline Laroche und ihren anderen Freundinnen von Louisas Ankunft zu berichten, war nicht ganz so vergnüglich, wie Bethia es sich vorgestellt hatte, ohne dass sie genau hätte sagen können, woran das lag. Sie hatte *Felix Farley's* davon berichtet, und der Brief war unter Nennung ihres Namens veröffentlicht worden – *Mrs. Bethia Shiercliffe, großzügige Gönnerin des Armenhauses,* was ihrem Empfinden nach recht gut klang. Mary Cunningham und Delilah Stafford waren an jenem Nachmittag im Haus der Laroches in Prince's Buildings ebenfalls anwesend. Beide waren jünger als Bethia und verhielten sich im Gespräch ihr gegenüber nicht, wie es sich gehörte – jedenfalls normalerweise nicht. Jetzt waren jedoch alle ganz Ohr und beugten sich zu ihr vor, genau wie Bethia es sich erhofft hatte. Selbst Caroline gab sich keine Mühe, ihr Interesse zu verbergen – ihre Teetasse stand unangerührt auf ihrem Schoß, während Bethia Louisas überaus vernachlässigtes Äußeres beschrieb und ihre Verwandlung, nachdem man sie gebadet und ihr das Haar geschnitten hatte.

»Sie haben sie selbst gebadet? Meine Güte! Ich kann mir nicht vorstellen, dass ich das gekonnt hätte, nicht wenn sie so schmutzig war, wie Sie sagen«, bemerkte Delilah.

»Hat Jesus nicht auch seinen Jüngern die Füße gewaschen?«, erwiderte Bethia und bemühte sich, Mrs. Cranes ruhige, rechtschaffene Stimme nachzuahmen. Welche Bibelstelle hatte sie noch als Argument gegen die Sklaverei angeführt? Bethia hatte es sich unbedingt merken wollen, aber es fiel ihr nicht mehr ein.

»Ich bin mir nicht sicher, ob das ganz dasselbe ist, Bethia«, wandte Caroline leicht amüsiert ein.

»Nein, natürlich nicht«, pflichtete Bethia ihr bei. »Ich meinte nur …«

»Aber Sie sagen, dass sie immer noch kein Wort von sich gegeben hat?«, fragte Mary.

»Noch nicht, nein, aber ich habe das Gefühl, das ist nur eine Frage der Zeit.«

»Warum? Sie hat seit Jahren nicht gesprochen … Wahrscheinlich hat sie inzwischen völlig vergessen, wie das geht.«

»Ich glaube nicht, dass jemand wirklich vergessen kann, wie man spricht«, sagte Bethia. »Und ich habe schon eine Beziehung zu ihr aufgebaut. In meiner Gegenwart ist sie ruhig, und sie betrachtet mich mit aufmerksamem Blick …«

Bei der Erinnerung daran verstummte Bethia — Louisas starrer Blick und dieser eigenartige Ausdruck auf ihrem Gesicht, den Bethia nur für eine Sekunde zu sehen gemeint hatte. Bethias rechte Hand zuckte reflexartig, und die Tasse klapperte auf der Untertasse. Sie umfasste das Porzellan fester, und ihr Daumennagel färbte sich vor dem Muster aus blauen Bändern und rosa Rosen weiß. *Lulalu, lulalu …* Dieses elende Lied, das Bethia während Louisas Bad wieder eingefallen war, wollte ihr seither nicht mehr aus dem Kopf gehen — dabei waren inzwischen fünf Tage vergangen. Ständig lenkte es sie ab. Wenn sie zu schlafen versuchte, geisterte es durch ihren Kopf und hatte genau die gegenteilige

Wirkung von der, die ein Schlaflied eigentlich haben sollte. Es war alles andere als beruhigend. Vielmehr weckte es in Bethia das Gefühl, verfolgt zu werden, und eine tief sitzende Angst, die sie schon lange hinter sich gelassen zu haben glaubte, flackerte wieder auf.

Die drei Frauen tauschten Theorien über Louisas Herkunft aus und unterhielten sich darüber, wie wahrscheinlich es sei, dass sie tatsächlich ein kaiserlicher Bastard aus Frankreich im Exil war. Bethias Blick wanderte durch Carolines Wohnzimmer, von den dorischen Säulen und steinernen Verzierungen um den Kamin zur erbsengrünen Tapete und dem Stuckfries aus umhertollenden Nymphen an der hohen Decke. Ihr Blick glitt aus einem der großen Fenster dahin, wo Edwin und sie vor wenigen Monaten an einer Feier zum Baubeginn von Brunels neuer Brücke über den Avon Gorge teilgenommen hatten. Als Mitglied der Society of Merchant Venturers war Edwin an dem Projekt beteiligt, das ganz offensichtlich eine technische Meisterleistung darstellte, auch wenn bislang nur ein Zaun und eine Schlammgrube zu sehen waren.

Die Luft in Clifton war tatsächlich weitaus besser als in der Stadt. Alles hier war neu, frisch und charmant, wohingegen man in der Stadt stets auf Altes, Hässliches oder gar Liederliches traf. Selbst St. Andrew's, die Kirche von Clifton, war vor zehn Jahren komplett erneuert worden. Die ganze Industrie und Korruption der Stadt waren weit weg — all der Rauch, der Müll und die Seeleute —, und Bethia verspürte unvermittelt in ihrem Herzen die Sehnsucht, auch hier zu wohnen. In einem weitläufigen Haus in einer weitläufigen Straße, fern und unberührbar. Edwin Shiercliffe war ebenso verrückt nach Komfort wie nach Mode, aber Bethia würde ihn noch einmal darum bitten, hier ein Haus zu bauen oder einfach eins zu kaufen. Er war gern mitten in der Stadt, aber vielleicht konnten er und sein Partner sich dort ein Büro einrichten, anstatt zu Hause zu arbeiten. Und vielleicht war sie in Clifton zu weit entfernt vom Armenhaus, um es noch so regelmäßig wie bisher zu besuchen. Der Gedanke überraschte sie.

»Bethia? Sind Sie noch bei uns?« Carolines Stimme ließ sie aufschrecken, und etwas Tee schwappte auf die Untertasse. Caroline bemerkte es mit einem kaum merklichen Schnauben, einem kurzen Blähen der Nasenflügel, und Bethia sank ein wenig in sich zusammen.

»Ja. Ja, natürlich«, sagte sie. »Verzeihen Sie, ich war …«

»Ich sagte gerade«, erklärte Mary, »wie wunderbar es wäre, ihren wahren Namen und ihre Geschichte herauszufinden. Denn sie heißt ja nicht wirklich *Louisa*, oder? Und sie muss doch irgendwo hergekommen sein. Sie ist irgendwo geboren und aufgewachsen und dann durch irgendeine Tragödie in die jetzigen ärmlichen Umstände geraten … Sie *müssen* das für uns herausfinden, Bethia.«

»Ich werde mein Bestes tun«, versicherte Bethia, doch ihre eigene Neugier in Bezug auf Louisas Vergangenheit schien sich davongeschlichen zu haben.

»Ich glaube tatsächlich, dass man das Sprechen verlernen kann. Wenn man verrückt ist, versteht sich«, sagte Caroline. »Wenn man geisteskrank ist und den Verstand verloren hat, wer weiß, was dabei noch alles ausgelöscht wurde?«

»Ja, da haben Sie sicher recht.« Delilah war in allem Carolines Meinung.

»Der Blick, den sie Ihnen schenkt, Bethia, ist womöglich bloß der verständnislose Blick einer Idiotin, nicht wahr?«, fuhr Caroline fort.

»Und dennoch hat sie sich bei Mrs. Fenny, der Hausmutter,

und bei Alice gewehrt«, begehrte Bethia ein wenig auf. »Sie hat sich gesträubt, ins Haus gebracht zu werden, und sie wollte sich nicht baden lassen, bis ich gekommen bin, ihre Hand genommen und mit ihr gesprochen habe.«

»Sie spürt Ihre gute Seele, Bethia, Liebes«, sagte Mary.

»Das wäre allerdings etwas«, räumte Caroline ein, »wenn es Ihnen tatsächlich gelänge, sie dazu zu bewegen, über ihr Leben zu sprechen.« Leise stellte sie Tasse und Untertasse zur Seite. »Wobei die Geschichte womöglich bei Weitem nicht so tragisch ist, wie wir sie uns ausmalen. Vielleicht ist sie einfach als Dummerchen auf die Welt gekommen und wurde von ihrer Familie verstoßen. So einfach könnte es sein.«

War das womöglich das Problem?, überlegte Bethia. Hatte sie der Geschichte den Reiz genommen, indem sie Louisa ins Armenhaus brachte, wo aus einem Mythos ein Mensch aus Fleisch und Blut geworden war? Irgendwie war ihr jegliches Gefühl von Triumph abhandengekommen.

»Ich bin überzeugt, dass mehr hinter ihrer Geschichte steckt«, sagte Bethia. Und das stimmte. Sie war sich absolut sicher, und diese Sicherheit beunruhigte sie. In ihr verstärkte sich das Gefühl, dass es womöglich besser war, nicht alles zu wissen. *Lulalu, lulalu ...* Sie schüttelte leicht den Kopf, als wollte sie die Melodie daraus vertreiben.

Bethia bat den Kutscher, über die Hotwell Road zurückzufahren, die am Rand des Floating Harbour entlangführte, und dann über die Lime Kiln Lane in die Stadt abzubiegen. Sie hatte den Mann schon oft angeheuert, darum nahm er es ihr nicht übel und tat, worum sie ihn bat. Schon bald war die gesunde Luft von Clifton nur noch eine vage Erinnerung, und der Gestank des Float erfüllte die Kutsche — eine entsetzliche Mischung aus Algen, Teer, faulendem Abfall und Abwasser. Den verwesenden Innereien von kleinen Krebsen und Schalentieren, über die sich Ratten, Möwen und ausgehungerte Katzen hermachten. Bristols gesamte Abwasserleitungen und Jauchegruben landeten letztendlich in den Flüssen, vor allem nach starkem Regen, und gelangten von dort in den Floating Harbour. Das Wasser war übel. In den Sommermonaten konnte man vor lauter Gestank kaum atmen, und manchmal sah es aus, als habe sich an der Oberfläche eine feste Kruste gebildet.

Wer dort wohnte und arbeitete, wurde irgendwann unempfindlich dagegen; es blieb einem auch wenig anderes übrig. Doch vor dem Fieber, der Cholera und der Ruhr, die jedes Jahr ihren Tribut forderten, konnte man sich nicht schützen. Viele ertranken auch — wann immer ein Betrunkener über Bord ging und mit Haken nach ihm gesucht wurde, stieß man noch auf drei oder vier andere Leichen. Manchmal konnten sie identifiziert werden, und es stellte sich heraus, dass sie schon seit Tagen oder Wochen als vermisst galten. Häufig aber hatten Fische, Schiffsverkehr und Gezeiten sie derart entstellt, dass sie nicht mehr zu erkennen waren. Erst am vergangenen Samstag hatte *Felix Farley's* über eine junge Frau berichtet, die sich *in tiefer Verzweiflung* ins Cumberland Basin gestürzt hatte. Viele hatten gesehen, wie sie hineinging, aber niemand hatte sie bislang wieder herauskommen sehen.

In Bethias Kindheit war der Gestank ebenso schlimm gewesen — vielleicht sogar noch schlimmer, weil der Float damals noch nicht ausgehoben worden war und der Fluss noch ganz den Gezeiten unterlag. Bei Ebbe war der Matsch wahrlich widerlich gewesen — faules Zeug, das beim Trocknen blubberte und zischte und alles tötete, was sich hineinwagte.

Einmal hatte sie gesehen, wie ein Hund einfach so darin ertrunken war. Ein Collie. Sie erinnerte sich an die vor Panik geweiteten Augen und an den Moment, als sie begriff, dass er nicht mehr zu retten war. Doch sie konnte sich kaum daran erinnern, dass der Gestank sie damals gestört hatte. Er gehörte einfach zu ihrem Leben. Damals war sie an ihn gewöhnt gewesen, und manchmal roch sie ihn auch heute noch gern. Dann empfand sie es als beruhigend, dass sie so gar nicht mehr an ihn gewöhnt war. Und etwas Beruhigung konnte sie jetzt gut vertragen.

Bethia blickte hinaus auf das Wasser und hoffte, die hohen Masten und die rote geflügelte Gallionsfigur der *Gazelle* in den Hafen einlaufen zu sehen. Wie gern würde sie nach Hause zu Edwin eilen, um ihm berichten zu können, dass das Schiff eingetroffen war. Edwin war zu fünfzig Prozent an dem Schiff sowie an der Ladung aus deutschem Wein, englischem Tuch und italienischem Glas für die Kolonien beteiligt; von dem Verkaufserlös sollte auf den West Indies tonnenweise Rum und Zucker eingekauft und nach Bristol geliefert werden. Vor vier Monaten hatte sie neben Edwin am Hafen gestanden, um die *Gazelle* auf ihre Fahrt zu schicken.

Es waren jede Menge Boote auf dem Wasser – Schnauen und Galeeren, Küstenschiffe und irische Handelsschiffe, doch keins, das sie wiedererkannte. In den Werften und Docks auf Spike Island auf der anderen Seite des Wassers ging es zu wie in einem Bienenstock, fleißig gingen die Arbeiter ihren Aufgaben nach. Bethia hörte, wie der Kutscher die Pferde mit der Peitsche antrieb und ihnen strenge Befehle zurief. Schaukelnd und ruckelnd arbeitete sich die Kutsche durch Schlamm und Verkehr, an Eselskarren und Handwagen, Fuhrwerken und Streunern vorbei.

Ein Vorfall am Lime Kiln Dock erregte Bethias Aufmerksamkeit. Sie steckte den Kopf aus dem Fenster und rief dem Kutscher zu: »Wenn Sie hier bitte einen Moment halten könnten.«

Der Mann brachte die Pferde zum Stehen und sah sich nach einem Schwarzen um, der von drei Männern auf eine vertäute Galeere gezerrt wurde. Er wehrte sich mit aller Kraft, schlug und trat um sich und versuchte, sich aus ihrem Griff zu befreien.

»Ich gehe nicht! Nein! Ich werde nicht gehen!«, brüllte er.

Ein Schaudern lief Bethias Rückgrat hinunter.

»Halt's Maul, oder du fängst dir noch eine«, sagte einer der Männer, die ihn festhielten.

Der Schwarze war noch ein junger Mann, sicher nicht älter als fünfundzwanzig, er verzog vor Anstrengung den Mund und entblößte dabei die Zähne. Sein Gesicht glänzte von Schweiß, und über einem Auge war ein Schnitt, aus dem Blut auf sein zerrissenes Hemd tropfte, dem man noch ansah, dass es einst ein elegantes Kleidungsstück gewesen war. Seine Angst und Wut waren fast greifbar, seine Verzweiflung äußerst bemitleidenswert. Doch die Männer zerrten und prügelten ihn unerbittlich auf das Schiff, und als sie unter Deck verschwanden, drangen seine Schreie nur noch gedämpft nach draußen.

Bethia beugte sich aus dem Fenster, als einer der Männer wieder herauskam und mit dem schlingernden Gang eines Mannes, der sein Leben lang zur See gefahren war, zur Straße zurückging.

»Hallo, Sie da«, rief sie. »Ja, Sie. Was hat dieser Mann verbrochen?«

»Was er verbrochen hat, Madam?« Der Mann grinste und zeigte dabei mehr Lücken als Zähne. »Nichts hat er verbrochen, nur dass er für seinen Herrn drüben auf einer Plantage mehr wert ist als hier.«

»Ach? Wie das denn? Ich dachte, es wäre neuerdings gegen das Gesetz, jemanden wie ihn gegen seinen Willen zu verschleppen.«

»Es dreht sich alles um die Abschaffung der Sklaverei in den Territorien, Missis. Angeblich bekommt derjenige, der da drüben Sklaven besitzt und sie freilässt, von der Regierung Seiner Majestät eine Entschädigung. Und wenn die Abschaffung nicht kommt, kann der Mann verkauft werden. So oder so gibt es dort Geld für ihn, hier auf englischem Boden nicht.«

Plötzlich erschien der Schwarze wieder, er hatte sich an Deck zurückgekämpft. Jetzt blutete er auch aus der Nase. »Bitte! Bitte, werte Dame!«, rief er Bethia zu. »Bitte holen Sie Hilfe! Bitte unternehmen Sie etwas gegen dieses Unrecht! Ich bin britischer Staatsbürger! Es ist mein Recht hierzubleiben … Ich lebe seit meiner Kindheit an dieser Küste! In Übersee kenne ich niemanden, ich kenne das dortige Leben nicht … Das bedeutet meinen sicheren Tod! Bitte!«

»Du segelst mit uns, Mann, ob es dir gefällt oder nicht!«, rief der Zahnlose zurück. Hinter dem unglücklichen Sklaven tauchte ein weiterer Mann auf und schlug ihm von hinten auf den Schädel. Wie ein abgelegter Mantel sackte der Schwarze zu Boden. Wieder schleppten sie ihn unter Deck, diesmal schweigend.

»Armer Kerl«, murmelte Bethia, jedoch nicht so laut, dass es jemand hören konnte. Es hieß, das Leben auf den Plantagen sei hart. Sie hatte die Männer darüber sprechen hören, dass man auf Jamaika jedes Jahr Tausende Sklaven benötigte, weil so viele an Krankheiten starben oder zu Tode gepeitscht wurden.

Als sie weiterfuhren, wurde Bethia von dunklen Erinnerungen heimgesucht, die ihr sorgfältig errichtetes inneres Fundament zu erschüttern drohten und ihr auf den Magen schlugen. Gewiss, sie kam zum Hafen, um sich zu erinnern. Um zu würdigen, wie weit sie es gebracht hatte, nachdem sie in einfachsten Verhältnissen geboren worden war. Etwas an der Art, wie der schwarze Mann gekämpft hatte, verdarb ihr dieses Vorhaben jedoch. *Bitte, werte Dame!*

Als sie die Lime Kiln Lane hochfuhren, wandte sie sich nach rechts und betrachtete den schmalen Eingang zum Waterloo Court, wo sie in einer feuchten, überfüllten Häuserzeile auf die Welt gekommen war. Dort hatte sie die ersten vier Jahre ihres Lebens verbracht, bis ihr Vater, ein Schiffstakler, gestorben war — ermordet von einem Unbekannten aus unbekanntem Grund — und ihre Mutter einen aufstrebenden Pfeifenbäcker geehelicht hatte. Sie waren zu ihm in die Back Street gezogen, in die Nähe der Altstadt, wo sie ein Haus mit vier Zimmern bewohnten, das sie sich nicht mit dreizehn anderen hatten teilen müssen.

Insgeheim hatte sich Bethia oft bei demjenigen bedankt, der ihren Vater erstochen hatte, wer auch immer er gewesen sein mochte. Ihr Vater hatte ihre Mutter und sie regelmäßig ohne jeden Grund verprügelt. Sie erinnerte sich, wie er ihre Mutter einmal auf der Straße über den Wassertrog gebeugt und sich ihr am helllichten Tag brutal aufgezwungen hatte. Eine öffentliche Demütigung für irgendein Vergehen vielleicht. Bethia hatte solchen Hunger gelitten, dass sie eine Käserinde von seinem Teller zu stehlen versuchte, als er eingeschlafen war, und war dafür quer durchs Zimmer geprügelt worden. Sie erinnerte sich an den warmen Geschmack von Blut. An einen gebrochenen Arm. Wenn sie gezwungen gewesen wäre, seine Tochter zu bleiben, wäre sie wahrscheinlich in einem der Bordelle in der Marsh Street gelandet: eine kurze Laufbahn in der Horizontalen und ein früher Tod durch Syphilis oder brutale Misshandlung. Bestenfalls wäre sie als Bewohnerin im Armenhaus gelandet, anstatt seine großzügige Gönnerin zu werden. Bethia vergaß nie das Elend, aus dem sie gekommen war, und sie vergaß auch nie, wie weit sie aufgestiegen war. Keine Spitze von Caroline Laroche konnte ihr das jemals nehmen.

Natürlich kannte niemand ihre Geschichte. Nicht einmal Edwin und ganz sicher nicht Caroline Laroche. Niemand wusste, was vor ihrem Tonpfeifen produzierenden Stiefvater gewesen war — sein Handwerk war ehrenhaft, insbesondere als es ihm der Erfolg erlaubte, in den Handel zu investieren. Er konnte sich ein eleganteres Haus auf der Orchard Street leisten und stieg in die besseren Kreise auf, wodurch er seiner Stieftochter eine vorteilhafte Heirat ermöglichen konnte. Nachdem der erste Ehemann einem eitrigen Geschwür erlegen war, folgte eine zweite, noch vorteilhaftere Ehe.

Bethias Mutter hatte sie mit siebzehn bekommen und zwei Schillinge die Woche damit verdient, dass sie in einer Pension von zweifelhaftem Ruf die Nachttöpfe leerte. Sie war lustig und vergnügt in ihren Vierzigern gestorben, feist und gichtkrank von Bristols Milch und gutem Essen. Waterloo Court. Bethia erschauerte. Dort gab es Ratten, die so fett waren wie der Oberschenkel eines Mannes, und ständig hörte man jemanden husten oder schluchzen, Kinderkreischen und wütende Stimmen. Alles hatte sich geändert, als sie dort weggezogen war, sogar ihr Name. Aus Lizzy Fisher war Bethia Thorne geworden — der Name passte besser zu ihrem Aufstieg aus dem Sumpf. Sie erinnerte sich, wie viel Angst sie gehabt hatte. Schreckliche Angst. Ständig. Zum Glück war ihre Mutter hübsch gewesen und erst zwanzig, als ihr Ehemann starb. Wenn sie hässlich oder zu alt gewesen wäre, hätte ihnen nur noch Gott helfen können.

Bethia drehte sich auf ihrem Sitz um — zwei Sekunden nur, schon waren sie an der Abbiegung zum Waterloo Court vorbei und befanden sich wieder zwischen den Gaststätten und Herbergen von Lime Kiln. Sie dienten allein dem Zweck, die Seeleute um ihre Gesundheit und ihre Löhne zu bringen, bevor sie wieder die Segel setzen mussten. Bethia hatte für heute genug gesehen. Sie wollte zurück in die Charlotte Street, in ihr vierstöckiges Haus mit der symmetrischen Fassade und den vergoldeten Girandolen, mit ihren sauberen Kleidern und dem riesigen Bett und mit frischem Tee, den Juno ihr bringen würde. Dann würde dieses übermächtige, schreckliche Gefühl der Bedrohung verschwinden, das tief in ihrem Bauch saß. Dasselbe Gefühl, das sie als Kind gehabt hatte, wenn sie sich im Waterloo Court versteckte. *Lulalu, lulalu, mein geliebtes Herz, mein geliebter Schatz.* Noch ein paar weitere Worte kämpften sich zurück in ihr Gedächtnis, und sie biss die Zähne zusammen.

*

Am Sonntagmorgen ging Bethia mit einem Korb voll Speiseresten und frischer Entschlossenheit zum Armenhaus hinunter. *Das wäre allerdings etwas*, hatte Caroline gesagt, wenn es ihr gelänge, Louisa ihre Geschichte zu entlocken. Jede Lebensgeschichte begann mit einem einzigen Wort. Und wie konnte diese Geschichte, was auch immer sie beinhalten würde, Bethia schaden? Sie kämpfte gegen das verwirrende Nachlassen ihrer Begeisterung an, stellte den Korb in der Küche ab und ging mit Bewohnern und Personal über den Hof zur Kapelle der Drei Könige von Köln. Nur selten begleitete Edwin sie zur hiesigen Messe. Ihm war es lieber, am Sehen und Gesehenwerden auf der geschwungenen Treppe von St. Augustine teilzuhaben oder bei besonderen Gelegenheiten in der Kathedrale zu erscheinen. Vor einer Woche, am vierten Oktober, hatte er sie allerdings in die Kapelle des Armenhauses begleitet — zum Fest des heiligen Franz von Assisi, dem Schutzpatron der Armen — und jedem Bewohner zusätzlich zu den vier Schillingen, die sie pro Woche erhielten, eine halbe Krone gegeben.

Zum ersten Mal überhaupt wünschte Bethia, sie müsste nicht in der ersten Reihe der Kapelle sitzen. Sie hätte gern beobachtet, wie Louisa auf die Messe reagierte, auf die Lieder, Gebete und Rituale. Würde sie sich fügen und auf die vertrauten Worte und Bilder ansprechen, die durch lange Gewohnheit in ihr verwurzelt waren? Bethia musste sich damit begnügen zuzusehen, wie die alte Frau auf ihren geschundenen Füßen langsam den Hof durchquerte. Sie wirkte einigermaßen ruhig am Arm einer anderen Bewohnerin — einer mageren, zähen Frau namens Jemima Batch, die auf einem Auge schielte und von niederträchtigem Charakter war. Mrs. Fenny hatte einen Hut für Louisa gefunden, und da kein Haar darunter hervorlugte, erinnerte er Bethia an die Taufhaube eines Babys. Es ging ein kräftiger Wind, der an ihren Röcken und den Hemden der Männer riss; ein scharfer Wind, der von Veränderung kündete. Vielleicht zog Ärger herauf, doch diesen Gedanken verdrängte Bethia sogleich wieder.

Louisa ließ sich gehorsam von Jemima in eine der schrecklich schmalen Bänke schieben, und als sie schließlich saß, blickte sie sich um und entdeckte Bethia. Bethia nickte und lächelte ihr aufmunternd zu, doch Louisa starrte sie nur an. Bethia spürte ihren Blick unablässig in ihrem Rücken, sie rutschte unruhig auf ihrem Platz umher, ihr Lächeln verblasste, und sie war dankbar, als der Priester zu ihr kam. Er bat sie erneut, dem Vorstand seinen Vorschlag zum Umbau der Kapelle zu unterbreiten, damit sie auch andere arme und mittellose Kirchgänger aus dem Viertel aufnehmen konnte und nicht nur die Bewohner des Armenhauses.

»Durch die Verbesserungen könnte ich eine Klasse von Menschen erreichen, an die man von der Kanzel aus sonst nur schwer herankommt, Mrs. Shiercliffe«, sagte er. »Zurzeit können wir nur dreißig Personen aufnehmen, wir könnten jedoch bequem doppelt so viele Gläubige unterbringen, wie meine Zeichnungen zeigen …«

»Ja, in der Tat, ich werde dem Vorstand schreiben«, antwortete Bethia, obwohl sie dies nicht zu tun beabsichtigte. »Doch Sie müssen verstehen, dass der Vorstand zahlreiche Verpflichtungen hat.« Das Letzte, was sie wollte, war, am Sonntag Seite an Seite mit den Huren und Armen von St. Michael's Hill zusammenzusitzen. Als der Priester sie segnete und alle bat, aufzustehen und das erste Lied anzustimmen, sah sich Bethia erneut um. Noch immer ruhte Louisas Blick starr auf ihr, als wollte sie sie verschlingen.

Den ganzen Gottesdienst hindurch spürte Bethia diesen Blick zwischen ihren Schulterblättern. Sie versuchte, ihn zu ignorieren, doch immer wieder überlief sie ein Schaudern. Den eigenen Blick hielt sie auf das bunte Licht gerichtet, das durch das Ostfenster mit den Heiligen Drei Königen hereinfiel, und versuchte, sich wie sonst beim Singen bescheiden und fromm zu fühlen. Doch die Könige starrten auf sie herunter, und sie stockte: Caspar, Melchior und Balthasar. *Balthazar*. Der schwarze König. Warum war ihr das bislang nicht aufgefallen? Bethia vertat sich bei der ersten Zeile der dritten Strophe von *Leise weicht des Tages Licht*, und Mrs. Fenny warf ihr einen vorwurfsvollen Blick zu.

Ihr Hals war wie zugeschnürt, und es grenzte an ein Wunder, dass sie überhaupt singen konnte. Dabei war sie sonst so stolz auf ihre Stimme, die sich hoch und klar über den allgemeinen Chor erhob – das Krächzen und Bellen der Bewohner mit ihren von Alter, Krankheit und ungesundem Lebenswandel geschundenen Hälsen. Aus dem Augenwinkel sah sie Jonathan Mackie und versuchte, sich zu konzentrieren. Jonathan war die Hilfskraft des Priesters, ein ernster junger Mann von gerade einmal neunzehn Jahren. Sein Körper war noch nicht ganz zu dem eines Mannes gereift, doch das Gesicht mit den großen grünen Augen, der geraden Nase und dem markanten Kinn löste bei Bethia stets ein warmes Gefühl aus. Gern hätte sie sein dichtes dunkelbraunes Haar berührt. Sie war sich sicher, dass er errötet war, als sie das letzte Mal miteinander gesprochen hatten. Nahm er sie tatsächlich wahr? War das möglich? Fand er sie attraktiv, eine Frau ihres Alters? Normalerweise beflügelten sie derlei Gedanken und lenkten sie von den zwei stechenden Punkten in ihrem Gesäß ab, wo die Bank sie drückte und ihr Schmerzen im unteren Rücken verursachte. Doch nicht einmal die Vorstellung, dass Jonathan sie womöglich beobachtete, konnte sie von der Tatsache ablenken, dass andere es eindeutig taten. *Bitte, werte Dame!* Gefangen zwischen Balthazar und Louisa, hörte sie kein einziges Wort des Gottesdienstes.

Anschließend durften die Bewohner nach oben zu den Christmas Steps gehen, wenn sie wollten, um sich dort in die Nischen zu setzen und eine Stunde lang Almosen von Passanten zu sammeln. Manche waren nur zu erpicht auf alles, was sie bekommen konnten. Andere besaßen etwas mehr Würde. Sechs Plätze waren je auf beiden Seiten der obersten Treppe in die Mauern eingelassen. Von oben betrachtet, befanden sich die auf der rechten Seite direkt unterhalb des Ostfensters der Kapelle. Jeder Platz war von einem Bogen überspannt, und da sie durch Säulen voneinander getrennt waren, wirkten die Bettler dort wie eine Parodie auf die Heiligenstatuen an einer Kirchenfassade. Vermutlich eine gute Art, den Bessergestellten ein schlechtes Gewissen zu bereiten. Normalerweise ging Bethia an diesem Punkt zurück in ihr Zimmer, doch sie war neugierig, was Louisa tun würde.

Jemima ergriff erneut Louisas Arm, um sie zu den Plätzen zu führen, doch Louisa wollte sich nicht in eine der Nischen setzen. Stattdessen blieb sie wie angewurzelt auf einem Fleck stehen und starrte die Christmas Steps hinunter. Ihr Mund stand offen, als würde sie etwas sehen, das sie nicht ganz glauben konnte. Bethia folgte ihrem Blick, konnte jedoch nichts Auffälliges entdecken. Viele der Gebäude hatten erst kürzlich neue Fronten erhalten, doch mangels Pflege sahen sie schon wieder ziemlich ramponiert aus. Eine ähnliche Sammlung an Ladenfronten, Gaststätten und Werkstätten hatte die alten ersetzt. Dieselben schäbig gekleideten Leute kamen und gingen, und dasselbe faule Wasser floss durch die Gossen. Plötzlich hörte sie, wie ein leeres Fass unten aus dem Three Sugar Loaves Inn zu einem Lastkahn auf dem Fluss gerollt wurde. Louisas Augen wurden feucht. Lag es am Wind, oder waren es tatsächlich Tränen? Bethia wusste es nicht. Ihr persönlich hatte es immer gefallen, dass das Armenhaus den Christmas Steps den Rücken zuwandte; es war keine Straße, die sie gern aufsuchte.

»Kommen Sie«, sagte sie und nahm Louisas Arm. »Es ist zu kalt, um sich draußen aufzuhalten, und Sie müssen nicht betteln. Was immer Sie brauchen, Sie bekommen es von uns.« Sie tätschelte Louisas Hand, die eiskalt war, und sah ihr einen Moment ins Gesicht. Aus dieser Nähe und bei

Tageslicht bemerkte Bethia goldfarbene Flecken in ihrer braunen Iris. Äußerst ungewöhnlich. Vor langer Zeit waren sie sicher einmal sehr anziehend gewesen. »Was für schöne Augen Sie haben«, murmelte sie, dann richtete sie den Blick auf den Boden, um auf dem Rückweg dem Schmutz auszuweichen.

In Louisas Zimmer war alles in Ordnung. Bethia brachte sie zum Sessel vor dem Kamin, obwohl das Feuer dort erst am Abend entzündet wurde. Ihr blauer Schal, der nun frisch gewaschen war, und der zerschlissene Leinenbeutel mit ihren Besitztümern hingen an einem Haken an der Tür. Bethia hatte Julia einen weiteren Stuhl aus dem Speisesaal bringen lassen, und Louisa folgte ihr mit dem Blick, als sie das Buch der Psalmen nahm, sich setzte, die Hutnadeln herauszog, den Hut abnahm und die falschen Locken am Hinterkopf richtete.

»Ich helfe Ihnen mit Ihrem Hut«, sagte Bethia und löste die Schleife unter Louisas Kinn. Der Anblick von Louisas kurz geschorenem Haar erschreckte sie aufs Neue. Eine Frau ohne Haare war ein solch ungewohnter Anblick, und die wenigen Haare, die noch übrig waren, leuchteten so weiß wie frisch gefallener Schnee. Ob sie wohl in jüngeren Jahren blond gewesen war?

Bethia räusperte sich und begann zu lesen, doch die Psalmen klangen irgendwie hohl, dabei war sie normalerweise eine sehr gute Vorleserin. Ihr Hals fühlte sich wie schon zuvor im Gottesdienst trocken und wie zugeschnürt an, und sie hielt inne, um sich zu räuspern. »Verzeihen Sie, Louisa. Irgendwie habe ich heute einen trockenen Hals.«

Natürlich antwortete Louisa nicht, doch sie umfasste mit den Händen die hölzernen Armlehnen des Stuhls, als wollte sie sich erheben. Oder als wollte sie sich von etwas abhalten.

Hin und wieder krümmte sie die Finger und atmete sichtlich angestrengter, der Brustkorb hob und senkte sich.

»Was ist mit Ihnen? Fühlen Sie sich nicht wohl?«

Zu ihrer Überraschung schüttelte Louisa den Kopf. Nur einen Sekundenbruchteil, doch es war eindeutig, dass sie die Frage gehört und verstanden hatte. Bethias Herzschlag beschleunigte sich kurz, ehe er in seinen normalen Rhythmus zurückfand. Sie holte tief Luft und entschied, dass es besser war, nicht übertrieben darauf zu reagieren. *Das wäre allerdings etwas ...*

Sie klappte das Buch der Psalmen zu und hielt es fest umklammert. »Ich glaube, wir haben für heute genug vom lieben Gott gehört, denken Sie nicht? Meine Mutter hat immer gesagt, Er sei zu gütig, um länger zu bleiben, als Er willkommen sei.« Sie lächelte schwach, doch Louisas Miene blieb unbewegt. Sie atmete noch immer so schwer, als müsste sie sich furchtbar anstrengen. Wie Klauen umklammerten ihre Hände weiter die Armlehnen. »Was haben Sie denn?«, fragte Bethia. »Möchten Sie ... Möchten Sie mir etwas sagen?«

Sie beugte sich leicht nach vorn, bis ihr der Geruch von Louisas grober Kleidung und der Eigengeruch des Menschen darunter in die Nase stiegen — schwach, aber einige Tage nach ihrem Bad durchaus wahrnehmbar. Unvermittelt und ohne Vorwarnung flackerte wieder das Gefühl von etwas Vertrautem auf und löste tief in Bethia ein Beben aus, das sie erschreckte. Sie hielt die Luft an und stand auf, nur um sich kurz darauf wieder zu setzen. Es war nur das Schweigen der Fremden, sagte sie sich. Es war nur ihre leere, unbekannte Vergangenheit. Bethia hatte schon immer eine lebhafte Fantasie gehabt. »Wollen Sie nicht mit mir sprechen?«, fragte sie leise mit klagender Stimme, die nicht ganz aufrichtig klang. »Wollen Sie mir nicht erzählen, was geschehen ist und warum Sie so gedemütigt wurden?« Sie dachte an die silbrigen Narben, die sie auf Louisas Hüften und auf ihrem Bauch gesehen hatte. Sie wusste, was sie vermutlich bedeuteten, konnte sich jedoch nicht überwinden, sie danach zu fragen.

Louisa presste die Lippen zusammen und hob ganz leicht das Kinn. Eine Sekunde dachte Bethia, sie würde sprechen oder vielleicht weinen wie oben an den Christmas Steps, doch der Moment verstrich, und Louisas Miene blieb unverändert starr. Ihre Brust hob und senkte sich, bis es weniger aussah, als werde sie gleich in Tränen ausbrechen, sondern eher, als stünde ein Wutausbruch bevor.

Sie waren ganz allein im Zimmer, die Tür war geschlossen. Bethia hatte gesehen, dass Louisa bis auf die Füße körperlich noch robust war. Sie war größer als Bethia und kräftiger gebaut. Sie hatte Mrs. Fenny und Alice mühelos davon abhalten können, sie in den Zuber zu zwingen. Bethia schluckte und stand wieder auf. »Nun«, sagte sie mit einer Leichtigkeit, die sie nicht im Geringsten empfand, »vielleicht werden Sie eines Tages mit mir sprechen. Und wenn nicht, spielt es auch keine Rolle. Es ist Ihre Entscheidung. Hier bei uns sind Sie in beiden Fällen sicher. Ich wünsche Ihnen noch einen schönen Tag.«

Sie strich sich den Rock glatt, nahm ihren Hut, fasste sich ein Herz und schenkte Louisa zum Abschied ein Lächeln. Sie hatte gefürchtet, erneut simmernde Wut auf ihrem Gesicht zu sehen, doch der Anblick, der sich ihr bot, war wesentlich schlimmer: ein Ausdruck puren Leids. Louisas Mund war erschlafft, und ihre Augen schwammen in Tränen.

*

Den ganzen Abend über sah Bethia diese zwei Gesichtsaus-
drücke vor ihrem inneren Auge — die beherrschte Wut, die
jeden Moment hervorzubrechen drohte, und die bittere
Traurigkeit bei ihrem Abschied.

»Es war nur ein Kopfschütteln, aber sie hat eindeutig auf
meine Frage reagiert, daran besteht kein Zweifel«, berichtete sie Edwin beim Abendessen. Sie sah ihn zu gern im Kerzenschein — es gefiel ihr, wie das Licht die Zeichen des
Alters in seinem Gesicht glättete. Bei ihrer Hochzeit war er
weit über vierzig gewesen. Sie hatte ihn nicht als jungen
Mann gekannt, aber das Kerzenlicht half ihr, ihn sich so vorzustellen. Sie hoffte, dass es umgekehrt genauso war — sie
war an ihrem Hochzeitstag sechsunddreißig gewesen. Er
hätte irgendein Mädchen heiraten können, das halb so alt
war wie sie, aber das hatte er nicht getan. Es war ein Segen,
dass sie sich ihr gutes Aussehen wie ihre Mutter so lange bewahrt hatte. Ein Geschenk des Himmels, das sie vielleicht
für den Anfang im Waterloo Court entschädigen sollte.

»Dann machst du gute Fortschritte, wo alle anderen versagt haben«, sagte Edwin.

»Ich glaube schon.« Bethia lächelte. Der dunkle Rotwein
glänzte sanft in den Gläsern. Das bunte Licht, das von dem
vergoldeten Spiegel an der Wand und von den Kristalltrop-
fen des Kronleuchters abstrahlte, gab ihr ein Gefühl von Ge-
borgenheit und Sicherheit. Hier konnten ihr weder die Häss-
lichkeit noch das Elend oder die Gefahren der Welt etwas
anhaben. Zuvor noch Beunruhigendes kam ihr an diesem
Ort unwirklich vor — der unglückliche Schwarze am Lime
Kiln Dock. Balthazar, der schwarze König. Louisas Gesicht,
ihr Geruch. *Lulalu, lulalu.* Spuren der alten Angst. Hier
konnte sie nichts von alldem berühren — nichts konnte das
Fundament dieser starken Festung erschüttern. Gar nichts.

»Vielleicht hilft es ihr, wenn sie zu sprechen beginnt. Vielleicht kann sie sich so von dem befreien, was sie in den Wahnsinn getrieben hat«, fuhr Bethia fort.

»Vielleicht, und das hoffen wir. Aber natürlich besteht auch die Möglichkeit, dass es lediglich das Alter ist, das sie quält. Und die Tatsache, dass sie senil wird«, sagte Edwin. »Wenn dem jemand auf den Grund gehen kann, dann sicherlich du, Bethia.« Er sandte ihr ein Lächeln über den Tisch, und Bethia spürte, dass das Thema damit für ihn beendet war.

»Und wie war dein Tag, Lieber?«, fragte sie.

»Große Unruhe, mein Schatz. Große Zwietracht. Wetherell ist entschlossen, herzukommen und das Schwurgericht zu eröffnen, obwohl man ihn gewarnt hat und ihm geraten hat fernzubleiben. Es wird zweifellos Ärger geben. Fragt sich nur, wie groß er sein wird und wie man ihn beherrschen kann.«

»Er ist der Richter, es ist seine Aufgabe, das Schwurgericht zu eröffnen. Natürlich muss er kommen. Aber was hat der Pöbel denn gegen Sir Charles Wetherell?«

»Der Pöbel? Dass so bald ein strenges Urteil über ihn gefällt wird, meine Liebe«, sagte Edwin. »Wetherell hat im Parlament für das Volk gesprochen, als er es nicht hätte tun sollen. Er hat in einer seiner langen, lauten Reden behauptet, die Wahl von Baillie beweise, dass Bristol nicht nach Reformen strebe, dabei gibt es hier sogar ein ganz starkes Streben.« Edwin schüttelte den Kopf. »Das Reformgesetz sorgt für eine faire Vertretung und eine größere Wählerschaft. Es ist eine gerechtere Art, das Volk zu regieren. Und das wollen sie — eine faire Chance. Die oberen Schichten der Stadt bleiben zu vielen Menschen verschlossen — in der Gemeinschaft aus Bürgermeister, Stadtrat und Ratsmitgliedern werden

Positionen von Reichen an Reiche vergeben. An Männer, die immer zuallererst ihre eigenen Interessen im Auge haben. Ich verstehe das, obwohl ich selbst dazugehöre. Dass ein Mann wie Wetherell aufsteht und erklärt, Bristol verlange es nicht nach Reformen … Himmel, ich kann ihnen nicht verübeln, dass sie wütend sind. Der Mann leugnet den Willen des Volkes, das mögen die Leute nicht – nicht hier in Bristol. Die Geschichte sollte ihm eine Warnung sein.«

»Aber du konntest aufsteigen, Lieber, obgleich dein Vater niemand von Bedeutung war.«

»Ja, der Sohn eines Seilmachers *darf* aufsteigen. Aber bei Gott, es dauert doppelt so lange und kostet zehnmal so viel Anstrengung – und Glück –, wie es bei einem Mann aus einer alten Handelsfamilie der Fall ist.«

»Die Reformer haben aber auch Verständnis für die Befreiung der Sklaven, oder? Sollten solche Ansichten nicht unterdrückt werden, weil sie Handel und Wohlstand der Stadt gefährden?«

»Bristols Reichtum ist nicht gefährdet – die Sache ist wesentlich komplizierter, meine Liebe.«

»Nun. Ich bin mir sicher, dass du, Bürgermeister Pinney und der Rest der Gemeinde einen Weg finden werdet, für Frieden zu sorgen«, sagte sie.

»Vielleicht. Die Frage ist …«

Edwin redete weiter, doch Bethia hörte nicht mehr zu. Sie fand politisches Gerangel bestenfalls äußerst trocken und in letzter Zeit sogar geradezu unsinnig. Bei der Wahl im vergangenen Jahr hatten sich Baillie und Protheroe – ein Kaufmann aus den West Indies und ein Radikaler – mit Zähnen und Klauen bekämpft, in erster Linie wegen der Sklaverei. Doch bei der diesjährigen Wahl, die just abgehalten worden war, hatten sie sich wegen der Parlamentsreform verbündet und die Konservativen verdrängt, um beide Sitze, die Bristol zustanden, für die Whigs zu gewinnen. Es war ganz offensichtlich unsinnig, und Bethias Verstand war momentan viel mehr damit beschäftigt, Dinge zu verdrängen, über die sie nicht nachdenken wollte.

Juno kam herein, um das erste Geschirr abzuräumen, und Bethia musterte sie genau. Sie war ein weiterer strahlender Gegenstand im Zimmer, das Licht fing sich in ihren schwarzen Locken und den schwarzen Augen, und es glänzte auf der braunen Haut an ihren Schlüsselbeinen. »Was summst du da andauernd für eine Melodie, Bethia?«, fragte Edwin.

»Wie bitte?« Bethia erschrak. »Ach, das ist nichts. Nur ein altes Liedchen, das mir einfach nicht aus dem Kopf geht.«

»Ein Schlaflied, nicht wahr? Ich erinnere mich schwach, es aus Kindertagen zu kennen.«

»Das weiß ich nicht.« Bethia nahm einen großen Schluck Wein und konzentrierte sich auf das warme Gefühl auf ihrer Zunge.

*

Nach dem Essen zog sich Edwin wie üblich in sein Arbeitszimmer zurück. Es war ein kleiner Raum im vorderen Teil des Hauses, in dem Regale für Bücher und Papiere standen, dazu ein Tisch mit Stühlen und ein bequemer Sessel am Kamin. Eine Eisentür führte in einen Tresorraum, in dem Edwin Geld, Verträge und andere Rechtsdokumente aufbewahrte.

Bethia war sich nie ganz sicher, was er dort abends tat, außer dass es mit dem Geschäft zu tun hatte. Als sie später am Abend zu ihm ging, um ihm eine gute Nacht zu wünschen, hörte sie Stimmen aus dem Inneren des Zimmers und blieb vor der Tür stehen. Edwin ging nur selten mit ihr gemeinsam zu Bett, allerdings hoffte sie jeden Abend aufs Neue, dass er vielleicht just an dem Tag eine Ausnahme machte. Sie teilten sich noch immer ein Bett, aber nur selten kamen sich ihre Körper nahe, und obwohl sich Bethia nicht mehr sonderlich nach Sinnlichkeit sehnte, fehlte ihr die Intimität. Sie vermisste das Gefühl, dass sie ihrem Ehemann noch immer Lust bereiten konnte, und das beruhigende Gefühl, das damit einherging. In den meisten Nächten glitt Edwin einige Stunden, nachdem sie sich zurückgezogen hatte, vorsichtig neben sie ins Bett, um sie nicht zu wecken, und stand morgens vor ihr auf. Bethia hatte schreckliche Angst, jemals schlecht zu riechen, wenn er ins Bett kam, so wie die Alten im Armenhaus – in Wäsche gewickelt, die von ihren Körpern und den Flüssigkeiten, die aus ihnen sickerten, muffig roch. Aus ihren trockenen Mündern wehte saurer Atem. Sie wollte nicht, dass Edwin das Gefühl bekam, mit einer alten Frau verheiratet zu sein, und trug jeden Abend großzügig Rosenwasser auf, ehe sie sich schlafen legte.

Die Tür zum Arbeitszimmer stand offen, und sie spähte hindurch, ohne auf sich aufmerksam zu machen. Sie wusste bereits, was sie sehen würde. Juno saß Edwin gegenüber am Kamin, auf einem Stuhl, den sie vom Tisch herübergezogen hatte. Sie hielt ein geschlossenes Buch in den Händen und studierte im Feuerschein die Rückseite.

»Ich glaube, es wird dir gefallen«, sagte Edwin. Erneut spürte Bethia ein hohles Gefühl hinter ihren Rippen und sackte leicht in sich zusammen. »Er schreibt mit ungeheuerlichem Witz, obwohl das Thema selbst nüchtern erscheinen mag.«

»Nun, wir werden sehen, Sir«, sagte Juno. »Das Letzte, das Sie mir gegeben haben, hat mir kein bisschen gefallen. Ich bin sogar darüber eingeschlafen.« Sie lächelte, und ihre

Zähne waren strahlend weiß, die Lippen voll und weich. Neger waren nicht schön, ermahnte sich Bethia. Das war unmöglich bei ihren merkwürdigen Proportionen und übertrieben ausgeprägten Gesichtszügen, den unergründlichen schwarzen Augen. Juno konnte nicht schön sein, und Edwin konnte sie nicht schön finden.

»Na, vielleicht war Du Bonts Übersetzung etwas umständlich«, gab Edwin zu. »Aber du wirst doch hoffentlich weiterlesen? Einfach ausgedrückt: Nichts bildet mehr.«

Bethia hatte den Drang hereinzuplatzen und zu fragen, warum Juno sich denn bilden sollte. Sie war ein Dienstmädchen. Im Grunde war sie eine Sklavin, egal, was das Gesetz jetzt sagte. Sie wussten alle noch, wo sie standen — oder wo sie stehen sollten.

»Und was ist mit Paris?«, fragte Edwin.

»Ha! Mein Bruder schläft ein, sobald er mit seiner Arbeit fertig ist.« Juno machte eine wegwerfende Handbewegung. »Er nutzt Ihre Bücher, um seine Pfeife darauf zu stopfen und von wer weiß was zu träumen. Von Charles Buchanans kleinem Hausmädchen, möchte ich wetten, so wie er sich windet.«

»Böses Mädchen!«, sagte Edwin, lachte jedoch. »Nun, zumindest habe ich bei einem von euch Erfolg.«

»Ja, Sir«, sagte Juno. »Bei mir haben Sie Erfolg.« Eine einzelne schwarze Korkenzieherlocke hatte sich aus ihrer Haube gelöst und streichelte ihren Nacken.

Wie sie dasitzt, dachte Bethia, *wie sie auf der Stuhlkante hockt, den Rücken durchbiegt und ihm ihren Busen entgegenschiebt, wie sie durch ihre Wimpern zu ihm hochsieht, wie lasziv sie lächelt.*

Als das Mädchen aufstand und Edwin ihr eine gute Nacht wünschte, sah Bethia sich mit ihren Augen — die alte unbegehrte Frau, die sich im Schatten versteckte und wie eine Bettlerin in das Schaufenster eines Bäckers starrte. Sie eilte durch den Flur zur Tür, die über ein schmales Treppenhaus zur Küche, zur Speisekammer und zum Zimmer der Haushälterin hinunterführte und ganz nach oben unters Dach, wo Juno und die anderen Diener schliefen. Sie wartete dort, obwohl sie sich nicht sicher war, warum oder was sie dem Mädchen sagen wollte. Das hohle Gefühl zwischen ihren Rippen machte sie atemlos und fühlte sich seltsam an, gar nicht wie sie selbst.

Ihre Hände zitterten, als Juno kam. Sie bewegte sich langsam mit dem Buch in der einen Hand und hatte den Schal lose um die Ellbogen geschlungen. Sie drehte den Kopf, um den Nacken zu dehnen, und rang erschrocken nach Atem, als sie Bethia sah. Lächelnd schlug sie sich dann eine Hand auf die Brust. »Herrin! Haben Sie mich erschreckt! Ist alles in Ordnung? Wo ist Ihre Lampe? Kann ich etwas für Sie tun?«

»Das kannst du …« Bethia hielt abrupt inne. *Du kannst aufhören, Edwin zu verführen. Lass meinen Mann in Ruhe. Du sollst weniger … Sei einfach weniger.* Ihr Kopf war plötzlich leer, und sie wusste nicht, wie sie es ausdrücken sollte. *Lulalu, lulalu …* Bethia nahm den schwachen Geruch von Misthaufen wahr, der unter dem Dienstboteneingang hereinzog. Wieder spürte sie den Makel vom Waterloo Court — ein unleugbarer Schmutzfleck. Ein schwaches Widerhallen von Angst, die einst ihre Existenz ausgemacht hatte. Das Verstecken im Dunkeln, in der Hoffnung, nicht gefunden zu werden. Der Hunger. Die plötzliche Gewalt, das stets gegenwärtige Drohen von Strafe und Schmerz. Sie spürte, wie alles auseinanderfiel. *Die Männer stecken ihren Docht hinein, wo immer es ihnen gefällt. Das muss deine Position aber nicht schwächen,* hatte ihre Tante Philadelphia oft schulterzuckend gesagt. Aber nicht bei Juno. Nicht bei *ihr.* »Bin ich dir und deinem Bruder etwa keine gute Herrin?«, fragte sie und verabscheute den klagenden Ton in ihrer Stimme.

»Doch. Natürlich, Herrin«, sagte Juno vorsichtig.

»Ich weiß, was du vorhast«, sagte Bethia. »Du wirst hier gut behandelt — so gut wie irgendeine weiße Dienerin. Deine Bedingungen sind gut! Reicht dir das nicht?«

»Doch, Herrin.«

»Warum machst du dann … Warum musst du …« Bethia gab kopfschüttelnd auf.

Juno tat einen Schritt auf sie zu und senkte die Stimme. »Herrin … alles ist gut. Der Herr leiht mir nur Bücher, er bringt mich zum Lesen. Er will mir die Literatur näherbringen, das ist alles.«

Bethia sah hoffnungsvoll auf, doch in Junos Augen lag Mitleid, und das konnte sie keine Sekunde ertragen. »Ich weiß, was du gern von ihm lernen würdest«, fauchte sie.

Juno bekam große Augen.

»Aas! Geh mir aus den Augen! In dein Zimmer, sofort, und bete, dass ich keinen Grund finde, mit Mrs. Crossland über deine Arbeit zu sprechen.«

Ganz kurz zögerte Juno, Wut blitzte in ihren Augen auf, dann biss sie die Zähne zusammen und verschwand durch die Tür, und Bethia hörte, wie die Holztreppe knarrte, als sie sie schweigend erklomm.

*

Bethia wartete einige Tage, bevor sie Louisa einen weiteren Besuch abstattete. Mrs. Fenny erklärte sie, dass sie sie nicht bedrängen und ihr Zeit lassen wollte, sich in ihrem eigenen

Tempo einzugewöhnen. Vielleicht würde sich der Nebel in ihrem Kopf in der sicheren Umgebung des Armenhauses von allein lichten. Dann kam Bethia die Idee, mit ihr zur heißen Quelle zu gehen, um ihre verkrüppelten Füße und ihren wirren Verstand mit dem heilenden Wasser zu behandeln. Seit der Jahrhundertwende war das Heilbad nicht mehr ganz so beliebt, und dieser Tage wurde es überwiegend von Schwindsüchtigen benutzt, die in den letzten Zügen lagen — insbesondere außerhalb der Saison, im Oktober. Vor ein paar Jahren hatte man sogar das alte Haus bei der heißen Quelle abgerissen, um Platz für eine neue Straße am Ufer zu schaffen, und es durch ein wesentlich bescheideneres Gebäude ersetzt. Doch Bethia ging noch immer gern dorthin, wo der Avon durch eine hohe Schlucht und hinaus in die Mündung des Severn floss. Sie erinnerte sich, wie sie als zerlumptes Kind dorthin gegangen und vom Anblick all der eleganten Menschen dort bezaubert gewesen war.

Der Ausflug mit Louisa war ein Erfolg, denn sie verhielt sich still und ließ sich darauf ein, das Wasser zu trinken und ihre Füße darin zu baden. Am folgenden Tag berichtete ihr Mrs. Fenny allerdings, dass die anderen Bewohner wegen dieser Sonderbehandlung verstimmt seien. Sie hatten die Hausmutter geschickt, um zu fragen, ob ein ähnlicher Ausflug für alle von ihnen geplant sei. Bethia musste im Gegenzug als Kompromiss anbieten, Fässer mit Heilwasser zu kaufen, das sie trinken konnten, und würde sich eine gute Ausrede überlegen müssen, um diese Extraausgabe vor dem Vorstand rechtfertigen zu können. Vielleicht konnte sie es damit begründen, dass man dadurch auf lange Sicht bei den Arztrechnungen sparen könnte.

Vor ihrem nächsten Besuch ging Bethia, gefolgt von einer stummen und respektvollen Juno, zu ihrem Lieblingsschneider in der Little King Street. Dort sollte für ein Kleid, das sie auf dem Weihnachtsball der Society of Merchant Venturers tragen wollte, Maß genommen werden. Sie bestellte auch zwei Pelerinen aus glänzendem Satin, eine in Blaugrün, die andere in Weinrot, kaufte Handschuhe und ging anschließend über die von Bäumen gesäumte Promenade am Queen Square. Sie wollte gesehen werden und sich gleichzeitig in der Gegend umschauen. Hier befanden sich der Amtssitz des Bürgermeisters, das Zollhaus, das Amt für Zollwesen und die prachtvollsten Wohnhäuser der Stadt. Tadellose Fassaden erhoben sich über fünf oder sechs Stockwerke. Reihenweise glänzende Fenster. Die Pförtner trugen Livree, und die saubersten Kutschen wurden von den edelsten Pferden gezogen. König William III. thronte auf einem Pferd aus Bronze hoch über einem Sockel in der Mitte der Rasenflächen und der sich kreuzenden Spazierwege. Bis hierher hatte Bethia es geschafft.

»Herrin«, sagte Juno schüchtern, als sie ihre dritte Runde drehten. »Es ist schon fast Nachmittag.«

Bethia brachte sie mit einem Blick zum Schweigen. Am Horizont im Osten des Platzes war ein Wald aus Masten und Takelagen von den vielen Booten zu sehen, die im Hafen ankerten. Darüber drehten Möwen ihre Kreise und sausten im Sturzflug herab — weiße Flecken am blassblauen Himmel. Die Blätter der Bäume waren kupferfarben und golden, und Bethia fühlte sich besser.

Auf dem Rückweg über die Stone Bridge kamen sie an einem Mann vorbei, der gebrannte Mandeln anbot, und Bethia blieb stehen, um zwei Papiertüten voll zu kaufen, die noch warm waren. Juno musterte sie gierig, als Bethia sie ihr zum Tragen reichte.

»Die sind nicht für dich«, sagte Bethia.

»Nein, Herrin«, sagte Juno, und Bethia blickte zu ihr, weil sie meinte, Belustigung in ihrer Stimme gehört zu haben. Junos Gesicht wirkte jedoch gänzlich ausdruckslos. »Nun. Gib sie mir zurück. Von hier aus kann ich allein weitergehen. Du bringst die Pakete nach Hause.«

»Ja, Herrin. Gehen Sie zum Armenhaus?«

»In der Tat.« Es war nur ein kurzer Weg durch eine schmale Gasse zur Host Street und dann die Steep Street hinauf zum Armenhaus. An der Ecke drehte sich Bethia noch einmal um und sah, dass Juno zurück auf die Brücke gegangen war, um sich selbst ein paar Mandeln zu kaufen. Dann ging sie langsam kauend weiter wie ein ganz normaler Bürger. Sie schlenderte und schien sich ganz und gar wohlzufühlen, obwohl sie aufgrund ihrer Hautfarbe — aufgrund ihrer *Rasse* — nicht das Recht hatte, auf einer englischen Straße zu gehen. Überhaupt kein Recht. Bethia beobachtete sie, bis sie aus ihrem Blickfeld verschwand, und spürte, wie sich etwas in ihr verhärtete. *Bitte, werte Dame!* Sie hätte Juno mit zum Armenhaus nehmen und in der Küche bei Alice warten lassen sollen, wo sie sich hungrig hätte langweilen können, bis Bethia bereit war, nach Hause zu gehen.

Louisa nahm gerade ihr Mittagessen im Speisesaal ein, als Bethia eintraf. Sie saß am einen Ende der Bank, die an den langen Tisch gezogen worden war. Bethia beobachtete sie vom Eingang aus, angewidert von dem Geruch des Essens — eine Art Nierenfettkuchen mit Wurzelgemüse. Alice ließ es immer fast verkochen, sodass der durchdringende Geruch in jede Ritze des Gebäudes drang. Louisa starrte aus dem Fenster auf die gedrängten Häuser der Stadt, ihr Teller war erst zur Hälfte leer gegessen. Bethia zog sich in ihr Zimmer zurück und prüfte ein paar Belege und Rechnungen, um sie an den Vorstand weiterzuleiten – der Tuchhändler hatte neue Hemden und Artikel für die männlichen Bewohner geliefert. Der Schreiner hatte neue Fensterflügel in zwei Unterkünften des Armenhauses in der Steep Street eingesetzt. Belege über eingenommene und solche über nicht gezahlte Mieten. Die halbjährlichen Gehälter des Priesters und seines Gehilfen waren fällig. Sie dachte einen Moment über den Gehilfen nach. Jonathan erinnerte sie an den ersten jungen Mann, der sie interessiert hatte – das dichte braune Haar, die glatte Haut. Vielleicht gefiel es ihr deshalb so gut, wenn er sie beobachtete, und vor allem, wie er das eine Mal errötet war. Worüber hatten sie gesprochen? Sie konnte sich nicht mehr erinnern, aber es war natürlich etwas ganz und gar Harmloses gewesen.

Sobald das Essen vorüber war, drehte sie mit Mrs. Fenny eine Runde durchs Haus, um die Bewohner zu besänftigen – sie erkundigte sich nach ihrer Gesundheit, nach ihrem Glück, nach ihren Wünschen und Bedürfnissen. Von den meisten wurde ihr bescheidene Dankbarkeit entgegengebracht. Sie interessierte sich eigentlich nur für Louisa, doch ihr war bewusst, dass sie sich das auf Dauer nicht anmerken lassen durfte. Sie hoffte, dass niemand die Tüten mit den Mandeln roch, die sie in ihrer Tasche versteckt hatte, und wusste, dass Louisa sie genießen würde – sofern ihre Zähne dem gewachsen waren. Sie fragte sich, ob Louisa ihr Schweigen brechen würde, um sich bei Bethia für die Mandeln zu bedanken. Doch als sie Louisas Zimmer erreichte, war seine Bewohnerin im Stuhl eingeschlafen, der Kopf nach vorn gesunken, das Kinn ruhte auf der Brust. Leises Schnarchen tönte aus ihrer Kehle.

»Ich werde mich eine Weile zu ihr setzen, falls sie aufwacht«, erklärte Bethia Mrs. Fenny. »Ich hatte gehofft, heute mit ihr sprechen zu können.«

»Wie Sie wünschen«, sagte Mrs. Fenny mit einem Blick, der ausdrückte, dass sie Bethia für die Verrücktere von beiden hielt.

Nachdem die Hausmutter gegangen war, setzte sich Bethia und wartete. Sie holte ihre eigene Tüte mit gebrannten Mandeln hervor, aß ein paar und steckte sie wieder ein, nur um sie schon kurz darauf erneut hervorzuholen und noch ein paar weitere zu genießen. Louisa schlief weiter, und Bethia betrachtete die schlaffen Schultern und die ziemlich großen Hände in ihrem Schoß. Die leicht herabhängenden Ohrläppchen, den weißen Flaum auf ihrem Kopf. Die Frau sah äußerst mitgenommen aus, vollkommen hilflos, und als Reaktion darauf empfand Bethia erneut Mitleid mit ihr und fühlte sich sicherer. Sie stand auf und trat ans Fenster, um im Hof Ausschau nach einem Zeichen von Jonathan zu halten, als ihr Blick auf einen Leinenbeutel fiel, der an der Tür hing.

Bethia überzeugte sich davon, dass Louisa noch schlief, und ging zur Tür. Sie versicherte sich noch einmal, dann nahm sie den Leinenbeutel leise herunter. Es fühlte sich nicht an, als sei viel Kostbares darin, doch sie war neugierig, was einem Menschen wie Louisa heilig war. Vielleicht fand sich irgendeinen Hinweis auf ihr früheres Leben – auf ihre frühere Identität. Sie öffnete den Beutel und spähte hinein, dann tastete sie mit einer Hand nach dem Inhalt. Das Erste, was sie zum Vorschein brachte, war ein Kamm – ein sehr hübscher aus Schildpatt, an dem allerdings mehrere Zähne fehlten. Wahrscheinlich ein Geschenk von einer der Damen aus Bourton. Mit einem Hauch von schlechtem Gewissen fiel Bethia ein, dass sie Mrs. Crane noch nicht wie versprochen geschrieben hatte. Louisa hatte den Kamm eindeutig jahrelang nicht mehr benutzt, bevor sie nach Bristol gekommen war, wenn sie ihn überhaupt jemals benutzt hatte.

Vielleicht würde sie es tun, sobald ihr Haar etwas nachgewachsen war.

Der zweite Gegenstand war ein Stück Holz oder Wurzel, Bethia konnte es nicht genau erkennen. Es war so stark in sich gedreht, dass man unmöglich sagen konnte, wo es anfing oder endete. Es war natürlich in seinem Wuchs, nicht geschnitzt, und von unzähligen Berührungen geglättet. Bethia drehte es in ihren Fingern und musterte es, doch sie konnte ihm keine Bedeutung zuordnen. Der dritte Gegenstand war eine kleine sechskantige Glasflasche, einschließlich des kurzen Halses vielleicht eine Handbreit hoch und mit einem tief sitzenden Korken verschlossen, der wohl nur mit einem Korkenzieher herauszuziehen war.

Bethia hielt die Flasche ans Licht und versuchte zu erkennen, was sich darin befand — sie enthielt einige seltsame, nicht zu identifizierende Dinge, keine Flüssigkeit. War das da vielleicht ein Büschel Haare? Ein Stück Stoff? Doch noch während sie die Flasche mit zusammengekniffenen Augen musterte, spürte sie plötzlich, wie sich ihr Magen verkrampfte und ihr Herz in die klaffende Lücke unterhalb der Rippen rutschte. Dann nahm sie hinter sich eine Bewegung wahr und fuhr mit einem erstickten Schrei herum.

Louisa war aufgestanden, befand sich keine zwei Fuß von ihr entfernt und beobachtete sie. Wie hatte sie sich so leise bewegen können? Bethia wich zurück, und ihre Schultern schlugen mit einem dumpfen Geräusch gegen die Tür. »Oh!«, sagte sie. »Ich ...«

Ihre Stimme versagte. Sie wollte die merkwürdige Flasche wieder zurücklegen, doch ihre Arme gehorchten ihr nicht. Das Glas war warm geworden in ihrer Hand. Einen schrecklichen Moment lang war sie sich sicher, dass sich darin etwas bewegt hatte — dass etwas von innen gegen das

Glas tippte und flatterte, um hinauszugelangen. Sie bekam eine Gänsehaut. Am liebsten hätte sie die Flasche fallen gelassen, sie weit von sich geschleudert, aber zugleich hatte sie plötzlich große Angst, dass sie zerbrechen könnte. Und freisetzte, was immer sich darin befand. »Verzeihen Sie mir ...«, stieß sie hervor, ihre Stimme war ein ersticktes Flüstern.

Louisa öffnete den Mund. Vor lauter Konzentration zog sie die Brauen zusammen. Ihre Lippen bewegten sich und formten lautlose Buchstaben. Bethia hielt den Atem an. Ihr Herz stolperte vor Aufregung. »Wo ...«, keuchte Louisa mit angestrengter, heiserer Stimme und verzog vor Mühsal das Gesicht. Sie hustete und schluckte, dann versuchte sie es erneut. »Wo ... ist sie?«

Die Luft entwich aus Bethias Lungen, als hätte man ihre Brust durchstochen. Ihr schwirrte der Kopf. Die Anspannung in ihr wuchs und wuchs, bis sie das Gefühl hatte, nur noch aus einem riesigen Knoten zu bestehen. Einem bleiernen Knoten purer Angst. Ihre Hand, die noch immer die Glasflasche hielt, zitterte.

»Dann bist du es wirklich«, flüsterte sie erschrocken. »Du bist es.«

»Wo ist sie?«, fragte Louisa wieder.

5

HEUTE

Lass uns allein. Ich kümmere mich um sie.«
Liv hielt den Atem an und horchte konzentriert. Das
Flüstern ging im Regen, der gegen die Fensterscheiben prasselte, und in dem lauten Pochen ihres Herzens unter. *Lass uns
allein. Ich kümmere mich um sie.* Waren die Worte erneut ausgesprochen worden, oder hörte sie ihr Echo in ihrem Kopf?
Liv wusste es nicht. Genauso wenig, wie sie sagen konnte, ob
sie wach war oder schlief – sie schwebte irgendwo dazwischen und konnte sich weder entspannen noch aufwachen.

Sie hatte Durst – schrecklichen, alles beherrschenden
Durst –, aber sie konnte sich nicht rühren. Ihr Körper fühlte
sich so erschöpft an wie noch nie zuvor. Ihre Glieder waren
schwerer als nasser Sand, ihre Knochen wie aus Blei. Sie
konnte noch nicht einmal nach dem Wasserglas greifen, das
neben dem Bett stand, so gern sie es auch wollte. Die Stimmen – Liv meinte, es seien die von zwei Frauen – flüsterten
unentwegt. Sie redeten und redeten, umkreisten sie, verklangen, nur um wieder zurückzukehren, wie die Wellen an der
Küste. *Ich kümmere mich um sie.* Dann fing das Baby erneut
an zu weinen.

»Bitte«, flüsterte Liv den dunklen Zimmerecken zu.
»Bitte hört auf …«

Das Weinen nahm zu, und die verzweifelte Sehnsucht, das Baby zu finden, überwältigte sie – das übermächtige Bedürfnis, es zu halten und zu trösten.

Liv wachte auf, weil es laut und unablässig an der Ladentür klopfte, und setzte sich verwirrt auf. In Martins Gästezimmer schien hell das Tageslicht. Sie war sich sicher, dass sie die Vorhänge zugezogen hatte, bevor sie gestern Abend ins Bett gegangen war, doch jetzt waren sie weit aufgezogen. Sie hatte Schlaf in den Augen und registrierte, dass das Wasserglas leer war. Sie konnte sich allerdings nicht daran erinnern, letzte Nacht daraus getrunken zu haben. Ihr Kopf fühlte sich schwer an, und sie nahm ihren eigenen Geruch wahr – den scharfen Geruch von einer unruhigen Nacht.

In der Annahme, Adam sei an der Tür, fuhr sie sich mit den Fingern durchs Haar, schlüpfte ungeschickt in Jeans und Sweatshirt, stellte den Kessel auf den Herd und ging dann nach unten, ohne sich besonders zu beeilen. Er war jetzt vier Tage hintereinander zum Laden gekommen. Er war nie da, wenn sie ins Bett ging, immer nur, wenn sie morgens herunterkam, egal wie früh es auch sein mochte. Jedes Mal führten sie in etwa dieselbe Unterhaltung – er bat darum, mit Frauen zu sprechen, von denen Liv noch nie gehört hatte. Sie plauderten etwas über das Leben im Allgemeinen, er kritisierte ihren Tee und ihren Pulverkaffee, und er wollte auf keinen Fall irgendeine Hilfe von ihr. Darum hatte sie StreetLink seinetwegen noch nicht kontaktiert. Es war ihr unangenehm, weil er darauf bestand, dass es ihm ganz und gar gut ginge. Sie wusste jedoch, dass das nicht stimmte, und sie wusste, dass das Wetter schlechter werden würde.

Als Liv in den Laden kam, stand jedoch nicht Adam vor der Fensterscheibe und spähte herein, sondern ihre Mutter. Angela Molyneaux war sechsundfünfzig Jahre alt und hatte sich gut gehalten. Sie hatte das schulterlange aschblonde Haar im Nacken zu einem tiefen ordentlichen Pferdeschwanz zusammengebunden und trug eine Variante ihres üblichen Outfits: eine schmal geschnittene Hose und eine elfenbeinfarbene Bluse, dazu Ballerinas mit Ponyfell und einen Mantel mit Gürtel. Liv eilte zur Tür, um sie hereinzulassen, und kam sich sofort noch schlampiger und ungewaschener vor.

»Du liebe Zeit, Olivia«, sagte Angela, umarmte sie und hielt sie dann auf Armeslänge von sich. »Ich habe dich x-mal angerufen.«

»Sorry, mein Telefon war auf lautlos gestellt.«

»Du siehst aus, als wärst du gerade erst aufgewacht.«

»Stimmt — ich habe verschlafen. Ich schlafe hier nicht so gut.«

»Das überrascht mich nicht. Lass dich mal ansehen.« Angela ließ den Blick über Livs Gesicht und ihre Kleidung gleiten. Sie strich ihr eine kurze Locke aus der Stirn. »Deine armen Haare«, murmelte sie. »Na, irgendwann werden sie wohl nachwachsen. Meine Süße, wie geht's dir?«

»Ganz okay.« Das sagte Liv immer, wenn man sie fragte. Sie wusste nicht, was sie sonst sagen sollte. Wenn sie den Leuten ehrlich auf diese Frage antwortete, fühlten sie sich unwohl. Manche ihrer Freunde konnten ihr noch nicht einmal mehr in die Augen sehen. Einige riefen erst gar nicht mehr an. Sie verstand, warum. Ihr Kummer war einfach zu groß, das überforderte viele. Und manche fühlten sich nicht wohl, weil sie nicht wussten, wie sie ihr helfen konnten oder wie sie sich verhalten sollten. Schließlich war sie selbst so jemand.

»Nun, du siehst nicht okay aus«, stellte Angela fest.

»Ich habe nicht mit deinem Besuch gerechnet.«

Liv blickte an der Schulter ihrer Mutter vorbei und entdeckte Adam, der auf die Tür zugeschlurft kam. Sie wusste ganz genau, wie ihre Mutter reagieren würde, wenn sie einen Obdachlosen einlud und ihm Tee anbot.

»Wer in Gottes Namen ist das?«, fragte Angela, als Adam an die Tür kam und hereinspähte.

»Er ist ... ach, nur ein Mann, der ab und an vorbeikommt.«

»Ein Mann? Was für ein Mann? Ein Kunde von deinem Vater? Er sieht aus wie ein Obdachloser.«

Liv öffnete die Tür, ohne ihrer Mutter zu antworten, und Adam sah schweigend zu ihr hoch. In seinen Augen lag ein abwesender Ausdruck, und er wirkte entrückter als üblich. Er schien sie kaum wiederzuerkennen. »Tut mir leid, Adam. Du kannst heute nicht reinkommen — meine Mutter ist zu Besuch.«

Adam starrte sie an und blinzelte langsam, dann wanderte sein Blick zu der gepflegten, nervösen Angela. Schließlich machte er wortlos kehrt und ging langsam die Christmas Steps hinauf. Liv fühlte sich innerlich zerrissen und hatte ein schlechtes Gewissen. Er wirkte so verloren, so allein. Sie musste sich beherrschen, ihn nicht zurückzurufen.

»Du hättest den Mann reingelassen? Wenn du hier ganz allein bist?« Angela klang entsetzt.

»Er ist nur ein alter Mann, er ist nicht gefährlich«, sagte Liv. »Komm hoch. Ich mache uns Kaffee.«

»Ich würde lieber rausgehen, wenn es dir nichts ausmacht. Ich bin nicht gern hier.«

»Weil es Dads Wohnung ist? Nun, es macht mir aber etwas aus, denn ich habe noch nicht geduscht oder gefrühstückt ...«

»Dann dusch schnell, meine Güte, und ich lade dich zum Frühstück ein.«

Liv wollte schon fast zum Bad eilen und tun, was ihre Mutter sagte, hielt dann jedoch inne. »Ich will nicht woanders frühstücken.«

Angela atmete lautstark ein, antwortete aber nicht gleich. Sie schien die Veränderung im Tonfall wahrzunehmen.

»Okay, dann Kaffee«, sagte sie.

Liv nickte und ging nach oben.

Auf dem Weg in die Küche sah sich Angela um, spähte ins Wohnzimmer und hoch zu den Schlafzimmern, musterte die Möbel und die Bilder an den Wänden. Liv realisierte, dass sie wahrscheinlich noch nie hier oben gewesen war; sie war fast nie zum Laden gekommen.

Unter den Bildern, die Martin aufgehängt hatte, befand sich eine gerahmte Schwarz-Weiß-Fotografie von ihnen vieren, aufgenommen, als Liv eine grinsende Dreijährige war und Dominic ein ungestümer Siebenjähriger. Damals war Martins Haar noch dick und dunkel gewesen und Angelas Gesicht faltenlos. Ihr Haar war mithilfe einer Dauerwelle zu einer Wolke von Mariah-Carey-Locken frisiert. Es hatte Liv immer fasziniert, wie ihr Vater mit seiner großen Hand ihren kleinen molligen Oberschenkel umfasste. Jetzt konnte sie das Bild kaum ansehen, weil sie dann so intensiv spürte, wie sehr sie ihn vermisste.

»Das hing früher in unserem Schlafzimmer«, sagte Angela.

»Ich weiß.«

»Erinnerst du dich daran, wo es aufgenommen wurde? Du warst noch so klein.«

»Nein.« Liv betrachtete das Bild. Das intensive Licht ließ sie an die Küste denken.

»Es war in Italien. Auf Sardinien. An dem Tag hattest du dir einen solchen Sonnenbrand geholt, dass ich mich schrecklich schuldig fühlte. Aber wir konnten dich einfach nicht aus dem Wasser bekommen, um dich einzucremen.«

»Du siehst glücklich aus. Darum gefällt es mir; wir sehen alle glücklich aus.«

»Das waren wir.« Angelas Stimme klang gepresst, und sie wandte sich von dem Bild ab. »Ich glaube, dass wir es waren. Aber unser Glück war auf Sand gebaut, das war mir nur nicht klar. Dein Vater hat so viel vor mir verheimlicht — alles, was mit seiner Arbeit, mit dem Geschäft und mit Geld zu tun hatte. Was wirklich los war.«

»Ja. Das hast du mir schon mal erzählt.«

»Zumindest hat er für dich und deinen Bruder gesorgt, bevor er alles zerstört hat.«

Liv sagte nichts. Sie holte zwei Becher und das Glas mit dem Pulverkaffee aus dem Schrank. Ihre Mutter war absurderweise verbittert gewesen wegen des Geldes, das Martin für sie und Dominic in einen unantastbaren Fonds eingezahlt hatte. Es hatte ihnen ermöglicht, weiter die Privatschule zu besuchen und an der Uni zu studieren, ohne Schulden machen zu müssen. Es war alles, was von der Pleite übrig geblieben war, die ihre Mutter überrumpelt und alles andere gekostet hatte.

»Wie läuft das Geschäft?«, fragte Liv. Angela betrieb im Wohnzimmer ihrer Wohnung in Clifton eine Agentur für die Vermittlung von Kindermädchen und anderen Hausangestellten.

»Sehr gut, danke.« Angela setzte sich an den kleinen Tisch und behielt die Tasche auf dem Schoß, als sei der Boden zu schmutzig, um sie dort abzustellen. »Anders als dein Vater bin ich durchaus in der Lage, Geschäfte legal zu betreiben.«

»Hör auf damit.« Liv stellte das Glas ab. Angespannt drehte sie sich zu ihrer Mutter um. Es war ungewohnt, sich ihr zu widersetzen, gegen sie aufzubegehren. »Bitte hör auf. Ich will nichts mehr davon hören. Ich darf ihn lieb haben, weißt du, auch wenn du ihn hasst. Das heißt nicht, dass ich dich weniger lieb habe. Er ist mein Vater. Und wenn du alle fünf Minuten über ihn herziehst, ändert das auch nichts daran.«

»Natürlich darfst du ihn lieb haben«, antwortete Angela. »Ich wünschte nur, du würdest ihn nicht so … verherrlichen! Ihn verehren! Nach dem, was er getan hat …«

»Er war krank, Mum. Er hatte einen Zusammenbruch.«

»Ach, Herrgott, er war nicht krank, er war nur nicht halb so gut, wie er dachte. Er war nicht der Mann, für den ich ihn gehalten habe! Und nachdem alles zusammengebrochen war, ist er einfach weggelaufen und hat mich mit euch beiden und sonst *nichts* zurückgelassen.«

»Ja, könnte sein, dass du das schon mal erwähnt hast. Ein- oder zweimal vielleicht.«

»Sarkasmus ist die niedrigste Form von Witz, Olivia. Und ich habe es schließlich geschafft, oder? Ich habe euch zwei großgezogen. Ich war immer für euch da. Zählt das etwa nicht?«

»Natürlich.« Liv seufzte und rieb sich die Augen. »Aber ich werde nicht Partei ergreifen, Mum. Ich wünschte, du würdest einfach damit abschließen. Es ist zwanzig Jahre her. Schau nach vorn. Hör auf, ihn ständig schlechtzumachen!«

»Das kann ich nicht!«, zischte Angela. Flecken bildeten sich an ihrem Hals, und ihre Augen glänzten. »Das kann ich nicht, Livvy, weil ich immer noch so wütend auf ihn bin, dass ich einfach … Dass ich einfach …« Sie schüttelte den Kopf.

»Nun, jetzt ist er ja weg«, sagte Liv leise. »Er ist … Vielleicht ist er tot. Reicht das nicht?«

Schweigend bereitete sie den Kaffee zu.

»Ich bin mir sicher, du bist nicht hergekommen, um dich

mit mir über Dad zu streiten«, sagte sie sanfter, als sie ihrer Mutter gegenüber Platz nahm.

»Ich mache mir Sorgen um dich, Livvy.«

»Das brauchst du nicht.« Liv war sich nicht sicher, ob das stimmte, aber bislang hatte es immer nur zu Konflikten zwischen ihnen geführt, wenn ihre Mutter sich Sorgen gemacht hatte.

»Wie lange willst du hierbleiben? Ich finde es … na ja, ein wenig makaber, offen gestanden.«

»Es ist nicht makaber. Die Wohnung steht leer.« Liv dachte einen Moment nach. »Sie war ziemlich unaufgeräumt, als ich gekommen bin. Es sah aus, als hätte Dad Möbel verrückt. Ist dir vielleicht etwas in der Richtung aufgefallen, als du mit der Polizei hier warst?«

»Unaufgeräumt?« Angela sah sich in der schlichten Küche um. »Auf mich wirkte alles ganz normal. Aber ich bin unten im Laden geblieben.«

»Stimmt. Ich habe mit Constable Whitley darüber gesprochen …«

»Liv …«

»Er schien es nicht für wichtig zu halten, aber … Hat noch jemand anders einen Schlüssel, weißt du das?«

»Woher zum Teufel soll ich das wissen, Livvy?«

»Aber du hast nicht gehört, dass sie — die Leute von der Polizei, meine ich — da oben Möbel verrückt haben?«

Liv wollte, dass es die Polizei gewesen war oder jemand, der seither hier gewesen war. Sie wollte, dass Tanya nur das eine Mal Martin beim Schlafwandeln auf dem Dachboden beobachtet hatte und nicht öfter. Sie wollte, dass es eine vernünftige Erklärung gab, eine andere, als dass Martin von dem Verlangen überwältigt worden war, immer weiter nach irgendetwas zu suchen.

Angela sah sie durchdringend an. »Warum sollten sie etwas verrücken? Ein Mann von der Größe deines Vaters wird sich wohl kaum hinter einer Topfpflanze verstecken, oder? Sie waren nach einer Viertelstunde wieder weg. Was soll das alles, Livvy? Die Polizei hat weitaus Wichtigeres zu tun als …«

»Ich weiß nicht, wie lange ich bleiben werde«, unterbrach Liv sie. »Eine Weile vermutlich.«

»Aber du kommst ganz offensichtlich nicht klar. Du wirkst erschöpft. Und ich weiß, dass du eine … eine … furchtbare Zeit durchgemacht hast. Ich möchte mich um dich kümmern.« Angela lächelte matt. »Wozu sind Mums schließlich da?«

»Ich weiß. Und ich bin dir wirklich dankbar. Aber zu Hause bin ich verrückt geworden. Ich brauche einfach etwas Raum.«

»Du solltest nicht allein sein. Du solltest …«

»Bitte«, unterbrach Liv und holte tief Luft. »Bitte hör auf, mir zu sagen, was ich tun soll und was nicht. Ich bin kein Kind mehr.«

»Warum verhältst du dich dann wie eins? Stürmst davon und schlägst die Tür zu, genau wie mit fünfzehn.«

»Davonstürmen? Mum …« Liv fing den Blick ihrer Mutter auf und hielt ihn fest. »Ich bin nicht davongestürmt, noch nicht einmal mit fünfzehn. Dominic vielleicht, aber ich nicht. Ich habe immer alles geschluckt und die Klappe gehalten. Aber ich glaube nicht, dass du eine Ahnung hast, wie sehr mich deine Worte verletzt haben. Dass du dir überhaupt vorstellen kannst …« Ihre Augen brannten, und sie blinzelte heftig gegen die aufsteigenden Tränen an.

»Ich habe gesagt, es tut mir leid! Ich *wusste*, dass du versuchen würdest, mich zu bestrafen — darum bist du ausgerechnet hierhergegangen, stimmt's?«

»Nein«, sagte Liv und war sich nicht sicher, ob ihre Mutter womöglich zum Teil doch recht hatte. »Ich weiß, dass du gesagt hast, es täte dir leid, und ich hoffe, du verstehst, warum ich so wütend war. Aber das ist nicht der Grund, weshalb ich vorerst hierbleibe. Ich weiß nicht, für wie lange, aber ich bin mir sicher, Dad hätte nichts dagegen.«

»Ach, natürlich nicht.« Angela winkte gereizt ab. »Dein geheiligter Vater doch nicht.«

*

Nach dem Besuch ihrer Mutter kehrte wieder Ruhe im Laden ein, und Liv setzte sich erneut an Martins Schreibtisch und schaltete Lampe, Computer und Radio ein. So spürte sie seine Abwesenheit etwas weniger. Sich mit ihrer Mutter zu streiten, übte Druck auf ihren Kopf aus, als würde ein Schraubstock langsam ihre Schläfen zusammenpressen. Sie wusste, dass Angela nur äußerst ungern allein lebte. Dass sie sich einsam fühlte und Angst hatte. Aber es war nicht Livs Aufgabe, diesen Zustand zu ändern — das wusste sie zwar schon lange, doch erst jetzt, nachdem alles andere weg war, schaffte sie es, entsprechend zu handeln. Sie wusste, was für ein Glück es war, immer einen Ort zu haben, an dem sie bleiben konnte, aber es war gleichzeitig bedrückend, dort zu sein. Es fühlte sich an wie eine Rückkehr in ihre Kindheit, ohne dass sie noch ein Kind war. Sie war eine Mutter — wie katastrophal sie auch darin versagt haben mochte.

Wieder öffnete sie Martins E-Mail-Eingang, der Cursor schwebte über der Nachricht von Vincent Conti. *Recherche zur Geschichte des Ladens*. Die Nachricht war über einen Monat alt. Es fühlte sich falsch an, etwas zu lesen, das nicht direkt etwas mit dem Geschäft zu tun hatte, aber zugleich wollte Liv wissen, wonach Martin gesucht hatte. Warum er auf dem Dachboden die Dielen angehoben hatte.

Martin – bitte entschuldige vielmals, dass ich mich erst jetzt melde. Mein Verleger hat mir das Buch mit ein paar »kleinen Änderungsvorschlägen« zurückgeschickt, an denen ich mich drei Monate abgearbeitet habe. Frustrierend. Wie dem auch sei, ich bin wieder bereit und habe mich mit deiner faszinierenden Recherche beschäftigt. Sicher bist du inzwischen schon die Volkszählungen im Internet durchgegangen, wie ich es dir geraten hatte. Ich habe sie mir selbst auch angesehen. Nichts von einer Polly, Pollyanna oder Cleo an deiner Adresse. Natürlich kann Polly (verwirrenderweise) eine Kurzform von Mary oder Dorothy sein – Molly/Dolly. 1941 gab es eine Dorothy: Dorothy Strong, Ehefrau von Terence. Sie war Hausfrau, er Fahrradmechaniker. Ich bin die ganzen Christmas Steps durchgegangen, da sich die Nummerierung im Laufe der Zeit geändert hat, habe aber auch woanders kein Glück gehabt. Natürlich tauchen dort keine Personen auf, die nur in der Straße gearbeitet und nicht auch dort gewohnt haben. Was uns wieder ins Jahr 1841 zurückführt.
Hier gibt es etwas wesentlich Interessanteres – ich bin Kelly's Adressverzeichnis von Bristol bis 1914 durchgegangen. Nirgends wird erwähnt, dass es in der Nummer 15 ein Café gegeben hat, wobei der Laden eine lange, wechselvolle Geschichte hat: Käseladen; Labor für dritte Zähne, kannst du dir das vorstellen?; Seifenherstellung; Händler ausgefallener Lederwaren – das war vielleicht etwas gewagt. Nie ein Café oder ein Gasthaus oder so etwas. Was nun? Ich kann versuchen, die Wahl- und Steuerbücher nach Namen zu durchsuchen, aber vor 1841 waren viele der Ärmeren nicht in der Lage zu wählen. Ich gebe zu, ich bin neugierig, warum dich das plötzlich so interessiert. Heraus-

zufinden, ob dort ein Verbrechen stattgefunden hat, ist wohl eine kompliziertere und langwierigere Aufgabe. Gerichtsprotokolle und Zeitungsartikel auf Mikrofiche durchsuchen und solche Dinge. Du musst nur das Zauberwort sagen, und ich werde mein Möglichstes tun. Wie geht es dir? Ich hoffe doch, gut? Für heute herzlich, dein Vincent

Liv blickte nachdenklich auf den Bildschirm. Adam *war* also zum Laden gekommen, bevor ihr Vater verschwunden war, und zwar so häufig, dass Martin neugierig auf die Identität der zwei Frauen geworden war, die Adam zu sehen verlangte — auf Cleo und Polly. Sie las den letzten Teil, wo es um möglicherweise in dem Laden begangene Verbrechen ging, noch einmal und fühlte sich unwohl. Sie konnte sich nicht vorstellen, warum ihr Vater das hätte wissen wollen. Es sei denn, es war etwas anderes, was Adam gesagt hatte — vielleicht kam er immer wieder, weil ihn schlechte Erinnerungen heimsuchten oder ein unaufgeklärtes Verbrechen oder so etwas in der Art.

Die Mail verriet nicht, wonach Martin im Haus gesucht haben könnte, es sei denn, Adam hatte auch dazu etwas gesagt — hatte er ihm vielleicht erzählt, dass er irgendwann in der Vergangenheit dort etwas verloren oder versteckt hatte? Doch Tanya hatte gesagt, Martin sei halb weggetreten gewesen, als sie ihn beim Suchen auf dem Dachboden überrascht hatte. Er war verwirrt gewesen und konnte ihr nicht sagen, wonach er suchte. Konnte er es nicht, oder wollte er es nicht? Erneut sah sie auf das Datum von Vincents Nachricht und rechnete zurück, dass Martin mit seiner Recherche erst kurz vor seinem Verschwinden begonnen haben konnte. Sie scrollte nach unten, aber die ursprüngliche Nachricht ihres Vaters wurde nicht zitiert. Liv ging auf *Antworten*.

Lieber Mr. Conti, ich bin Olivia Molyneaux, Martin Molyneauxs Tochter, und ich habe gerade Ihre E-Mail bezüglich der Geschichte vom Laden meines Vaters im Posteingang gefunden.

Sie hielt inne und dachte sorgsam über den nächsten Satz nach.

Wenn Sie es nicht bereits gehört haben, tut es mir sehr leid, Ihnen sagen zu müssen, dass Martin jetzt seit fast fünf Monaten vermisst wird. Wir haben seither kein Wort von ihm gehört und müssen mit dem Schlimmsten rechnen. Es tut mir sehr leid, wenn Sie diese Recherche für ihn auf Treu und Glauben gemacht haben. Es würde mich interessieren, worum er Sie genau gebeten hat und ob Sie damit noch weitergekommen sind, wenn Sie mit mir darüber reden möchten.

Sie gab ihre eigene E-Mail-Adresse und Telefonnummer an, zögerte kurz, bevor sie auf *Senden* ging, und beobachtete dann zehn Minuten lang Bildschirm und Telefon, für den Fall, dass er sich sofort zurückmeldete. Als er das nicht tat, stand sie auf, schaltete den Computer aus und prüfte erst, ob die Luft rein war, bevor sie hinausging. Sie wollte zum Tesco hinunter, in der vagen Hoffnung, das obdachlose Mädchen mit der Katze wiederzutreffen — um mit ihr zu reden und es diesmal besser zu machen. Doch das Mädchen war nicht da.

Liv kaufte Nahrungsmittel und Wein ein und dachte, wenn sie abends genügend trank, würden ihre Träume sie vielleicht in Ruhe lassen. Sie kaufte auch ein Glas Instant-kakaopulver, und als sie an den Fuß der Christmas Steps zurückkehrte, hielt sie inne und vergewisserte sich erneut, dass niemand da war, bevor sie zum Laden hinaufging. Sie wollte Tanya nicht begegnen, ihr nicht erklären, wieso sie so unhöflich gewesen war, oder mit ihrem Strahlen und ihrem gewölbten Bauch konfrontiert werden. Liv erinnerte sich an dieses Strahlen — trotz ihrer Situation und allem, was die anderen gesagt hatten. Einige Leute hatten ihr vorsichtig vorgeschlagen, eine Abtreibung vornehmen zu lassen, doch sie hatte gespürt, dass das aufregende Gefühl, ein neues Leben in sich zu tragen, ihrer Haut einen zarten Glanz verliehen und ihren Schritt belebt hatte. Sie war so von Liebe erfüllt gewesen, dass sie sich unbesiegbar gefühlt hatte. Wie sie sich jetzt fühlte, stand im krassen Gegensatz dazu und war einfach zu heftig und zu grausam.

Sie schloss eilig die Ladentür hinter sich und ging nach oben in die Wohnung, ohne noch einmal über die Straße zu blicken. Doch auf halbem Weg musste sie anhalten, weil eine plötzliche Traurigkeit über sie hereinbrach und sie nichts anderes tun konnte, als zusammengekauert auf einer Treppenstufe auszuharren, die Arme um die Knie geschlungen, bis es vorbei war.

Als sie sich wieder bewegen konnte, stieg sie die Treppe nach oben, öffnete die Website von StreetLink auf ihrem iPad und füllte das Formular für Adam aus. Sie setzte eine Nadel auf der Karte, um die Lage des Ladens zu markieren, und gab eine Beschreibung von ihm ein — sein Alter und sein Aussehen. Sie erklärte, dass er sechsmal zum Laden gekommen sei, fünfmal habe sie ihn frühmorgens schlafend vor ihrer Tür gefunden. Und dass sie sich sicher sei, dass er schon deutlich länger herkäme — mindestens einige Monate, da ihr Vater ihn gekannt habe. Sie schrieb, dass er nicht zu wissen scheine, wo er sei und wer sie sei. Sie hatte keine Ahnung, wo er hergekommen war, bevor er auf ihrer Türschwelle aufgetaucht war, und wohin er anschließend gegangen war, darum konnte sie nicht viel mehr sagen.

StreetLink würde St. Mungo's kontaktieren, den lokalen Sozialdienst. Die würden jemanden schicken, um mit Adam zu sprechen. Sie klickte an, dass sie anschließend gern informiert werden würde. Dann öffnete sie eine Flasche Wein.

*

Zwei Nächte lang schlief Liv tief und fest. Ohne flüsternde Stimmen, ohne Babyweinen, ohne das verwirrende Bedürfnis, nach etwas zu suchen. Sie überlegte, ob der Besuch ihrer Mutter und der ausbleibende Besuch von Adam vielleicht irgendeinen Kreislauf durchbrochen hatten, doch das schien ihr nicht sehr wahrscheinlich.

Als sie aufwachte, fühlte sie sich erholt, aber seltsam ungeduldig, und weder an diesem noch am nächsten Morgen war draußen eine Spur von Adam zu sehen. Ein Sozialarbeiter kam und ging wieder, und Liv starrte auf die leere Nische und machte sich Sorgen, dass Adam vielleicht nie mehr wiederkam, nachdem sie ihn abgewiesen hatte. Der Herbst wurde allmählich kühl und sehr nass, und Adam hatte so verletzlich gewirkt. Doch irgendwie steckte noch mehr dahinter. Sie wollte wieder mit ihm reden, sie wollte ihn nach Martin fragen.

Am zweiten Morgen ging sie nach draußen und suchte mit den Blicken die Christmas Steps in beiden Richtungen nach ihm ab. In dem Moment zog Tanya gegenüber an einem der oberen Fenster das Rollo hoch und winkte ihr zu. Liv winkte zurück, dann drehte sie um und eilte wieder hinein. Doch sie war unruhig und wollte nicht den Rest des Tages wie die vorherigen fünf verbringen — umgeben von Martins Miniaturbüchern unten oder von seinen persönlichen Sachen oben. Mit Lesen, Fernsehen und dem Checken von

E-Mails. Indem sie Kaffee trank, um wach zu werden, und Wein, um einzuschlafen, und zwischendurch etwas aß, wenn sie es nicht vergaß. Indem sie darauf wartete, etwas zu empfinden — darauf, dass sich in ihr oder um sie herum etwas bewegte. Sie studierte die Buslinien in ihrem Handy, schnappte sich Mantel und Stiefel, verschloss den Laden und ging den Hügel hinunter, um mit der Nummer drei nach Avonmouth zu fahren.

*

Sie stieg aus dem Bus, bevor die Straße unter der M5 verschwand, und ging durch eine ruhige Wohnstraße Richtung Brücke. Die Brücke war nicht sonderlich elegant oder schön, eine reizlose Betonkonstruktion, die die Autobahn über das letzte Stück des Avon führte, bevor er im Severn mündete. Sie war oft genug über diese Brücke gefahren, um zu wissen, dass es keine Fußgängerwege gab, nur einen schmalen Streifen auf beiden Seiten der Fahrbahn, den Fußgänger im Notfall benutzen durften. Hinter der Brücke befand sich ein Industriegebiet — Lagerhäuser, Wellblechhütten, Tausende und Abertausende von nagelneuen Autos, frisch vom Schiff.

Liv überquerte an einem Bahnübergang die Schienen und blieb direkt zwischen den riesigen Pfeilern unter der Brücke stehen. Nachts würde sie sich hier nicht gern aufhalten. Der Verkehr donnerte und vibrierte unablässig, doch sie fand einen Fußweg, der durch einen Streifen sumpfigen Naturschutzgebietes zum Fluss führte. Sie entfernte sich ein kleines Stück von der Brücke, sodass sie zu ihr hinaufschauen konnte, ohne dass sie wusste, was sie zu sehen erwartete. Martin musste nachts hier gewesen sein. Tagsüber hätte ihn doch sicher jemand auf die Brücke hochgehen sehen und es gemeldet? Vielleicht hätte sogar jemand gehalten oder wäre zu ihm gegangen und hätte versucht, mit ihm zu sprechen. Ein guter Samariter. Martin hatte kein Auto – war er den ganzen Weg von Bristol aus gelaufen? Hatte er den Bus oder ein Taxi genommen?

Es war ein dunkelgrauer Tag, ein kühler Nordwind trieb den Regen in Böen vor sich her. Liv vergrub die Hände tief in den Taschen und sah auf den braunen Fluss hinunter, der jetzt Hochwasser hatte. Auf dem Weg zur Mündung wühlten Gezeitenwellen die Wasseroberfläche des Flusses auf. Dieses Stück gehörte zu den am schwierigsten zu befahrenen Strecken der Welt, es war unmöglich, gegen den Strom anzuschwimmen. Er war eiskalt, unentrinnbar. Bei seinem Anblick überlief Liv ein Schaudern, und ihr wurde übel. Wenn Liv gehofft hatte, hier eine Möglichkeit zu entdecken, wie Martin durchfroren, aber lebendig an Land geschwommen sein könnte, bevor der Fluss ihn in die Mündung gespuckt hatte, wurde diese Hoffnung jetzt zunichtegemacht. Wie konnte man angesichts der brutalen Gleichgültigkeit des Wassers überhaupt etwas Derartiges hoffen? Wenn er wirklich gesprungen war, dann war er tot.

Wieder sah sie zur Brücke hoch und versuchte, sich vorzustellen, wie beängstigend sich das anfühlen musste. Wie verzweifelt jemand sein musste, um so etwas zu tun. Doch das konnte bei ihrem Vater nicht der Fall gewesen sein, sagte sie sich aufgebracht. Das war einfach unmöglich. Er hatte für sie da sein wollen, er hatte ihr helfen wollen. Und es war ihm immerhin so gut gegangen – er war ruhig genug gewesen –, dass er ihr ein wunderschönes Miniaturbuch gemacht hatte. Es war ihm so gut gegangen, dass er Adams wirren Behauptungen hatte auf den Grund gehen wollen. All das sagte sie sich, ohne sich dadurch besser zu fühlen. Warum ließ jemand, der springen wollte, seine persönlichen Sachen zurück?

Machte man das, damit die Leute wussten, wer man gewesen war und was man getan hatte? Damit sie sich nicht umsonst Hoffnungen machten und sich quälten? Wenn dem so war, hatte es nicht funktioniert. Aber konnte es nicht auch sein, dass man es tat, um die Leute zu Schlussfolgerungen zu drängen — damit sie das Schlimmste annahmen und nicht weiter nach einem suchten? Liv hatte gehofft, an diesem Ort irgendeine Spur von Martin zu finden. Irgendeinen Hinweis darauf, was passiert sein könnte, abgesehen von dem, was die Polizei offensichtlich annahm. Doch sie fand nichts.

*

Bei ihrer Rückkehr in die Christmas Steps pfiff der Wind um die antiken Straßenlaternen und ließ die Feuchtigkeit von den überfließenden Fallrohren und angeschlagenen Schornsteinen spritzen. Liv schloss den Laden auf, blickte automatisch zu Martins Schreibtisch und rechnete einen Sekundenbruchteil damit, ihn dort sitzen zu sehen. Dass er einen Blick auf sie warf und lächelnd fragte: *Regnet es draußen?* Sie ging nach oben, um sich etwas Trockenes anzuziehen, und hätte das Klopfen an der Tür beinahe überhört. Es war nach Mittag, darum bezweifelte sie, dass es Adam war — und er hatte noch nie geklopft, sondern immer nur gewartet. Sie vermutete, dass es wieder der Sozialarbeiter war, doch es war Tanya.

Sie hatte sich schützend den Mantel über den Kopf gezogen und wartete vor der Tür. Nachdem sie im Laden war, ließ sie ihn bibbernd nach unten sinken. »Alles klar? Scheißwetter, was? Sorry, dass ich hier alles volltropfe.«

»Schon okay.« Liv versuchte, normal zu klingen, aber ihr Brustkorb fühlte sich eng an, und sie bekam nicht genügend Luft in die Lungen.

»Es hat sich herausgestellt, dass wir ein Leck im Dach haben«, fuhr Tanya fort, schüttelte sich das Wasser von den Ärmeln und strich mit den Händen über ihre Zöpfe. »Es hat sich hinter einer Rigipsplatte gebildet und ist gegen drei Uhr morgens auf einmal aufgeplatzt, direkt neben meinem Bett. Ich hätte fast einen verdammten Herzinfarkt bekommen.«

»Das … hört sich nicht gut an.« Auch Liv merkte, wie hölzern das klang, und Tanya hielt inne und sah sie an. »Wenn ich irgendwie helfen kann, sag Bescheid«, sagte Liv verlegen.

»Ich habe das Gefühl, dass du mir aus dem Weg gehst.«

Tanya klang nicht wütend, aber Livs Puls beschleunigte sich dennoch. »Tut mir leid«, sagte sie.

»Schon okay.« Tanya zuckte die Achseln. »Ich weiß nicht, ob es an mir liegt oder an … irgendwas anderem. Wenn es an mir liegt, kann ich nicht viel dagegen tun — nein, nein, du musst nichts sagen. Aber wenn es irgendwas anderes ist, dachte ich, ich frage mal, ob du später zum Essen rüberkommen willst. Nichts Tolles, vielleicht nicht das, was du gewöhnt bist. Dean ist Veganer, darum wird es sehr wahrscheinlich eins seiner Currys geben oder Nudeln oder so etwas …« Tanya verstummte, aber die Anstrengung, sie nicht zu genau anzusehen, ließ Liv weiterhin schweigen. »Gott, es liegt wirklich an mir, stimmt's?«, fragte Tanya.

»Nein! Nein, nicht wirklich … es liegt an mir. Es liegt ganz allein an mir«, sagte Liv schließlich.

Tanya schwieg eine Weile und schien sich dabei nicht unwohl zu fühlen. Plötzlich erinnerte sie Liv an Martin, der immer gern gewartet hatte, bis er genau wusste, was er sagen wollte, ehe er gesprochen hatte. Trotz allem entspannte sich Liv etwas.

»Also«, sagte Tanya schließlich. »Das Angebot steht. Und weißt du, du musst mir nicht sagen, was es ist. Du musst mir nichts erklären. Mir nicht und sonst niemandem.«

»Ich denke nicht ...« Liv wusste nicht, wie sie den Satz gut zu Ende bringen konnte. »Aber danke für die Einladung.«

»Ich habe deinen neuen Freund in den letzten Tagen gar nicht gesehen«, wechselte Tanya das Thema.

»Nein, ich auch nicht. Hoffentlich geht es ihm gut. St. Mungo's hat jemanden geschickt, um mit ihm zu reden, aber er war nicht da.«

»Typisch Mann, taucht auf, wenn man ihn nicht gebrauchen kann, und haut ab, wenn man ihn braucht.« Tanya lächelte kurz. »Ich halte nach ihm Ausschau. Tja, ich gehe jetzt besser zurück. Denk übers Abendessen nach. Normalerweise essen wir so gegen sieben, und du musst dich nicht umziehen oder Wein oder Pralinen oder so etwas mitbringen.«

Sie zog den Mantel wieder über ihren Kopf, dann schritten die langen Beine in Bikerstiefeln über das nasse Kopfsteinpflaster davon, und zurück blieb ein Hauch ihrer Lebendigkeit und Wärme, der in der Stille des Ladens rasch verblasste.

Liv ging nicht zum Abendessen hinüber. Um sieben Uhr abends hatte sie bereits zwei Gläser Wein getrunken, stand am Fenster des Treppenhauses und schaute auf das Viereck aus gelbem Licht, das vermutlich Tanyas und Deans Küchenfenster war. Auf der Fensterbank standen eine Grünlilie, leere Flaschen und Spülbürsten.

Sie war hin und her gerissen zwischen dem Wunsch, niemanden zu sehen und Tanya nicht abweisen zu wollen, denn Tanya hatte etwas Beruhigendes an sich, und sie war ganz und gar unverstellt. Doch sie erinnerte Liv ständig an ihren Verlust. Schließlich drehte sie sich um und ging zurück nach oben, ohne sich irgendwie besser oder schlechter zu fühlen.

Liv schenkte sich noch ein Glas Wein ein, womit die Flasche leer war, und schaute sich einen Film im Fernsehen an, ohne ihm zu folgen, weil aus irgendeinem Grund ständig Artys Gesicht vor ihrem inneren Auge auftauchte – seine Miene, als sie ihm gesagt hatte, dass sie schwanger sei. Eine fast komische Mischung aus Schock und Unglauben, die sich in Sekundenschnelle in kalte, heftige Empörung verwandelt hatte. Sie hatten sich schon Wochen zuvor getrennt. Vielleicht, so vermutete Liv, hatte er gedacht, sie habe ihn um ein Treffen gebeten, weil sie wieder mit ihm zusammen sein wollte. Diesen Spaß hatte sie ihm verdorben, und das ärgerte ihn. Und über die Schwangerschaft hatte er natürlich nicht zu bestimmen – was ihn noch mehr ärgerte. *Ich kenne eine gute Klinik*, war das Erste, was er dazu gesagt hatte, und einen Moment lang hatte sie gedacht, er meinte, er kenne einen guten Ort, um das Kind auf die Welt zu bringen.

An jenem Abend begannen die Träume bereits, bevor sie ins Bett gegangen war. Sie schloss die Augen und wankte, während sie sich die Zähne putzte, weil das Licht im Bad so grell und der Anblick ihres Spiegelbilds ihr unangenehm war; zudem war ihr schwindelig vom Wein. Sobald sie die Augen schloss, setzte das Flüstern ein. Als sie mit dem Zähneputzen fertig war, verstummten die Stimmen ebenfalls, und die Stille dröhnte in ihren Ohren. Liv war sich nicht sicher, ob sie etwas hörte oder ob sie es sich nur einbildete, aber als sie ins Bett ging, wusste sie, dass sie in dieser Nacht trotz des Alkohols keine Ruhe finden würde. Die flüsternden Frauen waren zurück, aber nie zu sehen und meist kaum zu verstehen. Und das Baby weinte. Sie spürte sein Gewicht

in ihren Armen — die zarten Rippen hoben sich, um einen
Atemzug zu tun, die Beinchen strampelten, die winzigen
Händchen griffen nach ihr. So verletzlich. Etwas fühlte sich
daran nicht richtig an, etwas beunruhigte sie, und als sie im
Traum hinunterblickte, waren ihre Arme leer, und das
Schreien kam woandersher. Es hörte nicht auf und ließ die
Nacht zur Ewigkeit werden.

Liv erwachte, weil sie fror — ihr war eiskalt. Als sie die
Augen öffnete, war sie verwirrt und wusste nicht, wo sie sich
befand. Sie sah sich um, ihr Kopf pochte heftig, und sie begriff, dass sie in der Dachkammer war. Sie lag auf den staubigen nackten Dielen, die nur schwach vom Morgengrauen
erhellt wurden. Einen Moment lang meinte sie Rauch zu riechen — scharfen Kohlenrauch — und noch etwas anderes. So
etwas wie Blut.

Liv setzte sich kerzengerade auf und schnappte nach Luft,
doch als sie sich bewegte, verschwand der Geruch. Sie hatte
Kratzer an Knien und Händen, und ihr Nacken schmerzte.
Langsam und verwirrt stand sie auf und versuchte, sich zu
sammeln. Draußen zeichneten sich Bristols Dächer schwarz
vor dem hellen Himmel ab, doch sie sahen irgendwie nicht
richtig aus. Es ragten zu viele Kirchturmspitzen empor, und
alles andere war niedriger, als es sein sollte. Es gab zu viele
Satteldächer, zu viele Giebel und Schornsteine, aus denen
Rauch aufstieg. Zu wenige Gebäude mit Flachdächern,
Antennen und Kabeln. Livs Herz setzte vor Schreck einen
Schlag aus, aber als sie sich den Schlaf aus den Augen blinzelte und noch einmal hinsah, war die Aussicht wieder
wie immer. Liv war noch nie geschlafwandelt — zumindest
wusste sie nichts davon. Doch die Trauer stellte alles auf den
Kopf, sie packte alles annähernd Normale und schlug es in
Stücke. Liv ging bis ganz nach unten in den Laden und

machte nur kurz halt, um sich einen von Martins Pullovern überzuziehen, der ihr fast bis zu den Knien reichte. Sie wusste irgendwie, dass Adam dort wartete.

Der Anblick seiner schlafenden Gestalt, die eingerollt auf der Türschwelle lag, die Hände in den Achseln verborgen, die Knie hochgezogen, erleichterte sie. Wie kalt es auch immer in der Dachkammer gewesen war, die feuchten Steine der Christmas Steps waren deutlich schlimmer. Sie konnte die eisige Kälte beinahe spüren, die durch seine Kleider in die Haut kroch, und sie erschauderte. Als sie die Tür öffnete, sah Adam verschlafen zu ihr hoch. An seiner Kleidung und in seinem Bart hingen Regentropfen, und als er aufzustehen versuchte, war er so steif, dass Liv sich hinunterbeugte, um ihm zu helfen. Er hustete, und es klang nach einem schmerzhaften, festsitzenden Husten.

»Kommen Sie, kommen Sie rein«, sagte Liv. »Hier draußen ist es eisig.«

»Denkst du, das weiß ich nicht?«, sagte er, dann hustete er wieder. »Gut, ich komme, du musst mir nicht den Arm abreißen, Mädchen.« Doch er ließ sich von Liv hineinhelfen. Als sie versuchte, ihn nach oben zu führen, wo es wärmer war, weigerte er sich allerdings. »Nein, nein, mein üblicher Tisch, so wissen die Leute, wo sie mich finden«, sagte er und setzte sich wieder ins Schaufenster. Draußen war niemand. Es war zu früh und zu kalt. Nichtsdestotrotz starrte er aus dem Fenster und spielte hin und wieder mit einem losen Faden von seiner Strickmütze, der ihm in die Wimpern hing. Allmählich hörte er auf zu zittern.

»Sei so nett und sag Cleo, dass ich da bin«, bat er. »Ich möchte mit ihr sprechen.«

Liv machte sich nicht die Mühe, ihm zu sagen, dass Cleo nicht da sei. Sie bereitete zwei Becher Schokolade aus dem

Getränkepulver zu, das sie gekauft hatte, und einen Teller mit gebuttertem Toast. Adam nahm seinen Becher und wärmte sich die Hände daran, und Liv beobachtete, wie er erst in die Flüssigkeit blies und dann einen Schluck nahm. Sie hoffte, es schmeckte ihm. Doch wie üblich verzog er das Gesicht.

»Das soll eine Schokolade sein?«, sagte er und klang beleidigt. »Die hat niemals Cleo gemacht. Schmeckt wie Wasser. Schlammwasser! Ha!« Er nahm noch einen Schluck und schüttelte den Kopf. »Man merkt sofort, wenn Cleo sie gemacht hat«, sagte er. »Ja, so gut ist sie.«

»Sorry. Ich dachte, es würde Ihnen schmecken.«

»Ist besser als Tee.« Er zuckte die Schultern. »Aber nicht viel.«

Liv lächelte. Irgendwie war seine harsche Art nicht beleidigend. Sie dachte einen Moment nach und überlegte, wie sie ihre nächste Frage formulieren sollte. »Adam … haben Sie letzte Nacht auf der Treppe geschlafen?«

»Da draußen? Wenn der Wind wie ein Rudel Wölfe heult? Ich bin doch nicht verrückt.«

»Aber Sie waren so früh hier.«

»Um diese Jahreszeit kann ich schlecht schlafen«, sagte er. »Schlechter als sonst.« Er zuckte die Achseln. »Besser, man läuft herum, hält sich warm.« Er musterte sie genauer. »Sieht so aus, als würdest du auch schlecht schlafen. Augen wie Pinkellöcher im Schnee. Lassen sie dich nicht schlafen?«

»Wer?«, fragte Liv, und ein Kribbeln überlief ihren Rücken.

»Diese Frauen hier. Reden, reden, reden.«

»Welche Frauen, Adam?«

Liv beugte sich vor, aber Adam sagte nichts, lehnte sich zurück und schaute aus dem Fenster. Es hatte erneut zu regnen begonnen. Liv holte tief Luft und vermutete, dass er von Cleo und Polly sprach oder von anderen Menschen, die nicht mehr da waren. »Aber Sie schlafen doch auf der Straße, oder?«, fragte sie. »Haben Sie einen … festen Platz? Sie haben doch sicher ein paar Sachen, die Sie irgendwo aufbewahren?«

»Sachen? Was für Sachen soll ich denn haben?« Plötzlich lachte er. »Ha! Meinst du vielleicht meine edle Porzellansammlung? Meine Abendgarderobe?« Ohne eine Miene zu verziehen, beugte er sich zu ihr vor, dann lachte er wieder, woraufhin er erneut husten musste.

Liv lächelte. »Vielleicht, ich weiß nicht … einen Schlafsack oder ein Kopfkissen? Ein paar kleinere Dinge von früher?« Sie verstummte und hatte keine Ahnung, ob sie taktlos war.

»Keine Sachen«, sagte Adam und wandte seine Aufmerksamkeit wieder seinem Becher zu.

»Wo schlafen Sie dann?«, hakte Liv nach.

»Warum willst du das wissen?« Er runzelte misstrauisch die Stirn.

»Nun ja. Ich … Es gibt Leute, die Ihnen helfen können. Ich würde Ihnen gern helfen. Es gibt warme Unterkünfte, wo Sie nachts schlafen können … falls Sie auf der Straße schlafen. Aber die Leute müssen Sie finden können. Wenn ich denen Bescheid sage, schicken die jemanden, damit er mit Ihnen über …«

»Mit mir über eine Unterkunft für die Nacht spricht? In der Jamaica Street? Da sind nur Betrunkene, Drogenabhängige … Spinner! Die nehmen jetzt alle Spice … übles Zeug. Weckt den Teufel in Männern. Und in Frauen auch!« Er schüttelte traurig den Kopf. »Die erstechen dich für eine Zigarette – hab ich schon gesehen. Ich hab gesehen, wie ein Mann zu Tode getreten wurde. Warum sollte ich dahin gehen? Ich bin doch nicht verrückt.«

»Die sind doch sicher nicht alle so, oder?«, sagte Liv schockiert. »Es muss doch bessere Unterkünfte geben.«

»Was weißt du denn schon darüber?«

»So gut wie nichts«, gab Liv zu. »Aber würden Sie mit jemandem sprechen, wenn ich denen Bescheid sage? Jemandem, der sich besser auskennt?«

Sie wartete, aber Adam ließ seinen Becher kreisen, um die Pulverreste vom Boden zu lösen. Abwesend nahm er das letzte Stück Toast und schob es sich in den Mund. Die Erschöpfung der letzten Nacht brannte in Livs Augen. Sie sehnte sich danach, den Kopf auf den Tisch zu legen und zu schlafen. »Es wird bald Winter. Es wird noch kälter«, sagte sie, ebenso zu sich selbst wie zu ihm. Adam gab nicht zu erkennen, ob er sie gehört hatte. »Niemand sollte bei diesen Temperaturen draußen schlafen, geschweige denn ...« Sie wollte sagen, ein alter, verwirrter Mann.

»Nein«, sagte Adam schließlich. Er starrte auf den Tisch. »Nein, das sollten die nicht. Das dürfen sie nicht.« Er zuckte leicht, dann sah er mit derselben Ungeduld zu ihr hoch, die sie schon von ihm kannte. »Also, wo ist sie? Ich muss sie finden!« Er schlug einen Finger auf die Tischplatte, dann ballte er die Hand zu einer bebenden Faust.

»Wer, Adam? Wen haben Sie verloren?«

»Ich habe ... Ich hab sie verloren ...« Seine Stimme brach, und er verstummte. Seine Verzweiflung wich Verwirrung. »Polly wird nichts sagen. Frag Cleo. Cleo wird es wissen.«

»Cleo ist nicht da, Adam. Sie ist fort.«

»Dann frag die andere.«

»Welche andere?«

»Die Schwester! Die Jüngere ... Ich weiß, dass sie hier war. Also, wo ist sie jetzt?«

»Es tut mir so leid. Ich wünschte, ich könnte Ihnen helfen«, sagte Liv ratlos.

»Aber das ist der Ort!«, sagte er und unterstrich jedes Wort, indem er mit dem Finger nach unten stieß. Er starrte Liv an, aber sie hatte das Gefühl, dass er sie gar nicht sah. Tränen stiegen ihm in die Augen, und ein Beben durchlief seinen Körper. »Sie ist hier gewesen.«

»Ich weiß nicht, wen Sie meinen, Adam. Aber Sie haben über all das auch mit meinem Vater gesprochen, stimmt's? Mit Martin. Wusste er irgendetwas darüber?«

»Wer? Mit wem?« Adam schüttelte den Kopf.

»Martin Molyneaux. Der Mann, dem der Laden gehört.«

»Der Laden gehört Delacroix.«

»Nein … er gehört seit sechzehn Jahren Martin. Haben Sie ihn gekannt? Ich glaube, Sie müssen ihm zumindest begegnet sein. Sie müssen hergekommen sein und nach Cleo oder Polly gefragt haben.«

»Ich weiß nicht.« Adam schüttelte den Kopf und schien äußerst verwirrt zu sein. Er öffnete den Mund, um etwas zu sagen, überlegte es sich dann jedoch anders und richtete den Blick auf den Tisch. »Ich weiß es nicht.«

»Okay«, sagte sie. »Wissen Sie … Wissen Sie irgendetwas über Verbrechen, die hier begangen worden sein könnten?«

»Verbrechen? Was sagst du da? Willst du mich etwa verdächtigen?«

»Nein, überhaupt nicht! Keine Sorge — keine Sorge.«

Liv holte ihr Telefon heraus, schickte noch einen Hinweis an StreetLink und schrieb in die Anmerkungen, dass Adam jetzt gerade bei ihr sei, obwohl sie keine Ahnung hatte, wie schnell darauf reagiert werden konnte. Inzwischen döste Adam auf seinem Stuhl, sein Kopf war auf die Brust gesunken, die Hände hatte er über dem Bauch verschränkt, wo ein paar Toastkrümel hingen. Leise brachte Liv die leeren Becher und den Teller nach oben und stellte den Kessel an, um ihm noch eine heiße Schokolade zu machen, egal wie schlecht sie gewesen sein mochte.

Sie dachte daran, wie sie in der Dachkammer aufgewacht war, zusammengerollt auf dem nackten Boden. Es beunruhigte sie, dass sie herumgelaufen war, ohne es zu merken, und sich nicht daran erinnern konnte. Was mochte sie noch alles tun? Sie schickte eine kurze Nachricht an ihren Bruder. *Dom, bin ich als Kind jemals geschlafwandelt?*

Um diese Uhrzeit kämpfte er gerade um einen Platz im Zug nach London. Er pendelte von dem kleinen Buckinghamshire, wo er mit Frau und Kindern lebte – rote Backsteinhäuser aus dem achtzehnten Jahrhundert um einen grünen Marktplatz. Pubs und Range Rovers. Er antwortete umgehend. *Ein paarmal, soweit ich mich erinnere. Kurz nachdem Dad weg war. Einmal habe ich dich morgens schlafend im Bad gefunden. Warum, machst du es wieder?*

Liv holte tief Luft und fühlte sich besser, weil es kein neues Phänomen war. Schließlich war ihr Vater wieder weg, und diesmal war sie schon verzweifelt gewesen, bevor das passierte. *Sieht so aus. Danke. Hoffe, bei dir ist alles okay,* schrieb sie zurück.

Bist du denn okay?, fragte er.

Sie zögerte, ehe sie antwortete. *Ja, alles gut, danke.*

Liv starrte noch gedankenverloren in den Raum, als das Klingeln der Ladenglocke sie zusammenschrecken ließ. Sie eilte nach unten, weil sie dachte, Adam würde gehen.

»Warten Sie!«, rief sie auf dem Weg nach unten. Doch der Stuhl an dem kleinen Tisch im Schaufenster war leer, und die Gestalt, die im Türrahmen stand, war nicht Adam. Es war ein junger Schwarzer mit kurz geschorenem Haar in

Jeans und Turnschuhen, einer dicken Winterjacke und mit einem roten Wollschal um den Hals. Er war groß und schlank und hatte ein interessantes Gesicht mit starken Wangenknochen. Und er wischte sich mit einem Taschentuch die tropfende Nase.

»Oh«, sagte Liv.

»Hallo, bin ich hier richtig?«, fragte er. »Hast du einen älteren Mann gemeldet, der draußen schläft?«

»Kommst du von St. Mungo's? Ja, das habe ich.« Liv ging zu ihm nach unten und reichte ihm die Hand. »Ich bin Liv Molyneaux.«

»Sean Okeke. Moment — hier ist mein Ausweis.« Er reichte ihr eine Karte von St. Mungo's mit einem wenig schmeichelhaften Foto — der Kopf ein wenig nach hinten geneigt, die schwarzen Augen blickten den Betrachter streitlustig an. »Nicht, dass ich erwarten würde, dass das Bild dich sonderlich beruhigt. Ich sehe wahrscheinlich aus wie jemand, der gleich mit einem Elektroschocker niedergestreckt wird«, sagte er lächelnd.

»Es tut mir sehr leid«, sagte Liv, »gerade war er noch hier. Ich war oben, um uns noch etwas Heißes zu trinken zu machen, während er hier unten gedöst hat, und … Nun ja, ich habe die Tür nicht gehört, aber er muss wohl gegangen sein.«

»Okay. Und du hast keine Idee, wo er hinwollte? Wo er sich aufhält?«

»Nein, leider nicht. Ich habe ihn gefragt, wo er schläft oder wo er seine Sachen aufbewahrt, aber er hat nur über mich gelacht. Als ich vorgeschlagen habe, in eine Unterkunft zu gehen, sagte er, da wären nur Drogenabhängige.«

»Tja, leider könnte er da bei einigen recht haben.« Sean ballte ein paarmal die Hände zu Fäusten, um sie zu wärmen, dann unterdrückte er ein Gähnen. »Gott, tut mir leid. Ich bin zum Umfallen müde. Mein Biorhythmus ist nicht für diese Frühschichten gemacht.«

»Mir tut es leid, dass du umsonst gekommen bist.«

»Keine Sorge. Es ist immer schön, jemanden zu treffen, der helfen will. Du hast in deiner Meldung geschrieben, er könnte womöglich an Demenz leiden. Darf ich fragen, wie du darauf kommst? Hast du einen medizinischen Hintergrund oder so?«

»Oh, nein«, sagte Liv und kam sich dumm vor. »Also, meine Großmutter war dement, aber Adam … Manchmal ist er okay — schroff, aber okay. Ich habe ihn sogar mal gefragt, welchen Tag und welches Datum wir haben, und er konnte es mir sofort sagen …«

»Nun ja, manchmal verlieren Obdachlose den Bezug zu solchen Dingen. Ohne Telefon, ohne Kalender, ohne Arbeitswoche, die ihnen eine Struktur gibt.«

»Ja, klar. Also Adam meint den Großteil der Zeit, dies hier sei ein Café — so bin ich dazu gekommen, ihm schließlich etwas Warmes zu trinken zu machen. Und er sucht nach jemandem, den er hier vermutet. Oder nach mehr als einer Person. Er spricht von Frauen, die Cleo und Polly heißen. Ich habe keine Ahnung, wer sie sein könnten, aber er kommt wohl schon seit Monaten her und fragt nach ihnen. Ehe ich hier war, hat er bereits meinen Vater nach ihnen gefragt.«

»Also, das hört sich an, als wäre er ein bisschen durcheinander, aber es könnten auch Drogen dahinterstecken oder andere Ursachen als Demenz.«

»Könnte sein, aber das glaube ich nicht. Er riecht nie nach Alkohol. Es ist, als würde er einfach kommen und gehen. Manchmal scheint er zu wissen, an welchem Ort und in welcher Zeit er sich befindet, und dann wieder nicht. Das erinnert mich an meine Großmutter.«

»Gut. Nun, offensichtlich muss ich ihn zuerst einmal treffen und mit ihm sprechen. Jetzt gehe ich erst mal nach Hause. Ich wohne in der Nähe, oben auf dem Hügel hinter dem Krankenhaus, und werde nach ihm Ausschau halten. Schick uns bitte weiter Meldungen, Liv.«

»Kann ich sonst etwas tun? Er hat vorhin ziemlich schlimm gehustet.«

»Rede weiter mit ihm, wenn du magst. Mach weiter Meldungen. Wenn du dir ernsthaft Sorgen machst und er krank zu sein scheint, ruf einen Rettungswagen.«

»Aber …« Liv breitete in einer hilflosen Geste die Arme aus.

»Du tust, was du kannst, soweit ich das beurteilen kann. Viele Menschen hätten ihn einfach ignoriert. Wir haben ein Auge auf ihn.« Er zögerte und schien nachzudenken. »Wahrscheinlich sollte ich das nicht tun, aber ich schreibe dir meine Handynummer auf. Wenn er morgen früh wiederkommt, schickst du mir eine Nachricht.«

Sean wühlte in seiner Jackentasche, holte einen alten Kassenzettel heraus und warf einen Blick darauf, bevor er ihn umdrehte, um seine Nummer auf die Rückseite zu schreiben. »Ich wollte nur sichergehen, dass nichts Peinliches draufsteht«, murmelte er und sah etwas verlegen zu ihr hoch. »Manchmal kaufe ich für meine Tante Chisimdi ein, und einmal habe ich einem Kumpel eine Nachricht auf einer Quittung für Stützstrümpfe, Reiskekse mit Schokolade und Abführmittel hinterlassen. Nicht so toll.« Plötzlich lächelte er — ein breites, wunderschönes Lächeln, das sein Gesicht völlig veränderte. Liv wusste nicht, was sie antworten sollte. »Cooler Laden«, sagte er und blickte sich um. »Gehört er dir?«

»Nein, ich … Er gehört meinem Vater. Ich bin nur …« Liv zuckte die Schultern, sie hatte keine Lust auf eine Erklärung.

Sean wartete einen Moment, dann nickte er, als würde er sich mit der Antwort zufriedengeben.

»Minibücher. Sind die für Puppenhäuser?«

»Nein. Also — die richtig winzigen da drüben schon. Das sind nur Blankoexemplare. Der Rest sind echte Bücher — ganze Texte in Miniaturausgabe. Einige sind schon sehr alt.«

»Es gibt Leute, die so etwas sammeln, oder?«

»Ja. Und sie kaufen sie einfach, weil … Ich weiß nicht. Sie sind so klein und so aufwendig hergestellt. Vermutlich haben sie Seltenheitswert. Früher waren sie beliebt, weil man sie so leicht mit sich herumtragen konnte.«

»Klar. Damit man im Bus was zu lesen hatte, bevor es Smartphones gab?«

»Er hat sie auch angefertigt. Mein Vater. Handgeschriebene Bücher, nicht gedruckt. Die Leute mochten sie. Er war sehr begabt.«

»Das ist cool. So etwas würde ich gern können. Etwas herstellen, meine ich, oder malen oder ein Instrument spielen. Mein Dad ist Musiklehrer, und er hat mir meine ganze Kindheit hindurch erzählt, dass ich Cellistenfinger hätte und brillant sein würde — quasi der nächste Rostropowitsch. Er war enttäuscht, dass es sich nach fünf Jahren Unterricht immer noch anhörte, als würde ich eine Gans ermorden, wenn ich gespielt habe.«

Liv lächelte. »Vielleicht hast du nur noch nicht das Richtige gefunden.«

»Nein. Ich bin vor ein paar Monaten dreißig geworden … Ich glaube, das hätte ich dann wohl jetzt schon herausgefunden.« Er spreizte die Hände. »Ich muss mich damit abfinden, dass ich ein gutes Chili kochen kann und in ziemlich kleine Parklücken komme.«

»Also, ich kann auch nichts besonders gut«, sagte Liv.

»Wir können nicht alle Mohnblumen sein, hat meine Mutter einmal zu mir gesagt. Einige von uns sind einfach nur Gras.«

»Das hat deine *Mum* dir gesagt?«

»Sie ist nicht gerade sensibel«, sagte Liv ironisch, und Sean lachte.

»Also, ich gehe jetzt besser. Vielleicht bis bald, Liv. Einen schönen Tag noch.«

Nachdem er gegangen war, merkte Liv, dass sie immer noch ihren Pyjama unter dem Pullover ihres Vaters trug und alte Pantoffeln an den Füßen. Sie hatte sich weder das Gesicht gewaschen noch die Zähne geputzt. Ihr Mund fühlte sich klebrig an von der süßen heißen Schokolade, und als sie in den Spiegel sah, bemerkte sie Reste von Schlaf in den Augenwinkeln. Es sollte ihr egal sein, aber plötzlich war es ihr peinlich. *Augen wie Pinkellöcher im Schnee.* Jeder musste deutlich sehen, dass es mit ihr bergab ging. Dass sie trank. Sie versuchte herauszufinden, ob man den gestrigen Wein noch in ihrem Atem roch oder ob er aus ihren Poren strömte. Sie erinnerte sich, dass ihr Vater nach Whisky gerochen hatte, als sie klein war – an den bitteren Geruch, wenn er Angela Stein und Bein geschworen hatte, dass er keinen Tropfen angerührt habe. Wie sie sich für ihn geschämt hatte und auf dem Gesicht ihrer Mutter heftige Wut aufgeblitzt war.

Von sich selbst abgestoßen, wandte sich Liv vom Spiegel ab und ging in Richtung Dusche. Nach sechs Monaten sollte es ihr langsam, aber sicher besser gehen. Plötzlich hatte sie Angst, dass das Gegenteil der Fall war.

*

Lassen sie dich nicht schlafen? Diese Frauen hier. Reden, reden, reden.

Adams Worte gingen Liv an jenem Abend nicht aus dem Kopf, auch wenn sie wusste, dass er von ganz anderen Frauen gesprochen haben musste. Zu einer anderen Zeit. Sie schlief vor einer alten Folge von *Der Preis des Verbrechens* vor dem Fernseher ein. Die beigefarbenen, rauchverhangenen 1990er. Sie hatte keinen Wein aufgemacht, doch die Erschöpfung nach der schlaflosen Nacht ließ ihre Lider schwer werden, und kurz bevor sie einschlief, gingen ihr Gedankenfetzen durch den Kopf. *Lass uns allein. Ich kümmere mich um sie.* Diesmal klang die Stimme, als wäre sie gleich hinter ihr, und sie wachte erschrocken auf und drehte sich um. Doch da war nichts. Das Wohnzimmerfenster war ein schwarzes Viereck, und sie blickte auf die Uhr ihres Telefons. Mitternacht. Eine Gruppe Betrunkener zog lärmend draußen vorbei. Es war Freitagabend, und die Welt und all ihre vertrauten Rituale fanden ohne sie statt, wie schon seit Monaten. Liv stand auf und trat ans Fenster, um die Vorhänge zu schließen, zögerte jedoch, weil sie sich ziemlich sicher war, unten im Hinterhof eine Bewegung wahrgenommen zu haben. Sie starrte weiter auf die Dachziegel der Nebengebäude und den schwachen Lichtschein auf dem nassen Steinboden. Nichts rührte sich.

Liv ging nach unten zur Hintertür des Ladens, entriegelte sie und trat in den Hof. Sie lauschte. Die Luft roch nach Abgasen und feuchten Ziegeln und auch ein wenig nach gebratenen Zwiebeln. Der Regen hatte aufgehört, der Himmel war aufgeklart, und einige stecknadelkopfgroße Sterne glitzerten durch den Lichtsmog der Stadt. Das einzige Außengebäude, das einen Eingang zum Hof hatte, war die Toilette am Ende, und Liv ging so leise sie konnte hinüber und überprüfte, ob sie verschlossen war. Alles, was sie tat, kam ihr schrecklich laut vor. Die schweren Blütenrispen des wuchernden Schmetterlingsstrauchs, der am Zaun wuchs, wippten im Wind, doch sonst war nichts und niemand da.

Liv ging wieder hinein, zurück in die unbeleuchteten Räume, wo die Straßenlaternen merkwürdige Schatten auf den Boden warfen. Drüben bei Tanya und Dean war alles still und dunkel. Liv drehte sich um und wollte gerade wieder hinaufgehen, als sie am Rand ihres Sichtfelds plötzlich eine Bewegung wahrnahm — eine dunkle Gestalt glitt an der Ladentür vorbei und ging den Hügel hinauf. Das schien unmöglich, denn gerade war doch noch niemand zu sehen gewesen. Aber vielleicht hatte jemand einen kurzen Moment angehalten und sich dann wieder bewegt. Vielleicht hatte derjenige Atem für die letzten Stufen schöpfen wollen.

Sie dachte, dass es Adam sein könnte, eilte zur Tür und beugte sich hinaus. Die Straße war leer. Die Girlande aus feuchten Wimpeln vor dem Vintage-Brautmodenladen ein paar Türen weiter flatterte verloren, und aus der Regenrinne rechts von ihr tropfte es gleichmäßig. Sonst regte sich nichts. Liv sah prüfend in beide Richtungen, ohne jemanden zu entdecken, doch dann blieb ihr Blick an etwas hängen. Eine Gestalt in formloser Kleidung saß versteckt in einer der alten dunklen Steinnischen oben an der Treppe. Unsicher trat Liv hinaus, zog die Tür hinter sich zu und ging in ihre Richtung.

»Adam?«, fragte sie, als sie näher kam. »Sind Sie das?« Ihre Stimme klang seltsam ausdruckslos, als würde die Nacht jeglichen Hall verschlucken. Das Herz schlug ihr bis zum Hals, gleichzeitig hatte sie immer mehr das Gefühl, sich von allem zu distanzieren. Als würde sie aus der Ferne zusehen, wie jemand anders auf die sitzende Gestalt zuging.

Die Person war in sich zusammengesunken und so verhüllt, dass Liv weder Gesicht noch Hände oder irgendetwas anderes sehen konnte. Nur die Füße, die in seltsam unförmigen

Schuhen steckten. Der Wind riss sanft an der Kleidung, und Liv erkannte, dass es eine Frau in einem langen Rock war, die eine Art Umhang trug und einen Schal oder eine Kapuze auf dem Kopf.

»Ist alles in Ordnung?«, fragte sie, nicht sicher, ob sie die Worte tatsächlich ausgesprochen hatte. Ihr Hals und ihre Zunge fühlten sich ebenso fremd und von ihr losgelöst an wie der Rest ihres Körpers.

Liv erreichte den Fuß der Treppe, die hoch zu den Nischen führte, und blieb stehen. Sie stand einfach da und starrte. Die Frau rührte sich nicht. Livs Atem rauschte wie eine Kakofonie in ihren Ohren, gleichmäßig und schrecklich laut, wie das Tosen von wütendem Wasser. Die Nacht zog sich um sie zurück, bis nur noch sie und die Frau da waren. Irgendwo in ihrem Inneren erschauerte Liv vor Angst ob der seltsamen Situation — immer wieder hörte sie im Geiste den Befehl, sie solle fliehen, doch ihr Körper gehorchte nicht. *Lass uns allein. Ich kümmere mich um sie.* Hatte Liv diese Worte gesagt? Hatte sie sie gehört? *Lass uns allein.*

Diesmal schien die Frau es auch zu hören. Sie drehte den Kopf leicht in Livs Richtung. Der Wind fing den Schal auf ihrem Kopf und zog daran, und Liv sah ein Stück der blassen Wange und die Kontur ihres Kinns. Bei dem kurzen Blick auf ihr Gesicht wurde Liv von schrecklicher Angst gepackt, von dem dringenden Bedürfnis, nach etwas zu suchen, und von einer Frage. Die Frage drängte ihr aus jeder Zelle der unbekannten Gestalt entgegen. Innerlich wich Liv zurück. Es war unerträglich. Dann wurde sie gepackt und weggezogen und fuhr erschrocken herum.

»Hey, ist alles in Ordnung?« Dort im Schatten der Christmas Steps stand eine andere Frau. Sie hielt Livs Arm und blickte auf sie herunter. »Was machst du hier draußen?«

Als würde der Nebel in ihrem Kopf sich plötzlich lichten, war Liv wieder sie selbst — sie nahm den vertrauten Geruch von Bristol wahr, das vertraute Dieselbrummen des Nachtbusses am Fuße des Hügels und Tanyas vertrautes Gesicht. Sie blinzelte verwirrt. Ihr Hals war staubtrocken, und ihr war schrecklich kalt. Sie hatte keine Ahnung, wie lange sie schon hier draußen war.

»Liv?«, sagte Tanya. »Komm, gehen wir rein. Kannst du mich hören?«

Liv drehte sich um und warf einen Blick auf die Steinnische hinter sich, doch sie war leer. Sie atmete tief durch, und von dem vielen Sauerstoff wurde ihr ein wenig schwindelig. Dann wandte sie sich verlegen wieder Tanya zu.

»Wo ist sie?«, fragte sie.

6

1831

Louisa lebt sich weiterhin gut bei uns ein, schrieb Bethia. Ihre Hand zuckte leicht, und ihre Handschrift geriet ungleichmäßig. Ein Tintenfleck hatte bereits ihren ersten Versuch, Mrs. Crane zu schreiben, ruiniert. *Durch gutes Essen und entsprechende Hygiene gewinnt sie an Kraft, und sie wirkt heiter.* Bethia zögerte. *Heiter.* Die sogenannte Louisa war alles andere als heiter. Ihre Launen und finsteren Gedanken zeigten sich deutlich auf ihrem Gesicht. Und seit Bethias letztem Besuch, als sie die Flasche in ihrem Beutel gefunden und Louisa zum ersten Mal gesprochen hatte, war auch Bethia nicht gerade heiter zumute. Sie war seit Tagen nicht mehr im Armenhaus gewesen. Die Leere in ihrer Brust hielt an, und sie hörte ihr Herz auf seltsame Weise darin schlagen. Nichts schien die Leere füllen zu können. *Wo ist sie?* Die Worte gingen ihr ebenso wenig aus dem Kopf wie die Zeilen aus dem Schlaflied, an das sie sich nicht mehr ganz erinnern konnte, und der verzweifelte Schrei des Schwarzen am Lime Kiln Dock. *Bitte, werte Dame!* Sie schluckte mühsam und versuchte, den Kloß in ihrem Hals loszuwerden. Doch er blieb, wo er war. *Louisa hat ein paar erste Worte gesprochen, und ich hoffe, dass sie mit der Zeit —* Bethia legte die Feder zur Seite. Sie faltete das Blatt sorgfältig zweimal und warf es ins

Feuer. Mrs. Crane würde wissen wollen, was Louisa gesagt hatte, und alles hören wollen, was sie zukünftig noch sagte. Das würden alle wollen, aber es war das Letzte, was Bethia wollte.

Sie fing noch einmal von vorn an und wusste dabei schon, dass es das einzige Mal sein würde, dass sie der Frau des Pfarrers schrieb. Sie hatte nicht mehr den Mut, mit Louisa zu prahlen oder mit dem Bild, das sie selbst stets gern von sich gezeichnet hatte. Sie wollte Mrs. Crane nur allgemein beruhigen, damit sie sich um ihr eigenes Leben kümmerte und Louisa vergaß. Dann konnte Bethia einen Weg finden, Louisa aus dem Armenhaus verschwinden zu lassen — und aus ihrem Leben. Und zwar so schnell und unauffällig wie möglich.

Louisa war ganz sicher verrückt. Das konnte nicht anders sein, nachdem sie so lange freiwillig in einem Heuhaufen gelebt hatte. Nachdem sie so lange nicht gesprochen hatte. Das war kein vernünftiges Verhalten. Also, wer wusste schon, was sie dachte, woran sie sich erinnerte oder was sie wollte? Niemand würde dem Gemurmel einer verrückten alten Frau glauben. Niemand. Bethia holte tief Luft, um sich zu beruhigen, und schrieb den Brief. *Sie sind natürlich jederzeit herzlich eingeladen, sie zu besuchen, wenn Sie in der Stadt sind. Ich möchte allerdings darauf hinweisen, dass Louisa durch Sie womöglich an ihr früheres Leben in Bourton erinnert wird und das empfindliche Gleichgewicht ihres Geisteszustands, das sich bei uns eingestellt hat, gefährdet ist. Ich verbleibe mit den herzlichsten Grüßen ...*

Bethia steckte den Federhalter zurück in den Ständer und klingelte nach Juno. Es war ein frischer, schöner Tag mit großen weißen Wolken, die schnell über den klaren Himmel zogen, und während Bethia auf das Dienstmädchen wartete und hinaussah, rasten ihre Gedanken mit den Wolken um die Wette.

»Da bist du ja«, sagte sie, als Juno hinter ihr im Türrahmen erschien und einen Knicks andeutete. »Bist du ganz aus Bath gekommen?«

»Verzeihen Sie, Madam«, sagte Juno.

»Lass Paris diesen Brief aufgeben, dann hol mir Mantel und Stiefel. Ich wollte dich eigentlich schicken, um etwas zu besorgen, aber der Tag ist so schön, wir gehen zusammen.«

»Sofort, Madam.« Juno knickste erneut und ging.

Vermutlich hätte es sich für Bethia eher geziemt, eine Droschke oder eine Sänfte zu nehmen, doch die Entfernung war kurz, und sie fand, dass man beim Gehen gut seine Gedanken sortieren konnte. Vielleicht ein Überbleibsel aus ihrer fernen Vergangenheit, als es sicherer gewesen war, unterwegs zu sein und umherzulaufen, als in einer Ecke zu kauern. Sie suchte mit Juno die Apotheke in der Frog Lane auf, wo sie sich an zwei einfachen Frauen vorbeischob und direkt auf die Theke zusteuerte.

»Mrs. Shiercliffe«, begrüßte sie der Apotheker und neigte höflich den Kopf. »Guten Tag, wie schön, Sie zu sehen. Was kann ich für Sie tun?«

»Guten Tag, Mr. Banks. Etwas von Ihrem besten Rosenwasser, bitte, Nelkenöl und ein neues Messglas für Laudanum und dergleichen. Das andere ist der Ungeschicklichkeit zum Opfer gefallen.« Sie warf Juno einen strengen Blick zu, die daraufhin beleidigt wirkte. »Und zuletzt noch etwas Arsen; für zwei Penny, das sollte genügen. Wir haben wieder Ratten in der Küche.«

»Widerliche Plagegeister, Mrs. Shiercliffe«, sagte Mr. Banks mit besorgter Miene. »Und so hartnäckig.«

»Ich habe keine Ratten gesehen, Madam«, sagte Juno.

Bethia fuhr zu ihr herum. »Wagst du es etwa, mir zu widersprechen, wo ich doch höchstpersönlich ihre Hinterlassenschaften entdeckt habe?«, fragte sie, *sotto voce*, sodass das einfache Volk es nicht hörte. »Wenn die Böden sorgfältiger gewischt wären, würden sie vielleicht nicht kommen.« Mit einem Lächeln wandte sie sich wieder dem Apotheker zu. »Eine Dame muss sich stets selbst davon überzeugen, dass sich um diese Dinge gekümmert wird«, sagte sie.

»Ich bin mir sicher, dass Sie überaus korrekt sind, Mrs. Shiercliffe.«

Als sie nach Hause kamen, nahm Bethia das Paket des Apothekers mit in ihr Ankleidezimmer, um es auszupacken, stellte das Nelkenöl und das Messglas in den Medizinschrank und das Rosenwasser auf ihren Frisiertisch. Das kleine Papiertütchen mit dem Arsen hätte sie zur Benutzung gleich nach unten zu den Dienstboten geben sollen. Sie steckte es sich in die Tasche, um es später hinunterzubringen, dann setzte sie sich und versuchte, einen Roman zu lesen, konnte sich jedoch nicht konzentrieren. Erinnerungen an Dinge wurden in ihr wach, an die sie nicht erinnert werden wollte. An die Person, die ihr das Schlaflied gesungen hatte — es war nicht ihre Mutter gewesen, das wusste sie jetzt. Ihre Mutter hatte nicht die Geduld gehabt, sie so zu beruhigen. Eine andere, leisere Stimme hatte sie in der Dunkelheit beruhigt, wenn die Ängste gekommen waren, der Wind zu laut war oder ihr der Bauch wehtat. Sie sang sie in den Schlaf und sich selbst zugleich mit. *Ich sah ein blondes Mägdelein, das sang in einem fort, es schläferte ein Kindlein ein, einen reizenden kleinen Lord.* Bethia erinnerte sich, dass die Sängerin ebenfalls eingeschlummert war. Sie erinnerte sich, dass die Worte immer leiser und undeutlicher geworden waren, ehe sie ganz verklangen. *Lulalu, lulalu.* An den Geruch von Talgkerzen und den der fettigen Wollfüllung des Kopfkissens. An ein eiskaltes Zimmer unter dem Dach des Hauses. Sie erinnerte sich an die Spinnweben in den Schatten zwischen den Dachsparren, die sich bewegten, weil es durch die morschen Fensterrahmen zog. An das Gefühl, als würde ihr ein Eisennagel in die Brust gerammt, der für immer ein Loch dort hinterlassen würde. *Wo ist sie?*

Bethia klappte das Buch zu und stand auf. Am Abend waren sie mit Alderman Harrison zum Essen verabredet, und sie hatte noch nicht entschieden, was sie tragen würde. Sie nahm die Glocke, um nach Juno zu rufen, stellte sie dann jedoch leise wieder auf den Tisch zurück neben die emaillierte Uhr und den Kakadu aus Meissner Porzellan mit den geschuppten grauen Füßen und der orangefarbenen Brust. Sie trat ans Fenster, doch es gab nichts zu sehen, und sie setzte sich, um einen Brief an Delilah Stafford zu schreiben, hatte jedoch nichts zu berichten. Junos zurückhaltendes Klopfen an der Tür war eine willkommene Unterbrechung — die ihr allerdings durch die schimmernde Haut des Mädchens und die sinnliche Anmut ihrer Bewegungen verdorben wurde. Ganz gleich, wie schlicht das Kleid auch sein mochte, das Bethia sie zu tragen zwang, im Grunde betonte der einfache Stoff den Reiz des Mädchens nur noch mehr. Es war wie bei den exotischen Früchten, die ebenfalls von den karibischen Inseln stammten — das Fruchtfleisch leuchtete mehr als die unscheinbare Schale.

»Ja? Was gibt es?«, fragte Bethia mit ungewöhnlich hoher, brüchiger Stimme.

»Es ist eine Nachricht vom Armenhaus gekommen, Madam«, sagte Juno. »Die neue Bewohnerin macht Schwierigkeiten. Man bittet Sie zu kommen, sobald Sie es einrichten können, da Sie schon einmal eine beruhigende Wirkung auf die Frau hatten.«

»Aha.« Bethias Magen rebellierte. Sie starrte Juno an, und Juno starrte zurück.

»Soll ich eine Antwort senden, Madam?«, fragte das Mädchen.

»Nein, ich …« Bethia strich ihren Rock glatt. Ihre Hände waren feucht und noch etwas zittrig. »Nein«, wiederholte sie. »Ich sollte gleich hingehen.«

Sie beeilte sich, um es hinter sich zu bringen. Mrs. Fenny wartete gleich an der Tür auf sie, das Haar aufgelöst und die Mundwinkel missbilligend nach unten gezogen. »Danke, dass Sie so schnell gekommen sind, Mrs. Shiercliffe.«

»Wie geht es Ihnen, Mrs. Fenny? Sie wirken etwas angespannt.« Bethia bemühte sich, ruhig und heiter zu wirken, klang jedoch selbst in ihren eigenen Ohren merkwürdig.

Als sie gemeinsam den Flur hinuntergingen, warf Mrs. Fenny ihr einen misstrauischen Blick zu. Louisas Tür befand sich am Ende, und bei ihrem Anblick wurden Bethias Schritte unsicher und hölzern.

»Ihr Geschrei hätte Tote aufwecken können. Sie wollte nicht aus dem Bett aufstehen, wollte weder essen noch trinken noch beten. Jeden, der in ihre Nähe kommt, faucht sie an – sogar Jemima. Dabei dachte ich, die zwei wären dicke Freundinnen. Sie faucht wie ein Tier – ja, wie ein wildes Tier! Nach der armen Julia hat sie einen Becher Wasser geworfen, der an ihrem Schädel zerschellt ist! Zum Glück hat Julia einen harten Schädel, es ist nichts passiert, aber das konnte dieser arme Teufel ja nicht wissen, oder? Sie hätte das Mädchen schwer verletzen können.«

»Vielleicht ist sie krank?«

»Nun, sie ist nicht ganz richtig im Kopf, so viel steht fest. Was Fieber oder dergleichen angeht, konnte ihr keiner nah genug kommen, um das zu überprüfen.«

»Hat sie … Hat sie gar nicht gesprochen?«

»Gesprochen? Nein, gewiss nicht. Sie hat zwar alle möglichen Laute von sich gegeben, aber Wörter waren das ganz sicher nicht.«

»Ah«, sagte Bethia schwach. »Wie schade.«

»Ich hoffe, Sie können sie wieder beruhigen, so wie beim letzten Mal.«

»Ja, das hoffe ich auch.«

Sie hielten vor der Tür, und Bethia wartete, dass Mrs. Fenny öffnete. Sie war so damit beschäftigt, ihren Gesichtsausdruck zu kontrollieren und so zu tun, als habe sich nichts verändert, als sei Louisa genauso eine unbekannte harmlose Frau wie angenommen, dass sie das Zögern gar nicht bemerkte.

Mrs. Fenny räusperte sich. »So, wie sie vorhin bei mir reagiert hat, ist es vielleicht besser, wenn Sie allein hineingehen«, sagte sie. »Ich warte hier draußen, falls es Schwierigkeiten gibt.«

Bethia spürte ein beunruhigendes Prickeln. Wenn Louisa wieder sprechen sollte, durfte es niemand anders hören. *Oh, bitte, lass sie diesmal wirklich verrückt geworden sein, und zwar endgültig*, betete sie. »Das wird nicht nötig sein, Mrs. Fenny«, sagte sie. »Vielmehr bestehe ich darauf, dass Sie sich zurückziehen. Louisa wird spüren, wenn Sie vor der Tür bleiben, und nach der ganzen Aufregung haben Sie sicher eine Menge zu erledigen.«

»Wie Sie wünschen«, sagte Mrs. Fenny überrascht. »Ich möchte behaupten, dass wir es alle sicher deutlich hören werden, wenn sie wieder außer sich geraten sollte.«

»Ich danke Ihnen.« Bethia wartete, bis die Hausmutter verschwunden war, dann entspannten sich ihre Gesichtszüge, und sie ließ einen Moment die Schultern sinken. Hinter der Tür herrschte Stille. Bethia nahm einen tiefen Atemzug und öffnete die Tür.

Louisa saß noch im selben Kleid wie in der letzten Nacht in dem Stuhl am Kamin, das Haar war wie Distelwolle, das Gesicht nass. Eine Hand hatte sie zur Faust geballt, die andere lag locker im Schoß. Ihre Füße waren nackt und die Augen so groß und ganz und gar leer, dass Bethia Hoffnung schöpfte. Sie sah tatsächlich schwachsinnig aus. Bethia ging auf sie zu und versuchte zu lächeln, als sei alles noch so wie zuvor. Als habe sie nie in Louisas Tasche gesehen und Louisa nie mit ihr gesprochen. Als seien sie sich fremd. »Na, na«, murmelte sie, »ich habe gehört, Sie hatten heute eine schwierige Zeit. Geht es Ihnen nicht gut?«

Sie setzte sich Louisa gegenüber, die jede ihrer Bewegungen aufmerksam verfolgte, aber ansonsten nicht reagierte. Bethia sah, dass das Licht sich in etwas spiegelte, das sie mit den Fingern umklammert hielt. Sie wusste, dass es die Glasflasche mit dem merkwürdigen Inhalt war. Sie wollte sie nicht ansehen. »Lassen Sie mich einmal fühlen«, sagte sie, streckte die Hand aus und legte die Rückseite ihrer Finger auf Louisas Stirn. Ihre eigene Haut zog sich zusammen, und ihr Herz schlug schneller. Nach wenigen Sekunden zog sie die Hand wieder zurück. »Nein, nein, kein Fieber«, sagte sie schnell. Sie begegnete Louisas Blick, und der Moment dehnte sich. Keine von ihnen blinzelte. »Ich habe mein Bestes für dich getan«, flüsterte sie, und Louisa sagte wieder mit leiser, heiserer Stimme:

»Wo ist sie?«

Bethia blinzelte als Erste. Ihr Kopf fühlte sich seltsam

an — zu voll, als könnte er jeden Moment platzen. Gegen ihren Willen blickte sie hinunter auf Louisas geballte Faust. »Du hast dieses Ding die ganze Zeit behalten«, sagte sie. »Cleos schwarze Magie. Ich weiß nicht, wie du das ertragen hast.«

Louisa beobachtete sie schweigend.

»Hat es funktioniert?«, fragte sie.

Louisa bewegte die Flasche in ihrer Hand und blickte mit leicht gefurchter Stirn auf sie hinunter. Sie nickte knapp. Als sie wieder hochsah, lagen ein solcher Schmerz und eine solche Wut in ihren Augen, dass Bethia erschrak. Sie konzentrierte sich darauf, gleichmäßig zu atmen. »All die Jahre kein Zeichen von dir, kein Wort. Ich dachte, du bist tot«, sagte sie. In Wahrheit hatte sie es *gehofft*. Sie war sich sogar so sicher gewesen, dass sie vierzig Jahre lang kaum einen Gedanken an die Frau verschwendet hatte. »Und wenn ich mir überlege …«, flüsterte sie. »Wenn ich mir überlege, dass ich mich dafür eingesetzt habe, dass du hierhergebracht wirst.« Bethia schüttelte ungläubig den Kopf.

Louisa starrte sie erneut mit undurchdringlicher Miene an. Sie hielt die Flasche fest umklammert, aber sonst war sie völlig ruhig. Bethia starrte sie ebenfalls an, sie erkannte nur wenig von der Person wieder, die sie einst gekannt hatte. Dies war nur irgendeine verrückte alte Frau mit kurz geschorenem Haar und vernarbter Haut. Sie beugte sich vor. »Bist du es wirklich?«, fragte sie. »Ich kann es kaum glauben.«

»Wo ist sie?«, wiederholte Louisa.

»Ist das alles, was du sagen kannst?«

Bethia stand auf und lief eine Weile nachdenklich auf und ab, ohne Louisa dabei aus den Augen zu lassen. Die Frage, die Louisa immer wieder stellte, hatte für niemanden, außer für sie selbst, eine Bedeutung. Wenn das tatsächlich die einzigen Worte waren, die sie sagen konnte, war die Gefahr gering. Dann bestand eigentlich gar keine Gefahr. Aber wenn Louisa auf die Idee kam, nach anderen Dingen zu fragen, andere Dinge zu sagen ... »Ich habe das Beste für dich getan!«, herrschte Bethia sie an und dachte zu spät daran, dass sie leise sprechen sollte.

Sie ging zur Tür, öffnete sie einen Spaltbreit und vergewisserte sich, dass der Flur leer war. »Du warst nicht dankbar ... nicht ein einziges Mal.« Sie lief weiter auf und ab und dachte nach. »Was spielt das jetzt überhaupt noch für eine Rolle? Das ist alles so lange her.« Sie sah hinunter auf die Frau mit dem kurzen Haar, den goldenen Flecken in den Augen, dem böse zugerichteten Gesicht. Der Hohlraum in Bethia fühlte sich heiß und blutig an, wie die Wunde nach einem gezogenen Zahn. Zwischen ihren Schläfen entstand ein steter Druck. »Wenn du die anderen störst und mit Sachen wirfst, kannst du nicht hierbleiben«, sagte sie streng wie zu einem Kind und bedauerte es sogleich. Natürlich hätte sie sie nicht warnen dürfen. Zu spät. »Wir beherbergen keine Verrückten«, fügte sie leise hinzu.

Bethia ertrug das Schweigen nicht länger. »Du hast mich sofort erkannt, oder?«, fragte sie. »An dem Tag, an dem du hergekommen bist und ich deinen Arm genommen und mit dir gesprochen habe ... schon da.«

Diesmal antwortete Louisa nicht, nicht einmal mit einem Nicken. Bethia setzte sich wieder ihr gegenüber. Die Stuhllehne knarrte, draußen stritten die Möwen, ein Wagen rumpelte über die Steep Street. Die Stille im Zimmer hatte eine eigene Schwere und Tiefe, wie Wasser. Und Louisa hielt noch immer den Blick auf Bethia gerichtet. »Du hast Rabatz gemacht, damit man mich ruft, um nach dir zu sehen, nicht?«, sagte Bethia. Flackerte da ein triumphierender Ausdruck in Louisas Augen auf? Etwas Listiges? Das weckte

167

Bethias Wut. »Was hast du vor?« Ihre Stimme zitterte, verunsichert durch ihr ängstliches Herz. »Wenn du könntest, würdest du mich wohl vernichten«, flüsterte sie. »Ist es nicht so? Du würdest mich vernichten, obwohl ich mein Bestes für dich getan habe.«

»Wo ist sie?«

»Hör auf! Hör auf, mich das zu fragen!«

Es klopfte leise an die Tür, und Bethia stand unvermittelt auf.

Julia, eines der Dienstmädchen, steckte vorsichtig den Kopf herein. »Wie läuft es, Mrs. Shiercliffe? Mrs. Fenny hat mich gebeten zu fragen«, sagte sie.

»Nun, wir kommen gut zurecht, nicht wahr, Louisa?«, sagte Bethia und betete zu Gott, dass Louisa ihre Frage nicht beantworten würde. »Sie hat kein Fieber. Vielleicht war es nur ein kurzer Anfall, jetzt scheint es vorüber zu sein.«

»Na dann«, sagte Julia erleichtert. »Das werden alle gerne hören. Nehmen Sie dann eine kleine Suppe, Louisa?«

»Ganz bestimmt«, sagte Bethia. Sie sprachen mit vorsichtigen, hellen Stimmen, aber Louisa achtete gar nicht auf sie. Schließlich löste sie den Blick von Bethia, richtete ihn wieder auf den Boden und ließ das Kinn auf die Brust sinken. Sie schien sie nicht wahrzunehmen, und Bethia wünschte, sie könnte in ihren Kopf blicken, um festzustellen, woran sie sich noch erinnerte und woran nicht. Und vor allem, um zu erfahren, was sie vorhatte. »Ich komme morgen Vormittag wieder«, sagte sie. »Um mich davon zu überzeugen, dass alles weiterhin gut läuft und dass sie wieder isst.«

Täuschung, dachte sie auf dem Nachhauseweg. Von jetzt an würde alles Täuschung sein. Nichts konnte gut werden, solange diese Frau da war. Sie konnte die grausame Wendung des Schicksals kaum fassen, dass sie selbst diejenige gewesen war, die sie nach Bristol zurückgeholt hatte — und das auch noch derart öffentlich. Louisa bedrohte alles. Bethia spürte es, auch wenn sie sich einzureden versuchte, dass die Frau verrückt war und kaum sprechen konnte und dass niemand auch nur im Entferntesten ahnte, dass sie sich von früher kannten. Aus einem anderen Leben. Sie wüsste nicht, dass noch jemand lebte, der sie damals beide gekannt hatte. Niemand außer ihr und Louisa wusste, was zwischen ihnen vorgefallen war, darum brauchte Bethia keine Angst zu haben. Doch sie *hatte* Angst, und dafür hasste sie diese Frau.

*

Alderman Harrisons Bauch war riesig, zum Glück hatte er lange Arme, sonst hätte er Schwierigkeiten gehabt, an das Besteck und sein Weinglas zu kommen. Sein Gesicht war recht attraktiv — mit dem Grübchen am Kinn, den dunklen Augenbrauen und der fein geschnittenen Nase erinnerte er ein wenig an Lord Byron. Doch vom Hals abwärts verbreiterte er sich auf faszinierende Weise zu einer formlosen Masse, was Bethia zum Nachdenken brachte. Zum einen über seine Schneiderrechnung. Und dann über Mrs. Harrison — Theresa —, die halb so alt war wie er und höchstens ein Viertel seines Gewichts auf die Waage brachte. Dennoch hatten sie bereits drei Kinder — drei nette kleine Jungs, rotbackig, laut und anhänglich wie Welpen. Wie zum Teufel kamen die zwei jemals zueinander?

Damit hatten Bethia und Edwin nie Schwierigkeiten gehabt, schon gar nicht in den Anfangstagen ihrer Ehe. Das Problem war nur, dass aus ihrer Leidenschaft keine Kinder entstanden waren. Edwin hatte zwei Töchter mit seiner ersten Frau gehabt, beide waren im Kindesalter gestorben, die Frau kurz danach. Darum musste von seiner Seite aus alles in Ordnung sein, was bedeutete, dass bei ihr etwas nicht stimmte. Was Bethia bereits vermutet hatte, da ihre erste Ehe in dieser Hinsicht ebenso erfolglos geblieben war. Als sie Edwin geheiratet hatte, war sie zweifellos schon recht alt gewesen, um noch Mutter zu werden, aber keineswegs die älteste, von der sie je gehört hatte. Bei Weitem nicht. *Lulalu, lulalu.* Bethia nahm einen Schluck Wein, womöglich einen unanständig großen Schluck. *Gott hat einen Plan für jeden von uns*, hatte ein Priester einst zu ihr gesagt. Doch konnte die Kinderlosigkeit womöglich eine Strafe gewesen sein? Eine ungerechte Strafe, aber nichtsdestotrotz eine Strafe. *Ich habe mein Bestes für sie getan*, dachte Bethia verbittert.

Das Esszimmer der Harrisons war finster und beengt, und Bethia spürte Schweißperlen auf ihrer Oberlippe. Mrs. Harrison hatte es für nötig gehalten, die Wände mit blutrotem Damast zu verhängen, und die Porträts der Ahnen hatten alle einen dunklen Hintergrund, sodass ihre strengen, feisten Gesichter wie blasse Pilze aus den Leinwänden ragten. Der Tisch war aus dem schwärzesten Ebenholz gefertigt und schien das Licht der Kerzen aufzusaugen und rückstandslos zu verschlucken. In den Ecken konnte sich alles und jeder verstecken. Bethia hatte bei ihrer Rückkehr aus dem Armenhaus zur Beruhigung ihrer Nerven einen kleinen Brandy getrunken. Er brannte in ihrem Magen und mischte sich mit dem Wein, und sie spürte, wie der Alkohol sie angenehm betäubte. Sie hatte so wenig gesprochen, wie es der Anstand gerade noch zuließ, und konzentrierte sich stattdessen darauf, das Fleisch von einem mageren Stück Rebhuhn zu lösen und sich keinen Zahn an einer Schrotkugel auszubeißen — sie hatte bereits drei gefunden.

»Ah, hier ist eine vierte«, sagte sie leise. Mit einem leisen *Pling* landete die Kugel am Tellerrand.

»Oh, Mrs. Shiercliffe, es tut mir ja so leid!«, sagte Mrs. Harrison. »Ich werde mich bei der Köchin beschweren — sie hätte besser aufpassen müssen.«

»Alles wunderbar, so etwas passiert. Wobei ich noch nie vier gefunden habe«, sagte Bethia.

»Sie sind auserwählt.« Harrison lächelte.

»Wie das?« Bethia klang schärfer, als angemessen war.

» *Vier* Kugeln können nur ein Zeichen der Ehre sein, oder? Ich fühle mich zurückgesetzt, gar keine abbekommen zu haben.«

»Ah, verstehe. Nun, dann bin ich tatsächlich gesegnet«, sagte Bethia schwach. Sie spürte, dass alle Blicke auf sie gerichtet waren, und fühlte sich auf einmal geradezu durchleuchtet. *Täuschung.* »Was hört man von dem Aufstand?«, fragte sie in ihrer Verzweiflung.

»Ach? Es gibt einen Aufstand?«, fragte Mrs. Harrison.

»Sie haben vermutlich Gerüchte gehört, dass das Volk gegen den Richter sei, Sir Charles Wetherell«, sagte John Cavendish, ein graugesichtiger Mann, der ein Vermögen mit der Corn Street Bank verdient hatte. Hauptsächlich durch das Unglück anderer. Er musterte Bethia mit scharfem Blick, und sie hoffte bei Gott, dass er keine kluge Antwort von ihr erwartete, denn die Einzelheiten waren ihr entfallen.

»In der Tat«, sagte sie so nüchtern wie möglich.

»Ich habe kürzlich von möglichem Ärger berichtet. Aber ich glaube kaum, dass die Damen sich zu sorgen brauchen«, sagte Edwin mit leisem Tadel.

»Na, nun mache ich mir Sorgen, wenn Sie mir nichts darüber erzählen«, sagte Mrs. Harrison. »Soll ich das Silber vergraben?«

Die Unterhaltung wechselte zur Reformpolitik, dem Aufruhr um die Wahl im letzten Jahr, die Unzufriedenheit der Mittelklasse und die hitzige Kampagne, um das Reformgesetz durchzubekommen. Es würde Englands korrupte Wahlkreise auflösen und die Zahl der Wahlberechtigten vergrößern. Im Grunde war Bristol bei Weitem nicht der schlimmste Fall, was das korrupte System anging — die Wählerschaft war ausreichend groß, sodass die Wahl des Bürgermeisters zumindest keine lächerliche Scharade darstellte. In anderen Orten hingegen hatte nur eine Handvoll Männer das Recht zu wählen. Doch die Regierung der Stadt, der Stadtrat, der weitaus mehr Macht über Bristols tägliches Leben hatte, wurde seit Generationen nur von reichen einflussreichen Grundbesitzern gewählt. Es herrschte fortwährender Unmut in den unteren und mittleren Klassen, der stetig wuchs, und dann war Sir Charles Wetherell — ein reicher, widerwärtiger Grundbesitzer — im Parlament aufgestanden und hatte erklärt, dass Bristol voll und ganz zufrieden mit dem Status quo sei.

»Aber was können sie denn eigentlich tun?«, fragte Mrs. Harrison. »Warum sollte Sir Charles nicht kommen? Das Gericht muss eröffnet werden ... Einige wenige Unzufriedene, die sich nicht zu benehmen wissen, sollten ihn doch wohl kaum stören.«

»Wenn er es nicht verschiebt und nicht wartet, bis sich die Gemüter beruhigt haben, steht zu befürchten, dass er herausfindet, was sie tun können. Und dann ist es zu spät«, sagte Edwin.

»Ich bitte Sie, Shiercliffe«, sagte Harrison. »Sie machen den Frauen Angst.«

Bethia hatte nicht mehr aufmerksam zugehört, doch dann kam das Gespräch auf die Abschaffung der Sklaverei, wie sie gehofft hatte.

»Ich habe am Lime Kiln Dock einen Neger gesehen«, warf sie an einer Stelle ein. Edwin warf ihr einen Blick zu, der sein Unbehagen ausdrückte. *Bitte, werte Dame!* Ihr war klar, dass es kein angemessenes Thema war, doch der Vorfall hatte sie auf eine Idee gebracht, die sie unauffällig in den Kopf ihres Mannes pflanzen wollte, damit sie dort wuchs. »Er wurde an Bord eines Schiffes gebracht, das auf die West Indies fuhr, obwohl er das nicht wollte.«

»Darauf möchte ich wetten.« Mr. Harrison lachte, woraufhin das Fett an seinem Körper gefährlich wogte.

»Seiner Kleidung nach zu urteilen, war er ein höherer Diener, vielleicht sogar der Kammerdiener eines Gentleman. Ich habe mich erkundigt, was das zu bedeuten habe, und anscheinend wollte der Besitzer ihn auf die West Indies holen, um eine Entschädigung für ihn zu kassieren, falls die Sklaverei verboten wird.«

»Was ganz richtig ist, da sein Besitzer, wer auch immer es sein mag, vermutlich eine ordentliche Summe für ihn bezahlt hat.«

»Es war ein junger Mann, gesund und muskulös«, sagte Bethia. Doch als sie ihm auf den Schädel geschlagen hatten, war er schlaff wie nasses Papier zusammengesackt. *Bitte, werte Dame!* Sie nahm noch etwas Wein.

»Na, da haben wir's. Die wertvollste Sorte«, sagte Harrison.

»Arme Seele«, murmelte seine Frau.

»Also, Theresa.« Harrison lachte wieder. »Er wird nur dorthin zurückgebracht, wo er herkommt. Das ist das Los der Sklavenrasse — dass man solche Entscheidungen für sie trifft. Es wird ihm dort genauso gut gehen wie hier.«

»Sind Sie sich sicher, Sir?«, fragte Theresa ein wenig aufsässig.

»Meine Frau hat ein Herz für alle möglichen Kreaturen«,

verkündete Harrison unbeirrt. »Ein viel zu weiches Herz. Einmal habe ich sie dabei erwischt, wie sie morgens eine Maus aus der Falle gelassen hat! Der Hausmeister war sehr aufgebracht.«

»Es liegt an ihren lieben kleinen Gesichtern mit den Barthaaren«, sagte Theresa. »Ich kann ihren vorwurfsvollen Blick nicht ertragen.«

»Wenn sie in die Butter pinkeln, ist es nicht mehr ganz so süß, oder?«

»Mr. Harrison, *also bitte*!«

»Mich interessiert viel mehr, was Sie dort unten am Lime Kiln Dock zu tun hatten, meine liebe Mrs. Shiercliffe«, sagte Cavendish.

Bethia wurde flau im Magen. Das Huhn wurde abgeräumt und ein Fisch mit Glubschaugen vor ihr abgestellt. Sie schluckte. »Auf dem Heimweg nach dem Besuch bei einer Freundin war auf der Clifton Road ein Wagen stecken geblieben«, sagte sie. »Meine Kutsche war gezwungen, die Hotwell Road zu nehmen.«

»Ach, Sie Arme!«, sagte Theresa. »Der schreckliche Geruch dort unten! Und was für Kreaturen man da sieht! Da kann man einen ganz schönen Schrecken bekommen.«

»Ja, ziemlich furchtbar«, stimmte Bethia ihr eilig zu. »Aber dann denken Sie, es war klug von dem Besitzer des Negers, ihn zurück auf die Plantage zu schicken?«

»Wenn er die achtzig Pfund Entschädigung haben will, dann ganz sicher«, sagte Harrison.

Bethia nickte und sah zu Edwin, der nachdenklich vor sich hin kaute. Sie empfand eine gewisse Genugtuung, doch die war nur von kurzer Dauer.

»Er hat gegen das Gesetz verstoßen«, sagte Edwin, nachdem er geschluckt hatte. Bethia senkte den Blick auf ihre verkohlte Forelle. »Wenn der Kerl nicht reisen wollte, dann war es ein Verbrechen, ihn dazu zu zwingen. Alle Neger auf britischem Boden sind schließlich freie Männer.«

»Ich bitte Sie, Shiercliffe«, sagte Cavendish, ohne zu lächeln. »Was das Gesetz sagt und was es tut, sind zwei unterschiedliche Dinge, wie wir beide sehr wohl wissen.«

*

Als sie mit einer Mietdroschke nach Hause fuhren, legte Bethia Edwin ihre Hand auf den Arm. Er hatte die ganze Zeit aus dem Fenster gestarrt und schien in Gedanken versunken.

»Bedrückt dich etwas, mein Liebster?«, fragte sie.

Edwin ergriff lächelnd ihre Hand, doch in seinen Augen lag ein besorgter Ausdruck. Im schwachen Licht der Gaslampen entlang der Park Street wirkte seine Haut fahl. »Es ist wegen der *Gazelle*«, sagte er. »Allmählich muss ich davon ausgehen, dass sie in einen Sturm geraten ist oder ihr irgendetwas anderes zugestoßen ist. Ich denke, dass sie nicht nur überfällig, sondern verloren ist.«

»Oh, ich bete, dass es nicht so ist.«

»Aber wir müssen davon ausgehen, so belastend es auch ist.« Edwin drückte ihre Hand.

»Ist … Ist die ganze Investition dann verloren?« Bethia spürte, wie unter ihr der Boden wankte. Natürlich lag das nur daran, dass die Kutsche den Rinnstein streifte. Sie versuchte, nicht daran zu denken, dass in der unerschütterlichen Festung womöglich Risse entstanden und sie auseinanderzubrechen drohte.

Mit ernster Miene wandte sich Edwin ihr wieder zu. »Ich habe eher an den Verlust von Smeaton und seiner Mannschaft gedacht«, sagte er mit monotoner Stimme. »Was für ein schreckliches Schicksal mag ihnen widerfahren sein.«

»Gewiss«, sagte Bethia betroffen. »Natürlich.« Sie schwiegen eine Weile, bis sie sich überwand, ihn weiter zu befragen. »Natürlich wäre der Verlust der Menschenleben das Schlimmste daran.« Sie zögerte. »Aber ... wäre es nicht auch ein schwerer Schlag für das Geschäft? Mit der fünfzigprozentigen Finanzierung bist du ein großes Risiko eingegangen ...«

»Ein zu großes Risiko, meinst du? Du hast damals keine Einwände gehabt.«

»Edwin, bitte ... das denke ich nicht. Ich weiß, dass du ein äußerst korrekter Geschäftsmann bist und besser als die meisten. Und ich weiß, dass ich nur deine Frau bin. Ich frage nur, ob ich mir Sorgen machen muss. Wegen unseres Auskommens.« Sie dachte an das Kleid, das sie sich für den Merchant-Venturer-Ball fertigen ließ, und die Pelerinen, die sie nur erworben hatte, weil sie etwas Neues besitzen und mit dem Gefühl am Queen Square spazieren gehen wollte, dass sie dorthin gehörte. Die Aussicht, ein neues Haus in Clifton zu kaufen, eleganter und größer als das der Laroches, rückte etwas in die Ferne.

»Nein, meine Liebe, du brauchst dir keine Sorgen zu machen.« Edwins Stimme klang matt, was Bethia nur äußerst ungern wahrnahm. »Niemand, wer auch immer, kann gelassen hinnehmen, dreitausend Pfund zu verlieren. Darum war das Risiko versichert – vielleicht nicht die gesamte Lieferung, aber wir hätten nicht auf die Reise spekuliert, wenn wir den Verlust nicht hätten auffangen können.«

»Ich danke dem lieben Gott für deine Klugheit.«

»Du brauchst dir wirklich nicht den Kopf über Geschäftsangelegenheiten zu zerbrechen«, sagte er.

»Deine Sorgen sind auch meine Sorgen, mein lieber Mann.«

Zurück in der Charlotte Street, reichte Bethia Juno Mantel und Hut und folgte Edwin in sein Arbeitszimmer. Sie setzten sich zusammen in den warmen Lichtschein der glühenden Kohlen, und Paris servierte ihnen beiden ein Gläschen Brandy. Bethia wollte eigentlich keinen Alkohol mehr — sie hatte Kopfschmerzen von der Hitze in Harrisons Esszimmer und von ihren eigenen schweren Gedanken.

»Der Mann, den du gesehen hast, der am Hafen verschleppt wurde«, sagte Edwin plötzlich. »Hast du nicht daran gedacht, die Hafenwache zu benachrichtigen oder den Amtmann oder irgendjemandem Bescheid zu sagen, der hätte eingreifen können?«

Bethia ballte die Hände zu Fäusten. »Ich ... Liebster, bitte versteh, ich hatte keine Ahnung, dass es illegal war, was mit dem Mann passiert ... Wenn ich es gewusst hätte, dann ...«

»Dann?«

»Hätte ich bestimmt versucht, ihm zu helfen.«

»Wie hieß das Schiff? Welche Tonnage hatte es?«

»Das habe ich mir nicht gemerkt. Verzeih mir, Edwin. Ich habe der Szene einfach nicht so eine Bedeutung beigemessen.«

»Nein.« Edwin seufzte. »Das solltest du auch nicht, Bethia.«

»Aber denkst du nicht ...« Bethia verstummte. Sie wusste, dass sie das Thema nicht weiter vertiefen sollte, doch der Gedanke an Junos schimmernde Haut, an ihre unverschämten schwarzen Augen trieb sie an. *Bitte, werte Dame!* Sie dachte an das Bild von Balthazar, der von dem Kapellenfenster auf sie herabstarrte, und schloss kurz die Augen. Der schwarze König. »Meinst du nicht, dass der Besitzer des Mannes vernünftig gehandelt hat?«

»Dieser Mann hat keinen Besitzer.«

»Aber nur wegen einer gesetzlichen Spitzfindigkeit! Gibt es auf der Plantage von deinem Cousin keine Sklaven mehr? Hängen deine Geschäfte und dein Auskommen nicht immer noch von ihrer Arbeit und ihrer natürlichen Widerstandsfähigkeit ab? Als er nach England gebracht wurde, um zu dienen, ist der Mann da nicht gekauft worden, wurde nicht für ihn bezahlt?«

»Dann bist du also Cavendishs Ansicht? Dass es ein Gesetz für die einflussreichen Wohlhabenden geben sollte und ein anderes für alle anderen? Für Männer wie deinen und meinen Vater? Dass jene, die es schaffen, sich aus ihren Verhältnissen hochzuarbeiten, die Tür hinter sich schließen und den anderen die Chance verwehren sollten?«

»Aber wenn *alle* aufsteigen dürfen, dann kann doch niemand mehr aufsteigen! Es gibt doch wohl eine natürliche Ordnung der Klassen, die bewahrt werden muss«, sagte Bethia.

Edwin sah ernst aus, und sein Schweigen beunruhigte sie. »Ich wollte doch nur sagen, dass es doch vielleicht verständlich ist, dass sein Besitzer — sein ehemaliger Besitzer — für den Verlust entschädigt werden will«, sagte sie. »Denn es wird ja genug Verluste geben, wenn die Sklaverei abgeschafft wird, oder? Wenn die Ernte auf den Plantagen verrottet, ohne Arbeiter …«

»Die Ernte wird nicht verrotten. Die freien Männer müssen arbeiten und Geld verdienen. Ich dachte, die Volksmeinung hätte dich davon überzeugt, Bethia, dass Sklaverei etwas Grässliches ist und beendet werden muss?«

»Vielleicht, vielleicht.« Bethia strich sich mit den Fingern über die Stirn, bemüht, ihre Gedanken zu ordnen. »Aber Geschäft ist Geschäft, oder nicht?«, murmelte sie. »Mit den

Verlusten von der *Gazelle,* müssten wir da nicht wenigstens einmal über den Wert sprechen, den …« Sie sah auf und fuhr zurück, als sie Edwins Miene sah. »Sollten wir da nicht wenigstens einmal darüber sprechen, Paris und Juno zurückzuschicken …«

»Du überraschst mich, Bethia. Und ich will nichts mehr davon hören.«

Es war die Art, wie er die Hand hob. Diese strikte Ablehnung. Als ob Juno und ihr Bruder nicht nur Dienstboten wären, unlängst noch Sklaven, sondern viel mehr als das. Als sei allein die Vorstellung, sie zu verkaufen, wie er sie einst selbst gekauft hatte, jetzt plötzlich unerhört. Bethia spürte verzweifelte Wut in sich aufsteigen, die ihr die Kehle zuschnürte. »Ich weiß genau, warum du es nicht tust!«, sagte sie mit bebender Stimme.

»Weil sie einen Platz als gute und treue Diener bei uns haben und es gegen das Gesetz verstoßen würde, sie gegen ihren Willen fortzuschaffen.«

»Du tust es nicht, weil … Weil …« Am Ende konnte sich Bethia nicht überwinden, es auszusprechen. *Weil sie dich verführt hat und mich deshalb auslacht. Weil ich ihren Anblick nicht ertragen kann und du den Blick nicht von ihr lösen kannst.* »Aber … nach dem Verlust der *Gazelle* …«, endete sie kläglich.

»Bethia …« Edwin wurde milder, trat zu ihrem Sessel und legte ihr eine Hand auf die Schulter. »Ich fühle das auch, weißt du? Diese ständige Sorge, dass wir unsere gesellschaftliche Stellung wieder verlieren könnten, nachdem wir den Aufstieg geschafft haben. Aber das werden wir nicht. Ich gebe dir mein Wort. Ich habe gut vorgesorgt.«

»Aber …«

»Genug jetzt, Bethia. Mir gehören entweder direkt oder durch Finanzinstitute, an denen Biggs und ich beteiligt sind, zwölf Plantagen auf Nevis, St. Vincent und anderen Inseln. Wenn die Sklaverei abgeschafft wird, kommt *uns* die Entschädigung für Tausende von Sklaven zu. Verglichen damit ist das Geld, das wir womöglich verlieren, indem wir Juno und Paris hierbehalten, ein Tropfen auf den heißen Stein.« Er drückte ihre Schulter. »Na? Verstehst du jetzt?«

Bethia starrte ihn erschreckt an. Sie empfand Erleichterung über ihre Sicherheit, rasch gefolgt von Bestürzung darüber, dass sie niemals erleben würde, wie Juno auf ein Schiff gezwungen wurde und verschwand.

»Ja, Lieber.« Sie begriff, dass sie andere Mittel finden musste, wenn sie Juno loswerden wollte. Sie musste Edwin einen Grund liefern, ihr zu kündigen, oder sie irgendwie vernichten. Was sie eigentlich nicht wollte. Es wäre bei Weitem einfacher gewesen, wenn sie übers Meer verschwunden wäre, wie der Mann am Hafen.

»Du hast doch nicht etwa etwas an ihrer Arbeit auszusetzen, oder? An der von Juno und ihrem Bruder?«

»Nein, aber ich …« *Juno und ihrem Bruder.* Bethia schluckte und sah zu Edwin hoch. Ihre Gedanken wirbelten durcheinander wie Blätter an einem windigen Tag. »Ich sehe, wie sie dich ansieht. Ich fürchte, dass sie womöglich … lüstern sein könnte. Wenn sie könnte, würde sie dich verführen!«, sagte sie verzweifelt, als er sich von ihr abwandte und seine warme Hand fortnahm.

»Unsinn«, sagte er. »Das bildest du dir nur ein.«

»Oh, ein Mann sieht so etwas nicht! Eine Frau hingegen sehr wohl. *Ich* sehe das.«

»Du täuschst dich. Und jetzt denke ich, dass du dich vielleicht zurückziehen solltest. Der Abend hat dich ganz offensichtlich erschöpft, und ich muss noch einige Papiere durchsehen.«

»Kommst du nicht mit mir hoch, Edwin? Es ist so lange her, seit ... wir zusammen hinaufgegangen sind.«

»Ein anderes Mal«, sagte er. Aber er wirkte wieder etwas milder, strich ihr erst über die Wange und beugte sich dann vor, um sie auf diese Stelle zu küssen. »Schlaf gut. Und denk nicht mehr über die Abschaffung der Sklaverei nach.«

Kleinlaut verließ Bethia den Raum, bedrückt durch ihr Scheitern. Und als Juno ihr beim Ausziehen half und ihr Haarteil ordentlich für den nächsten Morgen auf dem Ständer drapierte, erkannte Bethia daran, wie sie die Lippen zusammenpresste und ihrem Blick auswich, dass sie an der Tür des Arbeitszimmers gelauscht hatte — sie hatte Bethias Vorschlag, sie fortzuschicken, also gehört. Bethia wusste nicht, ob sie sich deshalb sorgen sollte oder nicht. Ihr Kopf war einfach zu voll, und trotz allem, was Edwin gesagt hatte, fühlte sie sich keineswegs sicher. Sie hatte vielmehr das Gefühl, dass die Lage heikel war, und sie wusste, dass er sich täuschte: Sie *konnte* gesellschaftlich abrutschen und würde ihn vermutlich mit nach unten reißen. Denn ein Herr durfte wandelbare Moralvorstellungen in Bezug auf Frauen, das Kartenspiel oder seine Geschäfte haben. Und solange er diskret und klug vorging, mochte er wählen dürfen, an welche Gesetze er sich hielt. Doch eine Dame verfügte nicht über einen derartigen Spielraum. Entweder war sie durch und durch tugendhaft, ehrlich und aufrecht — oder nicht. Und je höher die gesellschaftliche Stellung, desto größer war die allgemeine Freude über einen aufgedeckten Skandal und desto schonungsloser war das Entzücken der anderen Damen, wenn eine von ihnen fiel.

*

Einige Tage später nahm Bethia Louisa wieder mit zur heißen Quelle. Wie beim letzten Mal wurde ihnen eine Schüssel in die Trinkhalle hinausgebracht, und Louisa tauchte ihre geschundenen Füße in das warme, heilende Wasser, während sie ein Glas davon trank.

Anschließend trocknete Bethia ihr die Füße mit einem Tuch und zog ihr wieder die Pantoffeln an. Bis auf einen älteren Schwindsüchtigen und seine Tochter waren sie die einzigen Patienten. Dass der Mann dem Tode nah war, zeigte sich unübersehbar in der hoffnungslosen Miene des Mädchens. Der Mann war abgemagert, und sein qualvolles Husten hallte durch den Saal. Bethia half Louisa aufzustehen und führte sie nach draußen auf den Kiesweg zwischen Fluss und neuer Straße. Louisa humpelte brav neben ihr her, wollte jedoch an jeder Bank anhalten und sich ausruhen.

»Weißt du noch, wie du mich hergebracht hast, als wir Kinder waren?«, fragte Bethia leise. »Was war ich geblendet von all den eleganten Damen und reichen Herren! Und dieses kleine Mädchen in dem Rüschenkleid und mit den drei King-Charles-Spaniels an der Leine – erinnerst du dich? Wie habe ich sie beneidet! Und wie hat sie auf uns herabgesehen, diese Göre. Ich habe sie immer noch deutlich vor Augen. Und die Läden hier … So etwas hatte ich vorher noch nie gesehen.« Sie gingen an den Kolonnaden vorbei, und Bethia rümpfte die Nase über den touristischen Ramsch in den Auslagen der Schaufenster. »Es hat sich alles so verändert, nicht? Damals war es so herrlich, jetzt ist es ein schrecklicher Ort.«

Louisa antwortete nicht. Sie betrachtete unablässig den Avon, die Last- und Handelsschiffe, die mit der Flut auf dem Severn vorbeikamen.

Es ging ein frischer Wind, und der Himmel bestand aus

unterschiedlichen Grauschattierungen wie das Federkleid einer Taube, doch anders als Bethia zitterte Louisa nicht. Sie schien die Kälte nicht zu spüren, vermutlich war sie zu sehr an sie gewöhnt. Sie setzten sich auf eine Bank mit einem schönen Ausblick auf den Fluss, dort, wo er zwischen den hohen Felswänden verschwand, und Bethia zog den Schal fest um sich und wickelte ihre Hände hinein. Jenseits des Wegs ging es zehn Fuß oder mehr steil zum Ufer hinunter. Wer dort hinunterstürzte, konnte sich verletzen. Es war schwierig, wieder heraufzuklettern, insbesondere für eine zarte Person — eine Kranke zum Beispiel, die die heiße Quelle besucht hatte. Bei Hochwasser wurde man sofort vom Wasser mitgerissen. Eine Weile beobachtete Bethia das schlammige trübe Wasser, dessen Strömung sich mit dem Anstieg verstärkte.

Mrs. Fennys Bericht zufolge war Louisa seit Bethias letztem Besuch im Armenhaus ruhiger gewesen. Natürlich, dachte Bethia, weil sie selbst Louisa dummerweise gewarnt hatte, dass sie bei weiteren derartigen Ausbrüchen verlegt würde.

»Also, hier sind wir ganz allein«, sagte Bethia. »Niemand kann uns hören, und niemand hier kennt uns. Du kannst frei sprechen.« Sie sah Louisa von der Seite an, die unbewegt auf einen fernen glänzenden Abschnitt des Flusses blickte, als würde sie dort nach jemandem suchen. »Er ist nie zurückgekommen«, sagte Bethia. »Wenn es das ist, wonach du suchst.«

Abrupt drehte Louisa den Kopf und starrte Bethia mit suchendem Blick an. »Wo ist sie?«, fragte sie.

»Allmählich glaube ich, dass das alles ist, was du sagen kannst. Und dass du den Verstand verloren hast«, murmelte Bethia. »Ist vermutlich gut so.« Sie drehte den Kopf, um selbst in die Ferne zu schauen und darüber nachzudenken,

ob sie hoffen durfte, dass Louisa, ganz gleich was sie vorhatte, ihr im Grunde nicht schaden konnte. »Denn fürwahr,
warum bist du nicht vorher zurückgekommen, wenn du Ver-
geltung wolltest? Wenn zwischen uns noch etwas offen ist?
Du hättest leicht zurückkommen und mich finden können,
da bin ich mir sicher. Du hast mich ja selbst jetzt nicht gefunden — ich habe *dich* gefunden. Nein«, sagte sie, und als sie
sich umdrehte, stellte sie fest, dass Louisa sie unverwandt
anstarrte. »Du bist nicht zurückgekommen, weil du den Verstand verloren hast. Stimmt's? Du bist nicht mehr die Alte,
genau wie ich.«

Bethia fragte sich, ob sie Louisa vielleicht gar nicht loszuwerden brauchte. Solange sie ihren Anblick ab und an ertrug, solange sie den Gedanken ertrug, dass sie da war, wer
sie war und was sie vielleicht — vielleicht aus ihrem tiefs-
ten Gedächtnis — hervorkramen konnte. Bethia war jedoch
nicht überzeugt. Am ungefährlichsten war es vermutlich, sie
zu tolerieren, sie nicht zu provozieren und zu versuchen, sich
nicht vor ihr zu fürchten. Doch Bethia war sich auch in diesem Punkt nicht sicher, ob sie das konnte. Sie war stets bei
allem, was sie getan hatte, so gründlich vorgegangen. »Solange du tatsächlich verrückt oder senil bist. Solange das
wirklich alles ist, was du sagen kannst, und niemand außer
mir weiß, was deine Frage bedeutet«, sagte sie in kühlem
Ton. Das Narbengewebe auf Louisas linker Wange war ge-
kräuselt und hatte einen merkwürdigen Glanz, nicht wie
normale Haut. »Hast du dir das selbst beigebracht? Diese
Verletzung?«, fragte Bethia, ohne eine Antwort zu erwarten.
»Hast du dich in deinem Wahnsinn selbst verletzt?«

»Nein«, sagte Louisa. »Das war ich nicht.«

Bethia wurde innerlich eiskalt. Der Wind blies direkt
durch den Hohlraum in ihrer Mitte.

Lange Stunden unter dem drohenden Himmel vergingen, ohne dass sie auch nur noch ein einziges Wort sprachen. Bethia grübelte die ganze Zeit, und als sie zum Armenhaus zurückkehrten, kam es ihr vor, als würde die Last all ihrer Gedanken dazu führen, dass ihr Kopf ihrem Körper einige Schritte hinterherhinkte. Nach jeder Bewegung, die sie machte, brauchten ihre Augen einen Moment, um zu begreifen, was sie sahen. Sie legte die Stirn in Falten, versuchte, sich zu konzentrieren, und achtete nur halb auf Mrs. Fennys missmutige Laute.

Als die Hausmutter Louisa zurück in ihr Zimmer brachte, ging Bethia in die Küche. »Alice, haben Sie etwas Haferbrei da?«, fragte sie die Köchin, die einen Berg blasser glitschiger Würstchen in einer Grillpfanne wendete. »Wir haben auf dem Rückweg etwas gefroren, und ich will nicht, dass die Kälte die gute Wirkung des Wassers aufhebt.«

»Ich kann gleich etwas aufwärmen, wenn Sie möchten?«

»Vielen Dank.«

»Für Louisa, nicht wahr?«

»Ja, aber ich bringe ihn ihr selbst, um sicherzugehen, dass sie sich benimmt und ihn isst.«

Als der Brei fertig war, nahm Bethia das Tablett mit der Schüssel und ging über den Flur. Doch unterwegs musste sie anhalten und es auf einem Fensterbrett abstellen, weil ihr Griff nicht sicher war und sie Angst hatte, es fallen zu lassen. Dabei drückte sie ihre Tasche gegen die Wand und hörte etwas rascheln. Verwirrt griff Bethia hinein und holte das Päckchen mit dem Arsen hervor. Natürlich — sie hatte vergessen, es den Dienstboten zu Hause zu geben.

Im Flur herrschte absolute Stille, es waren weder Schritte noch sonstige Laute zu hören. Bethia drehte das Tütchen in den Fingern und bemerkte erneut, dass ihre Gedanken langsamer waren als ihre Bewegungen — langsamer als ihre eifrigen Finger, Hände und Füße, die das Tablett hochnahmen und es zu Louisas Tür trugen. Die Gedanken hinkten hinterher, als Bethia sich mit dem Tablett auf den Knien vor Louisa setzte und den Brei umrührte, ehe sie den Löffel zu ihrem Mund führte, den Louisa willig öffnete. »Schön alles aufessen, so ist es brav«, sagte sie. »Das ist nur zu deinem Besten.« Durch ein seltsames Rauschen in ihren Ohren konnte sie ihre eigene Stimme kaum hören.

Irgendwann fand sie sich zu Hause wieder, wo sie in einem weitaus weicheren Sessel saß, vor einem deutlich wärmeren Feuer und sich kaum erinnern konnte, wann oder wie sie dorthin gekommen war.

7

HEUTE

Die Wohnung über Tanyas und Deans Laden war größer als Martins, die Zimmer waren breiter und fast quadratisch, die Decken höher. Das Wohnzimmer jedoch war mit ähnlich billigen Möbeln von minderer Qualität eingerichtet. Eine Mischung aus Alt und Neu, aufgehellt durch bedruckte Stoffe und Überwürfe in Violett, Türkis und Blau. An jedem freien Stück Wand hing entweder ein Poster oder ein nicht gerahmter Druck — Bands, abstrakte Kunst, Nebel über einem Regenwald. Ein stiller Protest aus Bildern und Farben.

Liv saß schweigend auf dem Sofa, während Tanya die Lampen einschaltete und Dean neben riesigen Lautsprechern stand und durch sein Smartphone scrollte. Sie blickte auf ihre Füße hinunter und stellte überrascht fest, dass sie keine Schuhe anhatte. Ihre Socken waren schmutzig und durchnässt, doch da ihre Zehen taub waren, spürte sie es nicht. Die Musik, die Dean wählte, kannte Liv nicht, aber sie war leise und beruhigend. Sie sah zu ihm hoch. Sein Haar war ziemlich kurz, nur ein hellbrauner Schatten überzog seinen Schädel. Er hatte hellblaue Augen, und über Arme und Hals bis hin zum Kinn zogen sich schwarze Tattoos — verschlungene, komplizierte Gebilde, aus denen immer wieder messerartige scharfe Spitzen herausstachen. Dean war nicht von schwerer Statur, doch Brust und Schultern waren muskulös, die Arme sehnig und ganz offensichtlich kräftig. Normalerweise wäre Liv bei dem Gesamteindruck auf der Hut gewesen, doch als er von seinem Telefon aufsah, schenkte er ihr ein freundliches, fast schüchternes Lächeln.

»Tee für alle?«, fragte er mit ausgeprägtem Bristoler Akzent.

»Das wäre wundervoll, danke, Schatz«, sagte Tanya und setzte sich neben Liv, während er in die Küche ging.

Sie roch schwach nach Zigarettenrauch, nach Essen und nach anderen Leuten und blickte lächelnd auf Deans sich entfernenden Rücken. »Sieht aus wie jemand, dem man auf der Straße lieber aus dem Weg geht, stimmt's?« Sie grinste. »Innen ist er butterweich — ich glaube, das soll die ganze Tinte verbergen.« Dann zögerte sie kurz. »Magst du mir erzählen, was los ist? Du hast mich ganz schön erschreckt, hast dagestanden wie ein Zombie. Ohne Schuhe, ohne Jacke.«

»Ich ... Ich weiß es nicht genau. Ich dachte, ich hätte dort jemanden sitzen sehen. Ich habe nach Adam gesucht, aber ... er war es nicht. Es war eine Frau. Eine alte Frau.«

»Als ich dich gefunden habe, war niemand anders da. Du hast nur wie eine Statue dagestanden und vor dich hin gestarrt.«

»Ich glaube, ich bin geschlafwandelt. Das habe ich schon mal gemacht, als ich klein war und mein Dad uns zum ersten Mal verlassen hat. Ich meine ... ich *muss* geschlafen haben.« Liv schüttelte den Kopf. Es hatte sich überhaupt nicht so angefühlt — sie erinnerte sich sehr deutlich daran, wie sie die Christmas Steps hinaufgegangen war, wie sie die Gestalt gesehen und versucht hatte, mit ihr zu sprechen. Anders als letzte Nacht, wo sie sich nicht hatte erinnern können, in die Dachkammer gegangen zu sein und sich auf den Boden gelegt zu haben.

»Wie Martin das eine Mal, als ich ihn gefunden habe und er die Dielenbretter gelöst hat? Ist er auch geschlafwandelt?«

»Vielleicht. Ich weiß es nicht.«

Plötzlich brannten Tränen in Livs Augen, und sosehr sie sich auch bemühte, sie konnte sie nicht zurückhalten. Dean kam mit dem Tee zurück, doch als er sah, dass sie weinte, stellte er nur die Becher ab, drückte Tanyas Schulter und wandte sich wieder zum Gehen.

»Sorry«, sagte Liv. »Ich bin einfach so schrecklich müde.«

»Müde und traurig.« Tanya runzelte die Stirn. »Man muss kein Genie sein, um das zu sehen.« Sie nahm den Becher mit einem verblichenen Bild von *Tier,* dem angeketteten Schlagzeuger aus der Muppet-Show, pustete in den Tee und stellte ihn dann wieder ab. »Aber es ist nicht nur wegen deines Vaters, oder? Du musst es mir nicht erzählen, aber wenn du magst …«, sagte sie sanft.

Liv nickte. Es schien ihr sinnlos, es nicht zu erzählen. Tanya würde danach nicht mehr in ihrer Nähe sein wollen, sie würde nicht mit so jemandem in Berührung kommen wollen. Sie konnten sich von da an aus dem Weg gehen, und vielleicht war das einfacher für beide.

»Ich war schwanger«, sagte Liv. Was es völlig unzureichend beschrieb. »Das Baby … mein Baby ist gestorben. Am Anfang war alles gut. Während der Schwangerschaft hatte ich keinerlei Probleme. Es waren noch ein paar Tage bis zum Stichtag, und dann ist es einfach … gestorben.«

»O nein.« Tanyas Augen weiteten sich. »Mein Gott, das tut mir schrecklich leid!« Sie strich sich übers Gesicht und presste eine Hand auf ihren Mund. »Verdammt, und ich tanze hier vor deinen Augen mit meiner Kugel herum …«

»Warum auch nicht? Du konntest es doch nicht wissen. Und selbst, wenn du es gewusst hättest …« Liv verstummte.

Sie schüttelte den Kopf. »Ich will nicht, dass du das Gefühl hast …«

»Schon okay, ich versteh das«, sagte Tanya. »Ganz bestimmt«, fügte sie hinzu, als Liv aufsah. »Als ich jünger war, habe ich meinem Körper so einiges zugemutet. Es hat lange gedauert, bis ich schwanger wurde, und eine Weile dachte ich, es würde nie klappen. Dann ist es letztes Jahr auf einmal passiert, aber ich habe das Kind gleich wieder verloren. Danach konnte ich es nicht ertragen, die ganzen Schwangeren überall zu sehen — ich dachte, sie würden mich verfolgen, nur um mich daran zu erinnern, was mir passiert war. Das war schon schlimm genug. Wie muss es sich dann erst anfühlen, die ganze Schwangerschaft bis zum Ende zu erleben … Zu erwarten, dass das Kind jeden Moment kommt …« Sie holte tief Luft und ließ sie dann langsam wieder entweichen. »Ich kann es mir noch nicht einmal vorstellen.«

»Ich wusste, dass etwas nicht stimmt«, sagte Liv leise. »Es hieß, man wolle die Wehen einleiten, wegen seiner und meiner Größe. Dann bin ich eines Morgens aufgewacht und *wusste* es einfach. Ich kann nicht sagen, woher.« Sie schüttelte den Kopf. »Aber ich hatte *solche Angst*.«

»Du Ärmste.« Tanya nahm Livs Hand in ihre Hände, und diesmal war Liv dankbar für ihre Wärme. Tanyas Ärmel waren hochgerutscht, und erneut sah Liv die silbrigen Narben, die kreuz und quer über ihre Handgelenke liefen. Sie wandte den Blick ab.

»Es ist besser, nicht darüber zu reden«, sagte sie. »Es scheint besser zu sein, wenn man nicht darüber spricht. Ich versuche, einfach loszulassen, nach vorn zu schauen und es zu vergessen.«

»Ja«, sagte Tanya zweifelnd. »Und wie läuft das so?«

»Es ging ganz gut, glaube ich. Zumindest bis mein Vater

auch noch verschwunden ist, und jetzt habe ich diese entsetzlichen Träume. Vielleicht weil ich hier in seiner Wohnung bin und er nicht da ist. Vielleicht werden sie dadurch ausgelöst.«

»Was für Träume?«

»Ich höre … Ich höre Stimmen, die über mich, aber nicht mit mir sprechen. Vermutlich wie in einem Krankenhaus. Und ein Baby weint. Ein Neugeborenes. Es ist irgendwo in der Wohnung, aber ich kann es nicht finden. Ich *muss* es unbedingt finden, aber ich schaffe es nicht.« Liv schniefte und wischte sich mit dem Ärmel übers Gesicht. »Ich habe immer denselben Traum, fast jede Nacht.«

»Ist nicht gerade schwer zu erklären, oder?« Tanya dachte einen Moment nach. »Liv, hat schon mal jemand mit dir über PTBS gesprochen?«

»Wie bitte? O nein. Mir gehts gut, ich bin nur … Mit meinem Vater und allem. Es tut mir leid wegen heute Abend. Dass ich so unheimlich gewirkt habe. Danke, dass du mich hergebracht hast, und auch für den Tee. Ich sollte jetzt gehen und dich schlafen lassen.« Sie versuchte zu lächeln, schaffte es jedoch nicht.

Tanya beobachtete sie aufmerksam. »Keine Ursache. Warum bleibst du heute Nacht nicht einfach hier? Es ist schon spät. Dieses Ding ist eine Schlafcouch, die kann man ausziehen.«

»Ich weiß nicht. Danke, aber ich … Ich glaube, ich habe die Ladentür offen gelassen …«

»Gib mir den Schlüssel, und ich schicke Dean rüber, damit er nachsieht.« Tanya stand auf und streckte ihr die Hand hin, und Liv war zu müde, um zu widersprechen.

*

Der Keller unter dem Buchladen war feucht, eng und schief. Er war in den Hang hineingebaut, die Deckenhöhe fiel hügelabwärts gut einen Meter ab und war am unteren Ende deutlich zu niedrig, um aufrecht stehen zu können. Am oberen Ende standen die zerbrochenen Backsteinreste eines Tanks oder Brunnens, der einst oben unter dem Podest seinen Platz gehabt hatte. Liv ging in die Hocke und griff in dem unteren engen Bereich nach der Ecke eines großen Kartons. Als sie versuchte, ihn zu sich heranzuziehen, riss er, und sie sah den Inhalt — stapelweise alte Zeitungen. Warum lagerte jemand so etwas?

Die Schatten hinter den Kartons waren tiefschwarz. Mit Kabelbinder war eine einzelne Glühbirne an der Decke befestigt, die fahles Licht spendete und die Schatten nur noch dunkler zu machen schien. Große Spinnen mit dicken Körpern und spindeldürren Beinen schossen ruckartig hinter allem hervor, was Liv berührte. Die Spinnweben hingen in ihrem Haar und an ihren Kleidern und ließen sie erschaudern. Die Decke war überzogen mit einem Gemisch aus eingesponnenen Insektenleichen und fluffigen Nestern mit Spinneneiern.

Liv bemühte sich, nicht so genau hinzusehen, hielt vorsichtig den Kopf gesenkt, als sie aufstand, und wischte sich die Hände an der Jeans ab. Sie wollte eine vernünftige Erklärung für Martins Verhalten finden. Sie wollte, dass er tatsächlich etwas gesucht hatte, etwas, das wichtig genug war, um Dielenbretter zu lösen, Teppiche anzuheben und Möbel zu verrücken. Ein Blatt Papier mit wichtigen Informationen, das zu den anderen Dokumenten gehörte, die er zusammengetragen hatte. Oder eins der wertvolleren Bücher. Einfach etwas, das, wenn er in schlechter Verfassung gewesen war, die eifrige Suche ausgelöst haben konnte. Denn die Alternative war zu abwegig — und zu beunruhigend.

Er hatte eindeutig auch im Keller gesucht. Die Kartons waren in Unordnung, einige waren umgekippt, und ihr Inhalt — nicht zu identifizierende Elektroteile, Fugenkreuze aus Kunststoff und aufgerollte Kabel — lag verstreut auf dem Boden. Es gab ein paar klapprige Metallregale von der Art, die man mit einem Inbus-Schlüssel zusammenschraubt, in deren durchhängenden Regalbrettern aus Spanplatten sich Hinterlassenschaften früherer Ladenbesitzer stapelten — zerknitterte Kassenrollen, ein Korb mit zerbrochenen Duftkerzen, Visitenkarten von Geschäften, die schon lange nicht mehr existierten, ein Karton mit angeschimmelten Papierservietten. Und da war ein Spaten. Ein einfacher Gartenspaten, der hier unten gar nichts verloren hatte. Liv starrte ihn an, dann fasste sie nach dem Plastikgriff und hob ihn hoch.

Sie trat zur Seite, um ihren Schatten zu bewegen, und blickte auf den Boden. Wie der Boden im Hof bestand auch er aus alten Ziegeln in Fischgrätmuster, hier und da waren Kratzer in leuchtendem Orange zu erkennen und frischer Ziegelstaub. Sie musterte den Rand der Schaufel, und tatsächlich fanden sich dort ebenfalls Spuren von frischem Staub. Sie bekam weiche Knie. Martin hatte offensichtlich versucht, den Boden aufzustemmen. Die Ziegel waren vor Hunderten von Jahren verlegt worden. Sie waren eher gesprungen und gesplittert, anstatt sich heben zu lassen, aber er hatte es versucht. Man stemmte nicht den Boden auf, um nach einer abhandengekommenen Rechnung oder nach einem verlorenen Buch zu suchen.

Liv stand am Spülbecken in der Küche und schrubbte sich die Hände mit der Nagelbürste unter so heißem Wasser, dass sie es gerade noch aushalten konnte. Als sie heute Morgen von Tanya und Dean fortgegangen war, hatten sie keine

Spur von Adam gesehen, und als sie in den leeren Laden zurückgekommen war, hatte sie sich einsamer als je zuvor gefühlt. Bevor das Baby gestorben war, hatte sie allein in einer
Zwei-Zimmer-Wohnung am Wetherell Place gewohnt, fünfzehn Minuten zu Fuß vom Haus ihrer Mutter entfernt. Sie
hatte gern allein gewohnt. Zwei Jahre hatte sie mit ihrem
Freund von der Uni in einer beengten und chaotischen
Hausgemeinschaft gelebt, was sehr anstrengend für sie gewesen war, ohne dass sie einen konkreten Grund dafür hätte
nennen können. Sie hatte es überhaupt erst gemerkt, nachdem sie sich getrennt hatten und sie sich eine eigene Wohnung geleistet hatte. Eine kleine Souterrainwohnung, aber
dort konnte sie tun und lassen, was sie wollte, und musste
auf niemanden Rücksicht nehmen. Sie hatte alte, launische
Heißwasserrohre, ein äußerst winziges Duschbad und georgianische Fenster, durch die die schmutzige Luft von der
Straße hereinzog. Doch sie musste mit niemandem reden,
wenn sie nicht wollte, oder um Platz und Ruhe ringen oder
darum, ins Bad zu dürfen.

Einen Monat nach ihrem ersten Date mit Arty hatte ihre
Mutter bereits gefragt, wann sie bei ihm einziehen würde, da
er eine deutlich größere und schickere Wohnung hoch oben
in einem Gebäude mit tollem Ausblick hatte. Er hatte auch
noch eine Atelierwohnung in Fulham, die seinen Eltern gehörte, von der er jedoch sprach, als sei es seine eigene. Liv
konnte sich unter keinen Umständen vorstellen, an einem
der beiden Orte zu wohnen.

Bei dem Gedanken an Arty seufzte sie. Das Einzige, was
ihr an der Schwangerschaft Sorge bereitet hatte, war, dass
ein gemeinsames Kind sie für immer an ihn binden würde.
Wie sie sich doch getäuscht hatte. Er hatte nichts mit dem
Kind zu tun haben wollen und jegliche Verantwortung von

sich gewiesen. Wenn man ihn reden hörte, hätte man meinen
können, Liv sei durch eine unbefleckte Empfängnis schwanger geworden. *Also, ich kann dich nicht zwingen, es wegmachen
zu lassen, aber erwarte nicht von mir, dass ich mich da irgendwie
engagiere.* Liv hatte ihn ängstlich, aber trotzig an die Ali-
mente erinnert, woraufhin er sichtlich die Zähne zusammen-
gebissen hatte. Wut machte ihn hässlich. Ihre Mutter hatte
ihr ebenfalls zu einem Abbruch geraten. In Angelas Vorstellung wurden Familien von verheirateten Paaren gegründet,
die in finanziell gesicherten Verhältnissen und großzügigen
Häusern lebten und die ein Kind bewusst planten. Sie hatte
Liv gefragt, wo sie das Baby baden wollte, und Liv sagte, in
der Spüle.

»Das ist nicht dein Ernst. Ach, Livvy, ich weiß, es ist ganz
schrecklich«, hatte sie gesagt. »So etwas will niemand tun.
Aber wenn du die Sache mit Arty nicht wieder in Ordnung
bringen kannst … wie willst du jemals allein klarkommen?
Du bist jung, du hast noch reichlich Zeit, später eine Familie
zu gründen.«

Um sie eine Weile zum Schweigen zu bringen, hatte Liv
sie darauf hinweisen müssen, dass sie von ihrem eigenen Enkelkind sprach. Nur Martin hatte sich für sie gefreut. Nur er
hatte gegrinst, als sie es ihm erzählte, und gesagt: *Livvy, das
ist wunderbar!*

Liv dachte an ihre ruhige leere Wohnung. Sie wusste nicht,
ob sie jemals in sie zurückkehren konnte. Es wäre alles ein-
gestaubt, und wenn man die Dusche nicht alle paar Tage anstellte, trocknete der Siphon aus, und die ganze Bude stank
nach Abwasser. Doch im Schlafzimmer hatte sie Platz für
ein Kinderbett geschaffen und im Wohnzimmer — indem
sie den Großteil ihrer Bücher eingelagert hatte — für eine
Spielmatte, eine Babywippe und eine Wickelkommode mit

Schubladen für Windeln, Mulltücher, Strampelanzüge und den ganzen Rest. Als sie die Wohnung das letzte Mal verlassen hatte, war sie krank vor Angst gewesen, doch sie war davon ausgegangen, dass sie am nächsten oder übernächsten Tag mit ihrem Baby dorthin zurückkehren würde. Der Gedanke, allein dorthin zurückzugehen, war unerträglich. Sie hatte niemandem erzählt, dass sie ins Krankenhaus ging, nicht einmal ihrem Vater. Sie hatte nicht gewollt, dass ihre Angst real wurde, indem sie es aussprach. Sie war allein gegangen, wie sie allein entschieden hatte, das Baby zu behalten und es allein aufzuziehen. Sie hatte alles allein gemacht.

Livs Telefon meldete den Eingang einer E-Mail.

Liebe Miss Molyneaux, was sind das für schrecklich traurige Nachrichten von dem lieben Martin. Mein aufrichtiges Beileid. Sie müssen verzweifelt sein. Ich würde mich gern mit Ihnen treffen, um Ihnen zu berichten, was ich für ihn recherchiert habe. Ehrlich gesagt wäre ich auch dankbar, mehr darüber zu erfahren, was ihm womöglich zugestoßen ist, wenn Sie es mir erzählen möchten. Er gehörte zu meinen engsten Freunden, und all die Wochen habe ich gedacht, er wäre einfach zu beschäftigt, um sich bei mir zu melden. Schrecklich. Lassen Sie mich wissen, ob Ihnen ein Treffen recht wäre. Andernfalls rufen Sie mich unter unten stehender Nummer an, und ich berichte Ihnen, so gut ich kann.
Herzlich, V. Conti

Liv antwortete ihm umgehend, und sie verabredeten sich am nächsten Tag um die Mittagszeit in dem Pub am Fuß der Christmas Steps. Dann ging sie hinaus, um im blassen Sonnenschein, der durch die Wolken gebrochen war, spazieren zu gehen und möglichst nicht an die Träume und die Suche zu denken. Ihre Füße trugen sie über die Bristol Bridge zum Seven Stars in Redcliffe, der Martins Lieblingspub gewesen war. Es lag in einer weiteren verwaisten Straße — der Thomas Lane, einer kurzen Kopfsteinpflasterstraße, die noch schmaler war als die Christmas Steps und auf beiden Seiten von modernen Gebäuden eingerahmt wurde. Die Ränder des Pflasters waren von Eisen eingefasst, um sie vor Schlitten und Wagenrädern zu schützen, und wenn man den Pub betrat, war es, als würde man in der Zeit zurückkreisen. In die 1970er-Jahre, um genau zu sein.

Martin war mit ihr an ihrem achtzehnten Geburtstag dorthin gegangen, um ihr das erste legale Bier zum Mittagessen zu spendieren. So wie er darüber gesprochen hatte — über die jahrhundertealte Geschichte, das vorige Leben als Seemannskneipe und die wichtige Rolle, die der Pub bei der Abschaffung der Sklaverei gespielt hatte —, hatte sie erwartet, dass es darin irgendwie verwunschener aussehen würde und nicht so profan und bodenständig.

»Genau«, hatte Martin grinsend gesagt. »So haben Pubs ausgesehen, als ich jung war. So *sollten* sie aussehen — hier gibt es keine hippen Gin-Sorten, keine eingelegten Oliven und kein ausgefeiltes Farbkonzept.« Das Seven Stars servierte Bier, Cider und Spirituosen und, wenn man Glück hatte, eine Tüte Kartoffelchips. Die Inneneinrichtung war zum letzten Mal in der viktorianischen Zeit modernisiert worden, und als Liv in die Thomas Lane bog, blickte sie auf die davorstehenden Klapptische aus Holz und hoffte, Martin an einem von ihnen sitzen und ein Bier trinken zu sehen. Dort saß jedoch nur ein alter Mann in Bikerjacke, der rauchte und hustete. Er sah auf und nickte Liv zu, als sie ihn mit großen Augen entmutigt ansah.

Sie ging hinein. Vielleicht hatte Martin ja eine Krise und war wieder dem Alkohol verfallen, nachdem er von der Avonmouth Bridge zurückgekehrt war.

Doch er war nicht unter den paar Stammgästen, die tagsüber an der Bar lehnten.

»Was darf's sein?«, fragte der Barmann, der jung und blond war und dessen durchbohrte Ohrläppchen von riesigen Tunnelsteckern gedehnt wurden.

»Ich ... äh ... ein Pint Thatchers bitte.« Das war das allererste Bier gewesen, das Martin für sie geordert hatte. Sie erinnerte sich, dass ihr schummerig geworden war und dass sie gekichert hatte wie ein Kind und ihm gestanden hatte, dass sie zum ersten Mal mit fünfzehn in der Schule betrunken gewesen war. Plötzlich kam ihr ein Gedanke. »Sie kennen nicht zufällig einen Martin Molyneaux, oder?« Sie wandte sich an die anderen Gäste an der Bar. »Einer von Ihnen vielleicht? Er ist groß. Ein kräftiger Mann, achtundfünfzig, unterhält sich gern mit Leuten? Er ... Er hat eine Boxernase und einen Goldzahn ...« Ihre Stimme versiegte, als ihr Kopfschütteln und verneinendes Murmeln entgegenschlugen. »Dies war sein Lieblingspub. Er war ständig hier. Nun ja, also ziemlich oft.«

»Moment — hat er mit Büchern gehandelt? Mit diesen winzigen alten Büchern?«, fragte der Barmann.

»Ja! Ja, genau, das ist er.« Livs Herz machte einen kleinen Satz.

»Ja, er hat mir mal eins gezeigt — er hatte es gerade bei einer Auktion oder so was erstanden und war total glücklich.« Der junge Mann schüttelte den Kopf. »Aber den habe ich ewig nicht mehr gesehen. Seit Monaten nicht.«

»Seit wie vielen Monaten?«

»Gott, keine Ahnung. Acht oder neun vielleicht? Ja, es war im letzten Winter, glaube ich.«

»Sind Sie sich sicher?«

»Ja, ziemlich. Es war arschkalt draußen — Schneeregen und so. Und die Weihnachtsdeko hing noch.«

Liv setzte sich an einen kleinen Tisch, trank ihr Pint und fühlte sich beobachtet. Um etwas zu tun, scrollte sie durch ihr Telefon. Auf dem Rückweg kam sie an einem Eckladen vorbei und ging hinein, um Wein für sich und dunkle Schokolade für Adam zu kaufen.

*

In jener Nacht kehrten die Träume zurück. Die flüsternden Stimmen, das weinende Kind. Liv wachte zweimal auf. Das erste Mal wurde sie auf der Matratze festgehalten. Sie wollte sich unbedingt bewegen und keuchte vor Anstrengung, schaffte es jedoch nicht. Beim zweiten Mal fand sie sich unten im dunklen Wohnzimmer wieder und zog die Vorhänge zurück, als könnte das Baby auf der Fensterbank versteckt sein. Mit klopfendem Herzen kam sie zu sich und versuchte, sich zu orientieren. Ihr realer Aufenthaltsort und was sie dort tat, mischten sich mit dem dringenden Bedürfnis aus ihrem Traum, etwas zu suchen, und mit der damit verbundenen Angst und Verzweiflung. Sie musste nichts suchen, versuchte sie sich zu beruhigen. Da war kein Baby. Sie rieb sich das Gesicht und ging zurück ins Bett, und es gelang ihr, noch eine Weile zu dösen.

Kurz nach Sonnenaufgang ging sie nach unten, und als sie die Tür öffnete, schlurfte Adam herein und setzte sich an den Tisch. Er hatte eine Einkaufstüte dabei und spielte mit den Henkeln. Liv registrierte, dass er eine andere Strickmütze trug — eine hellgrüne mit einem weißen Logo von *Kipling Wohnungsbau*. Sie war so sauber und leuchtend, dass sie absolut nicht zum Rest passte.

»Hat Ihnen jemand eine neue Mütze geschenkt?«, fragte sie.

Adam nickte. »Der Mann war schmutzig – von Kopf bis Fuß! Wie ein Golem. Ich hab noch nie einen so schmutzigen Mann gesehen.«

»Wahrscheinlich war er Bauarbeiter.«

»Natürlich war er Bauarbeiter!«

»Klar.« Liv unterdrückte ein Gähnen. »Sie waren letzte Nacht wieder da«, sagte sie erschöpft. »Die Frauen – die flüsternden Frauen. Und das Baby.«

»Baby? Was für ein Baby? Wovon redest du da?« Adam zog verwirrt die Brauen zusammen.

»Ach, nichts, ist nicht wichtig. Ich hole Ihnen Ihre heiße Schokolade, und ... ich rufe jemanden an, damit er sich mit Ihnen unterhält. Ist das in Ordnung? Ich hoffe, er kann gleich kommen.«

Adam nickte nur und machte eine wegwerfende Handbewegung, dann spielte er wieder an seiner Einkaufstüte herum. Als sie hineinspähte, sah Liv leere Tic-Tac-Packungen. Mindestens zwanzig Stück.

»Könntest du Cleo sagen, dass ich sie sprechen muss?«, fragte Adam, als Liv die Treppe erreichte.

»Mach ich.«

Sie stellte einen Topf mit Milch auf den Herd und rieb die dunkle Schokolade hinein. Während sie umrührte, schickte sie eine Nachricht an Sean Okeke, den Sozialarbeiter von St. Mungo's. *Ich versuche es erst bei dir, bevor ich StreetLink informiere, falls du in der Nähe bist. Adam ist gerade bei mir im Laden. Könntest du kommen und mit ihm reden? Liv M.*

Sie wollte ihm zehn Minuten Zeit zum Antworten geben, dann würde sie eine weitere Nachricht an StreetLink schicken, doch er meldete sich eine Minute später. *Schon unterwegs. Kannst du ihn so lange aufhalten?*

Ich tue mein Bestes, antwortete sie. *Hängt vielleicht davon ab, wie gut ihm die heiße Schokolade heute schmeckt.*

Diesmal war sie geduscht und angezogen und hatte die dunklen Schatten unter den Augen mit Concealer abgedeckt. Dadurch fühlte sie sich etwas besser. Die Milch fing an zu kochen und erfüllte den Raum mit dem Geruch ihrer Kindheit. Das Getränk sah dunkler und reichhaltiger aus als die Pulvervariante, die sie vorher probiert hatte. Adam nippte vorsichtig daran und zuckte wegen der Hitze zusammen, dann sog er beim Schlucken die Wangen ein und kniff die Augen zusammen.

»Gut?«, fragte Liv.

»Warum macht Cleo sie nicht?«, fragte Adam, und Liv musste lächeln.

»Das weiß ich nicht, sorry. Ich bin immer noch allein hier.«

Adam nickte traurig.

»Wie hat Cleo sie denn gemacht?«, fragte Liv. »Was war ihr Geheimnis?«

»Das weiß ich nicht. Ein Geheimnis ist schließlich ein Geheimnis! Sie hat irgendein Gewürz hineingetan, irgendeinen besonderen Geschmack …« Er zuckte die Schultern. »Ich weiß nicht. Hat mich an die Zeit erinnert, als ich ein kleiner Junge war und nicht übers Federgras sehen konnte.«

»Federgras? Dann … sind Sie nicht in Bristol aufgewachsen?«

»Doch! Wer behauptet etwas anderes?«

»Also … was ist Federgras?« Liv wartete, aber Adam blinzelte sie nur an, als würde sie Unsinn reden.

»Bist mit der *Windrush* gekommen, oder?«, sagte er in sarkastischem Ton. »Das sagen alle. Als wäre ich frisch vom Schiff und hätte kein Recht, hier zu sein. ›Geh nach Hause‹, sagen sie, und ich sage, ich *bin* zu Hause! Ich sage, meine

Leute leben seit zweihundert Jahren in Bristol! Länger als *deren* Familien!«

»Hat jemand Ihren Familienstammbaum erforscht?«, fragte Liv. »Ich habe einen Cousin, der sich mit Genealogie beschäftigt und unseren bis 1880 zurückverfolgt hat. Es hat sich herausgestellt, dass mein Urururgroßvater eine Tabakfabrik hatte.«

Auf ihre Worte folgte Schweigen, und Liv wünschte, sie hätte Adam einfach reden lassen, denn seine Miene wirkte wieder abwesend und traurig. »Haben Sie ... Haben Sie herausgefunden, was Ihre Vorfahren getan haben, womit sie ihr Geld verdient haben?«, versuchte sie es.

»Was sie getan haben? Was denkst du denn? Wenn sie vor so langer Zeit in diese Stadt gekommen sind, in dieses Land?«

Liv blinzelte. »Waren sie Sklaven?«

Adam nickte.

»Zweihundert Jahre ... Dann müssen sie um die Zeit hier gewesen sein, als die Sklaverei abgeschafft wurde. Das ist doch richtig, oder? Dann ist Ihr Name, Freeman ... vielleicht der Name, den sie sich nach der Emanzipation gegeben haben?«

Adam antwortete nicht.

»Und was ist mit Ihnen? Was haben Sie gearbeitet, bevor ...«

»Gearbeitet?«, sagte Adam vage und nippte an seiner Schokolade. »Obst und Gemüse. Import.« Er sah auf den Tisch hinunter und dann mit scharfem Blick hoch zu Liv, als sei ihm plötzlich etwas klar geworden. »Gibt es heute keine Kekse? Keinen Toast?«

»Doch, natürlich. Das habe ich vergessen. Einen Moment.« Sie stand gerade auf, als Sean mit einer Mappe unter dem

Arm und einem Stift in der Hand an der Tür erschien. Sie bedeutete ihm hereinzukommen.

»Hallo, da bin ich wieder«, sagte er.

»Hallo«, erwiderte Liv. »Danke, dass du gekommen bist.«

»Gern geschehen.« Er lächelte, zog sich die Jacke aus und streckte Adam die Hand hin.

»Adam?«, sagte Liv. »Das ist Sean Okeke, der Mann, von dem ich Ihnen erzählt habe. Er kann Ihnen sagen, wo Sie hingehen können und ... solche Sachen.«

»Hallo, Mr. Freeman, freut mich, Sie kennenzulernen.«

Adam musterte argwöhnisch Seans Hand, bevor er sie ergriff. Sein Blick zuckte von Sean zu Liv und wieder zurück. »Der Junge weiß, wo sie ist, stimmt's?«

In der Küche konnte Liv die Männer unten reden hören, verstand jedoch nicht, was sie sagten, und sie widerstand der Versuchung, an der Treppe zu lauschen. Sie wollte sichergehen, dass jemand sich um Adam kümmerte. Dass er in Sicherheit war, es warm hatte und zu essen bekam. Sie stellte sich ihn irgendwo in einem einfachen Zimmer vor, mit Synthetikvorhängen und einem bequemen Sessel mit hölzernen Armlehnen. Mit einem sauberen Bett, in dem er schlafen konnte. Auch wenn er nur eine Unterkunft für die Nacht fand, die er bereit war, im Winter zu nutzen, wäre das eine Riesenverbesserung. Sie kochte einen Kaffee für Sean, wärmte noch mehr Milch auf und bereitete einen Teller mit Käsebroten zu, wobei sie sich so viel Zeit wie möglich ließ, damit die beiden in Ruhe reden konnten. Als sie schließlich das Tablett nach unten brachte, wirkte Sean jedoch etwas niedergeschlagen, und Adam saß mit verschränkten Armen zurückgelehnt im Sessel und hatte eine sture Miene aufgesetzt. Er stürzte sich sofort auf die Brote.

»Der Junge sagt, ich muss in eine Unterkunft. Ich muss *begutachtet* werden«, sagte er, als Liv sich wieder zum Gehen wandte.

»Na, kommen Sie, Mr. Freeman. Was ich gesagt habe, war, wenn Sie eine Unterkunft finden *wollen* oder einen Arzt wegen irgendetwas aufsuchen möchten, könnte ich Ihnen helfen, einen zu finden. Wir können Ihre Bedürfnisse fest-stellen …«

»Ich kenne meine Bedürfnisse! Ich kenne meine Rechte! Es ist kein Verbrechen zu leben, wo ich will! Zu schlafen, wo ich will! Bin schließlich all die Jahre gut allein zurechtgekom-men, oder etwa nicht?«

»Klar«, sagte Sean. »Aber nur dass Sie es wissen, es gibt Hilfe, falls Sie …«

»Will ich nicht. Brauch ich nicht«, murmelte Adam. »Ein Mann ist sicherer da draußen.«

Als Adam alle Brote aufgegessen hatte, spielte er wieder mit der Einkaufstüte mit den Tic-Tac-Packungen und igno-rierte Liv und Sean geflissentlich. Sean stand mit beküm-mertem Lächeln auf und nahm seine Jacke, dann entfernten sie sich vom Tisch. Trotz seiner langen Glieder hatte er eine leichte, anmutige Art, sich zu bewegen. »Danke für den Kaf-fee«, sagte er.

»Gern. Also … was soll ich als Nächstes tun?«

»Mach so weiter, wenn das okay für dich ist. Ich darf dir nicht sagen, was wir besprochen haben, aber Mr. Freeman beharrt darauf, dass es ihm gut geht. In seinem Alter könnte er Rente beantragen und sich möglicherweise auf lange Sicht eine Unterkunft leisten. Die Plätze in den Notunterkünften sind in Bristol ohnehin ziemlich knapp. Abgesehen davon, gibt es verschiedene Projekte, in die man ihn einbeziehen könnte, damit er tagsüber etwas Gesellschaft hat.«

»Und wenn er das nicht tut?«

»Wenn er es nicht tut, tut er es nicht.« Sean zuckte die Achseln. »In Anbetracht seines Alters und trotz der langen Zeit, die er vermutlich schon obdachlos ist, scheint er mir in recht guter Verfassung zu sein, und er weiß, wo er eine warme Mahlzeit bekommt.«

»Du meinst nicht … Du meinst nicht, dass er dement ist?«

»Das kann ich nicht beurteilen. Aber er scheint zurechtzukommen. Er hat recht. Wenn er draußen schlafen will, steht ihm das frei. Wir können versuchen, ihm zu helfen, aber wir können ihn nicht einfach einsammeln wie einen streunenden Hund. Er muss Hilfe wollen, und es gibt alle möglichen Gründe, warum er das vielleicht nicht will.«

»Ja, natürlich, aber …« Liv breitete verlegen die Hände aus.

»Ich weiß. Ich weiß, du willst helfen. Aber jemanden von der Straße zu bekommen, ist nicht so einfach. Man muss nicht nur ein Bett finden und ihm sagen, er soll es nehmen.«

»Die heiße Schokolade und das Essen nimmt er gern, und er verlangt, Leute zu sehen, die nicht hier sind«, sagte Liv.

Sean lächelte sein breites, entwaffnendes Lächeln. Die Sonne fing sich in seinen Augen, und Liv sah, dass sie tief dunkelbraun waren, nicht schwarz.

»Zum Glück bist du für ihn da. Die meisten Menschen hätten ihn gar nicht hereingelassen.«

»Nun ja. Es … Es war so kalt. Und das ist die Wohnung meines Vaters, nicht meine. Ich weiß, was er getan hätte, wenn er hier gewesen wäre. Ich habe wohl nur nicht damit gerechnet, dass das eine längerfristige Geschichte ist.«

»Das hängt von dir ab, Liv. Du kannst ihn jederzeit … einfach nicht hereinlassen.«

»Nein. Ich glaube, das kann ich nicht.«

»Aha! Er hat dich um den Finger gewickelt.« Sean lächelte. »Er erkennt ein weiches Herz, wenn er einem begegnet. Ich muss jetzt weiter, aber … also, hättest du vielleicht Lust, später etwas mit mir trinken zu gehen? Oder am Wochenende?«

»Oh«, sagte Liv überrascht. »Ich … also. Danke, aber ich kann nicht.«

Sean lächelte wieder, diesmal etwas verhaltener, und nickte. »Gut, gut. Ist in Ordnung. Du hast ja meine Nummer, solltest du es dir anders überlegen. Oder wenn du es schaffst, Mr. Freeman umzustimmen.« Er reichte Liv zum Abschied seine große warme Hand; sein Griff war fest. Dann ging er.

Liv trat ans Fenster und beobachtete, wie er die Christmas Steps hinunterging, in der Kälte war sein Atem zu sehen, und er zog die Schultern hoch. Hinter ihr murmelte Adam etwas, das Liv nicht verstand.

»Wie bitte?«

»Steht auf dich, was?«, sagte er. »Dreister Junge! So eine Frechheit! Ha!« Er knotete die Griffe der Einkaufstüte fest zusammen, dann löste er sie wieder.

»Wofür sind die Tic-Tac-Packungen?«, fragte Liv.

»Für meinen Freund Pete.«

»Was macht Pete damit?«

»Woher soll ich das denn wissen?«

Liv seufzte, und Adam hob trotzig das Kinn. »Steht da und seufzt! Was ist los mit dir? Wo ist Polly? Warum holst du nicht Cleo? Warum sagst du mir nicht, wo sie ist? Ich *weiß*, dass sie hier war!«

Erschöpft wandte Liv sich ab, um wieder aus dem Fenster zu sehen, doch als sie sich erneut zu Adam umdrehte, starrte er kopfschüttelnd auf seine Hände, und auf seinen Wangen schimmerten Tränen.

»O nein, nicht doch.« Sofort setzte Liv sich zu ihm und nahm seine Hand. »Schon gut …« Sie wühlte in ihrer Tasche nach einem sauberen Taschentuch. »Nach wem suchst du, Adam? Wen hast du verloren?«, fragte sie, erwartete jedoch keine Antwort.

Es folgte eine lange Pause, und er putzte sich die Nase.

»Meine Familie«, sagte er mit gebrochener Stimme. »Ich habe meine Familie verloren.«

*

Vincent Conti war ein kleiner Mann, sehr schlank und vollkommen kahl. Liv schätzte ihn auf Mitte fünfzig. Er trug Jeans, ein Seidenhemd und einen Blazer, und Liv mochte ihn sofort. Er hatte offene blaue Augen, ein freundliches Gesicht und einen sanften Händedruck.

»Du wirst dich nicht mehr erinnern … Es ist doch in Ordnung, wenn ich du sage, oder? Ich bin Vincent«, sagte er, und Liv nickte. »Also, wir sind uns schon einmal begegnet. Du musst damals ungefähr elf gewesen sein. Ich habe bei Martin im Laden vorbeigeschaut, als du gerade zu Besuch warst. Ich glaube, du hast damals am Schreibtisch gesessen und irgendwas ausgemalt.«

»Tut mir leid, aber ich erinnere mich wirklich nicht mehr«, sagte Liv. »Dann wart ihr also schon lange befreundet?«

»O ja, ja. Dein Vater und ich haben uns vor Ewigkeiten in der Klinik kennengelernt — ich hatte damals ein paar Jahre mit Gin vergeudet. Ich glaube fast, dass ich Martin sogar erst auf die Idee mit den Miniaturbüchern gebracht habe. Ich habe damals ein paar gesammelt. Natürlich hat keiner geahnt, wie weit er es damit bringen würde. Seine Manuskriptarbeiten werden in gewissen Nischenkreisen äußerst geschätzt.« Er hielt inne. »Sie sind so perfekt. Vermutlich streben wir alle nach Perfektion.«

Vincent nahm einen Schluck von seinem Orangensaft. Liv hatte zuerst bestellt und schämte sich jetzt ein wenig für das große Glas Wein, das vor ihr stand.

»Der Laden hier hat sich seither etwas verändert«, fuhr Vincent fort. »Früher hieß er Three Sugar Loaves Inn. Oben gab es eine Disco, in der ich einen lebensverändernden Moment erlebt habe.« Er lächelte zärtlich.

»Ach?«

»Auf den ersten Blick war es nichts Ungewöhnliches. Mein erster Kuss — nun, mein erster *richtiger* Kuss. Das war Jahrzehnte, bevor ich deinen Vater kennenlernte. Ich bin hier dem schönsten Jungen aller Zeiten begegnet, und als sie nachts zugemacht haben, sind wir zusammen die Christmas Steps hinaufgegangen und haben uns unter dem Sternenhimmel geküsst. Es war magisch.«

Liv lächelte über seinen wehmütigen Ton. »Was ist aus ihm geworden?«

»Ach, ich habe ihn leider nie mehr wiedergesehen. Ich glaube nicht, dass ich überhaupt wusste, wie er hieß. Aber ich habe nicht das Mädchen geheiratet, mit dem ich damals verlobt war, darum hat er tatsächlich mein Leben verändert. Weißt du, es könnte sogar der Eingang zu Martins Laden gewesen sein, in dem wir gestanden haben. Aber vielleicht bilde ich mir das im Nachhinein auch nur ein.« Sein Lächeln verblasste. »Bitte, würdest du mir erzählen, was passiert ist?«

Liv berichtete ihm alles, was sie wusste. Alles, was die Polizei gesagt hatte, als sie ihr als seiner nächsten Angehörigen seine Jacke gebracht hatten — zu ihrer Mutter nach Hause. Das alles wusste sie allerdings nur von Angela, denn sie selbst war oben geblieben. Sie erzählte ihm von all den seltsamen

Hinweisen darauf, dass Martin in der Wohnung etwas gesucht hatte, und bemühte sich, mit ruhiger Stimme zu sprechen.

Vincent schüttelte den Kopf und holte tief Luft. »Der arme Martin«, sagte er. »Und du Arme. Du musst ihn schrecklich vermissen.«

»Ja«, sagte sie schlicht. »Ich versuche, irgendwie zu verstehen, was passiert ist. Was könnte ihn dazu getrieben haben — wenn es tatsächlich das ist, was passiert ist, meine ich. Mir … Mir ging es selbst nicht gut, in den Wochen davor. Ich hatte ihn seit einer Weile nicht mehr gesehen, aber es war ihm so lange gut gegangen …«

»Ja.« Ein besorgter Ausdruck huschte über Vincents Gesicht. »Ich weiß nicht, inwieweit ich dir helfen kann«, sagte er, »aber ich kann dir erzählen, was ich weiß. Obwohl wir gut befreundet waren, hatte ich Martin ungefähr ein halbes Jahr nicht gesehen. Du weißt, wie wir Kerle sind, melden uns nicht oft, irgendwie kommt immer was dazwischen. Jedenfalls rief er mich plötzlich an und fragte, ob ich etwas für ihn herausfinden könnte. Er weiß, dass ich derartige Herausforderungen liebe. Ich bin Historiker. Hauptsächlich schreibe ich über die Geschichte von Bristol, aber auch über diverse andere Themen.«

»Du hast mit ihm telefoniert? Weißt du noch, wann das genau war?«

»Nein. Aber wenn du möchtest, kann ich nachsehen, wenn ich nach Hause komme. Ich habe mir während des Telefonats Notizen gemacht und versehe sie immer mit Datum — das ist meine einzige Hoffnung, nicht den Überblick zu verlieren.«

»Ja, bitte sieh nach.«

»Ich glaube, es war gegen Ende April. Wie du sicher meiner

E-Mail entnommen hast, wollte er etwas über die Geschichte des Ladens herausfinden. Vor allem wollte er wissen, ob dort früher mal ein Gasthaus oder so etwas gewesen ist und ob irgendwann eine Polly oder eine Cleo dort gelebt oder gearbeitet hat. Es ist natürlich ziemlich schwierig, etwas über frühere Angestellte herauszufinden, aber ich sagte, ich würde es versuchen. Als ich ihn fragte, warum er das wissen wollte, erwähnte er einen obdachlosen Typen, der ihn besucht hat und den Laden von früher zu kennen schien.«

»Ja. Er heißt Adam Freeman. Er kommt immer noch ständig zum Laden und will Polly oder Cleo sprechen. Und er sucht noch nach jemand anderem.«

»Ja, Adam, genau. Eine ganz verständliche Bitte, dachte ich, doch dann fragte er mich auch nach Verbrechen. Verbrechen, die irgendwann in der Vergangenheit in dem Laden begangen worden sind.«

»Hat er … Hat er gesagt, warum?« Liv spürte einen Anflug von Unbehagen.

»Er ist äußerst vage geblieben. Aber er klang …« Vincent hielt inne, um nach dem richtigen Wort zu suchen. »Ich weiß noch, dass ich dachte, er hört sich nicht gut an. Er klang tatsächlich ängstlich. Besorgt. Ich habe angenommen, dass dieser alte Kerl — Adam — ihm etwas erzählt hat, was ihn vermuten ließ, dass dort etwas Schlimmes vorgefallen war … doch ich weiß es nicht.«

»Aber er klang besorgt?«

»Ja. Ich fragte ihn, ob alles in Ordnung sei, und er sagte Ja. Vielleicht hätte ich hartnäckiger nachfragen sollen.« Vincent seufzte, dann warf er Liv einen skeptischen Blick zu. »Du denkst doch nicht, dass er selbst in irgendein Verbrechen verstrickt war? Oder dass es irgendetwas mit seinem Verschwinden zu tun hat?«

»Nein, ich … Nichts dergleichen.« Liv dachte über den Spaten im Keller nach und über Martins Versuch, den Boden aufzustemmen. Daran, dass sie mit zerschrammten Händen und Knien in der Dachkammer aufgewacht war. »Ich wünschte nur, ich wüsste, wonach er gesucht hat. In seiner Wohnung, meine ich.«

»Verstehe«, sagte Vincent leise. »Aber es wird nicht helfen, weißt du.«

»Wie meinst du das?«

»Wenn unerwartet etwas Schreckliches geschieht, will man es analysieren, um herauszufinden, wie und warum es passiert ist. Leider habe ich festgestellt, dass das nichts ändert.«

»Nein, ich weiß.« Liv trank einen Schluck von ihrem Wein, dann noch einen. »Ich … Ich kann einfach nicht glauben, dass er das getan hat. Dass er gesprungen ist. Ich verstehe nicht, wie sich sein Zustand in so kurzer Zeit derart verschlechtert haben soll … Außerdem hätte er gemerkt, wenn es so schlimm geworden wäre — er hätte es vorher gespürt. Er hätte Hilfe in Anspruch genommen, oder?«

»Vielleicht. Aber so etwas kann man nicht immer kommen sehen«, murmelte Vincent. »Armes Mädchen. Die Vorstellung muss unerträglich sein.«

»Vielleicht … Vielleicht gibt es noch eine andere Erklärung«, sagte Liv und konnte ihm nicht in die Augen sehen. Sie atmete tief durch. »Schuldet Martin dir Geld für die Arbeit, die du bereits getan hast?«

»Herrgott, nein. Ich nehme doch kein Geld von einem alten Freund. Außerdem sind solche kleinen Herausforderungen für mich wie Ostereier suchen. Ziemlich aufregend.«

»Wärst du bereit weiterzumachen?«

»Weiterzumachen?« Vincent sah sie neugierig an.

»Ja, mit der Suche nach Polly und Cleo und damit heraus-

zufinden, ob der Laden jemals ein Café war? Und ob …
irgendwelche Verbrechen dort stattgefunden haben. Nur für
den Fall, dass ich … Falls es Adam überhaupt hilft.«

»Nun ja, wenn du das möchtest, dann sehr gern. Ich würde
auf jeden Fall gern mit dir in Verbindung bleiben, Olivia, als
alter Freund deines Vaters.«

Nach einer Weile standen sie auf, und Vincent schenkte
Liv ein trauriges Lächeln, als er sich den Schal um den Hals
band. »Und verzeih mir, aber als alter Freund deines Vaters
und als unverbesserlicher Klugscheißer muss ich dir noch
sagen, dass das hier …«, er tippte auf Livs leeres Weinglas,
»auch nicht hilft. Glaub mir, ich habe es versucht.«

*

Als sie auf dem Rückweg an Tanyas Tür vorbeikam, winkte
diese sie herein, und als Liv an den Verkaufstresen trat, stand
Tanya auf, um ihre Schultern zu dehnen.

»Gott sei Dank«, sagte sie. »Ich habe schon die ganze
Zeit nach einer Entschuldigung gesucht, eine Pause zu
machen.« Sie hatte über einer Maschine gekauert, mit der
sie Buchstaben in irgendwelche kleinen bunten Steine gravierte.

»Ich würde sagen, du hast sowieso eine ziemlich gute Entschuldigung«, sagte Liv. »Was machst du da?«

»Das sind personalisierte Armbänder und Halsketten, die
ich über meinen Etsy-Shop vertreibe«, sagte sie. »Verschiedene Steine für verschiedene Anlässe oder Botschaften. Um
Weihnachten herum nehmen die Bestellungen immer zu —
zumindest hoffe ich das. Darum versuche ich vorzuarbeiten.«

»Ist das so ähnlich wie die viktorianische Sprache der
Blumen?«

»Äh, ja. Vielleicht. Nur dass es eher um verschiedene therapeutische Zwecke geht. Komm mit hoch — ich zeige dir meinen Behandlungsraum.«

Tanya trug einen indigoblauen Chiffonrock, der beim Gehen ihre Knöchel umspielte, und ein enges rosa T-Shirt mit einem Regenbogenlogo. Liv war bewusst, wie langweilig ihre eigene Kleidung dagegen wirkte. Sie trug auch überhaupt keinen Schmuck mehr, sie wünschte sich schon seit einiger Zeit eher, unsichtbar zu sein.

Liv hatte im Behandlungsraum das gleiche fröhliche Chaos wie im Rest der Wohnung erwartet, doch das Gegenteil war der Fall. Tanya hatte den kleinsten Raum ausgewählt und alles daraus entfernt — Teppiche, Vorhänge, Lampenschirme. Die Wände waren weiß. Vor dem Fenster hing ein schlichtes Holzrollo. Auf den glänzenden Dielen lagen hellgraue Yogamatten, eine davon mit einem kleinen Kissen. Die einzige Dekoration bestand aus einer großen Holztruhe und vier Duftkerzen, eine in jeder Ecke. »Die habe ich eigentlich nur, weil manche Klienten schreckliche Stinkefüße haben«, erklärte Tanya. »Dies soll ein cleaner Raum sein, in dem nur das ist, was wir mitbringen. Manchmal bringen die Leute leider Körpergeruch mit.«

Liv lächelte, überrascht und erleichtert, wie locker es wieder zwischen ihnen war. Als würde die Tatsache, dass Tanya Livs Verlust einfach vorbehaltlos hingenommen hatte, es Liv leichter machen, mit Tanyas Schwangerschaft umzugehen. Es war zwar immer noch schmerzhaft, Tanyas Bauch zu sehen, aber anders als vorher wuchs der Schmerz nicht ins Unermessliche. »Was ist in der Truhe?«

»Meine Kristalle.« Tanya öffnete den Deckel, um Liv Steine in allen Farben zu zeigen. Einige geschliffene Stücke waren groß wie ein Blumenkohl, andere klein und glatt wie

Kiesel. »Willst du eine Sitzung probieren? Oder kommt dir das zu schräg vor?«

»Also, ich … Ich weiß nicht.«

»Ha! Das klingt wie: Tanya, du bist verrückt.«

»Nein, nein, überhaupt nicht, ich …«

»Manche Leute finden, dass die Kristalle tatsächlich helfen. Sie lenken und verstärken Körperenergie und Gefühle. Unterschiedliche Steine für unterschiedliche Gefühle und unterschiedliche Bereiche einer Person — Verstand, Seele, Herz.«

»Und … bewirken sie tatsächlich etwas, oder nur, wenn man daran glaubt?«

»Was ist der Unterschied?« Tanya lächelte.

Liv wusste nicht, was sie darauf erwidern sollte.

»Komm und leg dich auf eine Matte. Ich gebe dir etwas Reiki.«

»Soll ich den Pullover ausziehen oder so?«

»Ist dir zu warm?«

»Nein. Nicht besonders.«

»Dann würde ich ihn anlassen.«

Tanya schloss das Rollo, dimmte das Licht und kniete sich neben Livs Kopf. »Schließ die Augen, leg die Arme neben deinen Körper, so wie du es bequem findest«, wies sie sie an. »Versuche, nicht auf irgendwelche Geräusche zu achten oder über etwas Besonderes nachzudenken. Das ist nicht leicht, ich weiß, aber versuch es einfach.«

Liv scheiterte sofort. Sie lauschte auf die leisen Geräusche, die Tanya machte, als sie sich vorbereitete, und nahm neben ihrem Kopf ganz leichte Bewegungen wahr. Dann wartete sie in der Stille darauf, was als Nächstes passierte. Ihre Kopfhaut kribbelte.

»Entspann dein Gesicht. Ich werde dich nicht erschrecken«, sagte Tanya.

»Okay. Sorry.«

»Schh.«

Liv folgte ihren Anweisungen, so gut sie konnte. Nach zehn Minuten hörte sie auf, darauf zu warten, dass sie etwas spürte. Sie lauschte nicht mehr auf Tanyas leise Bewegungen, den fernen Verkehrslärm und die Schritte in den Christmas Steps. Hin und wieder spürte sie Hitze oder Kälte – in ihrer Brust, im Bauch oder in den Füßen, aber sanft, nicht plötzlich. Ihre Gedanken schweiften umher, und es fühlte sich beruhigend an, dass sie nichts zu tun brauchte, auf nichts reagieren musste. In der kurzen Zeit, in der sie dort lag, wurde absolut nichts von ihr erwartet.

Ihre Gedanken kamen ins Fließen und wurden schließlich zu einem reißenden Strom, der alles mitführte, was im letzten Jahr passiert war, in den letzten zehn Jahren, den letzten sechsundzwanzig. All der Schmerz war da, doch auch glückliche Momente flossen vorbei – Wertvolles, wie der Moment, als Martin wieder in ihr Leben getreten war. Die wunderbaren Zeiten, in denen ihre Mutter laut und ausgelassen mit ihr gelacht hatte. Das erste Mal, als das Baby getreten hatte und sie zwischen Freude und dem beunruhigenden Gefühl geschwankt hatte, dass ihr Körper von einem schlauen, wohlwollenden Alien eingenommen worden war.

Ihr Körper fühlte sich schwer und warm an. Sie verlor das Zeitgefühl und glitt am Rand des Schlafs vorbei – eines Schlafs, in dem sie keine Albträume erwarteten.

Tanya weckte sie sanft auf, und Liv öffnete die Augen und stellte fest, dass sie unter einer dünnen Decke lag.

»Bin ich eingeschlafen? Das tut mir furchtbar leid ...« Sie setzte sich auf, ihr Kopf war schwer, aber gleichzeitig auch sehr klar.

Tanya saß im Schneidersitz neben ihren Füßen, dort wartete eine Teekanne mit zwei Tassen. »Warum? Viele Leute schlafen ein. Das ist gut — es bedeutet, dass du nicht einfach nur eine Stunde lang dagelegen und dich gequält hast.«

»Eine Stunde?«, fragte Liv irritiert.

»Ja. Ich habe Reiki mit dir gemacht. Hier ist Matcha-Tee, der schmeckt ziemlich widerlich, aber er wird dir guttun. Das Ritual zum Ende der Sitzung ist die einzige Möglichkeit, wie ich persönlich wieder zu mir komme.«

»Und ... was hast du herausgefunden?«, fragte Liv und nahm eine Tasse.

»Tja, du hast beim letzten Einkauf die Eier vergessen und müsstest nächste Woche deine Periode bekommen ... Kleiner Scherz. So ist das nicht. Nichts Konkretes. Ich suche nur nach ... Lücken in der guten Energie. Dann versuche ich, sie mit meiner eigenen aufzufüllen. Fühlst du dich irgendwie anders?«

»Ja, ich glaube schon. Ich meine, ich fühle mich irgendwie nicht mehr so unter Druck. Entspannt, glaube ich.«

»Na dann«, sagte Tanya. »Job erledigt. Hoffentlich hält es lange genug an, dass du heute Nacht besser schläfst. Ich drücke die Daumen.«

»Danke. Bitte lass mich dir etwas dafür zahlen.«

»Nein, das will ich nicht.« Tanya nippte an ihrem Tee und verzog das Gesicht.

»Wie bist du überhaupt dazu gekommen?«, fragte Liv.

»Zum Heilen? Also, Dean und ich haben uns in einer Entzugsklinik kennengelernt — kommt dir wahrscheinlich ganz passend vor. Wir hatten über die Jahre beide ziemlich viele Drogen genommen, um ziemlich viel Mist zu verdrängen. Aber offenbar muss man nur den richtigen Menschen treffen, um die Welt auf einmal lebenswert zu finden. Darum sind wir clean geworden, und ich habe allmählich begriffen, wie schlecht ich seit meiner Kindheit mit mir umgegangen bin. Ich habe mir die Schuld an Sachen gegeben, für die ich gar nichts kann. Habe mich in Situationen begeben, bei denen ich hätte draufgehen können. Darum habe ich beschlossen, zur Abwechslung mal gut zu mir zu sein. Und Dean wollte das für sich auch. Er hat mit dem Boxen angefangen und ist inzwischen fast ein bisschen süchtig danach. Dabei wollten wir eigentlich nie mehr von irgendetwas abhängig sein, aber es könnte schlimmer sein. Ich habe alle möglichen Therapien ausprobiert, und als ich etwas gefunden hatte, das funktioniert, wollte ich unbedingt lernen, wie man es anwendet.«

»Ich ... Ich habe deine Narben gesehen«, platzte Liv heraus. Reflexartig strich Tanya mit dem rechten Daumen über ihr linkes Handgelenk, und für einen kurzen Moment war ihr Gesicht völlig ausdruckslos.

»Die Ärzte haben von einem Hilfeschrei gesprochen«, sagte sie. »Aber das war es nicht. Ich habe es wirklich ernst gemeint, verdammt, und es war nicht mein erster Versuch. Ich war nur einfach zu sehr von der Rolle, um es richtig zu machen«, sagte sie. »Anschließend wurde ich zwangseingewiesen, so bin ich schließlich in die Entzugsklinik gekommen.«

»Hatte es ... Hatte es einen bestimmten Grund, weshalb du es tun wolltest? Waren es die äußeren Umstände, oder war es ein Gefühl in deinem Kopf?«

»Fragst du meinetwegen oder wegen deines Dads?«, fragte Tanya sanft.

»Ich glaube, beides.«

»Bei mir waren es wohl die Umstände.« Tanya holte tief Luft und wandte den Blick ab. »Es kam eins zum anderen.

Ich habe mir Vorwürfe wegen meines beschissenen Lebens gemacht. Dachte, ich würde mich immer so schlecht fühlen wie damals. Dass sich niemals etwas ändern würde – ich hatte keine Hoffnung mehr. Ich dachte, ich sei in einer Sackgasse. Aber das ist bei jedem anders.« Sie seufzte. »Jemand kann in jeder Hinsicht Glück haben – Geld, Liebe, Familie – und sich am Ende trotzdem so fühlen.«

»Ich … Ich fühle mich schrecklich.« Liv versuchte, ruhig zu bleiben. »*Ich* bin diejenige, die die Krise ausgelöst hat …« Sie griff in ihre Tasche, holte das kleine blaue Buch hervor und reichte es Tanya. »Das hat Martin für mich gemacht, nachdem ich das Baby verloren hatte. Lies es, wenn du willst. Er hat es mir geschickt, als er gehört hat, was passiert war, und er hat mich immer wieder angerufen, aber ich bin nicht rangegangen. Ich konnte es nicht ertragen, als ich … Er war so lieb, als ich ihm erzählt habe, dass ich schwanger bin. Keine Verurteilung, keine Zweifel, keine Vorträge. Er hat sich einfach nur gefreut, dass noch ein Enkelkind unterwegs war – mein Bruder Dom hat meinem Vater nie vergeben, dass er uns als Kinder verlassen hat. Darum hat er Doms Kinder nie kennengelernt. Und dann habe ich irgendwie … habe ich das Baby irgendwie sterben lassen, und ich … konnte es einfach nicht ertragen, ihn zu sehen. Eigentlich niemanden. Ich war zu … Es hat mich einfach umgehauen. Ich konnte mich nicht mehr mit meiner Mutter streiten, ich konnte nicht mehr reden …«

Tanya las das Gedicht. »Das ist wunderschön«, sagte sie. »Aber auch sehr traurig.«

»Ja. Es ist perfekt. Er hat besser als jeder andere verstanden, was ich empfunden habe, und ich habe ihn fortgestoßen. Er muss gedacht haben, ich wollte ihn nicht sehen, dabei wollte ich es so sehr. Unbedingt.«

Tanya sagte nichts, sie nahm nur Livs Hand und ließ sie weinen.

*

Am Nachmittag schlief Liv auf dem Sofa ein und wurde von Träumen verschont, doch als sie aufwachte, war sie noch immer müde. Nachdem sie etwas gegessen hatte, ging sie ins Bett und versuchte, wieder einzuschlafen. Doch jedes Mal, wenn der Schlaf sich näherte, begann auch das Flüstern, und nach zwei Stunden gab sie auf und ging zum Fenster. Es war Mitternacht, die Nacht trocken und klar.

Es war besser, sich zu bewegen, hatte Adam gesagt. Spontan zog Liv sich an, schlüpfte in ihre Jacke und ging die Christmas Steps hinunter in die Richtung, wo früher der Fluss verlaufen war. Über das Kopfsteinpflaster der Host Street und an dem mittelalterlichen Eingang zu St. Bartholomew vorbei, der ehemaligen Gelehrtenschule. In den Schatten des Torbogens lauerte eine entstellte Jungfrauenstatue. Cromwell hatte ihr im Bürgerkrieg den Kopf abgeschlagen, und als Kind hatte Liv sich gefragt, was aus dem Kopf geworden war. Wahrscheinlich war er im Schlamm des Frome gelandet und jetzt unter der A38 begraben. Sie stellte sich vor, wie der Fluss still und schwarz unter ihren Füßen floss, als sie zur Quay Street hinüberging, um von dort südlich auf den Queen Square mit seinen großen leeren Fenstern und den Wegen voller Herbstlaub abzubiegen.

Die orangefarbenen Straßenlaternen warfen tiefe Schatten unter die Äste der Bäume und zwischen die Gebäude, doch Liv empfand keine Angst. Die Müdigkeit und der Rhythmus ihrer Schritte versetzten sie in eine Art Trance. Sie war kaum anwesend, als wäre sie kein Teil dieser Welt. Als sie den Float erreichte, blieb sie am Geländer stehen und beobachtete, wie eine starke Brise die Wasseroberfläche kräuselte. Sie stellte sich vor, was im Laufe der Jahre alles in dem Wasser verschwunden war – für immer in den kalten Tiefen versunken und im klebrigen Schlammbett gefangen. Sie erschauerte. Alle möglichen Sachen, alle möglichen Menschen.

Vielleicht auch ihr Vater.

Liv lief immer weiter. Die einzigen Autos, die sie sah, waren Taxis. Die Nachtbusse waren so gut wie leer. Sie hatte keine Ahnung, wie spät es war, als sie in Richtung des Ladens zurückging, doch die Müdigkeit verlangsamte ihre Schritte. Sie machte einen Bogen und kam aus Richtung des Krankenhauses zurück, so erschöpft, dass es all ihre Konzentration erforderte, weiterzugehen und auf den Verkehr zu achten, bevor sie die Straße überquerte. So müde, dass die Stimmen sie hoffentlich nicht wecken würden und das Baby nicht weinte.

Doch als sie die Christmas Steps hinunterkam, sah sie nur wenige Meter von der Ladentür entfernt die alte Frau wieder. Sie kauerte im dürftigen Schutz der Steinnische, an genau demselben Platz wie zuvor. Ihr Gesicht war wieder verborgen, sie duckte sich in den Schatten, in die Falten ihrer Kleidung. Der Wind zerrte am Saum ihres Kleides und an ihrem Schal. Der Stoff schien keine eigene Farbe zu haben – er reflektierte die Farbe des Straßenlichts und des Nachthimmels, der alten Steine und der Schatten.

Wieder wartete Liv, und es war nicht mehr ihre Entscheidung. Sie spürte, wie die Angst der Gestalt sie wie ein intensiver Geruch umfing, stark genug, ihr den Atem zu rauben. Sie überdeckte alles andere, bis Liv nichts mehr fühlte außer Angst und das Bedürfnis zu suchen. Sie sehnte sich danach umzudrehen, denn es war unerträglich. Sie wollte unbedingt aufwachen, konnte es aber nicht. Das Leid der Frau drang tief in sie ein. Wie die betäubende Kälte einer erbarmungslosen Winternacht kroch es in ihre Knochen. Ebenso wie die heillose Angst, aufzuwachen und zu wissen, dass sie versagt hatte und dass ihr Baby gestorben war. Liv konnte den Blick nicht von der stummen Frau und ihrer unruhig flatternden Kleidung lösen. Sie wusste nicht, in welcher Welt sie sich befand, stand oben an den Stufen und konnte sich nicht rühren.

*

Als Adam sie weckte, hatte sie das Gefühl, gerade erst eingeschlafen zu sein. Benommen öffnete Liv die Tür. Im ersten Moment war sie sich nicht sicher, warum sie überhaupt hinuntergegangen war oder woher sie gewusst hatte, dass er wartete. Er hatte weder geklopft noch gerufen. Doch sie konnte sich auch nicht daran erinnern, sich ins Bett gelegt zu haben. Sie wusste nur noch, wie sie immer weitergegangen war, bis es sehr spät gewesen war — oder sehr früh. Sie erinnerte sich, dass sie lebhaft geträumt und etwas gesucht hatte.

Erst als sie mit Adam im Schaufenster saß, wo er seine heiße Schokolade trank und sie einen starken schwarzen Kaffee, fiel ihr wieder ein, dass sie erneut die Frau an den Christmas Steps gesehen hatte. Aber hatte sie sie wirklich gesehen, oder hatte sie bloß von der ersten Begegnung geträumt? Ein Traum von einem Traum? War sie wieder geschlafwandelt? Liv schloss die Augen. Es war unmöglich, das alles auseinanderzuhalten. Sie sollte Adam davon überzeugen, Hilfe zu suchen, doch die Anstrengung schien ihr zu groß.

»Was ist los?«, fragte Adam. »Siehst aus, als hättest du ein

Pfund verloren und Scheiße am Schuh gefunden. Was ist passiert?«

»Heißt das nicht ›ein Pfund verloren und einen Penny gefunden‹?«

»Ha! Scheiße am Schuh wäre schlimmer.«

»Ich kann einfach immer noch nicht schlafen«, sagte Liv. »Letzte Nacht bin ich stattdessen spazieren gegangen, wie du vorgeschlagen hast. Ich dachte, davon würde ich müde werden und hätte keine Träume mehr.«

»Sei bloß vorsichtig, wenn du nachts draußen herumläufst, Kleine. Ich hab dir doch gesagt, was die Leute tun, wenn sie auf Drogen sind, oder? Also, was ist passiert?« Adam schien heute Morgen ganz klar zu sein. Er beobachtete sie mit scharfem Blick.

»Ich ... Ich habe da oben an der Treppe eine Frau gesehen.« Sie schüttelte den Kopf. »Zumindest glaube ich das.« Sie konnte auf keinen Fall ihr absonderliches Gefühl erklären, den Schmerz, der sie überwältigt hatte. Es war unmöglich, das paradoxe Gefühl zu erklären, das tief in ihr gewesen und dennoch irreal war.

»Was für eine Frau?«, fragte Adam ungeduldig.

Liv seufzte und wünschte, sie hätte nichts gesagt. Sie schwieg eine ganze Weile, und als sie aufsah, starrte Adam sie mit neuem Interesse an.

»Die alte Bettlerin?«, fragte er. »Die hast du gesehen?«

»Wie bitte?« Liv schnappte nach Luft.

»Da oben sitzt eine alte Frau und stellt ständig Fragen.«

»Ich ... Ich dachte, ich hätte sie nur geträumt. Ich hatte ein total merkwürdiges Gefühl, als ich sie gesehen habe. Wer ist sie?«, fragte Liv. »Ist sie auch obdachlos?«

»Obdachlos? Ja, das ist sie ...«

Adam setzte sich zurück und stutzte kurz, und Liv wusste,

dass sie ihn verlor. Sie beugte sich zu ihm vor. »Adam? Wer ist sie? Hast du mit ihr gesprochen?«

»Ich habe sie gesehen. Ich habe sie gefunden«, sagte er abwesend. Sein Kinn sank auf die Brust, und er wirkte niedergeschlagen.

»Wie hast du sie gefunden? Was soll das heißen? Adam, bitte sag es mir.« Liv wartete einen Moment, dann versuchte sie es aufs Neue. »Adam?«

»Was ist los? Warum nervst du mich?«

»Du hast gesagt, du hättest die alte Frau gesehen?«

»Davon weiß ich nichts«, sagte er gereizt.

Liv setzte sich zurück und schloss enttäuscht die Augen.

»Diese heiße Schokolade ist genauso schlecht wie beim letzten Mal.«

»Nun, es ist ja auch die gleiche wie beim letzten Mal«, sagte sie erschöpft.

»Hat dir denn niemand beigebracht, aus Fehlern zu lernen? Das ist nicht gut, gar nicht gut. Das werde ich deinem Vater erzählen.« Mit einem schelmischen Funkeln in den Augen sah er zu ihr hoch.

Liv starrte ihn an. »Du kanntest meinen Vater gut, stimmt's?«

»Klar kenne ich ihn.«

»Adam, Martin ist fort. Er … wird vermisst. Schon seit Monaten.«

»Ha! Da sieht man, was du weißt. Hast du heute keine Brote?«

»Doch, gleich — Adam, das ist wichtig.« Liv versuchte zu schlucken, doch plötzlich war ihre Kehle wie zugeschnürt. »Wir sprechen von meinem Vater — Martin Molyneaux. Er hat hier früher gewohnt und diesen Laden betrieben.«

»Ja, ja, ich weiß. Riesenkerl, stark wie ein Bär, solche

Hände.« Adam deutete Hände enormer Größe an. »Und trotzdem macht er diese winzigen Sachen. Netter Mann, lässt mich immer rein, damit ich mich ein bisschen aufwärmen kann.«

»Ja, das ist er.« Liv stiegen Tränen in die Augen, und sie wischte sie mit den Fingerspitzen fort. »Aber er ist fort, Adam. Wir glauben, dass er ... sich umgebracht hat. Er litt immer wieder unter Depressionen, sein ganzes Leben lang. Er hat sich vor einigen Monaten umgebracht.«

»Unsinn!« Adam trommelte mit einem Finger auf die Tischplatte. »Warum erzählst du bloß solch einen Unsinn?«

»Ich ... Ich verstehe nicht ...« Livs Herz hämmerte.

»Sagst, dass der Mann tot ist, dabei habe ich ihn doch erst vor zwei Tagen gesehen! Unten am Float. Lime Kiln Road. Und ich mag vielleicht alt sein, Mädchen, aber ich kann sehr wohl einen Toten von einem Lebenden unterscheiden.«

8

1831

Als die Nachricht vom Armenhaus eintraf, dass Louisa schwer erkrankt sei und dass Bethia umgehend kommen müsse, fühlte sich ihr Kopf wieder an, als gehörte er nicht zu ihr. Mit der Nachricht in der Hand, saß Bethia im Wohnzimmer in ihrem Lieblingssessel mit dem Bezug aus gelb gestreifter Seide und dachte mehrmals, sie sei aufgestanden und habe sich zum Ausgehen fertig gemacht, nur um blinzelnd festzustellen, dass sie keinen Finger gerührt hatte. Schließlich scheuchte Juno sie auf.

»Herrin, man hat noch eine weitere Nachricht geschickt«, sagte sie, trat ins Zimmer und hielt ihr eine kleine Karte hin.

»Ein Tablett!«, krächzte Bethia. Sie räusperte sich. »Alle Karten und Briefe werden mir auf einem Tablett überreicht. Nicht von deiner Hand. Von der könnten sie beschmiert werden.«

»Es tut mir leid, Herrin«, sagte Juno, klang jedoch kein bisschen bedauernd. »Es scheint äußerst dringend zu sein.«

»Das ist es.« Bethia stand auf. Ihre Knie fühlten sich wackelig an, ihre Brust eng. Sie empfand große Angst, aber auch Hoffnung. »Ich muss sofort aufbrechen. Bring mir bitte meine Sachen.«

Kaum war Bethia über die Schwelle des Armenhauses getreten, kam auch schon Jemima Batch auf sie zu.

»Oh, Mrs. Shiercliffe, wie geht es ihr?«, fragte Jemima, und das schielende Auge zuckte vor Aufregung. Das hässliche Gesicht der Frau war von Sorgenfalten durchzogen. »Hat sie die Cholera? Werden wir alle sterben?«

»Gehen Sie zurück auf Ihr Zimmer, Mrs. Batch. Ich hatte noch keine Gelegenheit, Louisa zu sehen, aber ich bin mir sicher, alles wird gut werden«, sagte Bethia mit so viel Autorität wie möglich.

»Mrs. Fenny hat den Arzt gerufen, aber er ist noch nicht gekommen«, berichtete Jemima. »Sie ist jetzt bei ihr.« Mit diesen Worten zog sich Jemima zurück.

Als Bethia über den Flur zu Louisas Zimmer ging, schauten ihr aus den Türeingängen noch mehr besorgte Gesichter entgegen. Bethia konnte ihr Gesicht nicht spüren – sie wusste nicht, mit welcher Miene sie auf die Blicke der Frauen reagierte. Als sie Louisas Tür öffnete, schlug ihr der Geruch von Erbrochenem und Körperausdünstungen entgegen, und Galle stieg ihre Kehle hinauf, bitter wie Angst.

Mrs. Fenny, die an Louisas Bett gesessen hatte, stand auf. Die Hausmutter hielt eine flache Schale in der Hand, sie hatte sich ein Tuch über Mund und Nase gebunden und hielt ein Sträußchen getrockneten Lavendels umklammert, während sie Louisa versorgte.

»Versuchen Sie, den Gifthauch nicht einzuatmen, Mrs. Shiercliffe«, sagte sie finster. »Halten Sie sich etwas vors Gesicht. Wenn es die Cholera ist, müssen wir uns schützen. Wir müssen unter allen Umständen verhindern, dass sie sich ausbreitet.«

Bethia ging sofort zum Fenster, öffnete es und atmete tief die eisige Luft ein. An den schattigen Stellen war der Boden draußen noch gefroren. Sie wollte sich nicht umdrehen und Louisas Gesicht sehen, ob tot oder lebendig. Beides wäre schrecklich.

»Mir wurde gesagt, dass Sie den Arzt gerufen haben«, sagte sie.

»Doktor Coleman ist auf dem Weg.«

»Und denken Sie, dass es die Cholera ist?«

»Es könnte sein ... oder einfach nur ein ruhrartiges Fieber ... Ich kann es nicht sagen. Im Norden haben sie die Cholera, das haben Sie sicher gehört. Hunderte sind gestorben — nein, Tausende!« Mrs. Fenny ging zur Tür und reichte die randvolle Schüssel — deren Inhalt Bethia sich lieber nicht genauer ansah — Julia, von der nur die angstvoll aufgerissenen Augen zu sehen waren.

Bethia fasste Mut, trat ans Fußende von Louisas Bett und sah sie an. Ihr Gesicht war leichenblass, Wangen und Augen waren eingefallen, der Körper schlaff und leblos. Bethia spürte, wie sich als Reaktion darauf ihr Puls beschleunigte und ihre Wangen brannten. Doch die Decke hob und senkte sich. Louisa lebte. Alle paar Sekunden überlief sie ein Schaudern, wurde ihr Körper wie von einem Krampf erschüttert. Ihre Hände umklammerten die Decke, und sie gab ein leises Murmeln von sich. Bethia beobachtete sie grausam fasziniert.

»Die Krämpfe lassen meiner Meinung nach allmählich nach«, sagte Mrs. Fenny. »Aber wenn das Erbrechen aufgehört hat, kann es nur daran liegen, dass sie gar nichts mehr im Magen hat, das arme Ding. Die Krankheit ist so plötzlich und so heftig ausgebrochen, wie ich es noch nie erlebt habe, und sie hat Blut gespuckt.« Mrs. Fenny trat neben Bethia, die kaum merklich zur Seite wich. Die Hausmutter roch nach Erbrochenem und Schweiß.

»Mrs. Fenny, Sie müssen erschöpft sein«, sagte Bethia. »Ruhen Sie sich einen Moment aus und trinken Sie etwas. Wechseln Sie die Schürze. Ich werde hier bei Louisa auf den Arzt warten.«

Mrs. Fenny warf ihr einen dankbaren Blick zu. »Vielen Dank, Mrs. Shiercliffe. Ja, ich bin wirklich ziemlich erschöpft ... Julia lungert im Flur herum, falls Sie etwas brauchen. Sie hat zu viel Angst hereinzukommen. Ich bin auf jeden Fall bald zurück.«

»Ich komme zurecht. Gehen Sie jetzt.«

Bethia stand vor dem Bett und beobachtete Louisa einige Minuten lang. Sie öffnete die Augen nicht. Bethia meinte zu erkennen, dass ihr Atem schwächer wurde, und fixierte sie in der Hoffnung, dass dem tatsächlich so war. Louisa schien dem Tod nah zu sein, als sei es nur noch ein winzig kleiner Schritt vom Leben zum Tod. Bethia trat an die Seite des Bettes und stieß mit dem Zeh gegen etwas, das daraufhin ein klapperndes Geräusch machte. Sie blickte in der Erwartung nach unten, dort eine weitere Schale mit widerlichem Inhalt zu finden, entdeckte jedoch stattdessen eine Schüssel mit einem Löffel und dahinter den Umriss eines nicht zu identifizierenden Gegenstands. Sie griff nach der Schüssel und starrte stumm hinein. Am Rand klebten Breireste.

Bethia drehte sich zu den Stühlen am Kamin um, wo das Tablett, auf dem sie den Brei hereingebracht hatte, leer auf dem Boden stand. Sie hatte es dort zurückgelassen, und in der ganzen Aufregung um Louisas Krankheit hatte man es offensichtlich übersehen. Bethia nahm Schüssel und Tablett und stellte beides auf die Fensterbank. Dann kniete sie sich wieder auf den Boden und griff unter das Bett. Ihre Finger ertasteten etwas Hartes, Pelziges. Bethia ahnte, was es war, und ihr Magen brannte. So würde die ganze Geschichte auffliegen, das durfte auf keinen Fall da liegen bleiben — das wusste sie genau, ohne weiter darüber nachzudenken. Sie zog es heraus — es war der steife Kadaver einer silbrig-braun getigerten Katze, die man angeschafft hatte, um die Mäuse in Schach zu halten. Die Haut unter dem Fell war unnatürlich hart, die grünen Augen waren halb geöffnet, darüber hatte sich ein trüber Film gelegt. Am Hinterleib der Katze klebte getrockneter Kot. Bethia schloss entsetzt die Augen. Doch sie durfte das Tier nicht dort liegen lassen. Katzen und Hunde starben nicht an der Cholera. Die Katze hatte die Breireste aufgeschleckt.

Angewidert hob sie das Tier hoch, eilte zum Fenster, vergewisserte sich, dass niemand in der Nähe war, und ließ es in die Büsche fallen. Mit einem grauenerregend dumpfen Aufprall landete die Katze auf dem gefrorenen Boden. Bethia starrte einen Moment hinunter. Als sie sich aufrichtete, sah sie Jonathan, den Gehilfen des Priesters, aus der Kapelle kommen. Er blickte zu ihr herüber, blinzelte gegen das helle Licht an, schien kurz verwirrt und hob schließlich eine Hand zum Gruß. Vor Schreck nach Luft schnappend, zog sich Bethia wieder ins Innere des Zimmers zurück. Vielleicht hatte er es nicht gesehen. Er *durfte* es nicht gesehen haben. Die Sonne hatte ihn geblendet. Wenn er etwas sagte, würde sie so tun, als habe sie noch nie etwas so Absurdes gehört. Sie wusste genau, in welchem Tonfall sie es sagen würde, aber ihr Herz hämmerte dennoch, und ihre Hände zitterten, als sie das Tablett nahm und es draußen im Flur dem Dienstmädchen reichte.

»Dieses alte Tablett stand wer weiß wie lange unbemerkt unter dem Bett. Nimm es und weich es ein«, sagte sie zu dem Mädchen, das gehorsam davoneilte. Julia würde sich nichts weiter dabei denken, da war sich Bethia sicher. Sie war nicht schlauer als ein Huhn. Bethia zog einen Stuhl neben Louisas Bett, setzte sich und wartete, dass sich ihr Herzschlag beruhigte. Es bestand keine Gefahr, sagte sie sich. Auch wenn Louisa überlebte, drohte keine Gefahr. Sie würde nichts ahnen.

Bethias Blick hing an Louisas Brust, die sich unter der Decke hob und senkte. Die Zeit verging, ohne dass Bethia hätte sagen können, ob schnell oder langsam. Bald würde der Arzt kommen. Vielleicht würde er vermuten, dass Louisa überlebte, weil die Krämpfe nachließen und sie sich nicht mehr übergab. Wenn Louisa allerdings starb, bevor er eintraf, würde das niemanden überraschen. Man wäre betrübt, aber nicht überrascht. Die Alten starben ständig an deutlich weniger schweren Krankheiten.

Bethia starrte unverwandt auf die Decke. Die Bewegung von Louisas Brustkorb war so zaghaft, so vorsichtig. Vermutlich konnte man ihren Atem ganz einfach anhalten, indem man sie mit den Händen nach unten drückte. Die Finger in Bethias Schoß zuckten. Noch immer rauschte das Blut in ihren Ohren, und das Herz schlug ihr bis zum Hals, als suchte es einen Weg zu entkommen. *Wenn sie könnte, würde sie mich vernichten.* Bethia würde nicht in ein Leben voller Angst, voller Leid und Strafe zurückkehren. Niemals. Es musste geschehen, ehe der Arzt eintraf. Ehe Mrs. Fenny zurückkehrte. Doch sie zögerte. Vielleicht war das Risiko einfach zu groß. Vielleicht war es aber auch gefährlich, nichts zu tun. Sie konnte sich nicht entscheiden. *Lulalu, lulalu …* Sie wusste nicht, ob sie die Melodie laut summte.

Wie bereits zuvor zu Hause hatte Bethia wieder das Gefühl, sie habe sich bewegt. Sie dachte, sie sei aufgestanden und habe sich über Louisa gebeugt, eine Hand über Nase und Mund gelegt und die andere auf ihre Rippen. Sie dachte, sie habe sie hinuntergedrückt, bis die Gefahr vorbei war. Zweimal dachte sie, sie habe es getan, zweimal kam sie wieder zur Besinnung und begriff, dass sie es nicht getan hatte, und ihr sank enttäuscht der Mut. Beim dritten Mal erhob sie sich etwas aus dem Sessel und beugte sich vor, doch dann bemerkte sie, dass Louisa die Augen geöffnet hatte und in ihre Richtung blickte. In ihrem Blick lag ein unübersehbarer Vorwurf. Sie *wusste* es. Louisa wusste, was Bethia getan hatte und was sie vorhatte. Früher oder später würde sie sprechen — wie Bethia wusste, war sie dazu durchaus in der Lage.

Bethia hielt den Atem an und beugte sich weiter vor, in ihrem Kopf war kein klarer Gedanke mehr, nur noch kreischender Lärm. Sie streckte die Hände aus, doch dann hörte sie durch den Radau in ihrem Kopf das Eingangstor quietschen und Schritte auf dem Flur, woraufhin sie sich wieder setzte und stattdessen Louisas Hand nahm. Sie hielt sie fest, als der Arzt hereingeeilt kam und mit großer Sorge auf die Patientin schaute.

*

»Solltest du nicht besser Mrs. Crane schreiben und sie über Louisas Krankheit informieren?«, fragte Edwin zwei Tage später, als Juno gerade die Frühstücksteller abräumte.

»Ich denke nicht, dass wir sie damit beunruhigen sollten«, antwortete Bethia. »Louisa ist außer Gefahr. Der Arzt sagt, sie wird sich wieder erholen. Er glaubt nicht, dass es die Cholera war, sondern nur irgendeine gewöhnliche Krankheit.«

»Aber Mrs. Crane hatte Louisa ganz offensichtlich sehr gern und bedauerte es, dass sie Bourton verlassen hat. Meinst du nicht, sie würde es lieber wissen?«

»Wie du meinst.« Bethia wollte sich nicht streiten. »Ich werde ihr schreiben«, sagte sie, obwohl sie genau wusste, dass sie es nicht tun würde. Sie war müde, und ihr Kopf schmerzte. Juno hatte innegehalten, und als Bethia aufsah, erwischte sie das Mädchen dabei, dass es sie mit forschendem Blick musterte. Sofort wandte es sich ab und trug die Teller hinaus, während Paris frischen Tee nachschenkte.

»Für mich nicht mehr, danke, Paris. Ich muss gleich in die Stadt.« Edwin tupfte sich den Mund ab und legte die Serviette beiseite.

»Ach, warum das?«, fragte Bethia.

»Der Stadtrat hat eine Besprechung im Earl of Liverpool einberufen. Wir werden zum Schutz von Wetherell, falls möglich, Seeleute rekrutieren. Und wenn wir ehrlich sind, auch um den Stadtrat zu schützen, denn Wetherell besteht darauf, die Öffnung des Gerichts nicht zu verschieben. Es wäre weitaus besser, den Mob von Versammlungen abzuhalten, anstatt sie hinterher aufzulösen.«

»Dann kommt Wetherell also tatsächlich?«

»Er ist fest entschlossen.« Edwin klang verärgert. »Er ist genauso stur und selbstgerecht wie jeder seinesgleichen. Er missachtet vollkommen den Willen und das Unbehagen jener, die unter ihm stehen.«

»Wollt ihr etwa Schläger anheuern? Ich dachte, die Regierung hätte Soldaten zu seinem Schutz abgestellt.«

»Zwei Trupps vom vierzehnten Dragonerregiment und einen vom dritten Regiment der Dragonerwachen. Das sind weniger als hundert Mann. Das reicht nicht annähernd, wenn die Unruhen außer Kontrolle geraten, was ich befürchte.«

Mit Mühe konzentrierte sich Bethia auf ihren Mann und sah, dass er besorgt war. »Aber was können sie denn schon ausrichten?«, fragte sie. »Unbewaffnete, ungebildete Männer gegen die Würde und Autorität der Stadtverwaltung und hundert ausgebildete Soldaten?«

»Um zornig zu sein, muss ein Mann nicht gebildet sein, Bethia. Und glaub mir, ein aufgebrachter Mann mit einem Knüppel kann ein furchterregender Gegner sein. Wenn sie wütend sind, wird sie niemand davon abhalten, ihr Ziel zu erreichen, ganz gleich, wer von uns sich ihnen in den Weg stellt.«

Allmählich spürte Bethia erste Anzeichen von Besorgnis durch den Nebel ihrer Gedanken dringen. »Aber ... du wirst dich doch nicht etwa in Gefahr bringen, Edwin? Das wird man doch nicht von dir erwarten?«

»Ich bin Stadtrat und Magistrat, Bethia — vom Bürgermeister und meinesgleichen berufen. Für die unteren Klassen bin ich die Stadtverwaltung. Ich bin bereits in Gefahr.«

»Können wir nicht einfach wegfahren?«, fragte sie. »Wir könnten zu den Laroches nach Clifton. Wäre es nicht besser ...«

»Meine Pflichten in der Stadt zu vernachlässigen? Und Wetherell dem Mob zu überlassen? Der Mann ist ein Narr und ein aufgeblasener Ewiggestriger, aber man darf ihn denen trotzdem nicht einfach überlassen, Bethia. Er wird kommen, um das Gericht zu eröffnen, und wenn er das tut, muss ich hier sein.« Edwin schüttelte den Kopf, dann lächelte er über den Ausdruck auf ihrem Gesicht. »Na komm, schau nicht so ängstlich. Es gibt Grund zur Sorge, aber keinen Anlass zur Panik. Wenn alles gut läuft, wird Sir Charles mit derartigem Hohn empfangen und seine Kutsche mit so vielen Steinen beworfen, dass er die Flucht ergreift und seine Ankunft verschiebt. Vielleicht wird auch gar nichts passieren.«

»Hoffentlich«, sagte Bethia.

»Uns bleiben zehn Tage, um die Verteidigung zu organisieren. Sehen wir, was wir erreichen können.« Edwin stand vom Tisch auf und unterdrückte ein Aufstoßen. »Verzeih.« Er sah zu Bethia, die ebenfalls aufstand, und musterte sie besorgt. »Du siehst müde aus, Bethia. Geht es dir gut?«

»Ja, ja, sehr gut.«

»Es ist nicht sinnvoll, dass du durch die Pflege von anderen selbst krank wirst«, sagte er, und Bethia war sich sicher, ein kaum wahrnehmbares spöttisches Schnaufen von Juno zu hören. Es trieb Nadelstiche durch ihren Körper. Angst und ein heftiges heißes Gefühl — vermutlich Wut.

»Keine Sorge, mein Lieber. Das werde ich nicht«, sagte sie.

*

Der Versuch des Stadtrats, die Seeleute zu rekrutieren, scheiterte, obwohl William Claxton sich dafür einsetzte. Er war ein charismatischer Mann, Mitglied des Stadtrats und ein äußerst erfahrener Schiffskapitän. Er hatte etwas Kühnes und Piratenhaftes an sich, das Bethia stets auf angenehme Weise verwirrte. Doch die Bitte um Hilfe wurde von den Reformbefürwortern abgewiesen, die zu wütend auf den Stadtrat waren, als dass sie ihm ihre Hilfe zugesagt hätten, berichtete Edwin. Für den Rest des Abends zog er sich in finsterer Stimmung in sein Arbeitszimmer zurück.

Als Bethia später nach ihm sehen wollte, hörte sie, wie er hinter der verschlossenen Tür mit Juno sprach, und ging mit kummervollem Herzen allein nach oben. Sie holte ihre Schmuckkassette hervor, setzte sich mit ihr an den Frisiertisch und überprüfte den Inhalt. Sie bewunderte die Steine und die glänzenden Goldfassungen. Die Opalohrringe, ein Hochzeitsgeschenk von Edwin; die lange Perlenkette, die sie im Jahr zuvor zu Weihnachten bekommen hatte. Einen Rubinring, den man nach dem Tod ihrer Mutter unter ihren Habseligkeiten gefunden hatte. Niemand wusste genau, woher er stammte, doch nun gehörte er Bethia. Sie probierte ihn an, doch er war selbst für ihren kleinen Finger zu eng. Als sie jung gewesen war, hatte er ihr perfekt gepasst. Damals. Mit dem Alter wurden die Fingergelenke anscheinend dicker, selbst wenn man es schaffte, die Figur zu halten.

Sie schloss die Hand um den Ring und betrachtete sich eine Weile im Spiegel. Das versilberte Glas ließ ihr Gesicht weicher erscheinen, doch sie konnte den Ausdruck in ihren Augen nicht deuten. Der Ring würde ganz bestimmt auf Junos zarte Finger passen. Bethia stellte sich vor, wie der Rubin blutrot auf ihrer Seidenhaut glänzte. Wie schaffte es ein Dienstmädchen überhaupt, so zarte Hände zu behalten? Nur durch Drückebergerei. Bethia wickelte den Ring in ein Taschentuch, steckte ihn in die Tasche und stand auf.

So leise wie möglich stieg sie die Treppe hinauf bis ganz nach oben. Die Küchenmamsell, Mrs. Crossland, war sicher noch unten in ihrem Reich und bereitete alles für den folgenden Tag vor. Das Dienstmädchen von unten würde noch das Geschirr vom Abendessen spülen. Paris wartete, falls man ihn rief. Oben an der Treppe blieb Bethia stehen und lauschte, aber keiner der Dienstboten war in der Nähe. Schnell ging sie zu dem kleinen Zimmer, das Juno sich mit dem Küchenmädchen teilte. Zwei schmale Betten befanden sich rechts und links an der Wand, dazwischen stand eine kleine Schubladenkommode, auf der eine Kerze und eine schlichte Holzkiste für Andenken standen, daneben lag ein Buch. An der Wand hinter der Tür waren Kleiderhaken angebracht, und dort stand ein Waschtisch. Kaum Möglichkeiten, etwas zu verstecken.

Mit wachsender Verzweiflung suchte Bethia alles ab. Sie war die Hausherrin, erinnerte sie sich streng. Sie hatte ein Recht, sich überall aufzuhalten. Dennoch durfte sie hier oben nicht erwischt werden und sich erklären müssen. Sie öffnete die Andenkenkiste, doch tat sie sogleich als zu offensichtlich ab. Darin lagen Briefe, eine Haube und Haarnadeln, ein verbeultes Medaillon an einem abgenutzten Samtband und ein Stück edler Seife. Bethia hielt inne und erkannte die Handschrift auf einem an Juno adressierten Brief. Sie öffnete ihn und las hastig.

Solltest du jemals den Verdacht haben, dass deine Herrin die Drohung wahr machen könnte, dich nach Übersee zu schicken, wisse, dass du jederzeit hier bei uns im Pfarrhaus in Bourton Schutz findest. Das gilt natürlich auch für deinen Bruder. Es ist bei den Damen gerade in Mode, sich für die Abschaffung der Sklaverei auszusprechen, aber Taten sagen mehr als Worte, und ich habe gleich vermutet, dass Mrs. Shiercliffes Ansichten sich keineswegs mit meinen decken. Du hast einen guten und freundlichen Herrn, meine Liebe, aber nichtsdestotrotz bist du eine Sklavin für ihn, dabei solltest du frei sein. Bitte schreibe mir weiterhin, wie es dir geht und was auch immer du über Louisa in Erfahrung bringen kannst. Deine Herrin hält sich nicht an ihr Versprechen, mich zu informieren. Ich bin dir überaus dankbar.

Bethia hielt Mrs. Cranes Brief in ihren zitternden Händen. Wie konnte sie es wagen? Wie konnten sie es *beide* wagen, sich hinter ihrem Rücken so über sie auszutauschen? Bethia atmete zu schnell, und die Wut löste einen derartigen Lärm in ihrem Kopf aus, dass er schmerzte. Sie biss die Zähne zusammen und konnte einen Moment lang nichts tun und nichts denken. Sie zerknüllte den Brief in der Faust. *Täuschung.* Sie verstand nicht, warum alle immer nur das Schlechteste von ihr dachten, wo *sie* doch die Geschädigte war. *Ihr* hatte man schweres Unrecht getan — man hatte sie bedroht und missachtet. Immer dasselbe — ihr ganzes Leben lang. Die Leute hatten schon immer gegen sie gewirkt. Ihre Kehle schnürte sich zu, und sie merkte, dass sie summte. *Lulalu, lulalu ...*

»Schluss!«, zischte sie. *Bitte, werte Dame!* »Das werde ich mir verbitten!«

In dem Moment hörte sie die Treppe knarren und Schritte heraufkommen. Eilig stopfte sie den Brief zurück in die Kiste, schlug den Deckel zu und floh.

*

Es vergingen einige Tage, die sich durch nichts als durch fürchterliches Wetter auszeichneten — ein verhangener Himmel und heftiger Regen, den der raue Nordwind gegen das Fenster peitschte. Bethia blieb im Haus vor dem Kamin, in dem das Feuerholz hoch aufgeschichtet war. Tagsüber gelang es ihr, sich mit Büchern und Besuchern, heißer Schokolade und der Haushaltsführung von ihren aufwühlenden Gedanken abzulenken. Nachts jedoch lag sie wach und nickte nur hin und wieder kurz ein. Vage Erinnerungen und Fantasien geisterten durch ihren Kopf, die sie allesamt atemlos vor Panik zurückließen. Angst erfüllte sie wie das dunkle Wasser eines Sees in einer mondlosen Nacht, die Oberfläche nur hier und da von einem Flackern durchbrochen, von Wut, Eifersucht und Missgunst. Hauptsächlich richteten sich diese Gefühle gegen die Frau mit dem geschorenen Haar im Armenhaus, aber ein kleiner Teil auch gegen Juno. Morgens fühlte sie sich erschöpfter als vor dem Schlafengehen. Entmutigt musterte sie im Spiegel die Tränensäcke unter ihren Augen und schickte Juno, um eine Gurke zu besorgen, obwohl es viel zu spät in der Saison war.

»Genügen auch eingelegte, Herrin?«, fragte Juno, wobei ein amüsierter Ausdruck um ihre Mundwinkel spielte.

Bethia ignorierte sie. Ein kleiner Muskel in der weichen Falte unter ihrem linken Auge zuckte fortwährend, und das machte sie verrückt. Dann erreichte sie eine weitere Bitte, Louisa im Armenhaus zu besuchen, da sie erneut für Unruhe sorgte. Bethia stand müde auf, ihre Füße waren bleischwer.

Als sie im Armenhaus eintraf, ging sie direkt in ihren Privatraum und erledigte einigen Papierkram, was eigentlich gar nicht nötig war. Sie wollte Louisa nicht sehen, und ganz sicher wollte sie nicht ständig zu ihrer Verfügung stehen, so wie es sich einzuschleifen schien. Doch sooft sie sich auch sagte, dass Louisa den Verstand verloren hatte und man ihr nicht glauben würde, wenn sie sie denunzierte, sagte ihr Gefühl doch etwas anderes. Die Bedrohung war immer da, so gegenwärtig und unausweichlich wie ihr eigener Schatten. Der Schatten ihres früheren Ichs.

Als sie nicht noch mehr Zeit schinden konnte, stand Bethia auf und strich ihren Rock glatt. Mrs. Fenny hatte berichtet, dass Louisa erneut mitten in der Nacht geschrien hatte, ohne konkrete Worte zu formulieren. Sie hatte alle aufgeweckt und sie in Angst und Schrecken versetzt. Und sie weigerte sich, das Zimmer zu den Mahlzeiten zu verlassen, obwohl sie dazu jetzt durchaus in der Lage war. Sie saß in ihrem Stuhl am Kamin, als Bethia hereinkam, das Gesicht ausgemergelt, doch der Blick aus ihren Augen klar. Sie wirkte wieder gesund, als habe sie den Vorfall mit dem Haferbrei ganz und gar überwunden, und bei ihrem Anblick überkam Bethia ein Gefühl von Verzweiflung. »Was willst du?«, fragte sie zur Begrüßung.

Louisa musterte sie mit festem Blick.

»Rede! Ich … Ich dulde das nicht!« Bethia hörte, dass ihre Stimme schrill wurde und bebte. »Ich werde nicht dulden, dass du mich herzitieren lässt, wann immer es dir passt, nur damit du hier sitzt wie eine … wie eine …« Ihr fiel kein passender Begriff ein. »Ich bin eine viel beschäftigte Frau«, sagte sie schwach und setzte sich auf den Rand des anderen Stuhls. Schweiß kribbelte unter ihren Achseln, doch ihre Hände und Füße waren eiskalt.

»Wo ist sie?«, fragte Louisa.

»Fort«, sagte Bethia. Sie strich sich mit der Hand über die schmerzenden Augen. »Schon lange. Du wirst sie niemals finden, also hör auf zu fragen. Verstehst du?« Sie starrte Louisa wütend an und sah, dass in den Augen mit den goldenen Flecken ein ganz und gar unversöhnlicher Ausdruck lag.

»Wo?«, fragte Louisa.

Bethia atmete tief durch. »Ich lasse dich von hier wegschaffen«, flüsterte sie. »Ich werde dich zurück in deinen erbärmlichen Heuhaufen schicken – die heilige Pfarrersfrau wird sich freuen. Ich lasse dich ins Irrenhaus bringen, wo du eindeutig hingehörst …« Bethia verstummte, plötzlich gefangen von diesem Gedanken.

»Ich komme wieder«, sagte Louisa. »Bis du mir eine Antwort gibst.«

Bethia starrte sie entsetzt an.

Louisa stiegen Tränen in die Augen, die einen kurzen Moment später auf ihre Wangen fielen, eine links und eine rechts. »Wie konntest du nur?«, sagte sie.

Bethia wich gegen die harten Bretter des Stuhls zurück, die Worte trafen sie wie Messerstiche. »Wie ich konnte?«, flüsterte sie. »Wie hätte ich denn *nicht* können? Ich habe das Beste für dich getan!«

»Wo ist sie?«

»Hör endlich auf zu fragen! Sei still! Ich … Ich kann nicht ertragen, dass du sprichst!« Bethia schoss von dem Stuhl hoch. Sie schritt zur Tür, blieb dort jedoch mit der Hand auf der Klinke stehen. »Ich wünschte, ich hätte dich nie hergebracht. Ich wünschte, ich hätte nie dieses idiotische Gedicht von dieser idiotischen Frau über dich gehört!«

»Bethia«, sagte Louisa. Noch immer liefen ihr Tränen über die Wangen.

Bethia schloss die Augen und lehnte die Stirn gegen die Tür. *Lulalu, lulalu … Alles Täuschung.* Sie spürte Stoff an ihrer Wange und sah auf. Louisas Stoffbeutel. Schritte kamen über den Flur. Bethias Gedanken rasten. Sie griff in die Tasche und holte die widerliche Flasche heraus, die Cleo vor so vielen Jahren für sie gemacht hatte. Der Inhalt war jetzt verschrumpelt und vertrocknet. »Widerliches Zeug, widerliches Zeug«, flüsterte sie, dann musste sie zurücktreten, weil Mrs. Fenny die Tür öffnete.

»Ist alles in Ordnung? Ich dachte, ich hätte laute Stimmen gehört …«

»Nur meine«, sagte Bethia. »Und ich habe sie vor Entsetzen erhoben. Sehen Sie … Sehen Sie sich dieses widerliche Ding an, das ich in ihren Sachen gefunden habe.« Sie hielt der Hausmutter die Flasche entgegen, die diese stirnrunzelnd entgegennahm. »Ich habe so etwas schon einmal gesehen … das ist Hexerei! Es ist ein böser Zauber, da bin ich mir sicher.«

»Hexerei?« Mrs. Fenny klang zutiefst skeptisch. »Aber Sie glauben doch nicht etwa …«

»Oh, es spielt keine Rolle, wie wirksam es ist, auch wenn es nichts bewirkt — entscheidend ist, dass sie es hergebracht hat. Entscheidend ist, was sie damit *vorhat*, und das kann nur etwas Übles sein.«

Mrs. Fenny blickte zu Louisa, die das Geschehen stumm und mit ausdruckloser Miene verfolgte, die Tränen auf ihren Wangen waren inzwischen getrocknet. »Wer weiß, wie lange sie das schon mit sich herumträgt und wozu«, sagte sie. »Ich vermute, sie kann uns nicht sagen, was der Sinn ist, auch wenn sie sprechen könnte.«

»Aber da sie es hergebracht hat — ist es ganz offensichtlich wichtig für sie«, beharrte Bethia. »Und es ist eine üble Sache!« Durch die Tür entdeckte sie Julia, das kleine Dienstmädchen, das Augen und Ohren aufsperrte. Umso besser.

»Dann sollten wir es wegschaffen.«

»Das wird nicht genügen, Mrs. Fenny«, erklärte Bethia fest. »Ich fürchte, wir müssen *Louisa* hier wegschaffen.«

Sie sprachen in Bethias Zimmer weiter, wobei Bethia die ganze Zeit äußerst ruhig und bedauernd war und Mrs. Fenny unerwartet aufgelöst.

»Ich bin mir sicher, dass sie damit nichts Böses bezweckt hat, Mrs. Shiercliffe ...«

»Da können wir uns nicht sicher sein, Mrs. Fenny. Sie überraschen mich. Seit ihrer Ankunft hier hat Louisa Ihnen nur Scherereien und zusätzliche Arbeit gemacht. Ich verstehe jetzt, dass es falsch von mir war, sie hier bei uns unterzubringen.«

»Sie ist leicht erregbar, das stimmt, aber dennoch ...« Die Hausmutter breitete die Hände aus. »Sie scheint eigentlich eine sanfte Seele zu sein. Die anderen Bewohner haben sie äußerst liebevoll aufgenommen.«

»Vielleicht haben sie Angst vor ihr. Haben Sie daran schon einmal gedacht?«

»Angst vor ihr? Warum um Himmels willen sollten sie denn Angst vor ihr haben?«

»Wir wissen es einfach nicht, oder, Mrs. Fenny? Wir

wissen nicht, wer sie wirklich ist und wozu sie fähig ist. Für mich ist jetzt klar, dass das hier kein Ort für sie ist. Es war mein Fehler, und ich kann Sie nur um Verzeihung für die Aufregung bitten, die sie verursacht hat.«

»Das ist nicht nötig.« Mrs. Fenny wirkte vollkommen perplex.

»Sie müssen doch zugeben, dass sie nicht im Vollbesitz ihrer geistigen Kräfte ist. Sie hat den Verstand verloren – sie ist sanft, wie Sie sagen, und dann gerät sie unvermittelt in Rage, wie wir beide gesehen haben …«

»Das stimmt, sie ist … unberechenbar«, sagte Mrs. Fenny widerstrebend. »Aber ich hatte das Gefühl, es würde besser werden …«

»Dies ist ein Haus für Arme und Bedürftige, Mrs. Fenny, kein Krankenhaus oder Zufluchtsort für Kranke und Senile. Ich hoffe, dass ich nicht rücksichtslos klinge, aber ich muss das Wohlergehen all unserer Bewohner im Auge haben.«

»Sie können sie doch nicht einfach auf die Straße setzen oder in den Heuhaufen zurückschicken, nachdem der Herbst schon so hart ist und der Winter vor der Tür steht?«

»Natürlich nicht!«, sagte Bethia und wünschte sich im Grunde genau das. »Das St. Peter's Hospital wird sie aufnehmen. Das ist der richtige Ort für solche wie sie.«

»Das Arbeitshaus? Aber … wenn Sie vermuten, dass sie mit Hexerei zu tun hat und etwas Übles vorhat, würden wir doch nur die Insassen dort gefährden, oder?«

»Ja … nein.« Bethia runzelte die Stirn und konnte für einen Augenblick ihren eigenen Argumenten nicht mehr folgen. »Wir wissen beide, dass Hexerei nur im Aberglauben von ungebildeten Menschen existiert. Nein, am meisten Sorge macht mir ihr Geisteszustand.«

»St. Peter's ist ständig überfüllt, wie ich erst kürzlich gehört habe. Sechshundert Insassen, wo nur Platz für dreihundert ist. Sechzehn Jugendliche in einem Bett, und Krankheiten wandern von einer armen Seele zur nächsten wie Fliegen von einem Hund zum anderen. Vielleicht sogar die Cholera, sagt man.«

»Tatsächlich? Nun, es ist nie so schlimm, wie es erzählt wird. Es ist ein guter und ausgesprochen passender Platz, und man wird dort viel besser als wir wissen, wie man eine Wahnsinnige behandelt. Die Entscheidung obliegt mir. Ich werde den Stiftungsrat informieren und sofort der Hausmutter von St. Peter's schreiben. Ich werde darum bitten, dass man mir und Stadtrat Shiercliffe zuliebe der armen Louisa einen Platz gibt.«

*

Das St. Peter's Hospital befand sich in einem großen, weitläufigen Fachwerkhaus, das unter König James I. errichtet worden war. Es lag im alten Stadtzentrum am östlichen Ende des Float, wo der Avon eine lange Schleife beschrieb und von zahlreichen Lastkähnen und einmastigen Transportschiffen befahren war. Bethia hatte dramatische Szenen vermeiden wollen – dass Louisa sich gegen den Umzug wehrte oder mit jemandem sprach –, und das war am ehesten gewährleistet, wenn sie sie persönlich dorthin brachte.

Als sie vor der Tür hielten, fand Bethia, dass es dort gar nicht so übel aussah. Es roch zwar durchdringend nach Abfällen und Schmutzwasser, doch es herrschte auch eine stille Emsigkeit und der Eindruck von Gemeinschaft, was Bethia nicht erwartet hatte. Das Gebäude war überfüllt mit Männern und Frauen, Jungen und Mädchen. Diejenigen, die dazu körperlich in der Lage waren, schufteten für Kost und Logis und kümmerten sich um die Kranken und Gebrechlichen und um die ganz Jungen. Regen prasselte herab, die Hühner kratzten im Schlamm und schüttelten die durchnässten Federn. Katzen und Ratten suchten unter den Stegen Schutz, und über allem hing eine erstickende Rauchwolke aus den zahlreichen Schornsteinen.

Bethia bewegte sich so schnell sie konnte, sie hatte nicht den Wunsch, mehr Zeit als unbedingt nötig an diesem Ort zu verbringen. Sie wollte nur Louisa loswerden — ihre bohrenden Blicke, ihre stummen Vorwürfe, ihre viel zu lauten Fragen. *Ich komme wieder. Bis du mir eine Antwort gibst.* In der Droschke saß Bethia so weit von ihr entfernt wie nur möglich und achtete sorgsam darauf, dass sich ihre Glieder nicht berührten. Wäre Louisa doch einfach an dem Haferbrei gestorben. Aber sie war schon immer stur gewesen. Doch selbst jetzt, nachdem sie klar und deutlich gesprochen hatte, war sich Bethia nicht sicher, ob die Frau eigentlich begriff, wo sie war oder in welcher Lage sie sich befand.

Ihren blauen Schal und den Stoffbeutel umklammernd, stieg Louisa widerstandslos aus der Kutsche in den matschigen Hof, wo sie vom Regen durchnässt wurden, während Bethia mit der Hausmutter sprach, die älter und gebrechlicher aussah als Louisa. Bethia überreichte ihr einen Beutel mit Münzen — der Grund, warum Louisa überhaupt so kurzfristig einen Platz erhalten hatte. Als sie wieder in die Droschke stieg, drehte sich Louisa um und starrte mit der verwirrten Miene eines verlorenen Kindes zu ihr hoch. Bethia wandte den Blick ab und wies den Kutscher an, sie zurück in die Charlotte Street zu bringen.

*

Edwin gegenüber erwähnte Bethia Louisas Verlegung nur kurz beim Abendessen. Er drückte mildes Bedauern aus, war jedoch zu sehr mit Wetherells bevorstehendem Eintreffen beschäftigt, um ihr seine volle Aufmerksamkeit zu schenken. Dann wartete Bethia einige Tage darauf, dass irgendetwas schieflief, auf irgendeinen Rückschlag. Als nichts dergleichen geschah, beruhigte sie sich allmählich, und die Anspannung in ihrem Bauch ließ nach. Und was sollte überhaupt schieflaufen? Wen interessierte schon eine alte, von Almosen lebende Frau und wo sie untergebracht war? Louisas kurze Ruhmesphase war vorbei, und solange sie nicht plötzlich ihre ganze Lebensgeschichte verbreitete, würde sie auch nicht fortgesetzt werden.

Allmählich konnte Bethia wieder gut schlafen, ohne dass beunruhigende Gedanken oder Träume sie heimsuchten. Am Morgen des sechsten Tages kam Edwin ins Wohnzimmer, wo sie mit ihrem Frühstückstablett am großen Erkerfenster saß, und trat zu ihr, um sich von ihr zu verabschieden. Bethia legte das Buttermesser beiseite und tupfte sich rasch die Lippen ab. Wenn sie allein war, schlang sie das Essen gierig herunter, und Mrs. Crosslands glasiertes Gebäck gehörte zum besten von ganz Bristol.

»Gehst du heute ins Armenhaus?«

»Möglicherweise, ja. Wobei man mich dort weniger braucht, seit ... Nun ja. Seit alles wieder seinen normalen Gang geht.«

»Soweit ich weiß, trifft sich der Vorstand heute Nachmittag, um einen neuen Bewohner aus den Anträgen auszuwählen.«

»Gut. Ich freue mich, einem Neuankömmling ein warmes Bett und einen Platz am Kamin zu geben, insbesondere nachdem das Wetter schon so winterlich geworden ist ...« Sie lächelte zu Edwin hoch.

»Also, ich muss runter ins Rathaus und …«

»Ich wollte dir noch etwas berichten, Lieber«, sagte Bethia vorsichtig. Edwin neigte erwartungsvoll den Kopf. Bethia räusperte sich. »Gestern Abend habe ich den Rubinring von meiner Mutter gesucht, um zu überprüfen, ob die Farbe zu dem Stoff meines Kleides für den Merchant-Venturer-Ball passt, und, nun ja … ich konnte ihn nicht finden. Jemand hat ihn gestohlen.«

»Gestohlen? Könntest du ihn nicht einfach nur verlegt haben?«

»Aber wie denn? Ich habe ihn seit Langem nicht mehr getragen. Ich fürchte, einer der Dienstboten könnte ihn …« Bethia verstummte, weil Edwins Miene sich versteinerte.

»Verstehe«, sagte er auf eine Art, die in Bethia den heftigen Wunsch auslöste, nichts gesagt zu haben. »Du bewahrst die Kassette in einer verschlossenen Schublade auf, oder?«

»Ja.«

»Und wer von den Dienstboten weiß, wo der Schlüssel ist?«

»Nun … nur Juno, glaube ich.«

»Nur Juno«, sagte Edwin und nickte. Es war zu spät, sie konnte den Vorwurf nicht mehr zurücknehmen. Bethia blieb keine andere Wahl, als an ihrer Geschichte festzuhalten. Sie sah sehr deutlich, dass Edwin ihr nicht glauben wollte, und das war schrecklich. »Dann rufen wir sie doch«, sagte er, »und fragen sie.« Er betätigte die Glocke.

»Können wir nicht einfach …«

Juno erschien sofort und machte große Augen, als sie Edwins Worte vernahm.

»Meine Frau hat einen Rubinring verlegt. Sie vermutet, dass du ihn genommen haben könntest.«

»Edwin!«, keuchte Bethia, fassungslos, dass er den Gedanken an einen Diebstahl verleugnete — und damit auch sie.

»Ich, Sir?« Juno blinzelte. Sie schien verwirrt, dann wandte sie sich zu Bethia um, die spürte, wie ihr die Röte den Hals emporkroch. Sie biss die Zähne zusammen und betete, dass sie nicht ihr Gesicht erreichte. Am schlimmsten war der Moment, in dem Juno ganz deutlich begriff, dass die Anschuldigung erlogen war. In die Augen des Mädchens trat ein harter Ausdruck, und ihre Nasenflügel bebten vor Wut. »Ich schwöre, Madam, ich habe ihn nicht angerührt«, sagte sie.

»Na also«, sagte Edwin an Bethia gewandt. »Sie schwört es. Es muss eine andere Erklärung für das Verschwinden geben.«

»Was für eine andere Erklärung? Irgendjemand muss ihn genommen haben«, beharrte Bethia. Ihr blieb nichts anderes übrig. »Ich kann ihn nicht verloren haben …«

»Warum nicht? Du hast ihn schon lange nicht mehr getragen«, sagte Edwin. »Vielleicht hast du ihn das letzte Mal verlegt und es vergessen.«

»Den Ring Ihrer Mutter?« Juno zog die Augenbrauen zusammen. »Aber … der ist Ihnen doch viel zu klein, Herrin.«

»Ach ja?«, fragte Edwin.

Bethia nickte, sie fürchtete, ihre Stimme würde versagen.

»Warum suchst du dann nach ihm, um die Farbe mit einem neuen Kleid zu vergleichen?«, hakte Edwin nach.

»Werde ich jetzt in meinem eigenen Haus vor dem Personal verhört?«, blaffte Bethia und stand auf, als ihr plötzlich bewusst wurde, dass sie weder angezogen noch frisiert war. Sie musste schrecklich aussehen. »Ich denke, dir würde er passen!«, sagte sie zu Juno, die die Schultern straffte. »Der Ring meiner Mutter würde dir passen, und da du ja nichts dabei findest, dir meinen Mann zu nehmen, warum dann nicht auch meine Sachen?«

»Bethia! *Es reicht!*«

Edwins Brüllen ließ sie verstummen. Er erhob fast nie die Stimme. »Juno, bitte lass uns allein«, sagte er in normalem Ton. Juno machte einen flüchtigen Knicks und verschwand.

»Das muss aufhören, Bethia«, sagte Edwin. »Du hast das Mädchen vollkommen grundlos beschuldigt — *vollkommen* grundlos, denk an meine Worte. Ich werde jetzt nach oben gehen und Mrs. Crossland beauftragen, ihr Zimmer zu durchsuchen. Ich werde das Ganze höchstpersönlich beaufsichtigen und bezweifle stark, dass sie den Ring dort finden wird. Und wenn nicht, will ich keine weiteren Vorwürfe mehr hören.«

»Wie schnell du an mir zweifelst«, sagte Bethia unglücklich. »Der Ring ist weg. Warten wir ab, was die Suche ergibt, denn irgendjemand *hat* ihn gestohlen. Ich weiß genau, dass ich ihn nicht verloren habe.«

»Da bin ich mir nicht so sicher«, sagte Edwin. »In letzter Zeit bist du nicht du selbst, Bethia.« Die Mischung aus Mitleid und Wut in seiner Miene grenzte an Verachtung.

Bethia wandte den Blick ab, damit sie es nicht sehen musste. Er ließ sie mit ihrem halb gegessenen Frühstück zurück, und Bethia versuchte, sich zu erinnern, wo genau sie den Ring im Zimmer des Mädchens versteckt hatte. Dann fiel ihr wieder ein, dass sie ihn überhaupt nicht versteckt hatte. Sie war zu sehr mit Mrs. Cranes verräterischem Brief an Juno beschäftigt gewesen und hatte Angst gehabt, entdeckt zu werden. Sie ging zu dem großen Schrank in der Ecke, und da war er, noch in ein Taschentuch gewickelt, steckte er in der Tasche ihres Kleides. Sie empfand tiefe Verzweiflung und fühlte sich völlig erschöpft. Später vergaß sie zu fragen, ob man den Ring in Junos Zimmer gefunden habe; ein weiterer Fehler, denn es deutete darauf hin, dass sie die Antwort bereits kannte.

*

Am Nachmittag klopfte jemand mit Nachdruck an die Haustür. Bethia hörte es, doch da sie niemanden erwartete, geduldete sie sich, bis Juno ihr die Visitenkarte des Besuchers überreichte. Kaum hatte Juno die Tür geöffnet, um den Besucher anzukündigen, rauschte Mrs. Crane auch schon mit fliegenden Röcken, aufgelöster Miene und geröteten Wangen an ihr vorbei. Bethia war sprachlos und starrte sie perplex an.

»Mrs. Shiercliffe«, sagte Mrs. Crane atemlos.

Bethia stand auf und spürte, wie sich erneut ihr Puls beschleunigte, ihr die Hitze in die Wangen trieb und das Blut in den Ohren rauschen ließ. »Mrs. Crane«, sagte sie mit erstickter Stimme. »Hätte ich gewusst, dass Sie zu Besuch kommen ...«

»Nun, eigentlich wollte ich nicht Sie besuchen, sondern Louisa, doch im Armenhaus sagte man mir, dass man sie ins Arbeitshaus verlegt habe. Und als ich dorthin ging, erfuhr ich, dass sie auch dort nicht ist. Sie ist geflüchtet.«

»*Was?*«

»Sie wollen doch nicht ernsthaft behaupten, nichts davon zu wissen?« Mrs. Crane war zutiefst empört.

»Ich ... Ich hatte keine Ahnung, dass sie geflüchtet ist ...«

»Aber von ihrer Verlegung schon? Ich nehme an, das war Ihre Entscheidung?«

Über die Schulter ihrer Besucherin hinweg sah Bethia, dass Juno noch immer im Türrahmen stand. In ihren Augen lag ein Ausdruck stiller Genugtuung. »Das ist alles, Juno«, sagte sie. »Seltsam, dass Sie gerade jetzt kommen, um Louisa zu besuchen, Mrs. Crane«, sagte sie und versuchte, sich zu sammeln. »Ich nehme an, Juno hat Ihnen geschrieben?«

»Worüber ich sehr froh bin!«

»Dass sie Sachen weitertratscht, die sie nichts angehen und die sie nur aufgeschnappt hat, weil sie an der Tür gelauscht hat?« Bethias Wut erwachte aufs Neue, und sie nahm einen metallischen Geschmack in ihrer Kehle wahr.

»Ich ...« Mrs. Crane suchte nach Worten. »Ich verstehe einfach nicht, warum Sie so gehandelt haben. Ich hatte Sie doch ausdrücklich darum gebeten, mich zu informieren, wenn Louisa sich nicht einlebt. Sie hatten es mir versprochen! Und ich habe gehört, dass sie schwer krank war. Dass sie fast gestorben wäre.«

»Sie haben sie meiner Obhut überlassen. Ich wollte Sie nicht weiter belästigen.« Bethia hob das Kinn, streckte jedoch eine Hand aus, um sich an der Stuhllehne in ihrem Rücken abzustützen. Sie hoffte, dass die Pfarrersfrau es nicht bemerkte. Ihre Knie fühlten sich weich wie warme Butter an.

»Ich habe sogar darum gebeten, ihretwegen belästigt zu werden! Warum haben Sie sie verlegt, anstatt nach mir zu schicken? Und noch dazu an diesen erbärmlichen Ort! Als ich dort eintraf, hat man drei Personen herausgetragen, die letzte Nacht gestorben sind — eine war erst zwölf!«

»Sie ... Sie hat das Leben im Armenhaus gestört. Es ist eine Gemeinschaft für Schwache und Arme, nicht für Geisteskranke ...«

»Und warum haben Sie mich dann nicht benachrichtigt, damit ich sie nach Bourton zurückhole?«

»Ich ...« Bethia wusste nicht, was sie antworten sollte, denn es war unmöglich, die Wahrheit zu sagen. Dass sie Louisa die Cholera wünschte. Dass sie wollte, dass sie endgültig verschwand, ehe sie die Chance hatte, mit jemandem zu sprechen. Dass sie nicht wollte, dass jemand jemals wieder an sie dachte oder nach ihr fragte. »Ich hielt es nicht für richtig«, sagte sie. »Der Winter steht vor der Tür ... es musste ein anständiger Ort für sie gefunden werden.«

»Sie denken, ich hätte sie draußen in der Kälte krepieren lassen?«, fragte Mrs. Crane fassungslos. »Natürlich hätte ich das nicht zugelassen! Aber vielleicht stirbt sie jetzt, denn keiner weiß, wo sie ist. Sie ist verloren in dieser Stadt, in der sie sich überhaupt nicht auskennt ...«

»Sie ...« Bethia biss sich auf die Zunge. Fast hätte sie gesagt, dass Louisa die Stadt sehr wohl kannte. *Was interessiert Sie das?*, hätte sie gern gefragt. *Warum interessieren Sie sich überhaupt so für Louisa? Lassen Sie sie in Ruhe.* »Ich bin mir sicher, sie wird wieder auftauchen«, sagte sie stattdessen kraftlos.

Mrs. Crane starrte Bethia an. Nach einem langen, angespannten Moment musste Bethia den Blick abwenden.

»Sie wird wieder auftauchen? Sie ist stark geschwächt, und ihre Füße sind verkrüppelt ...«

»Na bitte«, sagte Bethia. »Sie kann nicht weit gekommen sein.«

»Gut. Ich werde nach ihr suchen. Ich erwarte nicht, dass Sie mich dabei unterstützen, denn ganz offensichtlich haben Sie weder Erbarmen mit ihr, noch fühlen Sie sich in irgendeiner Form für sie verantwortlich. Aber ich bitte Sie, mich zu benachrichtigen, falls sie ›auftaucht‹. Guten Tag.« Mrs. Crane warf ihr noch einen letzten empörten Blick zu und rauschte dann davon, ohne die Tür hinter sich zu schließen.

»So lasse ich mich von Ihnen nicht maßregeln«, sagte Bethia. Aber sie konnte ihre Stimme nicht genug erheben, um gehört zu werden. Eine Weile stand sie einfach nur da. Sie fühlte sich ungeschützt, da die Tür offen stand, schaffte es jedoch nicht, sie zu schließen. *Ich komme wieder.* Das würde sie doch sicher nicht — das konnte sie doch gar nicht auf ihren geschundenen Füßen? Doch dass Bethia nicht wusste, wo Louisa war, ließ Ängste und Erinnerungen auf sie einstürmen, die sie zu ersticken drohten. Die Vorstellung, dass sie jederzeit hinter irgendeiner Ecke auf Louisa treffen konnte, war unerträglich. *Lulalu, lulalu ... Bitte, werte Dame!* Sie schüttelte verzweifelt den Kopf. Das ging einfach nicht. Das war unmöglich.

*

Am nächsten Tag ging Bethia zum Armenhaus, eine fordernde Nachricht von Caroline Laroche und eine zweite von Delilah Stafford hatten sie aufgescheucht — beide verlangten so bald wie möglich zu hören, was aus Louisa geworden sei. Anscheinend war die Geschichte von ihrer plötzlichen Verlegung im *Felix Farley's* abgedruckt worden.

Bethia schickte umgehend Paris, um eine Ausgabe zu erstehen und las den kleinen ironischen Artikel mit trockenem Mund und dem bereits vertrauten hohlen Gefühl.

Die Hexe vom Armenhaus? lautete der Titel. Wie man hört, hat die berühmte Magd aus dem Heuhaufen, alias Louisa, die erst kürzlich von Bourton in unsere Stadt gebracht wurde, die allgemeinen Spekulationen über sie sowohl übertroffen als auch enttäuscht ...

Nur Julia, das Dienstmädchen aus dem Armenhaus, konnte die Geschichte von der Hexerei für ein oder zwei Pennys verkauft haben. Bethia erinnerte sich vage, dass ihr die Vorstellung von einem Artikel über Louisa einst gefallen hatte, konnte sich jedoch absolut nicht mehr erinnern, warum. Der Vorwurf konnte Louisas Platz im St. Peter's gefährden, und Bethia rechnete auch damit, dass Mrs. Crane erneut durch die Tür stürmen und auf sie einreden würde. *Was um Himmels willen ist geschehen?,* schrieb Caroline. *Ich muss es unbedingt von Ihnen hören. Sie waren so von Ihrem Erfolg überzeugt ...*

Bethia ließ beide Nachrichten neben der Zeitung auf dem Tisch liegen und verließ das Haus, ohne sich den Hut anständig zuzubinden. Als sie das Armenhaus erreichte, wusste sie nicht, was sie mit sich anfangen sollte. Sie konnte sich nicht überwinden, nach den Bewohnern zu sehen — sie würde es nicht schaffen, ihnen ein Lächeln zu schenken oder mitfühlende Worte zu finden, wenn sie sich wiederholt über Schmerzen, Koliken und asthmatisches Keuchen beklagten. Doch es war auch kein Papierkram zu erledigen.

Sie stand eine Weile am Fenster ihres Zimmers, wo die antiken Bleistreben die Außenwelt in Rauten unterteilten. Es ging ein kräftiger Wind, und Bethia beobachtete, wie Jonathan im Hof hinter irgendwelchen Papieren herjagte, wobei er auf seinen langen Beinen stets vergeblich nach links und nach rechts hechtete, das Haar in Auflösung und die Wangen von der Kälte gerötet. Doch selbst sein Anblick konnte sie nicht aufmuntern. Sie fühlte sich schrecklich angreifbar. Es kam ihr vor, als würden die Risse in ihrem Fundament wachsen und als könnte die kleinste Aufregung das ganze Gefüge zum Einsturz bringen. Es glich ihren frühesten Kindheitserinnerungen — als sie mit voller Blase in der Dunkelheit unter der Treppe gekauert und gehofft hatte, dass ihr Vater vorbeitorkelte, ohne sie zu entdecken.

Sie holte tief Luft, drehte sich um, holte den Rubinring aus der Tasche und betrachtete ihn prüfend im Licht. Der Stein glänzte so fröhlich rot wie Jonathans Wangen und Junos Unterlippe. Wie bereitwillig Edwin für Juno Partei ergriffen hatte! Und dieser selbstzufriedene Ausdruck auf Junos Gesicht, als Mrs. Crane sie, Bethia, getadelt hatte ... Sie würde den Ring in den Frome werfen. Wahrscheinlich hatte ihre Mutter ihn ohnehin gestohlen. Nein, sie würde ihn zu Hause verstecken — irgendwo unter einem Möbelstück, wo er irgendwann unschuldig gefunden werden konnte. Oder ... sie wickelte ihn wieder ein und legte ihn in eine Schublade.

Bethia lief die Flure auf und ab und tat vor Mrs. Fenny so, als würde sie nach den Bewohnern sehen, was sie jedoch nicht tat. Die Fenster in den oberen Fluren des Ostflügels boten eine gute Aussicht auf die Christmas Steps bis hinunter zum Frome und auf die dahinterliegende Stadt. Sie blieb stehen, um über die Kirchenspitzen und Giebeldächer zu schauen und auf die dicken Rauchschwaden, die aus den Zuckersiedereien, den Eisengießereien und Glashütten aufstiegen. Sie sah das Ziegeldach und die kleinen Dachfenster von Pollys und Cleos Wohnung direkt unterhalb des Armenhauses und die dicht gedrängten kleineren Behausungen, in denen Tausende von Menschen lebten, arbeiteten und starben. Sicher würde Louisa das gefährliche jämmerliche Leben in Bristols Straßen nicht lange durchhalten und verschwunden bleiben. Mit den verwurmten räudigen Katzen und den überfütterten Ratten als Nachbarn konnte sie nicht lange überleben.

Doch in diesem Moment entdeckte Bethia eine große gebeugte Gestalt, die mit steifen Schritten die Christmas Steps hinaufschlich und hier und da stehen blieb. Ihr stockte der Atem. Die Gestalt hatte sich in eine zerschlissene Decke gehüllt, die ihr bis zu den Knien reichte, und einen Schal um den Kopf gebunden, der ihr Gesicht verbarg. Und ihr geschorenes Haar. Bethia erkannte sie sofort. *Ich komme wieder. Bis du mir eine Antwort gibst.* Ohne es verhindern zu können, löste sich ein Stöhnen aus ihrer Kehle.

Bethia reckte den Hals und presste die Wange an die eiskalte Fensterscheibe, bis Louisa vorbeigegangen war und am oberen Ende der Treppe verschwand. Dann eilte sie wieder nach unten in ihr Zimmer, das nach vorn hinausging, und wartete mit pochendem Herzen, bis die verhüllte Gestalt langsam, aber mit sicherem Schritt vor dem Tor erschien und hereinsah. Bethia wich von der Scheibe zurück. Was sollte sie jetzt nur tun? Sollte sie Mrs. Fenny hinausschicken, damit sie Louisa zurück nach St. Peter's schaffte, wo sie vermutlich an der Cholera krepieren würde? Oder sollte sie Louisa hereinholen und Mrs. Crane rufen lassen, damit sie sie zurück nach Bourton brachte? Damit sie ihre letzten Tage in sicherer Entfernung in der ländlichen Abgeschiedenheit verbringen konnte? Oder sollte sie gar nichts tun und hoffen, dass niemand anders sie entdeckte, und sie dem Leben — und Sterben — in der Gosse überlassen?

Ängstlich und unentschieden stand Bethia am Fenster. *Ich werde zurückkommen.* Aber würde sie auch den ganzen Weg von Bourton herkommen? Das war doch sicher zu weit für sie, die Entfernung viel zu groß. Bethia war sich nicht mehr sicher. Die langsame, entschiedene Art, mit der Louisa gerade die Christmas Steps erklommen hatte, ängstigte sie. Sie hatte etwas Unerbittliches an sich, wie der Gezeitenwechsel des Severn. Etwas Unausweichliches, das keine Macht der Erde verhindern konnte. *Ich komme wieder.* Und sie konnte auch mit Mrs. Crane sprechen — das könnte sie einfach tun. »Lass mich endlich in Ruhe«, flüsterte Bethia zitternd. »Verdammt seist du.« Sie hätte diese teuflische Flasche von Cleo zertrümmern sollen, als sie die Gelegenheit dazu hatte. Sie hätte sie unter ihrem Absatz zermalmen sollen. Der Gedanke an das, was sie enthielt, ließ ihr die Galle hochkommen.

Bethia starrte hinaus, bis ihr Rücken steif war und ihre Füße sich von dem kalten Steinfußboden taub anfühlten. Sie vermutete, dass Louisas Füße inzwischen höllisch schmerzen mussten. Die alte Frau hielt die Metallstäbe des Tores umklammert, bis sie sich schließlich wieder den Christmas Steps zuwandte und sich langsam entfernte. Mit vor Erleichterung weichen Knien eilte Bethia zurück nach oben, um zu sehen, wohin Louisa ging. Sie fühlte sich erschöpft, und ihr schwindelte. Sie hatte schon eine ganze Weile nicht mehr normal geatmet. Sie beobachtete, wie sich Louisa in eine der Bettelnischen setzte, um sich auszuruhen, und flehte sie im Stillen an, weiterzugehen und endgültig zu verschwinden.

Kurz darauf kam Mrs. Fenny zu ihr. »Mrs. Shiercliffe, da sind Sie ja.«

Bethia blinzelte die Frau mit dem eckigen Körper, dem kurzen Hals und dem unscheinbaren Gesicht an. Für einen kurzen Moment erkannte sie sie kaum.

»Ich habe Sie überall gesucht«, sagte die Hausmutter.

»Ja? Was gibt es denn?«, stieß Bethia hervor.

»Ein Mann möchte Sie sprechen, Madam – ein *Neger*, wobei er dafür ziemlich elegant gekleidet ist. Er wollte mir seinen Namen nicht verraten. Es sei eine persönliche Angelegenheit, sagt er.«

»Das muss Paris sein, unser Diener.«

»Das hat er nicht gesagt, Madam. Ich habe ihn in Ihr Zimmer gebracht, weil es draußen so kalt ist. Ich hoffe, das war in Ordnung?«

»Ja, schon gut, Mrs. Fenny. Ich gehe gleich hinunter.«

Bethia räusperte sich, straffte den Rücken, strich ihren Rock glatt und tastete nach losen Haarsträhnen. Sie durfte keinesfalls verwirrt und aufgelöst vor den Dienstboten treten, nachdem er selbst stets tadellos gekleidet war. Die Tür zu ihrem privaten Raum stand offen, und Bethia rauschte so anmutig und geschäftig wie möglich hinein. Dann erstarrte sie. Der Mann war nicht Paris. Er war deutlich größer und breiter. Ein Mann in reifem Alter, kein schmaler Junge wie Paris. Sein kurz geschnittenes Haar war ergraut, und er trug einen Frack aus gutem Tuch — burgunderfarben mit Samtkragen — , der es an Eleganz mit jedem von Edwins aufnehmen konnte. Sein Hemd und die Krawatte waren makellos weiß, die Weste aus Seidenbrokat. Er wandte sich vom Fenster ab, und im ersten Moment erkannte Bethia ihn nicht. Ein breites, attraktives Gesicht, soweit das bei einem wie ihm möglich war — ein kräftiger Kiefer und ein entschiedener Zug um den Mund. Er musterte Bethia auf dieselbe Weise wie sie ihn — die schwarzen Augen, die von einem Kranz aus Falten umgeben waren, suchten nach etwas. *Bitte, werte Dame!*

Dann folgte der schreckliche Moment, in dem Bethia ihn erkannte und bis ins Mark erschüttert wurde. Alles, was sie sich aufgebaut hatte, brach zusammen. Das Zimmer um sie geriet ins Wanken. *»Balthazar«,* flüsterte sie.

9

Heute

Liv versuchte, der diensthabenden Beamtin auf der Bridewell Police Station begreiflich zu machen, wie großartig es war, dass Adam Martin gesehen hatte. Die Frau wirkte jedoch eher schwermütig und sah nicht so aus, als ob sie irgendetwas begeistern könnte. Der Raum war von fahlem elektrischem Licht erleuchtet. Es war viel zu heiß darin, und es roch abgestanden nach Kaffee und Menschen, so als ob dringend gelüftet werden müsste. Trotz der frühen Stunde klingelten unaufhörlich die Telefone, und es wurden gleichzeitig mehrere Gespräche geführt. Liv hatte Adam im Laden zurückgelassen und war davongeeilt, weil sie mit jemandem persönlich sprechen wollte. Sie wollte sichergehen, dass man sie ernst nahm. Auf der Treppe war sie Sean begegnet und hatte ihn aufgefordert, einfach in den Laden zu gehen, was ihn offensichtlich verunsichert hatte.

Liv beobachtete ungeduldig, wie die Beamtin in einer gleichmäßigen geschwungenen Handschrift ein Formular ausfüllte. Sie hatte den Kopf nach vorn geneigt, sodass Liv die dunklen Ansätze ihrer blond gefärbten Haare sehen konnte. »Normalerweise spreche ich mit Constable Whitley oder Constable Johnson«, sagte Liv. »Sie sind meine Hauptansprechpartner ...«

»Ja, das erwähnten Sie bereits. Sie bekommen meinen Bericht und werden sich bei Ihnen melden, sobald sie Zeit haben, okay?«

»Ich dachte, wir könnten die Überwachungskamera in der Lime Kiln Road daraufhin überprüfen, ob man ihn auf den Aufnahmen sieht? Ich könnte sie durchsehen — ich würde ihn auch von Weitem erkennen. Ganz sicher.«

»Nun, womöglich wird der zuständige Beamte das in Erwägung ziehen. Und um welche Uhrzeit hat Mr. ...«, sie überprüfte die Notizen, die sie gerade erst gemacht hatte, »Mr. Freeman den Vermissten am Zwanzigsten gesehen?«

»Oh, das hat er nicht gesagt. Ich könnte ihn aber fragen.«

»Das ist wahrscheinlich eine gute Idee.«

»Nur ... also, er ist schon etwas älter. Womöglich erinnert er sich nicht mehr genau daran.«

Die Frau sah Liv mit festem Blick an. Sie hatte sich die Augenbrauen abrasiert und stattdessen hohe Bögen aufgemalt, was ihrem Gesicht einen permanent skeptischen Ausdruck verlieh.

»Aber Sie glauben, er habe ihn tatsächlich gesehen?«, fragte sie.

»Ja. Adam — Mr. Freeman — kennt meinen Vater sehr gut. Er würde ihn erkennen, wenn er ihn sieht, und er ... Er weiß, wie wichtig das ist.«

»Gut. Gibt es sonst noch etwas, das Sie mir zu diesem Zeitpunkt mitteilen möchten?«

»Nein, danke. Aber es wird mich doch jemand anrufen, oder? Heute noch? Ich wusste, dass er sich nicht umgebracht hat.« Trotz der sturen Miene der Frau musste Liv unwillkürlich lächeln. »Ich *wusste* es, und das ist der Beweis.«

*

Als sie zum Laden zurückkam, waren Sean und Adam verschwunden, aber es war immer noch ziemlich früh, wie ihr bewusst wurde, als Tanya ihr mit bleichem Gesicht die Tür öffnete und ins Licht blinzelte. In ihrer Aufregung hatte Liv laut und beharrlich geklopft.

»Es tut mir total leid«, sagte Liv. »Ich habe ganz vergessen, wie früh es noch ist …«

»Komm rein, ich war sowieso schon auf. Musste mich wieder übergeben.«

»Oh … War es schlimm?«

»Es war schrecklich. Ich glaube, es geht gleich wieder los.« Tanya trat zur Seite, um Liv hereinzulassen, und schloss die Tür hinter ihr. Sie presste sich eine Hand auf den Mund, bedeutete Liv mit einem Kopfnicken, ihr nach oben zu folgen, wies auf die Küche und lief selbst zurück ins Bad.

Einen Moment stand Liv unsicher herum, dann setzte sie den Kessel auf und suchte im Kühlschrank nach frischem Ingwer. Sie schälte ein kleines Stück und rieb es in einen Becher, und als Tanya zurückkehrte, goss sie das Wasser hinein. »Sich zu übergeben, wenn man gar nichts getrunken hat, ist noch viel blöder als sonst«, sagte Tanya und setzte sich vorsichtig hin. Ihre Haut war milchig weiß, die langen Zöpfe zu einem Knoten zusammengesteckt. Unter ihren Augen lagen bläuliche Schatten.

»Ich habe dir einen Ingwertee gemacht. Hoffentlich ist das okay.«

»Ach, danke. Irgendwo habe ich auch noch Teebeutel …«

»Frisch wirkt er besser. Hier.« Liv reichte ihr den Becher.

»Danke. Hattest du das auch?«

»Nur kurz, im zweiten Monat, glaube ich.«

»Ich dachte, ich wäre damit durch — Wunschdenken.

Zumindest scheint es nur Morgenübelkeit zu sein und nicht den ganzen Tag anzuhalten.«

»Ist alles okay, Tanya?« Dean kam in einem abgetragenen Frotteebademantel hereingeschlendert. Liv bemerkte, dass sich seine Tattoos über die gesamten Beine bis zu den Füßen hinunterzogen. Wenn er überrascht war, Liv in der Küche zu sehen, so zeigte er es nicht. »Alles klar, Nachbarin?«, sagte er. »Tee? Ich mach mir einen.«

»Nein, danke — ich bleibe nicht lang. Es tut mir leid, dass ich dich so früh störe.« Es drängte sie zu sagen, weshalb sie gekommen war.

»Sei nicht albern. Tanyas Magen hat uns schon vor Stunden geweckt.«

»Was ist denn passiert? Ist alles okay?«, fragte Tanya.

»Ja — mehr als okay.« Liv spürte eine so große und überschwängliche Hoffnung in sich aufsteigen, dass sie sie nicht für sich behalten konnte. »Tanya ... mein Vater lebt. Martin ist am Leben! Er hat sich nicht umgebracht.«

»Er ist was?«

»Adam hat ihn gesehen — er hat es mir gerade erzählt. Vielleicht wisst ihr es nicht, aber als ich noch sehr klein war, hat Martin schon einmal ungefähr ein Jahr lang auf der Straße gelebt. Er hat sich wieder gefangen, aber vielleicht ist es jetzt wieder passiert. Du hast gesagt, dass er gewirkt hätte, als wäre er in keiner guten Verfassung ... vielleicht hatte er wieder einen Zusammenbruch. Aber er ist nicht gesprungen — das kann nicht sein! Ich muss ihn also nur noch finden.«

Sie konnte nicht aufhören zu lächeln — richtig zu lächeln —, und es fühlte sich an, als hätte sie es seit Jahren nicht mehr getan. Das Gefühl in ihrem Gesicht war fremd, und die Aufregung vertrieb jegliche Müdigkeit. Die schweren

Schuldgefühle und der Kummer, die auf ihr gelastet hatten, waren ihr von den Schultern genommen. Tanya starrte sie einen Moment mit gefurchter Stirn an. Dean verlagerte das Gewicht von einem Bein aufs andere und verschränkte die Arme.

»Das ist toll … Was hat Adam denn genau gesagt?«, fragte Tanya.

»Dass er Martin vor zwei Tagen unten in der Lime Kiln Road gesehen habe, in der Nähe des alten Gaswerks.«

»Bist du dir sicher, dass er … Ich will deine Hoffnungen nicht zerstören, aber ist er nicht ein bisschen gaga? Ich meine, bist du dir sicher, dass er von vor zwei Tagen und nicht von vor zwei Jahren gesprochen hat? Oder von jemand ganz anderem?«

»Ich bin mir sicher. Ich weiß, er ist hin und wieder etwas … weggetreten. Aber wenn er klar ist, ist er richtig klar. Er kennt Martin ganz offensichtlich ziemlich gut — du hast mir erzählt, dass er im Frühjahr öfter vorbeigekommen ist —, und er ist sich ganz sicher, dass er ihn erst kürzlich gesehen hat.« Liv sah zu Dean, dann wieder zu Tanya und wollte, dass sich ihre Überzeugung auf sie übertrug. »Fragt ihn selbst, wenn ihr wollt. Ich *weiß*, dass er die Wahrheit sagt.«

»Ich behaupte doch gar nicht, dass er lügt, ich meine nur … Es wäre schrecklich, wenn es irgendeine Verwechslung wäre und du dir umsonst Hoffnungen gemacht hast.«

»Das mache ich nicht … Ich fühle, dass er noch lebt. Die ganze Zeit schon, seit er verschwunden ist, habe ich eine leise Hoffnung gespürt, die irgendwie nicht weggehen wollte. Als wüsste ich es tief im Inneren.«

»Dein Inneres sagt dir alles Mögliche, was du dir wünschst«, sagte Dean sanft.

»Nun ja, ich muss ihn suchen, auch wenn Adam sich täuscht. Es besteht immerhin eine Chance, oder? Das kann ich nicht ignorieren.«

»Nein. Vermutlich nicht«, sagte Tanya. »Was hast du also vor?«

»Ich war gerade auf der Polizeiwache. Die werden mich zurückrufen. Ich muss Adam fragen, um wie viel Uhr er Martin gesehen hat, aber der ist jetzt weg. Das muss bis morgen warten. Also werde ich unten in der Lime Kiln Road nach meinem Vater suchen.« Liv sah aus dem Küchenfenster. Der Regen hatte aufgehört, und weißes Sonnenlicht brach durch die Wolkenfetzen. »Ich werde ihn finden«, sagte sie, und ihr Herz schwoll an, als wollte es platzen.

*

Tanya überzeugte Liv zu warten, bis sie sich geduscht und angezogen hatte, damit sie sie begleiten konnte.

»Frische Luft tut meinem Magen sowieso gut.« Tanya verschränkte die Arme, um sich vor dem kalten Wind zu schützen, als sie nach draußen traten. Die Luft hatte zum ersten Mal eine winterliche Schärfe, und es roch nach feuchtem Stein, was bis zum nächsten Frühling so bleiben würde.

Forschen Schrittes machten sie sich auf den Weg, doch als sie die Lime Kiln Road erreichten, stellte Liv fest, dass die Straße praktisch kaum noch existierte. Es war nur ein kurzes Stück mit einem Fahrradweg übrig, das direkt neben der A4 entlangführte – einer zweckmäßigen, viel befahrenen Straße, an der es kaum Stellen gab, die einem Obdachlosen Schutz boten. »Es war auch ziemlich unwahrscheinlich, dass er noch hier ist«, rief Liv über den Lärm eines Busses hinweg. Sie erreichten die Reste des alten Gaswerks, wo Adam Martin

gesehen haben wollte, und gingen durch eine Kopfsteinpflastergasse zum Hafen. Sie sahen niemanden, der Livs
Vater sein konnte. Liv blickte sich suchend nach Überwachungskameras um, konnte jedoch keine entdecken.

»Willst du weiter zu den Arkaden gehen? Da schlafen oft
Leute«, sagte Tanya. Der Wind und die Bewegung hatten
die Farbe auf ihre Wangen zurückgebracht, doch sie wirkte
noch immer etwas zurückhaltend, als wollte sie Liv nur bei
Laune halten. Als wollte sie sie unterstützen, würde aber
eigentlich nicht damit rechnen, Martin zu finden. Liv nahm
es ihr nicht übel. In diesem Moment reichte ihre eigene
Überzeugung für sie beide.

Sie gingen am Wasser in Richtung Stadtzentrum zurück,
vorbei an dicken fetten Möwen, die auf den Geländern hock-
ten, und an unzähligen Läufern, Radfahrern und Hundebe-
sitzern. Bei den Arkaden stießen sie auf einige Obdachlose,
und Liv versuchte, aus der Ferne zu erkennen, ob ihr Vater
unter ihnen war.

Tanya musterte sie irritiert. »Warum gehst du nicht einfach hin und fragst? Wovor hast du Angst?«, fragte sie.

»Ich … Ich komme mir vor wie ein Eindringling. Die werden sicher sauer.«

»Und sind alle betrunken oder verrückt, springen auf und
stechen dich ab?«

»Also, so was kommt bestimmt ab und an vor.«

»Normalerweise ist es kein Problem, jemandem zu entkommen, der nicht alle Tassen im Schrank hat.« Tanya
zuckte eine Schulter. »Vielleicht wollen einige nicht gestört
werden und sagen, dass du dich verpissen sollst. Vielleicht
helfen sie dir aber auch gern. Manche sind freundlich, andere
nicht – wie überall. Es gibt nur einen Weg, es herauszufinden, oder?«

Liv nickte und schämte sich für ihre bürgerlichen Vorurteile. Für ihre Ängste, die sie so voreingenommen wirken ließen.

Die erste Frau, auf die sie zuging, hatte langes, dunkles, grau durchwirktes Haar, das sie aus ihrem verwitterten Gesicht zurückgebunden hatte. Liv schätzte, dass sie in den Sechzigern war. Ihre Stimme klang allerdings deutlich jünger, doch ganz und gar ausdruckslos. Sie war nicht interessiert, wie Liv bemerkte. Das betraf nicht nur Liv oder ihre Suche, sondern wohl das ganze Leben. Ihre Hände waren ruhelos, die Lippen derart rissig, dass in ihren Mundwinkeln getrocknetes Blut klebte. Der Geruch von ihrem schmutzigen Bettzeug und ihrem ungewaschenen Körper stieg Liv in Mund und Nase. Plötzlich wurde ihr klar, dass sie dringend einige Bilder von Martin ausdrucken musste, um sie den Leuten zeigen zu können. Trotz seiner Größe war es schwierig, eine Beschreibung von ihm zu geben, die nicht nach einem x-beliebigen Mann mittleren Alters klang.

»Tut mir leid, Kleine, ich kenne keinen Martin«, sagte die Frau.

»Hier«, sagte Liv und wühlte in ihrer Tasche. »Möchten Sie das haben? Für Ihre Lippen. Der ist ganz neu, ich habe ihn erst gestern gekauft.«

Die Frau blickte auf den Lippenbalsam, den Liv ihr hinstreckte, schüttelte jedoch den Kopf. »Behalt das mal, Kleine«, sagte sie.

Liv fragte sechs Personen, die dort lagerten, doch keine von ihnen schien Martin zu kennen. Sie spürte einen Hauch der Verzweiflung, die die dunkelhaarige Frau ausstrahlte, als würde das Gefühl irgendwo in ihr auf ein Echo stoßen.

»Nächste Station: Broadmead«, sagte Tanya. »Da sind auch immer Obdachlose.«

»Okay«, sagte Liv, dankbar für ihre Initiative. »Alles in Ordnung? Nicht, dass du frierst oder dich überanstrengst.«

»Mir geht's gut, ich bin nur verdammt hungrig. Wir sehen uns dort noch um, dann gehen wir was essen, okay?«

Broadmead war ein nichtssagendes Einkaufsviertel — langweilige Geschäfte in funktionalen Nachkriegsbauten, wo die Altstadt im Zweiten Weltkrieg den Bomben zum Opfer gefallen war. Eine Stunde lang liefen sie durch die Haupt- und Nebenstraßen und fragten, wen auch immer sie finden konnten. Ein Mann hatte sich in Fleecedecken gewickelt, er hatte der Welt den Rücken zugedreht und schlief. Es war schwierig, seine Größe zu schätzen, aber er wirkte kräftig, und einen Moment lang dachte Liv, es könnte Martin sein.

»Weck ihn nicht auf«, sagte Tanya. »Das findet er womöglich nicht so gut.«

Doch Liv trat näher und versuchte, das Gesicht des Mannes zu erkennen. Ihr Herz raste erwartungsvoll, bis sie die schrägen Wangenknochen und die rötlichen Haarbüschel unter der Mütze bemerkte. Da wusste sie, dass es nicht ihr Vater war. Der Mann lag so still und reglos da, dass Liv plötzlich dachte, er sei womöglich tot. Sie betrachtete ihn aufmerksam, doch das Einzige, was sich bewegte, war sein Haar, durch das der Wind strich. Er schien nicht zu atmen. Spontan und mit einem flauen Gefühl im Bauch rüttelte Liv sanft an seinem Arm. Als der Mann etwas murmelte und bei ihrer Berührung zuckte, sprang sie zurück.

Sie fanden ein gut besuchtes, warmes Café, in dem Soßenflaschen auf den Plastiktischen standen. Tanya bestellte ein komplettes englisches Frühstück und verschlang es gierig, als hätte sie seit Tagen nichts mehr gegessen. Liv trank einen

Becher Tee. »Das ist echt köstlich. Solltest du dir auch bestellen.« Tanya deutete mit dem Messer auf ihren fettigen Teller. »Du isst wie ein verdammter Spatz.«

»Ich habe keinen Hunger.«

»Ist nicht so leicht, es aus der Nähe zu sehen, oder?«, fragte Tanya, die spürte, dass Liv der Mut verließ. »Leute, die so leben, die so *riechen* ... Wobei ich mal gehört habe, wenn man sich hinter dem Ohr reibt und dann an seinem Finger riecht, bildet man sich weniger auf seine persönliche Hygiene ein.« Sie lächelte.

»Nett. Ja, es ist schwer, du hast recht. Aber das ist es nicht.« Liv war enttäuscht, obwohl sie wusste, dass das dumm war. Es war dumm, dass sie erwartet hatte, Martin heute Morgen gleich beim ersten Versuch zu finden.

Tanya wartete auf eine Erklärung, und als Liv ihr keine bot, wandte sie sich wieder ihrem Frühstück zu. »Eigentlich sollte ich mich vegetarisch ernähren«, sagte sie und schnitt in das erste von drei Würstchen. »Was auch immer dieses Kind wird, es wird ein Fleischfresser, das sage ich dir.«

»Wird es ein Junge?« Liv spürte ein alarmierendes Gefühl, als würde sie rückwärts ins Leere treten.

»Das weiß ich noch nicht — beim letzten Ultraschall hatte es die Beine übereinandergeschlagen. Aber ich habe so eine Ahnung, dass es ein Junge wird.«

»Oh«, sagte Liv.

Tanya hörte auf zu kauen und sah zu ihr hoch. »Hattest du einen Jungen?«, fragte sie leise.

Liv nickte. Sie versuchte zu lächeln, um zu zeigen, dass es okay war, scheiterte jedoch. »Dad hätte sich riesig über einen Enkel gefreut«, sagte sie. »Mein Bruder Dom hat schon zwei Mädchen, wobei Dad sie nie zu sehen bekommt.«

»Und *sein* Dad? Ich meine, der vom Baby?«

»Er …« Liv zuckte die Achseln. »Er hat sich nicht für unseren Sohn interessiert, als er noch lebte. Darum gibt es keinen Grund, warum er sich jetzt für ihn interessieren sollte.«

»Aber … du hast es ihm doch erzählt?«

»Wir haben uns getrennt, bevor ich überhaupt wusste, dass ich schwanger war. Aber er wird gehört haben, was passiert ist. Seine Mutter und meine sind befreundet.«

»Und er hat sich gar nicht gemeldet?« Tanya konnte es nicht fassen. »So ein Wichser.«

»Ach, er ist, wie er ist«, sagte Liv. »Vielleicht wird er irgendwann aufwachen und es kapieren. Aber das kann dauern.«

»Was kapieren?«

»Was passiert ist. Kapieren, was … es bedeutet. Dass er seinen *Sohn* verloren hat.«

Tanya nickte. »Also, als du gesagt hast, dass du von deinem Job beurlaubt bist …«

»Ich bin im Mutterschutz. Das ganze Jahr. Das … bekommt man auch, wenn man das Baby gar nicht hat.«

»Herrgott, Liv. Das ist irgendwie schrecklich.«

»Meine Mutter hat vorgeschlagen, dass ich schon früher wieder zur Arbeit gehen soll — so bald wie möglich. Aber ich kann einfach nicht. Sie findet, ich sollte meinen Alltag wieder aufnehmen und bloß nicht so viel darüber reden.«

»Als wäre nichts passiert?«

»Als wäre nichts passiert.«

Es fühlte sich an, als würde sie Befehle verweigern, indem sie darüber sprach. Als würde sie alte Wunden aufreißen. Darum erzählte sie Tanya nichts von der traurigen kleinen Urnenbeisetzung, die das Krankenhaus für ihr Baby ausgerichtet hatte, weil sie selbst nicht in der Lage gewesen war, um etwas zu planen. So gab es Blumen und Teddybären aus dem Krankenhausladen, und der Seelsorger hatte ein paar Worte gesprochen. Sie hatte niemand anderen dabeihaben wollen. Nur die Hebamme, die sie von einer natürlichen Geburt überzeugt hatte, und zwei Krankenschwestern, die ihr in den dunkelsten Stunden ihres Lebens beigestanden hatten, als der stille kleine Körper auf die Welt gekommen war. Sie hatte nicht gewollt, dass ihre Mutter oder irgendeine Freundin dabei war. Unfairerweise hatte sie das Gefühl gehabt, dass niemand anders ein Recht hatte, dabei zu sein. Und sie hatte es nicht ertragen können, angesehen oder angesprochen zu werden. Am liebsten hätte sie sich aufgelöst. In ihrer Erinnerung war die Beerdigung wie ein Traum — deutlich weniger real als die Träume, die sie in letzter Zeit hatte. Es kam ihr vor, als wäre es jemand anderem passiert oder als läge es schon Jahre zurück. Als hätte ihr Verstand zu viel Angst, mit klarem Blick zurückzuschauen. Sie hatte fast keine Erinnerung mehr an die Geburt selbst.

»Was meinst du, wie viele Obdachlose es in Bristol gibt?«, fragte Liv, als sie die stickige, warme Luft im Café gegen die scharfe Kälte draußen tauschten und zurück in Richtung Christmas Steps gingen. Sie wollte ein gutes aktuelles Foto von ihrem Vater heraussuchen und jede Menge Exemplare ausdrucken. Sie konnte es kaum erwarten, weiterzusuchen und ihn zu finden, ehe die Chance wieder vorüber war. Sie spürte bereits, wie die Hoffnung, dass Adam ihn tatsächlich gesehen hatte, schwand.

»Ich glaube, ungefähr fünfundachtzig oder neunzig«, sagte Tanya. »Sie werden jedes Jahr offiziell gezählt, dann erscheint ein Bericht in der Zeitung.«

»Ach. Ich hätte gedacht, es wären mehr.«

»Das sind nur die, die in der Nacht, in der sie gezählt werden, tatsächlich auf der Straße schlafen. Vermutlich gibt es noch Hunderte in irgendwelchen besetzten Gebäuden oder solche, die Couchsurfing machen, wie ich früher. Vielleicht sogar Tausende.«

»Na klar … Ich sollte nachts nach ihm suchen, oder? Tagsüber ist er wahrscheinlich unterwegs. Ich sollte nachts losgehen.«

»Liv.« Tanya nahm ihren Arm und hielt sie fest. »Du darfst nicht nachts nach ihm suchen, okay?«

»Warum nicht? Die Chancen sind dann wesentlich größer, ihn zu finden …«

»Ja, und auch die Chance, dass du überfallen oder erstochen wirst oder noch Schlimmeres.«

»Schlimmer als erstochen zu werden?«

»Glaub mir, es gibt Schlimmeres.« Tanya fixierte sie mit todernstem Blick. »Ich kann dich nachts nicht begleiten, nicht zu den Orten, wo die Obdachlosen rumhängen. Das werde ich nicht tun. Nicht einmal Dean würde es tun, und es gibt nicht viel, was er nicht tut. Und du solltest das auch nicht machen.«

»Ich komm schon klar, Tanya …«

»Es wäre ziemlich dumm.«

»Aber ich … Ich muss nach ihm suchen.«

»Ich weiß. Aber es gibt andere Wege.« Sie gingen weiter. »Druck ein paar Plakate mit seinem Bild aus und häng sie in den Unterkünften auf. Rede mit den Sozialarbeitern. Gib ihnen deine Kontaktdaten. Frag rum — tagsüber. Mach es so, okay?«

»Vielleicht«, sagte Liv.

»Versprich mir, dass du nicht allein nachts losgehst und nach ihm suchst.«

»Okay! Versprochen.«

»Gut.« Tanya schob die Hände in die Taschen, dann blickte

sie mit einem kleinen Lächeln zu Liv. »Du könntest auch diesen attraktiven Kerl vom Sozialdienst fragen.«

»Sean?«

»Wenn er so heißt.«

»Er hat versucht, mit Adam über seine Optionen zu sprechen, aber ich glaube nicht, dass er sehr weit gekommen ist.«

»Nun ja, vielleicht solltest du ihn überreden, noch mal zurückzukommen und es wieder zu probieren? Gott, wenn ich ihn sehe, wünschte ich, ich wäre fünfundzwanzig und Single, anstatt fünfunddreißig und schwanger.« Tanya lachte.

»Er ... Er hat mich gefragt, ob ich was mit ihm trinken gehe. Ich habe Nein gesagt.«

»Moment mal — was? Du *bist* fünfundzwanzig und Single.«

»Ja, aber ich ...« Liv zuckte die Schultern. »Ich glaube, ich bin noch nicht so weit.«

»Also, das verstehe ich. Aber Liv ... er ist verdammt attraktiv. Er erinnert mich an diesen Schauspieler, David Irgendwas ... Weißt du, wen ich meine? Und wenn er für die Obdachlosen arbeitet, kann er kein kompletter Blödmann sein, oder? Es ist deine *Pflicht*, mit ihm auszugehen, weil ich es nicht kann.«

»Ich glaube, ich kann momentan mit niemandem ausgehen«, sagte Liv. »Außerdem bin ich sechsundzwanzig.«

»Ja — du hast recht. Viel zu alt für ein Date.«

*

Liv suchte nach einem guten Foto von Martin. Es gab nur wenige — er war nicht der Selfie-Typ. Er war auch nicht auf Social-Media-Portalen unterwegs, und auf den meisten Fotos, die Liv auf ihrem Smartphone hatte, blickte er entweder nach unten, oder die Bilder waren unscharf, weil er sich gerade bewegte. Erst da wurde ihr klar, dass er nicht gern fotografiert wurde. Auf ihrer Kamera hatte sie ein paar bessere Bilder, aber die war in ihrer Wohnung, und sie konnte sich immer noch nicht vorstellen, dorthin zu gehen.

Schließlich, als sie zwei Jahre zurückscrollte, fand sie eins, das sie heimlich von ihm gemacht hatte. Sie hatten Fish and Chips auf der Marine Parade in Clevedon gegessen und über den Hafen und das flache Wasser des Bristol Channels geblickt. Martin hielt den Blick in die Ferne gerichtet. Er war leicht im Profil zu sehen und blinzelte in die Sonne — er wirkte ganz und gar friedlich. In Gedanken verloren, beständig und zeitlos wie das Wasser. Er hatte gar nicht gemerkt, dass sie ihn mit dem Handy fotografierte. Bei seinem Anblick überkamen sie tiefe Traurigkeit und Sehnsucht. Der Martin auf dem Bild war nicht depressiv gewesen, er hatte nicht mit sich gerungen. Er hatte nicht versucht, die Dielenbretter zu lösen oder den Kellerboden aufzustemmen. Und die Version von ihr, die das Foto gemacht hatte, hatte nie von Arty McGann gehört und war niemals schwanger gewesen. Sie hatte keine Albträume von einem Neugeborenen, das verloren war und weinte, damit man es fand.

Als das Telefon klingelte, zuckte sie zusammen, und als sie die Nummer der Polizei erkannte, stürzte sie darauf zu. Sie berichtete Constable Whitley noch einmal, was Adam ihr erzählt hatte, und sagte ihm, dass sie bereits dort gewesen war, um nach ihm zu suchen.

»Ich habe nach Überwachungskameras Ausschau gehalten, aber keine gesehen. Sind da überhaupt welche?«

»Das habe ich überprüft, bevor ich Sie angerufen habe, und ich befürchte, ich habe keine guten Neuigkeiten«, sagte Whitley. »Die nächste Kamera befindet sich am Kreisverkehr auf der A4, über hundert Meter vom alten Gaswerk entfernt.

Das ist zu weit weg, um irgendjemanden zu erkennen. Wenn er an der A4 entlanggelaufen ist, besteht allerdings die Chance, dass er vielleicht an dieser Kamera vorbeigekommen ist. Sobald wir wissen, um welche Uhrzeit er gesehen wurde, überprüfen wir es. Das können wir versuchen.«

»Okay, toll. Das ist wunderbar. Ich werde Adam fragen, sobald ich ihn sehe.«

»Aber er könnte viele Straßen genommen haben«, sagte Whitley vorsichtig.

»Gibt es in einigen von ihnen Kameras?«

»Miss Molyneaux ...« Whitley zögerte und wählte seine Worte mit Bedacht. »Ich verstehe voll und ganz, warum Sie das alles probieren wollen. Aber es stellen sich einige Probleme. Sollte Mr. Freeman Ihren Vater tatsächlich gesehen haben und er gesund und in Freiheit gewesen sein, dann betrachten wir ihn aus Polizeisicht nicht mehr als vermisst. Dann ist er abwesend, aber nicht in Gefahr. Es ist ganz und gar seine Sache, wenn er nicht nach Hause kommen oder keinen Kontakt haben will. Alle Individuen haben ein Recht auf Freiheit und auf Privatsphäre.«

»Aber ... er ist labil. Er braucht Hilfe ...«

»Möglicherweise, aber das wissen wir nicht sicher. Ich fürchte, wenn ihn jemand gesehen hat – wenn *bestätigt* ist, dass ihn jemand gesehen hat, macht das den Fall Ihres Vaters, was die Ermittlungen angeht, weniger dringend.«

Liv dachte einen Moment darüber nach. »Dann würden Sie also nicht mehr nach ihm suchen?«

»Er würde in der Vermissten-Kartei bleiben, und der Fall würde regelmäßig überprüft, aber ...«

»Ich verstehe.«

»Aber das sind doch trotzdem gute Neuigkeiten, nicht? Wenn er es ist, meine ich? Es ist doch viel besser, dass er am

Leben und wohlauf ist und dort draußen irgendwo herum-
läuft. Und es hält Sie ja nichts davon ab, weiter nach ihm zu
suchen.«

»Aber Sie werden sich das Material aus der Kamera ansehen?«

»Sobald ich die Zeit weiß, ja. Ich kann nicht die ganzen
vierundzwanzig Stunden durchsehen, fürchte ich, und ich
kann nicht auf gut Glück in der ganzen Stadt suchen.«

»In Ordnung«, sagte Liv. »Ich habe inzwischen ein deutlich besseres Foto von Martin, das Sie ebenfalls benutzen
können. Ich schicke es Ihnen jetzt.« Das, mit dem sie bislang
gearbeitet hatten, stammte aus seinem Ausweis, da Angela
ihnen nichts anderes hatte geben können. Doch ohne sein
Lächeln sah es ihm kaum ähnlich.

Nachdem Whitley aufgelegt hatte, saß Liv in dem stillen
Laden und wurde sich bewusst, dass die Polizei kaum etwas
getan hatte, um Martin zu finden. Es gab allerdings auch
nicht viel, was sie hätten tun können, selbst wenn sie nicht
von einem Selbstmord ausgegangen wären. Es waren, wie
Whitley gesagt hatte, dennoch gute Neuigkeiten. Weitaus
besser, als wenn er dort draußen irgendwo in einer Stadt mit
über einer halben Million Einwohnern umherirrte, auch
wenn Liv die Einzige war, die nach ihm suchte.

Ihr Telefon meldete den Eingang einer E-Mail, die sie
sofort öffnete.

Liebe Olivia, ich habe etwas für dich. Es ist noch nicht viel,
aber ich wollte es dir dennoch mitteilen. Erstens: Du hast mich
gefragt, wann Martin mich darum gebeten hat, die Geschichte
des Ladens zu recherchieren – ich habe meine Notizen gefunden
und kann dir nun sagen, dass es der 30. April diesen Jahres war.

Zweitens: Ich habe die Handelsregister durchforstet und nach irgendeinem Hinweis gesucht, dass es in der Nummer 15 ein Café gegeben hat. Bislang erfolglos, aber im Zusammenhang mit einer anderen Recherche habe ich das hier gefunden. Es ist eine Kuriosität aus *Felix Farley's Bristol Journal*, auch bekannt als »The Crier«, eine der bekanntesten Zeitungen im 18. und 19. Jahrhundert. Darin standen Klatsch und unterhaltsame Geschichten, von Lesern verfasste Gedichte, aber auch Nachrichten und Informationen über den Schiffsverkehr. Nur wenige Ausgaben sind vollständig erhalten, aber im Bristol-Archiv gibt es ein paar, und auch ein paar Ausschnitte. Das hier habe ich auf der Titelseite der Ausgabe von Samstag, dem 29. Mai 1790, gefunden:

»Delacroix' Kaffeehaus in den Christmas Steps hat gestern eine außergewöhnliche Wette ausgeschrieben: Wer zehn Guineas setzt, erhält hundert, sollte Mr. Pitt in genau einem Jahr nicht mehr im Amt sein.«

Die Hausnummer wird nicht erwähnt, aber die hat sich seither vermutlich sowieso geändert. Und es kann natürlich nicht das Café gewesen sein, an das dein Besucher denkt – es sei denn, er besitzt eine Zeitmaschine –, aber nun wissen wir es: Es hat einmal ein Café in den Steps gegeben, und der Besitzer führte offenbar auch ein Wettbüro. Falls du dich das fragen solltest, Mr. Pitt war am 28. Mai 1791 noch im Amt. Ich fürchte also, dass alle, die die Wette abgeschlossen haben, ihre zehn Guineas verloren haben. Aber zumindest wird Mr. Delacroix zufrieden gewesen sein. Ich hoffe, dass ich bald mehr zu berichten habe. Ich mache eifrig weiter und amüsiere mich. Herzlich, Vincent.

Liv saß eine Weile vor der geöffneten E-Mail und starrte vor sich hin. Irgendetwas in der E-Mail hatte etwas bei ihr ausgelöst, aber sie wusste nicht, was genau. Ende April hatte

Martin so dringend nach Informationen über die Vergangenheit des Hauses und die früheren Bewohner gesucht, dass er Vincent um Hilfe gebeten hatte. Das war drei Wochen, nachdem sein Enkel gestorben war. Liv holte das kleine Gedichtbuch aus der Hosentasche und las es zum tausendsten Mal. Drei Wochen im April, während derer Martin versucht hatte, Liv zu sehen. In denen er versucht hatte, mit ihr zu sprechen, ihren Kummer mit ihr zu teilen und seinen eigenen zu lindern. Drei Wochen, in denen sie ihm wie dem Rest der Welt den Rücken zugewandt hatte. Konnte man in drei Wochen vollkommen aus der Bahn geraten? Liv zitterte und holte tief Luft, sie schloss eine Hand um das Buch und hielt es fest.

Die nächste Stunde verbrachte sie damit, ein Poster mit Martins Bild und ihren Kontaktangaben zu entwerfen und Unterkünfte und Anlaufstellen für Obdachlose zu googeln. Es überraschte sie, wie wenige es gab. Mit einem Packen Ausdrucke in der Hand, stand sie vor der Ladentür, holte ihr Telefon heraus und wählte Sean Okekes Nummer, während sie sich auf den Weg zur ersten Einrichtung auf ihrer Liste machte.

»Sean? Hier ist Liv. Aus den Christmas Steps.« Sie zögerte. »Die, die …«

»Ja, ich weiß, wer du bist. Ich habe nicht damit gerechnet, dass du dich noch mal meldest, deshalb bin ich ein wenig überrascht. Was gibt's?«

»Ich … sorry, dass ich heute Morgen nicht da war, um dir einen Kaffee zu machen.«

»Kein Problem. Es ist schließlich nicht dein Job, mir Kaffee zu kochen.«

»Wie lief es mit Adam?«

»Ich darf eigentlich nicht mit dir über ihn reden, Liv. Aber er war heute etwas gesprächiger.«

»Das ist gut. Er ... Er hat mir heute Morgen etwas erzählt. Er sagte, er hätte meinen Vater gesehen. Kürzlich, meine ich. Ich weiß, dass er meinen Vater gekannt hat — und heute hat er mir erzählt, dass er ihn vor zwei Tagen in der Lime Kiln Road gesehen hat.«

»Moment«, sagte Sean. »Es tut mir leid, aber so, wie du über ihn gesprochen hast, dachte ich, dein Vater wäre gestorben ...«

»Das haben alle anderen gedacht. Und ich habe mich bemüht zu akzeptieren, dass er sich vielleicht umgebracht hat — was die Polizei und alle anderen glauben. Aber jetzt ...« Liv sprach im Gehen weiter und berichtete ihm von Martins früheren psychischen Problemen, davon, dass er früher auf der Straße gelebt hatte und was sie jetzt hoffte. Genau das, was sie Tanya heute Morgen erzählt hatte. Sie bemerkte, dass sie zu schnell sprach, weil sie Sean keine Gelegenheit geben wollte, irgendwelche Zweifel zu äußern. Doch als sie ihn schließlich zu Wort kommen ließ, versuchte er gar nicht, ihr die Hoffnung zu nehmen, und sie war erleichtert.

»Na, das ist doch toll.« Seine Stimme klang warm. »Ich meine natürlich nicht, dass er vielleicht wieder eine Krise hat, aber du weißt schon, was ich meine.«

»Danke. Vielen Dank.«

»Ich vermute, du hast mich angerufen, weil du mich fragen willst, wie du ihn finden könntest?«

»Ja. Das war Tanyas Idee ... Ich habe mich gefragt, ob ich dich vielleicht begleiten könnte. Um ihn zu suchen, meine ich. Ich musste Tanya versprechen, nachts nicht allein loszugehen.«

»Ja, da hat sie recht. Es ist ziemlich gefährlich, wenn du nachts allein losziehst und die Obdachlosen ansprichst. Sozialarbeiter gehen immer nur zu zweit, und wir sind dazu ausgebildet ...«

»Ja. Dann könnte ich doch mit dir gehen? Heute Abend?«

»Nein, tut mir leid. Da gibt es alle möglichen Schwierigkeiten.«

»Was für Schwierigkeiten denn?«

»Na ja ... berufliche Vorschriften. Die Sicherheit. Den Datenschutz. Manchmal nehmen wir Ehrenamtliche mit, wenn wir ziemlich viel zu tun oder zu wenig Personal haben, aber die sind dann entsprechend ausgebildet und ...«

»Aber dafür habe ich keine Zeit ...«

»Und du würdest auch gar nicht infrage kommen. Du kannst keine Ehrenamtliche werden, nur um deinen Vater zu suchen. So funktioniert das nicht — das ist nicht die richtige Motivation. Es geht nur um die Leute, denen wir zu helfen versuchen.«

»Das verstehe ich, aber ich könnte dich doch nur ... begleiten, oder nicht? Nur mitgehen? Ich würde auch gar nicht stören.«

»Du *würdest* stören, Liv. Wir arbeiten hart daran, eine Verbindung zu unseren Klienten aufzubauen, und das ist nicht immer leicht. Manchmal dauert es Wochen — Monate —, bis die Leute uns vertrauen. Ich kann nicht einfach sagen: ›Ach, heute Abend habe ich übrigens eine Bekannte mitgebracht.‹«

»Verstehe«, sagte Liv und gab sich geschlagen.

»Hör zu — mach alles andere, was du gesagt hast, häng Plakate auf, rede mit den Leuten in den Unterkünften. Frag tagsüber in der Obdachlosengemeinde rum, wenn es sicher wirkt. Aber ich kann dich nicht mitnehmen, tut mir leid.«

»Okay.«

»Schick mir sein Bild, wenn du magst. Ich gebe es den

Sozialarbeiter-Teams, dann können sie ebenfalls nach ihm Ausschau halten.«

»Danke.« Liv konnte ihre Enttäuschung nicht verbergen. Sie hörte Sean seufzen.

»Ich verstehe, dass du unbedingt da rausgehen und ihn finden willst, Liv. Aber bitte versuch es nicht nachts.« Er schwieg einen Moment.

»Ich bin gerade unterwegs, um Plakate in den Unterkünften aufzuhängen«, sagte Liv ausweichend.

»Gut. Bist du bei WhatsApp? Schick mir das Bild darüber — dann kann ich es den Leuten im Dunkeln besser zeigen.«

»Mach ich. Danke, Sean.«

*

Drei Tage lang hielt Liv sich an den Plan und tat, was sie Tanya versprochen hatte. Sie ging tagsüber in die Stadt und hängte Plakate auf, wo immer sie konnte. Sie überprüfte jedes öffentliche Gebäude, an dem sie vorbeikam — Museen und Cafés, Kirchen und Bibliotheken. Jeden Tag ging sie zurück zum Seven Stars, doch nur um nach Martin zu fragen, nicht um zu trinken. Drei Nächte lang waren ihre Träume etwas weniger intensiv, und sie schlief besser, obwohl sie das Schreien des Babys eines Nachts weckte und sie in Panik versetzte, weil es schwächer und gedämpfter klang als zuvor. Als würde sie sich weiter von ihm entfernen, anstatt ihm näher zu kommen. Sie war in Panik geraten und hatte sich nicht bewegen können — wieder einmal hatten ihre Arme und Beine die Befehle ihres Gehirns vollkommen ignoriert.

Am Morgen nach jener Nacht kam Adam, und Liv fragte

ihn, wann genau er Martin gesehen hatte. Doch seine Aussagen waren vage und wurden immer vager, je mehr sie fragte.

»Ich *weiß* es nicht mehr, das hab ich dir doch gesagt! Ich hab schließlich keine Uhr. Oder siehst du hier 'ne Rolex?« Er wedelte mit seinem Handgelenk und wurde zunehmend gereizter. »Es war frühmorgens, draußen war es noch dunkel«, sagte er schließlich, mehr konnte Liv nicht aus ihm herausbekommen. Sie gab die Information an Constable Whitley weiter und beschloss, optimistisch zu bleiben und dem alten Mann zu glauben.

Wenn sie draußen unterwegs war, Plakate mit Martins Bild aufhängte und herumfragte, fühlte sie sich besser, doch wenn sie am Ende des Tages in den Laden zurückkehrte, fiel es ihr schwer, nur dazusitzen und zu warten. Die Abende waren leer und die Nächte draußen kalt und finster, und Liv konnte den Gedanken nicht ertragen, dass Martin dort draußen zitternd unter der schmalen Mondsichel schlief. Die Vorstellung, dass er mit seinen inneren Dämonen rang und jegliche Hoffnung verloren hatte. Dass er all die Lügen glaubte, die die Depression ihm einflüsterte. Dass er dachte, er sei nicht real. Sie stellte sich vor, wie sie ihn fand und ihn nach Hause in Sicherheit brachte. Adam hatte gesehen, wie ein Mann zu Tode getreten worden war. Das hatte er ihr erzählt. Bei der Vorstellung, dass Martin angegriffen werden könnte, zitterten ihre Hände.

Am vierten Abend ihrer Suche machte Liv eine Flasche Wein auf. Sie hatte nur ein Glas zur Beruhigung trinken wollen, leerte innerhalb einer Stunde jedoch die gesamte Flasche. Anschließend fühlte sie sich mutiger, unangreifbar, und sie wurde ungeduldig. Sie konnte es nicht im Trockenen und Warmen aushalten, wenn Martin dort draußen war. Die Obdachlosen der Stadt suchten nach sicheren Plätzen, wo sie sich hinlegen konnten und vor dem Wetter geschützt waren.

Sie würde sich einfach im Schatten halten, sodass niemand sie sah. Tanya würde nicht erfahren, dass sie ihr Versprechen gebrochen hatte. Sie würde mit niemandem reden. Niemand würde sie bemerken, aber sie würde alles registrieren und Martin erkennen, wenn sie ihn sah, selbst aus der Ferne.

Liv zog ihre Stiefel an, nahm ihre Jacke und ging die Treppe hinunter. Als sie am Treppenhausfenster vorbeikam und einen Blick hinauswarf, verfehlte sie eine Stufe, knickte mit dem Fuß um und blieb keuchend stehen. Sie starrte in die Dunkelheit, in den Schatten, den der Mond auf die andere Straßenseite warf. Dort hatte jemand gestanden und reglos den Hügel hinaufgesehen, als habe er während des Anstiegs innegehalten. Sie war sich ganz sicher, dass sie jemanden gesehen hatte. Eine verhüllte Gestalt, farblos und gebeugt. Mit klopfendem Herzen starrte Liv hinaus, aber da war nichts mehr. Nur ein leises Flüstern meinte sie zu hören, nicht viel mehr als ein Hauch, dieselbe Frage wie zuvor: *Wo ist sie?* Eine kaum wahrnehmbare Berührung trieb ihr ein Schaudern über den Rücken.

Es dauerte eine ganze Weile, ehe sie, nun vorsichtiger, die Treppe weiter hinunterstieg. Sie hatte die Gestalt der Frau oben an der Treppe nur geträumt. Das war Liv klar. Es war nur ein Phantom, das ihr benebelter Kopf heraufbeschworen hatte, nicht mehr. Eine Folge von Kummer und Erschöpfung, die sich im Licht des Morgengrauens in dieser Gestalt manifestiert hatten. Doch jetzt schlief sie nicht. Sie spürte die Nähte ihrer Socken an den Zehen und schmeckte die Säure des Weißweins in ihrer Kehle. Der Pullover, den sie trug, roch schwach nach dem Waschmittel, das ihre Mutter benutzte. Sie war wach, die Vorstellung, dass die unbekannte, verzweifelt wirkende Gestalt von der Treppe jetzt dort draußen sein könnte, war unrealistisch.

Mit trockenem Mund ging Liv so leise sie konnte zur Ladentür. Sie starrte hinaus und versuchte, irgendeinen Hinweis auf die Frau zu entdecken oder auf etwas, das sie für einen Menschen gehalten haben könnte. Doch da war nichts. Es war noch nicht sehr spät, erst gegen zehn, aber in den Christmas Steps war niemand mehr unterwegs. Liv hielt den Atem an und hörte nichts außer dem Klopfen in ihrem Hals und dem schwachen elektrischen Surren der Heizkörper. Es herrschte vollkommene Stille, bis sich draußen vor dem linken Schaufenster jemand bewegte — ganz plötzlich und kaum erkennbar. Liv schrie auf und machte einen Satz nach hinten.

Ein dunkles Gesicht drehte sich abrupt zu ihr um und sah sie an, das schwache Licht aus dem Treppenhaus spiegelte sich im Weiß der Augen. Die Gestalt hielt inne, und im nächsten Moment erkannte Liv Sean, der ebenso überrascht schien, sie in dem unbeleuchteten Laden zu sehen wie sie ihn dort draußen. Liv schlug sich eine Hand vor den Mund, richtete den Blick auf den Boden und wartete, bis sich ihr Herzschlag beruhigte.

»Liv? Mensch, tut mir leid — ich wollte dich nicht erschrecken«, sagte Sean durch die Tür.

»Schon okay«, rief sie. »Schon okay. Es war nur ...« Sie holte tief Luft und sah hoch. Sean stand im Eingang, die Hände in die Taschen geschoben. Schatten fingen sich in den Winkeln seines Gesichts — an Wangen, Augen und Kinn, den elegant geschwungenen Nasenflügeln. Vielleicht hatte Tanya recht und er war tatsächlich attraktiv. Liv schaltete das Licht an, woraufhin beide zusammenzuckten. »Was machst du hier?«, fragte sie.

»Ich bin auf dem Heimweg. Ich nehme oft diese Abkürzung«, sagte er. »Und ich dachte, ich halte mal Ausschau nach Adam. Tut mir leid. Ich wollte dich nicht erschrecken.«

»Schon okay«, sagte Liv. Ihre Panik verebbte und hinterließ ein hartnäckiges Pochen in ihrem Schädel. Sie standen sich an der Tür gegenüber, ohne dass sich einer von ihnen rührte. Liv spürte, wie Sean sie durch die Scheibe musterte. »Also dann, gute Nacht«, sagte sie im selben Moment, in dem er sagte: »Wolltest du gerade rausgehen? Willst du mich begleiten?«

»Nein, ich …« Liv schüttelte den Kopf und wandte schuldbewusst den Blick ab. Der Schreck hatte sie ernüchtert, sie fühlte sich schlagartig nicht mehr unangreifbar, sondern kam sich im Gegenteil dumm vor und schämte sich.

»Du wolltest losgehen und deinen Vater suchen, stimmt's?«

»Das geht dich nichts an«, sagte sie. »Warum mischt sich jeder in meine Angelegenheiten ein?«

»Stimmt. Ich dachte nur, du willst vielleicht meine Hilfe? Und ich dachte, du wolltest nicht nachts allein losgehen, um ihn zu suchen?«

»Ach, warum interessiert dich das überhaupt?«

»Weil du mich angerufen und es mir erzählt hast. Wenn du es also trotzdem machst und dir etwas Schlimmes zustößt, fühle ich mich beschissen. Darum …«

»Ich gehe nirgendwohin! Okay?«

»Okay. Gut.« Er zögerte. »Ich sage dir Bescheid, wenn ich irgendetwas höre. Gute Nacht.«

Liv sagte nicht Gute Nacht, und sie sah ihm auch nicht nach, als er den Hügel hinaufging. Sie schaltete das Licht aus und starrte durch die Scheibe, bis sich ihre Augen an die Dunkelheit gewöhnten. Da draußen war nichts und niemand zu sehen. Eine leere Straße und eine leere Nacht, und Liv spürte diese Leere tief in sich. Sie kam sich schwach und jämmerlich vor. Sie hätte nicht hinausgehen können, selbst wenn Sean nicht eingegriffen hätte. Sie konnte es nicht, falls sie die alte Frau wieder sah und wusste, dass sie wach war. Denn das würde bedeuten, dass sie real war, und Liv wusste nicht, was sie dann tun würde. Denn auch wenn sie real war, hieß es nicht, dass sie wirklich da war. Und das bedeutete, dass Liv den Verstand verlor.

Schweren Herzens drehte sie sich um und ging zurück nach oben. Es kam ihr vor, als habe sie sich die Euphorie, die erst wenige Tage zurücklag, nur eingebildet. Der Wein machte ihren Kopf und ihre Beine schwer. Sie stolperte die Treppe hoch, trat sich die Stiefel von den Füßen, warf die Jacke aufs Sofa und legte sich ins Bett. Sie wusste nicht, was sie sonst tun sollte.

*

Irgendwann in der Nacht weckten sie die wispernden Frauenstimmen. Liv war wütend, dass sie ihr keine Ruhe ließen. Wütend, dass sie keine ihrer Fragen beantworteten. *Flüster, flüster, flüster.* Sie wusste nicht genau, was sie sie fragen wollte, doch sie schüttelte die Erschöpfung ab und befreite sich von den zerwühlten Laken, um von Zimmer zu Zimmer zu eilen. Auf jeder Türschwelle blieb sie stehen und wartete, bis sie sie wieder hörte, dann eilte sie hinein, fest entschlossen, sie zu finden. Sie zu erwischen.

Lass uns allein. Ich kümmere mich um sie, sagte die eine.

Und die andere antwortete darauf.

Aber was sagte sie? Liv konnte es nicht genau verstehen.

Sie stand am Wohnzimmerfenster und hörte die Frauen hinter sich, fuhr herum und sah niemanden. Auf halbem Weg die Treppe zur Dachkammer hinauf blieb sie erneut stehen und war sich sicher, dass sie dort oben waren, doch als sie hinaufstürmte, fand sie den Raum leer vor.

Lass uns allein. Ich kümmere mich um sie.

Und dann endlich verstand sie die Antwort: *Wie du dich um sie kümmerst, haben wir ja gesehen.*

Die erste Stimme war jung, aber stolz, die zweite älter und voller Argwohn.

»Cleo?«, rief sie aus.

Schweigen antwortete ihr.

»Du musst dich nicht um mich kümmern! Lass mich einfach in Ruhe!«

Es kam keine Antwort, doch sie wusste, dass die Frauen nicht gegangen waren. Sie schlugen nur die Zeit tot, und sie war ihretwegen so verzweifelt, dass sie kaum klar denken konnte. Sie hatte die Tür zur Dachkammer derart heftig aufgestoßen, dass sie zurückgeschwungen und hinter ihr zugeschlagen war, und als sie wieder gehen wollte, ließ sie sich nicht öffnen. Liv drehte den Knauf in beide Richtungen und zog mit aller Kraft daran. Das Holz bebte unter ihren Fäusten, das Schloss rasselte, aber die Tür blieb verschlossen. Panik stieg in ihr auf und machte sie schwach und handlungsunfähig. Sie sank auf den Boden — auf die staubigen kalten Dielen — und schluchzte vor Angst und Verzweiflung, die erschreckend real waren, auch wenn die Gefühle irgendwie nicht wirklich ihre eigenen zu sein schienen.

*

Als sie Adam am nächsten Morgen in den Laden ließ, legte Liv die Arme um ihn und hielt ihn einen Moment fest.

»Schon gut, schon gut … Was ist denn passiert?«, fragte er und tätschelte sie unbeholfen.

»Ach, nichts! Ich bin nur …« Sie zuckte die Schultern. »Ich werde nur verrückt, glaube ich.«

»Ha! Du wirst gaga?« Adam setzte sich auf seinen üblichen

Platz und musterte sie aufmerksam. »Auf mich wirkst du nicht verrückt. Und ich hab schon einige Verrückte gesehen, glaub mir.«

»Wirklich? Warum höre ich dann die ganze Nacht Stimmen und suche nach Sachen — nach Menschen —, die nicht da sind? Wieso wache ich nicht dort auf, wo ich eingeschlafen bin? Und warum weiß ich nicht, ob ich … wach bin oder schlafe? Was real ist und was nicht?«

»Beruhige dich, beruhige dich. Jetzt bist du wach, nicht wahr? Sonst würdest du mir ja nicht davon erzählen, oder? Das sind nur Schatten, mehr nicht, Livvy. Wenn man sie zu genau betrachtet, blicken sie früher oder später zurück. Nachts ist es immer schlimmer.« Er nickte, und in seinem Gesichtsausdruck lag eine tiefe Weisheit.

Liv putzte sich die Nase. »Meinst du, ich bilde mir nur etwas ein? Wahrscheinlich hast du recht. Es ist das erste Mal, dass du mich mit meinem Namen angesprochen hast, glaube ich«, sagte sie. »Livvy, so hat mein Vater mich immer genannt.«

»Das weiß ich.«

»Hast du ihn wirklich gesehen, Adam? Erst neulich, meine ich?«

»Das hab ich dir doch gesagt, oder? Ich lüge nicht.« Er lehnte sich zurück und blickte aus dem Fenster, und Liv schöpfte neue Hoffnung.

»Das hast du gesagt«, erwiderte sie lächelnd.

»Na also. Jetzt bring mir eine Schokolade.« Liv stand auf, um in die Küche zu gehen. »Und bring Cleo mit runter«, sagte er mit einer Stimme, die irgendwie anders klang — sie hatte einen anderen Rhythmus, und der Akzent war nicht ganz derselbe. »Sag ihr, Balthazar will sie sprechen.«

»Balthazar?« Liv drehte sich um, wieder beschlichen sie Zweifel.

Adam zog die knallgrüne Mütze vom Kopf und strich sich mit einer Hand über den Kranz aus silbernem Haar. Liv starrte ihn an und versuchte, ihn ganz klar zu sehen, in seinen Kopf hineinzublicken. Wer war er, und wie verwirrt war er? Seine schwarzen Augen waren undurchdringlich. Seine Miene veränderte sich schnell, ständig wechselten seine Stimmung und seine Gedanken. Besorgt ging sie in die Küche hinauf und stellte die Milch auf den Herd.

Er hatte gesagt, dass Cleo irgendein Gewürz in die Schokolade mische, woraufhin Liv einiges gekauft hatte, um es auszuprobieren — gemahlenen Ingwer, Chili und Zimt. Sie fing mit Zimt an, ihrem persönlichen Favoriten, doch Adam machte bei dem Geschmack ein finsteres Gesicht und strich sich über die Lippen, als versuchte er, den Geschmack zu deuten. »Schmeckt es dir? Ich habe etwas Zimt hineingetan«, sagte sie.

Adam stöhnte.

»Ist sie nicht so, wie Cleo sie gemacht hat?«

»Nein«, sagte er seufzend.

»Ah, na gut, dann probieren wir es weiter.«

Sie setzte sich mit ihrem Frühstück ihm gegenüber — Tee und eine Scheibe gebutterter Toast. Ihr war noch etwas flau im Magen vom Wein, und als sie daran dachte, wie sie Sean durch die geschlossene Tür angeschrien hatte, verzog sie beschämt das Gesicht. Sie hoffte, dass er trotzdem zurückkommen und mit Adam sprechen würde, hielt es eigentlich sogar für wahrscheinlich. Ihn schien so leicht nichts aus der Fassung bringen zu können, und er war äußerst professionell. »Erzählst du mir von deiner Familie, Adam?«, fragte sie.

»Ich habe sie verloren«, sagte er, ohne von seinem Becher aufzusehen.

»Hast du ... Hast du sie verlassen? Oder ...«

»Das geht dich nichts an, oder?« Er starrte sie an, doch in seinen Augen lag Schmerz, keine Wut. »Sie sind gestorben«, sagte er schließlich und blickte wieder nach unten. »Meine Schuld. Alles meine Schuld.«

»Ich bin mir sicher, dass das nicht stimmt ...«, sagte Liv vorsichtig. »Du hast sie ganz offensichtlich geliebt.«

»Was spielt es für eine Rolle, ob ich sie geliebt habe, wenn ich sie nicht beschützen konnte?« Er verstummte und schüttelte erneut den Kopf. »Du willst es also wissen? Du willst von meinen Geistern hören, damit du mit deinen nicht so allein bist?« Er klang bitter, fuhr jedoch fort. »Das Haus hat gebrannt. Meine Schuld. Bin auf dem Badezimmerboden eingeschlafen und hab eine Zigarette auf dem Sofa zurückgelassen. War zu betrunken, um irgendwas zu tun, verdammt. Und die Feuerwehrleute haben sich zuerst um mich gekümmert. Ich habe es ihnen gesagt! Ich habe geschrien! Lasst mich, holt die Kleinen! Holt Rosemary! Sie haben einfach nicht gehört.«

»Es tut mir so leid, Adam.«

»Drei kleine Mädchen, klein und hübsch wie Schmetterlinge.« Er schüttelte den Kopf, das Gesicht von Kummer gezeichnet.

»O Gott ... du Ärmster.« Liv versuchte, Adams Hand zu nehmen, doch er zog sie weg, stieß gegen seinen Becher und verschüttete die heiße Schokolade auf dem Tisch.

»Ich verdiene kein Mitleid, verstehst du?« Wieder starrte er sie wütend an. »Ich verdiene es nicht, und ich will es nicht. Nicht von dir, von niemandem. Also hör auf damit!«

»In Ordnung — ich höre auf, versprochen. Aber es tut mir leid, Adam. Es tut mir so leid.«

Eine Weile schwiegen sie, dann sagte Liv: »Soll ich Sean fragen, ob er heute Morgen kommen kann?«

»Lass es gut sein, Mädchen. Lass es einfach gut sein.«

*

Einen weiteren Tag lief Liv suchend umher und sah dabei immer wieder auf ihr Telefon. Sie befürchtete, einen Anruf von jemandem zu verpassen, dem sie ihre Nummer hinterlassen hatte. Aber bis zum späten Nachmittag rief niemand an, dann meldete sich Constable Whitley, um ihr zu sagen, dass er das Material aus der Überwachungskamera geprüft und niemanden entdeckt habe, auf den Martins Beschreibung passe.

»Aber welches Zeitfenster haben Sie überprüft? Ich weiß, Adam hat sich etwas vage ausgedrückt ... Vielleicht, wenn Sie ...«

»Ich habe alles zwischen drei und sechs Uhr morgens durchgesehen.«

»Aber es wird erst um sieben Uhr hell, also vielleicht war es etwas später? Und vielleicht würde ich ihn wiedererkennen, auch wenn ...«

»Hören Sie, es tut mir wirklich leid, Sie zu enttäuschen, Miss Molyneaux. Aber auf dem Material ist wirklich niemand zu sehen, der auch nur annähernd das Alter, die Größe oder die Ethnie Ihres Vaters hat. Nur sechs Personen sind in dieser Zeit auf dem Stück der A4 vorbeigekommen, ich kann ihn also nicht verpasst haben.«

Liv holte tief Luft und schloss einen Moment die Augen. »Vielleicht hat sich Adam im Tag geirrt. Vielleicht war es nur einen Tag vorher oder nachher, vielleicht ...«

»Es tut mir sehr leid, aber ...« Whitleys Ton klang seltsam

unpersönlich, als er sich auf ein paar nichtssagende Phrasen über Polizeiressourcen und Prioritäten zurückzog.

Am Morgen half ihr ihre Entschlossenheit, die nagende Verzweiflung und die Müdigkeit der Nacht abzuschütteln. Jedes Mal startete Liv erneut voller Hoffnung, dass sie Martin an jenem Tag finden könnte. Sie sah die Szene klar vor sich — sie entdeckte eine große, gebeugte Gestalt. Diese Gestalt hob den Kopf. Das Gesicht ihres Vaters drückte Verwirrung und zugleich Freude aus, dass sie ihn gefunden hatte. Sie spürte die Freude bereits als Ziehen in ihrer Brust.

»Keine Neuigkeiten?«, fragte Tanya, als Liv sich gegen Ende des Tages an den Tresen in ihrem Laden setzte, was inzwischen zur Gewohnheit geworden war. Es war beruhigend zuzusehen, wie akribisch Tanya die bunten Steine gravierte und sie dann sorgfältig auffädelte. Es erinnerte Liv daran, wie Martin an seinen Büchern gearbeitet hatte.

»Noch nicht«, sagte sie.

Tanya nickte und presste mitfühlend die Lippen zusammen, es war nicht ganz ein Lächeln. »Du machst alles genau richtig. Früher oder später muss ihn jemand sehen. Tee?«

»Ich gehe hoch und mache welchen, soll ich?«

»Sehr gut.«

Liv sprach nicht von ihren Zweifeln an Adams Erinnerung und von seiner Verwirrung. Wenn sie daran dachte, empfand sie beinahe Panik — sie versuchte verzweifelt, sich an die Hoffnung zu klammern. An das Gefühl, wie Adams Aussage die schwere Last von ihr genommen hatte. Sie wollte nicht, dass diese Last zurückkehrte.

*

Spät an jenem Abend ging Liv nüchtern und beklommen in die Dunkelheit hinaus, um Martin zu suchen. Sie hielt es nicht aus, eine weitere Nacht nichts zu tun — eine weitere Nacht mit dem weinenden Baby, den flüsternden Stimmen, der Sehnsucht nach Schlaf. Sie war schon vorher im Dunkeln spazieren gegangen, ohne dass ihr etwas passiert war. Schließlich war sie in Bristol, nicht in Tijuana.

Sie zog sich warm an. Ein leichter Nieselregen bildete Heiligenscheine um die Straßenlaternen und hinterließ winzige Diamanten auf ihrer Jacke, als sie ins Freie trat. Sie sah zu dem warmen Licht in Deans und Tanyas Fenstern hinauf und stellte sich vor, wie sie sich trocken und warm aneinanderkuschelten. Furchtlos. Und sie spürte eine unendliche Einsamkeit, die sie zu verdrängen versuchte, als sie sich in Richtung Broadmead aufmachte.

Es war eine andere Welt, wenn die Straßen frei von Einkaufenden und Berufstätigen waren, von Menschen, die ein Zuhause hatten. Liv war nervös, weil sie jetzt nicht zwischen all den geschäftigen Leuten abtauchen konnte, und zog sich die Kapuze tief ins Gesicht. Wie geplant versuchte sie, möglichst nicht aufzufallen, und nach einer Weile entspannte sie sich — sie war nicht die Einzige, die herumstand und sich umsah.

Sie drückte sich in Türeingängen herum, an Bushaltestellen und neben Telefonzellen. Die Hände in die Taschen geschoben, vor Kälte zitternd und sicher, dass sie ihren Vater erkennen würde, sobald sie ihn sah. Er war unverwechselbar, auch wenn die orangefarbenen Straßenlaternen alles leblos wirken ließen.

Nach einer Weile verließ sie Broadmead und ging Richtung Süden, zum Castle Park. Hier herrschte eine andere Atmosphäre. Die Ruine der St. Peter's Church, die von

Bomben zerstört worden war, ragte ohne Dach und mit unverglasten Fenstern unheimlich in den Himmel. Die Eingänge waren mit Zäunen versperrt, doch Liv hörte von innen Stimmen und Musik aus einem Lautsprecher. Laute, wütende Musik. Es roch nach Chemie, und einige junge Männer saßen herum oder schlenderten in Gruppen zu dritt oder zu viert umher. Sie musterten sie mit harten, argwöhnischen Blicken.

Doch Liv wusste, dass sich Obdachlose in dem Park trafen, darum zog sie den Kopf ein und ging beharrlich weiter. Es gab nur wenige Verstecke — zwischen den Ruinen der Kirche und dem Fluss —, und auf beiden Seiten war das Gelände ziemlich offen und mit Bänken vollgestellt. Sie ging auf den Schatten eines Baumes zu und blieb stehen, als sie darunter heftige Bewegungen bemerkte, gedämpftes Stöhnen vernahm und das Klatschen von Fleisch auf Fleisch. Rasch wandte sie sich ab, ohne zu wissen, ob es ein Kampf oder Sex gewesen war. Sie versuchte, sich zu entspannen, wurde jedoch das unterschwellige Gefühl nicht los, dass sie nicht hier sein sollte.

Sie ging an der Kirche vorbei zurück, als zwei Männer sie anhielten. »Alles klar? Willst du vögeln?«, sagte der eine. Er hatte ein schmales Gesicht und hohle Wangen. Seine Augen waren glasig, der Blick abweisend.

Liv schüttelte schnell den Kopf. »Nein, danke«, sagte sie.

Sie versuchte, an den Männern vorbeizugehen, aber sie schnitten ihr den Weg ab, und ihr Magen verkrampfte sich.

»Was willst du dann?«

»Ich … Ich suche meinen Vater.« Die Angst ließ ihre Stimme angespannt klingen. »Aber er ist nicht hier, also … gehe ich einfach wieder.«

»Ach ja? Ich mach dir den Daddy.« Der Mann verzog den

Mund. »Warte — warum so eilig?« Er packte Liv an den Armen, und sie versuchte, sich loszureißen.

»Bitte, lass mich los«, sagte sie so fest sie konnte.

»Beruhig dich, Prinzessin. Du solltest bleiben und mit uns abhängen.«

»Lass mich *los*!«

»Hey, gibt es hier ein Problem?«, fragte eine neue, deutlich lautere Stimme. Liv blickte auf und sah Sean und einen anderen Mann auf sie zukommen. Erleichterung durchströmte sie.

»Sean! Die lassen mich nicht gehen«, sagte sie und verabscheute das Beben in ihrer Stimme. Sie zitterte am ganzen Leib.

»Herrgott — Liv? Alles klar, Kumpel, ich glaube, sie hat keine Lust auf dein Spiel«, sagte Sean ausdruckslos. Sein Begleiter war älter, weiß und gut gebaut.

»Ja, und? Wir haben doch nur Spaß gemacht«, sagte Schmalgesicht. Er ließ Liv los, versetzte ihr jedoch noch einen Stoß, sodass sie zurücktaumelte, dann entfernte er sich mit höhnischem Grinsen. »Viel Spaß bei der Suche nach deinem Daddy.«

Liv senkte den Kopf und holte tief Luft, sie schämte sich zu sehr, um zu Sean und seinem Kollegen hochzusehen.

»Danke«, sagte sie.

»Was soll das, Liv?«, sagte Sean.

»Du brauchst nicht zu sagen, ich habe es dir ja gleich gesagt, okay?«

»Okay. Muss ich dir erklären, wie verdammt dumm es war herzukommen?«

»Nein«, sagte sie leise.

»Hier ist letzte Woche bei einer Auseinandersetzung jemand erstochen worden, wusstest du das? Hier wird ziemlich viel mit Drogen gehandelt.«

»Ich hab's verstanden! Ich bin eine Idiotin. Mir war nicht klar, dass ich besser nicht herkommen sollte.«

Sean schüttelte verärgert den Kopf, dann lenkte er ein. »Bist du okay?«, fragte er.

Liv nickte betreten. »Ich wollte nur ... Es ist schon eine Woche her, und ich habe nichts gehört ...«

»Wenn du dich in Gefahr bringst, hilft ihm das kein bisschen.«

»Ich dachte, ich könnte ... unterm Radar bleiben.«

»Klar. Na, das ist dir ja bestens gelungen«, sagte er ironisch. »Das ist übrigens Jon.« Er stellte ihr seinen Kollegen vor.

Jon schüttelte Liv lächelnd die Hand. »Hattest wohl Lust auf ein Abenteuer, was?«, sagte er fröhlich mit einem schwachen walisischen Akzent.

»Eigentlich nicht.«

»Dieser Ort zieht alle möglichen Saufbrüder und Rumtreiber an«, fuhr Jon fort. »Vielleicht war das schon immer so. Früher befand sich hier, wo wir jetzt stehen, das Arbeitshaus. St. Peter's Hospital — wurde von Bomben platt gemacht. Da waren früher Obdachlose untergebracht. Viele sind an der Cholera gestorben oder weil sie alt und arm waren.«

»Also«, sagte Sean, »du meinst, die Armen und Obdachlosen werden von den Geistern eines Gebäudes angezogen, das nicht mehr da ist?«

»Eine gute Geschichte fürs Lagerfeuer, oder?« Jon grinste.

»Unsinn«, sagte Sean. »Die kommen her, weil es dunkel ist und hier keine Kameras sind. Komm, Liv. Wir bringen dich zurück.«

Auf dem Weg erzählte Liv Sean mehr von Martin — eine ganze Flut von Worten strömte, ausgelöst vom Adrenalin des vorangegangenen Schreckens, aus ihr heraus. Sie berichtete ihm von seinem Zusammenbruch, als sie sechs war, und wie er in ihr Leben zurückgekehrt war. Von den Jahren, in denen er mit seiner psychischen Erkrankung gut zurechtgekommen war. Wie gern sie ihm zugesehen hatte, wenn er mit den breiten Schultern über dem Schreibtisch gekauert und mit einer Geschicklichkeit an seinen winzigen Büchern gearbeitet hatte, die so gar nicht zu seiner Statur zu passen schien.

»Er ist einfach so mitfühlend. Der sensibelste Mensch, den ich kenne«, sagte sie. »Ich kann mir nicht vorstellen, wie er auf der Straße zurechtkommt.«

»Aber er hat es doch schon einmal überlebt, oder? Manchmal kann es helfen, sensibel zu sein — man gerät nicht so schnell in Auseinandersetzungen und bekommt seltener Stress.«

»Ja, kann sein. Außerdem ist er ziemlich groß. Das sieht man auf dem Foto, das ich dir geschickt habe, nicht so richtig, aber er ist einen Meter fünfundneunzig und recht kräftig.«

»Na dann.« Sean lächelte, aber Liv sah die Sorge in seinen Augen. Sie hakte nicht nach, um herauszufinden, was dahintersteckte. »War er mal abhängig?«

»Du meinst Drogen?« Liv schüttelte den Kopf. »Nein. Eine Zeit lang hat er getrunken, damals, als er noch bei uns gewohnt hat, und dann noch mal, als ich zwölf oder dreizehn war, glaube ich. Aber soweit ich weiß, seitdem nicht mehr.«

»Gut. Hoffentlich hat er jetzt nicht damit angefangen, irgendwas zu nehmen.«

»Hör zu, ich … Ich muss mich bei dir entschuldigen, auch wegen gestern Abend. Für das, was ich gesagt habe. Und weil ich dich angeschrien habe. Es ist nur … alles ist etwas …« Liv breitete in einer hilflosen Geste die Arme aus und suchte nach den richtigen Worten.

»Schon vergessen. Du konntest kaum damit rechnen, dass

ich wie so ein Psycho aus der Dunkelheit auftauche.« Er zog eine Grimasse.

»Wie lange arbeitest du schon für St. Mungo's?«, fragte sie, um das Thema zu wechseln.

»Das müssen jetzt acht Jahre sein. Vorher hab ich in Cardiff Jura studiert, aber im zweiten Jahr abgebrochen.«

»Oh?«

»Es kamen mehrere Dinge zusammen. Meine Mutter wurde krank, und mein Vater konnte sich während des Schuljahrs nicht freinehmen — er ist Musiklehrer. Jemand musste sich um sie kümmern, und ich bin das einzige Kind. Außerdem fand ich die Uni richtig schrecklich.« Er lachte. »Stundenlang in Bücher starren und jeden Abend Wettsaufen … Also, das war nichts für mich. Vielleicht hätte ich nach einem sehr langen Weg ganz am Ende etwas bewirken können, aber das wollte ich schneller haben. Und auf direkterem Weg. Darum ist mir die Entscheidung nicht schwergefallen.«

»Und deine Mutter …?«

»Ihr geht's gut, danke — sie ist schon seit Jahren symptomfrei.«

Sie hatten den Fuß der Christmas Steps erreicht.

»Kann ich euch als Dankeschön noch einen Kaffee machen?«, fragte Liv.

»Danke«, sagte Jon, »aber wir müssen weiter und noch ein paar Leute besuchen.«

»Ja, natürlich. Sorry. Danke fürs nach Hause bringen.«

*

Zwei Tage später blieb Liv in der Mitte der Pero's Bridge stehen und schaute gedankenverloren auf das Wasser hinunter, als Sean anrief.

»Ich habe irgendwie das merkwürdige Gefühl, dass du es wieder tun wirst«, sagte er.

»Was genau meinst du?«, fragte Liv; die Müdigkeit machte sie etwas langsam im Kopf.

»Nachts losziehen, um nach deinem Vater zu suchen.«

Liv zögerte. Sie hatte tatsächlich daran gedacht.

»Tja, dein Schweigen bestätigt meinen Verdacht.«

»Ich werde nicht mehr in den Castle Park gehen. Ich glaube sowieso nicht, dass mein Vater dorthin gehen würde.«

»Das ist immerhin etwas. Ich habe darüber nachgedacht, was du neulich gesagt hast. Dass du mich begleiten willst.«

»Ja?«

»Das geht nicht. Ich kann dich nicht mitnehmen. Das machen wir einfach nicht.«

»Okay.«

»Aber weißt du, dies ist ein freies Land, stimmt's?«

Er schwieg, und Liv wartete.

»Niemand kann dich davon abhalten, einen Spaziergang zu machen. Also: Jon und ich haben heute die Spätschicht. Wir treffen uns um elf Uhr oben beim Bear Pit vorm Cabot Circus.«

»Okay.«

»Alles klar. Ich sollte besser weitermachen.«

»Sean?«

»Ja?«

»Danke.«

»Nichts zu danken. Ich sage dir, geh nicht nachts raus, um nach deinem Dad zu suchen, ja?«

»Ja.«

*

Sean und Jon wussten, wo sie ihre Obdachlosen fanden. Entweder waren sie bei der Fürsorge bereits bekannt, oder sie waren bei StreetLink gemeldet worden. Sie unterhielten sich mit den Leuten, erkundigten sich nach ihrer Gesundheit, fragten, ob sie genug zu essen bekamen, und sagten ihnen, welche Dienste womöglich für sie infrage kämen. Und sie boten ihnen an, Kontakt zu jemandem aufzunehmen, der vielleicht gern von ihnen hören würde.

Liv beobachtete sie aus einiger Distanz und folgte den beiden wie an einer langen Leine. Alle waren wegen des Wetters dick eingepackt, die Gesichter waren von Kapuzen und Mützen verdeckt, und sie schlangen die Arme um sich, um sich zu wärmen. Manche bettelten vor Läden und Imbissen, die die ganze Nacht geöffnet hatten, andere dealten oder nahmen Drogen. Manche stritten sich um Schlafplätze. Liv hörte gelallte Worte, Stimmen, die von jahrelangem Alkoholismus ruiniert waren. Sie sah einen Mann, der sich nach vorn beugte und die Arme hängen ließ. Zuerst dachte sie, er würde etwas auf dem Boden suchen, doch je länger sie ihn beobachtete, desto seltsamer erschien ihr seine Haltung. Hin und wieder wankte er und versetzte einen Fuß, um das Gleichgewicht zu halten. Ansonsten hing er nur da.

Liv schauderte. »Was stimmt nicht mit ihm?«, flüsterte sie Sean zu, als sie weitergingen.

»Spice«, sagte Sean. »Der Kerl da auch.« Er zeigte auf einen anderen jungen und viel zu dünnen Mann, der regungslos und mit schlaff herabhängenden Armen an einer Bushaltestelle stand und die Augen verdrehte. »Das ist eine Art synthetischer superstarker Cannabis, der nicht ohne Grund Zombiedroge genannt wird. Wir können nichts für ihn tun, bis er wieder runterkommt.« Er sah sich um. »Außer vielleicht einen Rettungswagen rufen. Man weiß nicht, auf welchem Planeten er sich gerade befindet.«

Sie besuchten einen Wagen, der kostenlos heißen Eintopf mit Reis verteilte. Es wurde gelacht, und es wurden freundliche Worte getauscht, doch Livs Stimmung sank mit jeder Minute, in der sie ihren Vater nicht fand und auch niemanden traf, der ihn auf dem Bild erkannte. Einige, mit denen Sean sprach, waren einigermaßen zufrieden damit, auf der Straße zu leben — nicht gerade glücklich, aber schicksalsergeben. Sie hatten sich an die Freiheit gewöhnt, die mit dem Leben auf der Straße einherging, und kamen zurecht. Andere strahlten dieselbe hoffnungslose Apathie aus wie die Frau, mit der Liv bei den Arkaden gesprochen hatte. Einigen ging es emotional sehr schlecht, sie waren so verletzt und wütend, dass sie es nicht aushielten, eine Minute nüchtern zu sein. Aber egal, wie es ihnen mit der Situation ging, Liv konnte sich immer besser vorstellen, wie es ihr selbst ergehen würde. Und auch, wie sich ihr Vater vermutlich fühlte. Wie auf einer endlosen Straße, auf der es keine Rolle spielte, ob sie sie hinunterrannte oder sich in die Mitte setzte, weil ihr niemand folgte und niemand auf sie wartete. Ein Gefühl wie nachts ausgesperrt und allein zu sein. Sie würde sich so verloren fühlen, dass sie aus diesem Zustand nie mehr herausfinden würde. Die Einsamkeit schien in jedem Muskel und in jedem Knochen ihres Körpers zu schmerzen. Ein achtloser Wind wehte direkt durch sie hindurch, als würde sie nicht existieren.

Die Hände tief in den Taschen vergraben und mit einem Kloß im Hals, folgte sie Sean und Jon schweigend durch den Rest der Nacht. Sean erkundigte sich mehrmals, ob bei ihr alles in Ordnung sei, woraufhin sie zwar nickte, doch es war alles andere als in Ordnung.

»Zeit, Feierabend zu machen«, sagte Sean, nachdem Jon sich verabschiedet hatte und nach Hause gegangen war. Seans regennasses dunkles Gesicht glänzte im Licht eines Kebab-Ladens, und er wischte sich mit dem Handrücken einen Tropfen von der Nase.

Liv nickte. Sie hatte keine Ahnung, wie viel Uhr es war, aber es war spät. Ihr war kalt, aber sie wollte nicht zurück zum Laden gehen, zu den Träumen und zu der Gestalt, die auf den Stufen wartete. Wie ein Schatten legte sich die Angst bei der Vorstellung über sie. »Willst du jetzt vielleicht was trinken?«, fragte sie.

»Ich bin mir ziemlich sicher, dass alles schon zu sein wird ...«

»Wir könnten zu dir gehen.«

»Okay, aber ich weiß nicht, ob ich überhaupt was da habe ...«

»Egal.« Liv wollte nur eine Weile woanders sein und vor allem nicht allein.

Sean bewohnte zusammen mit zwei Freunden ein viktorianisches Reihenhaus in der Horfield Road. Leise ging er mit Liv zusammen hinein und schloss die Tür des offenen Küchenwohnbereichs hinter ihnen, ehe er das Licht einschaltete.

»Stuart ist Krankenpfleger und hat auch ziemlich extreme Arbeitszeiten. Alex steht in ein paar Stunden auf, er hat einen ganz normalen Bürojob«, flüsterte er. »Wir benutzen alle Ohrstöpsel, aber lass uns trotzdem leise sein.«

Liv sah auf die Uhr an der Wand; es war halb drei. Sie hätte müde sein müssen, doch stattdessen fühlte sie sich nur leer und seltsam getrennt von allem um sie herum. »Wie hältst du das nur aus? Tag für Tag?«, fragte sie.

Sean gähnte hinter vorgehaltener Hand, er öffnete Küchenschränke, bis er eine Flasche fand. »Sieht aus, als gäbe es nur Tee, Kaffee oder Rum«, sagte er.

»Schwarzer Kaffee mit Rum?«

»Perfekt. Gute Idee.« Er stellte den Kessel an, dann setzte er sich neben sie ans andere Ende des Sofas. »Wie halte ich was aus?«

»Da rauszugehen und das alles zu sehen ... all diese Menschen, denen du nicht helfen kannst. Menschen, die deine Hilfe gar nicht *wollen*. Warum verzweifelst du nicht daran?«

»Also ...« Sean legte den Kopf schief und dachte einen Moment nach. »Manchmal schafft man es doch, jemandem zu helfen. Ich hatte Klienten, die von der Straße weggekommen sind, einen Job und eine eigene Wohnung gefunden haben. Das geht nicht schnell, und es kommt nicht sehr oft vor, aber es passiert. Wie offensichtlich bei deinem Vater vor ein paar Jahren auch. Dafür arbeiten wir alle — und darauf hoffen wir.« Er sah sie an. »Du hast ihn heute Nacht nicht gefunden, aber das heißt nicht, dass die Zeit vergeudet war. Wir können ihn noch immer finden. Und er hat Glück, dass du überhaupt versuchst, ihn zu finden — viele Menschen haben niemanden.«

»Ich habe es meiner Mutter noch nicht erzählt. Dass man ihn gesehen hat, meine ich. Und meinem Bruder auch nicht.«

»Nun ja, vielleicht ist das vorerst besser so.«

»Du meinst, falls Adam sich getäuscht hat?«

Sean nickte, dann stand er auf, um die Getränke zuzubereiten.

»Es hat auch damit zu tun, dass sie ... sie ihn so schnell aufgegeben haben«, fuhr Liv fort. »Ich meine, ich habe mich auch bemüht, mir zu sagen, dass er tot ist. Ich habe versucht, es zu akzeptieren. Aber ich *habe* es nicht akzeptiert — nicht ganz. Ich wollte es einfach nicht. Aber meine Mutter und mein Bruder schon.«

»Jeder so, wie er kann, Liv.«

»Ja, ich weiß. Und es war schon seit Jahren schwierig zwischen ihnen. Aber ich glaube, ich bin ... Ich bin deshalb wütend auf sie.«

»Familien.« Sean schüttelte den Kopf. »Niemand auf der Welt kann einen so heftig und so schnell auf die Palme bringen.« Er lächelte.

Liv überlegte. »Er war schon seit über zwei Monaten weg, ehe ich überhaupt davon gehört habe«, sagte sie. Sean sah sie verwirrt an. »Ich war ... Ich war krank und habe bei meiner Mutter gewohnt. Sie sagt, sie wollte mich schützen und es mir erst sagen, wenn es mir besser ging. Aber wer weiß.« Sie sah zu Sean hoch. »Vielleicht hätte ich etwas tun können, wenn ich es früher gewusst hätte? Wenn ich eher nach ihm gesucht hätte.«

»Liv ...«

»Ich war zu nichts in der Lage ... Ich habe es erst vor Kurzem geschafft, zum Laden zu kommen und etwas zu tun. Ich hoffe nur, es ist nicht zu spät.«

Sean schwieg eine Weile. Dann fragte er: »Hast du Lust, Musik zu hören?«

Liv schüttelte den Kopf. Sie konnte seit Monaten keine Musik mehr hören.

Sie beobachtete, wie er mit seinem Becher und dem Untersetzer auf dem Ikea-Couchtisch herumspielte. Er wirkte unsicher. War das hier ein Date? War es das, was Tanya gesagt hatte, was sie tun sollte? Liv konnte sich nicht erinnern, wie so etwas lief. Wie sie sich verhalten sollte. Sie versuchte, sich vorzustellen, wie so etwas früher gelaufen war. Wie sie erst neben einem Typen auf dem Sofa gesessen, ihn schließlich geküsst und dann mit ihm geschlafen hatte. Es kam ihr wie etwas vor, das andere Leute taten. Dann versuchte sie, sich mit Seans Augen zu sehen — blass und unglücklich in seinem Wohnzimmer, wo er doch wahrscheinlich einfach nur schlafen wollte. Lud sich selbst ein, obwohl sie wusste, dass sie nur um sich selbst kreiste und zu nichts zu gebrauchen war. Erwartete, dass er ihr irgendwie da raushalf. Er half schon bei seiner Arbeit Menschen in schwierigen Situationen, das brauchte er sicher nicht auch noch in seiner Freizeit.

Plötzlich war Liv von sich selbst angewidert und wollte nur noch gehen. Sie trank einen Schluck Rum-Kaffee, aber er war noch zu heiß und brannte in ihrem Hals. Sie schloss die Augen und versuchte, nicht zu husten.

»Alles okay?«, fragte Sean.

Als es wieder ging, sah Liv ihn an und war überrascht, weder Hohn noch Abscheu auf seinem Gesicht zu entdecken. Stattdessen wirkte er besorgt und müde, aber nicht ungeduldig. Sie wünschte, er hätte einfach nur geseufzt und die Augen verdreht. Sich abgewandt und ihr signalisiert, dass sie gehen solle.

»Ich glaube, nicht«, sagte sie, dann schüttelte sie verwirrt den Kopf. Sie hatte doch eigentlich sagen wollen: *Mir geht's gut.*

»Irgendetwas, wobei ich helfen kann?«

»Nein, danke. Das ist nicht dein Problem.« Sie trank noch einen Schluck. »Ich glaube, ich gehe dann mal. Ich … Ich bin gerade eine schreckliche Gesellschaft. Tut mir leid.« Sie stand auf und dachte daran, dass ihr Vater einmal etwas Ähnliches gesagt hatte, als es ihm nicht gut gegangen war: *Ich bin nicht gut für dich, Liv.* Sie sah vor sich, wie sie schlafwandelte und trank, wie sie die Wohnung durchsuchte und nicht wusste, warum. Genau wie er. Aus der Spur geraten. Wie der Vater, so die Tochter.

»Bleib, wenn du bleiben willst, Liv — wir können darüber reden, wenn du willst.«

»Nein, danke, Sean. Ich bin dir wirklich dankbar, dass ich heute Nacht mitkommen durfte.«

»Willst du es noch einmal versuchen? Ich bin am Donnerstagmorgen wieder unterwegs, zu einer frühen Runde.«

»Ja, gerne. Danke.« Sie war sich nicht sicher, ob sie es noch einmal aushielt, aber sie musste es tun. Sie musste weiter daran glauben, dass sie ihren Vater finden würde.

»Ich bringe dich nach Hause — keine Widerrede.«

Es war nicht weit von seinem Haus bis zu den Christmas Steps. Von der alten Frau war keine Spur zu sehen, und Liv ließ Seans Versuche, ein Gespräch mit ihr zu führen, ins Leere laufen. Es tat ihr leid für ihn, aber sie konnte nicht anders. Er verabschiedete sich an der Tür von ihr und versprach, sich zu melden, wenn er etwas über Martin herausfand. Liv hörte ihn kaum.

Als er sich zum Gehen wandte, das schöne Gesicht etwas müde und mitgenommen, spürte sie, wie sich tief in ihrem Inneren etwas regte. Ein Splitter von Bedauern um ein anderes Leben, das sie einst geführt hatte.

Sie schlief rasch ein, aber schon bald fing das Baby an zu weinen. Seine Verzweiflung hallte durchs Haus, und Liv stand auf, getrieben von dem Drang, es zu suchen. Sie konnte sich erinnern, wie es schwach gegen ihre Brust getreten hatte, als es seinen ersten Atemzug tat und dabei dieses leise zitternde Geräusch von sich gab. Und als sie die Treppe hinaufrannte, wusste Liv endlich, dass es nicht ihr Baby war. Sie träumte von einem anderen Baby, denn ihr eigener Sohn hatte sich nie bewegt. Er hatte sich gar nicht mehr gerührt, nachdem er auf der Welt war. Er hatte nie geatmet, nie geweint. Aber dennoch musste sie dieses Baby finden, sie musste es trösten. Das Bedürfnis war stärker als alles andere, sogar stärker als die Angst, die sie durchfuhr, als sie in die Dachkammer kam, die Tür hinter ihr zuschlug und die flüsternden Frauen auf der anderen Seite den Schlüssel im Schloss umdrehten.

»Lasst mich raus«, sagte sie immer wieder mit angsterstickter Stimme, und als sie innehielt, um Luft zu holen, hörte sie jemanden auf der anderen Seite. *Es ist das Beste so.*

Liv ließ den Griff los und sank zurück. »Was ist am besten? Wer ist da?«, flüsterte sie. »Wer bist du?«

Diesmal kam keine Antwort. War sie in der Dachkammer oder noch unten im Bett und hatte einen Albtraum? Liv konnte den Unterschied nicht erkennen. Doch ihr Herzrasen war real, ebenso wie der Schmerz darüber, von dem Kind getrennt zu sein — die quälende Angst um das Baby.

Eine Weile saß sie zusammengekauert da und presste das Gesicht gegen das Holz. Sie hörte nichts als ihr eigenes Atmen, und als sie ruhiger wurde, merkte sie, dass es ganz still um sie geworden war. Keine flüsternden Frauen mehr, kein weinendes Baby. Kein Verkehrslärm oder Schritte von Passanten draußen. Keine Flugzeuge, die über das Haus hinwegflogen, keine bellenden Hunde. Sie setzte sich auf, und das Rascheln ihrer Bewegungen kam ihr viel zu laut vor.

Und dann wusste sie, dass sie nicht allein war.

Die Härchen auf ihren Armen richteten sich auf, und sie zitterte. Langsam und voller Angst drehte sie den Kopf. Das Zimmer sah anders aus — wo zuvor noch leere Stellen gewesen waren, standen jetzt ein paar Möbel, in der Dunkelheit kaum zu erkennen. Im Kamin glühten Reste eines Feuers, und daneben saß eine Gestalt mit dem Rücken an der Wand.

Liv starrte sie an.

Die Fremde hatte die Knie angezogen und die Stirn darauf gestützt. Die Hände, die die Ellbogen umklammerten, waren schmutzig, die Nägel abgebrochen und eingerissen.

Ihr langes Haar reichte fast bis auf den Boden. Liv merkte, wie sie mit einem langen Seufzer die gesamte Luft aus ihren Lungen stieß, als würde die Angst alles aus ihr herauspressen. Die Gestalt rührte sich nicht, Liv ebenso wenig. *Ich träume*, sagte sie sich, doch nichts änderte sich.

So leise wie möglich drehte sie wieder an dem Knauf, doch die Tür blieb verschlossen. Ihre Hände zitterten unkontrolliert. Ihr war so furchtbar kalt, und es gab keinen Ausweg. Die kauernde Figur bewegte sich noch immer nicht. War es das obdachlose Mädchen mit der Katze? War sie Liv nach Hause gefolgt und irgendwie hier eingebrochen? Liv wagte nicht, den Blick abzuwenden, falls sich das Mädchen bewegen sollte. Sie war jung und hatte lange knochige Arme und Beine. Es roch nach Blut und Schmutz. Die unmögliche Stille hielt an, als hätte sich der Rest der Welt zurückgezogen.

»Wer bist du?«, fragte Liv.

Aber sie konnte ihre eigene Stimme nicht hören, noch nicht einmal als Echo in ihrem Kopf.

Vorsichtig kroch sie näher zu der jungen Frau, die da und doch nicht da war. Genau wie Liv selbst. Alles schien irgendwie falsch, die Abwesenheit von Geräuschen war unnatürlich und verstörend. Liv war nah genug, um Gänsehaut auf den Armen des Mädchens zu sehen und dunkle Flecken auf ihrem Unterhemd. Das Haar hing herab, ohne sich zu bewegen, und plötzlich kam Liv der Gedanke, dass sie vielleicht tot war.

Angst drückte auf ihre Rippen, bis sie kaum noch atmen konnte. Ihre Haut kribbelte. *Kannst du mich hören?*, glaubte sie zu sagen. *Ist alles in Ordnung mit dir?*

Die junge Frau rührte sich nicht, sie gab keinen Laut von sich. Ihre Haut war so furchtbar bleich. Langsam und zitternd streckte Liv die Hand aus, um ihren Arm zu berühren.

10

1831

Bethia vermutete, dass sie ohnmächtig geworden war, denn als sie wieder zu sich kam, saß sie auf einem Stuhl, vor ihr und deutlich zu nah Mrs. Fenny, die sie aufmerksam musterte und ein Fläschchen Riechsalz unter ihrer Nase schwenkte. Irritiert zuckte Bethia zurück, doch dann erinnerte sie sich und sah sich aufgeschreckt um, bis sie ihn entdeckte. Die Hände auf dem Rücken verschränkt, wartete Balthazar am Fenster. Also hatte sie es sich nicht eingebildet. Angst und Entsetzen wühlten ihren Magen auf und trieben Säure ihre Kehle hinauf.

»Ich habe ihm gesagt, dass er ein anderes Mal wiederkommen soll, da Sie unpässlich sind, doch er wollte nicht gehen.« Mrs. Fenny fixierte den Mann mit missbilligender Miene.

»Mrs. Shiercliffe und ich haben etwas zu besprechen«, sagte Balthazar mit eindrucksvoller Bassstimme, ohne sich umzudrehen.

»Ein Gentleman würde ihr Gelegenheit geben, sich auszuruhen«, sagte Mrs. Fenny.

Balthazar sah über seine Schulter hinweg zu ihnen ins Zimmer und verzog den Mund. »Das würde ein Gentleman tun.«

»Lassen Sie uns allein, Mrs. Fenny. Vielen Dank«, sagte

Bethia benommen. Er würde sich nicht abwimmeln lassen, das war ihr klar.

Die Hausmutter warf Balthazar einen weiteren abweisenden Blick zu, fügte sich jedoch Bethias Anweisung. Kurz nachdem sie gegangen war, stand Bethia mit wackeligen Beinen auf, um zu überprüfen, ob Mrs. Fenny nicht an der Tür lauschte.

»Soll sie nicht hören, was ich Ihnen zu sagen habe?« Balthazar klang amüsiert.

»Ich will nicht, dass *irgendjemand* etwas von dem hört, was Sie zu sagen haben«, flüsterte Bethia. »Was wollen Sie? Weshalb sind Sie überhaupt hier?«

»Sie haben wahrscheinlich geglaubt, ich sei tot.« Er drehte sich um und sah erneut aus dem Fenster, holte tief Luft und ließ sie wieder entweichen. »Vermutlich haben Sie es sogar gehofft. Ich habe einen anderen Namen angenommen. Den Namen, den meine Mutter mir in ihrer Sprache gegeben hat, bevor ich zum Sklaven wurde. Die Bedeutung jenes Namens war *Ich werde leben*. Ein guter Name. Ich habe überlebt, egal, was Sie vorhatten.«

»Ich wollte nur das Beste für ...«

»Für sich. Sie wollten das Beste für sich. Wie immer.«

Seine Stimme klang ruhig, doch Bethia spürte seinen Zorn wie eine gefährliche Meeresströmung, die sie in die Tiefe zu ziehen vermochte. Sie zeigte sich in dem harten Ausdruck seiner tiefschwarzen Augen, in seinen Gesichtszügen und in seiner Haltung.

»Sie haben etwas aus sich gemacht«, sagte sie kleinlaut.

»Oh, in der Tat. Ich habe mich als Sklave für meinen Herrn unentbehrlich gemacht. Wie das geht, wusste ich. Und ich habe mich vor langer Zeit freigekauft. Ich bin jetzt ein Geschäftsmann, ein Kaufmann. Ich habe eine Frau und eine eigene Familie. Zwei gute Söhne, starke, stolze Jungs, die meinen Namen in eine neue Ära tragen werden. Ich habe es zu Wohlstand gebracht, und das ganz ohne Sklaven.«

»Vorbildlich, zweifellos. Und was wollen Sie von mir?«

»Ich will die Wahrheit wissen, Mrs. Shiercliffe.«

»Ich weiß nicht, wovon Sie sprechen.«

Balthazar wandte sich zu ihr um, er war so groß, dass er das Licht daran hinderte, durchs Fenster zu fallen, und Bethia unterdrückte den Impuls zurückzuweichen. »Ich war schon einmal hier, wussten Sie das? Acht Jahre, nachdem wir losgesegelt waren … bin ich mit meinem Herrn an die Küste zurückgekehrt, und obwohl er geschäftlich in London zu tun hatte, habe ich einen Weg gefunden, nach Bristol zu kommen. Ich hatte nur einen Tag und eine Nacht Zeit, und ich habe nach ihr gesucht. Ich habe nach *Ihnen* gesucht … aber keinen von Ihnen gefunden. Sie haben Ihre Spuren gut verwischt — Bethia Thorne gab es nicht mehr.«

»Ich habe geheiratet, das ist alles.«

»Geheiratet und die Verbindungen zu Ihrem früheren Leben gekappt. Zu allen früheren Bekannten.«

»Das haben schon viele vor mir getan, um aufzusteigen.«

»Oh, ich glaube, nur sehr wenige haben getan, was Sie getan haben, um aufzusteigen«, antwortete er finster.

Bethia schwieg. Sie wartete. Es gab keine Möglichkeit, ihm zu entkommen, seinen Fragen auszuweichen. Er konnte sie vernichten, genau wie die Frau mit den verkrüppelten Füßen, die jetzt auf den Christmas Steps saß. Schlagartig wurde Bethia bewusst, dass die beiden sich nur um Sekunden verpasst hatten. Fast wären sie auf den Stufen des Armenhauses aneinander vorbeigegangen, und wenn Balthazar anschließend in die Richtung ging … Ihr Hals war trocken, ihre Zunge klebte am Gaumen. Der Gedanke, dass die zwei sich wiedertrafen, erschien ihr auf unbeschreibliche Weise grausam. Das durfte sie unter keinen Umständen zulassen, obwohl sie nicht wusste, wie sie es verhindern konnte. Einen wohlhabenden Mann konnte sie nicht so einfach aus der Welt verschwinden lassen wie eine namenlose Bettlerin.

»Haben Sie Angst vor mir, Mrs. Shiercliffe?«, fragte er. »Ich weiß, wie es ist, in Angst zu leben — jede Sklavenseele weiß das nur zu gut. Es ist eine schreckliche Bürde. Aber ich habe kein Mitleid mit Ihnen.« Er durchbohrte sie mit seinem Blick.

Bethia konnte ihm nicht länger standhalten.

»Was Sie völlig zu Recht befürchten, haben Sie sich selbst zuzuschreiben. Sie haben es durch Ihren Ehrgeiz selbst heraufbeschworen, durch Ihr eigenes Vergehen. Warum sollte ich Sie jetzt also schonen? Warum sollte ich Ihnen lassen, was Sie gestohlen haben?«

»Verschwinden Sie! Sofort! Sie sind hier nicht willkommen!«, keuchte Bethia.

»Ich bin nicht willkommen?« Er lachte unvermittelt auf, es war ein humorloses Lachen. »Ich wage zu sagen, dass mich das nicht weiter schert. Was mich interessiert, sind die Geschichten, die ich aus *The Crier* erfahre und die man sich erzählt. Geschichten über eine Bettlerin, die von Ihnen, Bethia Shiercliffe, der Frau von Stadtrat Edwin Shiercliffe, *der großzügigen Spenderin* von Fosters Armenhaus, hergebracht wurde. Eine arme Frau mit einer obskuren Vergangenheit und ohne Namen, die Sie hergebracht, aber dann gleich wieder verlegt haben und die kürzlich verschwunden ist.«

»Was ist mit ihr?«

»Ist sie es?«

Balthazars Kinn zuckte nach oben, er blähte die Nasenflügel, und Bethia erkannte, dass er sie niemals vergessen hatte. Das Gefühl, das er in ihr auslöste, war das Schlimmste, was sie je erlebt hatte, ohne dass sie es benennen konnte. Es fühlte sich schrecklich brutal an. Sie schüttelte den Kopf.

»Nur eine arme Närrin«, sagte sie. »Eine Bettlerin aus einem der Dörfer, der man den Namen Louisa gegeben hat. Das ist alles.«

»Warum haben Sie sie verlegt?«

»Sie war … gestört. Alter und Not haben sie den Verstand gekostet. In St. Peter's ist sie besser aufgehoben.« Bethia schluckte schwer. Es fühlte sich an, als würde er sie würgen. »Sie konnte noch nicht einmal sprechen. Die Sprache hatte sie verlassen.«

»War sie es?«

Sein plötzliches Schreien erschreckte sie, und sie rang nach Luft. »Eine namenlose Bettlerin! Das habe ich doch gesagt!«

»Warum haben Sie sich dann solche Mühe gegeben, sie herzuholen?«

»Ihre Geschichte hatte sich herumgesprochen. Sie hatte … Sie hatte einige Bekanntheit erlangt. Warum sollte ich sie herbringen, wenn *sie* es wäre? Warum sollte ich sie dann hierherholen?«

»Das weiß ich nicht.« Balthazar runzelte die Stirn. »Ich habe gedacht, um vielleicht wenigstens etwas wiedergutzumachen. Um sich jetzt um sie zu kümmern, nachdem Sie sie vernichtet hatten. Aber nein.« Er sah sie wieder an, die Augen voll bitterer Wut. »Jetzt sehe ich, dass Sie nicht Reue dazu getrieben hat.«

»Sie ist niemand«, sagte Bethia.

Balthazar zögerte. »Ich vergeude meine Zeit«, sagte er. »Das ist mir jetzt klar. Denn Sie könnten mir erzählen, dass das Meer tief ist und der Sommerhimmel blau, und ich würde Ihnen kein Wort glauben.«

Er trat in seiner ganzen Größe so dicht vor Bethia, dass sie den Sandelholzgeruch seines Mantels roch und den Pfeffergeruch seiner Haut. Sie versuchte zurückzuweichen, stieß jedoch gegen den Schreibtisch.

»Großzügige Förderin? Ehefrau eines *Stadtrats*?«, sagte er angewidert. »Sie sind eine Lügnerin und eine Diebin, Bethia Shiercliffe.«

Das Schweigen dehnte sich zwischen ihnen aus. »Was werden Sie tun?«, fragte sie schließlich.

»Das geht Sie nichts an. Aber ich werde diese Louisa finden, die jetzt auf der Flucht ist. Ich werde sie mir selbst ansehen, dann werde ich es wissen. Ich wohne wieder in Bristol, und ich weiß, wo ich Sie finde, Madam. Wir sprechen uns noch.«

Bethia ging ans Fenster, um ihm nachzusehen — er schritt über den Hof, nach all den Jahren groß und stark wie eh und je. Wie war das möglich nach dem Leben, das er geführt hatte? Nach dem Elend, das er durchlitten haben musste? Warum lag er nicht tot und begraben im Boden von Jamaica wie so viele andere seiner Art?

»Fort mit dir«, murmelte sie. Sie konnte nicht klar denken, aber sie musste wissen, wohin er ging. Wenn er in Richtung Christmas Steps ging, wenn Louisa noch dort war … Würde er an ihr vorbeigehen und sie nicht erkennen? Schließlich kannte Bethia sie viel länger als er, dennoch hatte es auch bei ihr einige Tage gedauert, bis sie sie erkannt hatte. Aber sie konnte sich nicht sicher sein. Er wollte Louisa suchen. Er würde sicher nicht einfach an einer Bettlerin vorbeigehen, ohne sie näher zu mustern. Bethia hielt die Luft an, als er das Tor öffnete, seinen Hut auf dem Kopf zurechtrückte und innehielt, um auf seine Armbanduhr zu sehen.

Sie hielt die Luft an, bis er nach links anstatt nach rechts abbog und durch die Steep Street entschwand.

*

Bethia blieb tagelang zu Hause und wartete. Sie schrieb Caroline und Delilah, umriss, was passiert war und warum sie Louisa verlegt hatte, und wies die Gerüchte von der Hexerei als Sensationsmeldung von sich. Sie erklärte ihnen auch, dass sie aufgrund einer Kopfgrippe indisponiert sei und keinen Besuch empfangen könne.

Das Wetter wurde eisig kalt und wunderschön klar — ein hoher strahlender Himmel, und am Morgen glitzerte Frost auf jedem Stein der Stadt. Der neunundzwanzigste Oktober fiel auf einen Samstag, und Sir Charles Wetherell traf in Bristol ein, um das Schwurgericht zu eröffnen. Seine Ankunft wurde von dem höhnischen Gejohle Tausender Menschen und einem Steinhagel begleitet. Wie Edwin bei seiner Rückkehr nach Hause berichtete, herrschte im Rathaus ein derart aggressiver Tumult, dass die Eröffnung des Gerichts auf jeden Fall verschoben werden musste. Wetherell hatte man schnellstens im Amtssitz von Bürgermeister Pinney am Queen Square in Sicherheit gebracht. Unterwegs hätte der Mob fast die Kutsche umgeworfen. Tausende hatten sich am Queen Square versammelt, um zu protestieren, lösten sich jedoch allmählich auf, und die Polizisten und die Bürgerwehr, die der Stadtrat rekrutiert hatte, hielten Wache.

»Ich glaube, er ist noch einmal glimpflich davongekommen«, sagte Edwin. »So ein sturer Narr! Es sollte mich nicht überraschen — so einer wie er hat keinen Respekt vor den Leuten. Er erwartet, dass sie ihren Platz kennen und gehorchen.«

»Sollten sie ihn denn nicht kennen?«, fragte Bethia abwesend. »Sollten sie nicht gehorchen?«

»Nur, wenn man sie auf ihrem Platz respektvoll wie Mitbürger und nicht wie eine Herde Schafe behandelt.«

Edwin warf ihr einen kühlen Blick zu. Bethia nahm es nur am Rande wahr. Es fiel ihr schwer, sich zu konzentrieren, wenn Balthazar jeden Moment aufkreuzen und alles zerstören konnte, was sie sich so hart erarbeitet hatte. Er könnte sie zu einer Ausgestoßenen machen, die auf ihre peinliche, ärmliche Herkunft reduziert wurde. Jedes Mal, wenn sie aus den straßenseitigen Fenstern blickte, rechnete sie damit, ihn voller Wut auf das Haus zuschreiten zu sehen. Oder damit, dass Ellen unaufhaltsam auf sie zuhumpelte, entschlossen, ihr Schaden zuzufügen. Der Ausrutscher ließ Bethias Herz vor Panik rasen. *Louisa*, nicht Ellen. *Louisa.* Sie hob den Kopf und suchte in Edwins Miene nach einem Hinweis, ob ihr die Schuld deutlich ins Gesicht geschrieben stand, doch er schien nichts bemerkt zu haben.

Spät am Abend saß sie allein im Wohnzimmer, das Feuer war schon weit heruntergebrannt, und die Bediensteten plapperten und lachten laut. Wie würden sie erst lachen, wenn Bethia zum Mittelpunkt eines Skandals wurde. Wie lachten sie womöglich bereits darüber, wie Edwin Juno anhimmelte, und über die Macht, die das elende Mädchen über ihn hatte. Wie Caroline Laroche die Chance genießen würde, sie zu ächten. *Nun, sie hat nie wirklich dazugehört. Das wussten wir alle, haben jedoch mit Rücksicht auf die Spenden geschwiegen. Aber die Herkunft lässt sich eben nicht verleugnen.* Wie schnell würden alle behaupten, dass sie die Aura der Lime Kiln Lane die ganze Zeit über an ihr gespürt hätten. Den Gestank des Waterloo Court. Edwin würde von ihr abgestoßen sein. In was für eine peinliche Lage sie ihn bringen würde!

Vielleicht würde er sie aus der Stadt fortschicken, damit sie von einer kargen Zuwendung allein in irgendeinem zugigen Haus lebte und er sich nicht mit ihr in der Öffentlichkeit zeigen musste. Vielleicht würde ihm eine junge Geliebte das Kind schenken, nach dem er sich sehnte, wenn auch ein uneheliches. Aber doch nicht etwa einen Mulatten, oder? Das doch wohl sicher nicht? Bethia stellte sich Juno als stolze Schwangere vor und schloss entsetzt die Augen. Das dunkle, brutale Gefühl stieg erneut in ihr auf und füllte den Hohlraum in ihrem Inneren. Bethia lag das Abendessen schwer im Magen, auch wenn sie nur wenig zu sich genommen hatte.

Gegen elf Uhr klopfte jemand mit Nachdruck an die Tür, woraufhin sie kurz von ihrem Platz in die Höhe schoss, sich jedoch sogleich wieder setzte, weil ihre Beine unter ihr nachgaben. Als sie eine junge Männerstimme im Flur hörte, ging sie dennoch hinaus, um mehr zu erfahren. Der Bote war ein Bürogehilfe des Stadtrats mit schweißnassem, zerzaustem Haar.

»Sie haben den Amtssitz des Bürgermeisters gestürmt, Sir, und sie haben allen Wein und Schnaps aus dem Keller geholt. Sie haben einfach die Fässer herausgerollt und geöffnet. Jetzt ist die Hälfte von ihnen zu betrunken, als dass man noch mit ihnen diskutieren könnte …«

Edwin schüttelte verärgert den Kopf. »Und die Polizei?«

»Ehrlich gesagt, Sir, hat die den Ärger erst verursacht. Als es so aussah, als würde sich die Menge von allein zurückziehen, haben sie sich ungeschickt verhalten …«

»Narren! Und die Soldaten? Warum haben die sich nicht um die Menge gekümmert?«

»Lieutenant Colonel Brereton ist mit seinen Soldaten vor Ort, er hat die Meute aber zuerst nur begrüßt und seine

Männer aufmarschieren lassen. Er ... Er hat die Menge sogar zum Jubeln gebracht.«

»Er hat was?«

»Es ist wahr, Sir — ich habe es selbst gehört. Später haben seine Männer mit der flachen Seite ihrer Säbel eingegriffen, aber die Meute hat sich nur in den Gassen verteilt und stattdessen das Haus des Stadtrats angegriffen. Es werden ständig mehr.« Der junge Mann fuhr sich nervös mit der Zunge über die Lippen. »Ich weiß nicht, was Brereton vorhat, aber momentan sieht es nicht so aus, als würde es die Lage verbessern.«

»Viel darf man sich davon wohl kaum erwarten. Zum Teufel mit dem Mann — was geht bloß in ihm vor?«

»Bürgermeister Pinney hat sich ihnen vor einigen Stunden gestellt. Er hat dreimal den Riot Act verlesen ... aber die Menge hat ihn nur verhöhnt.«

»Hat man ihnen nicht gesagt, dass Wetherell abgereist ist? Der Mann *ist* doch abgereist, oder?«

»Ja, Sir. Er ist in diesem Moment auf dem Weg nach Newport. Aber die Leute glauben das nicht, die denken immer noch, dass der Bürgermeister ihm Unterschlupf gewährt.«

»Höllenfeuer!«, fluchte Edwin. »Paris! Meinen Hut.«

Bethia trat zu ihm. »Du kannst dich doch nicht ernsthaft in diesen Tumult begeben wollen?«

»Jemand muss dem Bürgermeister helfen und die Menge davon überzeugen, dass Wetherell inzwischen für sie außer Reichweite ist.« Er zog seinen Mantel an und nahm von Paris seinen Hut entgegen. »Der Riot Act muss erneut verlesen werden, und Brereton muss angewiesen werden, ernsthaft durchzugreifen, wenn nötig.«

»Du bringst dich in Gefahr!«, rief Bethia.

Edwin nickte nur. »Wenn wir nicht handeln, ist die ganze

Stadt in Gefahr. Halt die Türen verschlossen, Bethia. Ich fürchte, es kann eine lange Nacht werden.«

Bethia schlief kaum. Gegen Morgen war Edwin noch immer nicht zurückgekehrt, hatte jedoch eine Nachricht geschickt, dass er unversehrt sei. Sie kleidete sich fürs Frühstück an, weil sie in die Kirche gehen wollte, und blickte auf die Stadt hinunter, die einigermaßen friedlich wirkte. Irgendwo im Zentrum, in der Nähe des Float, stieg eine Rauchwolke auf, aber sie wirkte nicht übermäßig groß, und Bethia konnte nicht erkennen, woher sie kam. Vermutlich war Edwin im Stadtrat oder hatte eine vertrauliche Besprechung mit Bürgermeister Pinney. Sie machte sich seinetwegen keine allzu großen Sorgen, auch wenn sie ihn lieber zu Hause gewusst hätte. Und sie wäre auch lieber sicher an seiner Seite in die Kirche gegangen. Oder vielleicht andächtig hinter dem Bürgermeister in die Kathedrale geschritten. In einer solchen Zeit würde sie doch sicher niemand belästigen? Nicht einmal Balthazar.

Ohne Edwins Begleitung beschloss sie stattdessen, in die Kapelle der Drei Könige zu gehen. Sie wollte wissen, ob Louisa zurückgekehrt oder irgendwo anders aufgetaucht war. Dann hätte man das Armenhaus sicher informiert. Nach dem Gottesdienst würde sie die Christmas Steps hinunterschauen, ob Louisa dort auf sie wartete. Sie musste wissen, wo sie war.

»Juno, du wirst mich heute Morgen begleiten«, sagte sie steif, als sie fertig war.

»Madam, ich wollte nach Broadmead ...«

»Das mag sein, doch es gibt Unruhen in der Stadt, das wirst du gehört haben, darum wirst du mit mir gehen.« Es befriedigte sie zu sehen, wie wenig Juno die Vorstellung gefiel. Seit dem Streit wegen des Rings und Mrs. Cranes ungebührlichen Eindringens hatte Bethia zufrieden festgestellt, dass Juno in ihrer Gegenwart mit größerer Vorsicht sprach. Etwas von ihrer Frechheit und Fröhlichkeit war einer Art zurückhaltender Abneigung gewichen. *Soll sie mich doch nicht mögen,* dachte Bethia. *Soll sie mich ruhig fürchten.* Wenn Juno unglücklich genug war, würde sie sich vielleicht woanders eine Stelle suchen. Vielleicht würde sie zu Mrs. Crane rennen, dann wäre sie sie endlich los.

Im Armenhaus verlor Mrs. Fenny kein Wort über Louisa, und Bethia war erleichtert. Das Leben auf der Straße würde sie sicher eher umbringen als eine Krankheit in St. Peter's, befand sie. Louisa hatte schließlich bewiesen, dass sie ziemlich zäh war, was Krankheiten anging. Nach dem Gottesdienst wurde eine Bitte des Bürgermeisters verlesen — alle körperlich gesunden und pflichtbewussten Männer sollten sich am Rathaus treffen und dabei helfen, die Stadt und den Rat vor weiteren Angriffen zu schützen. Von den Versammelten konnte oder wollte nur Jonathan dem Aufruf folgen. Er machte sich gleich nach dem Gottesdienst auf den Weg, und als die Bewohner zu den Christmas Steps gingen, folgte Bethia ihnen in Begleitung von Juno.

»Sieh nur, was aus jemandem wird«, sagte sie so leise, dass nur Juno es hören konnte, »wenn er verstoßen wird, ledig ist und keine Arbeit hat.«

»Ich sehe es, Madam«, sagte Juno finster.

Als die Bewohner die Steinnischen erreichten und ein Murmeln durch die Gruppe ging, blieb Bethia unvermittelt stehen. Sie wandten die Gesichter zu ihr um, und ehe sie zur Seite getreten waren, wusste Bethia, was sie dort sehen würde. Ein widerwärtiges Gefühl überlief ihr Rückgrat. Louisa hatte sich in ihre Decke gehüllt und wartete. Bei ihrem Anblick hatte Bethia das Gefühl, Insekten würden über ihre Haut krabbeln. Sie sah sich unwillkürlich um, ob Balthazar irgendwo in der Nähe war.

Es gab einen kurzen Moment der Stille, dann ging Jemima Batch zu Louisa und sprach mit ihr. Bethia zwang sich zu lächeln. »Da ist sie ja«, sagte sie unnatürlich fröhlich. »Ich habe ja gesagt, sie wird sich nicht weit entfernen.«

»Sie will ihr altes Zimmer zurück«, sagte Jemima vorwurfsvoll.

»Aber sie hat ein wunderbares Zimmer in St. Peter's, wo man sich besser um sie kümmern kann«, sagte Bethia. »Wir müssen sie umgehend zurückbringen. Es ist zu kalt heute Morgen, um lange hier zu sitzen.«

Als sie Bethias Stimme hörte, wandte Louisa den Kopf und sah mit äußerst unglücklicher Miene zu ihr hoch. Bethia las den Vorwurf auf ihrem Gesicht und erkannte, dass die Wunde niemals heilen würde. Sie schluckte und wandte den Blick ab, und in dem Moment donnerten Schüsse durch die Stadt und hallten von den Christmas Steps wider. Alle hielten gleichzeitig den Atem an und drehten sich in die Richtung, aus der die Schüsse kamen, doch sie waren einige Straßen entfernt abgefeuert worden, es war nichts zu sehen. In der anschließenden kurzen Starre hörten sie Schreie und Hufgeklapper. Die Bewohner sahen sich beunruhigt an, und Bethias Puls beschleunigte sich. Schwach, aber deutlich trieb Rauchgeruch zu ihnen herüber.

»Was ist denn da los?«, sagte einer der alten Männer. »Was passiert da? Das war doch ein Schuss, so etwas erkenne ich.«

»Wir sollten alle wieder ins Haus gehen«, sagte Mrs. Fenny. »Es ist kalt, Mrs. Shiercliffe hat recht, und wenn Soldaten auf der Straße sind, sollten wir besser nicht hier sein.«

»Ich bin ganz Ihrer Ansicht, Mrs. Fenny«, sagte Bethia.

»Wir können Louisa vorerst mit zu uns nehmen und später ...«

»Nein!«, widersprach Bethia deutlich zu laut.

Jemima, die Louisa gerade aufhelfen wollte, hielt mitten in der Bewegung inne — Louisa war derart steif gefroren, dass sie sich kaum rühren konnte.

»Sie muss sofort nach St. Peter's zurückgebracht werden.«

»Aber Mrs. Shiercliffe ...«, hob Mrs. Fenny an.

»Ach, ich bin mir sicher, die Lage ist gar nicht so kritisch. Was wir gehört haben, waren vermutlich nur Warnschüsse, nichts weiter. Soweit ich verstanden habe, haben sich einige Männer am Queen Square versammelt, aber auf dem Weg nach St. Peter's wird es sicher keine Probleme geben. Kommen Sie jetzt«, sagte sie und versuchte, selbstsicher zu klingen.

Ich komme immer wieder zurück. Sie durfte nicht riskieren, dass Louisa jemals wieder ins Armenhaus zurückkehrte und in Balthazars Fußstapfen trat. *Wir sprechen uns noch.* Dann, als die durchdringenden Blicke unerträglich zu werden drohten, fiel ihr eine Lösung ein. »Meine Dienerin wird sie begleiten. Sie ist jung, und die Kälte macht ihr nichts aus. Und sie hat ein Geschick, Ärger aus dem Weg zu gehen. Nicht wahr, Juno?«

»Ich ... ja, Herrin«, sagte Juno, und der Ausdruck in ihren dunklen Augen war eiskalt.

»Also, verlieren wir keine Zeit. Gehen wir. Los, Juno. Du kennst doch den Weg?«

»Ja.«

*

Am Ende jenes Tages wurde es nicht dunkel in Bristol. Der Himmel leuchtete von riesigen orangeroten Feuern, die überall in der Stadt brannten und die Luft mit Rauch füllten. Funken stoben bis zu den Wolken hoch.

Mit leiser Furcht beobachtete Bethia das Geschehen vom oberen Fenster im Haus in der Charlotte Street. Es kam ihr unwirklich vor. Sie fand, dass es aussah wie ein Höllengemälde, gar nicht mehr wie die reale Welt. Juno war nicht zurückgekommen, genauso wenig wie Edwin, und Bethia wusste nicht, was sie empfand. In ihr herrschte eine stille Leere – in ihrem Kopf wie auch in ihrem Herzen. Als gäbe es keinen Platz mehr, irgendetwas anderes zu denken oder zu fühlen als die Angst um sich selbst. Die Angst vor dem, was sie an jenem Tag getan und was sie vor Jahren getan hatte.

Vielleicht war es naiv gewesen zu glauben, dass es jemals vergessen werden könnte, obwohl sie alles dafür getan hatte. Vielleicht war es naiv zu glauben, dass man sie nicht bis in alle Ewigkeit verfolgen würde, egal wie sehr sie sich bemühte, es zu verleugnen. Sie würde behaupten, dass sie geglaubt hatte, es sei zu ihrem Besten, Juno und Louisa während des Aufstands nach St. Peter's zu schicken. Mrs. Crane würde ihr nicht glauben, ebenso wenig wie Balthazar oder Edwin. Sollte ihnen jedoch etwas zugestoßen sein, bestand die Chance – nur eine kleine Chance –, dass sich die Lage beruhigte und die Gefahr vorüberzog.

Bethia spürte, dass das Ende bevorstand. Sie wusste nur nicht, was für ein Ende. Oder wessen Ende.

Edwin kehrte am Sonntagabend gegen acht Uhr angespannt und müde nach Hause zurück, er roch nach Schweiß und Rauch und sank in seinem Arbeitszimmer auf einen Stuhl.

»Bürgermeister Pinney hat uns alle nach Hause geschickt,

damit wir so gut wir können unseren Besitz schützen. Er hat Bristol dem Mob überlassen«, sagte er kopfschüttelnd.

»Ich bin so froh, dass dir nichts passiert ist«, sagte Bethia. »Was ist los? Die Feuer … und vorhin haben wir Schüsse gehört.«

»Wenn es mehr Gewehrschüsse gegeben hätte, wäre die Lage womöglich zu retten gewesen.« Edwins Stimme klang harsch, so wütend war er. »Aber Brereton hat die Soldaten während des Feuers aus der Stadt beordert! Der Narr sagte, sie würden die Menge nur anheizen, und hat sie nach Keynsham rausgeschickt! Die Soldaten, die noch da sind, handeln nur auf Anweisung des Bürgermeisters, und der Bürgermeister ist untergetaucht … Um zu entkommen, musste er über das Dach seines Hauses fliehen. Der Bischofspalast wurde unter Beschuss genommen und steht in Flammen, ebenso die Besserungsanstalt — alle Insassen wurden freigelassen. Ich habe mit ein paar anderen zu verhindern versucht, dass die Meute dasselbe mit dem Gefängnis macht, aber unmöglich — wir wurden zurückgeschlagen. Der halbe Queen Square steht in Flammen, und die King Street …« Er schüttelte den Kopf. »Der Rum in den Lagerhäusern ist hochgegangen wie ein … wie ein …«

»Beruhige dich, Lieber«, tröstete ihn Bethia. »Du hast getan, was du konntest!«

»Wir müssen uns darauf vorbereiten, dass sie herkommen.«

»Was? Die Meute — hierher?«

»Sie versuchen, den Stadtrat aufzulösen — das ist ihr Ziel. Der Stadtrat, der Amtssitz des Bürgermeisters, das Rathaus, der Bischofspalast … das waren bislang ihre Ziele, und du kannst dir sicher sein, dass als Nächstes die Privathäuser von wohlsituierten Bürgern an der Reihe sind. Ich habe noch nie eine derart mutwillige Zerstörung oder Plünderungen diesen Ausmaßes gesehen.« Er nahm den Brandy, den Paris ihm brachte, und leerte ihn mit einem Zug. »Es sei denn, sie saufen sich erst zu Tode ... Am Queen Square spielen sich unglaubliche Szenen ab. Ich hätte nie gedacht, jemals derartige Ausschweifungen in unserer schönen Stadt erleben zu müssen.«

»Aber Edwin ... Was wird passieren? Wie kann man sie bändigen?«

»Da gibt es nur zwei Möglichkeiten: die vollständige Zerstörung der Stadt oder das harte Durchgreifen der Soldaten.« Er stand wieder auf und ging zum Fenster, um auf den Aufruhr in Orange und Schwarz zu blicken, die Asche, die wie teuflisches Konfetti aufwirbelte. »Wenn der Wind auffrischt ... wenn er die Richtung ändert und der Regen aufhört, dann geht die Altstadt in den Flammen zugrunde.«

Edwin blickte lange hinaus, und Bethia hörte seine Worte mit laut klopfendem Herzen. St. Peter's lag nicht einmal eine Drittel Meile von der King's Street entfernt. Sollte der Wind doch drehen.

»Wir sollten beten, dass das nicht geschieht«, sagte sie tonlos.

Da wandte sich Edwin zu ihr um. »Was gibt es hier Neues? Sind alle sicher zu Hause? Wo ist Juno?«

»Juno ...« Bethia zuckte mit den Schultern. »Sie ist noch nicht von einem Auftrag zurückgekehrt.«

»Wie bitte? Von was für einem Auftrag? Wann?«

»Heute Morgen ...« Bethia blieb keine andere Wahl, als es ihm zu erzählen und zu hoffen, dass sie unschuldig klang. »Ich habe sie geschickt, Louisa, die wir auf den Christmas Steps gefunden haben, zurück nach St. Peter's zu bringen.«

Edwin trat direkt vor sie. »War das vor oder nachdem die Bitte des Bürgermeisters verlesen wurde? Bevor oder nachdem du gehört hast, dass geschossen wurde?«

»Danach – aber ich hatte keine Ahnung vom Ausmaß der Unruhen! Ich hatte keine Ahnung, dass sie in Gefahr sein könnte!«

»Und als sie nicht gleich zurückgekommen ist?«

»Nun ja, was hätte ich tun können, Lieber?«

»Jemanden schicken, um nach ihr zu suchen! Du hättest Paris schicken können! Du hättest mich benachrichtigen können, wenn du nicht weitergewusst hättest! Herrgott, Bethia! Wie konntest du so gedankenlos sein? Nachdem ich mit dir über die Lage gesprochen hatte – nachdem du gehört hast, wie die Soldaten geschossen haben? Ich habe heute gesehen, wie unschuldige Passanten von Pferden niedergetrampelt und mit Säbeln niedergeschlagen worden sind.« Er wandte sich zur Tür, doch Bethia sprang auf und hielt ihn am Arm zurück.

»Du hast gesagt, diese brutale Meute könnte herkommen«, jammerte sie. »Und trotzdem willst du mich verlassen, um nach einem Dienstmädchen zu suchen? Um nach *ihr* zu suchen?« Edwin hielt inne, und Wut verjagte den ungläubigen Ausdruck aus seinem Gesicht.

»War es wirklich Gedankenlosigkeit, Bethia, oder *wolltest* du sie in Gefahr bringen?«

Einen Moment lang war Bethia sprachlos vor Schreck. Dieser Moment genügte, um sie als schuldig zu entlarven. »Wie kannst du das fragen ... Wie kannst du das von mir denken?«

»Ja, wie nur?«

»Natürlich wollte ich nicht ...«, hob sie an.

Doch es war zu spät. Edwin packte sie an den Oberarmen

und schüttelte sie. »Was ist los mit dir? Was geht in deinem Kopf vor? Willst du ernsthaft, dass ihr etwas passiert — einem unschuldigen Mädchen, das bei uns ist, seit es ein Kind war? Weil du etwas in ihr siehst, was nicht da ist?«

»Sie ist nicht unschuldig! Und ich sehe, wie du sie anstarrst! Es ist … Es ist kaum zu übersehen, dass du sie begehrst — ich bin keine Närrin!«

»Du bist eine verfluchte Närrin«, sagte Edwin jetzt leise. Er war so wütend, wie Bethia ihn noch nie erlebt hatte. »Ich hatte zwei Töchter, die viel zu früh gestorben sind — was du sehr wohl weißt. Ist dir jemals in den Sinn gekommen, dass ich Juno und Paris als meine Kinder betrachte? Dass ich in Juno die Tochter sehe, die ich nicht habe? Hast du daran jemals gedacht?« Er schüttelte Bethia erneut, aber sie hatte keine Antwort. Edwin ließ die Arme sinken und sah zur Seite. »Sie ist mehr oder weniger so alt, wie Cassandra jetzt wäre, hätte Gott sie nicht zu sich geholt.«

»Willst du … Willst du mich also bestrafen?«, fragte Bethia. »Du wirfst mir vor, dass ich unfruchtbar bin, und willst mich dafür bestrafen.«

Edwin starrte sie voller Abscheu an, dann wandte er aufs Neue den Blick ab.

»Du verstehst mich einfach nicht«, sagte er. Er holte tief Luft und zog seinen Mantel an. »Und jetzt, nach all den Jahren, stelle ich fest, dass ich dich auch nicht verstehe. Ich kenne dich gar nicht. Beten wir, dass ihr nichts zugestoßen ist, denn wenn …« Auf seinem Gesicht lagen Angst und Erschöpfung. »Denn wenn, wird es zwischen uns ein schlechtes Ende nehmen.«

*

Edwin fand Juno in einem Gasthaus in der Narrow Wine Street, wo sie Schutz gesucht hatte – oder vielmehr sah Juno Edwin vorbeireiten und lief zu ihm hinaus. Im Schein des Feuers, das die Stadt verschlang, beobachtete Bethia, wie ihr Ehemann mit dem Mädchen hinten auf seinem Pferd zurückkehrte. Juno war zwar schmutzig und hatte schreckgeweitete Augen, war aber unverletzt und schlang fest die Arme um ihn. Bethia ging nach oben und schloss sich in ihrem Zimmer ein, um keinen von beiden sehen zu müssen.

Erst am Montagvormittag war alles vorbei. Auf bürgermeisterlichen Befehl, der mit größtem Nachdruck erteilt worden war, trieb die Einheit von Colonel Brereton vom Vierzehnten mithilfe neu eingetroffener Verstärkung die Aufständischen mit aller Macht von den Straßen und tötete Hunderte von ihnen. Die Feuer waren gelöscht, und im kühlen Tageslicht wurde das ganze Ausmaß der Zerstörung sichtbar. Edwin ging wieder, ohne sich von seiner Frau zu verabschieden, und als Juno das Frühstückstablett hereinbrachte, erklärte sie Bethia mit stiller Genugtuung, dass sie es geschafft habe, Louisa sicher nach St. Peter's zurückzubringen, bevor sie auf dem Rückweg in einen Straßenkampf geraten sei.

Ich werde zurückkommen.

Bethia wollte sagen, dass sie froh war, dass alles gut gegangen war und dass beide unverletzt waren. Sie hatte die Worte sorgfältig vorbereitet und wusste genau, wie sie sie betonen musste, um die Wogen vorerst zu glätten. Sie hatte verdeutlichen wollen, wie überrascht sie über das Ausmaß der Unruhen war, und leichte Reue äußern wollen, dass sie Juno dem ausgesetzt hatte. Doch als es so weit war, konnte sie sich nicht überwinden zu sprechen. Ihre Zunge weigerte sich stur. Sie war machtlos. Sie hatte alles Erdenkliche versucht und nur bewiesen, wenn es hart auf hart kam, würde sich Edwin für Juno entscheiden. Es schien, als habe Bethia tief im Unterbewusstsein beschlossen, nicht weiterzukämpfen.

Die Stadt schwelte über Tage hinweg, und Edwin war die meiste Zeit außer Haus, half, die Ordnung wiederherzustellen, Häftlinge wieder einzufangen, Plünderer festzunehmen und die Schlimmsten unter den Aufständischen anzuklagen. Bethia war eine Gefangene des Wartens — sie wartete, dass man ihr auf die Schliche kam, wartete auf irgendein Zeichen, dass ihr Mann noch einen Hauch Zuneigung für sie empfand, wartete auf was immer als Nächstes kommen mochte.

In jedem Winkel hing der penetrante Geruch von Rauch, und die Stimmung in der Stadt war gedämpft, als sei sie selbst fassungslos über den Wahnsinn, der hinter ihr lag, und würde erst allmählich wieder zu sich kommen und zum Alltag zurückkehren. Bethia hätte gern die schwelenden Ruinen auf dem Queen Square gesehen und die edlen Sachen, die die Leute auf den Straßen stapelten, doch sie wagte sich nicht hinaus. Mehr als alles andere wollte sie, dass alles wieder so war, wie es noch vor wenigen Monaten gewesen war, bevor ihr die Idee in den Sinn gekommen war, Louisa nach Bristol zu holen.

Am Donnerstagmorgen hielt sie es jedoch nicht mehr länger aus und ging zum Armenhaus, wie sie es normalerweise getan hätte. Eis glitzerte auf dem Boden, und ihr Atem schwebte in weißen Schwaden um ihren Kopf. Sie blickte sich wiederholt um, weil sie sich verfolgt fühlte. Sie war sich sicher, dass früher oder später alle anderen bemerken mussten, dass nichts ganz real und nichts sicher war. Jeder Moment, der ohne Angriff verstrich, war ein geliehener Moment; ein Moment, in dem sie noch geduldet wurde.

Sie fragte Mrs. Fenny nicht, ob es Neuigkeiten von Louisa gab oder ob irgendwelche Besucher da gewesen seien. Sie wollte es nicht wissen. Mrs. Fenny begrüßte sie zurückhaltend mit einer Liste von alltäglichen Angelegenheiten, um die sie sich kümmern musste, und Bethia zog sich mit dem deutlichen Gefühl in ihr Zimmer zurück, beobachtet zu werden — beurteilt zu werden, auch wenn das Haus voll von Armen war, die überwiegend von dem Geld ihres Mannes lebten. Doch innerhalb von Minuten verließ sie das Zimmer wieder, weil sie die Ungewissheit nicht ertrug. Sie ging nach oben zu den Fenstern, die auf die Christmas Steps hinausblickten. Und da war sie — natürlich war sie da und saß in einer der Nischen.

Lulalu, lulalu ... Bethia hörte die sanfte Stimme in ihren Ohren, die sie in den Schlaf gesungen hatte, als sie noch so klein gewesen war, dass sich in der Dunkelheit Monster versteckt hatten — Ghule, die heranschlichen, wenn sie die Augen schloss. *Ich komme wieder, bis du mir eine Antwort gibst.* Louisa hielt Wort. Obwohl ihre Füße sie zwangen, dort zu warten, wo sie sitzen konnte, war sie zurückgekommen und würde immer wiederkommen. Bethia starrte auf die zusammengekauerte Gestalt und spürte, wie sie sich innerlich damit abfand. Sie empfand eine Ruhe, wie man sie empfindet, nachdem man sich eine Niederlage eingestanden hat.

Bethia wusste nicht, was sie tun oder sagen würde. Sie wusste nur, dass Louisa genau wie Juno irgendwie gesiegt hatte. Sie hatte keine Ahnung, was das für sie bedeutete. Als sie hinausging, schlug ihr beißende Kälte entgegen. Sie brannte in Bethias Stirnhöhlen und trieb ihr die Tränen in die Augen, sodass die Welt verschwamm und an den Rändern silbrig wurde. Auf dem ersten Abschnitt der Christmas

Steps blieb Bethia stehen. Ein Mann stand mit gebeugtem Rücken vor Louisa, das Gesicht dicht vor ihrem, und hatte ihr eine Hand auf die Schulter gelegt. Natürlich Balthazar. Er hatte sie gefunden. Bethia beobachtete schweigend, wie er sie erst sanft schüttelte, dann kräftiger. Dann richtete er sich auf und stieß den Atem aus, der daraufhin wie ein Gespenst um ihn schwebte.

Bethia sah, dass in Louisas Wimpern Raureif hing. Ihre Hände waren zu Fäusten geballt und umklammerten fest die Decke. Ihre Augen standen offen und waren von einem trüben Film überzogen, der Blick war starr. *Wo ist sie?* Bethia rang um Atem und sah sich um. Sie konnte unmöglich Ellens Stimme gehört haben — niemand würde jemals wieder ihre Stimme hören. Bei dem Laut drehte sich Balthazar mit verzerrtem Gesicht zu ihr um.

»Ist sie das?«, fragte er. Seine Brust hob und senkte sich, als wollte er brüllen. »*Ist sie das?*« Sein Schrei hallte die Christmas Steps hinunter. Passanten drehten sich um.

»Wissen Sie es denn nicht?«, fragte Bethia mit gedämpfter Stimme.

»Es ist so lange her.« Balthazar klang ergriffen. Er drehte sich wieder um und berührte sanft ihre Wange. »Diese Narben … und ihr Haar …« Er schüttelte den Kopf und musterte sie genauer. »Aber ich … Ich glaube, sie ist es. Mein Herz … Mein Herz sagt mir, dass es Ellen ist.« Er sah wieder auf, und diesmal war seine Miene kindlich — aus ihr sprachen zerstörte Hoffnung und offenkundige Bestürzung.

»Sie sind zu spät gekommen.« Es war eine Feststellung, Bethia hatte nicht schadenfroh sein wollen. Sie empfand nichts — keinen Triumph, keinen Kummer.

Balthazar schüttelte den Kopf. »*Sie* haben ihr das angetan. Sie haben sie umgebracht!«

»Das stimmt nicht! Ich habe einen Platz für sie gefunden ...«

»Sie haben sie schon vor Jahren umgebracht!«, schrie er, und Bethia blinzelte, als seine Wut sie traf. Als sie die Wahrheit spürte. »Sie hat Sie geliebt«, sagte er. Tränen liefen ihm über das Gesicht und glitzerten silbrig auf seiner dunklen Haut. »Gott steh ihr bei, sie hat Sie geliebt, als Sie niemand anders geliebt hat. Als Sie niemand anders lieben *konnte*.«

Er machte einen Schritt auf Bethia zu und hob den Arm, als wollte er sie schlagen, hielt jedoch inne. »Aber Sie ... Sie haben nie irgendjemanden oder irgendetwas geliebt. In Ihrem ganzen Leben nicht. Ihr Herz ist verdorrt. Wie eine Frucht, die an der Rebe vertrocknet — das wusste ich von Anfang an.« Er ging zu Ellen zurück, als die Sonne um die Dächer kroch, um ihre erstarrte Leiche in glitzerndem Schein zu tauchen. Um sie zu wärmen. Aber ebenso wie Balthazar kam sie zu spät. »Gehen Sie, Mrs. Shiercliffe. Verschwinden Sie von hier«, sagte er leise. »Sie haben Ihre Arbeit getan. Sie haben nicht das Recht, sie anzusehen.«

Bethia tat, was er sagte. Sie ging zurück zu ihrem Aussichtspunkt oben im Armenhaus und beobachtete, wie Balthazar einen Jungen bezahlte, damit er den Bestatter holte. Sie sah zu, wie Ellen in ihrer grotesken sitzenden Position weggetragen wurde, weil sie in dieser erstarrt war. Es war schrecklich anzusehen — sie mussten sie von dem Stein loseisen und legten sie seitlich auf einen Handkarren. Ein Stück Leinen wurde über sie geworfen, dann war sie verschwunden.

Lulalu, lulalu ... Bethia schloss fest die Augen und versuchte, ihre Stimme und ihr Gesicht aus ihrem Kopf zu verbannen. Denn Balthazar hatte mit seinen Worten nur zur Hälfte recht gehabt. Niemand außer Ellen hatte Bethia je geliebt, so viel war richtig, aber sie hatte Ellen ebenfalls geliebt. Erst, nachdem sie diese Liebe aus sich heraus-geschnitten hatte, merkte sie, welchen Hohlraum sie in ihr hinterlassen hatte.

11

Heute

Als Liv aufwachte, lag sie, in den Bademantel ihres Vaters gewickelt, auf dem Sofa und hielt das kleine Buch, das er für sie gemacht hatte, derart fest umklammert, dass die Seiten zerknittert waren. Sie setzte sich abrupt auf und strich sie mit den Fingern glatt. Kurz darauf fiel ihr das Mädchen in der Dachkammer wieder ein. Sie erinnerte sich, dass sie in ihrem Traum das Baby gehört und gedacht hatte, dass die Tür zur Dachkammer verschlossen sei. Daran, dass der Raum anders ausgesehen hatte, und an das blasse Mädchen mit dem gesenkten Kopf.

Langsam und etwas widerstrebend ging Liv über die schmale Treppe zurück nach oben. Alles war, wie es sein sollte – die schlecht eingebauten Schränke an der einen Wand, die Kartons auf dem Boden. Sie sah auf die Stelle neben dem Kamin, wo das Mädchen gesessen hatte, doch da war nichts. Kein Beweis, dass jemand dort gewesen war. Sie hatte die Hand ausgestreckt …

Liv runzelte die Stirn und versuchte, sich zu erinnern. Sie hatte die Hand ausgestreckt, und für eine Sekunde hatte sie die kühle Haut des Mädchens gespürt – die kleinen Haare auf ihrem Arm und darunter lebendige Haut und Knochen. Sie erinnerte sich so genau daran, wie sich dieser Arm angefühlt hatte, als wäre dort tatsächlich jemand gewesen. Es hatte sich angefühlt, als hätte der Boden sich verschoben und sie wäre rücklings in einen Abgrund gestürzt. Sie wusste nicht mehr, was anschließend passiert war. Liv blinzelte ein paar Tränen fort.

Es hatte sich überhaupt nicht wie ein Traum angefühlt, zugleich wusste sie, dass es nicht real war, denn das konnte nicht sein. Es musste eine Halluzination gewesen sein. Die Steigerung irgendeiner geistigen Verwirrung, die sie flüsternde Stimmen und weinende Babys hören ließ. Denn zwei Menschen konnten nicht dieselben Albträume haben, und wenn ihr Vater genauso empfunden hatte — wenn er sich genauso getrieben gefühlt hatte, die Wohnung zu durchsuchen —, taumelte sie vielleicht auf die gleiche Krise zu wie er. Sie wusste nicht, ob es in Familien eine Disposition für so etwas gab, wie es bei Brustkrebs oder bei Herzkrankheiten der Fall war. Bei der Vorstellung fühlte sie sich benommen und bekam Angst. Sie konnte kaum hoffen, Martin zu finden oder ihm zu helfen, wenn sie sich selbst nicht in den Griff bekam. Und wenn sie nicht halluzinierte oder träumte oder den Verstand verlor, dann …

Sie brachte den Gedanken nicht zu Ende. Das damit verbundene Unbehagen trieb ihr ein Kribbeln über den Nacken, das sich von dort aus über ihren gesamten Körper ausbreitete. Sie bereitete Frühstück für Adam zu und nahm es mit nach unten, ohne erst nachzusehen, ob er überhaupt da war. Am Morgen nach einer besonders unruhigen Nacht war er doch immer da. Bei diesem Gedanken stutzte Liv und stellte unsicher das Tablett auf den Tisch im Schaufenster, ehe sie die Tür öffnete, um ihn hereinzulassen.

»Guten Morgen, Adam. Heute habe ich etwas Chili hineingetan, ich …«

»Chili? Wer tut denn Chili in die Schokolade? Chili gehört in Currys und Jollof-Reis.« Adam wickelte einen langen Wollschal ab, den Liv noch nie zuvor bei ihm gesehen hatte.

»Das ist derzeit ziemlich angesagt«, erklärte sie. »Vielleicht magst du es ja, auch wenn es nicht ganz richtig ist.«

»Ich werde es trinken«, sagte er großzügig. »Aber es hört sich merkwürdig an.« Er setzte sich, nahm den Becher und roch daran, und Liv beobachtete es müde und frustriert. Sie strich sich mit den Händen durchs Haar und versuchte, die Erinnerung an den kalten Arm des Mädchens zu verdrängen. Dann startete sie noch einen Versuch, Antworten von Adam zu bekommen.

»Adam, wer ist Cleo? Woher kennst du sie?«

Adam stöhnte leise, antwortete jedoch nicht.

»Hat sie hier mal gearbeitet? Oder war sie nur eine Freundin — hat sie hier gewohnt?«

»Sie hat hier gewohnt und hier gearbeitet. Hat Schokolade und Kaffee gemacht. Guten Kaffee.« Er nickte, aber mit verwirrter Miene, als sei er sich nicht ganz sicher, ob es wirklich stimmte.

»Dann war dieser Laden also ein Café? Wie lange ist das her?«

»Wie meinst du das, *war*? Servierst du mir etwa kein Frühstück?«

»Nein, ich mache dir Frühstück, aber … Egal. Also, als du gesagt hast, du müsstest ›sie‹ finden und du wüsstest, dass sie hier war, von wem hast du da gesprochen?«

»Das weiß ich nicht … Ich weiß es nicht …« Er schüttelte unsicher den Kopf und schien nachzudenken. Dann blickte er auf, und seine Augen leuchteten vor Aufregung. »Sie war hier, um ihre Tante zu besuchen. Sie war hier, weil sie hier sicher war. Ja.« Er nickte, doch das Leuchten erlosch sogleich wieder. »Hier … wäre sie sicher.«

»Wer? Cleo?«

»Cleo? Was ist mit Cleo?«

»Adam.« Liv seufzte. »Du kommst her, weil hier früher ein Café war und du die Frau kanntest, die hier gearbeitet hat – Cleo. Aber noch jemand anders ist früher hergekommen – oder mehr als eine andere Person, und die willst du finden. Stimmt das?«

Adam starrte sie an, schien sie aber gar nicht zu sehen.

»Als ich dich danach gefragt habe, hast du erzählt, dass du deine Familie verloren hast. Aber nach der suchst du hier nicht, oder? Sie … Du weißt, was ihr zugestoßen ist, und das war nicht hier. Stimmt das?«

»Nein«, sagte er.

Liv schloss die Augen und überlegte, wie sie fragen sollte, um herauszufinden, was wirklich wahr und was nur der Verwirrung in seinem Kopf geschuldet war – was jetzt war und was sich vor langer Zeit ereignet hatte. Was er wusste und was nicht. Ihre Großmutter mütterlicherseits hatte an Demenz gelitten, und Liv erinnerte sich, wie sie in einem Moment ganz im Hier und Jetzt gewesen und im nächsten in eine Erinnerung abgedriftet war. Ihr Kopf nahm eine falschen Abbiegung, öffnete eine falsche Tür und war dort gefangen. Liv erinnerte sich, wie ihre Großmutter versucht hatte, die Umgebung mit dem Ort in Einklang zu bringen, an dem sie zu sein meinte. Sie erinnerte sich, wie seltsam es gewesen war, ihre Großmutter – die Person, die sie eigentlich war – kommen und gehen zu sehen, als würde sie sie durch eine sich ständig verändernde Linse betrachten.

»Weißt du, was wir heute für ein Datum haben, Adam?«

»Warum fragst du mich das ständig? Ich hab doch keinen Kalender oder ein Handy. Ich hab keinen *Filofax*«, schnaubte er. »Sieh im Fernsehen nach.«

»Ich versuche doch nur herauszufinden, warum du herkommst, Adam. Warum kommst du immer wieder her?«

Adam zögerte, bevor er antwortete. »Ich muss.« Traurig blickte er auf seinen Becher und den Teller. »Ich weiß es nicht. Ich muss kommen.«

»Aber warum?«

»Weil ich sie finden muss.«

»Ja, aber *wen* denn?«

»Das weiß ich nicht! Das Mädchen ... Sie ist zu ihrer Tante gekommen. Ich weiß es nicht.«

Liv spürte ein Prickeln. Etwas daran kam ihr bekannt vor. *Das Mädchen ...* Aber sie merkte, dass es sinnlos war. Adam hatte einfach nicht die Antworten, die sie zu bekommen hoffte. Wenn er sie einst gehabt hatte, waren sie jetzt irgendwo in seinem wirren Kopf verloren.

»Und wer ist Balthazar? Du hast ihn neulich erwähnt. So hast du dich selbst bezeichnet. Weißt du, wer er ist?«

»Balthazar?« Adam stöhnte erneut. »Ich kenne ihn.« Liv beugte sich interessiert vor. »Natürlich kenne ich ihn, jeder kennt ihn. Das ist einer der Heiligen Drei Könige. Der schwarze König.«

Liv seufzte und lehnte sich wieder zurück. »Das stimmt.«

Eine Weile saßen sie sich schweigend gegenüber. Livs Kopf war zu voll, ihre Gedanken fanden nicht genügend Raum, um sich ordnen zu können. Sie wollte Adam nach der Frau auf der Treppe fragen, die er ebenfalls gesehen hatte — von der er behauptete, er habe sie *gefunden*. Sie wollte ihn fragen, ob er Martin wiedergesehen hatte, aber sie traute sich nicht. Sie fürchtete sich davor, dass er leugnete, ihn jemals gesehen zu haben. Sie dachte an ein paar Leute, mit denen Sean letzte Nacht gesprochen hatte. »Lebst du gern auf der Straße?«, fragte sie Adam schließlich.

»Gern oder nicht gern — das spielt keine Rolle.« Adam starrte aus dem Fenster und kniff die Augen gegen das Licht zusammen. »Es ist leichter«, sagte er. »Viel leichter. Nichts kann schiefgehen. Nichts kann man verlieren. Fehler … Meine Fehler können niemandem schaden.«

»Ja. Verstehe«, sagte Liv.

»Wirklich? Bezweifle ich.«

»Ich frage mich, ob mein Vater das so empfindet. Ob er … Ob er keinen von uns verletzen will und deshalb stattdessen verschwunden ist — das letzte Mal und jetzt wieder.«

»Hm. Könnte sein.«

»Hast du … Hast du ihn in letzter Zeit noch mal gesehen, Adam? Irgendwo in der Stadt?«

»Wen? Mr. M?« Adam schüttelte den Kopf. »Nein. Aber wo sind die anderen? Sollten sie jetzt nicht schon hier sein?«

»Ich bin mir sicher, dass sie bald kommen«, sagte Liv und sparte sich die Mühe, zu fragen, wen er meinte.

»Immer kommen sie zu spät.« Er schüttelte den Kopf. »Egal, was ich dem Jungen sage, immer kommt er zu spät.«

*

Kaum war Adam gegangen, kam Liv die Stille unerträglich vor. Allerdings nicht, weil es ein Zeichen für die Leere der Wohnung war. Vielmehr stellte sie sich vor, dass die Wohnung keineswegs leer war und nur Ruhe herrschte, weil die anderen beschlossen hatten, vorübergehend still zu sein. Sie erwischte sich dabei, dass sie schnell aufsah und kurz einen Blick über ihre Schulter warf, wenn sie an einem Spiegel vorbeikam. Jedes Mal setzte ihr Herz für einen Moment aus, obwohl sie nie jemanden entdeckte und in der Wohnung nur ihre eigenen Geräusche vernahm. Am Küchentisch hörte sie erneut eine von Martins Nachrichten auf ihrer Mailbox ab.

»Livvy, ich … Wie geht's dir? Dumme Frage.« Er seufzte. »Ich wünschte, ich könnte dich sehen oder mit dir sprechen. Ich mache mir Sorgen. Ich wünschte … O Gott, ich wünschte, ich könnte es dir irgendwie erleichtern. Ständig träume ich davon. Ich kann mir nicht vorstellen … Ruf mich einfach zurück, bitte, oder schick mir eine kurze Nachricht. Du fehlst mir so, Livvy. Okay. Bis dann.« Seine Stimme klang heiser und tief, die Worte kamen zögernd.

Livs Daumen schwebte über seiner letzten Nachricht, doch sie konnte sich nicht überwinden, sie abzuhören. Niemand wusste genau, wann er zu der Brücke gegangen war, wann er seine Jacke dort zurückgelassen hatte und verschwunden war. Doch man hatte seine Sachen am zwanzigsten Mai gefunden, und sein letzter Anruf bei Liv stammte vom achtzehnten. Sie war immer noch völlig am Ende gewesen, der Tod des Babys hatte sie buchstäblich niedergestreckt. In ihrem Kopf hatte wie zu ihrem Schutz ein Nebel gewabert, der verhinderte, dass sie zu viel nachdachte oder empfand. Doch sie wusste, dass sie seine Nachricht abgehört hatte und dass es ihr unerträglich gewesen war.

Liv legte das Telefon zur Seite, putzte sich die Zähne, bürstete sich das Haar und machte sich auf den Weg, ihre Mutter in Clifton zu besuchen. Es war ein kurzer Spaziergang, noch nicht einmal eine Meile, doch sie machte einen Umweg durch die Lime Kiln Road und die Hotwell Road und dann einen Bogen zum Clifton Park hinauf. Bei jedem Schritt hielt sie nach Martin Ausschau. Sie suchte unter den Passanten nach ihm, schaute jeden prüfend an, auch wenn es unmöglich Martin sein konnte — Leute, die ihre Hunde spazieren führten, die joggten oder auf dem Fahrrad unterwegs waren. Müllmänner, Männer in Anzügen, ein Mann, der aus einem Zeitschriftenladen kam und stirnrunzelnd auf den gelben Milchshake hinuntersah, den er nicht öffnen konnte. Sie suchte in vorbeifahrenden Autos nach seinem Gesicht, bis sie irgendwann bemerkte, dass sie wie angewurzelt auf dem Gehweg stand und verwirrt nach links und rechts auf den Verkehr starrte. Sie hatte keine Ahnung, wie lange sie dort schon stand, doch der Mann hinter der Kasse des Zeitschriftenladens beobachtete sie neugierig durchs Fenster. Liv ging weiter.

Angelas Maisonettewohnung lag in den mittleren zwei Etagen einer viktorianischen Villa — unter dem Dachvorsprung und über dem Eingang verliefen hübsche weiße Zierleisten aus Holz. Im gepflasterten Vorgarten standen Fliederbüsche und Magnolienbäume, und auf einem eleganten Messingschild an einer der Eingangssäulen stand *Angela Molyneaux, Vermittlung von Kindermädchen.* Ihre Mutter hatte den Namen nach der Scheidung behalten, da er eleganter klang als Angela Butts. Liv hatte ihr in den Semesterferien manchmal im Büro ausgeholfen und wusste, dass »Kindermädchen« eine etwas hochtrabende Bezeichnung für die nervösen Teenager war, die aus Polen, von den Philippinen, aus Australien und unzähligen anderen Ländern kamen und deren einzige Qualifikation darin bestand, dass sie jung und weiblich waren und für einen Bruchteil des Mindestlohns arbeiteten. Liv blieb eine Weile unter der Magnolie stehen; sie empfand plötzlich einen gewissen Widerwillen weiterzugehen.

Sie konnte ihre Mutter durchs Wohnzimmerfenster am Schreibtisch sitzen sehen. Liv wusste genau, wie warm der

Raum war und wie es dort roch. Nach künstlichem Raum-spray und Lilien — ihre Mutter stellte immer gern einen Strauß Lilien auf den Beistelltisch, wo die stark färbenden Pollen auf einen Stapel Lifestyle-Magazine fielen. Sie wusste auch, wie es sich anfühlte, wenn ihre Füße in den salbeifar-benen Teppich einsanken. Und dass das Bett im Gästezim-mer noch immer mit der geblümten Laura-Ashley-Bett-wäsche für sie bezogen war.

Nach dem Krankenhaus hatte sie gehofft, an dem Ort ihrer Kindheit etwas Trost zu finden, doch jetzt raubte ihr die Erinnerung an jene Zeit den Atem. Wieder dorthin zu-rückzugehen, fühlte sich an, als würde sie in ein Loch zurück-springen, aus dem sie in monatelanger Anstrengung heraus-gekrochen war. Jede Faser in ihr rebellierte dagegen, und sie wusste, dass sie dort nie wieder wohnen konnte. Sie hatte ein halbes Jahr ihres Lebens in diesem Gästezimmer verloren, und nur die wachsende Ungeduld ihrer Mutter hatte ihr schließlich die Kraft gegeben zu gehen. Das und die scho-ckierenden Worte, die sie in ihrer Wut eines Tages ausgespro-chen hatte. *Ich weiß nicht, Olivia … vielleicht war es das Beste so.* Wenn sie daran dachte, stockte Liv noch immer der Atem, und die Verletzung war noch spürbar. Es hatte etwas Funda-mentales zwischen ihnen zerstört.

Liv holte ihr Telefon aus der Tasche, rief ihre Mutter an und beobachtete, wie diese nach dem Telefon griff und sich kurz sammelte, bevor sie abnahm.

»Livvy! Wie schön — ist alles in Ordnung?«

»Ja«, sagte Liv mechanisch.

»Wie geht es dir? Hast du genug von der zugigen Woh-nung? Kommst du wieder her?«

»Nein. Ich … Nein, Mum«, sagte Liv. »Ich wollte mich nach dem letzten Mal nur mal melden.«

»Ach. Also, das ist nett.« Angelas Stimme klang brüchig, doch sie beließ es dabei.

»Und ich wollte dir sagen, dass … dass …« Liv zögerte. Sie wusste, dass ihre Mutter nicht so reagieren würde, wie sie es sich wünschte. Sie hatte nichts als Verachtung für alles übrig, was ihr Vater tat oder getan hatte. Wann immer Liv seine Miniaturbücher erwähnte, schnaubte Angela verächtlich, auch wenn in ihrem Wohnzimmer ein winziger Schrank mit Puppenhausteetassen an der Wand hing. »Ich wollte dir sagen, dass Dad gesehen wurde.« Liv kaute auf der Innenseite ihrer Wange und beobachtete, wie ihre Mutter innehielt.

»Wie bitte? Du meinst, man hat seine … Leiche gefunden?«

»Nein, nein. Man hat ihn *lebend* gesehen. Der Mann, der immer im Laden vorbeikommt — Adam Freeman —, sagt, dass er Dad vor zwei Wochen in der Lime Kiln Road gesehen hat.«

»Welcher Mann?« Angela klang beunruhigt. »Du meinst doch nicht etwa diesen Obdachlosen, der vorbeigekommen ist, als ich da war? Meinst du wirklich, du kannst ihm auch nur ein Wort glauben? Der nimmt doch bestimmt Drogen.«

»Er nimmt keine Drogen.«

»Woher willst du das denn wissen? Dein Vater hat früher auch immer behauptet, dass er nicht trinkt, deshalb hat es noch lange nicht gestimmt.«

Liv holte tief Luft.

»Das weiß ich schon seit über einer Woche, Mum, aber ich wollte es dir nicht erzählen, weil ich wusste, dass du … dass du so reagierst. Wäre es dir lieber, er wäre tot?« Livs Stimme bebte, sie empfand dieselbe Angst und Empörung wie als Kind, wenn ihre Eltern sich gestritten hatten.

Angela schien sorgfältig nachzudenken, ehe sie antwortete.

Liv beobachtete, wie sie einige Dinge auf ihrem Schreibtisch ordnete. Eine Schachtel mit Büroklammern, ein Blatt Papier und einen Stift. »Es tut mir leid, Olivia. Es tut mir leid, dass du das denkst, und ich weiß, wie aufgebracht du bist, weil du ihn verloren hast. Aber die Wahrheit ist, dass ich Martin einfach nichts mehr … geben kann. Ich kann nicht mehr über ihn nachdenken, ich kann mir keine Sorgen mehr um ihn machen oder irgendetwas anderes. Es wäre mir nicht lieber, wenn er tot wäre. Ich will einfach nur nichts mehr mit ihm zu tun haben, und dass du etwas anderes von mir erwartest, ist nicht fair.«

»Aber er ist *Dad* …«

»Ja, er ist dein Vater. Und du bist jetzt erwachsen und kannst tun, was du willst. Aber er ist nicht mehr mein Mann, und zwar schon seit zwanzig Jahren nicht mehr.«

Liv zögerte und begriff, dass ihre Mutter recht hatte. Es war kindisch von ihr, immer noch zu wollen, dass ihre Eltern sich verstanden, sich liebten und am Leben des anderen teilhatten. Eine kindliche Angewohnheit, die sie nie ganz abgelegt hatte. In dem Moment sah sie ein Stück von der Person, die Angela außerhalb ihrer Rolle als Livs Mutter war. Und sie hörte auf, von ihr zu erwarten, dass sie sich so verhielt, wie sie es wollte. Mit dieser Erwartung verschwand auch ein Großteil der Wut, die sie auf ihre Mutter gehabt hatte, doch zugleich entstand eine gewisse Distanz. Vielleicht war das nötig.

»Du hast recht«, sagte sie. »Ich habe wohl nur gedacht, du solltest es wissen.«

»Livvy, Süße … Wo immer er ist und was immer er getan hat, Martin wollte nicht, dass es jemand weiß. Er will nicht gefunden werden. Selbst von dir nicht.«

»Doch«, sagte sie. »Er will gefunden werden.«

Angela schwieg.

»Erzählst du es Dom, wenn du das nächste Mal mit ihm sprichst? Ich erwarte nicht, dass er irgendetwas unternimmt, aber er und ich können auch nicht über Dad sprechen, ohne wütend aufeinander zu werden.«

»Ach, Liv. Ich bin nicht wütend auf dich. Wie könnte ich? Und ja, ich erzähle es ihm.«

»Danke.« Liv entfernte sich und achtete sorgsam darauf, nicht gesehen zu werden. *Du kannst nicht wieder nach Hause.* Sie erinnerte sich, dass Martin das gesagt hatte, wusste aber nicht mehr, wann oder in welchem Zusammenhang. Sie erinnerte sich an das bittersüße Lächeln, mit dem er es gesagt hatte. Und schließlich war es passiert. Endlich hatte sie ihr Zuhause verlassen und konnte nicht mehr zurück.

*

An jenem Abend rief Sean an, um Liv von einem Gartenprojekt für Obdachlose zu erzählen, das jeden zweiten Freitag stattfand, und um sie zu fragen, ob sie ihn am Ende der Woche dorthin begleiten wollte.

»Ich habe Alana, die Leiterin des Projekts, gefragt. Sie hat nichts dagegen«, sagte er. »Ich habe nicht konkret gehört, dass dein Dad dort ist, aber ich glaube, in letzter Zeit sind ein paar neue Mitglieder hinzugekommen. Du könntest mit allen sprechen, nachfragen, ob ihn jemand kennt. Wer dort mitmacht, unterscheidet sich etwas von den üblichen Obdachlosen. Diese Leute schaffen es hoffentlich, aus der Obdachlosigkeit herauszukommen. Jedenfalls haben sie einen ersten Schritt in diese Richtung getan.«

Der Freitagmorgen war kalt und klar, mit einem weiten Himmel in leuchtendem Türkis wie von altem Flaschenglas.

Nachdem sie eine weitere Nacht nur wenig geschlafen hatte, fühlte sich Livs Kopf so ähnlich an — sehr klar, aber zerbrechlich. Sean gähnte, als Liv ihm die Tür öffnete, und sein Atem bildete ein weißes Knäuel um seinen Kopf.

»Sorry. Ich musste heute die Frühschicht übernehmen — nicht gerade meine liebste Tageszeit«, sagte er. »Ich hab nur ungefähr drei Stunden geschlafen.«

»Bist du dir sicher, dass du gehen willst? Du könntest dich auch einfach hinlegen und ausschlafen.«

»Doch, ich bin mir sicher. Aber lass uns einen Kaffee mit in den Bus nehmen. Ich bin bei meiner Tante vorbeigegangen, aber sie hält nichts von Koffein.«

»Sie ist so früh schon wach?«

»Yep. Wahrscheinlich noch vor mir. Warum stehen alte Leute eigentlich immer im Morgengrauen auf? Sie haben ja nicht gerade haufenweise Sachen zu erledigen. Ich persönlich finde, es sollte pro Tag nur einmal fünf Uhr geben, und zwar am Nachmittag, wenn ich mich mit einem Tee hinsetze und mir *Pointless* ansehe.«

»Eine Quizsendung am Nachmittag?«, sagte Liv. »Klingt nicht gerade … cool.«

»Mit Tante Chisimdi schon.« Sean lächelte.

Liv schloss die Haustür ab, und sie gingen den Hügel hinauf. »Den Namen Chisimdi habe ich noch nie gehört. Wo kommt er her?«, fragte sie.

»Nigeria, wie der Rest von ihr«, sagte Sean. »Eigentlich ist sie eher so eine Art Großmutter für mich — die ältere Schwester meines Vaters. Sie ist in den Siebzigern mit ihm hergekommen. Nicht, dass man das merken würde — sie hat sich nicht gerade bemüht, sich zu integrieren. Nach mehr als vierzig Jahren behauptet sie immer noch, das Einzige, was in England besser sei, sei das Fernsehen.«

»Nun, womöglich hat sie recht.« Liv schniefte, von der feuchten Luft lief ihr die Nase. Sean grinste.

»Du solltest wirklich mal mitkommen und sie kennenlernen. Sie liebt nichts mehr als ein neues Publikum, vor dem sie ihre Gedanken über die Unsinnigkeiten des modernen Lebens ausbreiten kann.«

»Vielleicht mache ich das.«

Liv berichtete Sean, dass Adam behauptete, seine Vorfahren seien schon seit Generationen in Bristol, dass er aber von Federgras in seiner Kindheit gesprochen habe. Sie erzählte ihm auch, wie besessen er von dem Gewürz war, das sie ihm in die heiße Schokolade tun sollte.

»Wobei ... eigentlich bin ich gerade diejenige, die besessen ist«, sagte sie. »Davon, es herauszufinden, meine ich.«

»Federgras? Das ist etwas Afrikanisches, oder? Wir fahren alle zwei Jahre nach Nigeria, um meine Cousins zu besuchen, und ich bin mir sicher, dass ich es dort gesehen habe. Vielleicht wächst es ja aber auch hier ... Mein Vater wüsste es wahrscheinlich, oder meine Tante. Du meinst also, Adam könnte ein Immigrant sein und ist vielleicht nicht in Bristol geboren und aufgewachsen?«

»Ich weiß es nicht. Er spricht mit Bristoler Akzent – du hast ihn ja gehört. Außer, wenn er es nicht tut.«

Sean sah sie verwirrt an.

»Manchmal scheint er seinen Akzent zu verlieren«, erklärte Liv. »Wenn er in die Vergangenheit abdriftet, nach Menschen fragt, die nicht da sind, und Dinge sagt, die keinen Sinn ergeben.«

»Könnte das ein Zeichen dafür sein, dass sich sein Geisteszustand verschlechtert?«

»Möglich«, sagte Liv. »Aber ich bin mir sicher, irgendwo gelesen zu haben, dass Sprachen und Akzente, die man ungefähr bis zum zehnten Lebensjahr gelernt hat, für immer bleiben, egal wie lange man woanders lebt — man kann sie zwar verbergen, aber sie sind immer da.«

»Dann kennt er diese Zutat, die du ihm in den Kakao tun sollst, vielleicht aus seiner Kindheit? Befindet er sich mit seinen Gedanken womöglich so weit in der Vergangenheit — und in einem anderen Land?«

»Das habe ich mich auch gefragt.«

»Soll ich Chisimdi mal fragen? Ich meine, ob es ein afrikanisches Gewürz gibt, das alle da drüben in die heiße Schokolade tun?«

»Ja, gern, wenn es dir nichts ausmacht. Ich glaube, es ist ziemlich wichtig geworden.« Liv berichtete ihm von all den Zutaten, die sie bereits ausprobiert hatte.

»Wow. Scheint tatsächlich wichtig zu sein«, sagte er. »Dir ist doch wohl klar, dass du ihn nie mehr loswirst, wenn du jemals das Richtige findest.«

»Vielleicht.« Liv lächelte. »Wäre nicht so schlimm.«

»Es könnte sich herumsprechen. Du müsstest ein Geschäft gründen und heiße Schokolade an heimwehkranke Afrikaner verkaufen — könnte ein hübscher kleiner Nebenverdienst sein.«

»Vielleicht stellt sich heraus, dass genau das mein Ding ist.«

»Na bitte.« Sean lachte. »Es ist nie zu spät, eine Mohnblume zu werden.«

Der Gartenclub traf sich auf einer großen zugewachsenen Wiese mit Kleingärten. Ringsum hingen die Äste üppiger Bäume über den Zaun und schotteten die Kolonie von der Stadt ab. Letzte gelb und braun gefleckte Blätter schaukelten an den Zweigen. Es gab zwanzig große Parzellen, zwischen denen lange Bartgräser wuchsen, und fünf oder sechs Schuppen. In einigen Parzellen war von Tau bedecktes Wintergemüse gepflanzt – Kohlköpfe, Lauchstangen und Rosenkohl. Livs Füße waren bald von geschmolzenem Raureif durchnässt, und ihre Zehen wurden taub. Ihre Wangen schmerzten von der Kälte, und ihre Nase tropfte unablässig, egal, wie oft sie sie putzte. Doch nachdem man sie der Gruppe vorgestellt hatte, die sich über ihre Anwesenheit zu freuen schien, drückte man ihr einen Rechen in die Hand, damit sie das Laub zusammenharkte, und schon bald wurde ihr warm.

Sie bemerkte, dass nicht in allen Parzellen Essbares angepflanzt wurde. In einigen standen nur Rosenbüsche oder andere blühende Sträucher, die für den Winter zurückgeschnitten worden waren. Eine Parzelle war in einen japanischen Zen-Garten verwandelt worden, mit sanft geschwungenen Bögen aus makellos geharktem Kies, vereinzelten großen Steinen, einer Zierbrücke und einer kleinen Fontäne, die gut gegen den Frost isoliert war. Eine dünne Frau mit silbernem Haar kümmerte sich um den kleinen Garten und lächelte zurückhaltend, als sie Livs Blick bemerkte.

Über allem lag der Geruch von verrottendem Laub, nassem Gras und feuchter Erde, und nach einer Weile entschied Liv, dass es ihr gefiel. Sie arbeitete mit Stuart zusammen, er war Ende vierzig und freute sich, ihr von seinem Leben erzählen zu können. Er hatte einst eine Frau, ein schönes Haus und eine gute Arbeit gehabt. Dann war alles zusammengebrochen, ohne dass er genau sagen konnte, wann oder wie es angefangen hatte. Durch die Scheidung verlor er das Haus, dann wurde er arbeitslos, und es ging ihm einfach zu schlecht, als dass er sich eine neue Stelle hätte suchen können. Schließlich konnte er die Miete nicht mehr bezahlen. Stuart hatte ein freundliches Gesicht und eine zurückhaltende Art, und es berührte Liv, wie sehr seine Geschichte sie an Martins erinnerte.

»Jetzt bin ich in einem Langzeitwohnheim untergebracht, das von einer Wohltätigkeitsorganisation betrieben wird«, berichtete er. »Es geht also bergauf.«

»Aber haben Sie denn keine Verwandten oder Freunde, zu denen Sie hätten gehen können? Menschen, die Sie für eine Weile aufgenommen hätten?«, fragte Liv.

Stuart zögerte. »Man will die anderen irgendwann nicht mehr belästigen, wissen Sie?«, sagte er. »Man will ihnen nicht zur Last fallen.«

»Sie müssen sich furchtbar … einsam gefühlt haben.«

Stuart nickte. »Ja, aber einfach herzukommen und etwas zu arbeiten, Teil einer Gruppe zu sein, gibt einem das Gefühl, als wäre man am Ende vielleicht doch zu etwas nutze.«

»Das ist toll. Ich wusste nicht, dass es so etwas gibt. Und ich bin so froh, dass es … für Sie bergauf geht. Haben Sie etwas dagegen, wenn ich … Darf ich Ihnen ein Bild von meinem Vater zeigen? Vielleicht kennen Sie ihn?«

»Natürlich.«

Aber Stuart kannte Martin nicht, und auch keiner der anderen, mit denen sie sprach. Stuart und sie luden die nassen Blätter auf Schubkarren und schafften sie zum Komposthaufen. Dann halfen sie einem jungen Mann, der Robbie hieß und aussah, als sei er nicht älter als siebzehn, so viele kleine Äpfel wie möglich aufzulesen. Am Ende hatten sie fünf Eimer voll.

»Ich lerne, wie man Cider macht«, sagte Robbie, als Liv nachfragte. Er schnippte eine Schnecke von seinem Handrücken.

»Du lernst wahrscheinlich, wie man einen der Schuppen

in die Luft jagt«, sagte Stuart, und Robbie grinste, als hätte er gegen die Vorstellung nichts einzuwenden.

Sean hatte den Auftrag erhalten, eine ungenutzte Parzelle umzugraben. Er hatte Jacke und Pullover ausgezogen und arbeitete nur im T-Shirt — mit gleichmäßigen Bewegungen und stiller Entschlossenheit. Liv sah zu ihm hinüber und bemerkte, dass Dampf von seinem Rücken aufstieg. Doch als ein anderer Ehrenamtlicher mit einem Korb voller Thermoskannen, einer Kühltasche und einem Sack Kohle auftauchte, schien er erleichtert und ließ den Spaten in der Erde stecken.

Vor einem der Schuppen wurde ein kleiner Grill aufgebaut, und schon bald stieg Rauch auf und erinnerte trotz Herbstluft an sommerliche Grillpartys. Als er Livs Blick bemerkte, lächelte Sean und wedelte mit der Grillzange.

»He! Zurück an die Arbeit«, rief er.

Nachdem sie zwei Stunden fleißig gewesen waren, machten sie Pause, um Kaffee und Tee aus den Thermoskannen zu trinken und Hotdogs und Apfelmus zu essen. Zum Nachtisch gab es Obstkuchen, und die Clubmitglieder saßen oder standen zusammen, unterhielten sich, rauchten und genossen es, draußen zu sein. Robbie war schon bald bei seinem dritten Hotdog und verschlang ihn mit den großen gierigen Bissen eines Menschen, dessen Magen seit Stunden leer war. Sean kam in einer alten, mit Würstchenfett bespritzten Schürze zu Liv und setzte sich neben sie.

»Appetit bekommen?«

»Ja, auf jeden Fall«, sagte sie. »Das habe ich noch nie gemacht.«

»Laub zusammengeharkt?«

»Ja. Oder überhaupt im Garten gearbeitet. Ich kann verstehen, was die Leute daran finden. Nach einer Weile hat es etwas Meditatives. Obwohl ich mir wohl ein paar Blasen geholt habe.« Sie musterte ihre Hände, die am Fingeransatz rot und wund waren.

»Für so was hattet ihr vermutlich Gärtner.«

»Nun ja … *einen* Gärtner, stimmt«, sagte Liv verlegen.

Sean lachte. »Hin und wieder ist es gut, sich die Hände schmutzig zu machen. Obwohl wir dir vielleicht besser ein Paar Handschuhe besorgt hätten.« Er nahm ihre Hand, drehte sie hin und her und musterte die Blasen. »Ich glaube, du wirst es überleben«, sagte er schließlich und ließ sie wieder los. »Du scheinst mir ziemlich hart im Nehmen zu sein.« Verlegen wandte er den Blick ab.

»Ach ja?«, fragte Liv zweifelnd. »Ich fühl mich meist eigentlich eher, als wäre ich aus Gelee.«

»Was, du? Hab ich dich nicht neulich erst mit einem Drogendealer im Castle Park kämpfen sehen?« Er grinste.

»Erinnere mich nicht daran.« Liv lächelte.

»Tut mir leid, dass niemand deinen Vater gesehen hat.«

»Schon okay, ich hab mir keine allzu großen Hoffnungen gemacht«, sagte Liv. Dennoch fühlte sie sich besser, optimistischer und so, als hätte sie zum ersten Mal seit langer Zeit etwas durchaus Nützliches getan. »Es war auf jeden Fall gut, dass ich mitgekommen bin. Es war gut, die Gruppe kennenzulernen, gut zu wissen, dass manche Menschen einen Weg zurück in die … Sicherheit finden. Ins Glück.«

»Genau.« Sean nickte. »Einige schaffen es. Und dein Vater hat es schon einmal geschafft, stimmt's?«

»Ja«, sagte Liv dankbar.

»Wirst du den Laden weiterführen, bis er zurückkommt?«

»Ich weiß nicht. Ich weiß nicht, ob ich das darf … oder wie das rechtlich funktioniert.«

»Kann *Missing People* dich da nicht beraten?«, fragte Sean.

Liv sah ihn fragend an.

»*Missing People*, die Wohltätigkeitsorganisation? Die Polizei muss dir doch von denen erzählt haben, als Martin vermisst wurde, oder? Das sollte sie zumindest.«

»Ich weiß nicht … Vielleicht haben sie meiner Mutter gesagt, dass sie Kontakt zu denen aufnehmen soll, solange ich noch … nicht involviert war. Aber sie hat mir nichts davon erzählt.«

»Nun, mit denen solltest du dich in Verbindung setzen. Die helfen Leuten in genau deiner Lage.«

»Okay, mach ich. Danke.«

Als sie gingen, schrieb Alana, die Leiterin des Projekts, ihre E-Mail-Adresse auf eine leere Samentüte und reichte sie Liv. »Wenn du mal wieder Lust hast vorbeizukommen, sag einfach Bescheid. Wir suchen immer Ehrenamtliche.«

»In Ordnung. Toll. Danke«, sagte Liv und dachte, dass sie das womöglich tatsächlich tun würde. Sie wollte sich eigentlich noch nicht von dem nassen Gras verabschieden, von dem erdigen Geruch und der frischen kühlen Luft. Sie wollte nicht die einfache befriedigende Arbeit in der Gruppe gegen die Einsamkeit des Ladens eintauschen.

Sean und Liv saßen in geselligem Schweigen im Bus zurück in die Stadt. Liv wischte ein Stück der beschlagenen Scheibe frei und sah sich alle Leute an, an denen sie vorbeifuhren. Nur für alle Fälle. Sie konnte einfach nicht anders. Als sie an der Statue von Edward Colston vorbeikamen und Liv sah, dass sie mit *Nieder-mit-Colston*-Bannern verhängt war, drehte sie sich zu Sean um, um ihn zu fragen, was er davon hielt. Davon, wie schwer sich die Stadt Bristol tat, ihre Geschichte mit dem Sklavenhandel aufzuarbeiten. Doch seine Augen waren geschlossen, und sein Kinn war in den Schal gesunken, und so beobachtete sie ihn stattdessen schweigend. Bald, wenn sie die Haltestelle erreichten, musste sie ihn wecken, aber einen Moment konnte sie ihn noch schlafen lassen.

*

Liv hatte das Fläschchen mit den Schlaftabletten, die man ihr vor Monaten verschrieben hatte, aus ihrem Kulturbeutel geholt und auf den Küchentisch gestellt, um sie zu betrachten. Kleine weiße Pillen rasselten in orangefarbenem Plastik. Sie hatte überlegt, zwei zu nehmen und den Tag zu verschlafen, um dann die Nacht über wach zu bleiben und die Stimmen daran zu hindern, in ihren Kopf einzudringen. Sie konnte ein nächtliches Dasein beginnen. Doch so gern sie sich einfach hingelegt und geschlafen hätte, sie konnte sich nicht überwinden, die Tabletten zu nehmen. Sie wollte in der Lage sein, wenn nötig aufzuwachen. Und so war sie froh über die Ablenkung, als am Nachmittag eine E-Mail von Vincent eintraf.

Liebe Olivia,
ich hoffe, du bist wohlauf. Ich fürchte, auch diese Nachricht kann deine eigentliche Frage – oder die deines Vaters – nicht beantworten, hoffe aber, dass sie dich nichtsdestotrotz interessiert. Du hast doch sicher schon einmal von Fosters Armenhaus gehört. Schließlich befand es sich direkt oben an den Steps. Natürlich ist heute alles umgebaut – diese viktorianischen Vandalen –, wobei die Kapelle, die Ende des fünfzehnten Jahrhunderts erbaut wurde, noch original erhalten ist. Es ist schwierig hineinzukommen, weil sie fast immer verschlossen ist, aber lass mich wissen, wenn du sie gern besichtigen möchtest, dann versuchen wir es. Jedenfalls gibt es Hinweise auf Verbrechen, die im

Laden begangen worden sein könnten, obwohl dies kein richtiges Verbrechen an sich war und nicht wirklich im Laden stattgefunden hat. Ich gelobe Besserung! In der Anlage findest du ein Foto aus einer späteren Ausgabe von *Felix Farley's* vom 5. November 1831. Sag Bescheid, wenn ich noch etwas für dich tun kann. Herzlich, Vincent

Liv öffnete das Bild, drehte es in die richtige Position und hielt das Smartphone näher vors Gesicht, um zu lesen. Vincent hatte nur einen kleinen Ausschnitt von einer Zeitungsspalte fotografiert:

Wir haben von dem erbärmlichen Tod der »Magd aus dem Heuhaufen« erfahren – dieser armen Frau, die auch als Louisa bekannt war. Ihre Leiche wurde am vergangenen Donnerstagmorgen in einer der Nischen an den Christmas Steps entdeckt, wo sie erfroren ist. Erst kürzlich wurde bekannt, dass man das alte Weib von Fosters Armenhaus ins St. Peter's Hospital verlegt hatte. Es war von nachlassender Geisteskraft und gottlosem Verhalten die Rede. Wir vermuten, dass sie sich in der vorherigen Einrichtung wohler gefühlt hat und darum dorthin zurückgekehrt ist, wo sie ihr grausames Schicksal ereilt hat. Wir fragen uns, ob ihr nicht mehr gedient gewesen wäre, wenn man sie unbehelligt an ihrem Platz auf dem Land belassen hätte, wo sie – bis vor Kurzem – friedlich gelebt hat.

Louisa. Die Hand, in der Liv das Telefon hielt, war erstarrt, ihr Hals trocken. Eine Bettlerin, die in den Nischen am oberen Teil der Christmas Steps vor mehr als hundertsiebzig Jahren erfroren war. Doch Liv konnte nicht Louisa gesehen haben, denn sie hatte niemanden gesehen. Sie hatte geschlafwandelt und sich eine Gestalt eingebildet. Eine Gestalt, die in Kleider und eine Decke gewickelt war, als wollte sie sich vor der Kälte schützen. Dort hatte nicht wirklich jemand gesessen – nicht diese Louisa und auch niemand anders. Liv schloss die Augen und versuchte, ihren Herzschlag und ihre zitternden Hände zu beruhigen. Es war ein Zufall, nichts weiter. Doch als sie die Augen wieder öffnete, wirkte die Küche nicht real – die billigen Geräte und die Arbeitsplatte aus Laminat, das Spülbecken mit den Kalkablagerungen und der brummende Kühlschrank. Es schien, als könnte ihre Hand durch die Gegenstände hindurch nach der dahinterliegenden Wand greifen. Darum versuchte sie es gar nicht erst.

*

Am nächsten Tag verabredete sich Liv mit Tanya am M Shed-Museum, wo es eine Ausstellung über die Geschichte des Tätowierens in England gab. Liv machte einen großen Umweg – um Spike Island und das Cumberland Basin und übers Wasser zum Ashton Gate, wo sie Martins Bild einigen Leuten zeigte, die auf einer Bank im Greville Smyth Park saßen und tranken. Sie behaupteten, ihn nicht gesehen zu haben, obwohl sie sich das Foto kaum angesehen hatten.

Die Sonne kämpfte sich durch die Wolken, doch sie stand niedrig und hatte kaum Kraft. Liv hatte kalte Hände, ihre Stiefel waren nicht gefüttert, und ihr Rücken begann zu schmerzen. Doch sie ging weiter, wobei ihr bewusst war, dass sie es mied, zu den Christmas Steps und zum Laden zurückzukehren, weil sie sich dort nicht mehr sicher fühlte. Sie fragte sich, ob ihr Vater ebenso empfunden hatte. Ob er deshalb weggegangen war und nicht mehr zurückkommen konnte. Beide hatten sie den Laden so sehr geliebt; noch etwas, das sie verloren hatten. Liv kehrte in einen Pub ein, wo sie ein Glas Wein bestellte. Sie trank schnell und wartete, dass sich die beruhigende Wirkung einstellte, als ihre Mutter anrief.

»Livvy, Süße, wie geht es dir?«

»Gut, Mum. Und dir?«

»Gut, danke.« Es folgte eine Pause.

»Was gibt's?«, fragte Liv.

»Ach, gar nichts. Ich habe nur zufällig Judith Coombes getroffen.«

»Ja?« Liv hatte nur eine vage Ahnung, wer Judith Coombes war.

»Sie sagte, sie hätte dich mit einem ... jungen Mann gesehen.«

An der Betonung hörte Liv, dass das noch nicht alles war.

»Sie sagte, er sei ...« Angela verstummte.

»Er sei was, Mum?«

»Ich ... Ich mache mir nur Sorgen. Ich weiß, du bist davon überzeugt, dass dein Vater noch irgendwo da draußen ist. Ich weiß, dass du ihn finden willst, aber du bist noch labil, Olivia. Ich glaube, es ist nicht gut, wenn du dich mit den falschen Leuten abgibst, auch wenn du denkst, sie könnten dir vielleicht helfen.«

»Mit was für Leuten?«

»Nun, du weißt schon ... mit Straßenleuten«, sagte Angela steif.

»Okay«, sagte Liv. »Also ... Judith Coombes fand es wichtig, dir zu erzählen, dass Sean schwarz ist, und weil Sean schwarz ist, gehört er zu den Straßenleuten? Was soll das überhaupt heißen? Denkst du, er ist ein Drogendealer?«

»Ist er das?«

»Nein. Ist er nicht.«

»Rede nicht in diesem Ton mit mir, Olivia. Die meisten Straßenkriminellen und Verbrecher ...«

»Hör auf, Mum. Sei endlich still.« Liv atmete tief durch und unterdrückte ihre Empörung. »Sean hilft mir tatsächlich. Er ist Sozialarbeiter und kümmert sich um Obdachlose.«

»Oh, verstehe.«

»Ja, oh. Ich muss jetzt Schluss machen.« Liv steckte ihr Handy in die Tasche und ließ das Gesicht in die Hände sinken.

Tanya winkte, als sie Liv über die alten Bahngleise vor dem M Shed kommen sah. Sie trug ein enges T-Shirt und eine Cargohose, keinen Pullover, keine Jacke.

»Ist dir nicht kalt?«, fragte Liv zitternd. Am Float ging ein frischer Wind.

»Nein, ich glühe. Ich glaube, das Kind stellt heute irgendwas Komisches mit meinen Hormonen an. Aber gehen wir rein — du hast schon ganz blaue Lippen.«

Falls Tanya den Alkohol in Livs Atem bemerkte, so ließ sie es unkommentiert. Sie gingen durch die Ausstellung und unterhielten sich dabei über die Schwangerschaft, über Martin und über Eltern, und Liv dachte, wie ungewöhnlich Tanya war — jemand anders in ihrem Zustand könnte wahrscheinlich nicht mit Liv über ihre Erfahrungen sprechen oder würde es womöglich auch nicht wollen. Doch Tanya nahm alles bedenkenlos hin und war offen, über alles zu reden. Nichts schien ihr unangenehm zu sein, und das nicht etwa, weil sie unsensibel gewesen wäre. Sie war auf eine Art furchtlos, die sich Liv niemals für sich selbst vorstellen konnte. Sie beneidete sie darum. Diesen Zustand konnte sie nur annähernd erreichen, wenn sie betrunken war, und das war überhaupt nicht dasselbe.

Nachdem sie alles gesehen hatten, was sie sehen wollten, gingen sie ins Museumscafé, um ein Eis zu essen. Livs Smartphone meldete eine Nachricht von Sean. *Bist du morgen Nacht wieder dabei? Soll ich dich um 11 Uhr abholen?*

Liv antwortete sofort. *Ja, danke. Bis dann!*

»Ist das der attraktive Sean?«, fragte Tanya. »Sorry — ich bin neugierig. Nimmt er dich heute Abend wieder mit?«

»Nein, morgen«, sagte Liv. »Bei dir klingt es wie ein Date — aber das ist es nicht. Er wird mir bestimmt bald sagen, dass ich nicht mehr mitkommen kann. Das spüre ich.«

»Meinst du wirklich? Es wirkt eher, als würde er sich ein Bein ausreißen, um dir zu helfen. Vielleicht *mag* er dich ja.«

»Ach, nein. Er ist nur … nett …«

»Klar, das ist alles«, sagte Tanya. Nach einem Moment verblasste ihr Lächeln. »Also, ich hoffe wirklich, dass du bald eine Spur von Martin findest.«

»Danke.« Liv sah zu ihrer neuen Freundin hoch. »Ich weiß nicht, ob ich überhaupt mitgehe.«

»Hey — gib ihn jetzt nicht auf. Du weißt es einfach nicht.«

»Ich … Ich weiß nicht, wie lange ich noch weitersuchen kann. Was, wenn Adam sich getäuscht hat? Was, wenn er es mit einem anderen Mal verwechselt hat? Die Leute, die ich nachts treffe …« Sie schüttelte den Kopf. »Einige sind so … so traurig. Ich … Es ist einfach anstrengend.«

»Das kann ich mir vorstellen. Ist bestimmt nicht gerade lustig. Komm, ich gebe dir noch einmal Reiki, wenn wir nach Hause kommen — um sechs habe ich einen Klienten, aber vorher passt es.«

Die Wirkung des Weins hatte nachgelassen, und Liv erwischte sich wieder bei dem Gedanken an Louisa, die an genau dem Platz erfroren war, an dem sie Hunderte Male vorbeigegangen war. An genau dem Platz, wo sie mehr als einmal — in ihren Träumen oder in ihrem Wahnsinn — die zusammengekauerte Gestalt einer Frau gesehen hatte, die eine Aura aus Schmerz um sich verbreitet hatte. »Tanya …«

Sie zögerte.

Tanya war die Einzige, die Livs Frage nicht mit einem Lachen abtun würde. Sie war sich allerdings nicht sicher, ob sie es wirklich sagen sollte. Wenn sie ihre Ängste laut aussprach, könnten sie real werden, und das war das Letzte, was sie wollte. Sie wollte nicht, dass irgendetwas davon real war, auch wenn die Alternative bedeutete, dass sie den Verstand verlor.

»Was ist?«

»Glaubst du … Glaubst du an Geister?« Kaum hatte Liv es ausgesprochen, kam sie sich albern vor. Sie zog eine Grimasse und wurde rot. »Ach, vergiss es …«

Aber Tanya zuckte nur mit einer Schulter. »Meine Oma hat früher immer gesagt, sie hätte welche gesehen — oder eher welche gehört. Sie hat in ihrem Haus in Brislington Schritte gehört, obwohl sie ganz allein dort wohnte. Offenbar ist der Hund dann immer durchgedreht. Ich weiß nicht. Sie war nicht verrückt, und sie war nicht der Typ, der sich so etwas ausdenkt, aber es ist schwer zu glauben, wenn man es nicht selbst erfahren hat.« Sie kratzte mit dem Löffel die Reste von ihrem Eis aus der Schale. »Warum fragst du?«

»Ach, nur …« Liv rieb sich einen Moment die brennenden Augen. »Ich glaube, ich drehe allmählich durch.«

»Bist du wieder geschlafwandelt?«

»Keine Ahnung. Ich habe immer noch denselben Traum und wache an Orten auf, an denen ich nicht eingeschlafen bin, aber es … kommt mir manchmal so *real* vor. Die Sachen, die ich sehe. Gar nicht, als würde ich träumen.«

»Du siehst Sachen in der Wohnung? Diese Frau, die du auf den Treppen sitzen gesehen hast?«

»Nein — die bleibt draußen.« Liv lächelte kurz unsicher. *Louisa.* »Vor ein paar Nächten war ein Mädchen in der Dachkammer. Sie saß einfach auf dem Boden. Ich habe versucht, mit ihr zu reden, aber sie hat nicht geantwortet …« Sie schüttelte den Kopf. »Dann sind da noch die Frauen. Sie reden irgendwo hinter der nächsten Ecke, aber ich sehe sie nie.

Manchmal werde ich … in der Dachkammer eingesperrt. Und da ist natürlich das Baby.« Sie atmete tief durch.

»Ja, du hast schon mal erzählt, dass du von deinem Baby träumst.«

»Nein. Es ist nicht meins. Es weint, und meins hat nie … Er hat nie geweint. Aber ich habe diesen mächtigen Drang, es zu finden. Als *müsste* ich immer weitersuchen, bis ich es finde …« Sie verstummte, und Tanya sah sie eine Weile einfach nur an. »Meinst du, ich träume nur? Von meinem eigenen Baby?«

»Denkst du das nicht?«, fragte Tanya sanft. »Wünschst du dir nicht, du hättest ihn weinen gehört? Du hast ein Kind verloren und verlierst einen Teil deines Lebens, um dich davon zu erholen. Also — ein gefangenes Mädchen, Leute, die hinter deinem Rücken reden, das Bedürfnis, dein Baby zu finden … Das ist eigentlich alles nicht so abwegig, oder?«

»Vielleicht hast du recht. Es ist nur … Es ist so lebendig. Und es wiederholt sich jede Nacht. Und außerdem — dass ich durch die ganze Wohnung laufe und nach dem Baby suche — also, weißt du noch, dass ich gesagt habe, es sehe aus, als hätte mein Vater nach etwas gesucht? Und du hast ihn oben in der Dachkammer gesehen, als er versucht hat, die Dielen anzuheben, stimmt's? Unten im Keller ist er auch gewesen. Er hat versucht, den Boden aufzustemmen …« Sie verstummte. Nachdem sie es ausgesprochen hatte, glaubte sie es selbst nicht mehr. »Ich werde tatsächlich verrückt.«

»Was heißt denn schon verrückt? Wann hast du das letzte Mal eine Nacht richtig geschlafen?«

»Keine Ahnung.« Liv seufzte. »Der Arzt hat mir vor einiger Zeit Schlaftabletten verschrieben. Vielleicht sollte ich eine nehmen.«

»Möchtest du das denn?«

»Nein.«

»Dann lass es.« Tanya schwieg eine Weile und drehte ein Päckchen Zucker zwischen ihren Fingern. Der Zucker floss von oben nach unten wie in einer Sanduhr, die zwei Sekunden maß. »Ich denke«, sagte sie schließlich, »dass einige Menschen Dinge sehen und hören, die sie nicht erklären können, warum auch immer, und es am Ende als Geister bezeichnen. Vielleicht sehen sie Dinge, die da sind und die niemand anders sehen kann. Vielleicht sehen sie auch Erinnerungen, die an gewissen Orten zurückbleiben — das Gehirn ist unergründlich und stark. Wer weiß, wozu es fähig ist? Aber vielleicht sind die Sachen, die diese Menschen sehen, und die Töne, die sie hören, auch Produkte ihrer Fantasie. Keiner weiß, was real ist und was nicht. Wie dem auch sei, ich glaube, um Geister sehen zu können, muss man irgendwie offen dafür sein. Ergibt das einen Sinn? Ich glaube, das ist das Entscheidende. Bist du in einem Zustand — einem für dich ungewöhnlichen Zustand, in dem deine Sinne geschärft sind —, in dem du vielleicht offen dafür bist, dass dir so etwas passiert?«

»Ob ich dafür offen bin, Geistern zu begegnen?« Liv lächelte schwach. »Ja, ich glaube, das kann man so sagen.«

»Und was du dagegen tun kannst, weiß ich nicht. Irgendwie die Tür schließen.«

»Die Tür schließen?«

Tanya ließ den Zucker fallen und beugte sich zu ihr vor. »Liv, du musst trauern, und du musst aufhören, dir Vorwürfe zu machen. Und erzähl mir nicht, dass du dir keine machst. Du hast es sogar schon gesagt — du hättest dein Baby sterben lassen oder so etwas in der Art. Und du gibst dir die Schuld daran, dass dein Vater weg ist und vielleicht von dieser Brücke gesprungen ist — du denkst, du hättest ihn dazu getrieben. Das hast du auch gesagt.«

»Aber wer ... Wer ist schuld daran, dass mein Baby gestorben ist, wenn nicht ich?«

»*Niemand*, Liv. Nein — schüttele nicht den Kopf. Manchmal passieren einfach schrecklich ungerechte Dinge.«

»Egal, ich ... Ich *trauere*.« Wenn Trauern nicht dieses Gefühl von innerer Leere war, das sie empfand, wusste sie nicht, was es war.

»Du bist depressiv, und ich glaube, dass du an einer posttraumatischen Belastungsstörung leidest, aber ich bin mir nicht sicher, ob das dasselbe ist. Es gibt Organisationen, an die du dich wenden kannst, die dir helfen können ...«

»Ja. Ich glaube, im Krankenhaus hat man mir irgendwelche Broschüren gegeben.«

»Hast du sie gelesen?«

»Ich weiß nicht mehr.«

»Liv ... darf ich ein Bild von deinem Sohn sehen? Ich würde ihn gern sehen.«

»Ich habe keins.«

»Wirklich?« Tanya schien überrascht. »Haben die Schwestern keins für dich gemacht?«

»Ich ... Ich kann mich nicht erinnern. Aber ich habe keins.«

»Hast du denn ein Andenken an ihn? Etwas, das du ihm angezogen hast oder für ihn gemacht hast?«

»Nein. Ich ... All die Sachen, die ich gekauft habe, sind noch in meiner Wohnung, aber die will ich nicht mehr sehen. Nichts von alldem hatte die Chance, seins zu werden.«

»Okay. Also ist es, als hätte er nie existiert«, sagte Tanya.

Liv sah verwirrt auf, weil Tanyas Stimme tonlos klang, fast wütend.

»Hast du ihm wenigstens einen Namen gegeben? Kannst du ihn mir sagen?«

»Laurence«, sagte Liv und musste dann tief Luft holen, weil sie das Gefühl hatte, auf ihre Brust drücke eine schwere Last. »Laurie. So hieß mein Großvater – Martins Vater. Er sollte Laurie heißen.«

»Er *hieß* Laurie«, sagte Tanya.

*

Später dachte Liv über Tanyas Worte nach. *Es ist schwer zu glauben, wenn man es nicht selbst erfahren hat.* Nur für einen Moment ließ sie es zu – sie glaubte an etwas anderes. Nur um zu sehen, wie es sich anfühlte. Es war spät, und die Welt draußen vor dem Fenster war pechschwarz, es herrschte eine so tiefe Dunkelheit, dass die Lichter der Stadt sie nur noch zu betonen schienen. Die Schatten wirkten tiefer als üblich. Nachdem sie fast eine ganze Flasche Wein getrunken hatte, saß sie mit benebeltem Kopf auf dem Sofa und hatte den Fernseher so laut gestellt, dass sie nichts anderes mehr hören konnte. Vorsichtig gab sie ihren Widerstand gegen den Gedanken auf, der sie zunehmend beunruhigte. Träume erzählten nicht Stück für Stück eine Geschichte. Das passierte aber gerade. Ihr wurde eine Geschichte erzählt.

Ein blutbeflecktes Mädchen in einer Dachkammer; eine ältere Frau, die auf den Steps erfror. *Louisa.* Die qualvolle Suche nach einem Baby – eine Suche, die ganz offenbar erfolglos gewesen war. Martin, der unter Zwang halb irre und schlafwandelnd das Haus durchsucht hatte, genau wie Liv. Martin, der Vincent bat, etwas über Verbrechen herauszufinden, die in der Vergangenheit passiert waren, weil ein Verbrechen irgendeiner Art ganz sicher dort begangen worden war.

Ihr war kalt, und ein Schaudern überlief ihre Haut. Liv leerte die Weinflasche und öffnete eine weitere. Sie blieb sehr lange auf, saß einfach da, die Knie fest an die Brust gezogen, und versuchte, sich davon zu überzeugen, dass so etwas einfach nicht möglich war.

12

1791

Im Haus von Samuel Cockcroft stand eine Voliere, die Ellen faszinierte. Es war das Einzige, was ihr den Besuch dort erträglich machte — sie verabscheute es, mit den anderen zusammenzusitzen und Tee zu trinken, während die Langeweile wie Dampf im Raum waberte. Das leise Zwitschern aus der Voliere war wesentlich angenehmer, und manchmal ergab es für sie auch mehr Sinn als die Gespräche.

Auch widerstrebte es ihr zutiefst, wie Rupert Cockcroft jedes Mal die Augenbrauen hochzog, wenn sich ihre Blicke begegneten — dann kam sie sich vor wie ein Vogel in der Voliere. Auch sie saß dort fest und sehnte sich danach, woanders zu sein.

Die Voliere befand sich in dem gewölbeartigen Atrium, das das Treppenhaus beherbergte und sich über vier Stockwerke bis zum Dach erstreckte. Die Atmosphäre hier wirkte stets seltsam gedämpft, als ob der Raum alle Geräusche verschlucken würde. Es brachte Ellen dazu, auf Zehenspitzen über die glänzenden Steine zu huschen und nur im Flüsterton zu sprechen. Manchmal fand sie zu wenige Geräusche genauso beunruhigend wie zu viele. Von oben fiel durch eine Glaskuppel Sonnenlicht herein, was Ellen den Vögeln gegenüber ganz besonders grausam fand — die armen Tiere sahen den Himmel zwar, konnten ihn aber niemals erreichen.

Die aus vergoldetem Kupferdraht gefertigte Voliere war einem antiken griechischen Tempel nachempfunden und so groß, dass Ellen in ihr hätte stehen können. Ach, könnte sie doch nur hineingehen – zuerst würden die Vögel wahrscheinlich aufgeregt um sie herumflattern, doch vielleicht würden sie sich dann auf ihren Kopf, ihre Schultern und Hände setzen. Sie hätte gerne gewusst, wie leicht sie waren und wie sich ihre winzigen Krallen anfühlten. Sie liebte das Surren ihrer Flügel im Flug. Immer wieder stahl sie sich fort, um einen Moment bei den Vögeln zu verweilen – ließ sich zurückfallen, wenn die anderen ins Wohnzimmer gegangen waren, oder entschuldigte sich, sobald sie lange genug da war, dass es berechtigt erschien, den Abort aufzusuchen. An Tante Philadelphias Körper spannte sich alles an, wenn Ellen sich entfernte – Lippen, Kiefer, Hände, Schultern.

Ellen betrachtete die geschuppten Füße der Vögel, ihre klaren schwarzen Augen und makellosen Federn – den grünen Rücken, die gelbe Vorderseite und die breiten Streifen um die Augen. Fünf von ihnen hätten bequem auf ihrer Hand Platz gehabt – andererseits hatte ihre Tante auch immer gesagt, sie habe die großen Hände einer Waschfrau. Tante Philas Hände hingegen waren fürwahr klein und zart, aber oberhalb des Handgelenks blähten sich ihre Arme zu fülligen Kissen aus weichem Fleisch auf. Ellen hatte das immer merkwürdig gefunden. Als hätten ihre Hände in der Kindheit aufgehört zu wachsen, während der Rest sich weiterentwickelt hatte. Als sie noch ein kleines Mädchen war, hatte Ellen gern die Finger in Philas Arme und Busen gedrückt und fasziniert beobachtet, wie sich die entstandenen Dellen ganz langsam wieder füllten.

Jetzt konnte sie Philas Stimme hören — sie klang schriller und durchdringender als die der anderen Gäste. In geschlossenen Räumen musste Ellen darauf achten, nicht erkennbar zusammenzuzucken. Sie näherte sich mit ihrem Gesicht dem Drahtkäfig so weit, wie es ihre Hutkrempe zuließ. Hin und wieder trällerte einer der Vögel so wehmütig, dass eine Gänsehaut ihre Arme überlief. Ellen pfiff leise und versuchte, die Vögel zu weiterem Gesang zu animieren.

»Im Käfig singen sie nicht richtig«, sagte eine Stimme dicht hinter ihr. Erschrocken fuhr Ellen herum, entspannte sich aber sogleich wieder, als sie Balthazar erkannte. »Selbst in einem so großen Käfig wie diesem nicht und obwohl Sie sehr hübsch pfeifen, Miss Thorne.«

»Es wäre besser, sie freizulassen«, sagte sie.

»Aber was würden sie dann tun? Dies ist nicht ihr Heimatland. Man hat sie von Afrika hergeschafft — der Herr hat sie als Geschenk für Mrs. Cockcroft mitgebracht. Sie würden in die kalte englische Luft fliegen und nichts Vertrautes finden — weder Futter noch Bäume noch irgendwelche Orientierungspunkte. Vielleicht würden sie sterben.«

»Aber vielleicht auch nicht. Vielleicht würden sie einen Weg finden, um zu überleben.« Ellen stellte sich vor, wie die Vögel oben aus der Kuppel aufstiegen und über die Stadt flogen, über Brandon Hill hinweg zu den sanft geschwungenen Wiesen von Clifton Down mit den wilden Pflaumenbäumen, den Weißdorn- und Holunderbüschen. Dort ging sie am liebsten spazieren oder lag ausgestreckt im Gras und spürte den festen Boden unter sich. »Haben Sie sie jemals richtig singen hören, Balthazar?«, fragte sie.

»Natürlich.« Der Diener trat neben sie, die Hände hinter dem Rücken verschränkt. »Als ich ein kleiner Junge war, lebten wir an einem Bach. Sie kamen jeden Tag, um die Samen vom Federgras zu fressen, und sangen vor Freude, wenn die Sonne aufging. Was für ein Klang, Miss Thorne! Einfach wundervoll.«

»Wie heißen sie?«

»Ich ... In meiner Muttersprache weiß ich es nicht mehr. Auf Englisch nennt man sie Mosambikgirlitz.«

»Bei uns gibt es auch wild lebende Girlitze, aber sie singen nicht so schön.«

»Natürlich nicht. Sie sind langweilig und traurig wie alles in diesem Land.«

Ellen blickte ihn mit einem verletzten Ausdruck an, und er lächelte verschmitzt, um sie zu beschwichtigen.

Balthazar war Samuel Cockcrofts Kammerdiener und Mädchen für alles. Seine Haut war tiefschwarz, und die Narben an seinem Hals, die über dem Halstuch hervorlugten, waren seidig glatt und fast violett. Ellen hatte ihn einmal darauf angesprochen, und er hatte ihr erklärt, dass Cockcroft früher wollte, dass er als Zeichen seines Wohlstands ein silbernes Halsband trug. Eines Tages, in einer dunklen Stunde, hatte Balthazar wie von Sinnen versucht, sich das Halsband abzureißen. Natürlich war es verschlossen und schnitt ihm in die Haut. Es zerfetzte sie, bis das Metall von dem vielen Blut rutschig wurde und er es nicht mehr greifen konnte. Inzwischen waren derartige Halsbänder aus der Mode gekommen.

Ellen wünschte sich, seine Narben einmal berühren zu dürfen. Sie hätte gerne gewusst, wie sie sich anfühlten — weich oder hart, warm oder kühl. Ihr gefiel Balthazars Größe und Stärke und dass er sich dennoch so vorsichtig und anmutig bewegte — oder vielleicht gerade deshalb. Und sie mochte sein Lächeln, bei dem seine weißen Zähne und die rosa Zunge aufblitzten, und seine Augen, die so tiefschwarz waren wie die der Girlitze. Und wenn er sich mit ihr unterhielt, schien er nichts zu verbergen. Er sprach einfach aus, was er dachte. Seine Miene zeigte nur, was er empfand. Ellen verstand ihn und fühlte sich rundum wohl bei ihm, und sie konnte nicht nachvollziehen, wie Bethia behaupten konnte, er sei kein richtiger Mensch. Was war er denn sonst?

Ellen wickelte eine Haarsträhne um ihren Zeigefinger, wie sie es oft tat, wenn sie nachdachte. Weder Bethia noch Phila hatten es ihr abgewöhnen können. Wenn sie das Haar straffzog, spiegelte sich das Licht darauf und ließ es rotblond glänzen. Sie trug es lang und offen, was Phila nur zuließ, weil man sagen konnte, dass sie sich an der bäuerlichen Mode aus Frankreich orientiere. In Wahrheit mochte Ellen keine Haarnadeln, und sie mochte es nicht, wenn sie ihr Gesicht und die Ohren nicht hinter ihren Haaren verbergen konnte.

Der Vogelkäfig roch modrig nach abgeworfenen Federn und Exkrementen, die auf dem Boden bereits eine Kruste gebildet hatten. Irgendwo im Haus wurde gelacht, und das Geräusch drang gedämpft an Ellens Ohr. Kaum merklich verlagerte sie ihr Gewicht auf den rechten Fuß, sodass ihr Arm Balthazars berührte, und als sie nach unten sah, bemerkte sie, dass ein paar Haarsträhnen auf seinem Ärmel lagen — Roségold auf seiner tiefblauen Uniform. Ihr eigener Ärmel war aus weißem Musselin und schmal geschnitten, sodass der Stoff sich an ihre Haut schmiegte. Ihre Arme machten kaum ein Geräusch, als sie sich berührten, doch einer der Girlitze trillerte ein wenig, als habe er es bemerkt. Ellen beugte sich langsam wieder zur anderen Seite und beobachtete, wie ihr Haar über den Stoff glitt.

»Reiche Männer wollen stets schöne Dinge besitzen und wundern sich, dass die Schönheit verblasst, wenn sie ihnen erst gehören.« Balthazar schüttelte den Kopf.

»Sagen Sie noch mal ›wundern‹«, sagte Ellen und lächelte, als er ihrem Wunsch nachgab. Nur ein ganz leichter Akzent verriet, dass er auf einer jamaikanischen Insel aufgewachsen war. Die richtige Artikulation gehörte zur Ausbildung eines Dieners, doch gewisse Worte verrieten seine Herkunft, und das hörte sie zu gern — den andersartigen Tonfall seiner tiefen Bassstimme. Andere Männer, denen sie begegnet war, waren natürlich nach Afrika und auf die Inseln gereist — Cockcroft und sein Sohn Rupert, um nur zwei zu nennen. Aber sie stammten nicht von dort. Sie waren keine Fremden wie Balthazar. Für Ellen symbolisierte er Orte, an die sie niemals kommen würde, und Reisen, die sie niemals unternehmen würde. Er war der Beweis dafür, dass die Welt groß war, und er verkörperte eine widersprüchliche Form von Freiheit, denn schließlich war er ein Sklave. Aber sie verstand nicht, was an einem Sklaven so anders war als an einem normalen Diener. Und manchmal fragte sie sich, was eine Frau oder einen Armen überhaupt von einem Sklaven unterschied.

»Sie werden doch sicher im Wohnzimmer vermisst, Miss Thorne«, sagte er.

»Wahrscheinlich«, erwiderte sie bedrückt.

Balthazar lachte leise. »Sind sie so langweilig?«

»Nein, gewiss nicht«, sagte sie, weil sie sich scheute, die Familie unter ihrem eigenen Dach zu beleidigen — und das auch noch vor dem Diener des Gastgebers. »Vögel sind mir nur einfach lieber.«

»Dann sind Sie ein kluges und ungewöhnliches Mädchen, wenn ich so kühn sein darf, das auszusprechen, Miss Thorne.«

»Ach ja?« Ellen lächelte. »Dann wird Rupert seine Meinung vielleicht noch mal ändern und mich nicht …« Sie verstummte und errötete.

Balthazar lächelte verschwörerisch und flüsterte so nah an ihrem Ohr, dass sein Atem dabei über ihre Wange strich. »Ach, Miss Thorne — Sie müssen wissen, dass der liebe arme Rupert keine eigene Meinung hat. Er kann sie nicht ändern. Seine Mutter müssen Sie vergraulen.«

»Oh, das ist kein Problem«, sagte Ellen. Diana Cockcroft musterte sie stets, als könnte sie Flecken auf dem Polster hinterlassen. »Da bin ich mir sicher.«

»Machen Sie es nur nicht zu gut, sonst dürfen Sie nicht mehr zu Besuch kommen.«

Bei ihrer Rückkehr warf Bethia ihr einen bedeutungsvollen Blick zu, und Diana Cockcroft lächelte mit schmalen Lippen und verengten Augen. Rupert stand rasch auf und streckte einen Arm aus, um sie zu ihrem Platz zurückzuführen, als hätte sie womöglich vergessen, auf welchem Sessel sie zuvor gesessen hatte. Seine Schwester Alexandra wagte kaum, sie anzusehen. Sie trug einen Seidenturban, der so üppig mit Früchten und Federn geschmückt war, dass ihr Kopf etwas unsicher auf ihrem langen, dünnen Hals zu sitzen schien.

Rupert war ein schlaksiger junger Mann von dreiundzwanzig Jahren. Er hatte schmale Schultern, die wie bei einer Flasche nach unten abfielen, dichtes dunkelbraunes Haar und ein attraktives Gesicht — vielmehr wäre es attraktiv gewesen, dachte Ellen, wenn er nur aufhören könnte zu grinsen. Tante Philas Mehrfachkinn ruhte auf einem Kropf, der unter Rüschen verborgen war, sodass ihr Hals komplett verschwand. Bethia hatte die Finger derart fest im Schoß verschränkt, dass ihre Knöchel weiß hervortraten. Im Raum roch es nach Gesichtspuder, *Eau de violettes* und der schwachen, aber speziellen Ausdünstung von Samuel Cockcrofts Achseln. Phila wollte gerade etwas sagen, schien sich jedoch an ihrer eigenen Spucke zu verschlucken und musste ein äußerst undamenhaftes Husten unterdrücken. Ellen saß so aufrecht sie konnte, ihre Wangen brannten, und sie stellte sich vor, wie ihr Haar federleicht über Balthazars blauen Ärmel gestrichen war.

*

Ellen und Bethia teilten sich noch immer ein Zimmer, wenn sie auch nicht länger in einem Bett schlafen mussten. Das erste Zimmer hatte sich unter dem Dach von Ellens Geburtshaus in der Back Street befunden, über der Pfeifenbäckerei ihres Vaters. In der Back Street gab es viele Fabriken und kleine Werkstätten, ständig hatte Rauch in der Luft gehangen, und die Straße war bevölkert von Handkarren und niedrigen Schlitten, die von Pferden oder Maultieren gezogen wurden. Wagen mit Rädern waren in der Stadt verboten, aus Angst, dass sie die vielen alten Keller zerstörten, in denen Wein und Spirituosen lagerten. Die Back Street war stets voller Abwasser und Mist, es stank nach Pferdepisse und menschlichem Urin, permanent herrschte Lärm, und nachts war es stockdunkel. Manchmal hatte Ellen von alldem heftige Kopfschmerzen bekommen, als würden Glasscherben ihren Schädel durchbohren. Dann hatte sie die Augen geschlossen, sich die Ohren zugehalten und reglos abgewartet, bis die Schmerzen endlich nachließen.

Ellens Vater John Thorne und ihre Mutter Susannah bewohnten vier Zimmer über der Werkstatt, in denen es nach nassem Ton roch — doch zum Glück war das ein angenehmer Geruch. Vom Brennofen im Hof zog ständig Rauch herein, und Susannah keuchte, während sie die Böden schrubbte. Doch Ellens Eltern waren liebevoll, und sie hatten genug zu essen. Und im Winter gab es keinen besseren Platz als neben einem der Brennöfen. Wenn sie fertig gebrannt waren, hatte Ellen liebend gern die Reihen weißer Pfeifen berührt, die sich so glatt und fest anfühlten. Der Stiel war perfekt gerundet, und im Fuß saß der Stempel *John Thorne*. Sie wurden in Holzkisten verpackt und zum Teil in Bristol verkauft, aber die meisten wurden auf die West Indies oder nach Amerika verschifft.

Bis sie sechs Jahre alt war, hatte Ellen allein in dem kleinen Zimmer unter dem Dach geschlafen. Dann starb ihre Mutter überraschend an Typhus, und in die schreckliche, unerträgliche Lücke, die sie hinterließ, trat eine Stiefmutter — Mary Fisher mit ihrer Tochter Bethia, gerade vier Jahre alt, dünn, dunkel und voller Flohbisse und blauer Flecken. In der ersten Nacht hatte das kleine Mädchen steif und starr wie ein Holzbrett dagelegen, und in ihren offenen Augen hatte sich das Mondlicht gespiegelt, das durch das winzige Fenster hereinschien. Ellen hatte versucht, sich an sie zu kuscheln, doch Bethia hatte nicht reagiert — sie hatte sich weder an sie geschmiegt noch war sie zurückgewichen. Es war so merkwürdig, dass sich die Situation in Ellens sensorisches Gedächtnis eingebrannt hatte — der muffige Geruch der Strohmatratze und das Rascheln einer Maus, die ein paar Halme für ihr Nest aus einem Loch an der unteren Ecke stibitzt hatte. Der Geruch von Wachs und Rauch von der ausgeblasenen Kerze und der fremde, leicht an Hefe erinnernde Geruch ihrer neuen Stiefschwester.

Mitten in der Nacht war Bethia mit einem Schrei hochgeschreckt und hatte vor Angst gezittert. Nun nahm Ellen sie doch noch in den Arm und sang ihr leise Lieder vor, wie ihre eigene Mutter es einst für sie getan hatte. Und so hatten sie sich unter der Decke ein warmes, sicheres Nest geschaffen.

Ellen überzeugte Bethia davon, dass die Spinnweben zwischen den Dachbalken über ihnen eigentlich Spuren der Schutzengel waren, die durch die Lücken um die Fensterrahmen herein- und wieder hinausschlüpften. Und damit Bethia sich nicht die heilenden Flohbisse aufkratzte, hielt sie ihre Hände fest.

Mary Fisher behandelte Ellen, als sei sie unsichtbar. Wenn sie einen Raum betrat oder wenn sie sprach, verriet nichts an ihrem Verhalten, dass sie Ellen überhaupt bemerkte. Das traf allerdings nicht nur auf Ellen zu — ihrem eigenen Kind gegenüber war sie genauso blind. Mary war sehr hübsch und trug tief ausgeschnittene Kleider, in denen sich ihr Busen über der schmalen Taille wölbte. Ein Jahr, nachdem sie und Bethia eingezogen waren, brachte Mary einen kleinen Jungen zur Welt, Thomas. Es war Ellens zweiter Bruder, ein Halbbruder. Sie und Bethia kümmerten sich um das Baby, wenn Mary es nicht gerade stillte, sie sangen für ihn und versuchten, ihm Dinge beizubringen, für die er eigentlich noch viel zu klein war.

Im Alter von fünf Monaten starb Thomas, ein ganzes Jahr früher als Ellens erster Bruder William. William war alt genug gewesen, erste Schritte zu tun, und er war ein abenteuerlustiges Kind. Eines Tages war er allein aus dem Haus auf die Straße gelaufen, und ein Pferdeschlitten zerschmetterte ihm Fuß und Knöchel am Bordstein. Der Mann, der den Schlitten lenkte, hatte ihn nicht gesehen und noch nicht einmal angehalten. Wenn William es überlebt hätte, wäre er ein Krüppel gewesen, doch in die Wunde war Straßenschmutz geraten. Sie hatte geeitert, bis er gestorben war. Anschließend war Ellens Mutter nicht mehr dieselbe gewesen. Als hätte jemand ein Licht in ihr ausgeblasen. Mary ging mit dem Tod ihres Sohnes wesentlich pragmatischer um und war schon bald wieder schwanger. Das Baby kam allerdings nie zur Welt, und so gab es nur Ellen und Bethia.

Das Zimmer, das sie sich jetzt teilten, war anders als das in der Back Street. In der Orchard Street bewohnten sie ein hohes schmales Stadthaus aus einer früheren Epoche des Jahrhunderts. Der Architekt hatte es geschafft, auf jedem Stockwerk zwei Fenster nebeneinanderzuquetschen, sodass das Haus lichtdurchflutet war, allerdings auch zugig. Ein Zimmer ging nach vorn und eins nach hinten hinaus, und auf der rechten Seite des Gebäudes führte eine Treppe nach oben. Sie hatten eine Köchin und ein Mädchen für alles, das Violet hieß und genauso alt war wie Ellen.

John Thornes Pfeifenbäckerei befand sich nun in einer großen Fabrik am Hafen. Er hatte genug Geld verdient, um anderweitig investieren zu können, und sich an den Kosten für Ausstattung, Mannschaft und Ladung eines Schiffes beteiligt. Wenn es wieder nach Hause zurückkehrte, erhielt er einen entsprechenden Teil des Gewinns. Die Schiffe transportierten Glaswaren und Waffen, Perlen und Stahl, die sie an die Goldküste oder ins westafrikanische Calabar exportierten. Von dem Erlös wurden Sklaven eingekauft, die dann über den Atlantik auf die West Indies gebracht und dort an die Plantagenbesitzer verkauft wurden. Von diesen Erlösen wurden wiederum Zucker, Tabak und Rum erworben und nach Bristol gebracht.

John hatte Glück gehabt, denn das Handelsaufkommen in Bristol nahm ab und verlagerte sich nach Liverpool, das tideunabhängige Hafenanlagen für die neuen größeren Schiffe hatte und keinen sieben Meilen langen gewundenen Fluss, der von den Gezeiten abhängig war. Er hatte Glück gehabt, weil viele dieser Fahrten Verluste brachten, seine Schiffe waren jedoch zurückgekommen. Er war aufgestiegen, und Bethia, Ellen und Mary mit ihm. Samuel Cockcroft gehörte ein Schiff, an dem John kürzlich einen zehnprozentigen Anteil erworben hatte, und die zwei Männer verstanden sich prächtig. Cockcroft war Ratsmitglied und Merchant Venturer. Er besaß ein Haus am Queen Square und hatte einen Sohn im heiratsfähigen Alter. John Thorne hätte jeden Penny investiert, den er besaß, hätte Cockcroft ihn nur darum gebeten.

Das Schlafzimmer, das Bethia und Ellen sich teilten, befand sich im dritten Stock. Sie hatten zwei nebeneinanderstehende Betten, einen Frisiertisch und einen großen Kleiderschrank. Ein Fenster blickte auf die Mauer der Nachbarn, zwei nach vorn hinaus. Es war die nordwestliche Seite des Hauses, und Bethia beklagte sich oft über das fahle Licht, das ihren Teint stumpf aussehen ließe, wenn sie in den Spiegel schaute. »Ist es wirklich nur das Licht, Ellen, oder habe ich bei den Cockcrofts auch so blass ausgesehen?«, fragte sie an diesem Abend, als sie sich fürs Bett fertig machten.

»Natürlich hast du nicht blass ausgesehen. Du bist nicht blass«, erklärte Ellen.

Bethia beugte sich näher zum Spiegel und wirkte unzufrieden. Sie hatte dunkles glänzendes Haar, allerdings hing es schnurgerade herunter, egal wie fest sie es auf Papierstreifen drehten. Sie war sechzehn, Ellen neunzehn, aber Tante Phila sagte oft, dass Bethia wie die Ältere wirkte. Ein erwachsener Kopf auf jungen Schultern, womit sie Ellen kränken und Bethia ein Kompliment machen wollte. Philadelphia war die Schwester von Ellens Vater, also keine Blutsverwandte von Bethia, doch es bestand kein Zweifel daran, welches der beiden Mädchen sie vorzog. Bethia wusste sich zu benehmen, war flink und strebte nach dem, was anzustreben man ihr beigebracht hatte.

Phila hatte eine gute Partie gemacht, war verwitwet und kinderlos. Mary Fisher war gestorben, als die Mädchen noch jung waren – Bethia gerade elf, Ellen vierzehn –, sodass ihre Tante die Mutterrolle übernommen hatte. Ellens dritte Mutter, wobei die beiden letzten in ihrem Herzen niemals die erste ersetzen konnten.

»Ich weiß, aber …«, murmelte Bethia und musterte sich unverwandt im Spiegel.

Ellen beobachtete sie vom Bett aus. Sie steckte die Füße unter die Decke und bemerkte, wie ihre Zehen im Gegensatz zu ihren Schienbeinen allmählich warm wurden. »Und wie Tante Phila gehustet und geschnauft hat!«, sagte Bethia. »Hast du den Blick gesehen, den Alexandra und ihre Mutter gewechselt haben? Gott, die werden uns ganz sicher nicht mehr einladen. Heute war vermutlich das letzte Mal.«

»Ich dachte, du und Alexandra wärt richtige Freundinnen.«

»Das stimmt, aber nicht, wenn Phila solche Geräusche macht und du jedes Mal stundenlang herumtrödelst. Du benimmst dich wirklich sehr seltsam, Ellen!«

»Aber ich war nur ein paar Minuten weg.«

»Zu lange. Hast du eine schwache Blase? Kannst du nicht einfach die Knie zusammenpressen und an etwas anderes denken wie wir anderen auch? Ja, sie werden uns nicht mehr einladen. Und wen kennt Vater sonst schon am Queen Square?«

»Ich weiß es nicht. Aber er kennt jede Menge anderer guter Familien«, sagte Ellen.

»Ach, warum ist dir das alles nur so gleichgültig?«, sagte Bethia unglücklich. »Dabei sollte es dich wirklich interessieren! Du bist doch sogar noch älter als ich!«

»*Sogar noch älter?*«, wiederholte Ellen lächelnd. »Du bist gerade sechzehn geworden, Bethia.«

»Du könntest schon längst mit Rupert Cockcroft verheiratet sein, wenn du dir nur mehr Mühe geben würdest.« Bethias Stimme war tonlos geworden, und sie drehte sich zu Ellen um. »Warum tust du es nicht? Er hat nur Augen für dich, wenn du dich denn dazu herablässt, anwesend zu sein.« Sie wandte sich wieder ihrem Spiegelbild zu.

»Ich gebe mir keine Mühe, weil ich ihn nicht mag. Er wirkt ... Ich weiß nicht. Ich will ihn nicht heiraten. Und seine Eltern finden ganz offensichtlich, dass ich seiner nicht würdig bin.«

»Wir *sind* seiner auch nicht würdig, Ellen! Nicht wirklich. Du weißt genauso gut wie ich, was er verdient.«

Tatsächlich hatte Ellen es vergessen. Zahlen verflüchtigten sich aus ihrem Kopf wie Rauch an einem windigen Tag. »Rupert kann heiraten, wen er will«, fuhr Bethia fort, »weshalb wir uns um seine Gunst *bemühen* müssen.«

Sie kam mit ihrer Haarbürste zum Bett. »Dreh dich um«, sagte sie. Ellen folgte ihrer Aufforderung, und Bethia strich mit der Bürste nicht gerade sanft durch ihr Haar.

»Natürlich sind wir seiner würdig«, sagte Ellen leise. Dann dachte sie an Balthazar, an Menschen, deren Wert in Geld bemessen wurde, und es gefiel ihr nicht.

»Wenn du dich bemühst, könntest du ihn dazu bringen, dich zu lieben, und dann könntest du am Queen Square leben und die neueste Mode tragen. Ich glaube, am besten gefällt ihm dein Haar.« Bethias Stimme bebte leicht. »Meins ist zu glatt und hat eine langweilige Farbe.«

In diesem Moment begriff Ellen, wie sehr Bethia Rupert Cockcroft mochte. Vor Bestürzung wurde ihr flau im Magen.

»Du bist doch viel hübscher als ich, Bethia«, sagte sie und zuckte, als diese an ihrem Haar riss. »Wenn ich dich das nächste Mal nicht begleite, würde er dir sicher mehr Beachtung schenken. Du könntest dich mit ihm unterhalten.«

»Aber du *musst* mitkommen, weil ich mir sicher bin, dass er ausdrücklich dich einladen wird.«

»Aber du bist Alexandras enge Freundin ... Wir könnten die Einladung beide annehmen, und dann könnte ich krank werden. Ich könnte Kopfschmerzen bekommen und indisponiert sein, wenn es so weit ist.« Sie war traurig, dass sie eine Gelegenheit verpassen würde, Balthazar zu sehen und die Girlitze in ihrem goldenen Käfig, aber keineswegs traurig, die Cockcrofts nicht zu sehen. In jedem Fall war es viel besser, Bethia zu ihrem Glück zu verhelfen. Wenn ihre Stiefschwester unglücklich war, legte sich ihr Unglück wie ein Schatten auf alle Menschen in ihrem Umfeld. Ellen war sich sicher, dass sie das nicht mit Absicht tat, doch es passierte immer wieder. Ihr Blick wirkte verschleiert, und um ihren Mund erschien ein harter, fast bitterer Zug, der sie deutlich älter wirken ließ. Sie hatte ein äußerst hübsches Gesicht und war klein und zierlich — ganz anders als Ellen mit ihren langen Beinen und den großen Händen und Füßen —, doch Bethia wirkte kühl und reserviert, was die Leute irgendwie abstieß. Ellen hatte es einmal bei ihrem eigenen Vater beobachtet. Man sah Bethia an, dass sie ihre Gedanken sorgsam für sich behielt; Gedanken, die dem Betreffenden nicht gefallen würden. Ellen fehlte jedoch der Mut, offen mit Bethia darüber zu sprechen, wie sie ihre negativen Gedanken besser verbergen oder vielleicht sogar einfach freundlichere entwickeln konnte.

Bethia unterbrach das Bürsten, und Ellens Kiefer entspannte sich. »Du würdest hierbleiben?«

»Ja, wenn du das möchtest.«

Es folgte eine Pause, in der Bethia ihre freie Hand auf

Ellens Schulter legte und ihre Wange auf Ellens Kopf. Es fühlte sich merkwürdig an, das Gewicht zweier Köpfe auf ihrem Hals zu tragen.

»Du bist die beste Schwester, die man sich wünschen kann«, sagte Bethia, und Ellen lächelte. »Und wenn ich am Queen Square lebe und zwanzig Bedienstete habe, werde ich dich so mit Geschenken überhäufen, dass du niemals heiraten musst, wenn du nicht willst.« Sie gab einen kleinen glücklichen Laut von sich, fast ein Kichern.

»Das wäre schön, und wir wären beide glücklich«, sagte Ellen. »Komm, wir tauschen die Plätze, und ich drehe dir für die Nacht die Haare auf.«

*

Sobald Bethia fünf geworden war und ihre Beine kräftig genug waren, dass sie unterwegs nicht ermüdeten, nahm Ellen sie mit zu den heißen Quellen an der Schlucht des Avon und zu den St. Vincent's Rocks und den zweihundert steilen Stufen nach Clifton. Sie suchten an den Klippen und am Flussufer nach klaren Kristallstücken, die sich in einfach aussehenden Steinen verbargen und als Bristol-Diamanten bekannt waren. Für jeden, den sie fanden, erhielten sie von einem Ladenbesitzer in den Kolonnaden zwei Pence. Er verkaufte sie für eine halbe Krone an Touristen, die wegen des heilenden Wassers kamen, selbst wenn einige Steine den Flussgeruch auch nach noch so gründlichem Spülen nicht ablegten.

Ellen wusste, wie man mit Hammer und Meißel, die John ihr gegeben hatte, einen Stein aufschlug und ihn wie ein Ei aufbrach. Sie liebte es, sofort die Nase hineinzustecken, um die Luft daraus zu atmen — Luft, die noch niemand vor ihr

geatmet hatte. Bethia sagte, dass die Kristalle nach nichts
rochen, aber für Ellen rochen sie nach Kies und Erde und
Regenwasser. Gut und sauber.

Sie brachte Bethia die Namen aller Blumen bei, die sie
kannte. Ihre Mutter hatte sie ihr beigebracht, als sie zusammen dort gewesen waren. Blaugrüner Faserschirm, Acker-
Ehrenpreis und Gartengänsekresse.

Ellen stellte jedoch alsbald fest, dass die reichen Leute,
die sich im »Haus der heißen Quellen« versammelten, die
kleine Bethia weitaus mehr beeindruckten. Sie starrte die
Herrschaften mit einer Hingabe an, die sie den Kristallen
und Blumen niemals schenkte. Ihre farbenprächtige Kleidung, die sie im Gegensatz zu den ungefärbten grauen Kleidern der Menschen in der Back Street trugen. Die Pferde-
kutschen, in denen sie vorfuhren, die Bediensteten, die
ihnen folgten. Die fremd aussehenden Hunde, die sie an Le-
derleinen spazieren führten. An den hohen Hüten der Damen wippten Straußenfedern, und die Männer trugen aufwendige gepuderte Perücken. Es faszinierte Bethia, dass
diese Menschen nichts anderes taten, als herumzuspazieren,
die Schlucht zu bewundern oder den Verkehr auf dem Fluss
beim Gezeitenwechsel zu beobachten, mit Bekannten zu
plaudern und sich viermal am Tag ins Haus zurückzuziehen,
um zu essen und zu trinken.

Ellen beobachtete sie auch gern — es war schwer, sie nicht
anzusehen, einfach weil sie so anders waren. Und sie konnten sie ungestraft beobachten, weil niemand auf zwei
schmuddelige kleine Mädchen mit Leinensäcken über der
Schulter achtete. Ellen und Bethia mochten unsichtbar sein,
bis auf das eine Mal, als ein Mann mit schwarzem Schnurrbart jeder von ihnen einen Viertelpenny gegeben, sie in
die Wangen gekniffen und angelächelt hatte, dann hatte er

Bethias Hand genommen und versucht, sie zu seiner Kutsche zu führen. Ellen hatte ihm Bethia entrissen, und sie waren geflohen. In jener Nacht hatten sie nicht geschlafen, weil der Geruch des Mannes mit dem schwarzen Schnurrbart ihnen in der Nase hing; der Geruch von Mottenkugeln und Metall, als sei er ihnen nach Hause gefolgt und habe sich unter dem Bett versteckt. Sie hatten diese eleganten Leute also beide bewundert und festgestellt, wie anders sie waren, doch Ellen hatte nie daran gedacht, dass sie so sein wollte.

Sie versuchte, Bethia zu beweisen, wie schön es war, in der Natur zu sein, vor allem in den Hügeln von Clifton, wo sie Lärm und Gestank hinter sich ließen und ein sauberer Westwind aus Irland herüberwehte. Im Sommer waren die Hügel wild in Grün und Gold bewachsen wie ein wunderschöner Stoff, und wenn Ellen einen Abhang hinunterlief und den Wind in ihrem Haar spürte, hatte sie das Gefühl zu fliegen. Lerchen sangen ihre endlosen Lieder über ihnen, Schwalben stürzten sich vom klaren Himmel herab und drehten ihre unglaublichen Schleifen. Es gab Schmetterlinge mit orangefarbenen, gelben, kupferfarbenen oder blauen Flügeln. Doch am besten von allem gefiel Ellen, dass sie frei war, dort spazieren zu gehen oder sich zu setzen und nichts zu tun. Wenn sie die Augen schloss und das Sonnenlicht rot durch ihre Lider schimmerte, konnte Ellen die Weite um sich spüren. Sie wusste, dass sie aufstehen und mit geschlossenen Augen losrennen konnte, ohne gegen etwas oder jemanden zu stoßen. Es war niemand da, der sie beobachtete oder auf den sie hören musste. Es hob ihre Laune, als würde Gott einen Felsklotz von ihr nehmen. Sie spürte, wie sie Raum einnahm und sich nach dem Himmel streckte. Frische saubere Gerüche wehten alles Schlechte fort.

Doch auf Bethia wirkte die Natur nicht magisch, und sie wollte auch nicht fliegen spielen. Jedes Mal wurde sie entweder von einer Biene gestochen oder nörgelte wegen des kalten Windes oder beklagte sich, dass sie müde und hungrig sei, sodass Ellen ihren Ausflug abkürzte und umdrehte, um die eineinhalb Meilen wieder nach Hause zu laufen.

Oft nahm sie Bethia huckepack, obwohl ihr davon der Rücken schmerzte. Sie sang für sie oder erzählte ihr Geschichten von Goram und Ghyston, den Riesen, die vor langer Zeit die Schlucht und die Höhlen in den festen Fels geschlagen hatten. Sie tat alles, um Bethia froh zu machen.

*

Ellen wäre es lieber gewesen, wenn ihre andere Tante ihren Vater bei der Erziehung unterstützt hätte. Die Schwester ihrer Mutter, Polly, arbeitete in einem Kaffeehaus in den Christmas Steps, das einem einäugigen Franzosen mit Namen Delacroix gehörte. An der Stelle, wo eigentlich sein linkes Auge hätte sein müssen, befand sich eine Vertiefung mit verwachsenem, rosig glänzendem Narbengewebe, dessen Anblick nur schwer zu ertragen war. Niemand wusste, wie er das Auge verloren hatte, und es wagte auch niemand, ihn danach zu fragen. Er war ein wortkarger Mann mit einem hitzigen Temperament, der andere Menschen nicht zu mögen schien und sich nur selten im Laden blicken ließ. Polly war nicht seine Frau — es hieß, er habe irgendwo anders eine Frau, möglicherweise noch in Frankreich —, aber sie wohnte über dem Café, genau wie er. Als Ellen älter wurde, vermutete sie, dass die zwei eine Art Vereinbarung getroffen hatten. Sie mochte sich nicht vorstellen, dass Polly unter Delacroix' Launen zu leiden hatte, aber ihre Tante musste ihn wohl lieben, wenn sie bereit war, jeden Morgen neben seinem entstellten Gesicht aufzuwachen.

Polly war in jungen Jahren mit einem Seemann verheiratet gewesen, der jedoch mit seinem Schiff untergegangen war. Seine Knochen lagen irgendwo auf dem Boden des Irischen Meeres und wurden sauber abgenagt mit den Gezeiten heran- und wieder fortgespült. Bei dem Gedanken erschauerte Ellen jedes Mal. Polly hatte also keinen Mann, der sie mit in die Welt nahm. Nur eins ihrer Kinder hatte überlebt und war jetzt selbst ein Seemann, der mehr auf dem Meer als an Land war.

Neben kleinen Werkstätten — Messerschmieden, Schustern und dergleichen — hatten sich in den Christmas Steps verschiedene Gasthäuser und Pensionen von zweifelhaftem Ruf angesiedelt; das Kaffeehaus war als Treffpunkt von Radikalen, Exilfranzosen und Gegnern des Sklavenhandels bekannt. Polly bediente die Gäste und kassierte, sie räumte das Geschirr ab, machte Feuer und wischte die Böden, und John Thorne nannte Delacroix einen *Hugenottenschwindler*, weil er ein Wettbüro führte und Wetten anbot, die er fast immer gewann. Polly und das Kaffeehaus galten also absolut nicht als geeignet für die Kinder. Als sie klein war, war Bethia liebend gern mit Ellen dorthin gegangen, doch sobald sie alt genug war, Pollys Lebensumstände zu verstehen, kam sie nicht mehr mit. Polly hatte langes roségoldenes Haar, genau wie Ellen — und wie Ellens Mutter. Sie hatte auch das gleiche Lächeln wie Susannah, ein wenig matter vielleicht und nicht so bereitwillig verschenkt. Sie war eine stille und freundliche Frau mit einer sanften Stimme, und Ellen liebte sie.

Sie mochte auch den Geruch in Delacroix' Laden. Der Kaffeeduft schien nicht nur die Dielen, sondern auch den Putz an Decke und Wänden durchdrungen zu haben. Er umfing einen sofort, wenn man aus der dunklen schmutzigen Gasse hereinkam. Der Raum im Erdgeschoss war nicht groß und vollgestellt mit Tischen und Stühlen. An der hinteren Wand standen Regale mit sauberen Krügen und Geschirr. Kannen voll Kaffee, den eine große Negerin namens Cleo braute, wurden auf Dreifüßen am Feuer warm gehalten. Cleo arbeitete in einem Raum im Obergeschoss. Sie mahlte Kaffeebohnen und kochte sie auf, klärte den Kaffee mit Hausenblase, machte Milch warm, schnitt Zucker vom Hut und zerstieß ihn. Das Stampfen von Stößel und Mörser war oft wie ein Herzschlag durch die Decke zu hören.

Cleo und Polly liefen hundertmal am Tag die Treppe hinauf und hinunter. Cleo bereitete auch eine ganz besondere Schokolade nach einem Geheimrezept zu, die viele Gäste noch lieber als den Kaffee mochten. Die Leute vermuteten, dass sie das Rezept von den West Indies mitgebracht hatte, weshalb es als *Sklavenliebling* bekannt wurde. Es war auch Ellens Lieblingsgetränk — sie mochte den Geschmack genauso wie den Duft und atmete ihn erst einige Minuten ein, bevor sie den ersten Schluck nahm.

Ellen besuchte Polly zwei Wochen nach ihrem jüngsten Besuch bei den Cockcrofts, und im Kaffeehaus war es wie üblich voll und laut. Polly sah hoch und lächelte, als Ellen zu ihr trat. Ihr Gesicht war gerötet, weil sie — in der einen Hand eine leere Tasse mit Untertasse balancierend — die Deckel der Kaffeekannen angehoben hatte, die auf dem Feuer standen.

»Ach, Ellen! Du kommst immer im rechten Moment, Gott segne dich. Sei so lieb, rette meine armen Füße und lauf hoch zu Cleo, ja? Alle Kannen sind leer.« Mit der freien Hand schob sie ein paar lose Haarsträhnen zurück. Der gekräuselte Rand ihrer Haube war in der Hitze erschlafft.

»Natürlich«, sagte Ellen. Sie küsste Polly auf die feuchte Wange, nahm ihr die leeren Kannen ab und bahnte sich einen Weg durch die Stühle zum Podest, das zur Treppe führte.

Das letzte Mal, als Bethia mit ihr hier gewesen war, um Polly zu besuchen, hatte Polly sie gebeten, ein Tablett mit Tassen an einen Tisch zu bringen, und Bethia, damals gerade zwölf, hatte sich empört geweigert. Ellen machte es jedoch nichts aus zu helfen, insbesondere wenn es bedeutete, dass sie Cleo oben in ihrem Reich besuchen durfte. Cleo war die faszinierendste, seltsamste Person, die sie kannte. Niemand wusste, woher genau sie stammte, wie oder wann sie nach Bristol gekommen war und wie sie es geschafft hatte, frei zu sein, ohne Herrn oder Ehemann. Auf alle Fragen nach ihrer Vergangenheit reagierte sie mit stoischem Schweigen. Niemand kannte ihren Nachnamen, wenn sie denn überhaupt einen hatte, noch ihr Alter oder ob sie irgendwo Verwandte hatte.

Ellen versuchte oft, ihr Alter zu erraten, aber das war unmöglich. Ihre glatte Haut, die über katzenhaften Wangenknochen glänzte, stand im Gegensatz zu ihren unergründlichen dunklen Augen, den Sehnen, die auf ihren Handrücken hervortraten, und ihrer unerschütterlichen Ruhe. Sie hätte dreißig oder sechzig sein können. Nur ein einziges Mal hatte Ellen einen Blick auf ihr krauses Haar erhascht, das stets unter einem um ihren Kopf geknoteten Tuch versteckt war, und es war grau gesprenkelt gewesen. In Cleos Gesicht hingegen war keine einzige Falte. Einige Leute sagten, sie sei eine Hexe, wurden jedoch im Allgemeinen dafür verspottet.

Als sie Ellen sah, lächelte Cleo schwach. »*Bonjou'*, bist du wieder da, Kleine? Besuchst deine Tante?«

»Ja, wie geht es dir, Cleo?«

Ellen stellte die Kaffeekannen auf dem verschrammten Tisch in der Mitte des Raumes ab. An einem Haken über dem Feuer hing ein Topf mit siedendem Wasser, auf schwenkbaren Dreifüßen standen kleinere Töpfe mit Kaffee. Die Schokolade bereitete Cleo in einem kleinen tiefen Kupfertopf mit einem langen Griff zu, in den sie Prisen von einem Gewürz rührte, dessen Namen sie sich preiszugeben weigerte. Einmal hatte sie Ellen an dem Glas schnuppern lassen, und sie hatte niesen müssen. Es roch nach Pfeffer und Erde, nach Holz und Wärme.

»*Bien*, alles gut, ja«, sagte Cleo heiter. Sie schien es nie eilig zu haben, obwohl sie stets viel leistete. »Noch nicht verheiratet?«

»Nein.« Ellen lächelte. Es war ein alter Scherz, denn das hatte Cleo Ellen schon gefragt, als sie erst zehn Jahre alt gewesen war. »Aber wir glauben, dass Bethia bald heiratet. Es gibt einen jungen Mann, der ihr gefällt — er ist reich.«

Als sie Bethia erwähnte, entglitten Cleo für einen Sekundenbruchteil die Gesichtszüge. »Ah, das ist gut. *Oui*, ich glaube schon«, sagte sie. »So kann sie nichts anstellen. Schließt sie sicher weg im Haus eines anderen.«

»Also, sie … Sie wünscht es sich sehr«, sagte Ellen irritiert. »Aber ich werde sie schrecklich vermissen, wenn sie geht.«

»Du wirst sie vermissen?« Cleo zog einen Mundwinkel nach unten. »Du riechst und hörst und schmeckst alles, Susannahs Mädchen, aber manchmal siehst du nichts.«

»Wie meinst du das?«

»Vergiss es, Kleine. Bleib, wie du bist, und denk nicht darüber nach.«

»Machst du mir bitte eine Schokolade, Cleo? Ich habe auch Geld, ich kann sie bezahlen.«

»Diese Schokolade, meinst du?« Cleo zeigte auf den kleinen

Kupfertopf, der auf dem Tisch wartete. »Und ich nehme dein Geld nicht.«

»Die ist für mich? Aber du wusstest doch gar nicht, dass ich heute komme.«

»*Mais non?* Wusste ich nicht?«

Ellen brachte drei volle Kaffeekannen zu Polly hinunter, die mit den Händen auf den Hüften an einem Tisch stand und mit ein paar Männern sprach. Dann nahm sie ihre Tasse mit dem *Sklavenliebling* und setzte sich auf einen Hocker neben der Hintertür, wo kühle Luft von draußen hereinzog. Hinten gab es einen angebauten Schuppen mit einem Spülbecken, in das Regenwasser aus dem Speicher im Keller gepumpt wurde. Im Spülbecken stand ein ganzer Berg schmutziger Tassen und Kannen, und von dem Burschen, der sie normalerweise schrubbte, war keine Spur zu sehen. Ellen beschloss, einen Anfang zu machen, aber erst, wenn sie ihre Schokolade ausgetrunken hatte. Sie hob die Tasse an und atmete den Duft ein. Sie stellte sich normalerweise vor, dass es im Himmel roch wie in den Hügeln an einem sonnigen Junitag, aber sollte das nicht stimmen, dann hoffte sie, dass es dort stattdessen nach Cleos Schokolade roch.

Ellen nahm einen Schluck und genoss den wunderbaren Geschmack. Als die Tür geöffnet wurde, hob sie den Kopf und sah Balthazar hereinkommen. Seine Kleidung war eleganter als die der meisten anderen Männer im Raum, dennoch zollten sie ihm keinen Respekt, weil er ein Neger war. Einige grüßten ihn jedoch freundlich, und er setzte sich an den kleinen Tisch am Fenster. Ellen beobachtete bewundernd seine anmutige Art, sich zu bewegen, und wie sich das Licht auf seinen Gesichtszügen spiegelte — auf der breiten Nase, den vollen Lippen und den dichten Brauen. Ihre Finger zuckten, so gern hätte sie ihn berührt.

Polly kam zurück zum Feuer, und Ellen stand auf, um sich mit ihr zu unterhalten.

»Ah, vielen Dank, Ellen, Liebes«, sagte sie und nahm eine volle Kanne.

»Cleo hatte mir schon eine Schokolade gemacht«, sagte Ellen. »Woher wusste sie, dass ich komme?«

»Cleo weiß alles Mögliche«, sagte Polly. »Wie geht es deinem Vater? Kämpft er noch um einen Platz im Stadtrat?«

»Er ist ziemlich beschäftigt, wie immer. Er lässt dich grüßen.«

»Ach, wirklich?« Polly lächelte, und Ellen errötete. Sie hatte noch nie gut lügen können.

»Nun, das hätte er getan«, sagte sie, »wenn er nicht so beschäftigt wäre.«

»Macht nichts. Es ist schön, dich zu sehen, Ellen. Bleibst du ein bisschen? Ich versorge nur eben diese Herren, dann bin ich gleich zurück. Die haben ziemlichen Durst, planen die nächste ruhmreiche Revolution, und das schon seit zwei geschlagenen Stunden.«

Vorn im Kaffeehaus hatte sich ein Mann Balthazar gegenübergesetzt. Sie unterhielten sich angeregt, und Ellen beobachtete, wie Balthazar ein Portemonnaie herausholte und fünf Münzen auf den Tisch legte, die der andere rasch einsteckte. Dann holte Balthazar einen Stift heraus, notierte etwas in einem kleinen Buch und schob es dem Mann zu, damit er es abzeichnete. Anschließend stand der Mann auf, nickte und entfernte sich. Ohne nachzudenken, ging Ellen zu Balthazars Tisch.

Er sah hoch und war ganz offensichtlich überrascht, sie dort zu sehen.

»Miss Thorne! Was führt Sie denn hierher?«, fragte er.

»Meine Tante Polly lebt hier, die Schwester meiner Mutter«, erklärte sie.

»Eine Tante, die im Kaffeehaus in den Christmas Steps lebt? Ich wette, davon weiß Diana Cockcroft nichts. Setzen Sie sich doch.« Er steckte Notizheft und Stift weg.

Ellen war sich nicht sicher, ob sie sich setzen sollte, tat es aber dennoch.

»Komisch, dass wir uns hier nicht schon früher begegnet sind, ich bin oft hier.«

»Polly ist die Schwester meiner verstorbenen Mutter, und mein Vater distanziert sich von ihr«, sagte Ellen, ohne verbergen zu können, wie sehr sie das störte. »Er würde sich wohl auch von mir distanzieren, wenn er könnte.«

»In der Tat. Er sucht die bessere Gesellschaft. Ebenso wie Ihre Schwester.«

»Bethia ist meine Stiefschwester und nicht mit Polly verwandt. Haben Sie mit dem Mann gerade Geschäfte gemacht?«

»In gewisser Weise, ja.« Balthazar musterte sie aufmerksam, und Ellen spürte, dass sich die Situation zwischen ihnen anders anfühlte als im Haus der Cockcrofts am Queen Square. Zwar war Balthazar immer noch ein Sklave. Aber hier war er es zugleich auch nicht.

»Geschäfte für Ihren Herrn?«, fragte sie.

»Nein. Eigene Geschäfte.« Er lächelte und verschränkte die Hände auf dem Tisch. »Können Sie ein Geheimnis für sich behalten, Miss Thorne?«

»Ja, natürlich«, erwiderte sie, ohne zu überlegen.

Balthazar taxierte sie erneut, und sie spürte, wie ihr Gesicht unter seinem Blick warm wurde. »Ich glaube Ihnen«, sagte er schließlich. »Und ich kann es riechen, wenn jemand lügt. Also dann erzähle ich Ihnen, dass ein Mann wie ich sich

vielleicht freikaufen kann, wenn er denn das Geld zusammen-
bekommt. Ich bin Sklave, darum erhalte ich keinen Lohn.
Cockcroft gibt mir zehn Schillinge an Weihnachten — einen
Betrag, den er für eine Mietdroschke zahlt. Darum bin ich
entschlossen, dieses Geld mit anderen Mitteln zusammen-
zubekommen, um frei zu sein, genau wie Mistress Cleo.«

»Sie kennen Cleo?«

»Wer kennt sie hier denn nicht?«

»Aber … kannten Sie sie schon vorher? Aus Afrika oder
von den West Indies?« Ellen hoffte, dass er ihr vielleicht ein
kleines Stück von Cleos geheimer Vergangenheit verraten
konnte.

»Aus *Afrika?*« Balthazar lachte dröhnend, und Ellen
spürte es tief in ihrer Brust. »Nein, Miss Thorne. Obwohl wir
vielleicht die einzigen zwei Neger sind, die Sie kennen, gibt
es Tausende von uns auf den Inseln. In Afrika noch mehr,
und ich war noch ein Junge, als man mich dort weggeholt
hat. Nein, ich kannte sie vorher nicht, aber ich glaube, dass
sie vielleicht aus derselben Gegend stammt wie ich.«

»Wie kommen Sie darauf?«

»Ihre Schokolade — die, deren Reste ich an Ihrer Oberlippe sehe, Miss Thorne«, sagte er, und Ellen tastete hastig
nach ihrem Mund. »Ich kenne nicht den Namen der Zutat,
die sie verwendet, aber ich weiß, dass meine Mutter sie in
den Reis getan hat, den sie für uns gekocht hat …« Er starrte
Ellen an, aber schon bald spürte sie, dass er sie gar nicht sah.
Er war mit den Gedanken weit weg, in einer anderen Zeit,
an einem anderen Ort. »Ich habe so vieles vergessen, aber
das nicht. Nicht ihr Gesicht und nicht diesen Geschmack.«

Er schwieg eine ganze Weile, und Ellen wollte ihn nicht
aus seinen Gedanken reißen. Sie trank ihre Schokolade aus
und ließ sich die geheime erdige Bitterkeit auf der Zunge

zergehen. Schließlich atmete Balthazar vernehmlich durch die Nase ein und schüttelte den Kopf.

»Wie viel Geld brauchen Sie, um sich freizukaufen?«, fragte Ellen leise.

»Nun. Ich bin ein edles Exemplar, nicht wahr? Jung und kräftig.« Er lächelte breit, doch in seinen Zügen lag auch Bitterkeit.

»Ja, das sind Sie.«

»Wenn Sie mich morgen auf dem Charlestown-Markt kaufen wollten, würde ich zwanzig Pfund oder mehr kosten. Aber für Cockcroft bin ich zu wertvoll, als dass er mich so einfach gehen lassen würde. Wer kennt sein Geschäft schon so gut wie ich? Oder kann ihm das Haar so frisieren, wie ich es tue? Oder seine Geheimnisse so für sich behalten wie ich? Tatsächlich niemand. Ich bin für ihn mehr wert als für jeden anderen, darum wird er vielleicht hundert Pfund verlangen. Zweihundert. *Fünf*hundert.«

»Aber das ist doch sicher unmöglich zu beschaffen, oder?«, fragte Ellen bestürzt. Das war eine kolossale Summe für einen Diener — für jeden. Ein Vermögen.

»Was auch immer er verlangt, ich werde es zahlen. Ich werde *frei* sein«, sagte Balthazar.

Ellen schaute ihm in die Augen und sah, dass es stimmte. »Das werden Sie«, sagte sie. »Denken Sie ... Denken Sie, dass Cleo das getan hat? Denken Sie, sie hat gespart und sich ihre Freiheit erkauft?«

»Ich weiß es nicht, aber irgendwie glaube ich das nicht. Etwas sagt mir, dass Cleo sich von niemandem versklaven lässt ... und dass derjenige, der den Versuch unternahm, es sehr schnell bereut hat.«

»Sie ist stark«, sagte Ellen. Sie konnte es nicht genau begründen, aber sie spürte, dass es stimmte.

Balthazar nickte. »Das ist sie, Miss Thorne. Sie ist nach Cleopatra benannt, einer Königin der Antike, so wie ich nach Balthazar, dem König aus der Heiligen Schrift. Ist es nicht seltsam, dass Weiße jene, die sie wie Dreck behandeln, nach Königen und Königinnen benennen? Meinen Sie, dass sie das mit Absicht tun? Ist es womöglich ein Scherz?«

»Ich weiß es nicht«, sagte Ellen leise, seine plötzlich aufwallende Wut schüchterte sie ein. »Aber Cleo ist auch wie eine Königin, finde ich. Und Sie sind … Sie sind sehr majestätisch.« Ihre Wangen färbten sich dunkelrot, und sie konnte nicht zu ihm hochsehen. »Ich sollte besser gehen und meiner Tante helfen.«

»Es war mir ein Vergnügen, mich mit Ihnen zu unterhalten, Miss Thorne.« Balthazars Stimme klang wieder sanft. »Ich hoffe, wir können das bald einmal wiederholen. Wenn Sie so nett wären und Cleo für mich herunterholten. Sagen Sie ihr, Balthazar möchte sie sprechen.«

13

HEUTE

In den Christmas Steps waren zwischen den Regenrinnen kreuz und quer bunte Lichterketten gespannt. Jeder Laternenpfahl war mit einer großen glitzernden Schneeflocke und ebenfalls mit bunten Lichterketten geschmückt, und Liv wurde bewusst, dass irgendwann in den chaotischen Tagen der November begonnen hatte und mit ihm der unaufhaltsame Marsch der Einzelhändler auf Weihnachten zu. Als Liv eines Morgens mit Adam zusammensaß und zu müde war, um sich zu unterhalten, beobachtete sie, wie Tanya die Ecken des Schaufensters mit Kunstschnee besprühte, Ketten mit blinkenden Lichtern aufhängte und ihren Schmuck auffälliger dekorierte.

Liv wusste nicht, wo sie Weihnachten verbringen würde, oder mit wem. Sie konnte sich nicht vorstellen, mit ihrer Mutter zu Dom zu gehen, was sie normalerweise getan hätte. Sie konnte sich auch nicht vorstellen, fröhlich zu sein, um ihren Nichten und allen anderen das Fest nicht zu verderben — als sei in diesem Jahr nichts Erschütterndes passiert. Nachdem Wochen vergangen waren, in denen sie außer von Adam nichts von Martin gehört hatte, flackerte ihre einst so strahlende Hoffnung nur noch als kleine Flamme, und sie wollte nicht betrunken in der Ecke hängen, wo sie alle entweder ignorierten oder — schlimmer noch — versuchten, sie aufzumuntern.

Bei der Organisation *Missing People*, die Liv auf Seans Rat hin kontaktiert hatte, waren sie äußerst mitfühlend und hilfsbereit gewesen. Sie hatte ihnen Martins Beschreibung geschickt, und sie hatten ihn in ihr Online-Verzeichnis aufgenommen, das man nach Regionen durchsuchen konnte. Sie hatten auch angeregt, einen gezielten Aufruf in den sozialen Medien zu posten. Durch die Organisation erfuhr Liv, dass sie weder eine Vollmacht über die Finanzen noch über seine Geschäftsangelegenheiten erhalten konnte, ehe ihr nicht die gesetzliche Betreuung zugesprochen worden war — ein diesbezügliches Gesetz war in Arbeit, musste aber noch umgesetzt werden. Oder ehe er nicht offiziell für tot erklärt worden war. Angesichts der Umstände, unter denen ihr Vater verschwunden war, die nahelegten, dass er sich das Leben genommen hatte, konnte sie einen solchen Antrag jederzeit stellen. Doch ihr war klar, dass sie das nicht tun würde.

Nach dem Telefonat hatte sie sich besser gefühlt, als könnte und werde man mehr tun, um ihn zu finden. Doch dann hatte sie sich stundenlang durch Hunderte von Gesichtern und Beschreibungen auf der Website gescrollt, durch Aufrufe an Vermisste, ein Lebenszeichen von sich zu geben und andere wissen zu lassen, dass sie wohlauf waren. Seite um Seite um Seite. Alte Gesichter und junge. Manche lächelten, manche waren ernst. Einige wirkten bekümmert, andere sorglos. So viele Menschen waren verschwunden und hatten so viele gebrochene Herzen zurückgelassen. Besonders entmutigte Liv, wie lange einige von ihnen schon vermisst wurden. Drei Jahre. Neun Jahre. Mehr als ein Jahrzehnt. Allmählich begriff sie, dass sie erst am Anfang einer möglicherweise sehr langen Reise stand.

Bristol war eine große Stadt, aber wiederum nicht *so* groß. Es schien unwahrscheinlich, dass niemand außer Adam Martin gesehen hatte — sei es draußen oder in irgendeiner Unterkunft. Und Adam hatte ihn nur das eine Mal gesehen. Liv wollte so gerne glauben, dass Martin einfach nicht gesehen werden wollte, doch langsam fühlte sich der Gedanke an wie etwas, an das sie sich blind klammerte. Vielleicht war er gar nicht mehr in Bristol, sagte sie sich. Vielleicht war er woanders hingezogen. Und dann folgte der Gedanke, dass er womöglich nirgendwo mehr war.

*

Eines Morgens, nach einer weiteren Frühschicht, gingen Sean und Liv zum Frühstücken in Pinkman's Café gegenüber vom Wills Memorial Tower, von dem Sean behauptete, dass es dort die besten getoasteten Sandwiches in ganz England gebe.

»Habe ich recht, oder habe ich recht?«, fragte er, als Liv sich die Zunge an einem großen Bissen geschmolzenem Käse verbrannte. Sie konnte nur stumm nicken. »Die Donuts sind hier auch irrsinnig gut. Besser, ich bringe meiner Tante einen mit. Sie steht total auf die mit Salzkaramell, und wenn sie herausfindet, dass ich hier war und ihr keinen mitgebracht habe, wird sie mir das ewig vorhalten.«

»Dann sind die Donuts hier vielleicht auch besser als in Nigeria, genau wie das Fernsehen?«, sagte Liv.

»Nun mal langsam.« Sean grinste, dann dachte er einen Moment nach. »Willst du mitkommen? Du könntest sie wegen Adam fragen. Wegen dieses Grases aus seiner Kindheit, und wegen der heißen Schokolade. Vielleicht fällt ihr dazu was ein.«

»Oh … ich weiß nicht. Ich will sie nicht belästigen, schon gar nicht mit etwas, das mich im Grunde nichts angeht …«

»Machst du Witze? Sie liebt nichts so sehr wie Sachen, die niemanden etwas angehen. Und sie würde dich sehr gern kennenlernen.« Er grinste schief. »Keine Sorge, das heißt nicht, dass wir verlobt sind oder so. Aber ich warne dich besser vor — sie wird dir einen Tee machen.«

»Ich glaube, damit komme ich zurecht.«

»*Nigerianischen* Tee. Der ist anders als der, den du gewöhnt bist.«

Damit hatte er absolut recht. Chisimdi wohnte in einem Seniorenwohnheim in einem Block aus den 1980er-Jahren, zehn Gehminuten von Seans Haus entfernt. Ihre Unterkunft war klein, bis unter die Decke mit dunklen Holzmöbeln und Schnickschnack vollgestellt und so warm, dass Liv der Schweiß auf die Stirn trat, kaum dass sie durch die Tür getreten war. Schnell zog sie Jacke und Pullover aus. Es roch fremd — ein angenehmer Geruch, wie von Tomatenpflanzen, und er kribbelte ihr in der Nase. Obwohl Besuch da war, lief der Fernseher im Hintergrund weiter. Chisimdi selbst war klein und rundlich, hatte ein lebendiges fröhliches Gesicht. Das weiße Haar war zu Cornrows geflochten. Sie trug Ugg Boots und ein voluminöses Kleid in Grün- und Blautönen. Eine Brille baumelte an einer roten Perlenkette um ihren Hals. Das meiste, was sie sagte, war negativ, aber sie drückte es auf eine heitere, optimistische Art aus.

»Einen Donut bringt er mit!«, rief sie empört, während sie Liv ins Wohnzimmer und in einen Sessel schob. »*Einen* Donut, wenn er eine Freundin zum Tee mitbringt. Soll ich den etwa in drei kleine Stücke schneiden?«

»Den sollst du später essen, Tante«, erklärte Sean.

»Genau«, bekräftigte Liv. »Ich brauche keinen. Danke.«

»Nichts da, natürlich, *lepa,* du nimmst was.«

»Tante …«

»Ruhig, Junge. Ich besorge uns Tee.«

Der Tee war dick, schokoladig und sehr süß. Sean verzog das Gesicht, als er an seinem nippte, und Chisimdi schnalzte mit der Zunge. »Siehst du, was er für ein Gesicht zieht?«, fragte sie. »Ist zu weit weg von der Heimat geboren. Zu scharf auf englisches Zeug! Vergisst seine Kultur!«

»Das erinnert mich an Weihnachten, Tante«, sagte er. »Früher hast du den immer an Weihnachten für mich gemacht, bevor ich meine Geschenke auspacken durfte, weißt du noch?«

»Natürlich weiß ich das noch! Damals hat er dir noch geschmeckt, so viel steht fest.«

»Ich bin nicht mehr so scharf auf Süßes, das ist alles.«

»Wie machen Sie den?«, fragte Liv. »Er ist … ganz anders als der Tee, den ich kenne. Er erinnert mich ein bisschen an Ovomaltine.«

»Milopulver!«, sagte Chisimdi. »Was sonst?«

Liv warf Sean einen fragenden Blick zu. Er strich sich mit der Zunge über die Zähne, um sie von dem klebrigen Getränk zu befreien, ehe er antwortete. »Das ist Kakaopulver mit Malz. Ist ziemlich beliebt in Nigeria. Warte — ich zeige dir die Dose. Man mischt es mit warmer Kondensmilch und Wasser.« Er holte eine grüne Pappdose mit Plastikdeckel aus der winzigen Küche und reichte sie Liv.

»Das könnte es sein, oder?«, fragte sie.

»Könnte was sein?«, fragte Chisimdi.

Daraufhin erzählte Liv ihr von Adam und dass er unbedingt eine bestimmte Art von heißer Schokolade haben wolle, die sie einfach nicht hinbekam. Und dass sie aufgrund seiner Aussagen unsicher sei, ob er in Afrika oder in Großbritannien geboren war.

»Eine Frau, die Cleo heißt, hat sie für ihn zubereitet, und er hat mir erzählt, dass sie irgendein Gewürz hineingetan hat …«

»Ein Gewürz?« Chisimdi schien eine Weile nachzudenken. »Hast du es mit Zimt versucht? Mit Muskat?«

»Ja, hab ich.«

»Na, dann weiß ich auch nicht. Aber ich gebe dir etwas Milo mit. Du bereitest es so zu, wie ich es dir sage, und wenn er aus Nigeria kommt, trinkt er es sofort aus.«

»In Ordnung, das probiere ich. Vielen Dank.«

Liv trank so viel von dem viel zu süßen Getränk, wie ihr Magen vertragen konnte, während Chisimdi von ihrer Kindheit und von ihrer Schulzeit in Lagos erzählte. Sie hatte immer erstklassige Noten bekommen und beklagte sich, dass Sean seinen Abschluss nicht gemacht hatte, nachdem er doch ganz offensichtlich ihre Intelligenz geerbt habe. Sean hatte sich das offensichtlich schon oft anhören müssen, doch er nahm alles mit einem gleichmütigen Lächeln hin. Als sie aufstanden, um sich zu verabschieden, lief Chisimdi hinter Liv her und hielt sie am Arm zurück.

»Komm wieder vorbei, *lepa*, jederzeit. Erzähl mir, was dieser Adam gesagt hat. Hör zu — er ist ein guter Junge, mein Sean, *abi*? Ein guter Junge.« Sie lächelte Liv wissend an, der daraufhin noch heißer wurde.

»Ja«, sagte sie verlegen, ohne in Seans Richtung zu sehen, der sie eindeutig hören konnte.

»Ha! Sieh ihn dir jetzt an!« Chisimdi kicherte. »Sieh nur, was er für große Ohren bekommen hat!«

*

Zwei Tage später bereitete Liv morgens eine Tasse Milo für Adam zu. Nach einer weiteren quälenden Nacht, in der sie das Gefühl gehabt hatte, wie eine Puppe durchs Haus gezerrt zu werden, fühlte sie sich völlig erschöpft. Doch trotz des pochenden Schädels hielt sie sich genau an Chisimdis Anweisungen. Adam nippte an dem Getränk und verzog das Gesicht, genau wie Sean es getan hatte.

»Was ist das?«, fragte er und musterte sie, als wollte sie ihn vergiften. »Süß genug, um einen umzubringen! Oder einem die Zähne ausfallen zu lassen!«

»Es heißt Milo. Kennst du das? Hast du das schon mal getrunken?«

»Noch nie gehört. Und ich will es auch nie wieder trinken.« Ungnädig schob er den Becher weg.

»Ist okay. Mein Geschmack ist es auch nicht gerade«, stimmte Liv ihm zu. »Aber in Nigeria ist es offensichtlich sehr beliebt.«

»Was interessiert mich Nigeria? Hier ist England«, murmelte Adam. Liv brachte die Becher zurück nach oben und kippte den Inhalt ins Spülbecken.

*

Sie berichtete Sean auf dem Heimweg von seiner nächsten Spätschicht davon. Sein Lachen ließ Livs innere Anspannung, ausgelöst durch Trauer und Sorge, gleich ein wenig nachlassen.

»Na, ich weiß nicht, ob es ein Beweis dafür ist, dass er nicht aus Nigeria stammt, nur weil er kein Milo mag«, sagte er. »Aber meine Tante scheint davon überzeugt zu sein.«

»Ja. Aber das erklärt noch nicht die Sache mit dem Federgras«, sagte Liv.

Es war eine feuchte, ungemütliche Nacht. Hin und wieder nieselte es, und es war kalt genug für den ersten Schnee. Livs Hände waren eisig, ihre Finger gerötet.

»Immer noch keine Handschuhe?«, fragte Sean, als Liv in ihre aneinandergelegten Hände blies. Vor seinem Haus angekommen, blieben sie vor der Tür stehen.

»Nein. Ich habe keine mitgenommen, als ich zu meinem Vater gezogen bin. Da war es noch nicht kalt.«

»Es gibt da so Dinger, die nennt man Läden, weißt du?« Er zog seine eigenen Handschuhe aus, nahm ihre Hände in seine und rieb sie tüchtig. Dann hielt er sie einfach einen Moment fest und blickte zu ihr hinunter, als sei er in Gedanken. Er zog die Brauen zusammen. »Du musst uns nicht mehr begleiten, Liv«, sagte er. »Vielmehr denke ich, dass es Zeit wird, dass du damit aufhörst. Ich meine, es war nie als dauerhafte Einrichtung gedacht, oder? Und weißt du ... dieser Job ist einfach nicht für jeden was. Wenn du nicht in der richtigen Verfassung bist ... Wenn es dich runterzieht, hörst du besser damit auf.«

»Ich dachte mir schon, dass du das früher oder später sagen würdest. Aber es ... Es fühlt sich an, als würde ich aufgeben.«

»Das stimmt aber nicht. Das Bild von deinem Vater hängt jetzt überall — und ich werde dafür sorgen, dass es sichtbar bleibt. Ich habe sein Foto so oft gesehen, dass ich ihn inzwischen im Dunkeln von hinten erkennen würde. Ich verspreche dir, weiter nach ihm Ausschau zu halten.«

Jedes Mal, wenn sie sich auf die Suche begaben, jedes Mal, wenn sie Martin nicht fanden, verstärkte sich Livs Gefühl, sich auf einer endlosen leeren Straße zu befinden, und sie fühlte sich noch entmutigter. »Ich werde ihn nicht finden, stimmt's?«

»Ich … Ich weiß es einfach nicht, Liv. Vielleicht findest du ihn. Vielleicht finden wir ihn. Aber vielleicht … Oft ist es einfach sehr schwer, jemanden zu finden, der nicht gefunden werden will.«

»Ich weiß. Und du hast mir wirklich sehr geholfen.«

Er hielt noch immer ihre Hände. Sie verschränkte ihre Finger mit seinen, spürte seine warme glatte Haut, und plötzlich wollte sie mehr. Mehr von ihm riechen, schmecken und fühlen. Sie sah in seine Augen, die im Schatten der Straßenlaterne lagen. Er schien ihr einen Unterschlupf zu bieten. Und in dem Moment wollte sie nichts lieber als das. Sie wollte nicht zurück zum Laden gehen und zu was auch immer sie dort erwartete, sondern bei ihm bleiben und sich in seine Arme schmiegen. Eine Zeit lang etwas anderes fühlen als Leere oder Schuld oder Angst. Tief im Inneren wusste sie, dass sie bei Sean sicher war. Liv beugte sich vor, stellte sich auf die Zehenspitzen und presste ihren Mund auf seinen. Sie spürte seine weichen vollen Lippen und die Bartstoppeln an seinem Kinn. Seine kalte Nase strich über ihre Wange.

Sean hob seine freie Hand und fasste mit den Fingerspitzen ihr Kinn, dann wich er zurück.

»Du musst dich nicht bei mir bedanken«, murmelte er. »Jedenfalls nicht so.«

»Das ist auch kein Dank«, sagte Liv und küsste ihn noch einmal.

*

Sie wachte vom Schlagen der Haustür auf und war verwirrt, weil sie dachte, es müsse Adam sein. Dann fiel ihr wieder ein, wo sie war, und sie vermutete, dass einer von Seans Mitbewohnern das Haus verlassen hatte. Draußen war es noch fast dunkel. Seans Wecker, der auf dem kleinen Nachttisch stand, zeigte Viertel nach sieben an. Sie hatte nur fünf Stunden geschlafen, aber diese fünf Stunden waren vollkommen friedlich gewesen. Sie hatte so fest geschlafen, als hätte sie aufgehört zu existieren. Keine Träume, kein weinendes Baby, kein Bedürfnis zu suchen und keine blutbefleckten Gestalten, die stumm in der Dachkammer saßen. Liv lag still da und lauschte auf den Regen, der gegen das Fenster trommelte. Sie lauschte auf die fremden Geräusche im Haus — das Brummen der Heizung, Stimmen aus dem Radio jenseits der Wand —, und auf Seans tiefes, gleichmäßiges Atmen.

Vorsichtig setzte sie sich auf. Sean lag auf dem Bauch, das Gesicht ins Kissen gepresst, die Arme als Raute über seinem Kopf. Er hatte schlichte weiße Bettwäsche, und seine Haut war so dunkel, dass Liv die Umrisse seines Körpers in der Morgendämmerung nicht genau erkennen konnte. Sie hätte ihn gern berührt, wäre gern mit der Hand über seinen Körper gestrichen, um sich daran zu erinnern, wie er sich anfühlte. Um die Erinnerung für ein anderes Mal zu speichern, denn es war schön gewesen, hier mit ihm zusammen zu sein. Ihn um sich zu fühlen, zu spüren, wie er sich in ihr bewegte. So ganz anders als mit Arty, bei dem sich Sex irgendwann wie etwas angefühlt hatte, das sie ihm schuldete, etwas, womit sie ihn beruhigen konnte.

Doch jetzt fühlte sie sich seltsam und rastlos. Die ersten Anzeichen von Panik. Wie verhielt man sich, wenn man nach einer Liebesnacht zum ersten Mal neben einem Mann aufwachte? Sie wusste nicht, wie sie sich als Geliebte verhalten sollte, oder als Freundin. Wie konnte sie sie selbst sein, was sollte sie ihm sagen, und wie würde es von nun an sein? Sie hatte das bedrückende Gefühl, etwas getan zu haben, was sie nicht mehr rückgängig machen konnte. Dass sie etwas versprochen hatte, das sie nicht halten konnte. So leise sie konnte, stand Liv auf, zog sich an und schlich hinaus.

*

Zwei Stunden später schrieb Sean ihr eine Nachricht. *Hallo, alles gut? Warum hast du mich nicht geweckt? Ich hätte doch Frühstück machen können.*

Liv saß an Martins Schreibtisch und sah sich auf seinem Computer alte Fotos an. Aus dem dunklen, tief hängenden Himmel regnete es jetzt ohne Unterlass. Es war einer jener spätherbstlichen Tage, an denen es gar nicht richtig hell zu werden schien. Adam war nicht gekommen, aber aus Gewohnheit hatte sich Liv trotzdem eine heiße Schokolade gemacht, und eigentlich hätte es im gelben Lichtschein der Schreibtischlampe gemütlich sein müssen. Stattdessen fühlte sie sich nur einsam. Seans Nachricht löste ein heftiges Gefühl in ihr aus, das sie nicht ganz deuten konnte. Nicht wirklich schlecht, aber auch nicht gut. Und im Kern war auf jeden Fall Angst. Liv ließ sich eine Stunde Zeit, ehe sie ihm antwortete.

Ja, alles gut. Danke.

Sie überlegte zehn Minuten lang, was sie noch schreiben könnte, und als ihr nichts einfiel, schickte sie die Nachricht einfach so ab.

Seans Antwort kam prompt: ?

Liv stellte das Telefon auf lautlos und legte es mit dem Display nach unten auf den Schreibtisch. Sie starrte auf das Foto auf dem Computerbildschirm — Dom bei seinem Abschluss, ungelenk und mit einem entzündet aussehenden Pickel am Kinn. Sie starrte es an, ohne es wirklich zu sehen.

Sie vermisste Adam und dachte darüber nach, dass er nur

zu kommen schien, wenn sie die Nacht über in der Wohnung gewesen war und die anderen Bewohner sie gestört hatten. *Die anderen Bewohner.* Sie hatte es also immer noch nicht geschafft, nicht mehr daran zu glauben. Nicht ganz. Aber wie konnte Adam das spüren, wenn er zu dem Zeitpunkt gar nicht in der Nähe des Ladens war? Es ergab keinen Sinn. Nein, es war unmöglich, genau wie der ganze Rest. Genauso unmöglich, wie sie eine Person gesehen haben konnte, die vor über einhundertachtzig Jahren gestorben war.

Wo ist sie?

Liv schloss die Augen, doch in ihrem Kopf herrschte weiter Aufruhr. Sie stellte sich vor, wie ihr Vater mit einem Spaten versucht hatte, im Keller die alten Steine aufzustemmen. Sie dachte daran, dass sie nicht nur Dinge hören und sehen konnte, die nicht real waren, sondern sie auch roch und fühlte. Die Kälte, den Drang zu suchen, das winzige Baby, das gegen ihre Brust trat. Laurie hatte nie getreten. Sie hatte ihn gehalten, so viel wusste sie. Ganz gleich, wie sehr ihr Gehirn die genauen Details verweigerte, sie erinnerte sich, wie sie ihn im Arm gehalten hatte, und an die unwiderrufliche Stille. Sie konnte sich nur an einzelne Bilder erinnern, an Gefühlsfetzen, als sei das Ganze zu schrecklich, um es dem Gedächtnis anzuvertrauen. *Als hätte er nie existiert.* Sie verstand immer noch nicht ganz Tanyas Wut, es sei denn, weil die Erinnerungen da sein *sollten*. Es sei denn, weil die Erinnerungen in ihrem Fall umso kostbarer waren, nachdem sie nur so wenig Zeit gehabt hatte, um noch mehr sammeln zu können.

Sie schreckte auf, als es an der Tür klopfte und Vincent Conti die Ladentür öffnete.

»Hallo, darf ich reinkommen?«, fragte er, während er einen blauen Regenschirm zusammenklappte und hinter sich ausschüttelte.

»Sehr gern«, sagte Liv, die froh war, aus ihren Gedanken gerissen zu werden. »Komm rein. Hast du was herausgefunden? Über den Laden, meine ich?«

»Nein. Ich fürchte, es gibt noch nichts Neues. Ich bin nur zufällig vorbeigekommen und habe mich gefragt, wie es dir geht.«

»Ah, okay. Kaffee?«

»Das wäre wunderbar, danke. Dieses Wetter! Ich überlege ernsthaft, irgendwo zu überwintern.«

Sie blieben unten im Laden, wo es wärmer war, und nachdem Liv Kaffee gekocht hatte, setzten sie sich einander gegenüber an Martins Schreibtisch. Vincents Blick wanderte über die alten Bücher und dann über Martins Werkzeug auf dem Schreibtisch. Er nahm ein Stück edles, weiches blaues Leder von einem Stapel und strich mit dem Daumen darüber. Es versetzte Liv einen Stich, als sie merkte, dass es das Leder war, mit dem Martin das Büchlein für sie eingebunden hatte. Vielleicht war es seine letzte Arbeit gewesen. Sie schluckte, plötzlich war ihre Kehle zu eng.

Vincent lächelte traurig. »Wie kommst du klar?«, fragte er.

»Ach, du weißt schon.« Liv atmete tief durch, und Vincent nickte.

»Ja.« Er trank einen Schluck Kaffee. »Jemanden zu verlieren, ist mit das Schwerste, das wir Menschen ertragen müssen. Wenn nicht sogar das Schwerste überhaupt. Doch der einzige Weg, es zu umgehen, ist, nicht zu lieben.« Er breitete die Arme aus. »Und wäre das nicht schrecklich?«

»Bitte erzähl mir nicht, ich sollte tapfer sein«, sagte Liv aufgewühlt.

»Das würde mir im Traum nicht einfallen.« Vincent klang beleidigt. »So eine Plattitüde. Ich würde viel eher so etwas sagen wie *coraggio* ... Oder etwas Kluges von Shakespeare zitieren — oder einen lateinischen Spruch. *Hoc quoque transibit* vielleicht.«

Für einen winzigen Moment musste Liv lächeln.

»Schon besser«, sagte Vincent.

»Er …« Liv verstummte. Sie hatte Vincent erzählen wollen, dass man Martin gesehen hatte. Dass Martin lebte. Doch die Worte erstarben auf ihren Lippen. Sie suchte tief in ihrem Inneren nach den letzten Hoffnungsfetzen. »Ich … Ich kann einfach nicht glauben, dass er es getan hat. Ich kann nicht glauben, dass es ihm so schlecht gegangen ist, so plötzlich … Bis zum April ging es ihm gut. Es ist ihm jahrelang gut gegangen! Und davor war er noch nie so krank, dass er … Er hat noch nie versucht, sich umzubringen, nicht einmal, als er damals seinen Zusammenbruch hatte. Warum also jetzt?«

Vincents freundliche Miene wich tiefer Beunruhigung, und Liv erinnerte sich, dass ihr dieser Ausdruck schon beim letzten Mal aufgefallen war, als sie über Martin gesprochen hatten. »Was ist?«, fragte sie. »Was verschweigst du mir?«

»Mein liebes Mädchen … ich bin hin und her gerissen, weil ich deinem Vater etwas versprochen habe, dir aber zugleich gern etwas erzählen würde, das dir — wenn auch auf traurige Weise — vielleicht helfen könnte.«

»Bitte erzähl es mir.«

Vincent seufzte traurig. »Er hat es schon einmal versucht. Es tut mir leid. Und er hat mindestens zweimal im Laufe der Jahre von … Suizidgedanken gesprochen.«

»Was?«, flüsterte Liv. Ihr wurde schwer ums Herz, es fühlte sich an, als läge ein Stein in ihrer Brust.

»Olivia, es tut mir leid. Er wollte nicht, dass du es weißt — er wollte nicht, dass es irgendjemand erfährt.« Vincent drückte ihre Hand. »Er war krank, verstehst du? Und nachdem es ihm etwas besser ging, nun ja … hat er sich geschämt. Bei psychischen Erkrankungen spielt die Scham eine enorme Rolle, dabei macht sie alles nur noch schlimmer. Und er wollte dich nicht beunruhigen.«

Liv spürte, wie das Blut aus ihrem Kopf wich. Ihr wurde schwindelig und übel. Vincents Hand war zu warm, und sie zog ihre weg, irgendwie brauchte sie Raum zum Atmen.

»Wann?«, stieß sie hervor. »Wann war das?«

»Als du dein Examen gemacht hast. Wann war das? Vor vier Jahren? Vor fünf?«

»Fünf.«

»Er war außer sich bei der Vorstellung, dass er dir deine Noten versauen könnte.«

»Er … war verreist. Er hat mir erzählt, er wäre in Italien gewesen und hätte dort einen Kurs gemacht. Irgendwas mit Papierherstellung.«

»Verstehe. Nein. Er wollte erst wieder ganz gesund sein, bevor du ihn siehst.«

»Was hat er getan? Ich meine, wie hat er versucht …«

»Er hat eine Überdosis Tabletten genommen. Aber er wurde noch rechtzeitig ins Krankenhaus gebracht. Vielleicht hatte er nicht genug genommen — ich habe mich immer gefragt, ob ihn vielleicht seine Größe gerettet hat.«

»Wer hat ihn gefunden?«

»Das weiß ich leider nicht.«

»Wusste meine Mutter davon?«

»Das weiß ich auch nicht.«

Tränen tropften von Livs Kinn auf ihre Jeans; sie hatte noch gar nicht gemerkt, dass sie weinte. Sie fühlte sich getäuscht, hintergangen. Immer hatte sie gedacht, sie wüsste alles über ihren Vater. Dass sie offen über alles gesprochen hätten. Doch dann fiel ihr ein, wie sie ihn ebenfalls in ihren

407

schwersten Stunden ausgeschlossen hatte. Dass sie es nicht hatte ertragen können, so gesehen zu werden.

»Wenn ich es gewusst hätte …« Sie hatte Schwierigkeiten zu sprechen und bekam kaum Luft. »O Gott, wenn ich es gewusst hätte, hätte ich nicht … Dann hätte ich mich damals *gezwungen*, ihn zu sehen. Ich wäre aufgestanden und … und …«

»Bitte hör auf damit …«

»Nein! Ich habe ihn zurückgestoßen! Ich habe ihn ausgeschlossen, und er … Und diesmal hat er es wirklich getan, oder?«

»Olivia, hör mir zu. Ob er es nun getan hat oder nicht, aber glaubst du ernsthaft, dass ein gesunder Mann sich das Leben nehmen würde, weil es seiner Tochter schlecht geht und sie ihn nicht sehen will? Im Ernst?«

»Aber er …«

»Wenn Martin gegangen ist, dann weil er unter seiner Krankheit gelitten hat — und dieses Leiden hatte nichts mit dir zu tun. Das *musst* du doch verstehen, du bist doch ein kluges Mädchen, und das ist die Wahrheit.«

»Wie konnte er es dann tun? Wie konnte er gehen und … und mich zurücklassen? Als ich ihn gebraucht habe … Ich brauche ihn so sehr …« Ihr heftiges Schluchzen hinderte sie daran weiterzusprechen.

Vincent legte ihr eine Hand auf den Arm, und als sie aufsah, schaute er ihr durchdringend in die Augen. »Du kennst dich mit Depressionen doch ein bisschen aus, oder? Offenbar hat er keine andere Möglichkeit mehr gesehen. Er konnte den Schmerz nicht länger ertragen. Er hatte das Gefühl, dass du besser ohne ihn dran bist. Eine Depression lügt, aber sie ist sehr überzeugend, und vielleicht hat sie ihn am Ende überzeugt. Aber eins weiß ich ganz sicher und ohne jeden

Zweifel: Es ist nicht deine Schuld. Und er hat dich geliebt, Olivia. Mein Gott, er hat dich über alles geliebt.«

*

Der Tag ging früh zur Neige, bereits zur Teezeit war es wieder dunkel. Liv dachte nach. Durch die Tränen fühlte sie sich gereinigt, doch auf ihrem Kopf lastete noch immer ein Druck. Sie versuchte, sich zu sagen, dass jeden Augenblick ihr Telefon klingeln konnte, dass eine der Unterkünfte für Obdachlose anrufen und ihr Neuigkeiten von Martin berichten könnte, doch es gelang ihr nicht mehr, sich davon zu überzeugen.

Sean schickte ihr keine Nachrichten mehr, rief jedoch am frühen Abend an. Liv ließ den Anruf auf die Mailbox laufen.

»Hallo, Liv, hier ist Sean. Ich wollte nur Hallo sagen.« Eine lange Pause, in der man ihn gehen hörte, er war irgendwo draußen unterwegs. »Ich hoffe, es ist alles cool. Ruf mich zurück, wenn du kannst, vielleicht können wir was zusammen trinken oder so. Okay. Bis dann.«

Nachdem er aufgelegt hatte, empfand sie die Stille noch intensiver. Liv ging in die Küche, öffnete eine Flasche Wein und setzte sich damit an den Tisch. Ihre Hände zitterten. Wahrscheinlich sollte sie etwas essen, aber es war nichts mehr im Kühlschrank, und sie war außerdem viel zu aufgewühlt. Nur den Wein bekam sie herunter, warm und sauer lag er in ihrem Magen und verlieh allem eine leichte Unschärfe.

Sean würde sich irgendwann nicht mehr melden. Er würde aufhören, anzurufen und ihr Nachrichten zu schicken, und dann war es vorbei. Sie war sich aber sicher, dass er sie trotzdem informieren würde — oder einen Kollegen darum bitten würde —, wenn er irgendetwas von Martin hörte. Sie kannte ihn bereits gut genug, um zu wissen, dass er bei so etwas Wichtigem Privates zurückstellte. Er war viel zu nett, zu anständig, um es nicht zu tun.

Liv schloss die Augen. Sie hatte ihm nichts zu geben. Sie hatte niemandem etwas zu geben. Sie kam sich vor wie ein Hohlraum, in den gute Menschen vergeblich Aufmerksamkeit und Hilfe fließen ließen. Sie saugte alles auf, ohne jemals etwas zurückgeben zu können.

Liv leerte die Weinflasche und legte den Kopf auf den Tisch, als der Schlaf sie übermannte und Küche und Wohnung in Dunkelheit versinken ließ. Sie sehnte sich nach der Besinnungslosigkeit der Nacht zuvor, als sie in Seans Armen eingeschlafen war und gar nichts geträumt hatte. Doch schon nach wenigen Sekunden schreckte sie wieder hoch und riss ruckartig den Kopf nach oben, weil die Schreie des Babys durch die Dunkelheit hallten und jemand oben gegen die Tür der Dachkammer schlug und flehte, herausgelassen zu werden. Liv konnte es keinen Moment länger ertragen.

»Aufhören!«, rief sie. »Bitte, hör auf!«

In der anschließenden Stille registrierte sie einen konstant hohen Ton in ihren Ohren, wie die vorübergehende leichte Taubheit und das Piepen nach einem zu lauten Konzert. Sie wusste nicht, ob sie es tatsächlich hörte oder ob es nur in ihrem Kopf existierte – sie konnte es nicht länger unterscheiden –, und dann ging alles wieder von vorne los.

Stolpernd und gegen die Wände taumelnd, stieg Liv zur Dachkammer hoch, und diesmal saß das Mädchen bereits dort, an genau demselben Platz und in derselben Haltung wie beim letzten Mal. Schweigen legte sich über den Raum und mit ihm ein erschütterndes Beben. Liv biss die Zähne zusammen, damit sie aufhörten aufeinanderzuschlagen. Das formlose Kleid des Mädchens war mit denselben hässlichen

Flecken beschmutzt, und ihr langes rötliches Haar hing ihr schlaff über die Schultern. Ihr blasser, verletzlicher Hals war nach vorn geneigt.

Liv wusste nicht, ob sie das Gesicht des Mädchens unbedingt oder auf gar keinen Fall sehen wollte. Ihr Herz schlug angestrengt, und mit jedem Schlag zog sich ihre Brust enger zusammen. Das Schweigen wurde mit jeder Sekunde lauter.

»Wer bist du?«, fragte sie. Wie in Träumen häufig die Beine zu schwer sind, um davonlaufen zu können, war jetzt ihre Zunge zu träge, bis sie sie kaum noch bewegen konnte. Es klang, als würde sie lallen, als sei sie viel betrunkener, als es tatsächlich der Fall war. »Was willst du?«, stieß sie schließlich hervor.

Das Mädchen antwortete nicht, rührte sich nicht von der Stelle.

Liv rang um Atem. Sie wusste nicht, ob es besser oder schlimmer war, wenn die Menschen, die sie sich einbildete, ihr antworteten, und sie hätte vielleicht gelacht, wenn sie nicht so verängstigt gewesen wäre. *Was willst du?*, versuchte sie zu sagen, glaubte jedoch nicht, dass sie es geschafft hatte, es tatsächlich laut auszusprechen.

Es war eiskalt, der Raum roch nach Blut und der Asche eines kürzlich erloschenen Feuers. Dabei wusste Liv, dass in dem Haus seit Jahren kein Feuer mehr gemacht worden war. Vielleicht seit Jahrzehnten. Der Kaminschacht war zu. Ihr Herzschlag verlangsamte sich, doch es fühlte sich nicht gut an — es fühlte sich an, als sei ihr Herz zu erschöpft, um weiterzuschlagen. Als würde es vielleicht ganz stehen bleiben.

Wo ist sie?

Liv hörte die Worte durch das Piepen in ihren Ohren — oder vielleicht hörte sie sie auch gar nicht. Vielleicht spürte sie die Frage nur. Wie hypnotisiert stand sie auf.

Wo ... ist ... sie?

Dann kam die Angst, gefolgt von dem übermächtigen Drang, das weinende Baby zu finden. Irgendwo in einem Teil ihres Gehirns, der das Geschehen entsetzt verfolgte, begriff sie: Die alte Frau und das zusammengekauerte Mädchen wollten dasselbe. Die Person, die sie suchten und die zu suchen sie Liv antrieben, war ein kleines Baby, ein Mädchen. Nicht Laurie, sondern das Kind dieser Frau. Benommen und nicht in der Lage, etwas anderes zu tun, begann Liv, die Wohnung zu durchsuchen.

*

Liv wachte auf, weil ihr kalt war, und ihr war kalt, weil sie sich draußen vor der Tür befand, wo sie Adam zum ersten Mal gefunden hatte. Sie saß in der Dunkelheit, die Knie angezogen, den Kopf gesenkt, und sie hatte Schmerzen. Ihre Finger brannten, und als sie sie im Licht der Straßenlaterne untersuchte, sah sie Splitter und aufgerissene Haut. Spuren von getrocknetem Blut. Mit steifen Beinen stand sie auf, ging hinein, verschloss die Tür hinter sich und setzte sich an Martins Schreibtisch. Ihr Telefon lag noch umgedreht auf der Tischplatte. Sie nahm es, öffnete die Mailbox und klickte, ohne nachzudenken und ehe sie es sich anders überlegen konnte, die letzte Nachricht ihres Vaters an. Ihr Daumen zitterte, als sie auf Freisprechen schaltete.

»Livvy ... Livvy.« Er stieß einen schweren Seufzer aus, seine Stimme klang matt. Erschöpft. »Habe ich dir schon mal erzählt, wie ich dich einmal verloren habe? Du warst ein winziges Baby, vielleicht einen Monat alt, noch nicht mal. Deine Mutter war zu einer Untersuchung im Krankenhaus, und ich habe dich im Kinderwagen geschoben. Ich bin in einen Laden gegangen und ... hab dich eine Sekunde aus den Augen gelassen. Nur eine *Sekunde*, und dann warst du weg. Herrgott! Ich kann dir nicht sagen, wie sich das angefühlt hat. Das ... diese furchtbare Angst, dass ich dich verloren hätte.« Es folgte eine lange Pause, noch ein Seufzer, der fast wie ein Schluchzen klang. »Aber das brauche ich dir nicht zu sagen, nicht? Du weißt das, mein armes Liebchen. Du *weißt* das. Irgendein Kind hatte dich zwei Gänge weitergeschoben, das war alles. Ein kleines Mädchen, sechs oder sieben Jahre alt. Sie dachte, du wärst eine Puppe. Schon nach ein oder zwei Minuten hatte ich dich wieder, aber mein Gott, Liv, das waren die schlimmsten Minuten meines Lebens. Ich glaube nicht, dass ich jemals vorher oder jemals danach solche Angst gehabt habe, und jetzt ... Jetzt bist du wieder weg. Ich weiß, wie sehr du leidest und dass ich dir nicht helfen kann, und das ... Das macht mich fertig. Ich träume, dass ich dich verloren habe. Ich träume, dass ich dich weinen höre wie als kleines Baby, und ich suche dich, kann dich aber nicht finden, egal, wie sehr ich mich bemühe. Nacht für Nacht habe ich denselben Traum, und ich weiß einfach nicht ... Bitte, Livvy. *Bitte*.«

Es folgten einige erstickte Laute, als würde er die Hand auf das Mikrofon legen. Ein Rattern, sein Atmen, dann war er weg.

Liv ertrug es nicht.

Sie ließ das Telefon fallen und ging, ohne irgendetwas mitzunehmen, aus dem Laden.

14

1791

Ellen sah zur Uhr hinauf, die oben an der westlichen Wand der Gesellschaftsräume in der Prince Street hing. Es war ein aufwendig gestaltetes Stück, das in einem Stuckbogen angebracht und von vergoldeten Girlanden aus Früchten und Blumen, Bändern und Musikinstrumenten umgeben war. Alles wurde von dem warmen gelben Licht des schweren Kristallleuchters in der Mitte der Decke angestrahlt. Doch ganz gleich, wie prächtig die Uhr auch sein mochte, sie zeigte, dass erst sechs Minuten vergangen waren, seit Ellen das letzte Mal zu ihr hinaufgesehen hatte.

Am anderen Ende des Raums, ungefähr fünfundzwanzig Meter von der Uhr entfernt, stand das Orchester auf einer Galerie und schmetterte *The Daisied Mead*. Die Geräusche und der Geruch von ungefähr achthundert Menschen umgaben Ellen wie eine Mauer. Es war ihr wie immer alles viel zu viel, und Ellen hatte das Gefühl, aus ihrem eigenen Kopf gedrängt zu werden. Ihre Sinne vibrierten — ihr ganzer Körper schmerzte fürchterlich. Wieder blickte sie zur Uhr. Es war halb neun, und sie durfte nicht hoffen — wenn es nicht unbedingt sein musste —, vor elf gehen zu dürfen. Bethia war stets so unglücklich, wenn sie früher gehen mussten. Über dem Eingang zum Gesellschaftsraum stand auf Latein das Motto:

Musik vertreibt alle Sorgen, aber Ellen konnte sich nicht vorstellen, dass damit tatsächlich eine derartige Kakofonie gemeint war.

John Thorne war kein Mitglied des Vereins, der die Gesellschaftsräume betrieb, bemühte sich jedoch darum. Mitglied konnte nur werden, wessen Familie als passend beurteilt wurde, worüber der Zeremonienmeister befand, ein schrecklicher kleinlicher Wichtigtuer. Darum konnten John Thorne und Philadelphia, Bethia und Ellen nur alle vierzehn Tage donnerstagabends an den öffentlichen Bällen teilnehmen. Sie mussten pro Kopf fünf Schillinge bezahlen, und sie durften nicht selbst zum Tanz auffordern. Doch das war egal. Wichtig war, dass Bethia mit Rupert Cockcroft zu *The Daisied Mead* tanzte und dabei sehr hübsch und sehr glücklich aussah. Die Bewegung zauberte einen rosigen Glanz auf ihre Wangen und ließ ihre Augen funkeln.

Zu ihrem Sextett gehörten auch Alexandra Cockcroft und Richard Beaumont, der über ein derart üppiges Einkommen verfügte, dass Bethia nach Luft geschnappt und Ellen es gleich wieder vergessen hatte. Ellens Vater war ins Kartenzimmer gegangen. Tante Philadelphia saß neben ihr, fächerte sich Luft zu und plauderte, scheinbar ohne Atem zu holen, mit ihrer Nachbarin. Ellen war froh, dass sie nicht in die Unterhaltung miteinbezogen wurde.

Sie tanzte gern. Was sie weniger gern mochte, war, dass ihre Hände anschließend manchmal noch nach den jeweiligen Herren rochen. Sie mochte auch nicht, wie ihre besten Schuhe die Zehen zusammendrückten, sodass sich der Nagel vom kleinen Zeh in den Nachbarzeh bohrte. Oder wie aufwendig Violet ihr Haar hochsteckte, sodass es schwer an ihren Schläfen zog und ihre Kopfschmerzen noch verstärkte.

Wie gern hätte sie ihre Schuhe ausgezogen, die Zehen gestreckt und sich mit den Fingern über die Kopfhaut gerieben, und dieser Drang ließ eine Erinnerung an ihre Mutter in ihr aufsteigen. Voller Mitgefühl hatte sie Ellen angesehen, als diese unter einem Strohhut gelitten hatte, den sie zur Kirche hatte tragen müssen. Er hatte auf ihrer Stirn gekratzt und sie gestört, doch ihr Vater bestand darauf, dass sie ihn trug. *Ellen, du musst dir leider alle Mühe geben, es zu ertragen*, hatte er gesagt.

Ihre Mutter hatte ihr den ganzen Gottesdienst hindurch beruhigend über den Handrücken gestrichen, und später hatte sie den Strohhut mit einem Stoffrest ausgeschlagen, sodass er nicht mehr kratzte. Jetzt strich sich Ellen mit der eigenen Hand über den Handrücken, fuhr mit dem Daumen über die Haut, die Sehnen und Knöchel. Es war zwar nicht dasselbe, aber ein bisschen half es dennoch. Die Tänzer bewegten sich vor und zurück, drehten sich im Kreis, kreuzten einander und kehrten wieder auf ihre Ausgangsposition zurück. Lächeln, schüchterne Blicke und stolz herausgestreckte Brüste. Die Uhr tickte und zeigte acht Uhr dreiundvierzig an.

Um neun wurde in einem kleineren Seitenraum, in dem es etwas kühler war, Tee serviert, und Ellen war dankbar für die Gelegenheit, sich zu bewegen. Bethia hakte sich mit ihrem feuchten Arm bei Ellen ein, und zusammen mit Philadelphia und Alexandra Cockcroft gingen sie hinüber.

»Hast du seinen Blick gesehen, als er meine Hand genommen hat?«, fragte Bethia.

»Allerdings.« Rupert Cockcroft hatte sie auf dieselbe Art angesehen und die Augenbrauen hochgezogen, wie er es eine Weile bei Ellen getan hatte. Sie fand das abstoßend, aber wenn Bethia sich darüber freute, dann freute sich Ellen mit ihr. Ihr war auch aufgefallen, dass Rupert immer noch hin und wieder zu ihr sah, vielleicht um ihre Reaktion auf die neue Ordnung der Dinge zu prüfen. Ellen hatte kein Verlangen, Bethia darauf aufmerksam zu machen. »Na bitte — habe ich nicht gesagt, dass er dich schon bald anhimmeln wird?«, sagte sie stattdessen.

»Ja, das hast du.« Bethia strahlte. »Schon dreimal hat er mich aufgefordert. *Dreimal*! Und der Abend ist noch jung.« Sie atmete schnell, und Ellen hoffte, dass es nicht zu sehr auffiel. Philadelphia schien es ebenfalls zu bemerken.

»Eine Dame keucht nicht, Bethia«, tadelte sie leise.

Sofort schloss Bethia den Mund und richtete sich gerade auf. Ihr Lächeln verblasste zu einer beherrschten Miene allgemeiner Freude über die Gesellschaft. Wenn es um Rupert Cockcroft ging, schien Bethia sich vollkommen zu vergessen. War sie tatsächlich in ihn verliebt? Ellen hoffte unwillkürlich, dass sie es nicht war. Sie hatte das Gefühl, dass Rupert deutlich zu viele Möglichkeiten hatte, um sich schon bald für Bethia zu entscheiden. Aber vielleicht unterschätzte sie ihre Schwester — Bethia war klug, hübsch und anständig, und sie sang wunderschön. Ellen lächelte sie an und hoffte, dass alles gut ausgehen würde.

Sie passierten die hohen Doppeltüren, die zum Kartenzimmer führten. Damen waren dort nicht zugelassen. Ellen sah hinein, suchte nach ihrem Vater und entdeckte stattdessen Balthazar. Ein Kribbeln durchlief ihren Körper und breitete sich wie warmes Wasser bis in ihre Fingerspitzen und Zehen aus. Er spielte ein Spiel mit seinem Herrn, Samuel Cockcroft, und vier anderen Herren. Seine Miene war ganz und gar reglos und ließ nicht erkennen, wie gut oder schlecht es um ihn stand. Cockcrofts Gesicht hingegen war dunkelrot angelaufen und glänzte, er blies die Wangen auf und kniff die Augen zu Schlitzen zusammen. War es klug für einen Sklaven, seinen Herrn im Kartenspiel zu schlagen? Oder spielten sie als Partner zusammen? Ellen hätte es gern gewusst.

Balthazars Gesicht war das einzige schwarze im Raum, und er zog die Blicke auf sich, so viel konnte Ellen sehen. Unfreundliche Blicke von Passierenden und von den Männern an den anderen Tischen. Sogar von den Männern an seinem eigenen Tisch. Ellen starrte ihn ebenfalls an und fühlte sich gleich besser. Ihre Füße hörten auf zu schmerzen, ihr Haar riss nicht mehr an ihrer Kopfhaut, und die Spannung in ihrem Kopf ließ nach. Sein Anblick war Balsam.

Balthazar sah hoch, als habe er gespürt, dass sie ihn beobachtete. Ellen hob die Hand zum Gruß, und ein Lächeln spielte um seine Lippen, bevor er den Blick wieder senkte. Cockcroft bemerkte das Lächeln und sah in Ellens Richtung, und Ellen ließ mit klopfendem Herzen die Hand sinken. Cockcrofts Blick fühlte sich so völlig anders an. Als würde er sie mit seinen Augen nackt ausziehen.

Später, gegen Ende des Abends, kam Balthazar zu ihr. Sie stand bedrückt und sich Luft zufächelnd in einer der Nischen an der südlichen Wand. Gerade hatte sie einen Kontratanz mit dem jüngeren Bruder eines anderen Geschäftsfreundes ihres Vaters getanzt, einem Importeur von skandinavischem Stahl. Wieder beobachtete sie die Uhr, überzeugt davon, dass der Minutenzeiger um zwanzig vor elf stehen geblieben war.

»Sie mögen wohl keine gesellschaftlichen Zusammenkünfte, Miss Thorne«, sagte Balthazar und erschien neben ihrem Ellbogen. »Für jemanden, der Vogelgesang einer Unterhaltung vorzieht, muss es hier sehr laut sein.«

»Ja, viel zu laut«, sagte Ellen. Die Knoten in ihrem Inneren lösten sich, und sie konnte leichter atmen. »Haben Sie das Spiel gewonnen?«

»Ich bin nicht da, um zu gewinnen, Miss Thorne. Ich bin da, um seine Gegner zu durchschauen, sie dazu zu reizen, ihren Einsatz zu erhöhen, und dann auszusteigen, sodass er ihr Geld bekommt.«

»Aber ist das nicht Betrug?«

»Mein Herr spricht lieber von *Strategie*.« Balthazar lächelte. »Und heute Abend waren wir ziemlich erfolgreich. Manchmal allerdings«, er senkte die Stimme, »vergesse ich mich. Ich vergesse die Regeln — dass ich ein armer einfacher Neger bin — und streiche ganz zufällig *sein* Geld ein.«

»Ich kann mir nicht vorstellen, wie rot sein Gesicht bei diesen Gelegenheiten aussieht«, sagte Ellen, und Balthazar lachte.

»Also, Miss Thorne, würden Sie mir die große Ehre erweisen, mir den letzten Tanz zu schenken?«

»Aber ...« Ellen sah ihn erschrocken an. »Ist das ... erlaubt?«

»Zu tanzen? Nun, warten Sie. Ich habe meine fünf Schillinge bezahlt. Ich bin korrekt gekleidet mit Kniehosen und Strümpfen. Ich trage Schuhe, keine Stiefel, und ich habe meine Waffen an der Tür abgegeben. Also — ich wüsste nicht, was dagegenspricht.«

»Ich dachte nur ... der Zeremonienmeister ...«

»Ist ein Freund von mir. Zumindest bis er mir das Darlehen zurückzahlt, das ich ihm im letzten April gewährt habe. Und es heißt, dass der letzten Gruppe noch ein Paar für *The Jew of Mogadore* fehlt. Also, was sagen Sie, Miss Thorne?«

»Ich sage Ja. Ich tanze mit Ihnen.«

Während des Tanzes durfte Ellen ihn ansehen, ohne dafür getadelt zu werden, und das tat sie. *Wie ein König*, dachte sie und beobachtete, wie das Licht auf seiner dunklen Haut schimmerte und durch die Wärme ein feiner Glanz auf seine

Oberlippe trat. Er bewegte sich stolzer als irgendein anderer Mann im Saal, doch ohne dabei wie ein eitler Geck zu wirken. Er war vollkommen zu Recht stolz. Seine Würde war echt. Ein solcher Mann müsste sie eigentlich einschüchtern, doch stattdessen fühlte sich Ellen ruhig und sicher — ganz und gar wohl. Wie wenn der Westwind wehte, der aus Irland kam und ihre Lungen mit Leben füllte. Sie spürte deutlich ihren festen gleichmäßigen Herzschlag, und wenn er ihre Hand nahm, um sie zu führen, sehnte sie sich danach, die Handschuhe abzustreifen.

Balthazar musterte sie ebenfalls, und in seinen Augen lag eine Frage, die Ellen noch nicht lesen konnte. Doch sie wollte es so gerne. Sie wusste, was immer er sie fragen mochte, ihre Antwort würde Ja lauten. Sein Lächeln bereitete ihr jedes Mal ein wundervolles Kribbeln.

Erst gegen Ende des Tanzes merkte sie, dass die anderen Damen aus ihrem Sextett vor Missfallen das Gesicht verzogen und ihre Finger einen Zentimeter über seinen schweben ließen, wenn sie dran waren, damit ihre Hände die seinen nicht berührten. Erst ganz am Ende hörte sie, wie sich jemand laut beim Zeremonienmeister beschwerte. Es war unmöglich zu überhören.

»Das ist einfach unanständig! Ein Neger — ein *Sklave* — hat in der vornehmen Gesellschaft nichts zu suchen. Es interessiert mich nicht, ob er Eintritt bezahlt hat. Das darf man nicht dulden!«

Ellen knickste tief, als die Musik verstummte. Balthazar nahm ihre Hand, um sie von der Tanzfläche zu führen, doch stattdessen eilte Bethia zu ihr und zog sie am Arm fort. »Komm, Ellen, unsere Kutsche wartet«, sagte sie knapp, ohne Balthazar zu beachten. Philadelphia stand an der Tür und war in ein Gespräch mit John Thorne vertieft.

»Aber es …«

»Vergiss es, komm!«

»Gute Nacht, Miss Thorne. Ich danke Ihnen nochmals«, sagte Balthazar, und Ellen reckte den Kopf nach ihm, während sie fortgezogen wurde. Sie sah, dass der aufgebrachte Mann, der sich so laut empört hatte, Rupert Cockcroft war, und sein wütender Blick traf ihren. Es gab auch noch andere vernichtende Blicke von Damen und Herren gleichermaßen. Ellen scherte sich nicht um sie, sie interessierte nur Bethias vernichtender Blick.

Doch ihre Finger waren noch warm, wo Balthazar sie berührt hatte.

*

Auf dem Heimweg weinte Bethia, und als sie zu Bett gingen, sprach sie kein Wort mit Ellen. Ihre Missbilligung lag wie ein eisiges Frösteln in der Luft. Am nächsten Tag rief John Thorne Ellen in sein Arbeitszimmer.

»Deine Mutter hat sich auch nicht für die bessere Gesellschaft interessiert«, sagte er anstelle einer Begrüßung. Er schnaubte leise und riss das Kinn hoch. »Wie konnte sie auch, schließlich kam sie aus einer Familie von Fischverkäufern.«

Ellen sagte nichts. Die Art, wie ihr Vater manchmal über ihre Mutter sprach, gefiel ihr nicht. Als hätte er sie nicht geliebt — was nicht stimmte. Als bedauerte er es, sie geheiratet zu haben — was nicht sein konnte. Manchmal wirkte es, als würde ein anderer Mensch aus ihrem Vater sprechen. Seine Schwester Philadelphia vielleicht. Oder die wichtigen Männer, mit denen er nun Geschäfte machte und zu denen er so gern gehören wollte. Ellen musterte ihn genau, um sicher zu sein, dass er noch derselbe Mann war. Das schüttere silberne

Haar und den Schnurrbart, das lange Gesicht und die hageren Wangen. Die kastanienbraunen Augen, die Ellen von ihm geerbt hatte, die schmale Figur und die Hände mit den langen Fingern.

Er fing ihren Blick auf. »Wie sehr du mich manchmal an sie erinnerst!«, sagte er leise.

»Sie fehlt mir so«, sagte Ellen. »Ich wünschte, sie wäre noch bei uns.«

»Natürlich.« John nickte. »Aber wäre deine Mutter nicht gestorben, hättest du Bethia nicht als Schwester bekommen. Manchmal führen traurige Dinge doch zu etwas Gutem.« Er schwieg eine Weile, als habe er den Faden verloren. »Wenn wir aufpassen, wird Bethia eine gute Partie machen«, sagte er und richtete den Blick aus dem Fenster. »Du kümmerst dich nicht um euer beider Zukunft, wie es angemessen wäre, Ellen. Du beachtest keine heiratswürdigen Männer. Willst du als alte Jungfer enden? Als Last für deine Familie?«

»Nein, Vater, ich will nur …«

»Gut. Denn du wirst eine gute Partie machen, Ellen. Und wenn du nicht selbst jemanden wählst, werde ich jemanden für dich aussuchen.« Seine Miene wurde hart. »In den drei Jahren, die du jetzt ausgehst, hast du dich für keinen Mann interessiert – für keinen einzigen –, und jetzt interessierst du dich für einen *Neger*? Den Sklaven von einem guten Bekannten, dessen Sohn sich eine Weile um dich bemüht hat. Hast du den Verstand verloren?«

»Es war nur ein Tanz«, sagte Ellen mit geröteten Wangen.

»Verflixt, Mädchen! Sieh doch nur, wie du errötest! Jetzt hör mir mal gut zu. Du wirst Bethias Chancen bei den Cockcrofts nicht ruinieren – oder deine eigenen bei jemand anderem –, indem du dich mit dem Sklaven der Cockcrofts anfreundest, nachdem du seinen Erben hast abblitzen lassen. Hast du mich verstanden?«

»Ja, Vater.«

»Es ist mir todernst. Auch wenn man von einem wie ihm, der von niederer Geburt ist, nicht erwarten kann, dass er seinen Platz kennt, *du* kennst ihn. Cockcroft hat an dem Mann ohnehin schon seine Zweifel. Oh, er ist der beste Kammerdiener, den sich ein Mann wünschen kann, aber er verhält sich unangemessen. Er wird immer dreister. Er meint, er sei einer von uns, vermute ich. Verleiht Geld, wie ich höre. Trinkt zu viel. Riskiert Blicke, wo es nicht schicklich ist.«

John starrte seine Tochter wütend an, und Ellen spürte, wie ihr Herz schwer wurde. *Eines Tages wird er ein freier Mann sein.* Das wagte sie nicht zu sagen. Im kühlen Licht, das durchs Fenster hereinfiel, sah ihr Vater hart und unerbittlich aus. Ellen wollte sein Gesicht berühren, den Puls unter seiner Haut spüren. Sie wollte einen Beweis, dass er noch der Mann war, den ihre Mutter einst geküsst, gehalten und geliebt hatte.

»Wenn er nicht aufpasst, landet er noch auf einem Schiff und wird auf die Plantagen zurückgeschickt, um Zuckerrohr zu ernten. Und du wirst ihn nicht mehr sehen und nicht mehr mit ihm sprechen. Wir können nur hoffen, dass die kleine Vorstellung des gestrigen Abends schnell vergessen sein wird.«

John Thorne hielt seinen Blick unverwandt auf Ellen gerichtet, bis sie schließlich stumm nickte.

*

Bethia vergab Ellen erst, als fast vierzehn Tage später eine Einladung zu einem Abend mit Musik und Gedichten bei den Cockcrofts eintraf. Die Einladung richtete sich an sie alle vier, und Bethia sah sofort hoch.

»Aber du wirst doch nicht etwa mitkommen, oder?«, fragte sie ängstlich.

Ellen sah zu Tante Philadelphia, die unentschieden schien, was in diesem Fall das Beste war.

»Nur wegen dieses Tanzes«, fuhr Bethia fort. »Balthazar könnte meinen, er habe das Recht, mit dir zu sprechen — als *Person* vor *allen*. Es wäre zu beschämend!«

»Dann werde ich nicht mitkommen«, sagte Ellen.

Philadelphia sah von einer zur anderen, versank nachdenklich in ihrem Mehrfachkinn und nickte dann. »Es ist am besten so, Ellen. Es wird viel leichter, die ganze Geschichte zu übergehen und nicht mehr darüber zu sprechen, wenn du nicht dabei bist. Das nächste oder übernächste Mal ist es ziemlich sicher schon vergessen.«

»Vielleicht bin ich bis dahin schon verlobt«, sagte Bethia mit leuchtenden Augen.

»Heute habe ich gehört, dass Marianne Hemsworth demnächst von Shropshire herunterkommt, um das Frühjahr hier bei ihrer Patentante zu verbringen«, sagte Philadelphia bedeutungsvoll. »Es heißt, man habe selten ein schöneres und vollkommeneres Mädchen gesehen. Und sie wird siebentausend im Jahr erben.«

Bei dieser Nachricht erblasste Bethia. »Wann?«, flüsterte sie. »Wann trifft Miss Hemsworth ein?«

»Das konnte ich nicht herausfinden, aber ich denke, schon in wenigen Wochen.«

Alle schwiegen eine Weile, während sie die schlechte Nachricht verarbeiteten. Ellen wusste nichts zu sagen — sie konnte Bethia nicht Ruperts Treue versichern, denn es schien ihr offensichtlich, dass er dafür viel zu unreif war. Wenn sie ihr nur helfen konnte, indem sie sich fernhielt und versteckte, dann würde sie das tun.

Als Ellen das nächste Mal zum Kaffeehaus ging, musterte Cleo sie kritisch und hielt sie an den Oberarmen fest.

»Was ist los? Bin ich krank?«, fragte Ellen.

Cleo hob die Augenbrauen. »*Oui*, so könnte man es ausdrücken.« Dann lachte sie. »Susannahs Mädchen ist verliebt, stimmt's?«

»Wie bitte?« Die Röte schoss Ellen in die Wangen. Konnte es etwa jeder sehen? »Woher weißt du das, Cleo?«

»Sei still, ich versuche zu sehen, wer der Glückliche sein mag ...«

Ängstlich machte Ellen sich von ihr los und wandte das Gesicht ab.

»*Mais, non* ... wirklich?«, flüsterte Cleo.

Als Ellen wagte, sie anzusehen, zog Cleo so fest die Brauen zusammen, dass sich zwischen ihnen eine dunkle Falte bildete, die aussah wie der Schnitt von einem Messer. Die Ärmel hatte sie bis zu den Ellbogen aufgerollt, das verwaschene blaue Kleid umspielte ihre Knöchel. Ihre Füße steckten in einfachen Lederschlappen. Sie stand da, als wäre sie jeden Moment bereit zu fliehen, und wirkte fast ängstlich.

»Aber das kann doch nicht schlecht sein, oder?«, flehte Ellen. »Sagen das nicht all die Lieder? Liebe kann niemals schlecht sein.«

»*Non*, sie ist niemals schlecht«, sagte Cleo. »Aber sie kann gefährlich sein.«

»Wie das? Keiner weiß es — nur du. Und du wirst es doch niemandem sagen? Versprich mir, dass du es für dich behältst!«

»Natürlich! Was denkst du denn? Nicht einmal deiner

Tante. Aber wenn ich es so deutlich sehe, als würdest du eine Fahne schwenken, sehen es andere vielleicht auch. Du musst vorsichtig sein, Kind.«

»Das bin ich! Ich bemühe mich. Aber ich kann das Gefühl nicht abstellen, verstehst du …« Ellen schüttelte den Kopf. Sie *wollte* es auch nicht. Es machte alles so viel besser.

Cleo zog die Brauen hoch. »Könntest du dein Herz dazu bringen, nicht mehr zu schlagen? Denn nur so könntest du das Gefühl abstellen.« Sie wandte sich wieder den Kaffeebohnen zu, die sie gerade röstete, und schüttelte den Topf. Der Duft war allgegenwärtig. »Ich habe den falschen Mann geliebt«, murmelte Cleo, und die Muskeln in ihren Armen spannten sich bei der Arbeit. »Vor vielen Jahren. Das kann zu Leid führen. Du musst sehr vorsichtig sein. Und lass mich nachdenken.«

»Danke, Cleo«, sagte Ellen, wobei sie sich nicht ganz sicher war, wofür sie sich bedankte.

Balthazar saß unten an dem kleinen Tisch am Fenster. Er war in ein Gespräch mit zwei Männern vertieft, die Ellen nicht kannte. Sie hatten die Köpfe zusammengesteckt, damit sie nicht schreien mussten. »Wer sind die?«, fragte Ellen Polly, die die Gunst der Stunde nutzte und sich, das Kinn auf die Hände gestützt, an einem freien Tisch ausruhte.

»Kennst du sie nicht?« Sie zeigte unauffällig in ihre Richtung. »Der Größere ist Falconbridge, dieser Schiffsarzt, der vor ein paar Jahren im *Bonner and Middleton's* über das Elend des Sklavenhandels geschrieben hat. Er hat sich mit Pastor Clarkson angefreundet, als dieser für seine Recherchen hier in Bristol war. Der mit dem fetten Bauch ist niemand Geringeres als Stadtrat Daubeny. Hier — in Delacroix' Kaffeehaus!« Sie schüttelte verwundert den Kopf. »Der Mann ist besessen vom *Sklavenliebling*. Er hat schon zwei Becher getrunken. Sie verfassen einen neuen Antrag, den die Gesellschaft zur Abschaffung der Sklaverei einreichen will – wichtige Geschäfte.«

»Aber Daubenys Familie besitzt doch Zuckerrohrplantagen, oder?«

»Das heißt doch nicht, dass er etwas Grässliches nicht als solches erkennen kann, das wird sich wohl noch zeigen.«

»Aber ist Balthazar denn Mitglied der Gesellschaft?«

»Ich verstehe nicht, wieso dich das überrascht, Ellen – wer kann sich mehr wünschen, dass dieser ganze Handel abgeschafft wird, als ein Sklave?«

»Natürlich, aber … wenn Cockcroft davon wüsste …«

»Nun ja, das habe ich auch gesagt. Aber allem Anschein nach findet er es nur *amüsant.* Männer wie er meinen, dass ihnen nichts etwas anhaben kann, warum sollte er sich also darum scheren?«

»Und mein Vater hat seinen ganzen Wohlstand durch den Handel erlangt, abgesehen von dem bisschen, das er anfangs nur mit den Pfeifen erwirtschaftet hat …« Ellen wurde flau im Magen. »Meinst du, das weiß er?«

»Wer? Balthazar? Es scheint mir, dass es wenig gibt, was er nicht weiß. Aber warum beunruhigt dich das?«

»Ach!« Ellen riss sich zusammen und schüttelte den Kopf. »Das tut es nicht. Nur … eine Frau hat in solchen Angelegenheiten nichts zu melden. Beim Geschäft ihres Vaters, meine ich.«

»Natürlich hast du da nichts zu melden – was denkst du denn?«

»Polly!«, blaffte Delacroix, der in der Hintertür erschien. »Beweg deinen Hintern und mach dich nützlich, *chérie.*«

Polly stand auf, und Ellen rieb mit einem Tuch über einen nassen Fleck auf dem Tisch, um den Franzosen nicht ansehen zu müssen.

Als sie ging, fing Balthazar ihren Blick auf. Sie wartete unten in der Straße, im Eingang zum Three Sugar Loaves, und nach ein paar Minuten kam er hinterher.

»Ich wollte heute Nachmittag einen Spaziergang auf den Hügel machen«, sagte sie.

»Es ist ein schöner Tag für einen Spaziergang«, stimmte er zu.

»Ich möchte die alte Millmoat Lane nehmen, dann Durdham Down.«

»Ich glaube, ich habe etwas für meinen Herrn zu erledigen, das mich in diese Richtung führt ...«

»Vielleicht begegnen wir uns dann zufällig.« Bei dem Gedanken hatte sie das Gefühl zu schweben. *Liebe kann niemals schlecht sein*, sagte sie sich. Nichts, das sich so wunderbar anfühlte, konnte jemals schlecht sein.

*

Auf dem Hügel wehte ein frischer Wind, und Ellens Finger waren schon bald eiskalt. Der Frühling war zeitig gekommen, aber er war noch jung. Die Narzissen blühten schon, die Apfelbäume jedoch noch nicht. Die Wiesen trugen ein zartes Grün, aber der Boden war noch kalt. Durdham Down war eine weite flache Wiese, auf der riesige Bäume standen, und sie saßen im Windschatten einer beeindruckenden Ulme, den Rücken an ihren Stamm gelehnt, während der Wind durch die erblühenden Zweige über ihnen strich. Sie aßen die gebrannten Mandeln, die Ellen mitgebracht hatte und die sie so sehr liebte. Das Pferd, auf dem Balthazar geritten war, fraß von dem frischen Gras, wobei das Gebiss des Zaumzeugs rasselnd gegen seine Zähne schlug. Als Balthazar bemerkte, dass Ellen zitterte, legte er ihr seinen Mantel um die Schultern. Sie saßen so nah beieinander, dass sich ihre Arme und Hüften berührten. Ellen atmete seinen Geruch ein, und seine Nähe fühlte sich so richtig und so gut an, dass sie sich kaum noch erinnern konnte, wie sie das Leben bis hierhin ohne diese Nähe ertragen hatte.

»Diese englischen Winde«, sagte er kopfschüttelnd. »Sie sind so scharf, als hätten sie Krallen! Auf den Inseln ist es nie so kalt.«

»Dann ist es dort immer warm und hell? Das muss himmlisch sein.«

»Himmlisch?« Balthazar lachte. »Leider nein. Dort hat die Sonne Krallen. Sie ist erbarmungslos.«

Ellen fragte ihn nach Afrika und den Plantagen, und er erzählte ihr freimütig seine Geschichte. Seine Wut und sein Schmerz waren wie Kernholz, sie machten ihn aufrecht und stark.

Er erzählte, wie seine Mutter ihn und seine kleine Schwester an dem Tag festgehalten hatte, als man sie aus ihrem Heim am Bach fortgeschafft hatte. Von dort, wo die Mosambikgirlitze bei Sonnenaufgang im Federgras sangen und sein Vater eine Herde dreifarbiger Ziegen hütete.

»Ich hatte noch eine Schwester, sie war noch ein Baby. Ich weiß nicht, was aus ihr geworden ist.« Er erzählte davon, wie sein Vater geschlagen worden war und dass sie ihn danach nie wiedergesehen hatten. Wie es an dem Markttag in Calabar geregnet hatte — dichter, warmer Regen, der die Tränen von Kummer und Angst weggespült hatte. Wie man ihn zu Boden gestoßen und getreten hatte, damit er dem Schiffsführer in die Augen sah. Von all dem Tod und Grauen der Überfahrt, wo sie so eng im Schiffsbauch zusammengepfercht waren, dass sie weder stehen noch gehen konnten. Von der Krankheit, mit der sich einer nach dem anderen angesteckt hatte, bis sie alle in ihrem eigenen Dreck und Elend lagen und fast an dem Gestank erstickt wären. Von den Dutzenden, die gestorben waren — darunter seine Mutter. Er erzählte, wie die Männer, die nicht angekettet waren und die Toten hochbringen sollten, die Gelegenheit nutzten und über Bord sprangen, um Gnade im Ertrinken zu finden. Wie seine Schwester sich so fest an die Leiche ihrer Mutter geklammert hatte, dass sie fast mit ihr über Bord gegangen wäre. Wie er und seine Schwester es geschafft hatten zusammenzubleiben, als sie schließlich Jamaica erreichten, und als Paar an den Vertreter von Samuel Cockcroft verkauft und zur Plantage gebracht worden waren, wo der Herr damals residierte.

»Ich war wohl zehn Jahre alt. Zumindest hat man das Cockcroft gesagt. Junge, zehn; Mädchen, acht. Er hat an dem Tag achtzehn Sklaven gekauft, um die zu ersetzen, die bei der Arbeit auf seinen Feldern gestorben waren. Meine Schwester und ich hatten Glück. Wir erhielten Namen, und man brachte uns ins Haus, um uns zu Dienstboten auszubilden. Das Leben der Feldsklaven ist wesentlich härter — die Arbeit nahm kein Ende, und jene, die nicht mehr konnten, wurden geschlagen anstatt gepflegt. So viele Menschen sind an Krankheiten gestorben — selbst der Biss eines Tausendfüßlers kann in dem Klima eitern und ein Leben kosten. Aber im Haus des Herrn zu sein, rettete meine Schwester nicht. Sie war erst zwölf Jahre alt und noch dazu sehr klein für ihr Alter, als man ihr die Jungfräulichkeit raubte. Sie starb an den Verletzungen.«

»Wer? Wer hat sie auf diese Weise umgebracht?« Ellens Gesicht war nass von Tränen, die ihre Haut kühlten. Sie fand nicht, dass sie ein Recht hatte zu weinen, aber sie konnte nicht anders. So etwas konnte doch kein vernünftiger Mensch tun. Doch dann dachte sie an die Investments ihres Vaters und die vielen, vielen Männer in Bristol, die ihr Vermögen mit der Arbeit der Schwarzen gemacht hatten. Sie hatten sich auf ihre Kosten bereichert, ehe sie ihnen das Leben genommen hatten. Ellen empfand tiefe Empörung, die sich gegen niemand anders als gegen sie selbst richtete, weil sie dieses Unrecht all die Jahre nicht gesehen hatte.

Bethia und ihr Vater mochten über die Neger sprechen, als seien sie keine Menschen und von Gott dazu bestimmt zu dienen, aber jeder, der einen Neger kennenlernte, musste ihre Menschlichkeit erkennen, die so offensichtlich war wie die Augen in ihren Gesichtern. In dem Moment begriff Ellen, dass Menschen die Sichtweise wählten, die ihnen zupasskam, und ganz bewusst ignorierten, was nicht ins Bild passte. Es sprach Bände, dass Sklaven schlechter behandelt wurden als das Vieh. Als wäre die Gewalt, die ihnen bewusst angetan wurde, eigentlich ein Zeichen für das schlechte Gewissen ihrer Besitzer. Als wüssten sie tief in ihrem Herzen, dass ihr Handeln zutiefst unrecht war, und wollten der Wahrheit auf diese Weise entkommen.

Balthazar räusperte sich.

»Wer sie umgebracht hat?«, fragte er. »Irgendeiner von Cockcrofts Gästen, glaube ich. Zweifellos ein *Gentleman*. Cockcroft war deshalb zwar verärgert, aber nicht so sehr, dass er nicht weiter mit dem Mann Geschäfte gemacht hätte.«

»Wie hieß sie? Wie hieß deine Schwester?«

»Mrs. Cockcroft hat sie Primrose genannt.«

»Nein. Wie war ihr richtiger Name? Der, den deine Mutter ihr gegeben hat?«

»Dayo«, sagte er so leise, als habe er ihn seit vielen Jahren nicht mehr ausgesprochen. »Sie hieß Dayo. In meiner Muttersprache heißt das *die Ankunft der Freude*.« Eine vereinzelte Träne glitzerte in seinen Wimpern.

»Und dein wahrer Name? Darf ich ihn wissen?«

»Ich …« Er runzelte die Stirn. »Sie dürfen ihn wissen, aber nicht benutzen. Ich bitte Sie, ihn nicht zu benutzen, denn ich bin nicht mehr dieser Junge. Ich könnte diesen Namen nicht mehr benutzen, genauso wenig, wie ich zurück nach Afrika gehen könnte. Wenn ich ein freier Mann bin, werde ich mich so nennen — ich werde meine Freiheit verkünden. Eines Tages werde ich Balthazar Freeman sein, aber meine Mutter hat mich Kambili genannt. Das bedeutet *Ich werde leben*. Ich werde leben.«

»Das wirst du. *Das wirst du.*« Ellen klammerte sich an ihn und küsste sein Gesicht, als ob sie hoffte, seinen Kummer fortzuküssen, die bittere Ungerechtigkeit. »Du wirst leben, und ich werde dir gehören. Für immer.«

»Ach, Miss Thorne, wenn das nur möglich wäre.«

»Das ist es! Eines Tages wirst du frei sein, und dann werden wir heiraten.«

»Sie würden *mich* heiraten, Miss Thorne? Einen Negersklaven?«

»Nein, nein! Du bist ein König.«

Und Balthazar lächelte. Er nahm ihre Hände und sah die Überzeugung in ihren Augen, dann lachte er. »Ein König bin ich?«, sagte er. »Dann weine nicht, Miss Thorne, denn alles wird gut.«

»Das wird es.« Ellen wollte so sehr, dass es so war.

»Obwohl ich mir nicht vorstellen kann, dass uns irgendeine Kirche trauen würde.«

»Die Quäker werden es müssen«, sagte Ellen. »Sie können dich nicht als gleichberechtigt bezeichnen, als Bruder, und sich dann abwenden und sagen, dass du es nicht wert bist, die Tochter eines Pfeifenbäckers zu heiraten.«

»Wie recht du hast.« Balthazar legte die Arme um sie

und lächelte noch immer. »Wie recht du hast, meine liebe Miss Thorne.«

*

»Er muss mich bald fragen«, flüsterte Bethia im Dunkeln.

Ellen wünschte, sie könnte das Gesicht ihrer Stiefschwester sehen, denn sie konnte ihre Stimme nicht mehr so wie früher deuten. Etwas stand zwischen ihnen, oder vielleicht waren sie auch nur erwachsener geworden und hatten sich voneinander entfernt. So weit, dass Ellen es spürte und dass es sie beunruhigte. »Wenn er nur über etwas Geschmack oder Verstand verfügt, wird er dich fragen«, sagte sie, und Bethia schwieg einen Moment. Es war ein nachdenkliches Schweigen.

In der Dunkelheit konnte Ellen noch nicht einmal Bethias Silhouette im Bett neben sich erkennen. Der Geruch der gelöschten Kerzen zog durchs Zimmer. Ellen nahm auch den Geruch ihres eigenen Körpers an der Bettwäsche wahr; bald war Waschtag. Und ganz schwach, nur an ihren Fingerspitzen, konnte sie Balthazar riechen. Sie presste ihre Finger auf die Lippen und schloss die Augen.

»Du glaubst nicht, dass er es tun wird«, sagte Bethia schließlich mit tonloser Stimme. Ellen öffnete die Augen wieder, auch wenn sie nichts sehen konnte.

»Mein Herz, wenn er es nicht tut, dann nur, weil er ...« Ellen verstummte, da Bethia es nicht mochte, wenn sie ihn beleidigte.

»Weil er was?«

»Vielleicht hat er nur Angst, dass du zu jung bist?«

»Nein, nein ... das kann nicht sein! Wir sprechen auf Augenhöhe miteinander. Wieso sollte das eine Rolle spielen? Viele Mädchen heiraten mit sechzehn.«

»Stimmt«, lenkte Ellen ein.

433

»Was dann?«, fragte Bethia.

»Bethia, was soll ich sagen? Ich hoffe sehr, dass er dir einen Antrag macht, denn ich will, dass du glücklich bist. Aber wenn er es nicht tut, ist es nicht deine Schuld, und du wirst einen anderen jungen Mann finden, der genauso gut ist, wenn nicht noch besser, und …«

»Nein, das werde ich nicht! Es gibt keinen besseren!« Bethias Stimme bebte.

»Du bist eine würdige Frau für viele gute Männer«, sagte Ellen.

»Ach, du verstehst das nicht«, sagte Bethia so kühl, dass Ellen vor Schreck verstummte. »Wie auch, wenn du dich nicht für diese Dinge interessierst? Wenn du dich nicht so benimmst, wie es sich für eine elegante Dame geziemt?«

Ellen lag schweigend und mit rasendem Herzschlag im Bett und fürchtete, dass Bethia irgendwie von ihren Gefühlen für Balthazar und von ihren Treffen mit ihm erfahren hatte. Doch nach einer Weile vermutete sie, dass Bethia einfach nicht wusste, dass Ellen überhaupt je verliebt gewesen war oder dass auch sie wusste, wie sich das anfühlte. Die Wahrheit hatte zwei Seiten — Ellen konnte nicht glauben, dass Bethia für Rupert Cockcroft empfand, was sie für Balthazar empfand. Aber vielleicht beunruhigte sie am meisten, dass sie nicht glaubte, dass Rupert Bethia liebte. Sie glaubte nicht, dass er es überhaupt konnte. Dazu war er viel zu selbstverliebt. Wenn er sie wirklich liebte, hätte er doch sicher schon vor Wochen um ihre Hand angehalten.

Je länger sie darüber nachdachte, desto mehr kam es Ellen vor, als habe sie Balthazar vom ersten Moment an geliebt, als sie ihm im Haus der Cockcrofts begegnet war. Als sei das Gefühl, zu ihm zu gehören, die ganze Zeit über da gewesen und hätte nur darauf gewartet, entdeckt zu werden. Sie war sich

Balthazars Gefühle genauso sicher wie ihrer eigenen und konnte sich nicht vorstellen, wie quälend es sein musste, wenn man an den Gefühlen des anderen zweifelte. Sie wusste, dass ihre Treffen riskant waren. Wie wütend ihr Vater wäre und was für einen Skandal sie darstellten. Aber sie musste ihn einfach sehen; sie brauchte ihn wie die Luft zum Atmen. Doch bis Bethia verheiratet war und Balthazar ein freier Mann, mussten sie vorsichtig sein. Es würde ein Geheimnis bleiben, und von ihren kostbaren geheimen Momenten durfte niemand erfahren.

Ellen hatte ihr Ziel und ihren Platz in der Welt gefunden. Was eine enorme Erleichterung war. Der Lärm der Stadt, der Gestank des Flusses, das Drängen und Schieben der anderen Menschen — ihr Atem und Schweiß, all ihre Worte und Verhaltensweisen. Die strengen Vorschriften, was Kleidung, Mode und Etikette anging. Ellen hatte sich so oft von alldem bedrängt gefühlt. Es hatte sie verwirrt. Doch bei Balthazar wurde sie ganz ruhig. Bei ihm erschütterte sie nichts — nicht die Welt und nicht ihr Platz darin.

Sie drehte sich im Bett um und spürte den Stoff des Nachthemds über ihre Beine, Arme und Brüste streichen. In jeder Faser ihres Körpers war nun die Erinnerung an seine Berührung gespeichert, und er kam ihr gänzlich verändert vor. Ihr Körper gehörte noch immer ihr, aber er gehörte auch ihm, und das fühlte sich ganz und gar richtig an.

*

Wenn das Kaffeehaus voll war, Polly abgelenkt und Delacroix geschäftlich irgendwo unterwegs, ließ Cleo Balthazar in ihrem kleinen Schlafzimmer warten, das über dem Raum lag, in dem sie arbeitete. Sie tat so, als würde sie nicht sehen, wenn Ellen dort zu ihm hinaufhuschte. Eng umschlungen standen sie zusammen, pressten ihre Körper aneinander und ertranken in ihren Küssen, bis Cleo energisch an die Decke klopfte — was sie in ihren Füßen spürten — und sie aufscheuchte. Eines Tages, als sie gerade wieder auf dem Weg nach unten waren, hielt Cleo sie auf.

»Einen Moment, *Monsieur*, wenn ich bitten darf«, sagte sie zu Balthazar.

Er neigte den Kopf. »Zu Ihren Diensten, Madam.«

Cleo schnaubte. »Die muss ich vielleicht in Anspruch nehmen. Ich brauche ein paar Dinge von euch, aber ihr müsst sie mir bereitwillig geben.«

»Was für Dinge, Cleo?«, fragte Ellen. »Wofür?«

»Das geht nur mich etwas an, Kind.« Cleo hielt eine kleine Glasflasche so fest in der Hand, dass ihre Knöchel weiß hervortraten. Ellen betrachtete die Flasche und meinte, Erde darin zu erkennen und so etwas wie Baumrinde.

Balthazar machte große Augen. »Dann haben Sie die Gabe von Obeah? Ich habe es mir fast gedacht.«

»Der Zauber ist zu ihrem Schutz«, sagte Cleo, und auf Balthazars Gesicht erschienen Sorgenfalten.

»Braucht sie das? Haben Sie es gesehen?«

»Ich spüre es. Ich spüre, dass sie näher kommen.«

»Wer, Cleo?«, fragte Ellen verwirrt.

»Manchmal genügt es nicht, vorsichtig zu sein«, sagte Cleo. »Manchmal will sich etwas einfach nicht verbergen lassen. Kommen Sie, geben Sie mir Ihre Hand — und geben Sie sie mir bereitwillig.«

Balthazar folgte ihrer Aufforderung, ohne zu zögern. Mit einem kleinen Messer in der einen Hand schnitt Cleo vorsichtig ein Stück von Balthazars Fingernagel ab und ließ es in das Glas fallen. Dann schnitt sie in seine Fingerspitze und drückte drei Tropfen Blut in die Flasche. »Ein Stück Stoff, das Sie getragen haben«, sagte sie, und Balthazar holte sein Taschentuch hervor. Cleo schnitt eine Ecke ab und tat sie ebenfalls in das Glas. »Jetzt du, *chérie*«, sagte sie zu Ellen. Ellen streckte zaghaft die Finger aus, und Cleo schlug sie fort. »Nicht so. Du musst sie mir *mit Überzeugung* geben.«

»Alles ist gut, Miss Thorne«, sagte Balthazar mit fremder, versonnener Stimme.

Ellen streckte erneut ihre Hand hin, diesmal entschiedener. Ein Nagel wurde abgeschnitten, ihr Blut genommen und ein kleines Stück vom Saum ihres Unterrocks abgetrennt. Solange sie arbeitete, schwieg Cleo, doch sobald sie die drei Dinge hatte, drückte sie den Korken in die Flasche und murmelte etwas Unverständliches auf Französisch. Ellen sah zu Balthazar und bemerkte, wie sich Schweißperlen auf seiner Stirn sammelten und er die Kiefermuskeln anspannte.

»Es ist bald bereit. Jetzt fort mit Ihnen, *Monsieur*. Delacroix ist nicht weit, und Polly wird langsam anfangen, sich Fragen zu stellen. Du bleibst noch eine Weile, *ma fille*, zerstoß mir etwas Zucker.«

»Ja, Cleo.« Ellen hätte gar nicht anders gekonnt, auch wenn sie es gewollt hätte, und Balthazar entfernte sich so folgsam wie eine Marionette. Ellen zerstieß die harten Zuckerstücke zu feinen Körnern, und der Finger, in den Cleo geschnitten hatte, fühlte sich heiß an. Er schmerzte stärker und länger, als es bei einer so kleinen Wunde normal gewesen wäre.

*

Bei anderen Gelegenheiten trafen sie sich in Privaträumen, auf dunklen Frachtschiffen, in Gaststätten auf der anderen Seite des Wassers, die voller fremder Menschen waren und in

denen Ellen noch nie zuvor gewesen war. The Seven Stars.
The Artichoke. The Worm Tub. Mehr als einmal schwankte
Balthazar, wenn er auf sie zukam, und sein Atem roch intensiv nach süßem Rum. Ellen sah, dass die Festung um seinen
unendlichen Schmerz geborsten war und er in seinem Leid
zu ertrinken drohte. Sie spürte die schreckliche Dunkelheit
um ihn und hatte Angst, dass sie ihn überwältigen könnte.
Darum hielt sie ihn fest, während er auf die Welt fluchte,
wischte ihm die Tränen fort und beobachtete, wie sein Blick
verzweifelt suchend über ihr Gesicht irrte.

»Wie ist das möglich, Miss Thorne?«, sagte er einmal.
»Wie bist *du* möglich? Wie kann es in dieser brutalen hässlichen Welt jemanden wie dich geben, und wie konnte ich
dich finden? Jemanden, der mich sieht — mein Wesen — und
mich wie einen Menschen behandelt, nachdem man mich
mehr als ein Tier erniedrigt hat? Jemanden, der ein Wesen
rettet, das so geschändet ist wie ich? *Wie?* Wie ist das möglich?«

»Es ist, wie es sein soll«, sagte Ellen, verzweifelt bemüht,
ihn zu trösten. »Es ist, wie es ist und wie es sein sollte.«

»Nein ... nein. Du kannst nicht real sein«, sagte er, und
seine Worte schmerzten Ellen.

»Ich *bin* real! Und ich gehöre dir.«

»Das ist unmöglich.« Und so ging es weiter, bis er die
Augen schloss und der Schlaf über ihn kam, und sie wiegte
ihn wie ein Kind, bis sie fortmusste.

*

Eines Tages stand sie mit Balthazar hinten im Kaffeehaus,
als Bethia zur Tür hereinkam. Sie unterhielten sich nur vor
den Augen aller Gäste und vor Polly, doch Ellen spürte, wie

sie erbleichte, und ihr schwindelte. Bethia blieb am Eingang stehen und starrte sie mit offenem Mund an. Balthazar folgte Ellens Blick, und auf seinem Gesicht erschien ein flüchtiger Ausdruck von Unbehagen, ehe er sich fasste und höflich den Kopf neigte.

Bethia kam auf sie zu. »Ich wollte dich abholen«, sagte sie mit angespannter, leiser Stimme.

»Bethia, Liebes, wie geht es dir?«, fragte Polly, das Gesicht dunkelrot vom Feuer, die Schürze voll Flecken und Kaffeespritzern.

Bethia sah sie an. »Mrs. Cooper«, sagte sie kühl, und Pollys Lächeln erstarb. Bethia würdigte Balthazar keines Blickes. »Komm mit, Ellen. Unsere Tante ist gestürzt und hat sich das Knie verletzt. Ich bin gekommen, um dich zu ihr zu bringen.«

»Ach, die arme Phila — ist es gebrochen?« Ellen küsste Polly zum Abschied und machte vor Balthazar einen höflichen, aber kurzen Knicks. »Guten Tag, Sir« war alles, was sie sagte, dann folgte sie Bethias angespannten Schultern nach draußen.

»Triffst du dich etwa dort mit *ihm*? Geht es bei deinen Besuchen darum — bist du deshalb so oft bei Tante Polly? Und diese langen Spaziergänge, die du machst? Nun ... ist es seinetwegen?«

»Nicht nur«, sagte Ellen leise.

Bethia blieb stehen und drehte sich mit ungläubigem Blick zu Ellen um. »Du leugnest es nicht einmal?«

»Wir sind Schwestern. Zwischen uns sollte es keine Lügen geben.«

»Nein? Aber offenbar gibt es *Geheimnisse* — widerliche Geheimnisse!«

Ellen sagte nichts, und sie gingen zurück in die Orchard

Street, wo Philadelphia laut klagend auf der Chaiselongue lag, das verletzte Bein hochgelagert, beide Handballen aufgeschürft und wund.

Ellen beobachtete Bethia, wie sie vielleicht ein nervöses Pferd beobachtet hätte — das mit den Hufen scharrte und mit den Ohren zuckte und biss oder trat, wenn sie nicht aufpasste. Bethia widmete Philadelphia ihr ganzes Mitgefühl und ihre Aufmerksamkeit, was ihr erlaubte, ihre Schwester vollkommen zu ignorieren. Ellens Herz schlug unregelmäßig, schon bald schmerzte ihr Kopf, und ihre Finger zitterten.

Bethia bemerkte es, als Ellen Tee einschenkte und ihrer Tante eine Tasse reichte. Sie musterte sie mit strengem Blick, und Ellen wusste nicht, was sie dachte. Es quälte sie mehr als alles andere, dass sie nicht mehr wusste, was Bethia sagen oder tun würde. Sie befanden sich jetzt in unbekannten Gewässern, und dabei wusste Bethia nicht annähernd die Hälfte. In diesem Moment — während Philadelphia gerade John, der verlegen an der Tür stand, ihr Leid wegen ihrer Verletzung klagte — beschloss Ellen, ihrer Schwester alles zu erzählen. Sie würde nicht lügen, und sie war sich sicher, dass Bethia ihr helfen würde — sie würde ihr helfen, ihr Geheimnis zu bewahren, auch wenn sie ihr nicht helfen würde, Balthazar zu sehen.

*

»Wie *kannst* du nur?«, platzte es später aus Bethia heraus, als Ellen ihr im Schlafzimmer die Wahrheit gestanden hatte — dass sie Balthazar von ganzem Herzen liebte. Dass sie für die Momente lebte, in denen sie sich trafen, in denen sie seine Stimme hören und die Berührung seiner Hände spüren konnte. »Wie ... Wie konntest du nur? Er ist noch nicht einmal ein Mann ...«

»Er ist ein Prinz unter den Männern«, sagte Ellen atemlos. »Ein *König*.«

»Er ist ... Du bist ja völlig verrückt!« Bethia sprang auf. »Du hast uns ruiniert! Du hast *mich* ruiniert! Oh, wie konntest du nur?«

»Leise! Bethia, ich bitte dich — du musst leiser sein! Ich habe uns nicht ruiniert ... Vielleicht habe ich mich selbst ruiniert, aber nicht dich — nicht, wenn niemand davon erfährt. Und es muss niemand davon erfahren, Bethia. Niemand.«

»Aber Phila ...«

»Am wenigsten von allen Phila! Bethia, begreifst du denn nicht? Niemand würde es verstehen.«

»Natürlich nicht. Genauso wenig, wie ich es verstehe!«

»Ja, genau wie ich nicht verstehe, wie du Rupert lieben kannst, und es trotzdem akzeptiere, also ...«

»Du kannst Rupert nicht mit einem *Negersklaven* vergleichen! Wie kannst du es wagen?«

»Ich liebe Balthazar genauso, wie du Rupert liebst!«, beharrte Ellen. »Und ich weiß, dass uns viele schwere Hindernisse im Weg stehen.« Ellen verstummte und erkannte die Wahrheit. *Alles wird gut*. Wie oft hatte sie ihm das gesagt, wie oft hatte sie es sich selbst gesagt, ohne sich jemals zu fragen, wie es jemals gut werden sollte?

»Auf welchem Weg?«, fragte Bethia.

»Zu unserer Hochzeit natürlich.«

»*Hochzeit*?« Bethia schien das Wort kaum aussprechen zu können. Sie starrte Ellen an, die Abscheu stand ihr deutlich ins Gesicht geschrieben. »Du warst immer schon merkwürdig, aber bist du wirklich so dämlich?«, keuchte sie, und Ellen starrte verletzt zurück. »In was für einer Welt lebst du denn? Genauso gut könntest du den Esel vom Kohlenmann heiraten oder ... oder die Chaiselonge, auf der Tante Phila ruht! Du *kannst* keinen schwarzen Sklaven heiraten!«

Die Stille lärmte, dann schien sie sich zu verfestigen. Im Zimmer wurde es kühl – zumindest dachte Ellen, dass sie deshalb zitterte. »Du musst mir helfen«, sagte sie leise, woraufhin Bethia einen verächtlichen Laut von sich gab. Die Wut machte sie hässlich – sie verlieh ihrem Mund einen scharfen, gemeinen Zug.

»Das werde ich«, sagte sie. »Ich werde dir helfen, und zwar so: Wenn du ihn jemals wiedersiehst – wenn du ihn noch einmal erwähnst oder ich auch nur vermute, dass du dich mit ihm getroffen hast, werde ich es unserem Vater sagen, und dann ist es aus. Dann wirst du umgehend fortgeschickt. Und vielleicht wird er dafür sorgen, dass Balthazar ebenfalls fortgeschickt wird – weit weg. Dorthin, wo er hingehört! Wie konntest du nur ... Wie konntest du dich nur von ihm *anfassen* lassen? Allein bei der Vorstellung dreht sich mir der Magen um!«

»Das würdest du nicht tun ...« Ellen bekam kaum noch Luft. »Du würdest mich doch nicht verraten? Jemanden, der dich liebt – deine eigene Schwester?«

»Ich ...« Bethia verkniff sich, was immer sie hatte sagen wollen, sie ließ die Schultern sinken und senkte auch das zuvor noch angriffslustig erhobene Kinn. »Ach, Ellen! Warum tust du mir das an?« Sie schlug die Hände vors Gesicht. »Was soll ich tun? Was soll ich nur tun?«

Beide schwiegen eine Weile. Bethia lief im Zimmer auf und ab, dann drehte sie sich wieder zu Ellen um. »Also gut. Ich werde dein Geheimnis für mich behalten, weil ich es muss«, sagte sie. »Dein Ruin wäre auch mein Ruin, darum darf niemals jemand von dieser ... dieser Abscheulichkeit erfahren. Aber das muss ein Ende haben. Und zwar sofort — es ist schon vorbei — heute. In diesem Moment. Das musst du mir versprechen, Ellen, oder ich werde dich nicht länger als meine Schwester bezeichnen.«

»Bethia. Ich fürchte, es ist zu spät, um es einfach zu ignorieren.«

»Es ist nicht zu spät. Es *wird* einfach ignoriert!«

»Nein.« Ellens Herz schlug so heftig, dass es schmerzte, aber sie wusste, dass sie die Wahrheit nicht länger verbergen konnte — nicht vor Bethia und nicht vor sich selbst. Sie ließ die Hände zu ihrer Taille sinken und strich das Nachthemd über der sanften Wölbung glatt. Das Kind war noch winzig, aber es war da.

Bethia starrte sie lange an. »Nein«, keuchte sie und sah aus, als würden ihr jeden Moment die Augen aus dem Kopf fallen. »Oh, o nein … das darf nicht sein.«

15

HEUTE

Liv saß in einer der Steinnischen oben an den Christmas Steps, als die Sonne aufging. Vielleicht hatte sie eine Weile geschlafen, doch sie war sich nicht sicher. Die Nacht war ziemlich mild gewesen, dennoch waren ihre Hände und Füße eiskalt. Ihr Unterkörper schmerzte von den kalten Steinen. Sie versuchte, sich zu erinnern, wie sie dort hingekommen war oder wann, aber in ihrem Kopf schwirrten nur noch zusammenhanglose Bruchstücke herum.

Dann kehrten die beunruhigenden Erinnerungen plötzlich zurück. Liv richtete sich auf und verzog das Gesicht, ihr steifer Rücken schmerzte. Vincent, der ihr von Martins früherem Suizidversuch erzählt hatte. Das Mädchen, das wieder in der Dachkammer gewesen war, und die Nachricht ihres Vaters auf der Mailbox. Der Beweis, wenn sie ihn überhaupt gebraucht hatte, dass sie diese Träume nicht allein hatte. Sie erschuf sie nicht, man gab sie ihr. Sie wurde gequält, genau wie zuvor Martin. Das Wissen war so befremdlich und so verwirrend, dass ihr Kopf es immer wieder aufs Neue durchdachte, drehte und wendete und doch keinen Sinn darin entdeckte.

Liv schloss zitternd die Augen. In der Lime Kiln Road war sie auf ein paar Männer zugegangen, um sie zu fragen, ob sie

Martin gesehen hätten oder ihn kannten. Dort waren John und Sean nie vorbeigekommen, und sie hatte den Ort bei Nacht überprüfen wollen — den Ort, an dem Adam behauptete, Martin gesehen zu haben. Ein verzweifelter allerletzter Versuch. Doch die Männer, die sie angesprochen hatte, waren keine Obdachlosen, wie sie bald begriff, nur jung und betrunken. Und aggressiv. Sie schluckte bei der Erinnerung, wie sie sie umzingelt, sie gereizt und sie gepackt hatten, als sie gehen wollte. An das schreckliche Gefühl, wenn Unbehagen in pure Angst umschlägt, und diesmal war Sean nicht da gewesen, um die Situation aufzulösen. Sie erinnerte sich an etwas, das Tanya gesagt hatte. Sie werde mit ihrem Verhalten wahrscheinlich tot in der Gosse landen, und Liv war überrascht, wie wenig sie die Vorstellung störte. Am Ende hatte sie sich losgerissen, und die Männer waren ihr nicht gefolgt. Aber es hätte weitaus schlimmer enden können.

Während sie zu den Christmas Steps zurückgegangen war, hatte sie entschieden, auf Louisa zu warten — die alte, in ihre Decke gewickelte Frau. Sie hatte die lächerliche Vorstellung, sie zu packen — sie zu schütteln — und Antworten von ihr zu verlangen. Und irgendwann, während sie stundenlang in der Dunkelheit döste, war sie sich plötzlich sicher, dass Louisa gekommen war und sich in dieselbe Steinnische wie zuvor gesetzt hatte. Liv hatte jedoch zu viel Angst, sich zu rühren, geschweige denn mit ihr zu sprechen. Aber vielleicht hatte sie auch nur geträumt.

Fahles Tageslicht sickerte in einen bedeckten, farblosen feuchten Morgen. Es musste gegen sieben Uhr sein. Liv hörte den Verkehr rauschen, dann vernahm sie Schritte. Zwei Mädchen kamen die Steps herunter, warm eingepackt, das Kinn im Schal verborgen. Sie unterbrachen ihr Geplapper, als sie Liv sahen, und huschten dann in einem Bogen vorsichtig an ihr vorbei. Liv fragte sich, wie schlimm sie wohl aussehen mochte. Wahrscheinlich hatten die Mädchen sie für eine Obdachlose gehalten. Sie blies sich in die Hände, stand dann langsam mit gesenktem Kopf auf und ging zum Laden. Als sie die Tür erreichte und aufsah, war Adam plötzlich dort.

»Du hast mir gefehlt«, sagte sie und ließ ihn hinein.

»Ha!«, sagte Adam. »Das bezweifle ich.«

»Doch, es stimmt. Adam … kommst du wegen der Frauen? Wegen der flüsternden Frauen? Oder wegen der alten Frau auf den Steps — Louisa? Heißt sie so? Ist sie es … Suchst du nach ihr?«

»Ich weiß nicht, wovon du redest«, grummelte er und setzte sich ins Fenster.

»Nein.« Liv rieb sich das Gesicht, dann bemerkte sie, wie schmutzig ihre Hände waren. Als wäre sie durchs Gestrüpp gekrochen oder hätte in Bristols schmutzigen Gossen gewühlt. Unter ihren Fingernägeln klebte schwarzer Dreck. Im Laden roch es muffig, und sie merkte, dass der Geruch wahrscheinlich genauso von ihr wie von Adam ausging. »Nein, ich auch nicht«, sagte sie.

»Was ist mit dir los? Siehst aus, als müsstest du mal ordentlich geschrubbt werden. Und als bräuchtest du eine anständige Mahlzeit.« Der alte Mann zog Mütze und Handschuhe aus und legte sie ordentlich neben sich auf den Tisch.

»Stimmt.«

»Na, dann geh. Ich warte. Ich hab heute keine wichtigen Termine. Ha!«

Liv stellte die Milch auf den Herd, damit sie warm wurde, dann ging sie unter die Dusche. Doch sie blieb zu lange unter dem wundervollen heißen Wasserstrahl, und als sie in frischer Kleidung zurückkam, war die Milch übergekocht, und sie musste noch mal von vorn beginnen. Das genügte, dass sie sich am liebsten hingelegt und aufgegeben hätte, und als Adam eine Grimasse zog, während er von der heißen Schokolade trank, traten ihr auch noch Tränen in die Augen. Sie wischte sie fort und fragte sich, ob Sean wohl wiederkäme, um mit ihm zu reden, oder ob Adam ihn überzeugt hatte, dass es zwecklos war. Adam oder ihr eigenes Verhalten.

»Du kannst immer hier duschen, wenn du willst, Adam«, sagte sie. »Du kannst auch bleiben. Hier schlafen, meine ich. Martins Schlafzimmer ist frei oder das Sofa. Dann kommen sie vielleicht nicht … oder sie kommen, und du findest heraus, nach wem du suchst. Ich weiß es nicht.« Sie trank einen Schluck von der heißen Schokolade, sofort stürzte sich ihr Magen auf den Zucker und wollte mehr.

»Hierbleiben?«, fragte er, dann schüttelte er den Kopf. »Nein … nein. Ich glaube nicht, dass ich das kann.«

»Warum nicht?«

»Es ist nicht sicher … dieser Mann ist ein Hitzkopf, und wenn mein Herr …« Er hatte ohne seinen Bristoler Akzent gesprochen, verstummte jedoch und legte die Stirn in Falten.

»Welcher Mann? Was für ein Herr?«, fragte Liv, doch Adam antwortete nicht. In dem Moment wusste sie, dass sie loslassen musste. Wenn er Antworten hätte, würde er sie ihr geben. Adam tappte genauso im Dunkeln wie sie selbst, und sie fragte sich, ob sie auch so enden würde, wenn sie dortbliebe. Verwirrt, für immer zwischen den Zeiten gefangen, zwischen Realität und Erinnerungen — Erinnerungen, die nicht ihre eigenen waren. Vielleicht war das ihrem Vater passiert. »Hat Martin mit dir mal über … andere Leute gesprochen, die hier wohnen? Oder früher hier gewohnt haben?«

»Was? Nein. Ich weiß nicht.«

»Ich glaube, dass er vielleicht dieselben Sachen gesehen hat wie ich. Dasselbe gefühlt hat.«

Aus irgendeinem Grund – vielleicht weil er selbst verwirrt war – hatte Liv das Gefühl, offen mit Adam sprechen zu können. Dass sie ihm alles sagen konnte und es keine Folgen haben würde. Es würde alles nicht ganz real bleiben. Man konnte die Dinge laut aussprechen, dennoch kamen sie nicht wirklich in der Welt an. Sie beobachtete, wie Adam vorsichtig den Apfel aufschnitt, das Einzige, das sie an Essbarem für ihn gefunden hatte. Sie hatte den Apfel mit einem Messer auf einem Teller angerichtet, damit er mehr hermachte, aber es war ein jämmerliches Angebot, und wieder verschwamm ihr Blick. Sie kam sich so nutzlos vor.

»Da ist dieses Gefühl, dass du nach dem Baby suchen musst, weißt du«, sagte sie. »Einem weinenden Baby. Du hast keine Wahl. Und dann … bist du mit ihr in dieser Dachkammer eingesperrt. Oder du spürst, dass sie eingeschlossen ist, das weiß ich nicht … Und dann ist da dieses schreckliche, wirklich *grausame* Gefühl … Als sei das Schlimmste passiert, das man sich vorstellen kann. Oder als würde es passieren. Es ist … Ich …« Liv schüttelte den Kopf. »Sie fragt ständig: Wo ist sie? Eigentlich fragen es beide. Ich glaube, sie meinen das Baby. Sie *müssen* das Baby meinen. Sie hat es bestimmt irgendwie verloren.«

»*Wo ist sie?*«, wiederholte Adam.

»Ja«, sagte Liv eifrig. Sie schaute ihm in die Augen und sah wieder, dass er versuchte, etwas zu begreifen.

»Sie ist hergekommen …«, sagte er. »Ich *weiß*, dass sie hier war … Die Nachricht … Sie sollte an einem *sicheren* Ort sein!« Er schlug auf die Tischplatte. »Ich werde selbst nach oben gehen, und du wirst mich nicht davon abhalten! Wo ist Cleo? Cleo weiß Bescheid!«

Adam umfasste die Tischplatte, stützte sich ab und stand halb von seinem Stuhl auf. Dann zögerte er und ließ sich zurücksinken. Er seufzte und blickte auf seine Hände, als ob sie nicht ihm gehörten. Mit leichtem Kopfschütteln nahm er das Messer und löste weiter sorgfältig das Kerngehäuse aus einem Apfelviertel.

Liv schloss die Augen und merkte, wie ihre Hoffnung zerfiel. Er würde es ihr niemals erzählen können. Und sie würde niemals wissen, ob sie überhaupt über dasselbe sprachen – über dieselben Menschen. Sie konnte nicht aus ihm herausbekommen, ob sie irgendeine reale Erfahrung teilten oder ob ihr Kopf einfach genauso wirr war wie seiner. In dem Moment verschwand ihr Bedürfnis, irgendetwas davon zu verstehen. Es war sinnlos. Adam war ein verletzlicher alter Mann, der durch eine Tragödie, den Kummer und einen Nervenzusammenbruch obdachlos geworden war. In seinem Kopf tauchten Szenen aus seiner Vergangenheit auf, das war alles. Wenn er Martin jemals in der Lime Kiln Road gesehen hatte, war es vor über fünf Monaten gewesen, vor seinem Verschwinden.

»Ich wünschte, du würdest bleiben. Bitte, bleibst du?«, sagte sie. »Du hättest es warm. Ich gehe einkaufen und besorge uns was Anständiges zu essen. Ich will nicht … Ich will hier nicht allein sein. Ich glaube nicht, dass ich das noch länger ertrage.«

»Dann geh nach Hause, Livvy«, sagte Adam und sah überrascht zu ihr hoch. Er hob fragend die Augenbrauen.

»Aber ich … Ich weiß nicht mehr, wo das ist.«

»Ha! Na, dann hast du ein Problem.« Er nahm einen großen Bissen vom Apfel und lächelte, als hätte er das Problem gelöst, anstatt es nur zu benennen. Liv versuchte, seine Hand zu nehmen, doch er schüttelte sie gedankenverloren ab und aß weiter.

*

Als Adam schließlich ging, salutierte er an der Tür auf diese merkwürdig förmliche Art, und Liv blieb mit den schmutzigen Bechern und den allmählich braun werdenden Vierteln vom Kerngehäuse auf dem Teller zurück. Sie dachte daran, was Vincent ihr erzählt hatte. Es hatte alles, was sie über das Leben ihres Vaters und seine Gesundheit zu wissen meinte, infrage gestellt. Und es weckte eine ihrer eigenen Erinnerungen.

Sie war vielleicht sechzehn oder siebzehn gewesen. Sie hatten in dem Fish & Chips-Laden am Fuß der Steps zu Mittag gegessen und sich über Livs Abiturfächer unterhalten, darunter Psychologie. Und darüber hatten sie sich behutsam dem Thema psychische Erkrankungen genähert.

»Liv ... das kann immer wiederkommen, weißt du?«, hatte Martin gesagt.

»Was?« Doch Liv erinnerte sich, dass sie verlegen den Blick gesenkt und mit dem Strohhalm in ihrer Cola gerührt hatte, weil sie genau gewusst hatte, wovon er sprach.

»Meine Krankheit. Es ist so ähnlich wie mit Krebs ... Ich bin eher in der Remission als geheilt. Verstehst du?«

»Aber dir geht es doch gut! Du weißt jetzt, wie du damit umgehen kannst.«

»Ja, jetzt geht es mir gut. Und ja, ich verstehe die Krankheit besser, und ich gehe davon aus, dass ich es merken würde, wenn sie wiederkommt, aber ...« Er wartete, bis Liv aufsah, und hielt ihren Blick fest, während er fortfuhr. »Es könnte auch wieder schlimmer werden, Liv. Es könnte mich umbringen.«

»Das wird es nicht«, sagte Liv sofort entschieden, und ihr Herz schlug schneller.

Er wirkte ruhig, verhalten. Liv konnte ihn kaum ansehen und rutschte unruhig auf ihrem Stuhl herum. »Das wird es nicht«, sagte sie. »Das verspreche ich. Bitte mach dir deshalb keine Sorgen, Dad. Das wird schon ... Das *weiß* ich.«

Martin hatte traurig gelächelt und es dabei belassen. Im nächsten Moment hatte sie das Thema gewechselt. Damals hatte sie gedacht, dass er beruhigt werden wollte. Dass er Angst vor seiner Depression hatte und hören wollte, dass alles gut werde. Im Rückblick begriff sie, dass er versucht hatte, sie zu warnen. Sie auf etwas vorzubereiten, das passieren konnte.

Liv saß noch immer im Fenster, als sie eine Bewegung wahrnahm und Tanya aus der Tür gegenüber kommen sah. Die blonden und blauen Haare, ihre schmale Gestalt und das lange blasse Gesicht. Auf dem kurzen Weg über die Straße schlang sie die Arme um sich, und Liv sank in sich zusammen. Sie wollte in diesem Moment einfach niemanden sehen. Doch sie bedeutete Tanya hereinzukommen und stand schwerfällig auf, denn ihre Beine waren eingeschlafen.

Tanya schloss die Tür hinter sich und sah sie besorgt an. »Alles klar?«, fragte sie.

Liv nickte stumm. Tanyas Bauch wuchs stetig, und Liv musste ihn unwillkürlich anstarren.

»Ich frage nur, weil ich den ganzen Vormittag im Laden war und mich um die Schmuckbestellungen für Weihnachten und diesen Kram gekümmert habe, und du hast dich seit drei Stunden nicht von diesem Stuhl fortbewegt ...«

»Adam war hier«, sagte Liv überflüssigerweise. »Dann habe ich wohl ... einfach nur nachgedacht.«

»Klar«, sagte Tanya. »Du siehst ein bisschen ... fertig aus, Liv. Willst du auf einen Tee rüberkommen?«

»Ach, danke, aber ich ... Ich bin nicht in der Stimmung.«

»Hast du letzte Nacht überhaupt geschlafen?«

»Ein bisschen, glaube ich.« Liv sagte nicht, dass sie, wenn überhaupt, draußen in einer der Nischen geschlafen hatte.

Tanya schüttelte den Kopf. »Ich glaube, du brauchst Hilfe, Liv.«

»Mir gehts gut.«

»Blödsinn.«

Tanya holte tief Luft und musterte Liv eine Weile. »Hör zu«, sagte sie schließlich. »Ich habe gespürt, dass mit deinem Dad etwas nicht stimmt, habe aber nichts unternommen, und das bedaure ich sehr. Jetzt merke ich, dass mit dir etwas nicht stimmt, und ich will etwas tun. Ich will helfen.«

»Das hast du«, sagte Liv. »Du warst …«

»Wirklich nett. Ja, das hast du schon gesagt.«

»Also, mehr kannst du nicht tun. Du oder irgendjemand anders. Es sei denn, du kannst mir meinen Vater zurückbringen. Oder mein Baby.« Liv hörte, wie fremd ihre Stimme klang. Dass sie undeutlich sprach, als brächte sie die Worte nicht richtig heraus. Sie wandte den Blick ab und versuchte, klar zu denken, doch in ihrem Kopf herrschte totales Chaos.

»Nein, das kann ich nicht«, sagte Tanya traurig. »Aber ich kann vielleicht etwas anderes tun.«

»Was denn?« Liv war misstrauisch, ohne dass sie sagen konnte, warum. Plötzlich dachte sie an Sean. Dass sich die zwei irgendwie verschworen hatten. Hinter ihrem Rücken über sie sprachen. »*Was* kannst du tun?«, fragte sie scharf.

Tanya schien bestürzt, dann wachsam. »Ich … Nun.« Sie zögerte. »Es geht um Laurie.«

»Was?«, flüsterte Liv. Adrenalin vertrieb ihre Müdigkeit und ließ ihren Puls in die Höhe schnellen.

»Ich habe im St. Michael's Hospital angerufen. Und ich … Ich habe mit deiner Hebamme gesprochen …« Tanya wirkte jetzt noch zaghafter, ihre übliche Selbstsicherheit war verflogen. Sie atmete ein, dann fuhr sie fort. »Sie haben dort Fotos von ihm, Liv. Von Laurie und von euch beiden zusammen. Eins von dir, wie du ihn im Arm hältst.«

Sie wartete, dass Liv antwortete, doch Liv konnte nicht. Das Piepen in ihren Ohren war wieder da, lauter als je zuvor, und einen schrecklichen, irren Moment lang erinnerte sie sich an das Krankenhauszimmer und an das sterile Bett, in dem sie ihr Kind zur Welt gebracht hatte. Das Gefühl von Lauries schlaffen kleinen Armen und Beinen, als sie ihm ein gelbes Jäckchen und Babyschuhe angezogen hatte. Die schreckliche Angst, dass seine Haut von ihren groben Händen oder bei der Berührung des Stoffes verletzt werden könnte. »Nein«, sagte sie und riss sich von der Erinnerung los. Sie schloss die Augen und atmete schwer.

»Ich durfte sie natürlich nicht sehen, aber sie sagte, sie würde sie dir mailen, sobald du …«

»*Nein!*« Das Wort brach erschreckend laut aus ihr hervor und brachte Tanya zum Schweigen. »Du hattest kein Recht, mit denen zu sprechen! Oder sie nach ihm zu fragen!«

»Ich weiß, Liv, ich weiß. Aber ich versuche doch nur zu helfen! Ich glaube, du brauchst …«

»Hör auf, mir zu sagen, was ich brauche! Lass mich einfach in Ruhe! Du hattest kein Recht dazu!«

»Du hast recht.« Tanya wirkte betreten. »Es tut mir leid, ich … Ich dachte wirklich, es könnte dir helfen zu …«

»Ich glaube, du solltest jetzt gehen.«

»Liv …«

»*Geh!* Geh und krieg dein Baby, Tanya. Geh und werde glücklich, aber bitte — *bitte* — lass mich in Frieden.«

*

Liv ging hinaus, um einen Spaziergang zu machen, und hielt nicht mehr nach Martin Ausschau. Sie rechnete nicht mehr damit, ihn zu finden. Sie lief ziellos umher, bis sie so müde war, dass sie umkehrte und unweigerlich zu den Christmas Steps zurücklief. Wenn sie sich von dem Ort quälen ließ, würde zumindest Adam am Morgen wiederkommen. Bei dem Gedanken an eine weitere Nacht dieser Art hätte sie am liebsten vor Verzweiflung geweint, doch Adam war der Einzige, dessen Gegenwart sie noch ertrug. Aber als sie zurückkam, war es Sean, der vor dem Laden auf sie wartete.

Liv sah ihn erst, als sie direkt neben ihm stand. Sie hatte beim Gehen auf ihre Füße gestarrt und beobachtet, wie sie einen Fuß vor den anderen setzte — die Macht der Gewohnheit.

»Shit, Liv — ist alles in Ordnung?« Er streckte die Hand aus, um sie zu stützen, als sie strauchelte.

»Mir geht es gut«, sagte sie benommen. »Ich habe darüber nachgedacht, dass man manches nicht verlernen kann. Egal, wie sehr man sich bemüht. Es sei denn, man hat eine schwere Kopfverletzung oder so was.«

»Ja …« Sean musterte sie stirnrunzelnd und ließ die Arme sinken. »Ich habe dich ein paarmal angerufen.«

»Mein Handy war auf lautlos gestellt«, sagte Liv. Sie schob die Hand in die Tasche, um es herauszuholen, und stellte fest, dass sie keine Ahnung hatte, wo es war. »Ich muss es drin gelassen haben …« Dennoch durchsuchte sie aufgebracht weiter ihre Taschen, weil sie merkte, dass das Buch, das ihr Vater für sie gemacht hatte, ebenfalls fehlte. Sie dachte nach. Es war *immer* in ihrer Tasche — sie trug es stets bei sich und konnte sich nicht erinnern, es herausgenommen oder irgendwo hingelegt zu haben. Das würde sie nicht tun. Doch dann fiel ihr ein, wie die Männer sie in der Nacht zuvor festgehalten hatten. Sie erinnerte sich, wie sie das Zeitgefühl verloren hatte, und an all das Durcheinander. »O nein ...«

»Also, die Sache ist die ...«, begann Sean. »Liv? Hörst du mir zu?«

»Ja, ja«, sagte sie, ohne den Blick zu heben.

Sean zögerte, bevor er weitersprach. »Eigentlich wollte ich gerade sagen, dass das alles ein Missverständnis sein muss. Aber es ist kein Missverständnis, oder? Du sagst mir, dass du es nicht willst.«

»Dass ich was nicht will?«

»Herrgott, zwingst du mich wirklich, es auszusprechen?«, fragte er. »Du willst nichts von mir wissen. Du bist fertig mit mir. Stimmt's?«

Da sah Liv zu ihm hoch, ohne ihn wirklich zu sehen. Sie dachte nach, überlegte, wo sie das kleine Buch gelassen haben könnte. Das Letzte, was ihr Vater ihr geschenkt hatte, und das Einzige, was sie nach Lauries Tod getröstet hatte. Ein Talisman, ohne den sie sich beraubt fühlte. »Sean, ich ...« Sie wusste nicht, warum er da war oder was er sie gerade gefragt hatte. Sie schüttelte den Kopf. »Sorry.«

»Also gut. Verstanden.« Er wandte sich zum Gehen, drehte sich nach einigen Schritten aber noch einmal um. »Nur dass du es weißt, das war wirklich mies von dir. Einfach so zu verschwinden und dich dann tot zu stellen. Denk ja nicht, dass es weniger mies ist, nur weil du hier die Frau bist.«

»Sean, ich weiß überhaupt nicht, wovon du sprichst«, sagte Liv und versuchte, ihm zu folgen.

»Ich glaube, doch.« Er steckte die Hände in die Jackentaschen und starrte sie einen Moment lang mit funkelnden Augen an. Dann schüttelte er wütend den Kopf. »Hör zu, ich sehe, dass es dir nicht gut geht, Liv. Ich meine, das sieht jeder. Aber ich kenne dich nicht gut genug, um es zu verstehen. Ich weiß nicht, ob du so etwas einfach zum Spaß mit Typen machst. Und ich kenne dich nicht gut genug, um dir zu helfen, wenn du es nicht zulässt. Also.« Er kam wieder auf sie zu und schob ihr etwas in die Hand. Liv sah hinunter. Es war eine durchsichtige kleine Plastikdose mit einem dunklen Pulver darin. »Kalabassenmuskat. Von meiner Tante. Es war das Einzige, was ihr einfiel, was du nicht schon ausprobiert hast.«

»Aber … Muskatnuss habe ich ausprobiert.«

»*Kalabassen*muskatnuss. Das ist was anderes.« Sean sah sie einen Moment durchdringend an, als wollte er noch etwas sagen, doch dann schüttelte er den Kopf und wandte sich ab. »Mach's gut, Liv.«

*

Am Nachmittag schickte Liv der Hebamme eine E-Mail und bat um die Bilder von Laurie. Sie wusste im Grunde nicht, warum sie das tat. Vielleicht aus der schwachen Hoffnung heraus, dass es nicht so war, wie es sich ihr eingeprägt hatte. Dass er nicht so aussah wie in ihrer Erinnerung. Dass sie irgendwie etwas falsch verstanden hatte und dass sich ihre Gefühle, wenn auch nur einen Hauch, ändern würden.

Draußen war es dunkel, als eine Antwort-E-Mail mit vier Fotos eintraf. Immer wieder las Liv die mitfühlenden Worte und guten Wünsche der Hebamme und wagte nicht, nach unten zu scrollen. Die Bilder waren automatisch geöffnet worden, und sie konnte den Rand des ersten sehen — einen dunklen Streifen, vermutlich von ihrem Haar.

Ihr Herz fühlte sich seltsam an, und sie hatte wieder dieses Piepen in den Ohren. Der Laden war um sie herum zurückgewichen, und das Einzige, was sie entfernt wahrnahm, war das Schlagen gegen die Tür der Dachkammer. Sie scrollte

nach unten, und da war er — Laurie in ihren Armen, aus zwei
unterschiedlichen Perspektiven aufgenommen. Laurie allein, in eine weiße Krankenhausdecke gewickelt. Die Augen
geschlossen, das Gesicht noch knittrig. Ein dunkler Haar-
schopf genau wie Livs und Martins. In jeder Hinsicht perfekt, nur dass seine Haut zu dunkel war und nicht rosig und
lebendig und dass seine Lider und Lippen bläulich aussahen.
Und auf den Bildern, auf denen sie ihn hielt, erkannte sie
sich selbst kaum wieder. Sie sah aus wie eine andere Person — eine Person, der das Herz aus dem Leib gerissen worden war. Die innerlich leer war. Und allein.

Sie schluchzte heftig und unkontrolliert, und jeder Schluch-
zer fühlte sich wie ein Tritt gegen ihre Brust an. Ihr war
schwindelig, und sie dachte, sie müsse sich übergeben. Sie
beugte sich vor, legte den Kopf auf den Tisch und rang nach
Luft, doch auch mit geschlossenen Augen spürte sie, wie sich
der Raum um sie drehte. Sie streckte blind die Hand aus und
schlug den Laptop zu. Anschließend verharrte sie so, versuchte, zu atmen und nicht zu denken.

Sie wusste nicht, wie lange es dauerte, bis das Flüstern begann und das Schlagen gegen die Tür der Dachkammer lauter war als der Lärm in ihrem Kopf. Dann fing irgendwo im
Haus das Baby an zu weinen, und Liv merkte, wie ihre Hände
zuckten, als sie der Drang überkam, es zu suchen. Taumelnd
stand sie auf und eilte aus dem Laden, die Christmas Steps
hinauf und fort.

*

Liv wusste nicht, wohin sie ging, und sie wusste nicht, wie
spät es war. Sie wusste, dass Martin fort war und nicht mehr
zurückkam. Sie wusste, was ihm zugestoßen war: Die Stimmen hatten ihn in die Verzweiflung getrieben. Fremde

Zwänge, die nicht seine waren, hatten ihn vom Schlafen abgehalten und ihn aus seinem eigenen Haus gejagt. Sie hatten ihn obdachlos gemacht, ihn um einen sicheren Ort gebracht, an den er gehen konnte. Und sie selbst, die für ihn hätte da sein und ihm helfen müssen, hatte ihn abgewiesen.

Sie lief immer weiter, und ihr Kopf war voller Gedanken an Laurie. Die schmerzvollen Wehen, die sich so fremd angefühlt hatten und umso schrecklicher waren, als sie wusste, dass alles bereits zu spät war. Und dennoch hatte sie gehofft. Sie hatte vor Hoffnung *gebrannt*, dass die Ärzte sich getäuscht hätten und dass ihr Sohn irgendwie — *irgendwie* — leben würde, sobald sie ihn auf die Welt gebracht hatte. Dass er Luft zum Atmen hätte und das Licht sehen würde. Sie hatte auf ein Wunder gehofft, doch es war nicht eingetreten.

Sie lief weiter. Der Verkehr rauschte an ihr vorbei, Wasser spritzte von der Straße hoch und durchnässte ihre Hosenbeine. Das Licht der Scheinwerfer schmerzte ihr in den Augen. Der Himmel war eine formlose schwarze Masse. Irgendwann spürte sie, dass sich die Atmosphäre veränderte, und stellte fest, dass sie über die Clifton Suspension Bridge ging und den Fluss überquerte. Sie lief weiter.

Stunden vergingen, und bald lag die Stadt hinter ihr, doch Liv blieb nicht stehen und wandte sich auch nicht um. Es schien weder einen Grund dafür zu geben, noch wusste sie, wohin sie ging. Ihr wurde klar, dass sie sich längst auf der endlosen Straße befand, die sie gesehen hatte, als sie nachts mit Sean unterwegs gewesen war. Sie hatte es bislang nur nicht begriffen. Das Gefühl, allein zu sein, zu leiden und kein Ende zu sehen — das alles waren ihre Gefühle. Laurie würde niemals leben, Martin nie mehr nach Hause kommen, und nichts davon würde sich jemals ändern. Es gab keine Lösung, kein Weiterkommen.

Sie lief.

An manchen Stellen war es so dunkel, dass sie nur mit den Füßen tasten konnte, wo die Straße endete und der Straßenrand begann, und sie stolperte. Ihr ganzer Körper war eiskalt und schmerzte. *Ich weiß es nicht*, sagte sie im Geiste zu der alten Frau auf den Christmas Steps und zu der jungen Frau in der Dachkammer. *Ich weiß nicht, wo sie ist, und es ist mir auch egal.* Sie sagte es noch einmal, diesmal laut, falls sie es irgendwie hören konnten. »Es ist mir egal!« Und dann weinte sie eine Weile und dachte daran, wo ihr Sohn war und wo er überall niemals sein würde. »Er sollte hier sein«, sagte sie in die Nacht hinein, die ihre Worte gleichgültig aufnahm, und bat um eine Art Begnadigung. Darauf lief alles hinaus — *er sollte hier sein.*

Über ihrem Kopf ertönte Lärm, das stete Rauschen von Verkehr auf einer Hauptstraße. Liv sah auf und versuchte, etwas zu erkennen. Nieselregen fiel auf ihre Wimpern und machte sie schwer. Das Bedürfnis zu schlafen umschloss ihre Gedanken wie Gitterstäbe. Über ihr befand sich die Autobahn, dahinter lag ein schwach erleuchtetes Industriegebiet, dann folgte das schwarze Nichts des Severn Estuary. Liv starrte vor sich hin und versuchte zu begreifen, was das bedeutete. Dann sah sie nach links und erblickte die Avonmouth Bridge. Sie war den Spuren ihres Vaters gefolgt — er hatte sie dorthin geführt, hatte ihr den Weg gezeigt. Liv fühlte sich ruhiger und irgendwie bereit. Sie lief weiter, einen schmalen, rutschigen Weg hinauf, und gelangte auf die Brücke.

16

1791

Als Ellen Balthazars Freude sah, wusste sie, dass diese Erinnerung sie von nun an begleiten würde wie ein Talisman, den sie herausholen und halten konnte, wann immer sie Angst hatte oder beunruhigt war. Die Freude, als sie ihm erzählte, dass sie ein Kind erwartete, erhellte sein Gesicht wie die Morgensonne den Himmel, und einige kostbare Momente lang teilten sie diese Freude miteinander. Sie genossen sie und hatten keine Angst — nicht um sich, nicht um das Kind oder um die Zukunft.

In dem Moment sahen sie nur, welchen Segen das Kind bedeutete, und nicht die dunklen Wolken, die sich über ihnen zusammenballten, nicht die Schatten, die auf sie zukrochen. Sie befanden sich auf dem Schiff eines Bekannten von Balthazar, das am Lime Kiln Quay festgemacht hatte. Es war Vormittag, aber sie saßen in der Innenkabine, die von einer einzigen Lampe erhellt wurde. Über allem hing der Geruch von Lampenöl, Holz und Sackleinen. Ellen fand das leichte Schaukeln des Schiffs etwas beunruhigend, die tiefe Decke und die engen Wände bedrückend, aber Balthazar war bei ihr.

»Deine Familie wird dich verstoßen«, sagte er nach einiger Zeit. »Wer weiß von dem Kind? Und von seinem Vater?«

»Nur Bethia.«

»Deine Stiefschwester? Aber, Liebes … sie hasst mich von allen am meisten!«

»Aber sie liebt mich. Sie wird uns nicht verraten – sie fürchtet einen Skandal, der ihrer Zukunft schaden könnte.« Ellen ließ voller Scham den Kopf sinken, weil es die Wahrheit war. Sollte sich ihre Lage herumsprechen, würde Rupert Cockcroft jeglichen Kontakt zu Bethia sofort abbrechen – Rupert und jeder andere junge Mann von Stand in Bristol. »Wir müssen es für uns behalten …«, sagte sie und verstummte, weil sie genau wusste, dass man ein wachsendes Kind nicht geheim halten konnte – zumindest nicht lange. Tränen traten ihr in die Augen und brannten wie der Schnitt, den Cleo ihr zugefügt hatte. »Was sollen wir tun? Was wird mit uns passieren?«

»Heute können wir nichts entscheiden«, sagte Balthazar. Er hielt ihre Hände und wandte mit zusammengezogenen Augenbrauen den Blick ab. »Ich muss nachdenken. Aber vielleicht … Vielleicht können wir eine Unterkunft für dich in einem Dorf finden? In Bourton oder Bedminster? Wo du vor neugierigen Blicken sicher bist. Oder hast du Verwandte außerhalb von Bristol, bei denen du bleiben könntest?«

»Nicht, dass ich wüsste.«

»Ich werde mich bei ein paar Leuten erkundigen, denen ich vertraue. Ich habe Geld für eine Unterkunft …«

»Aber das musst du sparen, um dich freizukaufen!«, rief Ellen.

Balthazar lächelte und wischte mit den Fingerspitzen ihre Tränen fort.

»Was nutzt mir die Freiheit, wenn du mir genommen wirst? Du und unser Kind? Meine Familie?« Er presste seine Lippen auf ihre Stirn. »Und wenn die Gesellschaft uns nicht

haben will, dann müssen wir uns ebenfalls von ihr abwenden.«

»Aber ... dein Herr ...«, sagte Ellen.

Wieder wirkte Balthazar bedrückt. »Ich muss einen Weg
finden, mit dem Mann zu verhandeln ...«

»Du darfst nichts tun, wodurch du dich in Gefahr bringst!
Versprich mir das!«

»Ruhig, Ellen, ruhig! Alles wird gut«, sagte er.

Ellen schloss die Augen und bemühte sich, seinen Worten
zu glauben.

*

Am Ende heckte Bethia einen Plan aus. Fast drei Monate
lang half sie Ellen, ihren Zustand zu verbergen, indem sie
ihre Kleider ausließ, sie in Schals hüllte und Stoffbahnen
über und unter ihren Bauch wickelte. Sie tat es mit finsterer
Miene und einem harten, ärgerlichen Zug um den Mund.
Die ganze Zeit über wusste Ellen, dass Bethia wartete. Sie
sagte nichts zu Ellen, aber sie wartete darauf, dass Rupert
Cockcroft um ihre Hand anhielt.

Doch egal, wie sehr er sie anlächelte und wie eng sie sich
mit seiner Schwester und seiner Mutter angefreundet hatte,
der Antrag erfolgte nicht. Marianne Hemsworth war in der
Stadt und ebenso reizend wie angekündigt. Ellen revan-
chierte sich für Bethias Hilfe, indem sie ihre Kleider änderte
und auffrischte, ihre Hüte neu dekorierte und ihren Vater
überredete, Geld für eine Kette aus Amethyst, emaillierte
Haarkämme und Seidenschuhe mit weißen Brokatrosen zu
spendieren.

»Wenn du willst, dass Cockcroft sie ernsthaft in Erwägung
zieht, dann muss sie auch entsprechend aussehen«, erklärte
ihm Ellen, als er widerwillig die Rechnungen beglich.

So sah Bethia auf den Bällen hinreißend, anmutig und selbstsicher aus, und Rupert tanzte weiterhin mit ihr, jedes Mal zu drei oder vier Melodien. Der Antrag erfolgte dennoch nicht, und eines Abends, als Ellen am Rand saß und sich darauf konzentrierte, in der Hitze nicht ohnmächtig zu werden, sah sie den hinterhältigen Blick, mit dem Marianne Bethia musterte, sobald sie ihr den Rücken zuwandte. Den hochmütigen, belustigten Ausdruck auf ihrem hübschen Gesicht. Aus Mitgefühl mit ihrer Schwester wurde ihr schwer ums Herz.

»Du siehst gut aus, Ellen«, sagte eine Bekannte von Tante Phila, als Ellen vor ihr knickste. »Du bist geradezu aufgeblüht, meine Liebe«, fügte sie hinzu.

Ellen spürte, wie ihr das Blut in die Wangen schoss und in ihren Ohren rauschte, und wusste, dass ihr nicht mehr viel Zeit blieb. Tante Phila musterte sie genauer, und Ellen wandte sich rasch ab, um dem Tanz zuzuschauen.

»Du wirst zu Polly gehen«, sagte Bethia, als sie sich anschließend auszogen, sie die Stoffbahnen abwickelte, und im Kerzenschein Ellens gespannter blasser Bauch zum Vorschein kam. »Du musst schon weg sein, wenn ich es Tante Phila sage — das ist das Beste. Du weißt, dass es eine furchtbare Szene geben wird.«

»Aber mit unserem Vater will ich selbst sprechen«, sagte Ellen.

Bethia schüttelte den Kopf. »Warum? Du denkst doch nicht etwa, dass er sich darüber freuen wird?«

»Nein, aber wenn es irgendeine Möglichkeit gibt, dass er es versteht, dann kann ich sie vielleicht finden und …«

»Du denkst, er *versteht* es nicht?« Bethia ließ ein zynisches Lachen ertönen. »Natürlich versteht er es! Wer weiß denn besser als er, wo du herkommst? Von deiner niederen Herkunft und der deiner Mutter?« Sie klang so wütend, dass Ellen sich fragte, über wessen Herkunft sie sich eigentlich wirklich echauffierte.

»Ich bin ein halbes Jahr nach der Hochzeit meiner Eltern zur Welt gekommen«, sagte Ellen leise. »Ich glaube, er könnte Verständnis haben.«

»Nun, da gehörten sie einer unteren Klasse an, das ist jetzt anders. Und deine Mutter war keine *Negerin* oder das Eigentum von jemandem, oder? Nein, Ellen.« Bethia ballte die Fäuste. »Durch das, was du getan hast, hast du …« Sie schluckte und atmete flach. »Dadurch hast du vielleicht *alles* zerstört. Also wirst du tun, was ich dir sage. Das bist du mir schuldig.« Aus ihren Augen sprach heftiger Zorn, und zugleich wirkte ihr Blick äußerst kühl.

»Ich tue, was du sagst, liebe Schwester«, sagte Ellen eingeschüchtert.

Bethia nickte. »Du wirst zu Polly gehen, ihr alles erklären und sie dazu bringen, dir ein Zimmer zu geben. Und dort wirst du bleiben, bis das Kind auf der Welt ist. Zuerst sagen wir, dass du krank bist und keinen Besuch empfängst. Dann, wenn etwas Zeit verstrichen ist, sagen wir, dass du eine Cousine irgendwo an der Küste besuchst — in Weston oder noch weiter weg. Das muss ich mir noch überlegen.«

»Wir haben keine Cousinen, Bethia.«

»Das weiß ich! Aber andere wissen es nicht — gütiger Gott, Ellen, wo bist du nur mit deinen Gedanken?«

»Tut mir leid, Bethia.«

»Darum ist es von höchster Wichtigkeit, dass man dich nicht sieht. Verstehst du das?«

»Balthazar hat von einer Unterkunft gesprochen — einem kleinen Haus irgendwo außerhalb der Stadt. Irgendwo, wo er mich besuchen könnte. Und du und Vater auch …« Unter Bethias wütendem Blick verhallten Ellens Worte.

»Du denkst, unser Vater würde dich besuchen wollen? Und dass du deine Tändelei mit diesem … diesem *Sklaven* einfach fortsetzen kannst? Nein. Das geht nicht. Du wirst morgen oder übermorgen zu Polly gehen. Und danach darf dich niemand mehr sehen. Versprich mir das.«

»Aber … das Kind kommt doch erst in vielen Wochen …«

»Polly wird sich um dich kümmern. Dort bist du sicher.«

»Wirst du mich denn besuchen?« Ellen zitterte. Das Beben bildete sich tief in ihrem Inneren und durchlief von dort aus ihren ganzen Körper. Sie wusste nicht, warum sie solche Angst hatte.

»Das werde ich. Natürlich nicht oft … Ich darf mich nicht zu häufig an solchen Orten blicken lassen. Ich werde es Phila sagen, und Phila wird es Vater sagen. Ich will nicht, dass du ihre Wut erleiden musst. Außerdem trifft Phila bei deinem Anblick der Schlag, sobald sie es weiß.«

»Und nachdem mein Kind auf der Welt ist?«, fragte Ellen so leise, dass sie sich nicht sicher war, ob Bethia es gehört hatte.

Bethia seufzte und wandte den Blick ab. Einige Minuten lang beschäftigte sie sich weiter mit den Vorbereitungen für die Nacht, doch dann antwortete sie.

»Sobald es geboren ist, müssen wir eine andere Lösung finden.«

*

Drei Tage später traf Ellen mit einer Tasche mit wenigen Habseligkeiten im Kaffeehaus in den Christmas Steps ein.

»Du brauchst nicht viel, schließlich gehst du ja gar nicht raus«, erklärte ihr Bethia und holte alle etwas feineren Sachen wieder aus ihrem Gepäck, bevor sie aufbrach.

Balthazar war mit Samuel Cockcroft verreist, um Cockcrofts Bruder in Little Sodbury zu besuchen, was ungefähr vierzehn Meilen entfernt lag. Darum schaffte Ellen es nicht, ihm von ihrem Plan zu erzählen. Stattdessen schickte sie ihm eine Nachricht, wobei sie eine schlechte Handschrift hatte und sich nicht sicher war, ob alle Worte korrekt geschrieben waren. Sie bat ihn, sie so bald wie möglich im Kaffeehaus zu besuchen.

Als sie eintraf, ging Polly mit ihr in den Hof und nahm sie fest in den Arm, dann blickte sie kopfschüttelnd auf ihren Bauch hinunter. »Jetzt, wo ich es sehe, kann ich mir nicht erklären, weshalb ich es nicht schon früher bemerkt habe«, sagte sie. »Ach, Ellen! In was für ein Dilemma hast du dich da gebracht!«

»Aber ich liebe ihn, Polly. Und ich liebe dieses Baby.«

Ihre Tante sah sie traurig an. »Wenn es nur so einfach wäre.« Sie seufzte. »Nun, es ist, wie es ist, und fürs Erste glaube ich, dass Bethias Plan gut ist. Ich habe die Dachkammer für dich hergerichtet, und du kannst dich beschäftigen, indem du Cleo hilfst.«

»Ich habe Balthazar eine Nachricht geschickt«, sagte Ellen, als sie sich anschickten, wieder hineinzugehen. »Lässt du ihn zu mir, wenn er kommt?«

»Besser nicht, Ellen«, sagte Polly mit ernstem Gesicht.

Ellen blieb stehen. »Ich *muss* ihn aber treffen dürfen«, sagte sie, und wieder begannen ihre Hände zu zittern.

»Ach, Ellen, komm jetzt rein. Wir werden sehen.«

Die Dachkammer war zugig, aber nicht leer. Es gab eine Feuerstelle aus Stein, in der ein paar alte Kohlen lagen, daneben stand ein Korb mit Kleinholz. Auf dem Boden lag eine Matratze, und am Fenster stand ein Stuhl mit Stablehne. Polly hatte sich bemüht, die Kammer mit sauberer Bettwäsche und einem Kopfkissen hübsch herzurichten und mit zwei verbeulten Zinntellern mit Landschaftsszenen, die auf einem hohen Regal standen. Doch das Beste an der Kammer war der Blick aus dem rückwärtigen Fenster, der über die Stadt bis zu dem baumbestandenen Hügel dahinter reichte. Lange Zeit sah Ellen hinaus auf die Dächer von Bristol, die Rauchfahnen und die eifrigen Spatzen und Möwen. Eine ganze Weile stellte sie sich den Hügel und die weitläufigen, frischen Wiesen dahinter vor. Die ersten Tage wartete sie gespannt darauf, dass Balthazar oder Bethia mit Neuigkeiten kam. Doch als sie nicht erschienen, versuchte sie einfach, geduldig zu sein.

*

Zumindest war das Zimmer ruhig und roch nach nichts anderem als nach Holz, Asche und Gips. Tagsüber war es hell genug, dass sie für Polly notwendige Näharbeiten erledigen konnte, um sich die Unterkunft zu verdienen. Und da sie schon immer ein Talent dafür hatte, fing Polly bald an, ihr zusätzliche Arbeit von außen zu besorgen, was half, Delacroix mit ihrer Gegenwart zu versöhnen. Wenn sie nicht nähte, half Ellen Cleo, Bohnen zu mahlen, Zucker zu zerstoßen und eine Kanne Kaffee nach der anderen zu kochen. Doch sie trug die vollen Kannen nicht mehr nach unten. Sie hielt sich im Verborgenen und beschränkte sich auf die oberen drei Etagen des Gebäudes.

Mit der Zeit kannte sie jeden Zentimeter des glatten, gebogenen Handlaufs an der Treppe und wusste, welche Stufen unter ihrem stetig wachsenden Gewicht knarrten. Sie versuchte, nicht zu oft an die vorderen Fenster zu gehen oder zu lange auf die Christmas Steps hinauszuschauen, in der Hoffnung, dass Balthazar oder Bethia oder irgendjemand anders kam, den sie kannte. Dass etwas besonders lange dauerte, wenn man darauf wartete, war ein Lieblingsspruch ihrer Mutter gewesen.

»Ich hatte ein Kind«, sagte Cleo eines Tages unvermittelt. Sie saßen auf Hockern am Feuer, als die Sonne unterging und die letzten Gäste unten ihre Tassen leerten. Cleo hatte ihnen einen Topf *Sklavenliebling* gekocht, und Ellen machte sich gierig darüber her. Das Baby schien es auch zu mögen – es trat und drehte sich, wann immer sie eine Tasse trank. Es schwamm wie ein Fisch. Ellen lächelte, als es auch jetzt wieder anfing, sich zu bewegen.

»Ach ja? Wann? Von wem?«, fragte sie.

»Es ist sehr lange her. Von einem Mann, den ich nicht hätte lieben dürfen. Genau wie du jetzt.« Cleo musterte Ellen kurz, dann wandte sie sich wieder der Glut zu.

»Ihr wart nicht verheiratet?«, fragte Ellen, aber Cleo antwortete nicht. »Was ist aus dem Baby geworden?«

»Er ist mit zwölf Jahren ertrunken. Ein guter Junge – *oui*, der Beste, den man sich vorstellen kann. Er hieß Pierre. Peter auf Englisch. Er wollte nicht sterben. Nein, er wollte so gern leben. Ein Teil von mir ist mit ihm gestorben.« Cleo presste die Lippen zusammen. »Ich habe kleine Platterbsen auf sein Grab gepflanzt, damit sein Geist ruhig ist.«

»Meinst du, dass sein Geist – seine Seele noch auf der Erde gefangen ist?«

»Nein! Nicht seine Seele! Die Seele von meinem Jungen ist sicher bei Gott. Geister sind Schatten, die an einem Ort zurückbleiben können. Der Schatten eines Menschen, der gestorben ist, kann bleiben, wenn derjenige nicht sterben wollte – wenn er nicht bereit war, wenn er noch etwas zu erledigen hatte. Geister können bösartig sein. Sie sorgen gern für Schwierigkeiten. Manchmal können sie schlimme Sachen machen.«

»Und du weißt, wie man sie aufhält?«

Cleo nickte. »Das ist Teil von Obeah. Meiner Gabe.«

Ellen schwieg einen Moment und spürte, wie die Schatten in den Ecken des Raums lebendig wurden. »Peter ist ein schöner Name«, sagte sie, um sie zu vertreiben. Sie legte kurz eine Hand auf Cleos Arm und kam sich seltsam vor, weil Cleo niemand war, der Trost von anderen brauchte. »Vielleicht könnte ich mein Baby Peter nennen. Zu seinen Ehren?«, sagte sie, aber Cleo schüttelte sofort den Kopf.

»*Ça ne marche pas* – das ist kein Name für ein Mädchen.« Sie stupste mit dem Finger gegen Ellens Bauch.

»Es ist ein Mädchen?«, fragte Ellen, und auf ihrem Gesicht erschien ein Lächeln. »Das weißt du?«

»Sicher.« Cleo starrte wieder ins Feuer, und Ellen wusste, dass sie nichts mehr zu sagen hatte, also schwieg sie. »Du wirst es überstehen, Susannahs Mädchen.«

»Die Geburt?«

»Was danach kommt. Ich habe meinen Sohn behalten, obwohl man mir gesagt hat, ich sollte ihn loswerden, ihn aussetzen. So tun, als habe es ihn nie gegeben. Ich habe ihn behalten, und man hat mich gemieden, genau wie man dich meiden wird.« Sie taxierte Ellen mit ihren unergründlichen Augen. »*C'est difficile*. Das ist nicht leicht. Aber du wirst es überleben.«

»Balthazar wird mich nicht meiden«, sagte Ellen.

Es folgte eine lange Pause, und Cleos Blick blieb fest. Die Asche zischte leise und rutschte tiefer in den Rost. Ein leichter Schauer überlief Ellens Rücken.

»Alles wird gut. Das hat er gesagt«, beharrte sie.

Cleo wandte sich wieder dem Feuer zu.

*

Bethia kam nach zweieinhalb Wochen, und Ellen eilte ungelenk die steilen Stufen von der Dachkammer hinunter. Ihre Schwester war schlicht gekleidet und trug einen Strohhut mit einer herabgezogenen Krempe, die ihr Gesicht verbarg.

»Ich glaube, es hat mich niemand gesehen«, sagte sie, als sie das Band unterm Kinn löste. Ihre Wangen waren gerötet und ihr Verhalten entschieden und geschäftsmäßig. »Ich konnte deutlich von der anderen Straßenseite in das obere Fenster sehen — du musst aufpassen, dass dich dort niemand entdeckt, Ellen.«

»Oh, ich glaube nicht, dass mich hier jemand erkennen wird, auch wenn man mich sieht.« Sie wollte ihre Schwester umarmen, doch der Bauch war im Weg, und als Bethia ihn fühlte, zuckte sie zurück und tat einen Schritt nach hinten.

»Es muss bald so weit sein«, sagte sie und deutete mit dem Kopf auf den Bauch.

»Noch sechs Wochen, vermutet Cleo. Komm, komm, setz dich. Erzähl mir alles, was passiert ist — ich konnte es kaum erwarten, dich zu sehen! Wie … Wie hat unser Vater die Nachricht aufgenommen? Und Phila?«

»Phila …« Vorsichtig ließ sich Bethia auf einem Hocker nieder, doch in dem Moment kam Cleo herein, und Bethia schoss kerzengerade wieder nach oben. »Klopfst du nicht an, bevor du einen Raum mit Respektspersonen betrittst?«, fragte sie hochmütig.

Cleo musterte sie mit festem, undurchdringlichem Blick.

»Das ist *Cleos* Küche, Bethia …«, sagte Ellen. »Komm, wir gehen hoch in das Zimmer, das Polly mir gegeben hat.« Sie nahm einen Hocker für sich mit, damit Bethia den richtigen Stuhl haben konnte.

Oben angekommen, berichtete ihr Bethia, dass Phila aschfahl geworden war, als sie es ihr erzählt hatte, und über eine

Stunde stumm auf der Couch gelegen hatte. Und dass John Thorne weitaus länger gezürnt hatte — er hatte Bethia vorgeworfen, nicht verhindert zu haben, was passiert war. Philadelphia hatte er dasselbe vorgeworfen. Er hatte Ellen und ihre Mutter verflucht und Balthazar und Gott, weil sie ihm solch ein Übel bescherten.

»Ich konnte ihn nur zum Schweigen bringen, indem ich ihn darauf hinwies, dass man ihn womöglich durch die Wände hören und es sich so herumsprechen könnte«, sagte Bethia.

Ellen ließ den Kopf hängen.

»Nachdem ich ihnen von dem Plan, auf den wir uns geeinigt haben, berichtet habe, wurden sie ruhiger. Allmählich fragen sie nicht mehr nach dem *Wie* und *Warum,* sondern arrangieren sich mit den Tatsachen. Phila hat sogar dieser einen Freundin erzählt, dass deine geröteten Wangen beim letzten Ball von einem beginnenden Fieber herrührten. Du bist jetzt in Minehead bei der Cousine deiner Mutter und erholst dich an der Seeluft. Sie finden sich gut in die Geschichte ein — es ist fast, als wäre sie wahr geworden.«

»Das ist dann wohl gut so, oder?«, sagte Ellen hoffnungsvoll.

Bethia starrte sie an. Es war ein unheilvoller Blick, frei von jeglichem Mitgefühl. »Sie werden dich nicht wieder aufnehmen, Ellen«, sagte sie. »Vater hat Nein gesagt und wird seine Meinung nicht ändern.«

»Verstehe«, sagte Ellen. Wieder begann sie zu zittern, und der Raum drehte sich. Sie schloss die Augen, bis das Gefühl nachließ. »Aber du wirst dich doch bei ihm für mich einsetzen, Bethia? Du wirst doch versuchen, ihn zu überzeugen? Das braucht Zeit, ich weiß ... Aber schließlich und endlich bin ich sein Fleisch und Blut. Ebenso wie dieses Kind.«

»Ich werde es versuchen.« Bethia faltete die zierlichen Hände fest im Schoß. »Aber ehrlich gesagt weiß ich nicht, wie er jemals seine Meinung ändern sollte.«

»Nun gut«, sagte Ellen mit zittriger Stimme. Sie schluckte. »Balthazar wird uns aufnehmen. Das hat er schon gesagt — er liebt das Kind genauso wie ich. Wenn er aus Gloucestershire zurückkehrt und meine Nachricht findet, wird er herkommen …«

»Aber Ellen — Mr. Cockcroft ist schon letzte Woche nach Bristol zurückgekehrt.« Bethia sah Ellen weiterhin forschend an und verzog keine Miene, als ihrer Schwester Tränen in die Augen traten.

»Dann hat er meine Nachricht nicht erhalten. Sie ist verloren gegangen …«

»Oder vielleicht empfindet er nicht so für dich, wie du es glaubst. Ich bezweifle, dass einer wie er aufrichtig lieben kann — er verfügt einfach nicht über das nötige Feingefühl. Er besitzt nur niedere animalische Instinkte.« Bethias Blick sprang wieder zu Ellens Bauch, und Ellen legte sofort die Hände darauf, um ihr Baby vor derartiger Verachtung zu schützen.

»Ich kenne seine Gefühle«, sagte sie ruhig. »Er wird nach mir suchen. Wir sind jetzt seine Familie — das hat er gesagt.«

»Ach, Ellen!«, sagte Bethia etwas gereizt, als würde sie mit einem Kind sprechen. »Meine liebe Schwester. Ich fürchte, man hat dich arg getäuscht.«

*

Erst, nachdem Bethia gegangen war, fiel Ellen auf, dass sie gar nicht nach Rupert Cockcroft gefragt hatte. Es war besser so, entschied sie, denn wenn Bethia verlobt wäre, hätte sie es ihr bestimmt von sich aus erzählt. Also hatte Rupert ihr immer noch keinen Antrag gemacht, und Ellen war sich zunehmend sicher, dass er es auch nicht mehr tun würde. Bethias Besuch ging ihr noch Tage nach, und sie schrieb eine weitere Nachricht an Balthazar.

»Bitte, Polly«, flehte sie ihre Tante an, die sie ihm nicht überbringen lassen wollte. »Es muss ihm etwas zugestoßen sein ... irgendein Unglück. Oder er musste geschäftlich verreisen. Warum kommt er sonst überhaupt nicht her? Warum hat er sich nicht wie üblich mit den Gegnern der Sklaverei getroffen oder mit einem seiner Schuldner? Bitte — ich muss etwas von ihm hören. Oder zumindest *über* ihn.«

»Bethia hat sehr deutlich gemacht, dass du keinen Kontakt mit ihm haben sollst, Ellen, und ...«

»Bethia ist ein sechzehnjähriges Mädchen! Ordnen wir uns jetzt alle ihren Befehlen unter — selbst du, Polly?«

»Bethia ist deine einzige Chance, wieder in den Schoß deiner Familie zurückzukehren, Ellen! In dieses großzügige Haus und in diese großzügigen Verhältnisse!« Polly packte Ellen an den Armen und schüttelte sie. »Verstehst du das? Das ist es, was ich für dich will.«

»Aber du bist auch meine Familie, Tante«, sagte Ellen. Sie fühlte sich erschöpft und ängstlich. Sie klammerte sich fest an den Talisman aus Freude, den Balthazar und sie geschaffen hatten, und sehnte sich danach, ihn zu sehen. »Bitte hilf mir. Ich *muss* ihn sehen. Wenn nicht, werde ich sterben.«

»Du wirst nicht sterben«, sagte Polly, ließ jedoch Ellens Arme los und wirkte besorgt. Sie rieb sich so fest über die Stirn, dass sie die Haut zu Falten zusammenschob. »Also gut. Ich lasse ihm die Nachricht überbringen, und vielleicht kommt eine zurück. Aber wenn nicht ... Vielleicht hält er sich fern, Ellen. Hast du daran schon mal gedacht? Vielleicht tut er es ganz bewusst, vielleicht hat ihn der Mut verlassen.«

»Nein. Er hält sich nicht fern.«

*

Ellen verließ sich auf Pollys Wort und wartete weiter. Zuerst wartete sie darauf, dass eine Antwort kam. Wenn dem so war, würde sie das Papier küssen, das seine Hände berührt hatten. Am Ende des Tages wartete sie darauf, seine tiefe Stimme von unten durchs Treppenhaus hallen zu hören oder seine große stolze Gestalt durch die Christmas Steps schreiten zu sehen. Doch nichts davon geschah, und sie grübelte eine schlaflose Nacht lang, was schiefgelaufen sein könnte. Vor lauter Sorge bekam sie Krämpfe, und ihr Schädel dröhnte und machte ihr das Nachdenken schwer. Als sie Zucker zerstieß, traf sie mit dem Stößel ihren Daumen, der daraufhin so heftig anschwoll, dass ihre Näharbeit unsauber geriet und zurückgeschickt wurde.

»Sieh bloß zu, dass du das besser machst, *Mademoiselle*«, sagte Delacroix am Ende des dritten Tages.

»Sie braucht Ruhe«, sagte Polly abwehrend. »Sie ist fast so weit.«

»Sind irgendwelche Nachrichten gekommen, Polly?«, fragte Ellen wieder einmal.

»Nein, Ellen. Noch nicht.«

»Lass sie mal eine Weile in Ruhe! Komm her, Kind, trink das.« Cleo kam mit einem dampfenden Becher zu ihr. Sie war die Einzige, der Delacroix sich fügte, und er ging ohne ein weiteres Wort. Das Getränk schmeckte nach bitteren Kräutern.

»Kannst du sehen, wo er ist, Cleo?«, flüsterte Ellen. »Kannst du sehen, was Balthazar geschehen ist?«

»Ich habe es versucht, *ma fille*«, sagte Cleo und führte sie in ihr Zimmer zurück. »Komm, komm mit. Ich habe es versucht zu sehen, aber es ist alles verborgen.«

Die Zeit verging, und aus Tagen wurden Wochen. Das Baby wurde so groß, dass es sich kaum noch drehen konnte, und Ellen blieb die meiste Zeit in der Dachkammer und beobachtete die Welt vor ihrem Fenster. Ihr Rücken schmerzte wie in ihrer Kindheit, wenn sie Bethia getragen hatte. Sie wartete und wartete, aber es kam keine Nachricht. Immer wieder wurde sie von Zittern erfasst und von überraschendem Schwindel, von dem ihr übel wurde. Eines Tages kam Polly mit einer so ernsten Miene zu ihr, dass Ellen Schreckliches fürchtete, doch ihre Tante schüttelte nur den Kopf und wollte ihr nichts sagen. Ellen hörte, wie sie an jenem Abend hinter verschlossenen Türen leise mit Cleo sprach, doch sosehr sie sich auch bemühte, sie konnte ihre Worte nicht verstehen. Am darauffolgenden Tag erschien Bethia. Ernst. Das Gesicht starr und bleich, die Augen gerötet.

»Was ist passiert, Bethia? Was ist los?« Ellen versuchte aufzustehen.

Bethia musste sich sichtlich zusammenreißen, bevor sie sprach. »Rupert Cockcroft wird in acht Wochen Marianne Hemsworth heiraten«, sagte sie tonlos.

»O nein!«, keuchte Ellen. »Ach, meine arme Schwester! Es tut mir so leid.« Sie versuchte, Bethias Hände zu nehmen, doch Bethia entzog sie ihr.

»*Es tut dir leid?* Dafür ist es jetzt wohl zu spät, nicht?«, sagte sie.

Verwirrt starrte Ellen sie an.

»Das ist alles *deine* Schuld!«, schrie Bethia.

»Aber … wie das, wenn niemand davon weiß? Es weiß doch niemand davon, oder?«

»Nein. Aber schon bevor du Schande über dich gebracht hast, hast du dich nicht wie eine Dame verhalten! Du hast nicht in die vornehme Gesellschaft gepasst. Tanzt mit einem *Sklaven* auf einem öffentlichen Ball! Und … und Vater mit seinen vermaledeiten Pfeifen, ständig hängt der Gestank von der Fabrik an ihm! Er hätte dich gleich mit den anderen elenden gefallenen Frauen nach Magdalen House schicken sollen! Kein Wunder, dass Rupert sich für eine andere entschieden hat — für eine, die besser zu ihm passt!«

»Bethia, du machst dich klein! Und Vater auch … Wenn außerhalb der Familie niemand von meiner Lage weiß, dann bist weder du noch irgendeiner von uns schuld an der Entwicklung …«

»Was dann? Hat er mich schlicht nicht geliebt … die ganze Zeit nicht?« Bethia kniff die Augen zusammen, und Ellen sah, dass sie mit den Tränen kämpfte. Von der Anstrengung wurde ihre Nase fleckig.

»Er hat dich nicht geliebt. Aber das ist nicht deine Schuld, liebste …«

»Nicht wie dein schwarzer Sklave, meinst du?« Bethia spie die Worte aus. Sie hielt einen Moment inne, als würde sie nachdenken, dann sah sie mit einem garstigen Ausdruck zu ihr auf. »Aber er hat dich verlassen, Schwester — und das auch noch in einer heiklen Lage.«

»Wie bitte?«

Ellen bekam keine Luft. Das Baby drückte fest auf ihre Lungen, und ihr schlug das Herz bis zum Hals. Sie hatte das Gefühl, ihr Kopf würde platzen. »Hast du etwas von ihm gehört?«, flüsterte sie. »Sag es mir — bitte, sag es mir!«

»Das werde ich.« Bethia hob das Kinn. »Aber es wird dir nicht gefallen.«

»Rede, ich flehe dich an«, flüsterte Ellen.

»Sein Schiff hat vor zwei Tagen die Segel gesetzt und ist in See gestochen.«

»Sein was?«

»Sein Schiff. Nun – Cockcrofts Schiff mit dem Sklaven Balthazar an Bord. Ziel ist Jamaica, wo er weiter im Dienst seines Herrn stehen wird.« Bethia starrte auf Ellen herunter, die auf den Stuhl zurücksank. Ihr Blick war vollkommen kalt.

»Nein ...«

»Mr. Cockcroft scheint genug von den Anmaßungen dieses Mannes zu haben. Füllt sich die Taschen mit illegalem Geldverleih, trifft sich mit den Gegnern der Sklaverei und kehrt betrunken von Brandy und Rum nach Hause zurück. Es war höchste Zeit, dass er daran erinnert wurde, wo sein Platz im Leben ist.«

»O nein ... Oh, Bethia ... das *darf* nicht sein! Sag, dass das nicht wahr ist!«

»Aber ich habe auch gehört, dass Balthazar ziemlich froh war zu fahren – die zwei waren sich ganz einig. Anscheinend wollte Balthazar einiges hinter sich lassen. Womöglich eine unangenehme, peinliche Situation.«

»Nein ...« Ellen sackte nach vorn, Schmerz durchfuhr sie. Er raubte ihr den Atem. Vor Entsetzen konnte sie nicht mehr klar denken. Sie stellte sich vor, wie man Balthazar auf ein Schiff geschleppt hatte. Balthazar in Ketten. Geschlagen. Wie er auf dem Meer unterging oder gezwungen wurde, sich zu Tode zu schuften. *Die Sonne ist erbarmungslos.* »Nein«, sagte sie wieder.

Sie kämpfte sich vom Stuhl hoch und eilte, angetrieben von Verzweiflung, zur Tür.

Bethia stellte sich ihr in den Weg und hielt sie an den Handgelenken fest. »Was hast du vor?«

»Lass mich los! Ich muss das Schiff aufhalten — ich muss es aufhalten! Es ist meine Schuld — er sagte, er wollte mit Cockcroft über mich und über seine Freiheit sprechen. Das ist meine Schuld! Sie zwingen ihn, das weiß ich! Lass mich los!«

»Hör auf! Das Schiff ist vor zwei Tagen losgesegelt, das habe ich dir doch gesagt! Es ist fort. Du kannst es nicht aufhalten — man darf dich draußen nicht sehen! Willst du, dass man im *The Crier* über uns spottet? Hör endlich auf — ich lass dich nicht gehen!«

»Lass mich los, Bethia! Es ist nicht zu spät, das darf nicht sein! Ich werde ihn finden — ich werde mit ihm gehen!«

»Hör auf! Schluss jetzt!«, rief Bethia, doch Ellen wollte nicht aufhören. Sie wehrte sich gegen Bethias Griff und war weitaus stärker. Sie stieß Bethia so fest sie konnte, und Bethia stolperte rücklings und klammerte sich an Ellens Ärmel und an die Tür, während sie fiel. Sie schrie vor Schmerz auf, als sie auf dem Boden landete, und das Geräusch ließ Ellen innehalten.

»Bethia?«, fragte sie unsicher.

»Was ist los?«, fragte Cleo, die entsetzt im Türrahmen erschien.

Bethia hielt sich die linke Hand, und Blut tropfte auf ihren Rock. Als Cleo es sah, machte sie große Augen. Sie schoss nach vorn, ging in die Hocke und griff mit einer Hand in die Tasche, während sie mit der anderen Bethias verletzte Hand nahm.

»Wie kannst du es wagen, mich zu berühren!« Bethia wollte ihre Hand wegziehen, doch Cleos Griff war fest. Bethias Daumennagel war bis weit ins Nagelbett eingerissen.

Er hing nur noch an einer Ecke, darunter quoll Blut hervor. In Bethias Augen glänzten Tränen, und sie schrie erneut auf, als Cleo den Nagel fasste und abriss. Schnell steckte sie den blutigen Nagel in die Flasche, in der sie zwischen anderen Sachen schon Balthazars und Ellens Nägel aufbewahrte.

»So«, murmelte Cleo. Entschieden steckte sie den Korken in die Flasche. »So. Fertig.«

»Was ist das?«, fragte Bethia und hielt sich wieder die Hand. »Wie kannst du es wagen ... Was ist das?« Die Farbe war aus ihrem Gesicht gewichen, ihre Lippen wirkten wächsern. »*Hexe!*«, flüsterte sie. »Du Negerhexe! Lass bloß die Finger von mir!«

Cleo fixierte sie mit ihrem Blick, und Bethia verstummte wie ein Tier, das darauf wartete, gefressen zu werden. Dann ging Cleo zu Ellen und führte sie zurück zum Stuhl. Ellen ließ sich unkontrolliert zitternd darauf nieder.

»Es stimmt, *chérie*«, sagte sie. »Sie haben die Segel gesetzt. Ich habe die Wahrheit in ihrem Gesicht gesehen.«

Hinter ihr rappelte sich Bethia hoch, eilte die Treppe hinunter und rief nach Polly. Cleo presste die Glasflasche in Ellens Hände. »Behalte die bei dir. Sieh zu, dass du tust, was ich sage.«

»Sorgt die dafür, dass er in Sicherheit ist?«, fragte Ellen. »Rettet sie Balthazar?«

Cleo presste die Lippen zusammen.

»Sie wurde nicht für ihn gemacht. Nicht für ihn, sondern für dich und *la fillette*. Für dein Baby. Um Ole Higue fernzuhalten, damit sie nicht den Atem des Babys aufsaugt.«

»Ole wer? Wer ist das?«, fragte Ellen verwirrt. »Aber ... das wird nicht funktionieren, Cleo! Ganz bestimmt nicht. Du hast mir gesagt, dass wir dir unser Blut und alles freiwillig geben müssten. Bethia hat dir ihrs aber nicht freiwillig gegeben!«

»Es ist, wie es sein sollte.« Cleos Augen wirkten beängstigend. »Es wird sie davon abhalten, Schaden anzurichten.«

»Schaden? Meine Schwester würde mir nicht schaden …«, sagte Ellen.

»Du bist blind, *chérie*«, erklärte Cleo.

Ellen schmeckte Galle in ihrer Kehle, und erneut wurde sie von Schluchzen geschüttelt. »Wie kann er weg sein? Wie ist das möglich?«, fragte sie. Die Vorstellung ließ die Welt in Dunkelheit versinken. Es war unerträglich. Cleo hielt schweigend ihre Hand, ganz fest, und drehte sich um, als Bethia wieder in der Tür erschien, ein sauberes Tuch um den Daumen gewickelt.

»Lass uns allein«, wies Bethia sie an.

»Du bist nicht die Herrin in diesem Haus«, erwiderte Cleo.

»Vielleicht nicht, aber ich bin diejenige, die dich als schwarze Hexe entlarvt! Ich bin diejenige, die dich hängen sieht, wenn du nicht tust, was ich sage!«

»*Bethia*!« Ellen rang um Luft.

Cleo starrte Bethia an, woraufhin diese zurückzuckte, jedoch nicht von der Stelle wich.

»Ich komme später zurück, wenn du mich rufst«, sagte Cleo zu Ellen, als sie das Zimmer verließ.

»Warum bist du erst jetzt gekommen, Bethia? Warum hast du mir nicht früher Bescheid gesagt? Oh, warum hast du es mir nicht gesagt, als ich es vielleicht noch hätte verhindern können?«, rief Ellen.

»Aus genau diesem Grund! Du hättest es nämlich nicht verhindern können — Balthazar ist Cockcrofts Eigentum, er kann sich seiner entledigen, wann immer er will. Du hättest dich nur in der Öffentlichkeit gezeigt — und das völlig umsonst.«

»Entledigen?« Ellen schüttelte den Kopf. »Bethia, wie kannst du nur so grausam sein? Ich hätte ihn zumindest sehen können. Ich hätte mich verabschieden können!«

»Das wäre nicht gut gewesen.«

»Wie lange wusstest du schon, dass er weggebracht wird? Wie lange wusste *er* es?« Ellen erkannte den schuldbewussten Ausdruck in Bethias Augen. Sie erkannte ihr schlechtes Gewissen daran, wie sie die Schultern wegdrehte, als wollte sie einer Antwort ausweichen. »Wie lange?«, drängte sie.

»Die ganze Zeit«, sagte Bethia. »Fast die ganze Zeit, die du bei Polly bist. Eine Woche ungefähr, nachdem du hergekommen bist, wurde er an Bord des Schiffes gebracht, um bis zum Ablegen dort zu bleiben.«

»Nein ...«, flüsterte Ellen. »Du ... Wie konntest du nur? Du hast mir das Herz gebrochen, Bethia. Du hast es mir gebrochen.«

»Es war das Beste.« Bethia schluckte, ihre Augen waren weit geöffnet, der Blick starr. »Ich habe mein Bestes für dich getan — für uns alle. Auch wenn du ein Kind bekommst, es kann niemals jemand herausfinden, wer der Vater ist. So ist es zwar ein Bastard, aber keine Abscheulichkeit.«

»Eine *Abscheulichkeit*? Du ... Du nennst mein Baby eine Abscheulichkeit — deine eigene *Nichte*?«

»Dieses Balg, das du austrägst, ist nicht mit mir verwandt!«, blaffte Bethia.

Anschließend schwiegen sie eine Weile. Ellen krümmte sich wieder schluchzend zusammen, und Bethia stand daneben und musterte sie. Von unten war das stete Murmeln der Gäste zu hören. In der Küche klapperte Cleo mit Kannen und Töpfen.

Ellen überlegte verzweifelt, was sie tun sollte. Was *konnte* sie tun? Sie wollte nur, dass das Baby sicher war, aber ohne

Balthazar wusste sie nicht, wie sie das schaffen sollte. Ohne ihn wusste sie nicht, wie sie weitermachen sollte. Ihre Sinne reagierten übersensibel – plötzlich war die Luft zu kalt, sie trug den Hauch von Tod in sich, nicht von Leben, und drohte Ellen zu ersticken. Wo ihre Kleidung sie berührte, schmerzte sie auf ihrer Haut, und ihre Ohren schreckten vor dem Pochen ihres eigenen Herzens zurück. Das Knarren des Bodens, als Bethia ihr Gewicht verlagerte, klang lauter als ein Donnerhall.

»Ich kann nicht hierbleiben«, sagte sie schließlich und stand auf. Das Baby versetzte ihr von innen einen kleinen Tritt, als sei es ganz ihrer Meinung. Als sei es bereit aufzubrechen.

»Was redest du da?«, sagte Bethia.

Ellen umklammerte fest Cleos Zauberflasche und griff nach ihrem Schal. »Ich kann nicht bleiben. Ich muss zu Balthazar.« Es war die schlichte Wahrheit, und es war alles, was sie hatte. Wie schwer auch immer es sein würde.

»Wie meinst du das? Er ist weg, Ellen!«

»Dann werde ich ebenfalls gehen. Ich werde ein Schiff nach Jamaica finden, und es wird mich zu ihm bringen, und ...«

»Bist du denn völlig verrückt geworden?« Bethia klang verängstigt. »Kein Schiff wird dich mitnehmen, und wenn, wirst du ganz bestimmt während der Überfahrt sterben.«

»Ich muss zu ihm. Das ist alles.« Ellen ging zur Tür, doch Bethia kam ihr zuvor und hastete hinaus. Sie schloss die Tür, und Ellen hörte, wie der Schlüssel im Schloss gedreht wurde.

»Nein ...«, flüsterte sie.

»Es ist zu deinem eigenen Besten, Ellen«, klang Bethias Stimme gedämpft durch die Tür. »Nur zu deinem Besten.«

*

Als die Wehen einsetzten, merkte Ellen es zunächst gar nicht. Sie litt zu sehr — ihr Kopf und ihr Herz schmerzten unablässig, und von dort breitete sich der Schmerz in Wellen aus wie bei einem Stein, den man ins Wasser wirft. Wie schon seit Tagen lag sie erschöpft auf ihrer Matratze und erinnerte sich nur vage und bruchstückhaft, wie sie gegen die verschlossene Tür gehämmert hatte, bis ihre Hände wund waren und sie sich heiser geschrien hatte. Sie hörte draußen ihre Stimmen — Cleos und Pollys und manchmal auch Bethias. Sie sprachen gedämpft. Ihre Worte blieben ihr ebenso verborgen wie ihre Absichten. Eines Nachts hörte sie Polly mit Delacroix streiten, und ihre Stimmen drangen laut genug durch die Bodendielen.

»Sie ist meine Familie«, sagte Polly.

»Aber nicht *meine*«, antwortete der Franzose.

Er hatte recht, dachte Ellen. Sie — und das Baby — waren Balthazars Familie. Polly brachte ihr zweimal am Tag Essen nach oben. Sie sah müde und unglücklich aus, aber Ellen vermutete, dass Bethia sie davon überzeugt hatte, diesen Part zu übernehmen.

»Er war hier und hat nach dir gesucht«, sagte Polly eines Tages, als Ellen wieder einmal apathisch auf der Matratze lag. Sie drehte den Kopf zu ihrer Tante. »Dein Balthazar. Nur vier oder fünf Tage, nachdem du hergekommen bist. Er hatte deine Nachricht erhalten und wollte dich sehen, aber ich ...« Sie senkte den Blick auf den Boden. »Ich habe gesagt: *Schäm dich*, und ich habe ihm erklärt, du seist nicht hier. Ich habe ihn weggeschickt. Ich habe gesagt, du seist zu Verwandten nach Somerset gefahren, aber er sagte, er wüsste, dass du keine Verwandten hättest. Er ... Er wollte mir nicht glauben, aber ich habe ihn davon überzeugt, dass du nicht hier bist. Bethia sagte, es sei das Beste, und ich ... Ich wollte nicht, dass du dein Leben völlig ruinierst, Ellen.« Sie sah zu Ellen, in ihren Augen glänzten Tränen. »Und jetzt! Ich kann es kaum ertragen, dich so zu sehen!«, sagte sie. »Vergib mir. Ich bitte dich.«

»Wie hat er gewirkt?«, flüsterte Ellen. »Als er herkam, wie hat er gewirkt?«

Wieder wandte Polly den Blick ab.

»Er wirkte wie ein Mann, der alles verloren hat.«

Ellen schloss die Augen und schluchzte eine Weile, und als sie wieder aufsah, war Polly gegangen. Der Schmerz verstärkte sich und wurde mit jeder Minute heftiger. Er kam in Wellen, bis Ellen schließlich vor Angst aufschrie. Sofort erschien Cleo, legte ihr die Hände auf den Bauch und eilte dann davon. Sie kehrte mit Polly zurück, und kurz darauf kam Bethia.

»Nein«, sagte Ellen, als sie verschwommen Bethias Gestalt wahrnahm. In ihrem Kopf waberte Nebel. »Ich will sie nicht hierhaben.«

»Ich musste ihr schwören, dass ich sie holen lasse.« Polly sah einen Moment zu Bethia, dann wieder zu Ellen. »Ich glaube, sie will wirklich das Beste für dich, Ellen«, sagte sie. »Cleo war schon bei vielen Geburten dabei. Sie wird dir helfen …«

»Nein«, sagte Bethia. »Diese Hexe will ich nicht in ihrer Nähe haben. Geh. Lass uns allein. Ich kümmere mich um sie.«

»Wie du dich um sie kümmerst, haben wir ja gesehen«, sagte Cleo finster.

Dann wurde alles um Ellen schwarz, und für eine Weile verlor sie das Bewusstsein. Als sie das nächste Mal die Augen öffnete, war Bethia die Einzige, die bei ihr war. Das Kinn auf die Brust gesunken, döste sie auf einem Stuhl neben ihr.

Schwach tastete Ellen an der Matratze entlang, unter ihrem Kissen und auf dem Boden, bis sie die Zauberflasche fand, die Cleo für sie gemacht hatte. Für *la fillette*. Sie umklammerte sie fest.

Die Zeit verstrich, ohne dass Ellen hätte sagen können, wie viele Minuten oder Stunden vergangen waren. Sie hatte Schmerzen, schreckliche Schmerzen, und die Angst war noch größer als der Schmerz. Je länger es dauerte, desto schlimmer wurde beides. Sie öffnete die Augen und sah den hellen Feuerschein und Polly, die versuchte, ihr mit dem Löffel Wasser in den Mund zu träufeln. Sie öffnete die Augen und sah Schatten, die keinen Sinn ergaben, und eine Gestalt an der Tür, die sie für Balthazar hielt. Ihr Herz tat einen schmerzhaften Sprung, doch das Bild löste sich auf.

Als Ellen das nächste Mal die Augen öffnete, sah sie nichts als Dunkelheit. Sie roch Blut und Kohlen. Die Wehen durchfuhren sie wie heiße Eisen. Sie träumte, dass sie auf dem Hügel war und der frische Wind aus Irland herüberwehte. Sie träumte, dass sie im Schoß ihrer Mutter lag, in dem engen Raum über der alten Pfeifenbäckerei. Sie wiegte sie in den Armen und sang. *Lulalu, lulalu …*

Sie träumte, dass sie mit Balthazar auf einem Schiff war, ohne festes Ziel, aber das spielte keine Rolle, weil sie alle drei zusammen waren. Irgendwann überwältigten sie die Wehen, und sie meinte zu sterben. Doch dann lag ihre Tochter auf ihrer Brust, nackt und blutbefleckt, und Ellen wagte kaum zu glauben, dass sie wirklich da war. Das kleine Mädchen drehte den Kopf und trat mit den Beinchen gegen Ellens Rippen. Sie ballte die winzigen Finger zu Fäusten, holte Luft und schrie und schrie, und Ellen lehnte sich bei dem Geräusch zurück. Sie war zu schwach, zu erleichtert, um irgendetwas zu tun. Sie spürte das Gewicht und die Wärme des Babys in ihren Armen, hörte die leise, aber durchdringende Stimme — der schönste Laut, den sie jemals gehört hatte, und verlor erneut das Bewusstsein.

*

Als sie das nächste Mal erwachte, war Ellen allein. Es war Nacht und das Zimmer dunkel und kalt, das Haus still. Auf ihrem Nachthemd und an ihren Beinen klebte Blut. Die Haut an ihrem Bauch hing schlaff herab, aber ihr Baby war nirgends zu sehen. Sofort suchte sie verzweifelt nach ihrer Tochter — sie wollte sie unbedingt wieder in den Armen halten. Dieses winzige Mädchen, das getreten und geschrien und die Fäuste geballt hatte, als sei es bereit, den Kampf mit der Welt aufzunehmen. Bei dem Gedanken an sie schmerzten Ellens Brüste, und sie spürte, wie die Milch einschoss. Doch als sie aufzustehen versuchte, wollte ihr Körper ihr nicht gehorchen, und sie konnte kaum den Kopf vom Kissen heben. Ihre Muskeln fühlten sich kraftlos an und ihre Knochen brüchig wie trockenes Stroh. Sie kämpfte und spürte, wie Tränen aus ihren Augenwinkeln rannen, schnell auf der Haut abkühlten und in das Haar an ihren Schläfen liefen.

Langsam, jeder Zentimeter ein Kampf, kroch sie zur Tür. Sie war verschlossen, und eine Weile saß Ellen davor und lehnte den Kopf dagegen. Sie schaffte es nicht zurück zur Matratze, darum rückte sie stattdessen näher an die Reste des Feuers und hoffte, die Wärme würde sie beleben. Sie zog die Knie an die Brust, vor ihren leeren Körper, und hatte solche Angst um ihr Kind, dass sie an nichts anderes denken konnte.

*

Am Morgen fand Polly sie und half ihr zurück auf die Matratze. Sie reichte ihr Brandy und dann einen Becher *Sklavenliebling*, der ihr etwas Kraft zurückgab.

»Na also ... Cleo hat dich gesehen und sagt, es wird dir bald wieder gut gehen.« Polly strich Ellens Haar zurück. »Komm, wir ziehen dir was Sauberes an, dann musst du dich wieder ausruhen.«

»Wo ist sie?«, stieß Ellen flüsternd hervor.

Pollys schwaches Lächeln erstarb. »Sie ist in Sicherheit«, sagte sie, und das war die einzige Antwort, die Ellen erhielt, ganz gleich, wie oft sie ihr dieselbe Frage stellte.

Nichts hatte sich am nächsten Tag verändert, außer dass Ellen etwas kräftiger und noch aufgelöster war und Polly noch fahriger. Ellen sah, wie ihre Tante ihrem Blick auswich. Wie angespannt ihre Schultern waren, und ihre Angst wuchs unablässig.

»Wo ist sie? Wo ist mein Baby? Bitte sag mir ... lebt sie?«, fragte Ellen.

»Sie lebt.«

»Wo ist sie dann? Mir geht es jetzt gut — ich will sie sehen! Bitte bring sie mir!«

»Bethia kommt bald. Sie soll es dir erzählen, schließlich ist es ihr Werk.« Pollys Stimme schwankte.

»Was ist ihr Werk, Polly? *Was*?« Ellen zitterte so heftig, dass sie die Worte kaum herausbrachte.

Sie weinte sich in den Schlaf. Als sie irgendwann aufwachte, kniete Cleo neben ihr. Ellen hielt die Glasflasche in den Händen, und Cleo drückte ihre Hände fest darum.

»Es tut mir leid, Kind«, sagte sie.

»Was ist passiert, Cleo? Wo ist mein Baby?«

»Ich kann es nicht sehen.« Cleo verzog verzweifelt das Gesicht, und Ellens Angst türmte sich zu einer Riesenwelle auf, die drohte, über ihr zu brechen. »Aber ich sehe *ihn*«, sagte Cleo.

»Wen? Balthazar?«, fragte Ellen, und Cleo nickte. »Kommt er zurück?«

»Ja«, sagte Cleo mit tonloser Stimme. Sie schüttelte entschieden den Kopf. »Du darfst nicht auf ihn hoffen, Kind.«

»Wie meinst du das?«

»Ich habe ihn nur kurz gesehen. Ich habe seine Angst um dich gesehen, um *la fillette*, und ich habe gesehen, dass er in die Stadt zurückkehrt und nach euch beiden sucht. Aber das erst in einigen *Jahren*, Susannahs Mädchen. Erst in vielen Jahren«, sagte sie.

Ellen versuchte, diese Information zu verarbeiten, und bebte, als ein weiteres Stück Hoffnung in ihr starb. »Dann werde ich zu ihm reisen. Ich nehme mein Baby, und sobald es mir wieder gut geht, fahren wir zusammen zu ihm«, sagte sie. Aber sie glaubte ihren eigenen Worten nicht, denn sie sah in Cleos Gesicht, dass sie es nicht tun würde. »Nein?«, fragte sie.

»Nein. Es tut mir leid.« Cleo ließ den Kopf hängen. »*Bon sang!* Ich hätte es sehen müssen — ich hätte sie aufhalten müssen, als sie …«

»Sei still, Frau. Lass uns allein«, sagte Bethia.

In Winterstiefeln und einem neuen grünen Reitmantel stand sie adrett und beherrscht im Türrahmen. Sie sah um einiges älter aus, als sie tatsächlich war, als wäre ein Teil ihrer Jugend oder Unschuld in ihr gestorben.

»Hilf mir, Cleo«, flüsterte Ellen.

Cleo half ihr vorsichtig auf den Stuhl, und Ellen spürte, wie das Zimmer kippte und wankte, ihr wurde schwarz vor Augen. Es fühlte sich an, als würde sie taumelnd am Rand einer Klippe stehen, unter ihr der kalte, dunkle, unglaublich tiefe Ozean. Unausweichlich. Sie umklammerte fest Cleos Zauberflasche, und als Bethia sie entdeckte, erschauerte sie vor Ekel.

»Du musst dieses widerwärtige Ding wegwerfen«, sagte sie.

»Ich werde es behalten«, erklärte Ellen. Ihr Herz vibrierte mit jedem Schlag wie ein Glas, das zerbersten könnte. »Wo ist sie?«, fragte sie.

»Lass uns allein, habe ich gesagt!«, herrschte Bethia Cleo an, doch die ältere Frau schüttelte den Kopf.

»*Non.* Ich hätte niemals gehen dürfen und werde jetzt bleiben.«

Bethias linkes Augenlid zuckte, sie erbleichte vor Wut.

»Wo ist sie, Bethia?«, fragte Ellen.

»In einem neuen Zuhause. Bei einem Mann und seiner Frau, die sich seit vielen Jahren ein Kind gewünscht haben, aber keins bekommen konnten.«

»Nein …«

»Die Haut des Kindes war hell, das Haar dunkel. Erstaunlich hell, in Anbetracht des Vaters — natürlich habe ich ihnen nicht gesagt, dass das Kind ein Neger-Mischling ist. Und der Mann hat dunkles Haar und einen dunklen Teint, darum könnte es durchaus ihr eigenes sein. Sie haben Bristol jetzt verlassen und sind an einem Ort, wo niemand weiß, dass das Kind adoptiert ist.«

»Nein, Bethia! Sie gehört mir! Du musst sie zurückholen!«

»Ich wusste, dass du nicht zustimmen würdest, darum habe ich es dir vorher nicht gesagt. Keinem von euch.« Bethia starrte wütend zu Cleo, aber nur für einen Moment, dann wandte sie den Blick wieder ab. »Aber es ist das Beste, Ellen … wirklich, ich habe das alles für uns getan. Um das

489

Kind wird sich gut gekümmert, Balthazar ist fort, und wenn es dir wieder gut geht, kannst du in die Gesellschaft zurückkehren — vielleicht sogar nach Hause, zu Phila, Vater und mir. Du wirst von einem Skandal verschont und wir auch! Verstehst du das denn nicht? Es ist das Beste!«

»*Voleuse!*«, stieß Cleo hervor, und Bethia zuckte zusammen. »Gemeine Diebin!«

»Wo …« Ellen konnte nicht atmen. »Wohin haben sie sie gebracht? Ich werde zu ihnen gehen und es ihnen erklären. Wie heißen sie? Was ist der Mann von Beruf?« Sie versuchte aufzustehen, aber ihre Knie gaben nach, und sie sank zurück.

»Das werde ich dir niemals sagen.« Bethia schüttelte den Kopf. »Schlag dir das aus dem Kopf.«

»Doch, doch! Du *musst* es mir sagen! Wie hast du diese Leute gefunden? Wohin bringen sie mein Kind?« In Ellens Kopf entstand ein solcher Druck, ein so furchtbarer Lärm, dass sie schreien musste, um ihre eigenen Worte zu hören. Es fühlte sich an, als würde ihr Schädel platzen. »*Wo ist sie?*«

17

HEUTE

Das Wasser des Avon war nur zu sehen, wenn die Lichter der Autoscheinwerfer, Flugzeuge oder Straßenlaternen sich flüchtig darin spiegelten. Sonst war der Fluss ganz schwarz. Liv beugte sich über das Metallgeländer der Brücke, das nach Westen zur Mündung zeigte, während hinter ihr die Lastwagen vorbeidonnerten. Dröhnende Motoren und das Zischen der Reifen auf der nassen Straße. Sie nahm den Geruch des Flusses wahr — nach Mineralien und Schlamm —, und sie spürte, dass sich die Luft dort anders anfühlte. Und die Feuchtigkeit auf ihrem Gesicht. Der Wind wehte kalt und erbarmungslos von der Mündung herauf. Liv starrte auf den Fluss hinunter und dachte an das Nichts. Wie es sich wohl anfühlen mochte — wenn man nicht mehr existierte. Sie konnte es sich nicht vorstellen und fragte sich, ob Martin es sich hatte vorstellen können. Oder war er gesprungen, um es herauszufinden? In dem Vertrauen darauf, dass es sich, egal, was als Nächstes kam, auf jeden Fall besser anfühlen würde als das, was er gerade erlebte. Sie verschränkte die Arme auf dem Geländer und legte den Kopf darauf. Das Metall war so kalt, dass es auf der Haut brannte. Der Wind trieb Luft in ihre Lungen, und sie stieß sie wieder aus, die Müdigkeit zerrte an ihr wie der Gezeitenstrom.

In ihrem Kopf zogen flüchtige Szenen vorüber. Wie die Anfänge eines Traums blitzten sie auf und waren im nächsten Moment schon wieder verschwunden. Ellens Knie sackten gegen das Geländer, und sie kämpfte gegen den Drang, sich einfach dort hinzulegen und auf der Stelle einzuschlafen.

In einer Szene, die ihr durch den Kopf schoss, meinte sie, einen Mann wütend und verzweifelt fluchen zu hören. Sie dachte, sie könnte das leichte Walzen eines Schiffes unter ihren Füßen spüren. Sie befand sich auf dem Wasser und ging nach Westen. Ihr stieg der durchdringende Geruch von Salz und Teer in die Nase, und ein mit Seilen gefesselter Mann kämpfte wie ein wildes Tier, um sich zu befreien, bis seine Haut in Fetzen hing. Der Salzgeruch stammte von seinem Blut; dem Blut auf der geschundenen schwarzen Haut. *Nein — bringt mich zurück! Lasst mich an Land! Das könnt ihr nicht machen! Das dürft ihr nicht!*

Als ein vorbeifahrendes Auto hupte, schreckte Liv zusammen und blickte hinunter. Sie rechnete irgendwie damit, ein Schiff unter der Brücke zu sehen, das aufs offene Meer hinausfuhr. Doch da war nichts. Was blieb, war das Gefühl von Bewegung, das geschmeidige Wogen von Wasser, obwohl sie fest auf dem Asphalt stand.

Wo ist sie? Die Stimme klang wie ein Atemhauch, beinahe ging sie im Wind unter. Liv stand auf und lauschte angestrengt; sie spürte ein Kribbeln zwischen den Schulterblättern. Doch das war unmöglich — sicher erinnerte sie sich nur an die Stimme und an die Frage, die sie immer und immer wieder gestellt hatte. Als ob alles — *alles* — davon abhinge, dass sie die Antwort auf die Frage fand.

»Bitte, hört auf«, flüsterte Liv. »Lasst mich endlich in Ruhe.« Sie stellte ihren Fuß entschlossen auf die unterste

Sprosse des Brückengeländers und stieg hinauf, sodass sich die oberste Strebe auf Höhe ihrer Hüften befand. Es wäre so leicht, ein Bein hinüberzuschwingen oder sich einfach nach vorn fallen zu lassen. Wenn sie mit dem Kopf auf dem Wasser aufschlug, würde sie wahrscheinlich das Bewusstsein verlieren, und wenn nicht, würde sicher die Kälte dafür sorgen. Doch sie schwang kein Bein hinüber und ließ sich auch nicht nach vorn fallen.

Wo ist sie? Zum ersten Mal hörte Liv etwas Neues in der Frage — sie hörte keine Forderung mehr darin, keine Anklage, nicht die Absicht, sie zu quälen. Stattdessen vernahm sie ein Flehen. Eine ängstliche Bitte um Hilfe, die über lange Zeit nicht erhört worden war. Sie war ihr dorthin gefolgt, war ein Teil von ihr geworden, nicht länger auf die Christmas Steps beschränkt.

Ellen starrte auf das schwarze Wasser unter ihr. Sie konnte sich von der Verzweiflung überwältigen lassen. Sie konnte sich von ihr fertigmachen lassen und alles aufgeben, was sie einst gewesen war, getan und gewollt hatte. Die Leute würden sagen, es lag daran, dass sie erst das Baby verloren habe und dann ihren Vater. Sie würden sagen, dass sie ganz nach Martin käme und seine Schwäche geerbt habe. Sie könnte ein weiteres Gesicht auf der Website von *Missing People* sein, ein weiterer Geist, der Schatten einer Person, gefangen auf dieser endlosen Straße. Sie konnte das eiskalte schmerzende Wasser in ihre Lunge aufnehmen oder für immer leer, verloren und ziellos umherwandern. Oder sie konnte Widerstand leisten. Sie konnte etwas Einfaches, Nützliches tun, um jemandem zu helfen.

Sie stieg hinunter auf den Asphalt und spürte noch immer das Wogen unter ihren Füßen. »In Ordnung«, sagte sie müde. »Also gut. Ich werde es versuchen.«

Da hörte sie noch eine Stimme, auch sie kaum wahrzunehmen. Es war keine Stimme, die sie kannte, aber dennoch quälend in ihrer Vertrautheit: *Ich werde leben.*

Liv geriet kurz ins Straucheln und ging dann, obwohl allein der Gedanke an den Weg ihr Tränen purer Erschöpfung in die Augen trieb, zurück in Richtung Bristol.

*

Als sie den Laden in den Christmas Steps erreichte, wurde es bereits hell. Sie hatte die Ladentür offen gelassen, als sie in die Nacht hinausgelaufen war, zog sie jetzt hinter sich zu und schloss ab. Sie hatte nie richtig gesucht — nicht wie Martin, der sich der Suche zumindest eine Weile ganz hingegeben und sein Bestes getan hatte. Er hatte alle Möbel verrückt und versucht, die Dielen anzuheben. Er hatte versucht, den Kellerboden aufzustemmen. Liv hatte sich nur einmal dabei ertappt, wie sie stumm im Schlaf gesucht hatte, und sie hatte aufgehört, sobald sie ganz wach gewesen war.

Sie stand im Laden und versuchte nachzudenken. *Lass uns allein. Ich kümmere mich um sie.* Unaufhaltsam wurde ihr Blick nach oben zur Decke gezogen, zu den oberen Etagen. Zur Dachkammer. *Wie du dich um sie kümmerst, haben wir ja gesehen.* Hände schlugen gegen die verschlossene Tür, flüsternde Stimmen waren knapp außer Hörweite. Langsam stieg Liv die Treppe hinauf, bis ganz nach oben.

Die einzelne Glühbirne leuchtete schwach, als sie das Licht einschaltete. Liv blickte auf die Kartons auf dem Boden, doch sie wusste, dass es sinnlos war, sie zu durchsuchen. Sie betrachtete die Wände, aber die waren solide — keine verräterischen Risse im Putz, die auf versteckte Türen hinwiesen oder auf Fenster oder Lücken, die zugemauert worden waren. Sie kniete sich neben den Kamin und tastete an den Mauern entlang, soweit sie sie erreichte. Es gab keine Vorsprünge oder Nischen. Mit von Ruß geschwärzten Fingern strich sie über die Rückseite der Feuerstelle, doch der Kamin konnte nach seinem Bau unmöglich verändert worden sein. Sie leuchtete mit der Taschenlampe des Smartphones in den Kamin, doch es war nur ein nichtssagender schmaler viereckiger Schacht, an dessen schwarzen Wänden Teer und Ruß von Jahrhunderten glitzerten.

Liv wandte sich wieder von dem Kamin ab und betrachtete die einzigen anderen Einrichtungsgegenstände im Zimmer — die billigen, schlecht eingebauten Schränke, die an der gegenüberliegenden Wand standen. Sie hatte bereits hineingesehen, aber sie tat es jetzt noch einmal. Sie untersuchte sie gründlich. Die Spanplatten auf der Rückseite der Schränke waren von den Regalbrettern verformt worden. Liv schob ihre Finger in die Lücken und zog, bis sie die Wand dahinter sehen konnte. Dann riss sie alle Regalbretter heraus und warf sie hinter sich, ohne sich um den Lärm zu scheren. Sie zerrte an den Rückwänden, bis sie nachgaben, zersplitterten und brachen, wo sie noch von Nägeln gehalten wurden. Sie arbeitete sich weiter vor und warf die geborstenen Stücke hinter sich, wobei ihr Splitter die Hände aufrissen und Staub in den Augen juckte. Schließlich kam die Wand des Gebäudes zum Vorschein, die von einem Netz aus toten Spinnen und alten Spinnweben überzogen war. Während sie arbeitete, begann das Baby zu weinen. »Ich versuche es!«, murmelte Liv.

Als sich ein Eckstück nicht lösen ließ, lief Liv in den Keller hinunter, um Martins Schaufel zu holen, und benutzte sie, um die Schrauben aus der Wand zu lösen. Plötzlich gaben sie nach und regneten mit einem Schwall Staub und Putz auf sie herunter. Danach war an der Wand kein Stück

Putz mehr, das größer als eine Handbreit war. Liv strich darüber, klopfte mit den Knöcheln dagegen und achtete darauf, ob eine Stelle sich irgendwie anders anfühlte oder hohl klang. Da war nichts. Es war nur eine feste Steinmauer, dick und uneben durch Generationen von Farbschichten.

Liv stieß einen verzweifelten Laut aus, und die Schreie des Babys wurden lauter, zugleich verstärkte sich der Drang in ihr weiterzusuchen. *Ich kann sie nicht sehen.* Liv hielt inne und lauschte, ihre Haut zog sich zusammen. Es war die zweite Frauenstimme, tiefer und voller als die andere. Eine warme, aber wütende Stimme voller Bedauern. *Bon sang! Ich hätte es sehen müssen!*

In dem schwachen Licht konnte Liv nichts richtig erkennen. Wieder holte sie ihr Telefon heraus und trat in die Überreste des Schranks. Sie leuchtete an der Wand entlang, erst in die eine, dann in die andere Richtung. Noch immer suchte sie nach Hinweisen auf ein Versteck. Dann wiederholte sie dasselbe mit dem Teil der Decke, den die Schränke verdeckt hatten — und da sah sie es.

Sie starrte hinauf und hielt das Smartphone in einem anderen Winkel. Das Licht ließ keinen Zweifel. An der höchsten Stelle, im Giebel, wo die Decke parallel zum Boden verlief, anstatt schräg mit dem Dach abzufallen, befand sich eine Vertiefung, die ungefähr den Durchmesser eines Unterarms hatte. Liv streckte die Hand nach oben und strich mit den Fingern darüber. Sie klopfte dagegen, und der Klang veränderte sich, wurde hohl. Ohne nachzudenken, nahm sie die Schaufel, trat zurück, zielte und stieß die scharfe Kante in die Stelle. Gipsstücke flogen heraus, und grauer Staub stob in die Luft. Liv hustete, kniff die Augen zusammen und stieß noch einmal zu. Ein größeres Stück Gips fiel auf den Boden, und sie spähte in das Loch, das sie hinterlassen hatte.

Unter dem Putz befand sich Holz. Eine flache Holzplatte, nicht Backstein wie an der übrigen Decke. Schnell entfernte Liv den Rest des Putzes, bis die Platte in ihrem erhabenen Rahmen frei lag. Es war eine alte Dachluke — gerade groß genug, um einen Terrier hindurchzuschieben, damit er die Ratten auf dem leeren Dachboden fing. Sicher nicht groß genug, dass eine Person hinaufsteigen konnte, außer vielleicht ein sehr kleines Kind. Liv starrte auf die Luke. Ihr Herz schlug heftig gegen ihre Rippen, dröhnte laut in ihren Ohren. *Wo ist sie?*

Sie lief über die Treppe in den ersten Stock, fegte ihre Kleider vom Stuhl im Gästezimmer und trug ihn hinauf in die Dachkammer. Sie stellte den Stuhl in den zerstörten Schrank, kletterte hinauf und stieß mit beiden Händen gegen die Dachluke. Es ertönte ein splitterndes Geräusch, dann gab die Luke nach und verschwand in dem schwarzen Raum darüber. Ein Schwung eiskalter Luft wehte herein, zusammen mit einem Schwall Splitt und Staub. Liv atmete ihn ein und hustete; dann bemerkte sie plötzlich, wie still es im Zimmer geworden war. Keine Stimmen mehr, kein weinendes Baby. Alles war ganz ruhig. Erwartungsvolle Stille.

Sie streckte ihre Hand durch die Luke und hielt das Smartphone hoch, um zu leuchten, dann steckte sie vorsichtig den Kopf hindurch. Es gab nicht viel zu sehen. Zement trat zwischen den Dachbalken hervor, an dem noch mehr Spinnweben hingen. Dachbalken und -sparren waren von Holzwürmern durchlöchert, es gab keine Isolierung, und hier und dort drang das erste Morgenlicht durch Lücken und Löcher. Es roch nach Mauerwerk und Staub. Auf der anderen Seite des Raums konnte sie den Rauchfang sehen, der sich nach oben hin verjüngte, und auf der Rückseite, eine Armlänge entfernt, ein schmutziges Stoffbündel. Liv streckte den Arm aus und griff vorsichtig danach, sie war jetzt ganz ruhig.

Es wog fast nichts und fühlte sich zerbrechlich an. Sie zog es so sanft wie möglich zu sich heran und überzeugte sich, dass sich darunter oder dahinter nichts anderes mehr befand, dann nahm sie das Bündel und stieg vom Stuhl. Liv war sich bewusst, dass noch jemand im Raum war, doch sie drehte sich nicht um, denn sie wusste, wer es war. Ihre Kopfhaut kribbelte, und ihre Hände zitterten.

Sie setzte sich auf den Stuhl und legte das Bündel auf ihre Knie. Es war irgendein Tuch — grobes Leinen oder Segeltuch, grau vom Staub auf dem Dachboden. Es war nicht gemustert und sah aus, als sei es eilig zusammengerafft und unachtsam aufgewickelt worden. Liv hielt den Atem an. Vorsichtig öffnete sie das Bündel, bei jeder Bewegung fiel noch mehr Staub heraus, und winzige Risse erschienen in dem Stoff. Es war so leicht, dass sie sich fragte, ob das Bündel vielleicht leer war — nur ein altes Stück Stoff, nichts weiter. Doch als sie es ganz aufgeschlagen hatte, entdeckte sie etwas darin, grau und trocken und fast gewichtslos.

»O mein Gott ...«, flüsterte sie, als sie begriff.

Die Luft im Dachboden fühlte sich an, als habe jemand unerträglich lang die Luft angehalten und würde nun endlich wieder ausatmen. Es fühlte sich an, als würde jemand einen sehr, sehr traurigen Seufzer ausstoßen und Livs Nacken frösteln lassen. Der Raum war von Kummer erfüllt, und eine ganze Weile saß Liv einfach nur mit gesenktem Kopf da, während ihr die Tränen über das Gesicht liefen, und wiegte die Knochen eines Neugeborenen in ihrem Schoß.

18

1791

Bei Ellens Geruch drehte sich Bethia der Magen um — sie roch beißend nach Schweiß und Krankheit und nach Flüssigkeiten, deren Namen Bethia nicht kannte. Wehen erschütterten den gewölbten Bauch, als würde ein Dämon versuchen, sich aus ihr zu befreien, und vor Schmerz biss Ellen die Zähne zusammen. Bethia fragte sich, wie das Ergebnis einer so widernatürlichen Paarung wohl aussehen mochte. Ob es mehr wie ein Tier als wie ein Mensch aussah. *Mulatte* würde man es nennen. Ellen gab leise animalische Laute von sich, als würde auch sie zum Tier. Die Dachkammer war schwach von zwei Kerzen erleuchtet und das Feuer heruntergebrannt. Es wurde kühl, aber der Geruch war so intensiv, dass Bethia die stickige Wärme nicht auch noch hatte ertragen können.

Es war bereits nach Mitternacht. Ellen und sie waren als Einzige im Haus noch wach. Bethia hatte versprochen, Polly zu holen, falls Ellens Zustand kritisch wurde oder das Kind kam, aber es fühlte sich an, als sei das normale Leben — die normale Welt — sehr weit weg. Bethia stellte sich vor, sie wären zu zweit auf einem Schiff, auf dem dunklen Meer, weit, weit entfernt von der Küste. Bei dem Gedanken erschauerte sie. Sie hatte sich noch nie zu fernen Orten hingezogen gefühlt — sie dachte nur daran, wie wild und unkultiviert es dort wohl zuging. An die unzivilisierten Ureinwohner ohne Sprache oder Manieren. An Gefahr und Tod. Einen Moment lang dachte sie an Balthazar, denn er war in diesem Moment auf dem dunklen Meer, weit von der Küste entfernt. Mindestens sechs Wochen dauerte die Überfahrt zu den West Indies. Ein schrecklicher Gedanke. Sie war froh, dass sie nicht an seiner Stelle war. Wann immer er ihr in den Sinn kam, schlug ihr Herz bei dem Gedanken, dass er sie gesehen haben könnte und Bescheid wusste, schneller. Sie war sich fast sicher, dass er sie nicht gesehen hatte. Und dennoch blieb ein vager Zweifel.

Man hatte ihn einige Wochen lang auf einem von Cockcrofts Schiffen gefangen gehalten, damit er nicht flüchten konnte. Jetzt wurde er nach Jamaica zurückgebracht, und das alles, weil Bethia persönlich mit Cockcroft gesprochen hatte. Sie hatte ihn im Rathaus aufgesucht, weil sie nicht wollte, dass Diana Cockcroft, Alexandra oder Rupert etwas davon wussten oder auch nur ahnten. Sie hatte sorgsam darauf geachtet, nicht zu offen zu sprechen, und Cockcroft erklärt, sie habe aus zuverlässiger Quelle erfahren, dass Balthazar eine junge Dame aus guter Familie verführt habe. Man habe die junge Dame, die sich nun in heiklem Zustand befinde, irgendwo in Sicherheit gebracht, doch ihr Leben sei ruiniert. Bei ihren Worten waren dunkelrote Flecken auf Cockcrofts Gesicht erschienen, und obwohl er es seinem seit Langem treuen Diener zunächst nicht zugetraut hatte, konnte Bethia ihn überzeugen. Als sie ihren Bericht beendet hatte, kniff er sich eine Weile in die Nasenwurzel.

»Dann muss er weg! Zum Teufel mit seiner Dreistigkeit!«, hatte er schließlich gesagt.

»Ich hoffe, Sie vergeben mir, dass ich Ihnen so schlechte

Nachrichten überbringe, Sir«, hatte Bethia gesagt, als sie sich verabschiedete. »Doch ich dachte, Sie sollten es wissen.«

»Ich bin Ihnen nicht dankbar, Miss Thorne«, hatte er erwidert. »Doch das muss erledigt werden. Und die Identität der jungen Frau oder ihrer Familie kennen Sie nicht? Man muss ihr wohl eine Entschädigung zukommen lassen.«

»Nein, Sir.« Bethia faltete die Hände, damit er nicht sah, wie sie zitterten. »Die Familie würde wohl auch kaum wollen, dass ich es Ihnen verrate, wenn ich es denn wüsste.«

»In der Tat.« Cockcroft hielt inne, und Bethia knickste und war im Begriff zu gehen. »Und Ihre Schwester?«, sagte er tonlos. »Ich hoffe doch, sie erholt sich gut von ihrer Krankheit?«

»Ja, danke, Sir«, sagte Bethia so tonlos wie möglich. »Ich denke, dass sie bald zu uns zurückkehren kann.«

Am nächsten Tag war dann das Dienstmädchen, das im Untergeschoss bei den Cockcrofts arbeitete, in die Orchard Street gekommen. Bethia hatte dem Mädchen mit dem hinterhältigen Blick und dem zynischen Zug um den Mund einen Schilling versprochen, wenn es sie mit Neuigkeiten versorgte. »Er wird verschifft, Miss, so bald wie möglich.«

Also war Bethia zum Hafen hinuntergeeilt und hatte sich so gut wie möglich im Verborgenen gehalten. Schon bald hatte man ihn gebracht, und sie hatte beobachtet, wie er sich wehrte. Sein Hemd war zerrissen, er fletschte die weißen Zähne, das Zahnfleisch war blutig, und er trat und wehrte sich mit allen Mitteln gegen die Männer, die ihn festhielten. Sie hörte, wie er schrie und fluchte, wie er darum bettelte, freigelassen zu werden. Wie er seine Unschuld beteuerte und auf dem Recht bestand, zu bleiben und sich zu verteidigen. Doch ein solches Recht stand ihm nicht zu. Das wusste Bethia, und sie wäre zu gern hervorgetreten und hätte gesagt:

Du hast keine Rechte. Du bist kein Mensch. Diese triumphierenden Worte hatten ihr auf der Zunge gelegen, aber etwas hatte sie davon abgehalten, sie auszusprechen.

Hinter dem Triumph spürte sie etwas Größeres, etwas, das sie nicht ganz verstand und das sich stark nach Angst anfühlte. Als hätte *sie* gesündigt und nicht ihre Stiefschwester und dieser schwarze Sklave. Als hätte *sie* etwas Schreckliches getan, zu schrecklich, um Balthazar in die Augen sehen zu können. Schrecklich genug, dass niemand erfahren durfte, dass sie dahintersteckte, für den Fall — nur für den Fall —, dass er jemals zurückkam, um sich zu rächen. Dieses unbekannte Gefühl beunruhigte sie. Sie verdrängte es, so gut sie konnte, und klammerte sich an die Genugtuung, dass der Mann für immer fort war, weit weg von ihr und getrennt von Ellen. Wahrscheinlich würde er auch nicht lange leben. Nahezu die Hälfte aller neuen Sklaven starben in den ersten beiden Jahren auf den Plantagen, hatte Rupert ihr erzählt und sich über die Kosten beklagt. Angesichts des leichten Lebens, das er als Kammerdiener gehabt hatte, war Balthazar für die harte Arbeit ungeeignet.

Bevor man ihn unter Deck gebracht hatte, hatte Balthazar hilfesuchend zum Kai gesehen, und sein Blick war nur für eine Sekunde auf sie gefallen. Sie war sich sicher, dass er sie nicht erkannt hatte. Doch eine kleine Unsicherheit blieb. Aber sie würde ihn nie wiedersehen, beruhigte sie sich immer wieder. Sie würde ihn nie wiedersehen, und er konnte ihr nichts anhaben.

Wieder stöhnte Ellen und drehte den Kopf zu Bethia. Sie keuchte leise. Ihr Atem war heiß und trocken und roch abgestanden. Bethia begriff, dass sie sterben konnte. Ihr Magen zog sich zusammen, und sie schluckte, starrte auf ihre Stiefschwester hinunter und versuchte, sich vorzustellen, was sie dann empfinden würde. Sie dachte an die Geschichten, die Ellen ihr erzählt hatte, als sie klein waren, und an die Lieder, die sie ihr in ihrem dunklen Zimmer vorgesungen hatte, als Bethia gerade eingezogen war. Wie diese Lieder sie von der Angst befreit hatten, deren Klauen sie bis dahin unerbittlich ausgeliefert gewesen war. Ellens Liebe war mit Abstand das Beste, das sie jemals besessen hatte, ein wundervoller strahlender Schatz. Und dann hatte Ellen diese Liebe Balthazar geschenkt. Ellen hatte stets alles getan, um es Bethia recht zu machen, und dennoch hatte sie sich auf diese katastrophale Sache eingelassen, ohne auch nur im Geringsten an Bethia zu denken. Ihre Wut flammte erneut auf.

Sie brachte die Stimme in ihrem Hinterkopf zum Schweigen, die mutmaßte, dass Cockcroft ahnte, dass Ellen diejenige war, die Balthazar verführt hatte. Dass er Rupert deshalb angewiesen hatte, sich für Marianne zu entscheiden und keine Bindung mit einer derartigen Familie einzugehen. Die zwei Ereignisse hatten in kurzer Folge stattgefunden, es war unmöglich zu sagen, was zuerst geschehen war. Sie weigerte sich, auf die Stimme zu hören, die ihr einreden wollte, dass Rupert Marianne einfach vorzog, weil sie reicher und von besserer Abstammung war. Sie wollte auch nicht zuhören, als die Stimme sie daran erinnerte, dass Rupert zuvor Ellen ihr vorgezogen hatte. Womöglich hatte er sich Bethia nur zugewandt, um dadurch Ellens Interesse zu erregen. Vielleicht hatten seine Andeutungen einer gemeinsamen Zukunft nur dazu gedient, Ellen zu bestrafen, nachdem sie mit Balthazar getanzt hatte. Bethia wies all das von sich und musterte mit hartem Blick Ellen in ihrem Elend. Es war alles Ellens Schuld.

Sie starrte ihre Stiefschwester an und fragte sich, wie diese behaupten konnte, sie zu lieben, wenn sie all ihre Chancen zunichtegemacht hatte. Nein. Ihre Liebe und ihre Treue waren nur Heuchelei gewesen. Bethia biss derart fest die Zähne zusammen, dass ihr Kopf schmerzte. Sie spürte, wie sich ihre letzte Zuneigung langsam und unaufhaltsam in eine tiefe Abneigung wandelte.

Sie liebte Ellen nicht, und Ellen liebte sie nicht. Das alles war nur eine Illusion gewesen. Sie waren nicht verwandt, keine Schwestern. Zwischen ihnen war *nichts*, und wenn Ellen die Chance dazu hätte, würde sie Bethia vollkommen vernichten — sie würde ihre Schande offen zur Schau stellen. Doch sie sah so schwach aus, wie sie dort lag, schweißüberströmt und kaum bei Bewusstsein. Sie war am Ende ihrer Kräfte. Wehrlos. Die Vorstellung weckte ein seltsames Gefühl in Bethia, wie Nadelstiche unter ihrer Haut. Viele Frauen starben im Kindbett, quälten sich und verbluteten. Viele starben noch, bevor die Babys überhaupt auf der Welt waren, und nahmen die Kinder mit sich. Es war keineswegs ungewöhnlich. Bethia erhob sich leise von ihrem Stuhl und kniete neben der Matratze nieder. Sie könnte Ellens Atem ganz leicht zum Stillstand bringen. Sie brauchte nur die Hände auf ihr Gesicht zu drücken — und schon konnte Ellen Bethia nicht mehr ruinieren. Bethia hob die Hände.

Ein Lichtreflex fing ihre Aufmerksamkeit. Cleos Zauberflasche lag neben Ellens Hüfte im Bett. Sie musste sie fallen gelassen haben, doch jetzt tastete sie mit geschlossenen Augen danach — wie nach einem Talisman — und legte locker die Finger darum. Bethia fuhr zurück und rang nach Atem. Der Anblick der Flasche wühlte ihren Magen auf. Sie dachte an ihren blutigen Fingernagel, dessen Blut darin getrocknet war und nun verweste. Sie konnte die Vorstellung nicht ertragen, welcher Geruch der Flasche entströmte, wenn man sie öffnete. Der Geruch von ihrem eigenen verdorbenen Fleisch. Sie rappelte sich auf die Füße hoch, starrte auf das Ding hinunter, und plötzlich pochte ihr verletzter Daumen aufs Neue, als ob der Nagel erneut herausgerissen würde. Die Flasche musste zerstört werden, aber Bethia konnte sich nicht überwinden, sie zu berühren. Nicht einmal mit der Schuhspitze, man wusste schließlich nicht, mit welchem bösen Fluch die schwarze Hexe sie belegt hatte. Da öffnete Ellen die Augen und richtete den Blick auf Bethia, ohne sie wirklich zu sehen. Sie gab ein leises Wimmern von sich und ballte die Hände zu Fäusten. Dann hob sie den Kopf vom Kissen, und das Wimmern ging in ein Heulen über.

»Sei leise!«, zischte Bethia und kniete sich wieder neben sie. »Du wirst noch das ganze Haus aufwecken. Sei ruhig! Das ist alles *dein* Werk!«

Ellen wand sich schwach, ihr Gesicht war von Schmerz und Verwirrung gezeichnet. Ihre Knie waren weit gespreizt, und als Bethia zwischen sie schaute, sah sie, dass das Kind kam. Blut floss aus Ellens Körper, der metallische Geruch hing in der Luft, und Bethia starrte entsetzt und wie gelähmt auf das Geschehen.

Das Baby sah aus wie jedes andere Baby, nicht wie ein Monster. Es war ein Mädchen mit einem winzigen, zerknitterten Gesicht und einem Flaum aus feinem schwarzen Haar, das mit den Armen fuchtelte, die kaum dicker waren als Bethias Daumen. Ellen nahm das Kind, blutig und schleimig wie es war, und legte es sich lächelnd auf die Brust, das Gesicht selig vor Liebe und Erleichterung. Und sie murmelte dem kleinen Mädchen leise etwas zu, das Bethia nicht verstehen konnte. Ellen hielt das Baby in den Armen und wusste nicht, dass Bethia da war. Das Kind war ein jämmerlicher Mischling, aber Ellen liebte es sofort.

Es holte Luft und wimmerte ein bisschen. Bethia sah es und empfand nichts. Da war nichts als gefühllose Kälte in ihr, und als Ellen die Augen schloss und in den Schlaf sank, verließ Bethia auf leisen Sohlen das Zimmer, um ein Messer zu holen und die Nabelschnur zu durchtrennen. Als sie das Baby hochnahm, fiel sein Kopf schlaff nach hinten, und Bethias Herz setzte aus. Aus einem Instinkt heraus drückte sie es sofort an ihre Brust, um es zu stützen. Es roch nach Eingeweiden, nach Ellens Körper und nach weichem zartem Fleisch. Nach ganz neuer Haut. Seine Ohren sahen aus wie die vollkommenen kleinen Muscheln, die manchmal bei Ebbe an die Ufer des Avon gespült wurden.

Bethia hatte das nicht geplant. Irgendwie hatte sie nicht damit gerechnet, dass das Kind tatsächlich *da* sein würde — solange es in Ellens Bauch war, war es nur eine Störung gewesen. Das körperliche Symptom der Schande, nichts weiter. Bethia hatte sich nicht vorgestellt, dass es auf der Welt sein würde. Sie hielt es fester, als es lauter zu weinen begann. Sie wollte es zum Schweigen bringen, konnte sich aber nicht überwinden, einen Laut von sich zu geben. Ihre Zunge war wie erstarrt, ihre Kehle zugeschnürt. Wie seltsam, dass ein so kleines schwaches Wesen für Bethia ein Leben in der Verbannung bedeuten konnte. Vielleicht könnte man Polly drängen, sich um es zu kümmern, aber es würde sich sicher herumsprechen — es wurde immer geredet. Und zudem konnte man Ellen nicht von ihm trennen. Das wusste Bethia tief in ihrem Inneren. Ellen würde das Kind nicht aufgeben, und sie würde nicht vorsichtig sein. Sie würde sich nicht angemessen verhalten. Es würde alles herauskommen, und alles wäre verloren.

Das Kind schrie lauter, und Bethia drückte es fest an ihre Brust, um den Laut zu dämpfen. Sie wollte nicht, dass Polly oder Cleo aufwachten oder dass sie wussten, dass das Kind gesund auf die Welt gekommen war. Nicht, bis sie einen Plan hatte. Nicht, bis sie einen Weg gefunden hatte, sich vor ihm zu retten. Das Baby schrie, und sie presste es fester an sich. Sein Kopf befand sich unter ihrem Kinn, und sie spürte das sanfte Kitzeln seines Haars, das noch klebrig von der Geburt war. Einen Moment lang drohte ein Laut aus Bethia hervorzubrechen. Sie wusste nicht, ob es Abscheu oder Empörung war oder dieses andere namenlose Gefühl von vorher. Sie unterdrückte es.

Als das Baby zu weinen aufgehört hatte, schien es ihr das Beste, es möglichst so aussehen zu lassen, als habe es nie existiert. Bethia legte es auf eines der nicht benutzten Laken, die Polly heraufgebracht hatte, und wickelte es hinein. Sie sah es nicht noch einmal an. Sie wollte weder das Gesicht sehen noch die schlaffen Glieder oder die vollkommenen Ohrmuscheln. All das interessierte sie nicht, aber sie wagte es nicht, mit dem Baby das Zimmer zu verlassen, falls man sie damit erwischte. Viele Babys starben, aber vielleicht konnte die schwarze Hexe die Wahrheit sehen. Irgendwie wusste Cleo es vielleicht und würde sie denunzieren. Bethia suchte das Zimmer ab, ihre Blicke waren schneller als ihre Gedanken, bis sie die kleine Luke sah, die hoch auf den Dachboden führte. Leise stellte sie den Stuhl darunter, stieg hinauf und schob das Stoffbündel hindurch auf den trockenen, eiskalten dunklen Boden. Sie schloss die Luke wieder und kletterte hinunter.

Sie beobachtete eine Weile, wie Ellens erschöpfter Körper flach ein- und ausatmete, ihr Gesicht war totenbleich, die Lippen trocken und aufgesprungen. Vielleicht würde sie es nicht überleben, dachte Bethia. Das Blut, das aus ihr herausgeströmt war, gerann widerlich auf dem Laken und trocknete

an ihren Beinen. Der Gedanke und der Anblick lösten keinerlei Gefühlsregung in ihr aus. Schließlich, vor Morgengrauen,
ging Bethia nach Hause, um sich die klebrigen Hände zu
waschen, ohne dass sie jemand weggehen sah. Noch ehe sie
die Orchard Street erreichte, hatte sie einen Plan. *Wenn sie
dir irgendetwas bedeutet*, würde sie zu Polly sagen, *wirst du sie
davon überzeugen, dass es das Beste ist.* Sie musste den Text
nur üben, sie musste nur den richtigen Ton finden.

19

1792

Ellen verbrachte den Winter in der Dachkammer über Delacroix' Kaffeehaus. Sie war zu nichts zu gebrauchen. Wenn sie versuchte, zu nähen oder Cleo zu helfen, saß oder stand sie schon kurze Zeit später nur untätig herum. Manchmal atmete sie noch nicht einmal. Die ganze Zeit über, die sie das Gefühl gehabt hatte, die Welt überfordere sie — mit zu viel Lärm, zu viel Geruch, zu viel Kontakt —, war nichts verglichen mit den Gefühlen, die die Trennung von ihrem Kind in ihr auslöste. Der Schmerz war nicht zu ertragen, nicht zu verdrängen. Sie spürte ihn wie eine offene Wunde. Alles tat weh, und Stück für Stück verdrängte der Schmerz alles andere. Ihre Brüste waren schwer und entzündet, was erst nachließ, als die Milch versiegte.

»Wenn du sie jetzt in den kalten Winter hinausschickst, werde ich ebenfalls gehen und nicht mehr zurückkommen«, erklärte Polly Delacroix, als er drohte, Ellen hinauszuwerfen.

Er packte daraufhin mit einer Hand brutal Pollys Gesicht und starrte ihr in die Augen. Ein anderes Mal hatte Polly eine gesprungene Lippe oder ein blaues Auge und schwieg. Cleo verfluchte Delacroix. Sie sprach unter vier Augen mit ihm, was ihnen Zeit verschaffte, doch er würde sich nicht lange einer Frau fügen — nicht einmal Cleo. Bethia kam nicht zu Besuch, und Ellen sandte keine Nachrichten in die Orchard Street.

Als der Frühling kam, verließ Ellen das Kaffeehaus mit einem Leinenbeutel, der ihre letzten Habseligkeiten enthielt. Delacroix hatte den Koffer, den sie mitgebracht hatte, zusammen mit allem anderen, das sich zu Geld machen ließ, verkauft. Die Christmas Steps erschienen ihr unerträglich laut. Viel zu viele Stimmen schallten durch die kalte Luft — Menschen, Pferde, Möwen. Der Geruch von Abwasser brannte in Ellens Kehle, und als eine Tür schlug, zuckte sie zusammen. Vor der Gelehrtenschule in der Host Street musste sie anhalten und sich eine Weile mit gesenktem Kopf und zusammengekniffenen Augen in das dunkle Vestibül kauern, bis sie weitergehen konnte. Sodann überwältigte sie der Geruch des Frome, das Knarren und Stöhnen der Holzschiffe, die Schreie der Männer, die auf ihnen arbeiteten. Das Knurren wilder Hunde, die am Kai um Essensabfälle rangen. Das unvermittelte, erschreckende Aufschlagen eines herabfallenden Fasses und die wütenden Schreie, die darauf folgten. Ellen hielt den Kopf gesenkt, und wenn sie mit Leuten zusammenstieß, taumelte sie zur Seite und warf die Hände hoch, um sie abzuwehren.

An der Tür ihres ehemaligen Zuhauses in der Orchard Street wies man sie ab. Das Dienstmädchen Violet ließ sie auf der Treppe warten, während sie hineinging, um nachzufragen. »Verzeihen Sie, Miss Thorne, mir wurde gesagt, dass ich Sie nicht empfangen darf …« Violet presste die Lippen zusammen. »Aber ich sehe nach, ob jemand zu Hause ist.« Bei ihrer Rückkehr erklärte sie Ellen mit Tränen in den Augen, dass niemand sie sehen wolle.

Ellen hätte gern gefragt, ob zumindest Bethia zur Tür

kommen könnte. Sie wollte sie um weitere Einzelheiten über das Paar bitten, das ihr Baby aufgenommen hatte, um irgendein Detail, das sie zu ihm führen würde. Wenn sie sie fand, würde sie die Leute sicher davon überzeugen können, ihr das Kind zurückzugeben. Sie würde ihnen erklären, dass das kleine Mädchen in Wahrheit Dayo hieß, nach Balthazars Schwester; *die Ankunft der Freude*. Sie würden sehen, wie Ellen litt, und ihrem Leiden ein Ende bereiten. Sie würden Dayo ihrer wahren Mutter zurückgeben und stattdessen versuchen, ein Waisenkind zu adoptieren. Doch als sie auf der Schwelle zum Haus ihres Vaters stand, brachte Ellen kein Wort heraus, und ihr Mund blieb verschlossen. Es war, als hätten die Wörter schon aufgegeben, bevor sie überhaupt geformt wurden.

»Gott segne und beschütze Sie, Miss Ellen«, murmelte Violet, als sie die Tür wieder schloss.

Ellen ging zum Fenster des erleuchteten Arbeitszimmers und sah ihren Vater vor ausgebreiteten Papieren am Schreibtisch sitzen. Sein graues Haar stand in Büscheln über seinen Ohren hervor, die gute blaue Weste war zerknittert und musste gebürstet werden. Er hatte eine Brille auf der Nase, und auf einem Teller neben ihm lagen die schon braun werdenden Kerngehäuse mehrerer Birnen. Er sah mit gefurchter Stirn auf die Papiere, doch als ihr Schatten ins Zimmer fiel, hob er den Kopf.

Einen kurzen Moment trafen sich ihre Blicke, dann schaute er mit noch angestrengterer Miene wieder nach unten und sah nicht noch einmal hoch. Die Spannung war ihm deutlich anzumerken, doch er rührte sich nicht mehr, noch nicht einmal, um eine Seite umzublättern oder seinen Stuhl zurechtzurücken. Ellen wusste, er würde sich nicht bewegen, solange sie blieb. Sie wusste, dass er sich ihr vollkommen verschlossen hatte, ungeachtet dessen, was er in seinem Herzen noch für sie empfand — wenn er denn überhaupt noch etwas empfand. Sie hielt das Gesicht so dicht vor die Fensterscheibe, dass sie von ihrem Atem beschlug — ein kleines Zeichen, dass sie tatsächlich da war, dann wandte sie sich ab. Sie drehte sich noch einmal um, bevor sie ging, und sah eine Gestalt an einem der oberen Fenster stehen. Ganz still, fast in der Dunkelheit verborgen, sah Bethia ihr hinterher.

Kein Schiff wollte sie mitnehmen. Sie hatte die vage Idee, Balthazar zu suchen, ihn zurückzuholen und dann mit ihm zusammen Dayo zu suchen. Doch Ellen hatte kein Geld, und Frauen brachten Unglück auf See. Der einzige Kapitän, der bereit war, sie mitzunehmen, wollte sie nur als seine Hure haben, und das Schiff fuhr einen Dreieckskurs und würde Jamaica erst in vielen Monaten erreichen, vielleicht erst in einem Jahr.

Ellen wäre sogar bereit gewesen, ihren Körper zu verkaufen, doch sie wollte nicht auf einem Sklavenschiff mitfahren. Sie schreckte vor den gierigen Blicken des Kapitäns zurück und vor dem Gestank des Hafens bei Ebbe, wo die Schiffe mit Schlagseite im fauligen Matsch lagen und die von Algen und Seepocken verkrustete Haut während des Trocknens sanft vor sich hin gärte. Sie verließ die Stadt und stieg auf den Hügel hinauf, weil ihr kein anderer Ort einfiel, an dem sie überleben konnte. Man hatte ihr Baby aus Bristol fortgeschafft, ebenso wie Balthazar, und so sah Ellen keinen Sinn darin, in Bristol zu bleiben. Sie würde fortgehen und in Dörfern und Gaststätten nach einem Mann und einer Frau mit dunklem Haar fragen, die ein Neugeborenes bei sich hatten.

Das war ihre Idee, doch als sie auf dem Hügel ankam, verweilte sie erst einen Moment — wie lange, konnte sie nicht sagen. Sie atmete die Luft ein, die von Irland herüberwehte, und obwohl der Wind ihre Seele nicht wie früher beflügelte, linderte er doch den Schmerz über ihren Verlust und befreite ihren Kopf nach dem Ansturm auf ihre Sinne in der Stadt. Als sie schließlich weiterging und zu einem Dorf kam, widerstrebte es ihr, sich ihm noch weiter zu nähern. Sie schreckte vor den Geräuschen und Gerüchen zurück, noch bevor sie sie wahrnahm, zwang sich jedoch, sich dem entlegensten Haus zu nähern. Ihr Hunger war so groß, dass er sie schwächte. Als ihr eine ältere Frau mit Schürze und Haube die Tür öffnete, konnte Ellen nicht sprechen. Die Frau gab ihr einen Becher Milch und ein Stück Brot, dann schickte sie sie fort, und Ellen ging bereitwillig.

Und so war es fortan. Sie wurde ein Teil des Hügels, der Wälder und des Windes. Manchmal lief sie über Tage, Wochen und Monate. Manchmal blieb sie Tage, Wochen und Monate an einem Ort, der sich richtig anfühlte. Sie schlug Wurzeln, bis sie sich nicht mehr vom Gras, vom Löwenzahn oder Klee unterschied. Nicht mehr von der tiefen alten Erde oder dem fallenden Regen.

Manchmal träumte sie — von Balthazar und von Bethia. Es waren Träume voller Angst und Verzweiflung, sie handelten von einem Rennen gegen die Zeit, das sie niemals gewinnen konnte. Von einem Schiff, das immer fortsegelte. Sie träumte davon, dass Balthazars Hände, seine Lippen und sein Körper sie berührten. Davon, wie wunderbar er war und wie sicher sie sich bei ihm gefühlt hatte. Dabei waren sie alles andere als sicher gewesen.

Manchmal wachte Ellen mit geballten Fäusten auf und wusste, dass sie von Bethia geträumt hatte — sie träumte, dass sie sie schüttelte, bis sie endlich antwortete. *Wo ist sie?* Oft träumte sie von ihrem Baby — von Dayo — und wie leicht sie sich kurz nach der Geburt in ihren Armen angefühlt hatte. Wie sanft sie gegen Ellens Brust getreten und wie sie geweint hatte. In jenen Träumen bestrafte sich Ellen dafür, dass sie eingeschlafen war. Sie kämpfte mit allen Mitteln darum, wach zu bleiben und ihr Kind zu halten, nur um allmählich vom Schlaf überwältigt zu werden und mit leeren Armen aufzuwachen. Immer wieder hörte sie Dayo weinen. Nach *ihr* weinen, sie brauchte sie, aber sie konnte sie nicht sehen und nicht greifen. Sie erwachte mit eisigen Tränen auf dem Gesicht unter einem hohen Sternenhimmel, der sich nicht um ihr Leid scherte. Und wenn nachts Wind aufkam, strich er über Ellens Augen, Ohren und Mund und erzeugte in ihrem Kopf ein Geräusch wie das Meeresrauschen in einer leeren Muschel. Das war mit den Jahren aus ihr geworden: ein leeres Gefäß, das im Wind klang.

20

HEUTE

Die Anspannung war aus der stillen Wohnung über dem Miniaturbuchladen gewichen, es war einfach nur still. Es fühlte sich nicht mehr so an, als sei jemand im Nebenzimmer, der einen beobachtete oder wartete. Es war, als wäre ein steter Lärm, den Liv kaum bewusst wahrgenommen hatte, jäh verstummt.

Sie betrachtete die winzigen Knochen in dem zerbröselnden Tuch in ihren Händen. Sie wirkten so zart, so zerbrechlich, dass man sich kaum vorstellen konnte, dass das Baby gelebt und geatmet hatte. Doch Liv wusste, dass dem so war — dass *sie* gelebt und geatmet hatte. Von irgendwoher hatte sie die Erinnerung erhalten, wie sich ihr Gewicht angefühlt hatte, wie sie getreten und wie sie geweint hatte. Und dann war das Kind irgendwie versteckt auf dem Dachboden gelandet, ganz allein. Das war das Verbrechen, das sich in Martins Haus ereignet hatte.

Die Schädelplatten des Kindes waren noch nicht zusammengewachsen. Liv strich ganz sanft mit der Fingerspitze über die großen Augenhöhlen; den winzigen, zahnlosen Kieferknochen. Sie berührte Arm- und Beinknochen, die nicht dicker als ein Bleistift waren. Und sie dachte an Laurie. Noch nicht einmal seine kleinen Knochen waren noch da, denn er war verbrannt worden. Liv konnte sich nicht daran erinnern, diese Entscheidung getroffen zu haben, wenn sie es überhaupt getan hatte.

Als sie wieder zu weinen begann, faltete sie das Tuch vorsichtig um die kleinen Knochen des Mädchens, damit sie nicht nass oder beschädigt wurden. Sie legte sich das Bündel in die Armbeuge, so wie sie Laurie für eine kurze Zeit gehalten hatte, und nahm ihr Telefon. Erneut öffnete sie die E-Mail von ihrer Hebamme, sah sich die Bilder von ihrem Baby und von sich ganz genau an und wischte sich die Augen, als ihr Blick verschwamm. Sie schaute sich schonungslos die ganze Wahrheit an. Laurie war nicht lebendiger als die Knochen, die sie im Arm wiegte, und sie würde ihn nie wieder halten. Er würde niemals wissen, wie sehr sie ihn geliebt hatte.

Sie hatte ihn so schnell zurückgegeben. Die Schwestern hatten gesagt, sie solle sich Zeit lassen, aber sie hatte ihn zurückgegeben, weil sie das Gefühl, schuld an seinem Tod zu sein und versagt zu haben, nicht länger ertragen konnte. Sie konnte den Schmerz nicht ertragen, dass er sich nicht bewegte, nicht atmete, nicht weinte. Ihr Kopf war vollkommen leer gewesen. Sie hatte sich keine Zeit genommen, ihn sich genau anzusehen und ihn zu berühren, dabei war es die einzige Zeit gewesen, die sie jemals mit ihm haben würde. Sie hatte ihn zurückgegeben, dabei hätte sie ihn so lange wie möglich halten sollen. Das Telefon in ihrer Hand zitterte unkontrolliert. Er hatte Martins große flache Nase. Liv krümmte sich schluchzend zusammen, ganz und gar überwältigt von ihrer Trauer.

*

Nachdem sie die Polizei angerufen hatte, legte Liv das kleine Skelett vorsichtig ab und ging von Zimmer zu Zimmer. Sie stand eine Weile da und lauschte, wartete darauf, etwas zu hören oder zu fühlen. Doch alle Zimmer waren einfach nur leer, mit billigem Mobiliar, aber ordentlich eingerichtet. Es roch schwach nach Teppichstaub und lange nicht gewechselter Bettwäsche. Selbst in der Dachkammer. Es war erleichternd, doch die Erleichterung wurde von dem merkwürdigen Gefühl getrübt, etwas verloren zu haben und verlassen worden zu sein.

Liv war seit fast dreißig Stunden wach, und alles wirkte irgendwie surreal, auch sie selbst. Sie fragte sich, ob jemand, der in den Laden kam, sie überhaupt sehen konnte. Doch sie fühlte sich besser. Sie fühlte sich, als hätte sie einen Auftrag erledigt. Etwas, das sie schon viel zu lange vor sich hergeschoben hatte. Als die Ladenglocke ertönte, ging sie nach unten, wo sie auf Adam traf, der sich selbst eingelassen hatte. Sie nahm seine Hände in ihre und drückte sie. Sie spürte, dass er vermutlich ebenfalls etwas verloren hatte und womöglich auch verlassen worden war.

»Alles klar? Was ist los?«, fragte er und wackelte etwas verwirrt mit dem Kopf.

»Ich glaube, ich habe gefunden, wonach sie gesucht hat«, sagte Liv.

»Wer? Wovon redest du?«

»Ach, ist egal. Ich gehe erst mal und mache dir eine heiße Schokolade.«

»In Ordnung. Dann kannst du es mir erzählen.«

Auf dem Küchentisch oben fand Liv die kleine Dose mit dem Gewürz, das Sean ihr von Tante Chisimdi gegeben hatte. Sie öffnete die Dose. Es roch leicht nach Muskatnuss, aber der Geruch war nicht ganz so intensiv. Sie tauchte einen Finger hinein und stellte fest, dass es erdig, pfeffrig und bitter zugleich schmeckte. Da sie nicht wusste, wie viel man davon nahm, streute sie mehrmals eine Prise in die Schokolade und probierte immer wieder, bis sie die Bitterkeit deutlich auf der Zunge spürte.

Sie hatte immer noch nichts zu essen im Haus, aber Adam fragte auch nicht danach, als sie sich mit den Bechern zu ihm setzte. Sie merkte, dass er nicht so stark roch wie sonst, und als sie ihn genauer musterte, sah sie, dass er andere Kleidung trug — saubere Kleidung. Ausgeblichen und abgetragen, aber sauber.

»Adam, hast du geduscht und Wäsche gewaschen? Hast du Hilfe bekommen?«

»Das geht dich ja wohl nichts an, oder?«, erwiderte er, und Liv lächelte.

»Stimmt«, sagte sie. Draußen ertönte lautes Getöse, als zwei Jungs auf Skateboards vorbeifuhren und die Räder über das alte Kopfsteinpflaster holperten. Adam und Liv beobachteten sie, dann schüttelte Adam den Kopf, rief leise etwas aus und wandte sich wieder seinem Getränk zu.

Liv hielt den Blick draußen auf die Straße gerichtet. »Ich habe gestern Nacht Knochen auf dem Dachboden gefunden, Adam«, sagte sie. »Die Knochen von einem kleinen Baby. Einem Neugeborenen, würde ich sagen. Sie sahen aus, als wären sie schon sehr lange dort oben.«

»Ein Baby? Wessen Baby? Wer hat ein kleines Kind auf den Dachboden gelegt?«

»Jemand, der nicht wollte, dass es gefunden wird«, sagte Liv. »Jemand, der nicht wollte, dass irgendjemand weiß, dass es gestorben ist.«

Adam nickte und zog die Brauen zusammen. »Niemand sollte ein kleines Kind einfach auf den Dachboden packen. So ein Baby darf man doch nicht alleinlassen.«

»Ich weiß. Früher hatten Frauen das Gefühl – sogar in den Sechzigern noch –, ungewollte Schwangerschaften verbergen zu müssen. Oder uneheliche. Vielleicht hatte die Mutter von diesem Kind das Gefühl, sie müsste auch das Baby verbergen.« Liv schüttelte den Kopf, denn im Grunde wusste sie, dass das nicht stimmte. *Wo ist sie?* Wer auch immer die Mutter dieses Babys gewesen war, hatte nicht gewusst, was mit ihrem Kind passiert war oder wo man es versteckt hatte. *Louisa.* Sie hatte es weinen gehört, und sie hatte es in den Armen gehalten, und dann war es ihr weggenommen worden. Liv schloss bei dem Gedanken die Augen und fühlte das Leid dieser Mutter.

Adam rührte seine heiße Schokolade um, dann nahm er einen Schluck und hielt inne. Er trank noch einen Schluck, dann sah er zu ihr hoch, und auf seinem Gesicht erschien ein breites Lächeln. »Aha!«, sagte er.

Liv blinzelte. »Du willst doch nicht etwa sagen …?«

»Das ist es! Das ist der *Sklavenliebling!*«

»Der was?«

»Ach, das erinnert mich an früher! Als ich ein kleiner Junge war, nackt und frei wie eine Rohrratte. Fröhlich wie ein Grashüpfer!« Er lachte, lehnte sich zurück und schlug mit der Hand auf den Tisch.

»Wie eine Rohrratte?«, fragte Liv zweifelnd. »Dann … bist du also Afrikaner? Von Geburt her, meine ich?«

»Miss Molyneaux, sieh mich an. Natürlich bin ich Afrikaner! Ich bin ein Ebo, früher habe ich auf den West Indies gelebt – was hast du denn gedacht?«

»Aber du hast mir erzählt … Du sagtest …« Liv schüttelte den Kopf. »Da ist Kalabassenmuskat drin. Aus Westafrika.«

»Calabar? Ja, ich wurde nach Calabar gebracht …« Adams Lächeln verblasste. Mit entrücktem Blick sah er sich im

Raum um, und Liv hatte keine Ahnung, wo er gerade war oder was er sah. »Sie ist weg?«, fragte er schließlich zitternd, seine gerade noch fröhliche Lebhaftigkeit hatte sich in Nichts aufgelöst.

»Ich … ja, ich glaube schon«, sagte Liv und versuchte, ihm zu folgen.

Adam zog noch stärker die Brauen zusammen, und Tränen stiegen ihm in die Augen. »Sie ist weg. Und das Kind … Das Kleine ist tot?«

»Ja.« Liv schluckte, und es schmerzte. »Es tut mir so leid, Adam. Es tut mir so leid.«

»Ich … Ich konnte sie nicht finden«, sagte er. »Aber ich habe es versucht, bevor ich fortgesegelt bin.«

Und dann ließ er einfach den Kopf hängen und weinte eine Weile leise vor sich hin, und Liv fühlte mit ihm, egal was für einen Schmerz oder Verlust er gerade noch einmal durchlebte. Nach einer Weile fasste er sich wieder und sah mit leicht mürrischer Miene auf. Er tastete nach dem Henkel seines Bechers. »Die ist kalt«, sagte er. »Was denkst du? Heiße Schokolade bedeutet, dass sie *heiß* sein muss, verstehst du?«

»Gib her«, sagte Liv und stand auf. »Ich stelle sie in die Mikrowelle.«

Die Glocke über der Ladentür ertönte, als Liv in der Küche war, und als sie herunterkam, war Adam verschwunden. Sie blieb einen Moment auf dem Podest neben der Tür zum Treppenhaus stehen, weil sie das starke Gefühl hatte, dass er nicht zurückkommen würde.

*

Die Polizei erschien mit einer Gerichtsmedizinerin und Absperrband, um den Tatort zu sichern, was am Ende jedoch nicht zum Einsatz kam. Sie füllten Martins Wohnung mit dem Geruch von Plastik. Bei der ersten Untersuchung vermutete die Pathologin, dass die Knochen mindestens dreißig Jahre alt waren, aber wahrscheinlich noch deutlich älter. Nach entsprechenden Tests würde sie mehr wissen. Der zuständige Beamte schien verärgert zu sein, dass Liv die Knochen aus dem Dachboden entfernt hatte, doch sie erklärte ihm, dass sie erst gewusst hatte, was in dem Bündel war, nachdem sie es an sich genommen hatte.

»Was haben Sie überhaupt dort oben gemacht?« Er musterte sie mit festem Blick, der vermuten ließ, dass er ihr nichts glauben würde, egal was sie als Nächstes sagte.

»Ich wollte … Ich wollte nur wissen, was da oben ist. Ob da überhaupt etwas ist.«

»Wie haben Sie die Luke zum Dachboden gefunden? Renovieren Sie gerade? Sieht so aus mit dem zerlegten Schrank da oben.«

»Nein. Ja. Ich …« Liv dachte einen Moment nach, doch ihr fiel nichts ein. »Würden Sie mich wohl wissen lassen, was Sie herausfinden? Über das Baby?«

Der Polizist stieß lautstark die Luft durch die Nase aus. »Ja, ich halte Sie auf dem Laufenden«, sagte er widerwillig.

Die Gerichtsmedizinerin brachte das winzige Skelett in einer viel zu großen Plastikkiste nach unten, was komisch aussah, doch sie tat es mit so ernster Miene und so behutsam, dass sie den Eindruck dadurch wettmachte. Als sie Livs Blick auffing, presste sie die Lippen zur Andeutung eines Lächelns zusammen und nickte ihr freundlich zu. Liv sah ihr nach, bis die Kiste aus ihrem Blickfeld verschwand.

Nachdem die kleinen Knochen fort waren, fühlte sie sich irgendwie noch verlassener.

Als der Laden wieder leer war, ging sie zurück nach oben, wärmte Adams heiße Schokolade auf und trank sie. Sie mochte den bitteren Geschmack und ließ das Getränk über ihre Zunge fließen. Der *Sklavenliebling*. Sie hatte keine Ahnung, was Adam damit gemeint haben könnte, aber vielleicht hatte Cleo oder Balthazar das früher gesagt. Dann ging Liv ins Gästezimmer, ließ sich aufs Bett fallen und schlief ein, noch bevor ihr Kopf das Kissen berührte.

*

Als sie aufwachte, war es noch immer Vormittag, was sie verwirrte; es fühlte sich an, als hätte sie viel länger geschlafen. Erst als sie ihr Wasserglas zum dritten Mal füllte und auf ihr Telefon sah, stellte sie fest, dass sie vierundzwanzig Stunden geschlafen hatte. Einen ganzen Tag und eine ganze Nacht ohne Träume und ohne Unterbrechung.

Sie fühlte sich unbeschwert, obwohl sie leichte Kopfschmerzen hatte, die das Wasser etwas linderte. Als wäre ihr Schädel ausgemistet und nur das Wichtigste zurückgelassen worden. Sie ging nach unten und wusste schon, dass Adam nicht dort warten würde, dennoch war sie enttäuscht, als er tatsächlich nicht da war. Sie war sich allerdings sicher, dass er sich und seine Kleider gewaschen hatte. Dass er eine Stelle gefunden hatte, deren Hilfe er anzunehmen bereit war, und darüber war sie froh. Sie hoffte, ihn wiederzusehen und zu hören, dass er ein Bett hatte und irgendwo sicher untergebracht war.

Weil ihr Magen vernehmlich knurrte, ging sie in die Colston Street in das Deli gegenüber vom Krankenhaus, wo sie Eier auf Toast und einen Milchkaffee bestellte. Nachdem sie aufgegessen hatte, saß sie eine Weile an einem Tisch am Fenster und versuchte zu begreifen, was alles passiert war. Wie kurz sie davor gewesen war, vollkommen zu verzweifeln und allem ein Ende zu setzen. Mit Schaudern dachte sie an die Avonmouth Bridge. Das schwarze Wasser, den tosenden Verkehr und das eiskalte Metallgeländer. Es war erst zwei Nächte her, aber es fühlte sich an, als wären seitdem Jahre vergangen.

Erneut überlegte sie, wie viel von dem, was sie erlebt hatte, auch ihr Vater erlebt haben mochte. Wie konnte sie jemals herausfinden, ob es das war, was ihn das kleine Stück weiter getrieben hatte? Er war sehr krank gewesen, das wusste sie jetzt. Viel kränker, als er ihr gegenüber jemals zugegeben hatte. Doch sie wusste auch, dass sie sich niemals von dem Gedanken würde freimachen können, dass sie ihm vielleicht hätte helfen können, wäre sie in seinen letzten Wochen für ihn da gewesen. Sie konnte nur versuchen, sich zu vergeben, denn die schlichte Tatsache war, dass sie ebenfalls krank gewesen war. Zu krank, um sich um jemand anderen zu kümmern. Sie hatte ihm nicht geholfen, weil sie es nicht gekonnt hatte.

Die letzten Wochen kamen ihr merkwürdig vor — traumähnlich und verwirrend. Als wäre sie eine Zeit lang nicht Herrin über ihren Verstand oder über ihren Körper gewesen. Andere Erinnerungen kehrten zurück und brannten wie Schnitte. Dass sie das Buch verloren hatte, das Martin für sie gemacht hatte. Dass sie in der Lime Kiln Road beinahe angegriffen worden wäre. Wie sie Tanya angeschrien hatte, die doch immer nur versuchte, ihr zu helfen. Wie schrecklich sie Sean behandelt hatte. Die Bilder von Laurie, die die Hebamme geschickt hatte. Sein mitgenommenes kleines Gesicht.

Als habe sie sie durch ihre Gedanken heraufbeschworen, liefen Tanya und Dean Hand in Hand draußen vorbei, und ohne nachzudenken, sprang Liv von ihrem Stuhl auf und beugte sich hinaus, um nach ihnen zu rufen.

»Tanya!«, rief sie. Tanya drehte sich sofort um. Das Lächeln, das sie automatisch aufgesetzt hatte, verblasste etwas, als sie Liv sah. Dean nickte ihr zu und winkte, dann sagte Tanya etwas zu ihm, und er ging allein weiter. »Hast du Zeit für einen Tee?«, fragte Liv.

»Nein«, sagte Tanya. »Aber ich habe auf jeden Fall Zeit für einen Karottenkuchen.«

»Den gibt es hier.« Liv lächelte. »Es tut mir so leid, dass ich ... dass ich dich so angeranzt habe«, sagte sie, sobald sie saßen.

Tanya winkte ab. »Vergiss es. Ich bin deutlich zu weit gegangen.«

»Nein, das stimmt nicht, du ...«

»Doch. Das weiß ich. Als ich Dean erzählt habe, dass ich mit deiner Hebamme gesprochen hätte, hat er mir ganz schön den Kopf gewaschen. Manchmal geht es einfach mit mir durch. Gute Absichten und so.«

»Nun, ich ... Ich habe mir die Bilder schicken lassen.«

Tanya wartete auf die geduldige Art, die sie mit Martin gemein hatte.

»Sie sind ... schrecklich.« Liv holte tief Luft. »Ich meine, es ist so schwer, sie anzusehen. Sie haben die ganzen Erinnerungen zurückgebracht ... von der Geburt. Und alldem. Und ich ... Ich wünschte, ich hätte mehr Zeit mit ihm verbracht, bevor sie ihn mir weggenommen haben. Das wäre möglich gewesen, aber ich war zu feige.«

»Shit, Liv ...« Tanya sah sie mit großen Augen an.

»Aber ich bin auch froh. Ich bin froh, dass es Bilder von

ihm gibt und dass ich sie mir angesehen habe. Ich bin froh, sie zu haben. Ich will nicht weiterhin so tun, als hätte er nie existiert und als könnte ich wieder ›zur Normalität zurückkehren‹ oder was auch immer von mir erwartet wird.«

»Verdammt richtig.«

»Denn er *hat* existiert.« Livs Stimme bebte, ihre Kehle war zugeschnürt, aber sie wollte nicht wieder weinen.

»Ja, das hat er«, sagte Tanya sanft.

»Es ist nur …« Liv schüttelte den Kopf und sah hilflos zu Tanya. »Er sollte *da* sein, weißt du? Er sollte hier bei mir sein.«

»Ja, das stimmt.«

Sie blieben noch eine Weile und redeten über alles Mögliche — Adam und ihre Suche nach Martin, die sie nicht fortsetzen wollte, auch wenn sie sein Gesicht weiterhin auf Plakaten und online verbreitete. Tanya starrte sie fassungslos an, als sie ihr erzählte, warum die Polizei im Laden gewesen war.

»Und … ich weiß, es ist nur eine Nacht, aber ich habe geschlafen, Tanya. Ich habe durchgeschlafen und hatte keine Träume von einem weinenden Baby und musste nicht nach ihm suchen. Ich habe absolut nichts gehört, und ich bin nicht geschlafwandelt.«

»Du meinst, du hast das Baby gefunden, nach dem sie gesucht hat?«

»Klingt verrückt, oder? Ich bin mir immer noch nicht sicher, ob ich mir die ganze Sache nicht nur eingebildet habe.«

»Es klingt ziemlich übergeschnappt. Aber es wäre ein verdammt großer Zufall, oder? Dass du diese komischen Träume hattest und unbedingt ein Baby suchen musstest und dann dieses Skelett gefunden hast … Wäre es nicht noch *verrückter*, wenn es nichts miteinander zu tun hätte?«

»Ich habe keine Ahnung.« Liv schüttelte den Kopf. »Aber wenn das, was passiert ist … Ich meine, wenn jemand ihr das Baby weggenommen und es versteckt hat und sie es niemals zurückbekommen hat … Also, dann verstehe ich, warum sie es so verzweifelt finden wollte. Warum sie nicht gehen wollte oder ihre Erinnerungen nicht gehen wollten, oder was auch immer. Und ich verstehe, warum ich sie hören konnte.« Liv lächelte traurig. »Vielleicht auch Martin. Er konnte Lauries Geburt gar nicht erwarten. Er war *so* aufgeregt und so niedergeschlagen, als er gestorben ist und ich … zusammengebrochen bin. Seine Nachrichten … In den Nachrichten, die er mir hinterlassen hat, hat er gesagt, dass er Albträume hätte. Er hätte geträumt, dass er ein Baby verloren hat. Er dachte, es sei ich, als ich klein war.« Liv betrachtete ihre Hände auf der Tischplatte.

»Wann ist Lauries Geburtstag?«, fragte Tanya.

»Am zehnten April.«

»Mitte April …« Tanya dachte eine Weile nach, ihr Blick glitt nach draußen zur Straße, zu den Menschen und dem blassen Herbsthimmel. Dann nickte sie. »Ja. Das war ungefähr der Zeitpunkt, an dem mir aufgefallen ist, dass Martin nicht er selbst war. Aber ich meine, das könnte auch einfach daran liegen, dass du Laurie verloren hattest, oder?«

»Könnte sein. Und dass es … dass es mir so schlecht ging. Das könnte sein.«

*

Nachmittags holte Liv ihre Schlüssel aus dem Laden, machte sich innerlich bereit und ging zurück in ihre Wohnung am Wetherell Place.

Tanya begleitete sie, sie schien ihre Unsicherheit zu spüren. »Hübsche Straße«, sagte sie und betrachtete die georgianischen Stadthäuser. »Ich wusste gleich, dass du was Besseres bist«, fügte sie hinzu.

»Meine Wohnung liegt im Souterrain«, sagte Liv. Sie führte Tanya um das Haus herum nach hinten und die Stufen hinunter, dann zögerte sie mit dem Schlüssel in der Hand.

»Alles okay?«, fragte Tanya.

Liv nickte. »Es ist nur merkwürdig. Das letzte Mal, das ich hier war, war ich mit Laurie hier. Ich habe das Gefühl, als ... als wäre ich jetzt ein anderer Mensch.«

»Also, das bist du nicht. Du bist immer noch seine Mum. Es könnte sich sogar ... schön anfühlen. Wieder an einem Ort zu sein, wo er auch war.«

Liv nickte wieder und schob die Tür auf.

Drinnen war es kälter als draußen, und die Luft roch abgestanden. Liv schaltete das Licht ein, um die bedrückende Dämmerung zu vertreiben. Alle Zimmerpflanzen waren eingegangen, ihre traurigen braunen Skelette raschelten auf den Fensterbänken. Sie ging in die Küche und ließ das heiße Wasser laufen, bis der Boiler ratternd zum Leben erwachte und die Rohre zu summen begannen. Dann ging sie ins Bad, wo es unangenehm nach Abwasser roch, und drehte das Wasser am Waschbecken und in der Dusche auf.

»Spül nicht erst im Klo ab«, sagte Tanya. »Ich muss dringend pinkeln.«

»Aber gern«, sagte Liv. »Tut mir leid wegen des Geruchs. Der Siphon unter der Dusche trocknet aus, wenn er nicht benutzt wird.«

Sie ging zurück in die Küche, während Tanya im Bad war, aber es gab nichts zu tun oder zu sehen. Ihre Mutter hatte vor Monaten alles Verderbliche aus dem Kühlschrank geräumt. Die Schränke enthielten nur das Wichtigste und erinnerten sie an die Vorräte in der Wohnung ihres Vaters bei ihrer Ankunft. Muschelnudeln, Pulverkaffee, Salz, ein altes Glas mit Kräutern der Provence. Sie fürchtete sich davor, Lauries Sachen anzusehen, und das war ihr bewusst.

Schließlich stellte sie den Becher ab, den sie vom Abtropfbrett genommen hatte, und ging zögernd ins Wohnzimmer. Da lag die Spielmatte mit dem Mobile darüber. Die Kommode mit den Strampelanzügen, den Mulltüchern und den Windeln, obenauf die Wickelunterlage. Sie ging geradewegs darauf zu, als wollte sie die Sachen warnen, sie ja nicht zu verletzen. Und sie verletzten sie, aber mit einem scharfen Schnitt, der gut heilen würde. Diese Sachen waren nur Gegenstände, sie waren nicht ihr Sohn.

Langsam öffnete sie jede Schublade, berührte die weichen Stoffe, die Pakete mit den Feuchttüchern, die Decke mit den Giraffen, die sie auf einem Flohmarkt entdeckt hatte. Sachen aus einem anderen Leben, gekauft von einer Person, die sie nie wieder sein würde. Ihr war bewusst, dass Tanya hinter ihr stand, ohne sie zu drängen, und drehte sich zu ihr um.

»Noch immer okay?«, fragte Tanya.

Liv nickte, weil sie noch nicht bereit war zu sprechen.

Dasselbe tat sie im Schlafzimmer. Sie strich mit den Fingern über die bemalten Streben der Wiege, das Kopfkissen, die Baumwolldecken, das geflochtene Stroh des Körbchens. Sie holte all die Fläschchen und den Sterilisator unter dem Bett hervor, die dort noch in Kartons lagerten. Sie zog an der Strippe der Spieluhr, nur ganz kurz, sodass sie wenige Sekunden ein Schlaflied spielte und die lächelnden Sterne und Monde sich drehten. Bei jedem Gegenstand spürte sie denselben scharfen Schnitt, aber ebenso hatte sie jedes Mal das Gefühl, dass nichts davon wirklich von Bedeutung war.

»Nichts von dem hat Laurie jemals gehört«, versuchte sie zu erklären. »Natürlich war es *für* ihn, aber es war nie seins.«

»Okay. Also ... willst du alles einpacken? Ich kann dir gern helfen.«

»Ich möchte, dass ihr es bekommt. Du und Dean.«

»Was?«

»Wirklich, ich möchte, dass ihr es bekommt. Wenn ihr es haben wollt, meine ich — und ich kann es total verstehen, wenn nicht. Wenn ihr lieber euren eigenen Kram habt. Und ...«

»Machst du Witze? Wir haben von all unseren Freunden mit Kindern abgelegte Sachen geschnorrt, aber ich ... Ich hätte nie gedacht, dass wir etwas so Hübsches bekommen würden ...« Tanya klang überwältigt. »Bist du dir sicher? Ich meine, *wirklich* sicher?«

»Es gehört euch. Alles.«

Tanya umarmte sie spontan. »Danke.« Nachdem sie von ihr abgerückt war, kaute sie einen Moment auf ihrer Lippe. »Ich habe auch etwas für dich«, sagte sie. »Ich dachte, es wäre eine schöne Idee, aber dann hat Dean es gesehen und war sich nicht so sicher. Er sagte, ich würde vielleicht wieder übers Ziel hinausschießen. Und jetzt bin ich auch unsicher. Also, wenn es dir nicht gefällt oder du es nicht willst, verspreche ich, dass es für mich völlig okay ist ...«

Tanya kramte in ihrer Tasche und holte ein kleines Päckchen hervor. Als Liv das Seidenpapier entfernte, fand sie darin eins von den Kristallarmbändern, die Tanya herstellte. Ein Band mit glatten hellen Steinen, die bläulich schimmerten und einen Durchmesser von nur drei oder vier Millimetern hatten. Zwei ganz klare Steine waren einen Hauch größer, dazwischen befanden sich sechs von den blauen, und in jeden war ein Buchstabe eingraviert: *Laurie*.

Liv hielt den Atem an.

»Die blauen sind Regenbogen-Mondsteine, die heilen

und helfen loszulassen, und sie bringen Freude. Denn das hat er schließlich getan, nicht? Bevor das andere passiert ist.« Tanya klang nervös. »Die Klaren sind aus Quarz, der die Wirkung der anderen Steine verstärkt, und er bewirkt alles Mögliche, was gut ist. Ich dachte nur ... Ich wollte, dass du etwas hast, das dich an ihn erinnert. Nicht, dass du ihn jemals vergessen würdest! Nur ... etwas, das du berühren kannst. Aber wenn du es nicht magst, kann ich die Steine wiederverwenden und ...«

»Ich liebe es«, sagte Liv.

Tanya lächelte erleichtert. »Oh, verdammt. Danke!«

*

Auch in der nächsten Nacht schlief Liv tief und fest zehn Stunden ohne Unterbrechung. Als sie aufwachte, hatte das Armband aus Mondsteinen kleine Abdrücke auf ihrer Haut hinterlassen, doch sie hatte nicht vor, es jemals abzunehmen.

Den Vormittag über putzte sie Martins Wohnung und den Laden und stellte alles wieder so hin, wie sie es vorgefunden hatte. Sie legte den Kleiderstapel zusammen, der am Fußende des Gästebettes lag, packte einiges davon in ihre Reisetasche. Erst in dem Moment hielt sie inne und fragte sich, ob sie wohl gerade ihren Auszug vorbereitete.

Sie ließ die Sachen liegen und ging stattdessen in die Küche, um sich eine heiße Schokolade zu machen. Dazu benutzte sie Chisimdis Gewürz. Wo sie wohl mehr davon bekommen konnte? Es schmeckte wirklich köstlich. Gedankenverloren saß sie an dem kleinen Tisch im Schaufenster und genoss den Geschmack des Getränks. Auf der Tischplatte waren kreisförmige Abdrücke von Bechern, klebrige Tropfen und hier und da verschmierte Fingerabdrücke. Liv rieb mit dem Ärmel über einen der Ringe und stellte fest, dass sich ihre Wohnung am Wetherell Place immer noch wie ihre angefühlt hatte, und sie war dort nicht trauriger oder weniger traurig gewesen. Also war es vielleicht Zeit, zurückzugehen und nicht mehr auf etwas zu warten, das nicht passierte.

In dem Moment tauchte Sean in den Christmas Steps auf, und Liv hob unsicher eine Hand. Er schüttelte den Kopf.

»Ich wollte das nur in den Briefkasten stecken«, sagte er, als sie die Tür öffnete, und hielt Liv einen kleinen wattierten Umschlag hin, auf dem ihr Name stand. »Ich wollte dich nicht stören.«

»Schon okay.«

»Also, ich werde mal …«

»Komm rein«, sagte Liv, als er gehen wollte.

»Ich wollte dir das nur geben«, sagte er, ohne ihr dabei richtig in die Augen zu sehen. »Das hast du bei mir vergessen. Oder fallen gelassen oder was auch immer.«

Liv riss den Umschlag auf und rang nach Luft, als Martins Buch in ihre Hand glitt. Sie schloss die Finger darum, schlug sich die andere Hand vor den Mund und war einen Moment zu überwältigt, um etwas sagen zu können. Dann schlang sie die Arme um Sean. »Oh, danke, vielen Dank«, sagte sie und hielt ihn eine Weile fest. Sie erinnerte sich, wie gut sie sich in seiner Nähe gefühlt hatte, wie sicher. »Du hast keine Ahnung, was es mir bedeutet, es wiederzuhaben.«

»Ich habe mir schon gedacht, dass es wichtig ist.«

»Es war das Letzte, was mein Vater für mich gemacht hat, bevor er verschwunden ist.«

»Ich habe es gelesen«, sagte Sean. »Das hätte ich wahrscheinlich nicht tun dürfen, aber ich wusste zuerst nicht, was es war oder woher es kam. Ich habe die Initialen nicht gleich erkannt — Olivia statt Liv.« Er zögerte. »Das Gedicht ... Ist dir das passiert?« Er klang verlegen und unsicher.

»Ja. Ich ... Ich hatte ein Baby. Aber es ist gestorben. Vor sechs Monaten.«

»Ich wünschte wirklich, du hättest es mir erzählt.«

»Warum?«, fragte sie so sanft sie konnte. »Was hättest du tun können?«

»Ich ...« Sean breitete die Arme aus und verlagerte das Gewicht von einem Fuß auf den anderen. »Ich habe nicht die geringste Ahnung.« Er zögerte. »Aber vielleicht wäre mir etwas eingefallen ... oder wir hätten zumindest reden können. Wenn du mir nur die Chance dazu gegeben hättest. Nicht jeder ist ein emotionaler Krüppel.«

»Bin ich das?«

»Ja.« Er blinzelte. »Nein, nein, das bist du nicht, Liv. Du bist nur ein ... ein verschlossenes Buch.«

»Das will ich gar nicht sein. Einige Sachen scheinen mir nur ... unmöglich. Wenn du noch nicht einmal weißt, wie du selbst mit etwas umgehen sollst.«

»Ja.« Er atmete tief durch. »Ich glaube, das verstehe ich.«

Eine Weile schwiegen sie, und Liv ließ das kostbare Buch vorsichtig in ihre Gesäßtasche gleiten.

»Möchtest du einen Kaffee?«, fragte sie.

Sean schüttelte den Kopf. »Ich bin auf dem Weg ... muss wohin.«

»Oh. Deine Tante hatte übrigens recht mit dem Kalabassenmuskat. Adam mochte es sehr. Er hat mir erzählt, dass er ein Ebo ist. Es hat ihn an seine Kindheit im Busch erinnert.«

Er lächelte kurz. »Das ist toll. Sie wird sich freuen — sie liebt es, recht zu haben.«

»Aber Adam hat sich von leicht rätselhaft in ein vollkommenes Geheimnis verwandelt.« Liv zögerte. »Er hatte sich allerdings gewaschen und saubere Kleider an.«

»Ja. Ich hoffe, dass wir das Richtige für ihn gefunden haben.«

»Es tut mir so leid, Sean …« Liv hielt seinem Blick stand, obwohl sie spürte, wie ihr die Hitze ins Gesicht kroch und die Spannung zwischen ihnen stieg. »Es tut mir wirklich leid, wie ich mich verhalten habe. Ich … Ich hatte eine Zeit lang einfach die Orientierung verloren.«

»Da bist du nicht die Einzige«, sagte er. »Wir machen alle mal was, was wir hinterher bedauern.«

Er wandte sich zum Gehen, doch Liv hielt ihn am Ärmel zurück. »Nein, ich wollte nicht sagen — ich meinte, es tut mir leid, wenn ich dich verletzt habe. Wenn ich … respektlos war.«

»*Respektlos?*«, wiederholte er und schüttelte ungläubig den Kopf. »Liv, ich muss wirklich …«

»Nein, warte! Das ist nicht das richtige Wort, ich weiß.«

Liv sah einen Moment nach unten und presste die Finger einer Hand in ihre Wange. Sie hatte dasselbe Gefühl, das sie bei Adam gehabt hatte — wenn sie Sean jetzt gehen ließ, würde er nicht mehr wiederkommen. Und plötzlich merkte sie, wie dumm es wäre, das zuzulassen. Denn warum sollte sie nicht mit jemandem zusammmen sein, bei dem sie sich besser fühlte? Mit einem guten Menschen, bei dem sie sich sicher fühlte? Warum sollte sie sich nicht darüber freuen und sehen, ob sie ihm irgendwann vielleicht dasselbe Gefühl geben konnte? »Würdest du … Darf ich dich mal zum Abendessen einladen?«, fragte sie.

Sean starrte sie an. Er steckte die Hände in die Jackentaschen und nestelte einen Moment darin herum. Doch dann lächelte er. »Ja«, sagte er. »Ja, das wäre schön.«

*

An dem Morgen, an dem Liv den Laden in den Christmas Steps verließ, sah der Himmel fast weiß aus. Die Sonne war klein und sehr weit entfernt. Sie hatte überhaupt keine Kraft, war jedoch so hell, dass Liv die Augen tränten, als sie die Vorhänge zurückzog. Frost glitzerte auf Bristols Dächern und in den schattigen Straßen, und über der Straße am Fuß des Hügels hing ein Schleier aus Abgasen.

Liv duschte, machte sich einen Toast und packte die letzten Sachen ein, dann wartete sie, dass der Laden gegenüber öffnete, damit sie sich verabschieden konnte. Sie ging noch einmal in die Dachkammer hinauf, ohne genau zu wissen, was sie dort wollte. Sie wusste, wenn sie ging, würde sie auch an den Nischen oben an den Christmas Steps haltmachen. Vermutlich, um sich zu verabschieden, oder auch nur, um sich sicher zu sein, dass die anderen ebenfalls gegangen waren. Dass es nichts mehr gab, was sie noch für einen von ihnen tun konnte — nicht für Louisa oder für Laurie oder für ihren Vater.

In der Dachkammer war es kalt, staubig und still. Es lag keine Asche im Kamin, die Aussicht aus dem Fenster war nicht merkwürdig, und niemand schloss hinter ihr die Tür ab. Was immer dort gewesen war — der Schatten von einem lange zurückliegenden Leben, die Erinnerungen einer anderen Person —, war jetzt nicht mehr da. Vielleicht hatte auch nur ihr eigener Kopf vor Schmerz verrücktgespielt.

Sie schloss die Ladentür hinter sich ab und zog die Eisengitter zu. Eine Weile noch würde der Laden darauf warten, dass sein Besitzer zurückkehrte. Liv hatte keine Ahnung, wie lange — wie lange sie warten würde, bis sie den formalen Prozess einleiten würde, um die Vollmacht über das Vermögen ihres Vaters zu erhalten. Sie stellte sich vor — sie hoffte —, dass sie spüren würde, wenn der richtige Zeitpunkt gekommen war. In der Zwischenzeit würde sie dafür sorgen, dass die wertvollen Bücher irgendwo in ein sicheres Lager kamen. Sie würde Strom und Wasser angeschlossen lassen und das Gebäude wasserdicht machen. Eines Tages würde es ihr gehören, aber daran versuchte sie jetzt nicht zu denken. Ob sie es verkaufen, darin leben oder es vermieten wollte, das musste sie erst in ein paar Jahren entscheiden. Die Dinge würden sich ändern, und sie selbst ebenfalls.

Der Laden würde auf Martin warten, aber nicht Liv. Sie würde in ihre Wohnung zurückkehren und bald auch zu ihrer Arbeit. Sie wollte Sean treffen, dessen Herz so groß war, dass er ihr bereits vergeben hatte. Sie wollte Tanya und Dean besuchen, und wenn ihr Baby kam, wollte sie den Schmerz hinnehmen, den es in ihr auslöste, und sich für sie freuen. Sie wollte versuchen herauszufinden, wohin Adam gezogen war und ob sie ihn vielleicht manchmal sehen konnte. Sie wollte sich bei Alana melden und ehrenamtlich im Gartenclub für Obdachlose mitarbeiten.

Und sie würde Lauries Grab besuchen und trauern. Da stand ihr noch einiges bevor, und ihr war klar, dass es kein leichter Weg war, der vor ihr lag. Sie wusste, dass es sich manchmal unerträglich anfühlen würde. Doch sie glaubte zum ersten Mal, dass sie es überleben würde. Sie konnte es überstehen. Die lange leere Straße war schließlich doch nicht unendlich.

Ich werde leben. Sie hörte die Worte nicht – es gab keine flüsternden Stimmen mehr, keine Einblicke in vergangene Leben. Doch sie erinnerte sich, dass sie sie ganz leise auf der Avonmouth Bridge gehört hatte, in ihrem dunkelsten Moment. In ihrer Erinnerung, so wirr sie auch war, schien es, als hätten diese drei Worte sie zurückgeholt. *Ich werde leben.*

21

1831

Bethia hörte von Mrs. Fenny, dass Balthazar eine anständige Beerdigung für Louisa ausrichten wollte. Die Hausmutter war ihr gegenüber in letzter Zeit äußerst kurz angebunden und kühl. Nun, dann eben kein Armensarg, keine schäbige Bestattung zu den einfachsten Bedingungen.

Wäre Balthazar nicht gewesen, wäre Bethia vielleicht zur Beerdigung gegangen. Sie hätte gern mit eigenen Augen gesehen, wie der Sarg, ganz gleich, ob edel oder schäbig, in den Boden hinabgesenkt und Erde darauf gehäuft wurde. Sie wollte die Beisetzung miterleben, damit sie wusste, ab wann genau sie nie mehr an ihre Stiefschwester zu denken brauchte.

Doch eigentlich spielte es gar keine Rolle. Sie lief den Queen Square hinunter. Nach den Unruhen lag die Hälfte des Platzes in Trümmern — der Amtssitz des Bürgermeisters und die anderen prächtigen Gebäude auf der Nord- und Ostseite waren zerstört und verbrannt, die Fensterscheiben zerbrochen, die Einrichtung kurzerhand mitten auf der Wiese gestapelt. Unablässig kamen und gingen Männer, räumten auf und stützten die Gebäude ab. Es würde natürlich alles wiederaufgebaut werden, doch einen Moment lang musterte Bethia schockiert das Ausmaß der Zerstörung. Es waren zwei Wochen vergangen, seit Sir Charles Wetherell in die Stadt gekommen war, neun Tage, seit Louisa auf den Christmas Steps erfroren war, und Bethia kam es vor, als wäre Bristol — und sie selbst — in eine neue Phase eingetreten.

Vorsichtig ging sie auf die Südseite des Platzes, die am wenigsten zerstört war, und lief dort eine Weile auf und ab, da sie den Platz nicht umrunden konnte. Hunderte von Aufständischen waren tot, wobei niemand die genaue Zahl zu kennen schien. Ein Großteil war von den Soldaten in die brennenden Gebäude getrieben worden. Geschah ihnen ganz recht, dachte Bethia. Schließlich hatten sie nur stehlen und plündern wollen. Sie hatten jenen ihre Verachtung zeigen wollen, die über ihnen standen.

Die Zerstörung hatte fast etwas ... Befriedigendes. Bethia konnte es nicht genau beschreiben. Vielleicht lag es daran, dass sie es selbst nie dorthin geschafft hatte. Obwohl die Charlotte Street fast genauso vornehm war, war es eben nicht dasselbe, und nachdem Ellen ihr die Sache mit Rupert Cockcroft verdorben hatte, war ein Leben am Queen Square für sie nie mehr in greifbare Nähe gerückt. Sie konnte sich dort mit dem Gefühl bewegen, dass sie in die Umgebung passte. Sie sah aus, als gehörte sie dorthin, aber sie hatte der Welt nie ganz verziehen, dass sie ihr die erste Ehe erst in Aussicht gestellt und dann verweigert hatte. Wie anders ihr Leben gewesen wäre, wenn Ellen nie existiert hätte. Darum hatte es seinen Reiz zu sehen, dass selbst der Queen Square nicht unverwundbar war und gedemütigt werden konnte. Zu wissen, dass auf viele Bewohner jetzt hohe Kosten und anstrengende Zeiten zukamen. Das war unbestreitbar erfreulich.

Edwin liebte sie nicht mehr. Über diese Tatsache dachte Bethia nach, während sie an den zwei unbeschädigten Seiten des Platzes entlangging, wo sie der Geruch von Ruß und feuchter Asche in der Nase kitzelte. Jegliche Zuneigung, die er einst für sie empfunden hatte, war von der unangebrachten Zuneigung zu ihrem schwarzen Dienstmädchen vernichtet worden und von Bethias Versuchen, das Mädchen loszuwerden. Doch das machte ihr nicht viel aus. Sie litt nicht, denn sie liebte Edwin genauso wenig, hatte ihn nie geliebt. Sie wurde gern von anderen Menschen geliebt; es war wie ein hoher Wert in einer Währung, die nur ihr zur Verfügung stand. Und sie verlor sie nur äußerst ungern, doch andererseits, was hatte sie eigentlich verloren? Sie war noch immer mit einem Mitglied des Stadtrats verheiratet, einem wohlhabenden und geachteten Mann, dessen kluge Geschäftsplanung dafür gesorgt hatte, dass die Abschaffung der Sklaverei ihrem Vermögen nichts anhaben konnte. Sie war noch immer seine Ehefrau, und nichts konnte das ändern.

Sie würde sich eine Weile besser benehmen – demütig, folgsam und still sein –, und sicher würde die ganze Aufregung um Juno und Louisa bald vergessen sein. Sogar von Caroline Laroche – wobei es vielleicht an der Zeit war, sich einen neuen, weniger gut informierten Bekanntenkreis zu suchen. Sie hatte noch immer ihr wunderschönes Haus in der Charlotte Street mit all den wundervollen Sachen darin. Den vergoldeten Girandolen an den Wänden, den Axminster-Teppichen, dem Dessertservice aus Bristoler Glas, dem Kamin aus Blue John im Speisezimmer. Ihre Seidenkleider und eleganten Hüte und Schuhe. Nichts davon würde ihr jemals genommen werden. Nachdem Ellen tot war, war sie sicher.

Nur der Gedanke an Balthazar beunruhigte sie etwas. Sie wünschte inständig, sein Schiff wäre vor all den Jahren havariert, oder er hätte sich auf Cockcrofts Plantagen zu Tode geschuftet und wäre niemals nach Bristol zurückgekehrt. Vielleicht sollte sie sich als Nächstes überlegen, wie sie ihn dazu bringen konnte, die Stadt wieder zu verlassen. Irgendeinen Weg ersinnen, ihn in Misskredit zu bringen, sodass sein Geschäft darunter litt. Für einen Neger und ehemaligen Sklaven gab es doch sicher genug Hindernisse, oder? Viele Leute hassten und verhöhnten seinesgleichen und würden nur allzu gern das Schlimmste über ihn hören und es auch glauben.

Er hatte eine Frau und Söhne, hatte er ihr erzählt. Dann würde er sich wohl kaum noch besonders für das Schicksal eines Mädchens interessieren, das er vor einer Ewigkeit einmal gekannt hatte. Wenn Balthazar weg war, würde niemand jemals von Louisas wahrer Identität erfahren. Niemand würde einen Hinweis darauf finden, wer sie gewesen und was geschehen war. Dass sie jemals ein Kind gehabt hatte und von wem. Die Vorstellung, dass Balthazar sich irgendwo in ihrer Nähe befand, und der Gedanke daran, was er wusste, ließen wieder dieses hohle, kalte Gefühl in ihr aufsteigen. Sie mochte es nicht, obwohl es ihr immer geholfen hatte, Sachen zu erledigen — Sachen, die erledigt werden mussten. Viel lieber hätte sie nichts getan.

Als Bethia wieder in der Charlotte Street eintraf, verließen gerade ihre Nachbarn, die Tyndalls, das Haus. Havelock Tyndall half seiner Frau Harriet in die Kutsche. Bethia grüßte sie herzlich, erhielt zur Antwort jedoch nur ein kühles Nicken, was sie verwirrte. Sie spürte, wie sie ihr unauffällig mit den Blicken folgten, als sie weiter den Hügel hinauflief, und überlegte, ob sie vergessen hatte, auf eine Einladung zu antworten, oder einer Zahlungsaufforderung nicht nachgekommen war. Doch ihr fiel nichts ein. Paris bedachte sie mit einem ähnlich seltsamen Blick, als er ihr die Tür öffnete, und hielt einen Herzschlag inne, bevor er sich verneigte.

»Was ist in dich gefahren?«, fragte sie und löste die Bänder von ihrem Hut. »Juno soll mir einen Tee bringen. Ich nehme ihn im Wohnzimmer ein.«

»Ich glaube, der Herr wünscht Sie zu sprechen …«

Er hatte den Satz kaum beendet, da riss Edwin bereits die Tür zum Arbeitszimmer auf. »Bethia, würdest du bitte …« Er schob sie hinein.

Bethia verspürte ein leicht bedrohliches Kribbeln im Nacken. »Etwas später wäre ich entzückt, Edwin. Oder vielleicht möchtest du im Wohnzimmer mit mir den Tee einnehmen?«, sagte sie.

»Nein, Bethia, die Sache duldet keinen Aufschub.«

Bethia versuchte, seine Miene zu deuten. Sein Gesicht war ernst, sein Ton knapp. War es Wut, die seine Wangen rötlich marmorierte? »Nun gut«, sagte sie.

Edwin schloss die Tür lauter als nötig. Auf dem Schreibtisch lag aufgeschlagen die neueste Ausgabe von *Felix Farley's*. Er wies mit der Hand darauf. »Ich lese den Namen meiner Frau nicht gern in der Zeitung gedruckt, wo alle in der Stadt ihn lesen«, sagte er angespannt.

Bethia wurde übel.

Edwin stieß mit dem Zeigefinger auf den Kopf der Spalte. »Ich verlange zu erfahren, ob irgendetwas Wahres daran ist.«

Bethia schluckte heftig, setzte sich mit hämmerndem Herzen und las den Artikel.

Balthazar hatte sie denunziert.

Obgleich Afrikaner und von den West Indies stammend, ist Mr. Freeman ein Kaufmann von gutem Ruf, sein Name wird sowohl hier als auch auf der Insel Jamaica geachtet …

Er behauptete, dass es sich bei der Magd aus dem Heuhaufen, bekannt als Louisa und kürzlich verschieden, in Wahrheit um Ellen Thorne handelte, die Tochter des verstorbenen Pfeifenbäckers John Thorne. Eine Frau, die er in seiner Jugend gekannt hatte, als er im Haushalt von Samuel Cockcroft am Queen Square angestellt gewesen war. Er behauptete, dass Ellen Thorne eine Stiefschwester von Bethia Shiercliffe sei, der Frau des Stadtrats Edwin Shiercliffe, und dass Mrs. Shiercliffe sich aus Gründen, die zu heikel seien, um sie zu veröffentlichen, gegen sie gewandt habe. Als sie entdeckt habe, dass Miss Thorne, die sie tot geglaubt habe, noch lebte, habe sie alles in ihrer Macht Stehende getan, sie zu vernichten. Er behauptete, Beweise für all seine Behauptungen zu haben, die er dem Amtsrichter vorlegen werde, während diese Zeitung in den Druck gehe.

Obwohl seine Behauptungen außerordentlich und noch nicht bewiesen sind, können wir nicht umhin anzunehmen, dass ein Geschäftsmann gute Gründe haben muss, solche Anschuldigungen gegen eine Frau der Gesellschaft vorzubringen.

Bethia las den Text mit einer Art irrwitzigem Unglauben, las ihn dann noch einmal, um sicher zu sein, falls ihr Gehirn nur ihre schlimmsten Ängste heraufbeschworen hatte. Als sie hochsah, konnte sie in Edwins Miene lesen, dass alles durchaus real war, woraufhin sie die Augen schloss und wünschte, sie könnte auf der Stelle verschwinden. Jeder, den sie kannte, würde diese Worte lesen, jeder würde es *erfahren*.

Einen kurzen Moment lang war Bethia ganz und gar von Panik beherrscht, die ihre Gedanken wild durcheinanderwirbelte. Sie hatte keine Ahnung, was sie tun oder sagen sollte. *Ich komme wieder.*

»Bethia!«, schrie Edwin und schlug mit der Hand auf den

Tisch, und Bethia öffnete erschrocken die Augen. »Ich *muss* es von dir hören!«

»Lieber …« Bethia schüttelte den Kopf. Mit äußerster Willenskraft riss sie sich zusammen. »Wie kann er es wagen?«, flüsterte sie. »Wie kann er es wagen! Natürlich ist das nicht wahr! Ich hatte eine Stiefschwester, als ich ein Mädchen war, aber sie ist jung gestorben, als sie noch nicht einmal zwanzig war. Auf keinen Fall sind sie und Louisa ein und dieselbe Person! Das ist ein *absurder* Gedanke.«

»Und dieser Balthazar Freeman ist dir nicht bekannt?«

»Ziemlich sicher nicht.«

»Dann handelt es sich vielleicht … um eine Verwechslung?«

»Das muss so sein, es sei denn, man versucht absichtlich, dich auf diese unsinnige Weise durch mich zu diskreditieren. Denn daran ist nichts wahr.« Bethia atmete tief durch, ihre verletzte Tugendhaftigkeit und ihre Rechtschaffenheit begehrten auf, und sie klammerte sich an ihre Wahrheit. »Wie kann er behaupten, dass ich ihr schaden wollte, wo ich doch diejenige war, die sich so sehr darum bemüht hat, Louisa überhaupt im Armenhaus unterzubringen? Der Mann ist eindeutig verstört oder ein Schurke. Niemand wird das Wort von so einem wie ihm über meins stellen — über unseres; das Wort eines *Negers*.«

»Ich weiß sehr wohl, wie gering du ›so einen wie ihn‹ schätzt.« Edwin dachte einen Moment nach, faltete die Zeitung zusammen und schlug sie dann wieder auf. »Wir werden auf einer sofortigen Gegendarstellung bestehen«, sagte er. »Und ich werde Satisfaktion für diese Verleumdung fordern.«

»Er darf dich nicht auf diese Weise angreifen«, sagte Bethia. »Er ist Kaufmann, steht hier — vielleicht hat er Grund, sich zu wünschen, dass eins deiner Projekte scheitert? Vielleicht ist das sein Plan.«

»Ich werde dem auf den Grund gehen, das versichere ich dir. Aber zuerst will ich dein Wort haben, Bethia. Ich will, dass du bei deiner Seele schwörst, dass an seinen Anschuldigungen nichts dran ist.«

»Das tue ich«, sagte Bethia, ohne zu zögern. »Ich schwöre es, mein lieber Mann.«

*

Der Schwur stand noch im Raum, als es an der Haustür klopfte und ein Richter mit zwei Polizisten kam, um Bethia festzunehmen. Balthazar war nicht untätig gewesen, seit er das erste Mal im Armenhaus mit Bethia gesprochen hatte, und für seine Bemühungen belohnt worden. Es waren einige bereit, bei der Gerichtsverhandlung vor dem Schwurgericht im Rathaus als Zeugen gegen sie auszusagen.

Abgesehen davon, dass Balthazar Ellen selbst identifiziert hatte, bestätigte Violet, das Dienstmädchen aus dem Haus in der Orchard Street — jetzt eine würdige ältere Dame und Großmutter von mehreren Enkeln —, Louisas Leichnam in Gegenwart des Gerichtsmediziners als den von Ellen Thorne identifiziert zu haben. Sie hatte ein besonderes Muster aus Muttermalen in ihrem Nacken wiedererkannt, das sie stets beim Frisieren von Ellens Haar gesehen hatte. Violet berichtete auch, wie Ellen in ihrer Jugend aus dem Haus der Familie verstoßen worden war, wobei sie nicht den Grund dafür kannte.

Mrs. Fenny bestätigte Bethias plötzliche Abneigung und Feindseligkeit Louisa gegenüber, obwohl sie die Frau anfangs zu ihrem besonderen Projekt gemacht und sich ganz besonders um sie gekümmert hatte. Diese Feindseligkeit zeigte sich in dem haltlosen und etwas wunderlichen Vorwurf der Hexerei und darin, dass sie sie ohne nachvollziehbaren Grund vom Armenhaus in das St. Peter's Hospital hatte verlegen lassen. Dabei war bekannt, dass das Hospital überbelegt war und dort die Cholera grassierte. Zudem weigerte sie sich, Louisa wieder aufzunehmen, wenn auch nur vorübergehend, obwohl das Zimmer noch frei war. Sie hatte sogar angeordnet, Louisa nach St. Peter's zurückzubringen, nachdem die Unruhen bereits begonnen hatten und Schüsse gefallen waren.

Julia Wildgoose, ein junges Dienstmädchen aus dem Armenhaus, sagte aus, dass sie Louisa durch die Tür habe sprechen hören, als Bethia eines Tages bei ihr war. Bethia hatte jedoch weiterhin behauptet, dass Louisa nicht sprechen könne. Man folgerte daraus, dass Bethia offenbar Angst gehabt hatte, Louisa könnte sich zu erkennen geben, und dass sie sich deshalb gegen sie gewandt hatte.

Juno, die im Haushalt der Shiercliffes als Dienstmädchen arbeitete, sagte aus, dass ihre Herrin beim Apotheker Arsen erworben hatte, unter dem Vorwand, damit im Haus die Ratten zu töten, dabei habe es gar keine Ratten gegeben. Und das Gift sei nie dem Personal zur Benutzung übergeben worden. Sie beschrieb zudem, welchen Gefahren sie ausgesetzt gewesen war, als sie Louisa während der Unruhen nach St. Peter's zurückbegleitet hatte.

Alice, die Köchin aus dem Armenhaus, berichtete, dass Mrs. Shiercliffe, als sie mit Louisa von einem Ausflug zu den heißen Quellen zurückgekehrt war, um eine Schale Haferbrei für sie gebeten und darauf bestanden hatte, ihn Louisa selbst zu bringen. In jener Nacht war Louisa jäh an Durchfall und Erbrechen mit Krämpfen erkrankt. Dieser Zustand hielt drei Tage lang an. Sie war nicht an der Krankheit gestorben und hatte keinen der anderen Bewohner angesteckt, was bei natürlichen Krankheiten sonst der Fall war.

Jonathan Mackie, Hilfskraft des Pfarrers in der Kapelle der Heiligen Drei Könige von Köln, hatte beobachtet, wie Mrs. Shiercliffe etwas aus dem Fenster von Louisas Zimmer geworfen hatte, als diese erkrankt war. Und als er nachgesehen hatte, was es war, hatte er eine tote Katze gefunden, die er aus Mitleid und weil er die Ausbreitung einer Infektion verhindern wollte, falls sie an einer Krankheit gestorben war, zwischen den Rosenbüschen begraben hatte.

Der Gerichtsmediziner hatte sodann ausgesagt, dass das Tier nach seiner Exhumierung bemerkenswert gut erhalten gewesen sei, was bekanntermaßen vorkomme, wenn der Tod auf eine Vergiftung durch Arsen zurückzuführen sei. Dem Beispiel des deutschen Apothekers Dr. Valentin Rose folgend, waren Tests durchgeführt worden. Man hatte den Magen des Tiers herausgeschnitten und in destilliertem Wasser gekocht, die entstandene Flüssigkeit hatte man gefiltert und alle Spuren organischen Materials mit Salpetersäure entfernt. Mithilfe des Metzger'schen Arsenspiegels wurde sodann nachgewiesen, dass die Flüssigkeit in großen Mengen Arsen enthielt. Was darauf hindeutete, dass das Tier tatsächlich mit Arsen vergiftet worden war, mit dem es irgendwie in Louisas Zimmer in Berührung gekommen sein musste. Aller Wahrscheinlichkeit nach hatte die Katze die Reste von ihrem Essen aufgeschleckt. Infolgedessen hatte der Gerichtsmediziner Louisas Magen seziert und festgestellt, dass die Magenschleimhaut stark entzündet und vereitert war, eine bekannte Folge einer Arsenvergiftung. Mrs. Fenny fügte hinzu, dass im Armenhaus seit längerer Zeit kein Arsen mehr benutzt worden war, da die Katzen sich als ausreichend wirksam gegen Schädlinge erwiesen hätten.

Als Letztes sagte Balthazar aus, dass er sich am Ende des vorherigen Jahrhunderts in Ellen Thorne verliebt habe, als er Einwohner von Bristol war und sie beide noch jung und voller Leidenschaft gewesen waren. Er sagte aus, dass sie ein Kind von ihm erwartet habe und ihre Familie, einschließlich Bethia, sie versteckt hätte, um einen Skandal zu vermeiden. Wahrscheinlich habe man sie bei ihrer Tante über Delacroix' Kaffeehaus in den Christmas Steps untergebracht, das heute nicht mehr existiere. Er behauptete, in Folge der Affäre zurück auf die West Indies geschickt worden zu sein, nachdem Bethia seinen Herrn davon in Kenntnis gesetzt hatte. Er behauptete, dass er Ellen geheiratet hätte, wenn das möglich gewesen wäre. Er habe vor seiner Abreise nach ihr gesucht und ebenso bei der ersten Gelegenheit, als er Jahre später zurückgekehrt war. Er sagte, dass er bis vor Kurzem nicht habe herausfinden können, was aus ihr oder dem Kind geworden war, und dass er sehr bedaure, wie schlecht man sie behandelt habe und dass sie als einsamer Mensch in Armut gestorben war. Er erklärte, dass Bethia Shiercliffe sicher niemals gewollt hätte, dass ihre Verbindung bekannt wurde, schon gar nicht, nachdem sie gesellschaftlich weit aufgestiegen war. Sie hätte alles getan, um das zu verhindern. Er stand vor dem Richter, bekannte sich dazu, Ellen Thorne geliebt zu haben, und äußerte den Verdacht, dass ihr Kind in Folge der grausamen Behandlung durch ihre Familie umgekommen war.

Es gab keine Zeugen, die für Bethia aussagten. Niemand war bereit, sie zu verteidigen, und niemand schien Schwierigkeiten zu haben, die Vorwürfe gegen sie zu glauben. *The Crier* berichtete mit Vergnügen von dem Prozess, und Caroline Laroche las die Artikel mit noch größerem Vergnügen in ihrem Kreis vor. Bethias frühere Freundinnen beobachteten sie von der Galerie aus. Dort saß auch Juno, und der

Ausdruck auf ihrem widerlich hübschen Gesicht war eher ernst als schadenfroh.

In ihrer ungewaschenen Kleidung und mit dem ungepflegten Haar fühlte sich Bethia nackt. Sie kapselte sich von allem ab. Als sie behauptete, nichts von den beschriebenen Ereignissen und den Taten, die man ihr vorwerfe, zu wissen, wurde sie von den Zuschauern verhöhnt und ausgepfiffen. Louisa war erfroren, behauptete sie dem Gericht gegenüber, weil sie alt und gebrechlich und weil sie im Zustand geistiger Umnachtung herumgelaufen war. Sie hatte sich aus dem sicheren St. Peter's entfernt, in das Bethia sie verlegt hatte, damit sie die anderen Bewohner des Armenhauses nicht störe. Bethia habe sie genauso wenig getötet wie irgendjemand anders im Raum. Sie wusste nicht, wie sie klang, als sie diese Worte aussprach. Sie dachte — sie hoffte —, dass sie bedauernd klang und gekränkt und würdevoll in ihrer Unschuld. Doch sie war sich keineswegs sicher. Sie hatte Schwierigkeiten, etwas zu empfinden oder sich für etwas zu interessieren, und noch schwerer fiel es ihr vorzugeben, etwas zu empfinden oder sich für etwas zu interessieren.

Edwin nahm nicht an der Verhandlung teil. Und er schrieb ihr auch nicht.

*

Bethia wurde für den versuchten Mord an Ellen Thorne zum Tod durch den Strang verurteilt. In Anbetracht von Bethias Alter und da es ihr nicht gelungen war, Ellen Thorne tatsächlich zu töten — oder nur indirekt —, wurde die Strafe in lebenslange Haft in der australischen Strafkolonie Van Diemen's Land umgewandelt. *Bitte, werte Dame!*

Als sie das Urteil hörte, fühlte Bethia endlich etwas.

Ich komme wieder.

Auf einmal stürmte alles auf sie ein — was passiert war und was ihr bevorstand. Was sie getan hatte und dass sie nichts davon ungeschehen machen konnte. Sie wehrte sich, als man sie in ihre Zelle zurückbringen wollte, und später wehrte sie sich, als man sie auf das Gefängnisschiff brachte. Sie wehrte sich genauso heftig, wie Balthazar sich gewehrt hatte, und genauso heftig wie der namenlose Mann am Lime Kiln Dock. Sie biss einen Mann in die Hand und schmeckte sein Blut. Sie dachte an die Charlotte Street und die vergoldeten Girandolen. Sie dachte an Ellen, die sie als kleines Mädchen in den Schlaf gesungen hatte. Und sie dachte daran, wie Ellens Baby aufgehört hatte zu schreien, als sie es fest an ihre Brust gepresst hatte.

Lulalu, lulalu ...

Sie wehrte sich, als man sie unter Deck brachte, doch sie war machtlos. Sie fuhr hinaus auf das dunkle Meer, meilenweit von der Küste entfernt.

Epilog

Liebe Olivia,

wie schön, von dir zu hören, und danke, dass du mir deine
aktuelle Adresse geschickt hast. Die Vorstellung, dass Martins
Laden von nun an leer steht, ist furchtbar traurig. Gesegnet sei
er! Ich erhebe oft mein Glas auf ihn, allerdings nur mit Soda-
wasser. Aber ich verstehe dich, und ich kann dich nur in deiner
Entscheidung bestärken. Du musst dein eigenes Leben führen,
und es hätte deinen Vater gefreut, dass es dir besser geht und
dass du nach vorn schaust. Angesichts dessen mag das Unten-
stehende verständlicherweise nicht mehr von Bedeutung für
dich sein. Doch ich habe ein paar Dinge herausgefunden, die
dich interessieren könnten. Sieh dir als Erstes das angehängte
Foto an, das einige ziemlich knifflige Fragen aufwirft. Ich habe
es in der Anzeigenrubrik in *John Reed's New Bristol Directory*
von 1791 gefunden, die hinter der eigentlichen Zeitung folgte.
Sieh es dir an, du wirst dich wundern.

Delacroix' Kaffeehaus in den Christmas Steps
Serviert den besten Kaffee in der fröhlichen Stadt Bristol,
gebraut von Mistress Cleo, ebenso bekannt für ihre
berühmte heiße Schokolade, »Der Sklavenliebling« genannt
Stärkend und gut
Hergestellt nach ihrem eigenen Rezept und nicht erhältlich
in irgendeinem anderen Etablissement
Wer ihn einmal probiert hat, wird sie immer wieder trinken.

Was sagst du dazu? Ich muss zugeben, ich war ziemlich aufgeregt, ihren Namen nach all der Suche endlich gefunden zu haben. Aber was um Himmels willen hat das zu bedeuten?

Zweitens – ich war neugierig wegen dieser armen alten Frau, die 1831 in den Christmas Steps gestorben ist. Darum bin ich die Gerichtsprotokolle durchgegangen, um herauszufinden, ob dort etwas von einer Untersuchung steht. Stattdessen habe ich Unterlagen zu der Verhandlung gegen eine Frau mit Namen Bethia Shiercliffe gefunden, immerhin die Frau eines Stadtrats. In der Verhandlung kam eine ziemlich heftige Geschichte ans Licht. Ihr wurde vorgeworfen, dass sie versucht habe, die arme Louisa zu vergiften, bevor sie in der Kälte erfroren ist. Sie wurde verurteilt und in eine Strafkolonie nach Tasmanien geschickt. Besonders ist mir die Zeugenaussage von einem Kerl namens Balthazar Freeman aufgefallen, denn er erwähnt ebenfalls unseren Freund Delacroix und sein Kaffeehaus ...

FÜR EIN TOT GEBORENES KIND

Welcher Abschied wird dir
gerecht? Wärest du für immer
aus einem warmen, bunten Zimmer
dorthin gegangen, so kennten wir
dich anders. Lebendig und heiter
erinnerten wir dich.

Und erblickten erst dann die andere Seite,
den Tod, der dir Lebendigkeit und Atem nahm,
der Macht über dich gewann.
Doch wie du fröhlich unsere Welt eroberst,
das haben wir nie gesehen.
Du konntest nicht kommen, dennoch willst du gehen.

Du verweigertest unsere Welt,
Daran ist kein Zweifel mehr.
Keine Erinnerung bleibt von dir,
die dein Bild verzerrt oder entstellt.
Und der einzige Trost ist uns nur,
Dass Trauer so rein sein kann, so pur.

Child born Dead von Elizabeth Jennings

LESEPROBE

Bath 1942: Ein Kind verschwindet.
Die Schatten der Vergangenheit werden lebendig.

Ein fesselnder Roman vor dem Hintergrund des Krieges:
über Schuld, Liebe und die Konfrontation mit der Wahrheit.

ISBN 978-3-453-35825-6

Auch als E-Book erhältlich

Über den Roman

Bath 1942: Im Chaos eines Bombenangriffs ist der kleine Davy plötzlich unauffindbar. Frances, die auf den Jungen aufpassen sollte, macht sich auf die Suche. Sie ist verzweifelt, vierundzwanzig Jahre zuvor war ihre beste Freundin Wyn nach einem Streit nie wieder aufgetaucht. Ausgerechnet in dieser schicksalhaften Nacht fördert der Einschlag einer Bombe das Skelett eines Kindes zutage. Das tote Mädchen ist Wyn. Frances ist zutiefst erschüttert, und dunkle Erinnerungen aus der Vergangenheit werden lebendig. Was geschah in jenem Sommer vor über zwanzig Jahren? Wo ist Davy? Und hat er überlebt?

Von Katherine Webb sind im Diana Verlag bisher erschienen:
Das geheime Vermächtnis
Das Haus der vergessenen Träume
Das verborgene Lied
Das fremde Mädchen
Italienische Nächte
Das Versprechen der Wüste
Die Frauen am Fluss
Die Schuld jenes Sommers
Besuch aus ferner Zeit

I

SAMSTAG

1942 – Erster Tag der Bombardierung

An jenem Samstag, dem fünfundzwanzigsten April, hätte
Wyn Geburtstag gehabt. Schon den ganzen Tag war
Frances immer wieder von Erinnerungen an sie heimgesucht
worden, und als sie nach dem Abendessen mit ihrer Mutter
im Wohnzimmer saß, wuchs ihre Unruhe. Davy döste auf
ihrem Schoß. Carys, seine Mutter, hätte ihn schon längst abholen müssen, doch wie schon so oft würde sie ihn wohl einfach bei Frances lassen. Für seine sechs Jahre war Davy recht
klein, dennoch lastete sein Gewicht schwer auf Frances. Sie
begann zu schwitzen und bekam nur schwer Luft. Dazu das
Gemurmel aus dem Radio und das Seufzen ihrer Mutter,
die sich abmühte, im trüben Licht einer einzigen Lampe
ein Hemd zu flicken – so konnte Frances unmöglich einen
klaren Gedanken fassen. Obwohl Frances' Vater alle nötigen
Vorsichtsmaßnahmen getroffen hatte, weigerte sich ihre Mutter, während der Verdunkelung die Deckenbeleuchtung ein-
zuschalten. Frances fühlte sich in dem Raum gefangen. Es
war zu warm, zu eng, zu voll.

Sie blickte zu Davy hinunter, dessen Glieder im Schlaf langsam erschlafften. Seine Augenlider schimmerten blassviolett

und hatten einen wächsernen Glanz, und an Frances zerrte ein bereits vertrautes Gefühl von Betroffenheit: So erschöpft wirkte er ständig.

»Ich muss ein bisschen an die frische Luft«, sagte Frances, veränderte ihre Haltung und versuchte, Schenkel und Rippen ein wenig von Davy zu entlasten. Susan, ihre Mutter, maß sie mit strengem Blick.

»Was, *jetzt?*«, fragte sie besorgt. »Aber es ist doch bald Schlafenszeit.«

»Ich bin nicht müde.«

»Nun, ich schon. Und du weißt, dass Davy trotz des Medikaments aufwacht, sobald du dich bewegst. Du kannst nicht einfach gehen und ihn bei mir lassen. Und Carys' Zustand ist um diese Zeit mit Sicherheit auch nicht mehr der beste«, fügte sie hinzu. Frances unterdrückte einen Anflug von Verzweiflung, das dringende Bedürfnis zu entfliehen. Sie kämpfte sich aus dem Stuhl hoch. Davy regte sich und rieb sein Gesicht an ihrer Schulter.

»Alles ist gut, schlaf weiter«, flüsterte sie ihm zu. »Ja, ich denke, mit Carys hast du recht«, sagte sie, an ihre Mutter gewandt. »Nach Hause kann er nicht. Ich bringe ihn zu den Landys. Die sind noch lange wach.« Susan sah sie missbilligend an.

»Es ist nicht richtig, ihn ständig von einem zum anderen zu schieben.«

»Ich … Ich bekomme einfach keine Luft mehr. Ich muss hier raus.«

Als sie den Hügel zu den Landys erklommen hatte, wand Davy sich in ihren Armen und rieb sich mit den Fäusten die Augen. Er gähnte, und Frances spürte seine Rippen an ihren, keine von ihnen dicker als ein Bleistift. »Schhh, schhh«, machte sie. »Du bleibst ein bisschen bei Mr. und Mrs. Landy. Ist das nicht schön? Mrs. Landy macht dir ganz bestimmt einen Becher Kakao.« Davy schüttelte den Kopf.

»Bei dir bleiben«, sagte er sehr leise, als Mrs. Landy die Tür öffnete. Sie trug ein Hauskleid und hatte das weiße Haar auf Lockenwickler gedreht, doch beim Anblick der beiden lächelte sie. Sie und ihr Mann hatten keine eigenen Kinder oder Enkelkinder.

»Ist das in Ordnung? Nur für ein paar Stunden?«, fragte Frances.

»Aber natürlich«, antwortete Mrs. Landy. »Komm rein, mein kleines Lämmchen. Wenn es sehr spät wird, können Sie ihn gern bei uns lassen, Frances. Das stört uns nicht.«

»Danke. Er hat schon gegessen und seine Medizin bekommen.«

»Frances«, sagte Davy noch immer verschlafen. Mehr nicht, doch Frances wusste, dass es seine Form des Protests war.

»Sei ein braver Junge«, erwiderte sie schuldbewusst. Kurz bevor die Tür geschlossen wurde, sah sie ein letztes Mal in sein blasses Gesicht, nahm den entgeisterten Ausdruck darin wahr. Unter den Augen, die ihren Blick suchten, lagen dunkle Schatten. Später würde sie dieses letzte Bild quälen. Wie leicht hatte sie die Schuldgefühle beiseitegeschoben und ihn einfach dort zurückgelassen.

Doch es war Wyns Geburtstag, und Frances brauchte Luft. Sie stieg zum Beechen Cliff hinauf, das hoch über Bath lag, und blickte auf die dunkle Stadt hinunter. Inzwischen mochte sie die friedliche Stille und die Einsamkeit während der Verdunkelung. Wenn man wartete, bis sich die Augen an die Dunkelheit gewöhnt hatten, und keine Fackel bei sich trug, ahnte niemand, dass man überhaupt da war. Man konnte völlig unsichtbar sein. Sie war nicht die Einzige, die sich das zunutze machte — häufig vernahm sie aus dem Park gedämpfte Stimmen, die flüchtigen Bewegungen und das schwere Atmen der Liebespaare. Frances mochte die schemenhaften Umrisse der Dinge, die sich vor dem helleren Himmel abzeichneten. Es gefiel ihr, dass man Geräusche und Gerüche deutlicher wahrnahm. Im Tageslicht bemerkte sie weder den Duft der blühenden Rosskastanien noch die intensive Süße des Flieders. Dann entging ihr auch der feuchte Geruch von Gras und Erde im Park, der so ganz anders war als der von Stein, Ruß und Menschen in den Straßen dort unten. Sie fühlte sich nicht bedroht, empfand nur ein leichtes Schaudern, das auch alle anderen Nacht für Nacht heimsuchte. Die Ahnung einer Gefahr, die weit entfernt schien. Als Frances auf die Stadt hinunterblickte, stellte sie sich vor, wie andere Menschen ihren Samstagabend verbrachten. Wie sie lebten, liebten, stritten. All die endlosen Gespräche. Es war befreiend, sich von ihnen zu entfernen.

Sie dachte an Kinder und daran, dass in Davys Augen manchmal schon der Ausdruck eines sehr alten Mannes lag — eine Erschöpfung, als würde er sich in das Unausweichliche fügen. Es war, als sei er bereits vor seiner Zeit gealtert. Ein bisschen, wie es bei Wyn gewesen war.

Seit zwei Jahren passte Frances auf Davy auf, seit sie wieder bei ihren Eltern wohnte. Als seine Mutter, Carys Noyle, ihn Frances zum ersten Mal in den Arm geschoben hatte, war er sehr schwach und klein gewesen — ein winziger Junge in dreckigen, viel zu weiten Shorts, der an einem entzündeten Flohstich auf seinem Arm herumkratzte und nach altem Schmutz stank. Frances hatte nicht auf ihn aufpassen wollen — sie wollte auf gar kein Kind aufpassen —, doch es war schwer, Carys etwas abzuschlagen. Und für Frances war es noch schwieriger als für jeden anderen. So entwickelte sich aus dem einmaligen Gefallen eine Routine, die drei-, viermal in der Woche in Anspruch genommen wurde, ohne dass Carys jemals vorher Bescheid sagte. Sie ging selbstverständlich davon aus, dass Frances nichts Besseres mit ihrer Zeit anzufangen wusste.

Es war eine ruhige, klare Nacht, die Luft so mild, dass Frances' Atem nicht zu sehen war. Heute wäre Wyn zweiunddreißig geworden, genauso alt wie Frances. Jedes Jahr versuchte Frances, sie sich als erwachsene Frau vorzustellen — verheiratet, mit Kindern. Wie sie aussähe, was sie alles täte. Wären sie Freundinnen geblieben? Frances hoffte es, doch sie waren sehr verschieden gewesen, und Freundschaften unter Erwachsenen schienen komplizierter zu sein als unter Kindern. Sie würde es niemals erfahren. Wyn war an einem Augusttag vor vierundzwanzig Jahren verschwunden und nie wieder aufgetaucht. Sie war ein achtjähriges Kind geblieben. An ihrem Geburtstag suchte Wyn Frances Jahr für Jahr gnadenlos heim, bestürmte sie mit halb vergessenen Erinnerungen und ließ sie den Verlust wie einen körperlichen Schmerz spüren.

Ein einsames Flugzeug flog in der Nähe von Sham Castle ostwärts und hinterließ eine leuchtende Spur aus Brandbomben, die beinahe anmutig langsam vom Himmel fielen. Frances wartete, und natürlich begannen unten die Sirenen zu heulen, die vor einem Bombenangriff warnten. Für gewöhnlich trafen die ersten Flugzeuge zwischen elf Uhr und Mitternacht ein. Plötzlich wurde Frances bewusst, dass bereits mehrere Stunden verstrichen sein mussten, ohne dass sie es bemerkt hatte. Sie musste dringend nach Hause und mit ihrer Mutter in den Keller gehen, wo ihr der Liegestuhl regelmäßig Rückenschmerzen bereitete und die Luft im Laufe der Stunden immer stickiger wurde. Es war unmöglich, dort unten zu schlafen, und im Dunkeln »Ich sehe was, was du nicht siehst« zu spielen war schon seit Monaten nicht mehr lustig. Die Aussicht auf eine weitere Nacht im Keller war so erfreulich wie ein verregnetes Wochenende. In letzter Zeit hatte Frances sich nicht mehr gerührt, wenn die Sirenen losjaulten, und da war sie nicht die Einzige. Viel zu oft schon waren sie losgegangen, ohne dass Bomben gefallen waren.

Das Mondlicht glitt über den Holloway, die alte Straße am Fuße des Hügels, und fiel auf das Dach der St. Mary Magdalen Chapel. Es schien auch auf das Dach des alten Leprakrankenhauses daneben – ein schmales Häuschen, das völlig dunkel dalag, wie alle anderen Gebäude auch. Während der Verdunkelung wies nichts darauf hin, dass es leer stand. Es hatte ein grobes Dach aus Steinziegeln und kleine gotische Fenster, und an der Seite ragte ein Schornstein auf. Frances musste sich erst wappnen, ehe sie es wagte, genauer hinzuschauen; fast als würde sie sich einer Mutprobe stellen. Aber nachdem sie es einmal getan hatte, war es schwer, den Blick wieder zu lösen. Der Anblick katapultierte sie unerwartet und brutal in ihre Kindheit zurück. Sie starrte den Schornstein an und bemerkte die Geräusche der nach und nach eintreffenden Flugzeuge nicht gleich – sie übertönten kaum das leise Rascheln der Bäume. Irgendwo unten in Lyncombe Hill bellte ein Hund. Als sich das Geräusch verstärkte, hörte Frances das unverkennbare zweistimmige Schmettern deutscher Propeller, das so anders klang als das gleichmäßige Dröhnen der britischen Maschinen. Alle kannten den Unterschied.

Monatelang, Nacht für Nacht, hatten sich die Einwohner von Bath versteckt, wenn die Flugzeuge auf dem Weg nach Bristol über sie hinweggeflogen waren, um die dortigen

Hafenanlagen und Lagerhäuser zu bombardieren. Frances hatte vom Beechen Cliff aus beobachtet, wie der Himmel im Westen von Explosionen und Luftabwehrgeschossen erhellt wurde, in denen Menschen in der Nachbarstadt ums Leben kamen. Nervöse Piloten, die nicht genau wussten, wo sie sich befanden, warfen vereinzelt eine Bombe in der Gegend von Bath ab oder ließen auf dem Rückweg zum Kontinent nicht verschossene Ladung einfach fallen. Eine brennende Scheune hier, ein zu begaffender Krater dort. Letztes Jahr am Karfreitag hatte ein Pilot aus reiner Boshaftigkeit wahllos vier Bomben abgeworfen und in Dolemeads elf Menschen getötet. Es war schwer, sich diese jungen deutschen Piloten vorzustellen, die mit kaltem Schweiß auf der Stirn in ihren Cockpits saßen und Tod und Zerstörung brachten. Frances fragte sich manchmal, was wohl ihre Leibgerichte als Kinder gewesen waren oder was sie als Zwölfjährige hatten werden wollen. Ob sie die ersten Küsse genossen oder sie überrascht und angeekelt fortgewischt hatten. Sie sollte sie hassen. Sie nicht zu hassen hieß, England zu hassen. Man *musste* sie einfach hassen, genau wie im letzten Krieg. Damals hatte Frances sich vor all dem Hass gefürchtet, jetzt verachtete sie ihn.

Der Lärm verstärkte sich. Er kam aus zwei Richtungen — über den River Avon aus Box, das im Osten lag, und hinter Frances aus südlicher Richtung. Sie zündete sich eine Zigarette an, schirmte die winzige Streichholzflamme mit der Hand ab und versuchte sich zu erinnern, wann sich der Ausdruck eines Greises auf Davys Gesicht geschlichen hatte. Als sie das erste Mal auf ihn aufgepasst hatte, wusste sie nicht so recht, was sie mit ihm anfangen sollte. Sie putzte weiter Karotten in der hinteren Spülküche und dachte gar nicht mehr an ihn, bis sie sich umdrehte und sah, wie er um den Türpfosten linste. Er hatte graue Augen und verfilztes blondes

Haar, und seine blasse Haut war mit Dreck beschmiert. Damals wirkte er weder verängstigt noch neugierig — eher beharrlich. Stumm entschlossen, etwas zum essen aufzutreiben, wie Frances rasch herausfand. Sein Gesicht hatte offensichtlich erst später den Ausdruck von Resignation angenommen. Frances war nicht gut im Umgang mit Kindern, und zuerst hatte sie nicht gewusst, was sie zu ihm sagen sollte. »Ist alles in Ordnung?«, fragte sie schließlich und fügte hinzu: »Du kannst im Garten spielen«, und als er nicht antwortete, war sie ein wenig verlegen gewesen und auch ein bisschen verärgert.

Die Flugzeuge flogen tief, tiefer als jemals zuvor. Es schien Frances, als könnte sie die Hand ausstrecken und sie berühren. Ihre schwarzen Umrisse füllten den Himmel — es waren auch mehr als je zuvor. Erschrocken ließ sie die Zigarette fallen, hielt sich die Ohren zu und blickte hinauf. Sie sahen aus wie ein Schwarm riesiger Insekten. Das Geräusch durchdrang ihre Brust und erschütterte ihr Herz. Sie schienen sich so langsam zu bewegen, dass man meinte, sie müssten jeden Moment vom Himmel fallen, und plötzlich begriff Frances. Sie flogen nicht nach Bristol, sie wollten nach Bath. In das unschuldige, schutzlose Bath. Einen Moment saß sie fassungslos da und konnte sich nicht rühren. Die Flugzeuge stürzten nach unten, sie hörte das verräterische Pfeifen der Brandsätze und sah die weißen Blitze, als sie zündeten — die Bomben setzten Häuser in Brand, erleuchteten damit die ganze Stadt und spotteten so der Verdunkelung. Dann folgte die enorme Detonation einer Sprengbombe. Kurz bevor der Lärm alles andere überdeckte, dachte sie noch an den kleinen Davy Noyle, der das blonde Haar seiner Tante Wyn hatte.

Frances kroch von der Bank, kauerte sich ins Gras und schlang schützend die Arme um den Kopf. Sie schien keine

Luft zu bekommen. Die Atmosphäre um sie herum kreischte, der Boden bebte, und sie konnte keinen Gedanken mehr fassen. Sie empfand pure Angst, ihre Muskeln zitterten, sie war schwach und unfähig, sich zu rühren. Sie hatte das schon einmal erlebt, doch das war sehr lange her. Damals, als sie zum ersten Mal das Gespenst im alten Leprakrankenhaus sah, hatte sie dieselbe lähmende Angst empfunden — das Gefühl, sich im freien Fall zu befinden und nur noch wenige Sekunden Lebenszeit zu haben, bevor man auf den Boden aufschlug. Frances schloss fest die Augen und biss die Zähne zusammen, bis es schmerzte. Währenddessen donnerte ein Flugzeuggeschwader nach dem anderen über sie hinweg, schwebte tief über der Stadt und warf eine Bombe nach der anderen ab. Der Angriff schien ewig zu dauern; das Dröhnen der Motoren, die Erschütterungen und das Krachen der Explosionen. Der frühlingshafte Duft von Gras und Bäumen ging im Brandgestank unter. Rauch erfüllte die Luft, und als Frances sich schließlich zwang, aufzublicken, sah sie, dass ganz Bath in Flammen stand. Das Gaswerk war ein einziges loderndes Inferno. Der Holloway brannte. Die Straße, in der sie lebte — in der ihre Eltern lebten.

Die Panik katapultierte sie auf die Füße. Sie fühlte sich aufs Schrecklichste ausgeliefert und stürzte mit einem Schrei zur Jakobsleiter — steile Stufen, die am unteren Ende der Alexandra Road in das Beechen Cliff geschlagen waren. Dort wohnte ihre Tante Pam. Es war der nächste Ort, an dem sie sich in Sicherheit bringen konnte. Sie hörte das Rattern der Maschinengewehre — obwohl sie das Geräusch noch nie zuvor gehört hatte, erkannte sie es sofort —, hastete die Stufen hinunter, klammerte sich an das Geländer und suchte verzweifelt Schutz in Lorbeerbäumen und Unterholz. Währenddessen jagte das Feuer über das Land. Frances rannte blindlings weiter. Auf halber Höhe verfehlte sie eine Stufe, stolperte und prallte mit voller Wucht gegen das Geländer. Ihr Fuß knickte um, und sie stieß sich derart heftig den Kopf, dass weiße Blitze vor ihren Augen tanzten. Ganz in der Nähe fiel eine weitere Bombe. Ihr Abwurf war von einem Pfeifen begleitet, das zu einem schrecklichen Heulen anschwoll, dann schlug sie mit überwältigendem Lärm ein und übertönte einen Moment lang jedes andere Geräusch. Frances blieb, wo sie war, klammerte sich an das Geländer wie an einen rettenden Anker und hatte das Gefühl, ihr Kopf werde zerquetscht. Sie dachte an ihre Mutter unten im Keller, die große Angst haben musste. Und an ihren Vater draußen irgendwo in einem öffentlichen Schutzraum. Sie dachte an Geister. Dann dachte sie eine Weile gar nichts mehr, denn sie konnte nichts weiter tun, als einfach nur zu leben.

SONNTAG

Zweiter Tag der Bombardierung

Die Sonne schien blass durch den noch immer in der Luft hängenden Rauch. Frances blinzelte zum Himmel hinauf. Ihr Kopf pochte, und sie fühlte sich ein bisschen betrunken. Ihre Gedanken bewegten sich auf eine seltsame Art, beinahe bedächtig, wie hohe Wolken an einem heißen Tag. Bei ihrem Sturz hatte sie sich einen Schnitt auf der Stirn zugezogen, ihr Gesicht war voller Blut, doch sie hatte noch nichts unternommen, um die Wunde zu versorgen, und sich nur gekratzt, als sie anfing zu jucken. Es beschlich sie das beunruhigende Gefühl, etwas Wichtiges vergessen zu haben. Sosehr sie sich auch bemühte, die Ereignisse des letzten Abends in ihrem Kopf zu ordnen, der Ablauf ergab einfach keinen Sinn. Aus mitgehörten Gesprächen wusste sie, dass auf den ersten Angriff eine mehrstündige Ruhepause gefolgt war, bis zu einem weiteren Angriff in den frühen Morgenstunden. Auf Frances hatte es gewirkt, als wären sie unablässig bombardiert worden, unerbittlich, eine halbe Ewigkeit lang. Als die Sonne aufging, war sie auf den Stufen aufgewacht, auf denen sie gestürzt war, und langsam nach Hause gegangen.

Jetzt half sie einem Trupp der Luftabwehr, das Haus von Trümmern zu befreien, das am Ende der Magdalen Cottages lag. Die Häuserreihe, in der sie mit ihren Eltern lebte, war von einer Brandbombe getroffen worden, und das Haus hatte wie Zunder gebrannt. Das Dach, der Schornstein und das obere Stockwerk waren durch das Erdgeschoss in den Keller gekracht. Das Gebäude war nur noch ein verkohlter Haufen, der leise vor sich hin zischte und qualmte.

»Frances! Steh nicht so dumm in der Gegend rum, Liebes«, rief Frances' Vater Derek, und sie war so erleichtert, seine Stimme zu hören, dass sie ihm den Rüffel nicht übel nahm. Die Hinckleys, ein älteres Ehepaar, das dort bereits gelebt hatte, als Frances noch gar nicht auf der Welt war, befanden sich noch irgendwo da drinnen. Sie besaßen zwar einen Morrison-Schutztisch in der Küche, doch Frances wusste auch, dass die beiden schon ein wenig tatterig waren und bei Bombenalarm nicht mehr aus dem Bett stiegen. Paradise Row auf der anderen Seite der Straße war verschwunden – ein vierstöckiges georgianisches Wohnhaus, dem Erdboden gleichgemacht. Immer wieder wurde Frances' Blick von dem schrecklichen und zugleich faszinierenden Anblick angezogen. Durch die entstandene Lücke konnte sie ganz Bath erkennen – den Fluss am Fuß des Hügels, das Kloster und die vornehmen Reihenhäuser im Norden. Überall stieg Rauch auf.

Frances riss sich zusammen, nahm ihrem Vater ein Stück der zerstörten Tür ab und reichte es dem Jungen hinter ihr. Gemeinsam versuchten sie, den oberen Teil der Kellertreppe freizuräumen. Nur wenige Frauen halfen, die Trümmer zu beseitigen. Die meisten brachten Tee oder besorgten Wasser aus dem Tank neben der Magdalen Chapel, wischten ihren Kindern die Gesichter sauber oder standen verunsichert in

Grüppchen beisammen. Doch Frances war groß, sie trug Hosen, ihr Haar war kurz geschnitten, und manchmal vergaßen die Leute, dass sie eine Frau war.

»Die Mistkerle haben die Feuerwehrmänner bei der Arbeit bombardiert«, fluchte Derek. »Das passt zu den dreckigen Boches, oder?«

»Sie haben das Büro vom zivilen Luftschutz getroffen«, bemerkte der junge Mann hinter Frances. »Das totale Chaos.«

»Der Friedhof neben dem Oldfield Park ist bombardiert worden«, berichtete eine Passantin und schob eilig ihren Kinderwagen den Holloway hinunter. »Überall liegen Tote! Tote, die schon lange unter der Erde waren – ich habe es selbst gesehen!«, rief sie aufgeregt. »All die Knochen, und ich musste …« Sie schüttelte den Kopf und hastete weiter, ohne den Satz zu Ende zu führen.

»Na, bei denen können wir ja nicht mehr viel ausrichten«, rief einer der Männer ihr bissig hinterher.

»Schhh!«, sagte der Helfer in der ersten Reihe, der bis zu den Knien in den Trümmern des Hauses stand. Er ging in die Hocke und hob eine Hand, um die anderen zum Schweigen zu bringen. »Ich könnte schwören, dass ich gerade etwas gehört habe. Da hat jemand geklopft! Los, Leute, legt euch ins Zeug.«

Doch als sie die Hinckleys eine Stunde später ausgruben, waren beide tot. Mrs. Hinckley's Gesicht war weiß vom Putz, das ihres Mannes schwarz vom Feuer. Frances starrte sie aus der Ferne an. Ihre Ohren klingelten, und sie bildete sich ein, immer noch Bomben fallen zu hören. Sie fühlte sich plötzlich merkwürdig benommen, als würde sie jeden Moment ohnmächtig werden.

»Frances!«, hörte sie ihre Mutter rufen. »Oh, Frances! Geh da weg, Liebes.«

»Wem melden wir das jetzt?«, fragte einer der Männer. »Die Toten, meine ich. Wem sollen wir die melden? Der Polizei?« Derek sah ihn mit leerem Blick an, dann schüttelte er verwirrt den Kopf.

Frances blinzelte und stellte fest, dass sie zu Hause auf einem Küchenstuhl saß. Ihre Mutter tauchte ein Tuch in eine Schüssel mit Wasser und reinigte den Schnitt auf ihrer Stirn.

»Frances war die ganze Nacht draußen, kannst du dir das vorstellen?«, sagte Susan. Wind wehte durch die scheibenlosen Fenster herein, auch die Haustür fehlte. Ein Riss lief von der Ecke des Türrahmens bis zur Decke. Der Linoleumboden war gefegt worden, doch der Staub setzte sich bereits wieder darauf ab. Die Veränderungen waren nur geringfügig, aber dennoch störend, wie in einem Traum, in dem alles ein klein wenig verrückt war.

»Ein Logenplatz, nicht wahr, Frances?«, bemerkte ihre Tante Pam.

»Pam? Geht es dir gut?«, fragte Frances. Ihre Tante sah sie befremdet an, und Frances durchlief ein Freudenschauer, weil Pam in Sicherheit war.

»Ob es mir gut geht? Natürlich. Um mich zu erledigen, braucht es mehr als ein bisschen Feuerwerk.« Pam hatte das dichte graue Haar mit einem gelben Tuch zurückgebunden, ihre Jacke war voller Ruß. Frances blickte auf den Boden, wo Hund stand, Pams drahtiger kleiner Terrier, und ziemlich ruhig wirkte. »Ihm auch. Obwohl, du hättest ihn heulen hören sollen, als die Bomben fielen!« Auf Pams Gesicht erschien ein flüchtiges Lächeln.

»Ich wollte zu dir«, sagte Frances und runzelte die Stirn, während sie versuchte, ihre Gedanken zu ordnen. »Jedenfalls glaube ich das. Ich habe die Jakobsleiter genommen und bin gestürzt.«

»Was um alles in der Welt hast du um diese Uhrzeit noch oben auf dem Beechen Cliff getrieben? Das möchte ich wirklich gern wissen«, bemerkte Susan. »Verstehst du das etwa unter ›ein bisschen an die frische Luft gehen‹, wie du es genannt hast?« Pam blickte müde zu Susan.

»Ich habe nur dort gesessen und nachgedacht. Die Stille genossen«, antwortete Frances. Sie wagte nicht, ihre Mutter an Wyns Geburtstag zu erinnern, nicht wenn sie ohnehin schon derart angespannt war. Ihre Mutter gab einen missbilligenden Laut von sich.

»Nun, frische Luft schnappen kann man gut dort oben auf dem Cliff«, sagte Pam.

»Bitte ermuntere sie doch nicht noch, Pam.« Susan klang verärgert. »Sie hat sich in schreckliche Gefahr gebracht.«

»Sie ermuntern? Frances ist eine erwachsene Frau, Sue. Und außerdem: Waren die Leute unter all den Steinen und dem Stahl etwa sicherer? Der öffentliche Schutzraum gegenüber vom Scala auf der Shaftesbury Road ist direkt von einer Bombe getroffen worden, wie ich hörte. Alle sind tot. Siebzehn Menschen.«

»Pam!«, rief Susan entsetzt. Sie war blass und sah kränklich aus. Frances wünschte, sie könnte endlich klar denken. Sie war sich sicher, dass sie irgendetwas Wichtiges vergessen hatte.

Eine Weile schwiegen die drei Frauen, lauschten auf das Tropfen des Wassers, auf die Rufe von draußen und auf das Getöse eines Stromaggregats. Über allem schien der Geruch von Rauch und nasser Asche zu hängen. Hund knurrte leise, dann ließ er sich seufzend auf Pams Füßen nieder. Sein Fell war schwarz-weiß gefleckt, die Beine wirkten zu kurz im

Verhältnis zum Körper, und er hatte den leicht gebogenen Schwanz eines Collies – das Ergebnis einer ungeplanten Paarung oben auf der Topcombe Farm. Frances hatte ihn Pam geschenkt, als deren alter Foxterrier gestorben war, und zuerst weigerte sich Pam, ihn gernzuhaben oder ihm auch nur einen Namen zu geben. »Dieser Hund«, sagte sie, und dabei war es geblieben. Damals war Frances eine verheiratete Frau gewesen, die Frau eines Farmers und nicht … was auch immer sie jetzt war. Ein übergroßer Kuckuck, der ins Nest der Eltern zurückgekehrt war.

Sie blickte sich in der vertrauten Küche mit den klapprigen Schränken, dem Tisch mit der Zinnplatte und dem alten Ofen um. Der Strom war ausgefallen, ebenso Gas und Wasser. Auf dem Ofen stand eine verlassene Bratpfanne mit drei traurigen Brotscheiben darin. Die Küchenuhr war von der Wand gefallen und lag in Einzelteilen auf dem Tisch. Ohne die Zeiger wirkte das Zifferblatt irgendwie erschrocken und nackt.

»Die Leute sagen, die kommen wieder«, sagte Susan angespannt. Aus ihrer Stimme sprach tiefe Angst, und ihr Gesicht wirkte verhärmt. Durch das Säubern hatte sich die Wunde auf Frances' Stirn wieder geöffnet und brannte. Das Wasser in der Schüssel hatte sich rosa gefärbt. Frances schloss die Augen und versuchte erneut, sich ins Bewusstsein zu rufen, was sie vergessen hatte. Es war zum Verrücktwerden. »Sie kommen heute Nacht wieder«, fuhr Susan fort. »Sie werden uns noch einmal angreifen. Wir müssen die Stadt verlassen – die Auffanglager werden schon evakuiert, man schafft die Leute in Bussen fort. Wir machen uns auf den Weg, sobald Derek mit seinem Dienst fertig ist. Man bringt die Leute hoch in die Withyditch Baptist Church, sagt Marjorie. Wir bleiben nicht hier und stehen das noch einmal durch. Keiner von uns.«

»Ich gehe nirgendwohin«, erklärte Pam schulterzuckend. »Wenn ich mich von einer Horde Jungs ohne ein einziges Brusthaar aus meinem eigenen Haus vertreiben lasse, bin ich erledigt.« Susan starrte sie ungläubig an.

»Hast du dir etwa auch den Kopf angeschlagen? Das ist kein Spiel, Pam — die wollen uns alle umbringen! Es ist total verrückt hierzubleiben. Und du spazierst nicht mehr mitten in der Nacht allein durch die Gegend, Frances ... Die Leute reden schon. Der ist alles Mögliche zuzutrauen, heißt es über dich.« Frances holte Luft, um zu kontern, doch dann bemerkte sie die zitternden Hände ihrer Mutter.

»Schon gut, Mum«, sagte sie sanft. »Hör nicht auf die Leute.«

»Das ist einfach nicht in Ordnung! Wenn ich dich verloren hätte ...« Susan schüttelte den Kopf und strich ihrer Tochter seufzend eine aschblonde Haarsträhne hinters Ohr. »Frances. Wenn ich dich verloren hätte ...« Sie ließ den Lappen in die Schüssel fallen und stellte sie auf dem Tisch ab.

Frances musste unbedingt nachdenken, doch der Schmerz in ihrem Kopf machte es ihr unmöglich. Ihr Blick verschwamm, und sie sah wieder den vom Feuer orange leuchtenden Nachthimmel vor sich, an dem es von riesigen schwarzen Fliegern wimmelte. Die Bomben kreischten wie verwundete Tiere. Hände griffen nach ihr, und sie fuhr ruckartig hoch. Ihr Vater, der mit vor Müdigkeit schwerem Schritt in die Küche taumelte, weckte sie auf.

»Derek! Du schleppst ja die ganze Straße mit herein!«, schimpfte Susan, als er dreckige Stiefelabdrücke hinterließ und Putz und Asche von seiner Lufthelferuniform herabfielen. Erschöpft sah Derek seine Frau an.

»Susan, Liebes, wenn ich nicht in zwei Minuten einen Kaffee bekomme, wirst du zur Witwe«, sagte er. Frances stand auf und drehte den Wasserhahn auf, um den Kessel zu füllen. Sie hatte vergessen, dass das Wasser abgestellt und der Ofen tot war.

»Im Eimer ist Wasser«, erklärte Susan. »Wir müssen es wohl vorerst aus dem Tank oben an der Straße holen.«

»Na, wenigstens ist das nicht so weit«, bemerkte Frances abwesend und tastete nach ihren Streichhölzern, um das Feuer zu entzünden, konnte sie jedoch nicht finden. Zweifellos lagen sie irgendwo auf der Jakobsleiter. Doch da war noch etwas anderes — sie vermisste noch etwas.

»Hast du denn jetzt Dienstschluss? Können wir los?«, fragte Susan. Es war noch nicht einmal Mittag, aber sie schien damit zu rechnen, dass die Flugzeuge jeden Moment zurückkehrten. Derek schüttelte den Kopf.

»Dienstschluss? Nein, Liebes, noch lange nicht. Dafür hat man uns schließlich ausgebildet. Ihr Mädchen packt zusammen, was ihr gut tragen könnt, und geht schon mal vor. Ich sichere das Haus ab, dann muss ich hoch nach Bear Flat und Wache halten, damit man die Bank nicht plündert. Dort klafft ein Loch, das groß genug für Ali Baba und seine vierzig Räuber ist und ...«

»Bear Flat? Aber ... für wie lange?«

»Das weiß ich noch nicht, Liebes.«

»Setz dich, bevor du umfällst, Derek«, sagte Pam und drückte den Arm ihres Bruders. Er nickte müde.

»Aber die kommen zurück! Die kommen zurück!«, rief Susan aufgeregt.

»Bis dahin werdet ihr drei weit weg sein«, erwiderte Derek.

»Nun, ich nicht«, erklärte Pam.

»Und was ist mit dir, Dad?«, fragte Frances.

»Ich gehe in einen Luftschutzraum, keine Sorge, aber ich kann doch jetzt, wo ich wirklich gebraucht werde, nicht einfach meinen Posten verlassen, oder? Wie geht es überhaupt deinem Kopf?«

»Der ist wieder in Ordnung, glaube ich«, antwortete Frances.

»Wir haben alle Glück gehabt. Die armen Hinckleys und die Leute oben auf dem Hügel in Springfield ...« Derek schüttelte den Kopf.

Frances wurde kalt. Sie versuchte zu sprechen, doch die Worte blieben ihr im Hals stecken. Sie hustete und versuchte es erneut. Plötzlich waren ihre Gedanken grausam klar, und sie wusste genau, was sie vergessen hatte. »*Davy* ...«

»Was? Oh! O nein«, flüsterte Susan.

»Ich ... Ich habe ihn hoch zu den Landys gebracht!«, rief Frances. Ohne auf die Rufe der anderen zu hören, rannte sie aus dem türlosen Haus. Bei der abrupten Bewegung schoss ihr ein heftiger Schmerz in den Kopf, und ihr wurde übel. Sie war entsetzt, dass sie vergessen haben könnte, nach ihm zu sehen, hinzugehen und ihn abzuholen. Der traumähnliche Schleier, der über dem Tag und der Welt gelegen hatte, löste sich auf, und zum ersten Mal sah sie die schreckliche Realität. Menschen waren getötet worden. Häuser waren zerstört. Und es würde weitergehen. Frances rannte und rang nach Atem, als der Holloway anstieg, in Richtung Süden abbog und weiter oben auf dem Hügel Springfield Place erschien. Oder das, was von Springfield Place noch übrig war. Von schrecklicher Angst erfüllt, verlangsamte sie ihre Schritte.

Hier gab es keinen Rauch, keine verkohlten Balken oder geschwärzten Steine. Das vordere Ende der Reihe, wo die Landys wohnten, schien einfach wie ein Kartenhaus in sich zusammengefallen zu sein. Wie gebrochene Knochen ragten hier und dort Dachsparren hervor. Gegen Ende der Reihe waren die Schäden nicht ganz so groß, doch das interessierte

Frances nicht. Sie blieb vor der Nummer eins stehen, und ein Schaudern überlief ihren Rücken. Der Ort, an dem sie Davy zurückgelassen hatte, existierte nicht mehr. Fassungslos starrte sie auf die Stelle, bis ein Luftschutzhelfer, in dessen Gesichtsfalten sich schwarzer Ruß abgesetzt hatte, bei ihr stehen blieb.

»Haben Sie sie gekannt, Schätzchen?«, fragte er.

»Wo sind sie jetzt?«, fragte Frances benommen. Der Mann zuckte die Achseln.

»Keine Ahnung, Schätzchen, tut mir leid. Ich habe gehört, dass die Krypta in der Kirche als Leichenhalle genutzt wird, aber ich weiß es nicht. Sie waren unten im Keller – Mr. und Mrs. Landy, nicht? Sie haben den Angriff gut überstanden, sie haben sogar noch eine Weile mit den Rettern gesprochen. Doch die Wasserleitung war geplatzt und hat alles überschwemmt ... Sie konnten nicht rechtzeitig herausgeholt werden und sind ertrunken. Also, wenn das keine grausame Wende des Schicksals ist, dann weiß ich auch nicht. Üble Sache«, sagte er und bot ihr eine Zigarette an. Frances nahm sie, konnte sie aber nicht ruhig halten, als er ihr Feuer gab. Sie schloss die Augen und wappnete sich. War es wichtig, alle Einzelheiten zu kennen? Oder war es vielleicht viel besser, kein allzu klares Bild vor Augen zu haben? Sie entschied, dass es besser war, es genau zu wissen, konnte sich jedoch kaum überwinden zu fragen. Eine Eiseskälte breitete sich in ihrem Körper aus, und ihre Beine fühlten sich schwach an. Sie hätte auf Davy aufpassen müssen. Sie hätte dafür sorgen müssen, dass er in Sicherheit war. Stattdessen hatte sie ihn zurückgelassen, um allein zum Beechen Cliff hinaufzugehen und im Dunkeln ihren Gedanken nachzuhängen. Davy wollte bei ihr bleiben.

»Und der kleine Junge?«, flüsterte sie.

»Wer?«

»Der kleine Junge ... War er bei Mr. und Mrs. Landy im Keller? Ist er auch ... ertrunken?«

»Man hat zwei Tote geborgen. Das ist alles, was ich weiß«, antwortete der Luftschutzhelfer. »Sie meinen, es gibt noch einen dritten?«

Mit pochendem Herzen sah Frances ihn an und fasste seinen Ärmel. »Da war noch ein Junge – David Noyle. Hat man ihn gefunden? Lebt er? Er ist noch klein — erst sechs.«

»Immer mit der Ruhe ...« Der Mann rieb sich das Kinn. »Moment. Ich glaube, der Rettungstrupp ist weiter nach Hayesfield Park gezogen. Kommen Sie mit, wir fragen sie.«

Very british und unerhört spannend – der erste Kriminalroman von Bestsellerautorin Katherine Webb

Katherine Webb, *Der Tote von Wiltshire*
Lockyer & Broad ermitteln
ISBN 978-3-453-36151-5 · Auch als E-Book

Vierzehn Jahre ist es her, dass auf einem Anwesen in der Grafschaft Wiltshire ein Mann im Schlaf erstochen wurde. Zwar sorgte Inspector Matthew Lockyer damals für die Verurteilung Hedy Lamberts, doch diese beteuerte stets ihre Unschuld. Als Hedy nun um seinen Besuch im Gefängnis bittet, wird Lockyer gemeinsam mit seiner Kollegin Constable Gemma Broad in den Fall zurückkatapultiert. Das Gespräch mit Hedy verändert alles. Lockyer und Broad rollen die Geschehnisse erneut auf und schnell wird klar, dass die Vergangenheit niemals ruht.

Leseprobe unter diana-verlag.de   **DIANA**